HEYNE

Das Buch

Wie sein Vater Dylan Matheson kämpft Ciaran für Schottlands Unabhängigkeit. Die Fee Sinann, die schon Dylan zur Seite stand, warnt ihn vor dem kommenden Krieg gegen die Engländer. Doch Ciarans Burg wird nach heftigen Kämpfen von englischen Truppen besetzt und ausgerechnet die hübsche Leah, Tochter des englischen Befehlshabers, verliebt sich in den Highlander Ciaran.

Calum, Ciarans Halbbruder, findet heraus, dass Ciaran nicht Dylans leiblicher Sohn ist und ficht dessen Anrecht auf die Clan-Führung an. Ciaran kommt in arge Bedrängnis, noch dazu muss er sich dem Aufstand der Jakobiten anschließen und mit seinen Männern in den Krieg ziehen. Kann die kluge und mutige Leah Ciarans ungewisses Schicksal mit der Kraft ihrer Liebe zum Guten wenden?

Ciaran, Leah und Sinann entführen uns in eine fantastische Welt mit realem historischem Hintergrund.

Die Autorin

Julianne Lee war Hollywood-Schauspielerin, ehe sie sich dem Schreiben zuwandte. Als Journalistin war sie Gerichtsreporterin, danach interviewte sie Stars für das *Starlog Magazine*. Mit ihren Kurzgeschichten gewann sie mehrere Preise. Sie lebt mit ihrer Familie in Tennessee, USA.

Im Wilhelm Heyne Verlag sind außerdem erhältlich: *Vogelfrei - Das Schwert der Zeit* (01/13325), *Die Verbannung - Das Schwert der Zeit* (01/13326), *Die Rettung - Das Schwert der Zeit* (01/13327).

JULIANNE LEE

Die Erfüllung – Das Schwert der Zeit

Roman

Aus dem Amerikanischen
von Nina Bader

WILHELM HEYNE VERLAG
MÜNCHEN

HEYNE ALLGEMEINE REIHE
Nr. 01/13328

Titel der Originalausgabe
SUMMONS OF THE SWORD IV
SWORD OF THE WHITE ROSE

Umwelthinweis:
Dieses Buch wurde auf
chlor- und säurefreiem Papier gedruckt.

Deutsche Erstausgabe 01/2003

Wilhelm Heyne ist ein Verlag des Verlagshauses
Ullstein Heyne List GmbH & Co. KG
Printed in Germany 2003
Umschlagillustration: Kornelia Morgan/Len Thursten
und Franco Accornero/Agentur Schlück und Mathias Dietze/
die KLEINERT
Umschlaggestaltung: Nele Schütz Design, München
Gesetzt aus der New Baskerville
Satz: (3734) IBV Satz- und Datentechnik GmbH, Berlin
Druck und Bindung: Bercker, Kevelaer

ISBN: 3-453-19828-X

http://www.heyne.de

Zum Gedenken an Alan Ross Bedford jr.,
meinen kleinen Bruder
der endlich seinen Frieden gefunden hat.

1. KAPITEL

Der Laird stand nackt vor dem Spiegel und betrachtete sich kritisch. Kaum Bauchansatz. Nicht schlecht für einen Mann seines Alters, dachte er. Dabei empfand er die Last der Jahre gerade heute als besonders drückend.

Die Sonne stieg langsam über den schroffen, zerklüfteten Berghängen südöstlich von Glen Ciorram auf und tauchte die Wolken in einen rosiggoldenen Schimmer. Langsam krochen die wärmenden Strahlen über den Torweg und den Burghof von *Tigh a'Mhadaidh Bhàin*. Das Wetter besserte sich stetig, König Sommer gewann die Oberhand über Beira, die Winterhexe. Die Luft war klar und frisch. Ciaran holte tief Atem und lächelte, als ihm der würzige Duft langsam auftauender Erde und neu keimenden Lebens in die Nase stieg. Dann fuhr er mit den Aufwärmübungen fort, die er und sein Vater jeden Morgen vor ihrem eigentlichen Trainingsprogramm absolvierten.

Beltane, das uralte heidnische Fruchtbarkeitsfest, das am ersten Mai begangen wurde, lag eine Woche zurück, die Frühlingsblumen standen in voller Blüte und verwandelten die schottischen Highlands in ein weißgelbes Farbenmeer. Auch die Nachrichten vom Kontinent gaben Anlass zu neuer Hoffnung. Die Aussichten für Schottland, sich endlich von der englischen Knute befreien zu können, standen gut. Der Sohn des im Exil lebenden Königs James hatte Frankreich um Unterstützung bei einem neuen Aufstand gebeten, und es sah so aus, als ob der französische König diesem Ansinnen nachkommen würde. Bei dem Gedanken daran begann Ciarans Herz schneller zu schlagen, und während er seine verkrampften Muskeln lockerte, spürte er förmlich, wie das Blut durch seine Adern rauschte.

Nach dem Aufwärmen begannen sein Vater und er ihr übliches Morgentraining; sie verneigten sich förmlich voreinander und nahmen dann die Grundstellung ein – Füße schulterbreit auseinander, Knie leicht gebeugt, Schultern nach hinten, Arme entspannt an den Seiten baumelnd –, bevor sie sich langsam in perfektem Einklang zu bewegen begannen.

»Glaubst du, Prinz Charles wird tatsächlich kommen?« Ciaran konnte die freudige Erregung in seiner Stimme nicht unterdrücken, obwohl er wusste, dass sein Vater einer möglichen Rückkehr der Stuarts auf den schottischen Thron eher skeptisch gegenüberstand und das Thema nur ungern anschnitt.

»Aye, er wird kommen.« Dylan Dubhs tiefe Stimme klang rau und seinem Alter entsprechend. »Das ist so sicher wie das Amen in der Kirche.« Er war in Amerika geboren, weshalb er sich sowohl im Gälischen als auch im Englischen oft einer merkwürdigen Ausdrucksweise bediente. Gelegentlich zog er sich deswegen den Unmut seiner Clansleute zu, doch Ciaran kümmerte sich nicht darum. Er war immer der Meinung gewesen, dass Pa nicht zuletzt auf Grund dieser Absonderlichkeiten zu einem großen Mann und allseits respektiertem Laird geworden war. Häufig wiederholte er die seltsamen Redewendungen seines Vaters leise für sich, obgleich er beim besten Willen nicht begreifen konnte, warum ein Strohsack heilig sein sollte oder was um alles in der Welt eine ›grüne Neun‹ war.

So fremdartig Pas Formulierungen auf Gälisch auch klangen, so zutreffend waren seine Vorhersagen hinsichtlich politischer Ereignisse. Wenn er sagte, dass Prinz Teàrlach kommen würde, dann konnte man getrost seinen letzten Farthing darauf verwetten. Ciaran hegte nicht den geringsten Zweifel daran, dass er auch diesmal Recht hätte. Sofort erschien ihm der Tag viel wärmer und sonniger als zuvor, und auch Pas zweifelnde Miene konnte seine Hochstimmung nicht beeinträchtigen.

Ciarans Vater stöhnte unterdrückt auf und kniff die Augen zusammen, als er mehr Gewicht auf sein linkes Bein verlagerte. Leise brummte er auf Englisch: »Benimm dich nicht wie ein Waschlappen, Matheson.« Da ihm zahlreiche Zähne fehlten, war er schlecht zu verstehen. Zwar konnte sich Dylan Dubh glücklich schätzen, da ihm im hohen Alter von zweiundsechzig Jahren noch mehr Zähne geblieben waren als den meisten anderen Männern, doch gut die Hälfte seines Gebisses hatte er eingebüßt und lispelte daher stark. Dazu kam seine Angewohnheit, ständig an dem einzigen auf der linken Seite verbliebenen Eckzahn zu saugen, der in dem ansonsten zahnlosen Kiefer besonders lang und spitz zulaufend wirkte.

Ciaran konzentrierte sich wieder auf sein Trainingsprogramm. Heute praktizierten sie Tai Chi, wie schon seit Monaten, da diese Übungen dem alternden Körper des Lairds nicht zu viel Kraft abverlangten. Seit Ciaran denken konnte, war sein Vater jeden Tag im Morgengrauen aufgestanden, um sein Training zu absolvieren, doch im Laufe der Jahre hatte auch er einige Zugeständnisse an sein Alter machen müssen. Seit einem Jahrzehnt verzichtete er bereits auf Sprünge jeglicher Art, und in der letzten Zeit wollten ihm auch die Tritte und Drehungen nicht mehr so recht gelingen. Dennoch war er bis vor einem oder zwei Jahren noch ausgezeichnet in Form gewesen, und man hatte ihm sein Alter wahrlich nicht angesehen. Viele seiner Clansleute nannten ihn auch heute noch Dylan Dubh – Black Dylan – obgleich sein Haar jetzt silberweiß schimmerte; auch sein Geschick im Umgang mit dem Schwert wurde allenthalben noch gerühmt, obwohl er seit Jahren keine Waffe mehr zur Hand genommen hatte.

Die beiden Männer bewegten sich mit einer Harmonie, die jahrzehntelange Erfahrung verriet. *Stoß, Block, Ball halten, Stoß,*

Schritt zurück, Stoß. Die Übungen entspannten Ciaran zwar, stellten aber keine besondere Herausforderung dar, daher würde er den anstrengenderen Teil seines Programms auf den Nachmittag verschieben. Im Augenblick genoss er die Gesellschaft seines Vaters.

In den letzten Jahren setzte die Kälte dem Laird in zunehmendem Maße zu, daher trug er unter seinem Kilt und dem Hemd ein seltsames, aus kostbarem Leinen gefertigtes Kleidungsstück, das er ›lange Unterhosen‹ nannte. Er hatte seiner Frau gezeigt, wie sie es nähen musste, und behauptet, es sei »um einiges wärmer und bequemer als die verdammten kratzigen Dinger, die hier zu Lande üblich sind«. Aus irgendeinem unerfindlichen Grund hatte der Laird auch darauf bestanden, dass die ›langen Unterhosen‹ leuchtend rot gefärbt wurden, allerdings war die Farbe inzwischen zu einem fahlen Rosa verblasst. Angeblich war im Schritt eine mit Knöpfen versehene Klappe eingearbeitet, wovon sich Ciaran jedoch noch nie mit eigenen Augen hatte überzeugen können.

Pa nahm wieder die Grundstellung ein, verzichtete aber darauf, das Haar zurückzuwerfen, das ihm in die Augen hing. Er trug sein Haar kürzer als die meisten Männer hier, um zu verhindern, dass es ihm beim Training dauernd ins Gesicht fiel. Ciaran bevorzugte längeres Haar, das er nach Art der englischen Soldaten im Nacken zusammenband. Zwar verabscheute er alles Englische aus tiefster Seele, hatte aber längst eingesehen, dass ihn die ständig auf der schweißfeuchten Haut klebenden Strähnen bei seinen Übungen stark behinderten. Da ihm nur die Wahl zwischen kurzem oder zusammengebundenem Haar blieb, hatte er sich für die zweite Lösung entschieden.

»Also werden wir uns dem Prinzen anschließen, wenn er in Schottland gelandet ist, und uns gegen den Thronräuber erheben?« *Kranichhaltung, Stoß, Schritt zurück, Stoß …*

Pa runzelte die Stirn und blickte flüchtig zur Seite, wie er es immer tat, wenn er nachdachte. Dann erwiderte er entschieden: »Nein.«

Ciaran unterdrückte ein ärgerliches Stöhnen. Warum nur war sein Vater so halsstarrig? Er gab seine Haltung auf und straffte sich. »Wo stehen wir denn dann, wenn König James zurückkehrt, um seinen rechtmäßigen Platz wieder einzunehmen?«

Sein Vater hielt ebenfalls mitten in der Übung inne, rang nach Atem, verlagerte dann sein Gewicht auf das leicht nach hinten gesetzte rechte Bein und streckte die Hände vor, um mit dem Training fortzufahren. Ohne seinen Sohn anzublicken entgegnete er sichtlich um Geduld bemüht: »Ciaran Dubhach, ich habe dir oft genug erklärt, dass wir neutral bleiben müssen.«

»Das können wir nicht. Entweder sind wir für James oder für George. Wenn wir keine Partei ergreifen, sind wir in jedem Fall die Verlierer.«

Pa schloss einen Moment lang die Augen und flüsterte dann scheinbar in den leeren Raum hinein: »Ja, ich weiß, dass er Recht hat.« Auch das gehörte zu seinen merkwürdigen Angewohnheiten. Manche Leute behaupteten, er spräche mit den kleinen Leuten, andere meinten, diese Selbstgespräche seien eine Art Gebet. Auch Ciaran neigte zu der Annahme, der Laird führe ebenso vertrauliche wie ungezwungene Gespräche mit Gott. Sein Vater nahm sein Training wieder auf. Zwischen keuchenden Atemzügen erklärte er: »Wir dürfen Bonnie Prince Charlie nicht folgen, sondern wir müssen uns ruhig verhalten, bis alles vorüber ist, und hoffen, dass wir mit einigermaßen heiler Haut davonkommen.«

»Pa …« Ciarans Hoffnung schwand, als er begriff, dass sein Vater sich offensichtlich von der Sache abwenden wollte. »Pa, wir sind doch keine Feiglinge!«

Nun richtete sich der Laird zu seiner vollen Größe auf, sah seinem Sohn fest in die Augen und sagte ruhig und mit einer Überzeugung, die Ciaran zutiefst beschämte: »Nein, wir sind keine Feiglinge. Die Mathesons waren niemals feige. Ich habe bei zwei Aufständen gegen die Engländer gekämpft, und ich habe mein Bestes getan, um meinen Clan vor der Ausrottung durch englische Opportunisten, bigotte Protestanten und Mördern in roten

Röcken zu bewahren. Ich habe für eine Sache gekämpft, von der ich von Anfang an wusste, dass sie verloren war.« Seine Stimme zitterte vor Ärger, und sein fremdartiger Akzent verstärkte sich noch. »Ich habe den Jakobiten gegenüber meine Pflicht und Schuldigkeit getan, und mehr als das, aber ich bin nicht gewillt, meine Söhne für einen König zu opfern, der seinen Fuß nie wieder auf schottischen Boden setzen wird. Und deshalb werden wir auch nicht ...«

Mitten im Satz brach er ab und sank stöhnend in die Knie.

»Pa!« Ciaran sprang vor und fing ihn auf, ehe er auf dem Boden zusammensacken konnte. Dabei bemerkte er erschrocken, wie hager und ausgezehrt sein Vater war. Es kostete kaum Kraft, ihn festzuhalten.

Einen Moment lang rang der Laird keuchend nach Atem. Seine knorrige Hand schloss sich um Ciarans Schulter. »O Gott«, flüsterte er auf Englisch. »Nicht jetzt. Bitte nicht jetzt. Nur noch ein Jahr. Bitte, Gott, nur noch ein einziges Jahr.«

Allmählich ebbte der Schmerz ab, und er gelangte mühsam wieder auf die Füße. Während er tief durchatmete, stützte er sich schwer auf Ciarans Arm.

»Geht es dir besser, Pa?«

Ciarans Vater schüttelte den Kopf. »Bring mich zur Burg zurück.«

Drei schwarzweiße Collies sprangen von ihrem Platz am Kamin auf, als Ciaran seinen Vater in die große Halle führte und ihm in einen schweren Lehnstuhl neben dem Feuer half. Das Möbelstück war alt und abgenutzt, aber aus gutem, massivem Holz gearbeitet. Seit Generationen war dies der angestammte Platz des Lairds.

Nachdem Pa am Feuer Platz genommen hatte, kehrte die Farbe allmählich in sein Gesicht zurück. Ciarans Schwester Sìle eilte herbei, um zu sehen, was geschehen war, und der Laird rang sich seinem Lieblingskind zuliebe ein schwaches Lächeln ab. Er hatte sechs noch lebende Söhne und Töchter – acht, wenn man Mutter

Sarahs zwei Söhne aus erster Ehe dazuzählte –, aber Sìle war Ciarans einzige leibliche Schwester und die Einzige, die ihrer beider Mutter ähnelte. Wegen dieser Ähnlichkeit betete ihr Vater sie an. Es war allgemein bekannt, dass Dylan Dubh auch nach dreißig Jahren noch um seine ermordete erste Frau Caitrionagh trauerte. Er trug ihren goldenen Ehering an der Silberkette, an der auch sein Kruzifix hing, und hatte ihn seit ihrem Tod nicht ein einziges Mal abgelegt.

Sìle kniete neben ihrem Vater nieder und nahm seine Hand zwischen die ihren. »Pa, hattest du wieder einen Anfall?« Ihre Augen forschten in seinem Gesicht nach der Wahrheit, die er vor ihr verbergen wollte.

Ciaran befahl einer Magd, dem Laird einen Humpen Ale zu holen. Die Frau huschte eilig davon.

»Es geht schon wieder. Ich habe mich ein wenig überanstrengt, fürchte ich.« Der Laird drehte eine der Ringellocken, die Sìles Gesicht umrahmten, um seinen Finger, dann legte er die Haarspitze sacht gegen eine blaulila verfärbte Schwellung auf ihrer Unterlippe. Seine Augen flammten zornig auf, und sein Blick suchte den von Ciaran. Sein Sohn verstand die stumme Botschaft. *Unternimm etwas wegen Aodán,* besagte sie.

Ciaran wusste, dass er um eine Auseinandersetzung mit seinem Schwager nicht herumkam. Als erstgeborener Sohn seines Vaters war es seine Pflicht, seine jüngere Schwester zu beschützen. Er nickte kaum merklich.

Doch plötzlich wurde der Laird leichenblass, seine Haut nahm eine grünliche Färbung an, und sein Gesicht verzerrte sich vor Schmerz. Er beugte sich in seinem Stuhl vor, rang röchelnd nach Luft und keuchte auf Englisch immer wieder: »O Gott … o Gott … o Gott …« Schweißperlen traten auf seine Stirn. Das Atmen schien ihm immer schwerer zu fallen.

Die Magd brachte das verlangte Ale, doch der Laird winkte ab. »Whisky. Hol mir Whisky. Rasch!«

Das Mädchen eilte davon und kehrte kurz darauf mit einem Becher Whisky zurück. Dylan Dubh nahm einen großen Schluck, holte tief Luft und trank erneut. Mit zusammengepressten Lippen und unnatürlich glänzenden Augen saß er zusammengekrümmt in seinem Stuhl und atmete so ruhig und gleichmäßig, wie es ihm möglich war. Nach einigen Minuten drehte er sich zu Ciaran um und sprach mit ihm, obwohl er seinen Sohn gar nicht zu erkennen schien.

»Bring mich zu Bett. Und schick nach Robbie.«

Eine eisige Hand griff nach Ciarans Herz. Am liebsten hätte er sich geweigert, der Bitte nachzukommen; hätte den Zustand seines Vaters geleugnet, aber er nahm sich zusammen, hob den Laird aus dem Stuhl und trug ihn in den Westturm hinauf. Mit fast unhörbarer Stimme bat sein Vater darum, nur ja nicht zur Ader gelassen zu werden. Ciaran versprach es. Er kannte Pas panische Angst vor Ärzten. Auf der Treppe verlor sein Vater das Bewusstsein, sein Kopf fiel nach hinten, und sein Mund stand halb offen.

Die Dienstboten beeilten sich, das Bett des Lairds herzurichten. Ciaran legte ihn behutsam hinein, dann trat er einen Schritt zurück. Die Kammerzofe kleidete Pa aus und zog das schwere Leinenlaken und die Überdecke aus Bärenfell bis zu seinem Hals hoch.

Ein junger Bursche erschien an der Tür. »*Och*«, entfuhr es ihm beim Anblick seines ohnmächtigen Lairds, und seine Augen weiteten sich vor Schreck. Seine rosigen Wangen wurden blass, seine Lippen bewegten sich stumm, aber er brachte keinen Ton heraus.

Ciaran drehte sich zu ihm um und fuhr ihn gereizt an: »Steh hier nicht rum und halte Maulaffen feil, sondern lauf und hol Lady Matheson!«

Der Junge gehorchte augenblicklich.

Auch andere Dienstboten warfen im Vorübergehen einen flüchtigen Blick in die Kammer. Jedem schien das klar zu sein, was Ciaran sich nicht eingestehen wollte: Wenn kein Wunder geschah, würde dies das Sterbelager des Lairds werden. Ciaran setzte sich an den Tisch, auf dem sein Vater Papier und Schreibfedern aufbewahrte, und schrieb ein paar Zeilen an seinen jüngsten Bruder, den fünfzehnjährigen Robert Dilean, der die Universität in Glasgow besuchte.

Kurz darauf kam Mutter Sarah mit gerafften Röcken und totenbleichem Gesicht in die Kammer gestürmt. Etwas verschmierte Erde, die an ihrem Kinn klebte, verriet Ciaran, dass sie sich im Garten um ihre Kräuter und Blumen gekümmert hatte. Als sie ihren bewusstlosen, halb unter Decken begrabenen Mann sah, murmelte sie ein leises Gebet und trat rasch zu ihm. Die Kammerzofe brachte ihr einen niedrigen Stuhl, der beim Kamin gestanden hatte, damit sie neben dem Bett Platz nehmen konnte.

Sarah ergriff die Hand ihres Mannes, tätschelte sie sanft und flehte ihn an, doch aufzuwachen. Endlich begannen seine Lider zu flattern, und er schlug die Augen auf. Sarah stieß einen erleichterten Seufzer aus. Ihre Augen schwammen in Tränen, und ihre Lippen zitterten leicht. Trotz seiner Schmerzen zwang der Laird sich, ihr zuzulächeln, ehe er ihre Hand an seine Lippen zog. »Robbie«, flüsterte er. »Holt Robbie.«

»Aye, Pa«, versicherte Ciaran ihm. »Er kommt, so schnell er kann.«

»Halte durch«, bat Mutter Sarah leise. »Um Robbies willen musst du durchhalten.« Dabei warf sie Ciaran einen verstohlenen Blick zu. Sie wusste so gut wie er, dass es selbst dem schnellsten Boten nicht gelingen konnte, Robbie vor Ablauf einer Woche von Glasgow nach Ciorram zu bringen.

Fort William war das mit Abstand hässlichste, gottverlassenste Fleckchen Erde, das Leah Hadley je zu Gesicht bekommen hatte. Trotzdem verließ sie es nur ungern, denn sie wusste, dass ihr noch viel Schlimmeres bevorstand. Ihre Kutsche ruckelte und schaukelte über eine Straße, die immer tiefer in eine von hohen, steilen Bergen umgebene, bedrohlich wirkende Wildnis hineinführte. *Braune* Berge noch dazu! Sie sehnte sich verzweifelt nach der sattgrünen, sanft gewellten Landschaft Englands, und fast noch mehr sehnte sie sich nach der Gesellschaft ihrer wohlerzogenen, höflichen englischen Freunde. Dieses Land war von jeglicher Zivilisation so weit entfernt wie nur möglich. Obgleich es angeblich zum britischen Reich gehörte, erschien ihr Schottland wie der ausschließlich aus nacktem Stein erbaute, mit seltsamen barfüßigen Kreaturen bevölkerte Vorhof der Hölle.

Ihr Vater ritt mit seinen Dragonern hinter ihrer Kutsche her. Wie üblich schenkte er ihr keinerlei Beachtung. Captain Roger Hadley hatte mit der Verlegung seiner Truppen zu viel zu tun, als dass er sich noch dazu um seine einzige Tochter hätte kümmern können. Allerdings hatte ihr Wohlergehen für ihn noch nie an oberster Stelle gestanden. Sie hörte, wie er seine Leute hierhin und dorthin beorderte, nur an sie verschwendete er keinen Gedanken. Ein überwältigendes Gefühl der Verlassenheit schnürte ihr die Kehle zu. Sie lehnte den Kopf gegen den Rahmen des in die Kutschwand eingelassenen Fensters und starrte blicklos in die grässliche Landschaft hinaus.

Wenn doch ihre Mutter nur hier wäre! Mutter hatte es immer verstanden, auch den unangenehmsten Dingen eine gute Seite abzugewinnen und Leah aus ihren trüben Stimmungen herauszureißen. Mutter hatte ihre kleine Familie zusammengehalten. Warum, warum nur hatte Gott sie so früh zu sich geholt!

Doch hier, mitten auf dieser direkt ins Niemandsland führenden Straße, die diese Bezeichnung eigentlich gar nicht verdiente, auf der ihr nur die plumpe – und barfüßige – schottische Zofe Gesellschaft leistete, die sie in Glasgow angeheuert hatten, vermisste Leah plötzlich ihren Vater ebenso sehr wie die Mutter. Sie hätte genauso gut eine Waise sein können. Eine unsichtbare Waise, um genau zu sein, denn sie war von Vaters groben, ungehobelten Soldaten umringt, die sich ungeniert in der Leistengegend kratzten, in der Nase bohrten und den beißenden Gestank der Huren verströmten, die letzte Woche das Lager besucht hatten. Keiner dieser ungebildeten, unzivilisierten rotberockten Männer würde es wagen, die unverheiratete einzige Tochter ihres Captains auch nur anzusprechen. Auch die Leutnants, die sie unter anderen Umständen vielleicht recht interessant gefunden hätte, fürchteten den Zorn ihres Vaters zu sehr, um mehr als die notwendigsten Worte mit ihr zu wechseln. Wie dieses Glen Ciorram auch immer beschaffen sein mochte, Leah war jetzt schon sicher, dass sie sich dort zu Tode langweilen und vor Einsamkeit vergehen würde.

In der staubigen, schmutzigen Kutsche kämpfte sie verzweifelt gegen die Übelkeit an, die ihr die ewige Schaukelei über die unebene Straße bescherte. Schließlich schloss sie die Augen und ergab sich in ihr Schicksal.

Das laute Hufgetrommel, das plötzlich hinter ihr ertönte, riss sie aus ihrer Apathie. Der hinter der Kutsche reitende Leutnant stieß einen Warnruf aus. Leah spähte aus dem Fenster, um zu sehen, was da los war. Ein tief über den Hals seines Pferdes geduckter Reiter jagte in vollem Galopp an ihnen vorbei. Leah blickte ihm nach und stellte fest, dass es sich um einen halbwüchsigen Jungen handelte. Einer der Soldaten hatte bereits die Verfolgung aufgenommen. Einen Augenblick lang sah es so aus, als würde dem Jungen die Flucht gelingen, doch dann holte der Dragoner ihn ein, packte die Zügel seines Pferdes und brachte es direkt vor der Kutsche zum Stehen.

Diese rumpelte langsam weiter, und im Vorbeifahren musterte Leah den Jungen neugierig. Er schien vor Zorn über die unfreiwillige Pause geradezu zu kochen, während er die Fragen des Dragoners beantwortete. Seine Worte überschlugen sich beinahe, und die Verzweiflung, die in seiner Stimme mitschwang, strafte die stolze Würde Lügen, die er an den Tag zu legen versuchte. Er wusste sicher, dass er in großen Schwierigkeiten steckte. Hier im Norden wurde mit aller Härte gegen Jakobiten vorgegangen. Ohne Erlaubnis der Armee durfte sich praktisch niemand ungehindert bewegen, und jeder, der sich einem Soldaten zu rasch näherte oder den Eindruck erweckte, vor ihm fliehen zu wollen, wurde festgehalten und einem strengen Verhör unterzogen. Wenn der Junge auch nur halbwegs bei Verstand gewesen wäre, hätte er es wohlweislich vermieden, in einem solchen Tempo an einer Dragonertruppe vorbeizugaloppieren. Sein Anliegen konnte gewiss nicht so dringend sein, dass er das Wagnis eingehen musste, sich über die Befehle Seiner Majestät hinwegzusetzen. Wenn er keine glaubhafte Erklärung für seine ungebührliche Eile abgeben konnte, würde er vermutlich im Gefängnis landen.

Als die Kutsche vorüberfuhr, hörte Leah ihn im breiten Highlandakzent sagen: »Vielleicht komme ich sogar schon zu spät.« Tränen glitzerten in seinen Augen, aber er bemühte sich mannhaft, ihnen keinen freien Lauf zu lassen. Eine dunkelbraune Haarsträhne fiel ihm ins Gesicht. Unwillig strich er sie zurück. Er tat Leah aufrichtig Leid. Es war offensichtlich, dass er sich in einer äußerst misslichen Lage befand. Trotzdem sah er dem Soldaten fest ins Gesicht, während er sprach. Seine Augen waren tiefbraun, seine Wangen vor Erregung rosig angelaufen.

Seine Unverfrorenheit versetzte sie in Erstaunen. Immerhin trug er die Tracht eines barbarischen Highlanders und sah vermutlich einer Verhaftung entgegen; trotzdem trat er mit einer Selbstsicherheit auf, zu der ihn seine gesellschaftliche Stellung ganz gewiss nicht berechtigte. Er trug dieses rockähnliche Kleidungsstück, das hier als ›Kilt‹ bezeichnet wurde. Die Art, wie er den karierten Stoff über seinen schlichten Wollmantel drapiert hatte, erinnerte sie an eine römische Toga. Sein Kopf war unbedeckt; sein langes windzerzaustes Haar fiel ihm in dichten Wellen bis auf die Schultern. Die wollenen Strümpfe, die die Knie frei ließen, bewiesen, dass er weder über Kultur noch Geschmack verfügte, woran sie ohnehin nie gezweifelt hatte.

Der Soldat setzte sein Verhör fort, während Leahs Kutsche weiterfuhr und sie sich in ihrem Sitz zurücklehnte.

Doch kurz darauf tauchte der Reiter erneut auf, diesmal alleine. Eilig setzte er seinen Weg fort. Mit einem leisen Lächeln sah Leah ihm nach, ehe sie wieder ihren trüben Gedanken nachhing.

Wenn sie doch nur nach Hause, in die Zivilisation zurückkehren könnte! Dieses Highlanderpack war der schlimmste Pöbel, der ihr je untergekommen war – eine mürrische, schmutzige, zerlumpte Horde von Barbaren. Genau wie der junge Reiter hatte keiner von ihnen Respekt vor gesellschaftlich höher gestellten Personen, außerdem waren sie für ihr aufbrausendes Temperament und den Hang, Zwistigkeiten sofort mit dem Messer auszutragen, bekannt. Ihr Vater hielt sie samt und sonders für Diebe und Lügner, daher wunderte es sie, dass der Dragoner den Jungen hatte laufen lassen. Bei der Eile, die er an den Tag gelegt hatte, musste er etwas gestohlen haben, das Pferd vermutlich. Kein Highlander konnte ein so edles Tier besitzen, und wenn doch, hatte er es bestimmt nicht auf ehrliche Weise erworben. Nein, er musste es gestohlen haben.

Leah beschloss, bei der nächsten sich bietenden Gelegenheit mit ihrem Vater über den Vorfall zu reden. Dieser Dragoner würde erklären müssen, warum er den Jungen nicht festgenommen hatte. Vielleicht freute Vater sich, dass sie die Augen offen gehalten hatte, und nahm ihre Existenz endlich wieder zur Kenntnis.

Während der nächsten Tage hielt sich Ciaran oft in der Kammer seines Vaters auf. Es gab Zeiten, wo der Laird völlig klar im Kopf war. Der Schmerz, den er so lange in Schach hatte halten können, überkam ihn jetzt in immer kürzeren Abständen. Nur große Mengen Whisky und Weidenrindentee vermochten ihn zu lindern, und wenn der Schmerz nachgelassen hatte, war Pa auch im Stande, seine Familie bewusst wahrzunehmen. Mutter Sarah wich nicht von seiner Seite. Sie verließ ihn nur, um rasch ein paar Bissen zu essen und den Abort aufzusuchen. Manchmal schlief sie auf ihrem Hocker, den Kopf neben ihrem Mann auf die Matratze gelegt. Die Zwillinge Kirstie und Mary kümmerten sich gleichfalls aufopfernd um ihren Vater, und auch Sìle besuchte ihn oft und brachte ihre kleinen Töchter mit. Die Frauen flößten ihm Suppe und gewürzten Wein ein, säuberten ihn, wenn er sich erbrach, und fütterten ihn erneut. Ständig hielten alle nach Robbie Ausschau.

Ciarans anderer Halbbruder Calum, fast acht Jahre älter als die Zwillinge und drei Jahre jünger als Sìle, ließ sich dagegen eher selten blicken. Nach außen hin schien ihn der Zustand seines Vaters nicht sonderlich zu beunruhigen, er lachte nur und tat alles als halb so schlimm ab, aber Ciaran wusste, dass dies einfach nur Calums Art war. Er hatte ein sorgloses, unbekümmertes Naturell, und selbst die Krankheit seines Vaters fügte der Fassade keine Risse zu.

Falls dies überhaupt möglich war, so schien sich höchstens seine nervöse Unrast noch zu steigern. Oft tigerte er in der Nische vor Pas Schlafkammer eine Weile auf und ab und ging dann ins Dorf hinunter, um sich abzulenken und vermutlich bei Deirdre MacGregor, der Tochter des Kaufmanns Seumas Glas, Trost zu suchen. Danach kehrte er zurück, um kurz bei Pa hereinzuschauen, ehe ihn die bedrückten Gesichter und die traurige Stimmung wieder forttrieben – ins Dorf, ins Torfmoor oder sonstwohin.

Ungefähr eine Woche nach seinem Zusammenbruch schien es Pa plötzlich besser zu gehen, und er konnte sich im Bett aufsetzen. Seine Familie schöpfte neue Hoffnung. Nachdem sich die Nachricht im Tal verbreitet hatte, traf ein wahrer Besucherstrom in der Burg ein. Der Laird empfing seine Clansleute in kleinen Gruppen, da er sehr leicht ermüdete.

Der Schmied Donnchadh Matheson, Keith Rómach Campbell, der 1719 an Pas Seite gekämpft hatte, Ailis Hewitt, Aodán Hewitts Mutter und Donnchadhs Schwester sowie Seumas Glas MacGregor und seine beiden Söhne Alasdair und Seumas Og zählten zu den ersten Besuchern und blieben auch am längsten. Alle freuten sich, Dylan Dubh noch ein Mal zu sehen, denn jedem im Dorf schien klar zu sein, dass ihr Laird mit dem Tode rang.

Auch einige Verwandte von der MacKenzie-Seite trafen unvermutet im Tal ein und konnten ihr Entsetzen über den Zustand des

Lairds von Ciorram kaum verbergen. Sie waren gekommen, um mit Seumas Glas Geschäfte zu machen und blieben eine Weile im Dorf. Alasdair Og hatte seine beiden Söhne mitgebracht. William war in Ciarans Alter, Alasdair Crùbach, der seinen Spitznamen seinem Klumpfuß verdankte, ein Jahr jünger. Ciaran freute sich über den Besuch der MacKenzies, Vettern ersten Grades seiner Mutter, die früher in dem einen Tagesritt entfernten Dorf Killilan gelebt hatten und die er seit ihrer Rückkehr auf ihre Ländereien im Osten nur zwei Mal in zehn Jahren gesehen hatte.

Die alten Familiengeschichten und der Austausch des neuesten Klatsches lenkte alle ein wenig von dem lähmenden Warten auf den Tod ab. Sie setzten sich am Kamin in der großen Halle zusammen, tranken Ale, genossen den wärmenden Feuerschein und unterhielten sich, während die Nacht verstrich. Ciaran konnte sich an seine Mutter kaum noch erinnern, aber er liebte ihre Vettern als einen Teil von ihr, den er sonst nie kennen gelernt hätte.

Zwei Tage später verschlechterte sich der Zustand des Lairds erneut. Ständig fragte er nach Robbie und wirkte jedes Mal enttäuscht, wenn ihm mitgeteilt wurde, sein jüngster Sohn sei unterwegs und müsse jeden Tag eintreffen.

Die Zeit verging, und noch immer hielt der Laird hartnäckig am Leben fest. Das ganze Tal wartete gespannt, fast atemlos auf Neuigkeiten. Eine düstere Atmosphäre lag über dem Dorf, besonders aber über der Burg. Ciaran versuchte, seine innere Anspannung so gut es ging zu verdrängen. Sein Vater hatte ihn gelehrt, dass sowohl körperliche als auch geistige Anspannung einen Mann verwundbar machte. Doch auch er konnte nicht verhindern, dass er immer nervöser und reizbarer wurde und zu wünschen begann, alles wäre vorüber, obgleich er sich dieses Gedankens schämte.

So war es nicht verwunderlich, dass er vor Wut schäumte, als Sìle eines Morgens mit aufgeplatzter Lippe und einem blauen Auge, das sie zu verbergen suchte, indem sie den Kopf gesenkt hielt, zum Frühstück in die große Halle geschlichen kam. Ciaran blickte von seiner Schüssel mit Haferbrei auf. Beim Anblick seiner verletzten Schwester legte sich ein roter Schleier vor seine Augen und schaltete jegliche Vernunft aus.

»Ich bringe ihn um!« Ciaran Matheson sprang auf, warf seinen Löffel auf den Tisch und stürmte los, um sein Vorhaben in die Tat umzusetzen.

»Nein, das darfst du nicht!« Sìle folgte ihm angsterfüllt.

»Wo steckt er?«

»Ciaran!« Sìle griff nach seinem Ärmel, bekam jedoch nur sein Plaid zu fassen, das ihm von der Schulter rutschte.

»Ich kann und werde es tun! Wo steckt der Kerl?« Ciaran zog das Plaid zurecht. Ein junger Bursche, der einen Arm voll getrockneter Torfballen zum Kamin tragen wollte, hielt ihm die Tür auf. »Wo ist Aodán Hewitt?«, brüllte Ciaran in die Halle hinein. Alle Anwesenden blickten auf.

Der Junge nickte zur offenen Stalltür auf der anderen Seite des Burghofes hinüber. Dort sah Ciaran seinen nichtsnutzigen Schwager auf einem Holzklotz sitzen, den Rücken gegen den Türrahmen gelehnt, und mit einem der Burgwächter schwatzen.

»*Aodán*!«

Hewitt erbleichte, als er Ciaran sah. Er erhob sich langsam. Der Wachposten verschwand hastig in dem dunklen Stall. Aodán hob das Kinn und erwiderte herausfordernd: »Aye?« Er war nicht viel jünger als Ciaran, trug jedoch das trotzige Benehmen eines verwöhnten kleinen Jungen zur Schau. Aodán Hewitt war ein Kind im Körper eines Mannes, ein nicht sonderlich aufgewecktes Kind noch dazu.

»Ich habe dir beim letzten Mal gesagt, rühr meine Schwester nie wieder an, sonst ist es für *dich* das letzte Mal, weil ich dir dann den Hals umdrehe!« Ciaran schritt über den schmutzigen Boden des geräumigen Burghofes auf ihn zu. »Hast du gedacht, ich scherze nur?« Zu oft hatte er Sìle schon durch die dunklen Gänge der Burg huschen sehen, immer bemüht, blaue Flecke und blutende Lippen vor ihm zu verbergen. Seine Geduld war am Ende.

Er gedachte nicht noch länger tatenlos zuzusehen, wie ein Mitglied seiner Familie verletzt wurde.

»Sie ist meine Frau. Ich kann ihre Aufsässigkeit nicht dulden. Sie ist viel zu verwöhnt.« Aodán blickte sich im Burghof nach möglichen Zeugen um, während Ciaran drohend auf ihn zukam. Er war hagerer als die meisten Männer, und seine blauen Matheson-Augen wirkten in dem schmalen, knochigen Gesicht übergroß. Doch trotz seiner Magerkeit verfügte Aodán Hewitt über eine erstaunliche Kraft; er bewegte sich blitzschnell und hatte keinerlei Hemmungen, von seinem Dolch Gebrauch zu machen. »Und du weißt, wie störrisch sie sein kann. Es ist mein gutes Recht, sie zu ...«

Weiter kam er nicht, denn Ciarans Faust schoss vor und traf ihn mitten auf den Mund. Sein Schwager taumelte zurück, und Ciaran nahm Kampfhaltung ein. »Vergiss eines nicht, Hewitt – sie ist meine Schwester. Außerdem ist sie die Tochter des Lairds, und solange sie und ihre Kinder in der Burg leben, stehen sie unter meinem Schutz und dem meines Vaters. Deine so genannten Rechte sind hier einen Dreck wert, und wenn du glaubst, mein Vater würde sich auf deine Seite stellen, dann bist du noch dümmer, als du aussiehst.«

Hewitt funkelte ihn mit wutverzerrtem Gesicht an, murmelte ein paar Flüche und zog dann seinen Dolch aus dem Gürtel. Ciaran trat einen Schritt zurück und zückte seinen *sgian dubh*. Der kleine Dolch war ein Geschenk seines Vaters – die Klinge stammte aus Toledo, und das Heft hatte der Laird eigenhändig aus dem Geweih des ersten Hirsches geschnitzt, den Ciaran als Junge erlegt hatte. Seine Finger schlossen sich fest darum.

Die beiden Männer belauerten einander einen Moment lang, dann führte Aodán mit seinem Dolch einen Hieb gegen seinen Gegner. Ciaran wich aus, ging dann zum Gegenangriff über und trieb Aodán in den Stalleingang zurück. »Ausgezeichnet«, meinte er mit einem kalten Lächeln. »Du forderst mich geradezu auf, dich umzubringen.«

»Ciaran! Hör auf!« Sìles Stimme klang jetzt tränenerstickt, doch Ciaran achtete nicht auf sie. Diesmal war Aodán zu weit gegangen. Zeit, ihm eine Lektion zu erteilen. Sìle verstummte, hielt eine Hand vor den Mund und bedeckte mit der anderen ihr blau angelaufenes Auge.

Aodán griff erneut an, um Ciaran von der Tür fortzutreiben, aber Ciaran war zu schnell für ihn. Unerbittlich trieb er Aodán tiefer in die staubige Dunkelheit hinein. Die Pferde schnaubten angesichts dieser Störung und scharrten unruhig mit den Hufen. Kleine Staubwölkchen glitzerten in der Luft. Aodán prallte gegen einen Stuhl, der krachend zu Boden fiel, und hätte beinahe das Gleichgewicht verloren. Heiße Wut stieg in Ciaran auf. Er war nur noch von dem glühenden Wunsch beseelt, Aodán dafür büßen zu lassen, dass er Sìle immer wieder misshandelt hatte.

Doch da ertönte plötzlich draußen auf dem Burghof Eóins Stimme. »Ciaran! Lass ihn laufen! Mutter sagt, Vater will dich sehen!«

Augenblicklich verlor Ciaran jegliches Interesse an Aodán. Eóins bestürzter Tonfall verhieß nichts Gutes. Sein Magen krampfte sich zusammen, als er sich zu seinem älteren Stiefbruder umdrehte. Dessen Gesicht war totenblass, die Augen vor Entsetzen geweitet.

O nein! Pa verlangte nach ihm, nicht nach Robbie? Ciaran wollte sich nicht eingestehen, was das bedeutete. Er war noch nicht bereit, die Wahrheit zu akzeptieren. Zögernd trat er einen Schritt auf Eóin zu, wandte sich dann in Richtung der Tür zum Westturm und drehte sich wieder zu Eóin um.

»*Och*«, sagte er leise zu sich, dann laut zu Eóin: »Hol Calum, schnell. Gibt es etwas Neues von Robbie?« Eóin schüttelte den Kopf. »*Och*«, wiederholte Ciaran und trat noch einen Schritt zurück.

Nachdem er den *sgian dubh* in die Scheide zurückgeschoben hatte, musterte er Aodán noch ein Mal finster, ehe er quer durch den Stall eilte. Unterhalb der hölzernen Treppe, die zur Sattelkammer führte, lag ein kurzer, aus Stein gemauerter Gang, der an der Wendeltreppe des Westturms endete. Ciaran hetzte die fünf Treppenfluchten hoch, so schnell er konnte. Sìle rief ihre beiden kleinen Töchter und folgte ihm etwas langsamer.

Das Privatgemach des Lairds lag auf der obersten Etage des Turmes. Robin Innis, sein engster Freund und *fear-còmnaidh,* stand vor der Tür. Seit Tagen hielt er dort ununterbrochen Wache, und des Nachts schlief er, in sein Plaid gewickelt, auf einem Strohsack in der Nische vor der Kammer. Calum war bei ihm. Aus Respekt gegenüber dem sterbenden Laird unterhielten sich die beiden Männer nur im Flüsterton. Robins wässrige Augen lagen tief in dem wettergegerbten Gesicht. Der Ausdruck darin jagte Ciaran einen kalten Schauer über den Rücken.

»Wo sind Kirstie und Mary?«, fragte er.

Robin deutete auf die Tür, was hieß, dass Ciarans Halbschwestern bereits bei ihrem Vater waren. Auf der Treppe ertönten Schritte. Ciaran drehte sich um, weil er sehen wollte, wer dort kam. Die drei MacKenzies gingen langsam auf die Tür zu. Sie wollten offenbar vermeiden, jemandem im Weg zu sein, sich aber für den Fall, dass sie gebraucht wurden, in der Nähe aufhalten. Ciaran wandte sich wieder an Robin.

»Hast du noch nichts von Robbie gehört?«

Robin zuckte die Schultern, doch Calum antwortete: »Er kommt, so schnell er kann. Bestimmt ist er noch vor dem Boten hier.«

Ciaran hatte Calum nie sonderlich nahe gestanden – er verstand sich mit Robbie wesentlich besser –, doch jetzt empfand er Mitleid mit ihm. Er wusste, dass Calum seinen jüngsten Bruder, das Nesthäkchen der Familie, stets in Schutz nahm. Aber trotz der gut ausgebauten Straße, die allein dazu gedacht war, den Rotröcken Seiner Majestät das Reisen zu erleichtern – und die selbstverständlich kurz vor dem Tal endete –, konnte Robbie unmöglich vor morgen hier sein.

Als er die Kammer seines Vaters betrat, betete Ciaran insgeheim, dass sie nicht zu spät nach dem jüngsten Bruder geschickt hatten.

Im Kamin prasselte ein helles Feuer, und die warme Morgensonne fiel durch die Dutzende kleiner Fensterscheiben, dennoch türmten sich mehrere dicke Decken auf dem Bett des Lairds. Kirstie und Mary kauerten auf einer Truhe unter den nach Süden gehenden Fenstern, hielten sich bei der Hand und blickten ängstlich zu ihrem Vater hinüber.

Mutter Sarah saß in einem hochlehnigen Stuhl neben dem Kopfende des Bettes und streichelte die Hand ihres Mannes. Eine Locke lugte unter ihrem Kopftuch hervor, ansonsten war sie makellos gekleidet und wirkte erstaunlich ruhig und gefasst. Nur die dunklen Ringe unter ihren Augen verrieten, was sie in den letzten Tagen durchgemacht hatte.

Ciaran trat zum Bett, beugte sich darüber und ergriff die andere Hand seines Vaters. Sie war mit den schmutzigroten Flecken übersät, die in der letzten Zeit scheinbar ohne jeden Grund auftraten. Irgendjemand schob ihm einen Stuhl hin. Er setzte sich, sah in das fahle Gesicht seines Vaters und fürchtete plötzlich, er könne zu spät gekommen sein.

Dylan Robert Matheson von Ciorram war kaum noch am Leben. Seine Brust hob und senkte sich so langsam, dass es fast nicht zu sehen war. Die sonnengebräunte Haut unter dem silbernen Haar und Bart hatte eine gräuliche Farbe angenommen, das Gesicht war so eingefallen, dass die Knochen scharf hervortraten. Seit der letzten Nacht war ein neuer Bluterguss an seiner Schläfe aufgetaucht. Voller Wehmut dachte Ciaran an den kraftstrotzenden, kerngesunden Vater seiner Kindheit, wusste aber, dass auch der schwache, zerbrechliche alte Mann nicht mehr lange bei ihm sein würde.

Kirstie und Mary kamen herbei, um sich an das Fußende des Bettes zu setzen. Kirstie legte eine Hand auf das Bärenfell, das die Füße ihres Vaters bedeckte. Sìle setzte ihre beiden vier und fünf Jahre alten blonden Töchter auf den Boden und legte einen Finger an die Lippen, was gar nicht nötig gewesen wäre, denn die Mädchen schienen die Gegenwart des Todes zu spüren und verhielten sich mucksmäuschenstill. Calum stand hinter Sìle, Robin in der Nähe der Tür. Hinter ihm warteten die MacKenzies.

Eóin und Gregor, Mutter Sarahs Söhne aus erster Ehe, traten leise ein und blieben bei Robin stehen.

»Pa«, sagte Ciaran eindringlich.

Die Lider des Lairds flatterten. Ein widerwärtiger, feuchter Gurgellaut entrang sich seiner Brust, die Lider flatterten erneut, dann schlug er die Augen auf.

»Pa, ich bin hier.«

Die ausgedörrten Lippen öffneten sich. »Ciaran?«

»Aye.« Die dünne Hand drückte die seine, und Ciaran registierte erschrocken, wie schwach sie war. Sein Vater blickte ihn an, und plötzlich entdeckte Ciaran etwas von der früheren Stärke des Mannes in dem dahinsiechenden Körper.

Der Laird schien all seine Kräfte zu sammeln. Er atmete tief durch, dann sagte er: »Sohn, vergiss nie, was ich dich gelehrt habe.« Er seufzte, ehe er mühsam fortfuhr: »Führe den Clan so, wie ich es getan habe.« Ciarans Herz wurde schwer. Er wünschte, es gäbe irgendeine Möglichkeit, seinem Vater das Amt des Lairds und somit das Leben zu erhalten.

Nach einem weiteren röchelnden Atemzug flüsterte Dylan Dubh: »Und höre auf den Rat der *Sidhe.*«

Der *Sidhe?* Ciaran runzelte die Stirn. Seines Vaters Vorliebe für die kleinen Leute war allgemein bekannt, doch niemand nahm sie ernst. Hör auf den Rat der *Sidhe?* Was sollte das bedeuten? Trotzdem versprach er: »Aye, natürlich, Pa.«

Sein Vater schloss die Augen wieder und rang nach Luft. Diesmal war die Pause zwischen den Sätzen so lang, dass Ciaran fürchtete, er könne das Bewusstsein verloren haben. Doch dann öffnete Pa die Augen und richtete den Blick fest auf seinen Sohn. »Vergiss nie, wo deine Heimat ist, mein Junge.« Ciaran bewegte lautlos die Lippen; er wusste, was danach kam, er hatte es oft genug gehört. »Und denk immer daran, was du deinem Volk schuldig bist.«

»Aye, Pa.« Ciaran nahm die Hand seines Vaters in seine beiden.

Dieser schloss die Augen. Tiefe Stille herrschte im Raum, während die Familie darauf wartete, dass er weitersprach. Eine Minute verstrich. Dann zwei. Allmählich wurde allen klar, dass der Laird ohnmächtig geworden war. Calum lehnte sich gegen einen Bettpfosten, schlang die Arme um seinen Körper und presste das Kinn auf die Brust. Mutter Sarah streichelte immer noch die Hand ihres Mannes. Die Zwillinge betupften sich leise schniefend die Augen. Ciaran beobachtete, wie der Atem seines Vaters immer flacher, der Abstand zwischen dem Heben und Senken des Brustkorbes immer größer wurde. Jeder Atemzug glich einem Sieg über den Tod.

Gerade als er zu hoffen begann, Pa würde vielleicht noch einen Tag durchhalten, stieß dieser einen langen Seufzer aus. Die Sekunden tröpfelten dahin, aber der nächste Atemzug blieb aus. Die Zwillinge begannen zu wimmern. Mary schlug beide Hände vor den Mund und wiegte sich vor und zurück, Kirstie beugte sich herunter und flehte unaufhörlich: »Bitte, Pa, bitte, Pa, bitte, Pa …«

Doch die Sekunden wurden zu Minuten, erst eine, dann zwei, dann drei. Ihr Vater war tot.

Ein scharfer Schmerz durchzuckte Ciaran, doch er zwang sich, Ruhe zu bewahren. Die Zwillinge brachen in lautes Schluchzen aus, in das Sìles Töchter einstimmten. Sìle kniete neben dem Bett nieder, vergrub ihr Gesicht in der Bettdecke und legte eine Hand auf das Knie ihres Vaters. Calums Augen schimmerten feucht. Mutter Sarah weinte lautlos, die Hände vor das Gesicht gepresst. Ciaran hielt die Tränen zurück. Er blickte auf den Leichnam seines Vaters nieder. Ein dicker Kloß bildete sich in seiner Kehle, als ihn eine Kindheitserinnerung zu überwältigen drohte – die Erinnerung an jenen furchtbaren Moment, in dem er begriffen hatte, dass seine Mutter tot war. Er schluckte hart, holte ein paar Mal tief Atem und ballte in hilfloser Wut die Fäuste.

Nun war er der Laird, und als solcher musste er mehr Stärke zeigen, als er jetzt aufbringen konnte.

Plötzlich gesellte sich eine neue Stimme zu den Lauten der trauernden Familie, ein herzzerreißendes Schluchzen. Ciaran blickte sich um. Robin weinte stumm, Calum kämpfte noch immer mit den Tränen. Außerdem gehörte die fremde Stimme einer Frau oder eher einem kleinen Mädchen, und sie kam seltsamerweise von …

Ciaran blickte auf. Auf einer Ecke der Vorhangstange, die rund um das Bett herum verlief, kauerte eine kleine Fee. Sie war ungefähr so groß wie Sìles älteste Tochter, ihr Kleid schimmerte schneeweiß, und die weißen Flügel hingen traurig herunter. Spitze Ohren lugten aus dem kurzen, silbrigen Haar, die blauen Augen waren rot gerändert. Leise schluchzend wiegte sie sich hin und her. Die Nasenspitze war vom Weinen gerötet.

Ciaran hatte dieses Wesen schon einmal gesehen, im Traum, wie er immer gedacht hatte. Seit Jahren war ihm dieser Traum nicht mehr eingefallen, aber jetzt sah er jede Einzelheit wieder klar und deutlich vor sich. Er erinnerte sich an diese Fee.

»Sinann?«

2. KAPITEL

Das Hemd war aus Seide, vorne mit Spitzenrüschen verziert, die Knöpfe bestanden aus Elfenbein, nur der schmale Kragen wurde mit einer kleinen Perle geschlossen. Der Stoff fiel ihm bis über die Hüften und bedeckte knapp sein Gesäß.

Ciaran wusste, dass er die Fee nicht zu auffällig anstarren durfte. Also blickte er wieder auf den leblosen Körper seines Vaters hinab, der so entsetzlich reglos dalag. Am liebsten hätte er ihn gepackt, ihn geschüttelt und ihn angefleht, doch wieder aufzuwachen, doch er riss sich zusammen.

»Kommt«, sagte er zu den anderen. »Sìle, Kirstie, Mary, kommt mit. Lasst Mutter Sarah einen Augenblick mit ihm allein.«

Die anderen gehorchten und ließen Sarah bei ihrem Mann zurück, dessen Hand sie noch immer unaufhörlich streichelte. Dabei flüsterte sie ihm zu, wie sehr sie ihn liebte und dass sie ohne ihn nicht leben könne. Ciaran verließ als Letzter den Raum und zog leise die Tür hinter sich zu. Dabei dachte er daran, wieviel sein Vater ihr bedeutet hatte. Seit er denken konnte – auch schon vor ihrer Hochzeit – hatte sich Sarahs ganze Welt nur um Pa gedreht. Sie würde über seinen Tod nie hinwegkommen, und er trug jetzt auch noch für sie die Verantwortung.

Eine Magd kam herbei, um sich um den toten Laird zu kümmern. Sie würde den Leichnam entkleiden, waschen und dann in das Leichentuch einnähen, in dem man ihn bestatten wollte. Danach würde man ihn in der großen Halle aufbahren, wo die Familie und die Clansmitglieder die Nacht lang bei ihm wachen mussten. Die Beerdigung würde dann am nächsten Morgen stattfinden. Ein Bote war bereits ausgesandt worden, um die Nachricht vom Tod des Lairds in Glen Ciorram zu verbreiten.

Die Familie versammelte sich in der großen Halle. Ciaran wandte sich mit gedämpfter Stimme an Robin: »Es gibt da wohl bereits Grabsteine, nicht wahr?«

Der Freund seines Vaters nickte. »Aye, sie stehen im Stall, ich habe sie mit einer Pferdedecke zugedeckt. Die Inschriften sind schön eingemeißelt.«

Ciaran erschauerte. Es hatte so vieles gegeben, was er an seinem Vater nicht verstanden hatte, und dazu gehörte auch der Umstand, dass er seinen Grabstein – und den seiner Frau – schon viele Jahre vor seinem Tod hatte anfertigen lassen. Doch er sagte nur: »*Och.*«

Robin verstand dennoch. »Vielleicht wollte er seinen Erben die Ausgaben ersparen.«

»Möglich.« Es war eine völlig überflüssige Ausgabe, so viel stand fest, denn nur die sehr Reichen konnten sich Grabsteine aus Marmor leisten. Er begriff nicht, warum Pa sie überhaupt für notwendig gehalten hatte.

Verstohlen hielt er nach der Fee Ausschau, doch sie war verschwunden. Vielleicht war sie lediglich ein Produkt seiner überreizten Fantasie gewesen, dennoch hegte er den schlimmen Verdacht, sie könne ebenso real sein wie er selbst.

Die Kinder und Enkel Dylan Mathesons nahmen auf den Stühlen und Bänken in der großen Halle Platz. Die Frauen schluchzten leise, die Männer hingen schweigend ihren trüben Gedanken nach. Eine Magd kam zu Ciaran und drückte ihm etwas in die Hand. Mit wehem Herzen blickte er auf die schwere Silberkette seines Vaters, an der das kleine hölzerne Kruzifix mit dem goldenen Leib Christi und der Ehering seiner Mutter hingen.

Sìle, die blicklos ins Feuer starrte, seufzte. »Armer Robbie.«

Ciaran nickte, während er sich die Kette über den Kopf streifte. Armer Robbie. Er hatte es schließlich doch nicht geschafft, Ciorram rechtzeitig zu erreichen, um mit seinem Vater ein letztes Mal reden zu können. Sie alle hatten darauf gehofft, denn es hatte sich um den letzten Wunsch eines Sterbenden gehandelt.

Der Tag verstrich unsäglich langsam, die Nacht zog sich noch quälender dahin. Fast der gesamte Clan nahm an der Totenwache in der großen Halle der Burg teil. In der Küche herrschte Hochbetrieb. Ein Rind und mehrere Schafe wurden geschlachtet und gebraten, unzählige Brotlaibe gebacken und verzehrt, Gallonen von Ale und ein ganzes Fass *uisge beatha* aus der illegalen Brennerei des Lairds floss die durstigen Kehlen hinunter.

Dieser Whisky wurde von den Dorfbewohnern und den Bauern sehr geschätzt, denn er schmeckte ungewöhnlich weich und mild. Er wurde auch an die benachbarten Clans verkauft, was den Mathesons eine beträchtliche Summe Bargeld einbrachte. Die Herstellung war mit einem Geheimnis verbunden, das nur den Söhnen des Lairds bekannt war. Keine andere Brennerei in Ciorram produzierte einen Whisky, dessen Qualität ihrem Produkt gleichkam.

Obwohl Ciaran kein exzessiver Trinker war, betäubte er heute seinen Schmerz mit so viel Ale und Whisky, dass er bald seine Umwelt nur noch verschwommen wahrnahm. Von den aufgetragenen Speisen brachte er kaum einen Bissen hinunter. Er musste all seine Konzentration aufbieten, um sich mit seinen Clansleuten unterhalten zu können, denn seine Gedanken schweiften immer wieder in seine Kindheit ab, und dann drängte es ihn erneut zu seinem Alehumpen zu greifen.

Das Ale zeigte sehr bald Wirkung. Als seine Blase zu zwicken begann, erhob er sich unsicher, verließ die große Halle und stieg vorsichtig die Stufen des Nordturms empor, um den Abtritt an der nördlichen Brustwehr aufzusuchen. Er machte sich nicht die Mühe, die morsche Tür hinter sich zu schließen, während er sich erleichterte, denn es war stockfinster, und das Örtchen bestand ohnehin nur aus einem mit einem Holzsitz versehenen Loch, unter dem der Gemüsegarten lag. Leise vor sich hinsummend war er so mit sich selbst beschäftigt, dass er erschrocken zusammenfuhr, als sich plötzlich eine Hand unter seinen Kilt schob und an der Innenseite seines Schenkels entlangstrich. Ein paar Tropfen spritzten auf den Sitz.

»He, was soll das?« Er ließ den Saum seines Kilts fallen, trat zur Seite und drehte sich um. Bei dem ungebetenen Besucher handelte es sich um Deirdre MacGregor, die Tochter von Seumas Glas MacGregor. Er lehnte sich gegen die steinerne Wand des engen Raumes. Sie presste sich an ihn, und ihre Hand ging erneut auf Wanderschaft.

»Soll ich dich heute Abend ein bisschen trösten, Ciaran Dubhach?«

Unwillig schüttelte Ciaran ihre Hand ab. Heute war er nicht in der Stimmung für die Art von Trost, die sie ihm anbot.

»Nein, danke, Deirdre.«

Deirdre verzog schmollend die Lippen und drängte sich dabei so eng an ihn, dass er fast wünschte, sie wäre nicht diesem Schmied in Glasgow versprochen worden. Ihr rötlichblondes Haar schimmerte im Sternenlicht, das durch die Tür in den Raum fiel. Ihre Hand glitt unter sein Hemd.

»Früher hattest du überhaupt nichts dagegen ...«

»Das war vor deiner Verlobung.«

»Ich will diese Heirat überhaupt nicht.« Ihre Fingerspitze kreiste um seine Brustwarze. Er erschauerte, und sein Widerstand begann zu erlahmen.

Vorsichtig hielt er ihre Hand fest. »Das glaube ich dir gern, aber ich denke, du brauchst sie.« Ihr Mann würde ohnehin ständig ein Auge auf sie haben müssen, wenn er verhindern wollte, dass sie ihm Hörner aufsetzte.

»Ich möchte aber viel lieber in Ciorram bleiben.« Sie beugte sich vor und hauchte einen Kuss auf die Hand, die die ihre bedeckte. Was sie damit sagen wollte, war, dass sie lieber ihn als den Schmied heiraten würde. Aber das ganze Tal wusste, dass sie es auch mit seinem Bruder trieb, und es sah nicht so aus, als beabsichtige sie, damit aufzuhören, so lange sie in Ciorram lebte, daher war sie für die Rolle der nächsten Lady Matheson denkbar ungeeignet. Im Grunde genommen würde sie für jeden Mann im Tal eine schlechte Frau abgeben. Ciaran war sicher, dass sie in Wirklichkeit darauf abzielte, in der Burg zu leben und dort ihren lockeren Lebenswandel unbekümmert fortzusetzen, wenn sie dieses Ziel erst einmal erreicht hatte.

»Du weißt, dass das nicht möglich ist.«

Deirdre küsste erst sein Kinn, dann seinen Mund. Ihre vollen weichen Lippen öffneten sich leicht, und die feuchte Wärme brachte ihm andere feuchte, weiche Stellen ihres Körpers in Erinnerung. Der Whisky benebelte ihm die Sinne, und die Welt schien sich plötzlich schneller zu drehen. Ihre Hüften pressten sich gegen die seinen. Einen Moment lang war er versucht, ihren Rock hochzuschlagen und sie gleich hier an Ort und Stelle zu nehmen.

Doch dann besann er sich. Er wollte keinesfalls, dass diese Frau ein Kind von ihm in ihre Ehe brachte. Seit ihrer Verlobung hatte er sie nicht mehr angerührt. Wenn sie wollte, konnte sie ihrem ahnungslosen Ehemann Calums Bastard unterschieben, aber nicht seinen.

Entschlossen löste er sich von ihr. »Nein. Ich habe viel zu viel Whisky getrunken. Vermutlich könnte ich ohnehin nicht, selbst wenn ich wollte.«

Sie gab einen kleinen, enttäuschten Jammerlaut von sich und machte Anstalten, ihm zwischen die Beine zu greifen, um seine Behauptung Lügen zu strafen, doch er wehrte sie ab. »Lass das. Ich habe Nein gesagt. Und jetzt geh.«

»Ciaran …«

»Nein.«

Eine Weile herrschte Schweigen, dann drehte sie sich um und stürmte davon.

Seufzend ließ sich Ciaran an der Wand hinuntergleiten, kauerte sich auf die Fersen und lehnte sich mit dem Rücken gegen die kalten Steine. Sein ganzer Körper schmerzte, und er wusste, dass sich dieser Zustand bis zum Morgen noch verschlimmern würde.

Mutter Sarah saß die ganze Nacht neben dem auf einem Holztisch aufgebahrten Leichnam ihres Mannes, eine Hand auf das

Leichentuch gelegt, den Rosenkranz in der anderen. Dudelsackklänge hallten von den Türmen und Burgmauern wider. Während der ganzen Nacht ertönten wehmütige Melodien, und selbst die ärmsten Pächter des Tales und die entferntesten Verwandten vergossen aufrichtige Tränen um ihren Laird, denn *Dilean Dubh nan Chlaidheimh* war von seinen Clansleuten geliebt und geachtet worden. Den Respekt seines Clans zu erringen, wäre für jeden Laird eine beachtliche Leistung gewesen, doch auf ihn traf das ganz besonders zu, denn obgleich er ein Matheson war, war er nicht in Schottland geboren worden. Dylan Robert Matheson stammte aus den Kolonien, aus Virginia, doch niemand hegte auch nur den geringsten Zweifel daran, dass er im Grunde seines Herzens so schottisch war wie jeder der Ihren.

Irgendwann im Laufe der Nacht machten sich die großen Mengen Whisky und Ale auf nüchternen Magen bemerkbar, und Ciaran fiel in einen unruhigen Schlaf.

Lautes Wehklagen weckte ihn. Er schlug die Augen auf und fand sich auf dem mit Binsen bedeckten Steinboden der Halle wieder. Sein Kopf hämmerte, er hatte einen fauligen Geschmack im Mund, und als er sich schwankend erhob, wurde er von Übelkeit übermannt. Auch andere Clansmitglieder, die auf ihren Stühlen oder gleichfalls auf dem Boden gedöst hatten, hoben die Köpfe und blickten sich verwirrt um. Ciaran spürte, wie ihm der kalte Schweiß ausbrach. *Bitte keine weiteren Hiobsbotschaften.*

Im Kamin loderte ein helles Feuer, dazu wurde die Halle von zahlreichen Kerzen erleuchtet. Ciaran zog seinen *sgian dubh,* sah sich mit wild klopfendem Herzen um und erblickte Mary neben dem Holztisch, auf dem der Leichnam lag. Sie hielt einen mehrarmigen Kerzenleuchter in der Hand, dem sie jedoch keinerlei Beachtung schenkte. Eine der Kerzen fiel zu Boden, während sie laut jammernd etwas über ›Mutter‹ stammelte. Ciaran lief zu ihr hinüber, wobei er Bänke und Tische umwarf und die letzten noch schlafenden Clansleute weckte.

Mit einem Blick erfasste er, was geschehen war. Auf dem Tisch, einen Arm um den Leichnam ihres Mannes geschlungen, lag der leblose Körper von Mutter Sarah.

Ciaran trat die zu Boden gefallene Kerze aus, damit die trockenen Binsen kein Feuer fingen, dann schritt er rastlos im Raum auf und ab, ohne zu wissen, was er jetzt tun sollte. Am liebsten hätte er blindlings auf irgendetwas oder irgendjemanden eingedroschen, um seinem ohnmächtigen Zorn Herr zu werden. Nach und nach strömten die Männer und Frauen herbei und scharten sich um die beiden Leichen. Ciaran schob seinen Dolch in die Scheide zurück, verließ die große Halle und ging über den Burghof zum Stall hinüber.

Dort packte er eine hölzerne Mistgabel und stieß sie mit aller Kraft gegen die Wand. Obwohl ein scharfer Schmerz durch seine Schulter schoss, holte er gleich noch ein Mal aus. Die Stallwand erzitterte. Kleine Strohhalme und Staubflöckchen schwebten im Licht der Morgensonne, das zur Tür hereinfiel, durch die Luft. Die Pferde schnaubten und stampften unruhig mit den Hufen. Ciaran stieß einen gellenden Wutschrei aus, schwang die Mistgabel erneut und löste damit angstvolles Gewieher bei den Tieren aus.

Dann rannte er in die Ecke des Stalles, wo die beiden weißen Marmorsteine standen, und riss die schwere Pferdedecke weg. Als er den eingemeißelten Namen seines Vaters sah, zerbrach etwas in ihm, er holte erneut mit der Mistgabel aus und brach dabei einen Zinken ab. »Warum?«, brüllte er, so laut er konnte. »WARUM NUR?« Das Hämmern in seinem Kopf verstärkte sich, bis er meinte, ihm müsse jeden Moment der Schädel platzen. Keuchend hielt er inne, immer noch von einer ungeheuren Zerstörungswut beseelt, und flüsterte noch ein Mal: »Warum?«

»Sie hat ihn zu sehr geliebt, um ohne ihn weiterleben zu können.« Es war die Stimme der weißen Fee, die seine Frage beantwortete.

Ciaran fuhr herum und fauchte in den leeren Raum hinein: »Du warst es! Du hast das bewirkt!«

»Ich habe gar nichts getan.« Sinann materialisierte sich vor ihm, kauerte sich auf eine Stufe der Holztreppe, die zur Sattelkammer führte, schlang die Arme um die Knie und sah ihn an. Ihre Augen waren noch immer rot verweint. »Ihre Zeit war einfach gekommen, genau wie die seine. Auch Emer ist Cuchulain in den Tod gefolgt.«

»Woher willst du das wissen?«

»*Och*, erst bin ich an allem Schuld, und dann habe ich auf einmal keine Ahnung. Ich weiß mehr, als du dir je träumen lassen würdest, Freundchen, obwohl ich wünschte, dein Jahweh hätte mir das Wissen geschenkt, das dein Vater besaß. Das kommende Jahr würde für uns alle viel leichter werden, wenn er noch am Leben wäre.«

»Wovon redest du eigentlich, Fee?« Die Worte seines Vaters – *Höre auf den Rat der Sidhe* – kamen ihm wieder in den Sinn, und nur aus diesem Grund brach er die merkwürdige Unterhaltung nicht augenblicklich ab.

»Wir schreiben jetzt das Frühjahr des Jahres 1745. Laut deinem Pa wird der Stuarterbe bald an der Westküste landen und kurz darauf die Clans um sich versammeln, um sich gegen George zu erheben.«

Ciaran zwinkerte. Es war nichts Neues, dass König James VIII von seinem Exil in Rom aus schon seit Jahrzehnten seine Anhänger zur Rebellion aufrief. Ebenfalls war allgemein bekannt, dass sein Sohn Charles König Ludwig von Frankreich um Unterstützung für einen solchen Aufstand gebeten hatte. Jeder Jakobit in Europa und nicht wenige Hannoveraner wussten das. »Du willst mir also weismachen, dass mein Vater dabei geholfen hat, einen Aufstand zu planen, der dieses Jahr stattfinden soll?«

Die Fee schüttelte den Kopf. »Nein, ich meine, dass er sich an einen Aufstand *erinnert* hat, der dieses Jahr stattfinden wird. Er hat es in einem Geschichtsbuch gelesen, als er noch sehr jung war.«

»*Och*.« Ciaran war nicht in der Stimmung für Feenspielchen. »Versuch nicht, mich an der Nase herumzuführen, Fee. Ich kenne dich und deinesgleichen, und ich falle nicht auf deine Tricks herein.«

Stirnrunzelnd flatterte sie auf und schwebte vor ihm in der Luft, die dünnen Ärmchen vor der Brust verschränkt. »Mein Name ist Sinann, wenn du gestattest, und ich sage die Wahrheit. Ich versuche, dir etwas sehr Wichtiges über deinen Pa mitzuteilen, und du tätest gut daran, mir jetzt genau zuzuhören. Ich selber habe nämlich jahrelang an ihm gezweifelt und habe alles, was er mir sagte, als Produkt seiner Fantasie abgetan; erst viel später bin ich dahinter gekommen, dass er immer Recht hatte. Du darfst nicht denselben Fehler machen wie ich; nicht, wenn du deine Leute und dich selbst vor dem Untergang bewahren willst.

Dein Vater wurde in der Zukunft geboren, Ciaran, er kam in unsere Zeit, als er so alt war wie du jetzt, und er wusste, was geschehen würde, weil er darüber gelesen hatte. In Büchern, verstehst du? Für ihn war der bevorstehende Aufstand eine Geschichte aus längst vergangenen Zeiten, so wie die des Geisterhundes nicht mehr als eine alte Geschichte für uns ist.«

»Das ist doch verrückt.« Ciaran wandte sich ab und ging zur Tür.

Sinann flog näher, um ihm den Weg zu versperren. »Es ist die Wahrheit!«

»Lass mich durch!«

»Erst wenn du zur Vernunft gekommen bist.« Sie deutete auf den weißen Grabstein mit dem Namen seines Vaters. »Siehst du das? Was steht da?«

Ohne hinzusehen erwiderte Ciaran: »Dylan Robert Matheson.«

»Und was noch?«

»Nichts.«

»Sei so freundlich und schau einmal genauer hin.«

Ciaran kniff die Augen zusammen, drehte sich jedoch widerwillig um und betrachtete den weißen, im Licht schimmernden Marmor. Unter dem Namen seines Vaters war eine Distel in den Stein eingemeißelt, darunter standen zwei Worte: »Hi, Mom.« Verwirrt runzelte er die Stirn. »Was soll das heißen? Solche Worte habe ich noch nie gehört. Was für eine Sprache ist das?«

»Das ist Englisch, wie man es in der Zukunft sprechen wird, und es bedeutet: ›Hallo, Mutter‹. Es ist eine Botschaft für seine Mutter; er hat immer geglaubt, sie würde eines Tages hierher kommen, um sein Grab zu suchen.«

»Seine Mutter ...« Ciaran verstand die Welt nicht mehr. Er hatte immer angenommen, seine Großeltern väterlicherseits lägen jenseits des Ozeans in Virginia begraben.

»Du musst endlich begreifen, dass ich die Wahrheit sage, denn jetzt bist du der Laird und musst die Deinen durch die schweren Zeiten bringen, die uns bevorstehen. Und du musst es so tun, wie es dein Vater gewollt hat und wie er es getan hätte, wenn er nicht von uns gegangen wäre. Du musst nach dem Willen deines Vaters handeln.«

Das traf Ciaran an seiner empfindlichsten Stelle. *Höre auf den Rat der Sidhe.* Also trat er einen Schritt zurück, verschränkte die Arme vor der Brust und musterte die Fee stirnrunzelnd. »Na schön. Dann erzähl mir all die Dinge über meinen Vater, die er mir nicht selbst sagen wollte.«

Sinann landete auf dem Marmorstein und nahm mit untergeschlagenen Beinen darauf Platz. »Setz dich.« Sie deutete auf den schmutzigen Boden. Ciaran gehorchte und lehnte sich mit dem Rücken gegen einen Pfosten. »Dein Vater wurde – oder wird – im Jahre 1970 geboren«, begann die Fee. »Er war dreißig Jahre alt, so wie du jetzt, als er ein verzaubertes Schwert berührte ...«

»Lass mich raten, wer es verzaubert hat.«

»Ich wollte unsere Leute vor der Ausrottung durch die Engländer retten«, verteidigte sich die Fee. »Hättest du nicht dasselbe getan, wenn dir die nötige Macht gegeben gewesen wäre?« Darauf wusste Ciaran keine Antwort, also fuhr Sinann fort: »Und so schickte das Schwert deinen Vater zu mir, und zwar im Jahre 1713. Leider muss ich sagen, dass er sich anfangs strikt weigerte, uns zu helfen.«

»Du lügst. Mein Vater liebte sein Volk. Er hätte alles getan, um es zu retten.«

Die Fee hob bittend die Hände. »Dein Vater liebte *dich*. Und deine Mutter. Erst nach deiner Geburt fing er an, auch das Leben hier zu lieben. Und so begann er, allmählich die Verantwortung für das Wohlergehen seines Clans zu übernehmen. Alles, was ich sage, ist wahr. Er kam aus der Zukunft und hat seine Kenntnisse der Geschichte genutzt, um seinen Leuten zu helfen. Was meinst du, warum er die Clansmitglieder dazu angehalten hat, Wolle zu spinnen und zu weben und Whisky zu brennen, statt das Land unter immer mehr Menschen aufzuteilen, und es zu bebauen? Warum hat er die Schafzucht gefördert und Rinder und Haferanbau hintan gestellt? Warum hat er so viel Wert auf die Produktion und den Verkauf überschüssiger Güter gelegt, statt die Leute nur so viel herstellen zu lassen, wie sie selbst benötigen?«

Ciaran zuckte die Schultern. »Das ist mir auch ein Rätsel. Reich sind wir dadurch bestimmt nicht geworden, und der alte Seumas Glas kann bestätigen, dass der Handel nicht immer floriert.«

»Aber gerade das beweist, das ich die Wahrheit sage! Dein Vater wusste, was kommen würde und was noch kommen wird. Es ist noch nicht zu Ende, und du musst sein Werk weiterführen. Du musst dafür sorgen, dass deine Leute ihr Land behalten. Du musst ihnen helfen, auch wenn dir die Engländer deine Herrschaftsrechte absprechen.«

»Nein.« Ciaran verstand kein Wort von dem, was sie sagte, und wollte es eigentlich auch gar nicht verstehen. »Jetzt redest du wirklich Unsinn. Das können sie nicht tun.« Aufgebracht machte er auf dem Absatz kehrt, verließ den Stall und ging auf die große Halle zu, blieb aber mitten im Burghof wie angewurzelt stehen, als ihm bewusst wurde, dass er nicht in diesen Raum zurückkehren wollte, wo die Gegenwart des Todes geradezu greifbar zu spüren war.

Die Fee, die neben ihm herschwirrte, nickte nachdrücklich. »Doch, sie können es, und sie werden es auch tun. Sie werden deine Gerichtshoheit für ungültig erklären, dir die Verantwortung für deine Leute entziehen und dir nur das Land lassen. Deine Söhne und Enkel werden bald wie die Engländer daran glauben, dass nur der persönliche Wohlstand zählt. Die Nachbarn, die Zugehörigkeit zu ihrem Clan, all das wird ihnen nichts mehr bedeuten.«

»Lass mich doch in Ruhe, Fee.«

»Mein Name ist *Sinann!* Und du musst auf mich hören! Du musst deine Kinder lehren, was dein Vater dich gelehrt hat, aber zuerst musst du dafür sorgen, *dass du die Schlacht bei Culloden überlebst*!«

Ciaran runzelte die Stirn und machte Anstalten, etwas zu erwidern, doch da kam Eóin aus der großen Halle. Damit war das Gespräch beendet, und Ciaran musste sich um noch unangenehmere Angelegenheiten kümmern.

Der Leichenzug, der Dylan Dubh und seine Frau zu ihrer letzten Ruhestätte geleitete, war der größte, den man im Tal seit Jahren gesehen hatte. Sogar der Pachtverwalter Dùghlas Matheson war mit seinen Pächtern aus dem südöstlichen Teil des Tales gekommen. Sie mussten die ganze Nacht lang marschiert sein, um rechtzeitig zu den anderen stoßen zu können. Die Männer versammelten sich auf dem Dorfplatz in der Nähe der Zugbrücke und scharten sich um das steinerne Piedestal, das in der Mitte des Platzes stand.

In den letzten Jahrzehnten war das Dorf beträchtlich gewachsen. In den eng beieinander liegenden Häusern wohnten diejenigen, denen nicht genug Land zugestanden worden war, um ihre Familien zu ernähren, und die deshalb anderen Tätigkeiten nachgingen. Einige dieser Kleinbauern verarbeiteten die Wolle, die die Herden des Lairds lieferten, einige betrieben die im Wald verborgene Brennerei. Donnchadh Matheson verdiente sich seinen Lebensunterhalt als Dorfschmied und hatte es zu bescheidenem Wohlstand gebracht. Da er keinen Sohn hatte, war er gezwungen gewesen, einen Lehrling einzustellen, doch im Gegensatz zu seinem Vorgänger Tormod Matheson bearbeitete er kein Land. Die Felder, die der letzte Schmied beackert hatte, waren an Keith Rómach Campbell und seine Familie verpachtet worden. Der alte Seumas Glas betrieb am Dorfplatz einen kleinen Kramladen, nicht mehr als ein Torfhäuschen mit einer Art Theke in einer Wand, über die er seine Ware verkaufte. Er und seine Söhne reisten häufig nach Inverness, Glasgow oder gar Edinburgh, um Wolle, Leinen und Eisenwaren aus Ciorram gegen Dinge einzutauschen, die im Tal nicht hergestellt werden konnten.

Während Ciaran den Pfad zum Friedhof entlangschritt und dabei das Gewicht des Sarges seines Vaters auf der Schulter verlagerte, dachte er über die Veränderungen nach, die Dylan Dubh im Laufe seines Lebens im Tal eingeleitet hatte. Sein System behagte denen, die kein Land besaßen, nicht sonderlich, doch der Laird hatte seine Leute langsam und behutsam daran gewöhnt. Das Land ging nach dem Tod des Pächters auch weiterhin auf den erstgeborenen Sohn über, und die jüngeren Kinder mussten sich anderweitig Arbeit suchen.

Da die Ländereien von Ciorram im Vergleich zu denen der großen Clans Fraser, MacDonald, MacKenzie, Cameron und anderen eher bescheiden zu nennen waren, hatte der Laird auch nur einen Pachtverwalter eingesetzt. Dùghlas, der sich gleichfalls als Sargträger zur Verfügung gestellt hatte, kümmerte sich um die abgelegenen Höfe im Südosten, trieb die Pachtgelder ein, zog den ihm zustehenden Anteil davon ab und schickte die restliche Summe dann an den Laird. Allerdings hatte er nicht in allen Fragen völlig freie Hand, sondern war von Dylan Dubh angewiesen worden, die Höfe nicht zu sehr zu verkleinern. Im Laufe der vergangenen Jahrzehnte waren viele jüngere Söhne, die von der Erbfolge ausgeschlossen waren, ins Dorf gekommen, um Arbeit zu suchen. Wenn sie nicht die nötige Bereitschaft zum Arbeiten an den Tag legten, wurden sie angehalten, nach Glasgow oder Inverness zu gehen. Einige waren aus dem Tal verschwunden, andere waren geblieben. Der Laird hatte jedoch nie einen Zweifel daran gelassen, dass er diejenigen, die blieben und sich eine Existenz aufbauten, für die besseren Männer hielt. Für sie hatte er Beschäftigungsmöglichkeiten gefunden oder geschaffen und so für wirtschaftlichen Aufschwung gesorgt; trotz des starken Anstieges der Bevölkerung nach dem letzten Aufstand hatte deswegen niemand Hunger leiden müssen.

Die Mathesons von Ciorram, die sich auf dem Dorfplatz eingefunden hatten, um ihrem Laird das letzte Geleit zu geben, trauerten aufrichtig um ihren starken, besonnenen Führer. Ciaran bemerkte, dass einige von ihnen ihm zweifelnde Blicke zuwarfen. Offenbar fragten sie sich, ob er fähig war, in die Fußstapfen seines Vaters zu treten, und je länger Ciaran darüber nachdachte, desto stärkere Zweifel daran keimten in ihm selbst auf.

Der Clan folgte den Sargträgern aus dem Dorf heraus und dann den Pfad entlang, der zur Kirche hochführte. Dudelsackklänge wehten durch das Tal und riefen noch die letzten Säumigen auf, sich der Prozession anzuschließen. Die alte Kirche Unserer Lieben Frau vom See stand an der schmalen Krümmung, die den Eingang des Tals bildete, direkt gegenüber der Königin-Anne-Garnison.

Obgleich sich die von einer Mauer umgebene Baracke, die die rotberockten Handlanger Seiner Majestät beherbergte, sich in Sichtweite der Kirche befand, rechnete niemand mit Schwierigkeiten. Zur Zeit war nur eine einzige Dragonerkompanie hier stationiert. Und obwohl die Ausübung des katholischen Glaubens seit einem Jahrhundert verboten war, würden die Soldaten sie nicht behelligen, denn seit dreißig Jahren gab es keinen Priester mehr in Glen Ciorram.

Die Mathesons dieses Tales waren überzeugte Katholiken, wagten aber nicht, sich allzu offen dazu zu bekennen. Ehen wurden in Ermangelung eines Gemeindepfarrers per Handschlag geschlossen, Taufen von Hebammen durchgeführt, Beerdigungen – sogar so wichtige wie diese – gingen ohne jegliche Feierlichkeiten vonstatten. Die katholischen Gebete wurden nur mit gedämpfter Stimme gesprochen, und die Soldaten der Garnison gaben vor, nicht zu bemerken, wenn sich jemand verstohlen bekreuzigte. Die Ausübung ihrer religiösen Riten brachte jeden Katholiken in Lebensgefahr, was Ciaran als unerträglich beschämend empfand.

Die kleine, an einen bewaldeten Hügel geschmiegte Kirche war von Gräbern umgeben, die meistens noch nicht einmal mit einem Kreuz gekennzeichnet waren. Bis zum heutigen Tage war nur ein einziger richtiger Grabstein aufgestellt worden – der von Ciarans und Sìles Mutter Caitrionagh. Jetzt würden sich zwei weitere weiße Marmorblöcke hinzugesellen. Der Clan begrub Dylan Dubh neben seiner ersten Frau, seine zweite wurde zu seiner anderen Seite zur letzten Ruhe gebettet.

Nachdem Robin Innis die Gebete gesprochen hatte, die Gräber zugeschüttet und die Steine an ihren Platz gestellt worden waren, löste sich die Versammlung auf. Die Clansleute kehrten in stummer Trauer in ihre Häuser zurück; sie hatten einen geliebten Verwandten und allseits geschätzten Anführer verloren.

Ciaran war einer der Letzten, die den Friedhof verließen. Oben auf dem Hang blieb er stehen und starrte zur Garnison hinüber.

Ein rotberockter Wachposten stand am Tor und sah ihn an. Der Anblick der englischen Uniform löste eine Welle der Übelkeit in Ciaran aus. Von frühester Kindheit an hatte er gelernt, die Besatzer zu hassen. Sein Leben lang war er gezwungen gewesen, sich vor den Soldaten zu verstecken, denen es frei stand, mit auf Musketen geschraubten Bajonetten sein Heim zu durchsuchen, wann immer sie Lust dazu verspürten. Man hatte ihm eingeschärft, die Engländer nie zu provozieren oder ihnen auch nur zu lange in die Augen zu blicken. Er hatte Geschichten über grässliche Foltern gehört und die wulstigen Narben auf dem Rücken seines Vaters gesehen, die von Peitschenhieben herrührten. Jeden Tag betete er, dass es eines Tages keinen einzigen Engländer mehr in seinem Land geben würde.

Der Wachposten bemerkte, dass Ciaran ihn anstarrte, straffte sich, hob seine Muskete und starrte ebenso unbewegt zurück. Ciaran blieb einen Moment ruhig stehen, um dem verhassten Rotrock zu zeigen, dass er keine Furcht vor ihm empfand. »*Sassunach neòghlan*«, murmelte er, dann spie er verächtlich auf den Boden, ehe er den Heimweg antrat. Schmieriger Engländer.

Den Rest des Tages wusste er nichts mit sich anzufangen. Eine Art lähmender Benommenheit hatte sich über ihn gelegt; er konnte sich auf nichts konzentrieren. Alles in der Burg erinnerte ihn an seinen Vater und an die grausame Gewissheit, dass er Pa nie wieder sehen würde. Die Dienstboten waren eifrig damit beschäftigt, Sachen aus einem Raum in den anderen zu schaffen, damit die Zwillinge aus der Kammer, die sie sich mit Sìles Töchtern teilten, in die von Ciaran umziehen konnten. Die persönlichen Habseligkeiten des Lairds und seiner Frau würden an all diejenigen verteilt werden, die Verwendung dafür hatten oder sie als Andenken aufbewahren wollten. Die Kleider waren für die Ärmsten im Tal bestimmt. Die meisten von Pas Sachen wollte Ciaran allerdings für sich behalten. Seine eigenen Besitztümer wurden gerade in das Privatgemach des Lairds im obersten Stock des Westturmes gebracht.

Ciaran wanderte ruhelos durch die Burg. Er hegte nicht den Wunsch, mit anzusehen, wie die Habseligkeiten seines Vaters zusammengepackt wurden. Und wenn er ganz ehrlich war, verspürte er auch nicht die geringste Lust, den Platz Dylan Dubhs einzunehmen. Wenn doch Pa nur noch am Leben wäre!

Schließlich begab er sich in das im untersten Stock des Nordturms gelegene Arbeitszimmer des Lairds. Obwohl hier nichts verändert worden war, kam ihm der Raum leer und verlassen vor. Ciaran konnte sich einfach nicht vorstellen, von nun an selbst für das Wohl seines Clans verantwortlich zu sein, obwohl sein Vater ihn sorgfältig auf diese Rolle vorbereitet hatte. Die ganze Situation erschien ihm irgendwie unwirklich.

Nachdenklich betrachtete er das Bücherregal an der gegenüberliegenden Seite des Raumes. Nun wusste außer ihm kein

Mensch mehr von dem Geheimgang hinter dem Regal, der zu dem Pfad in der Nähe des alten Turmes führte. Obwohl Pa ihm nie den Sinn und Zweck dieses Ganges erklärt hatte, war dies nicht schwer zu erraten. Nur der amtierende Laird der Burg und sein designierter Nachfolger kannten das Geheimnis. Falls jemand versuchen sollte, dem rechtmäßigen Erben seinen Platz streitig zu machen, konnte er beseitigt und durch den Gang fortgeschafft werden. Der Geheimgang diente dazu, die Erbfolge zu sichern.

Die Kontobücher, die sein Vater seit dreißig Jahren geführt hatte – schwere, ledergebundene, mit vielen Zahlen und Daten gefüllte Bände –, kannte er in- und auswendig. Es gab auch noch ältere Bücher, die von Dylan Dubhs Vorgängern stammten, doch die von Ciarans Vater angelegten Bände nahmen bei weitem den meisten Platz ein. Außerdem wurden hier die Tauf-, Heirats- und Sterberegister aufbewahrt, die Pa 1722 aus der Kirche gerettet hatte. Seit der Verhaftung und Deportation Vater Turnbulls im Jahre 1719 führte der Laird diese Listen weiter.

Ciaran nahm an dem schweren Eichenholzschreibtisch Platz und blickte sich im Arbeitszimmer um, während er darüber nachdachte, welche Probleme er in seiner neuen Position als Erstes in Angriff nehmen musste.

Wenn man es genau bedachte, trat er sein Amt unter den besten Voraussetzungen an. Er wusste alles, was es über die Herstellung und den Verkauf des Whiskys zu wissen gab, und er war über die zahlreichen vergeblichen Versuche seines Vaters, die Brennerei zu legitimisieren, genau informiert. Pa war felsenfest davon überzeugt gewesen, dass die Zukunft des ganzes Tales von der Whiskybrennerei abhing, und Ciaran war in diesem Punkt ganz seiner Meinung.

Der Whisky aus Glen Ciorram war ein ebenso edles Getränk wie französischer Wein, und im Laufe der Jahre war die Nachfrage danach stark gestiegen. Der Profit aus dem Verkauf des Whiskys würde sich noch erhöhen, wenn die Mathesons die Erlaubnis erhielten, ihre Brennerei legal zu betreiben und das Produkt frei zu verkaufen, denn bei der Herstellung gab es ein Geheimnis, das nur Ciaran und seine Brüder kannten.

Ihr Whisky war momentan der einzige auf der Welt, der älter als ein paar Wochen war. Jedes Fass wurde drei Jahre oder länger in einem Versteck gelagert und dann als Produkt des laufenden Jahres auf den Markt gebracht. Nur Ciaran, Calum und Robbie wussten davon und kannten das Versteck der Fässer, denn obwohl Dylan Dubh seine Töchter über alles geliebt hatte, wäre er nie bereit gewesen, das Geheimnis mit seinen Schwiegersöhnen zu teilen. Oder mit seinen Stiefsöhnen.

Das Arbeitszimmer wirkte sauber und ordentlich, die Bücher standen in Reih und Glied wie englische Soldaten, der Kasten neben dem Tintenfass war mit sorgfältig gespitzten Schreibfedern gefüllt, der mehrarmige Leuchter auf dem Schreibtisch mit frischen Kerzen bestückt. An der Wand dahinter hingen der Dolch mit dem silbernen Heft, den sein Vater Brigid genannt hatte, und das Schwert, das einer von Ciarans Vorfahren von König James I. als Geschenk erhalten hatte. Die Waffen waren so angeordnet, dass die Klingen sich kreuzten. An der anderen Wand prangte der Gobelin, der den Großvater väterlicherseits seiner Mutter zeigte, Donnchadh Matheson, der zugleich ein Großonkel von der Seite seines Vaters war. Der hoch gewachsene, rothaarige Laird ritt auf einem Einhorn durch einen dunklen Wald. Eine kleine weiße Fee flog hinter ihm her, in der er das Ebenbild der Erscheinung in der Schlafkammer seines Vaters erkannte. Dieselbe Fee, von der er immer noch hoffte, dass sie ihn nur im Traum heimgesucht hatte. Unruhig ließ er den Blick durch den Raum schweifen und fragte sich, wo das geheimnisvolle Geschöpf wohl stecken mochte.

Es klopfte an der schweren Tür des Raums, und Robins graubrauner Kopf erschien im Rahmen. »Darf ich mich nach dem Befinden des Lairds erkundigen?«

Ciarans erster Impuls bestand darin, den alten Mann daran zu erinnern, dass der Laird tot war, was Fragen nach seinem Befinden erübrigte, doch dann ging ihm auf, was Robin meinte. »Komm herein und setz dich. Was kann ich für dich tun?«

Robin humpelte langsam durch den Raum und ließ sich mühsam auf den rot gepolsterten Stuhl vor dem Schreibtisch sinken. Niemand wusste genau, wie alt er eigentlich war – vermutlich ungefähr ebenso alt wie Dylan Dubh. Er hatte an dessen Seite bei dem letzten Aufstand mitgekämpft und dabei eine lange Narbe am Kinn davongetragen. Bei *céilidhean* wurden häufig die Heldentaten von Ciarans Vater gerühmt, und man erzählte auch, er habe bei einem *creach* auf die Viehherden der MacDonells Robin das Leben gerettet. Ciaran hatte die Geschichte oft bei den abendlichen Versammlungen des Clans gehört. Robin hatte die Herde durch einen Hochwasser führenden Fluss auf das Matheson-Land zugetrieben. Dabei war er ausgerutscht und wäre von der Strömung davongerissen worden, wenn Dylan Dubh nicht blitzschnell reagiert, ihn am Hemdkragen gepackt und festgehalten hätte. Dabei hätten sie beide ums Leben kommen können, doch Dylan hatte Robin erst losgelassen, als es diesem wieder gelungen war, sicheren Halt zu finden. Beide waren heil ans andere Ufer gelangt.

Robin streckte die Beine aus und musterte Ciaran einen Moment lang schweigend, ehe er das Wort ergriff.

»Ich nehme an, die *Sassunaich* werden dir einen oder zwei Tage Zeit geben, ehe sie anfangen, dich auf die Probe zu stellen.«

Ciaran nickte. »So nervös, wie sie zur Zeit sind, wird es nicht lange dauern, bis ich sie am Hals habe.«

»Wirst du ihnen denn weiteren Anlass zur Nervosität geben, Ciaran Dubhach?«

Eine ausgezeichnete Frage. Allzu viel hing in diesen unruhigen Zeiten davon ab, dass man sich auf die richtige Seite schlug. Ciaran seufzte tief. Sein Blick wanderte über die Bücherregale hinter ihm und blieb an einem keilförmigen Stück Holz hängen. Er griff danach, weil sich eine schwache Erinnerung in ihm regte. Sein Vater hatte ihm dieses Spielzeug geschenkt, als er noch ganz klein gewesen war; einen seltsamen geschnitzten Vogel mit starren, geraden Flügeln und einem dreigeteilten Schwanz. Es war nicht zu erkennen, wo der Kopf endete und der Rumpf begann. Außerdem hatte er weder Augen noch Füße. Das weiche Holz wies zarte Abdrücke seiner eigenen Milchzähnchen auf.

Ciaran schüttelte die Erinnerung ab und wandte sich wieder an Robin. »Sie hassen uns, was auf Gegenseitigkeit beruht. Ich kann ihre Anwesenheit hier nicht ertragen, und ich werde nicht dulden, dass sie sich noch länger in unsere Angelegenheiten einmischen.«

»Sie sind uns weit überlegen.«

Ciaran sah Robin finster an. »Sie kämpfen wie alte Weiber.«

»Woher willst du das denn wissen?« Robin beugte sich erregt in seinem Stuhl vor, doch seine Stimme blieb ruhig und gelassen. »Du hast noch nie an einer Schlacht teilgenommen. Woher willst du wissen, wie die Engländer kämpfen? Du hast ja nur die Geschichten gehört, die bei einem *céilidh* erzählt werden.«

Ciaran kniff böse die Augen zusammen, sagte aber nichts.

Robin fuhr fort: »Und was soll dann aus der Brennerei deines Vaters werden? Du weißt genau, welche Hoffnungen er darauf gesetzt hat. Dass es ihm bislang noch nicht gelungen ist, sie zu legitimieren, bereitete ihm große Sorgen. Du tätest gut daran, deinen Hass auf die Engländer vorerst einmal zurückzustellen und stattdessen zu versuchen, den Traum deines Vaters zu verwirklichen.«

Calums Stimme ertönte plötzlich von der Türschwelle her. »Der Clan wird niemals Frieden mit einem protestantischen Herrscher schließen.« Die beiden Männer fuhren erschrocken zusammen.

Calum hat Recht, dachte Ciaran. Ihm war klar, dass die Mathesons von Ciorram schon seit langem darauf brannten, sich dem nächsten Stuart anzuschließen, der seinen Fuß auf schottischen Boden setzte. Calum zuckte die Schultern. Er sprach mit sachlicher Überzeugung. »Zwischen uns und den *Sassunaich* kann es keinen Frieden geben.«

»Dein Vater war immer gegen den Krieg, das weißt du genau.«

»Vater war ein großer Mann«, erwiderte Calum mit einem spöttischen Unterton in der Stimme. »Aber er war blind gegenüber allem, was die Engländer betraf. Er hat nie begriffen, dass sie bis zum Äußersten gehen würden, nur um uns zu vernichten.«

»*Och*, und ob er das begriffen hat! Er hasste die *Sassunaich* mehr als ihr beiden zusammen, aber er verstand viele Dinge viel besser als wir alle. Er kämpfte gegen die Engländer und tat gleichzeitig sein Bestes, um Frieden mit ihnen zu schließen, wenn sich ihm eine Möglichkeit dazu bot.«

Ciaran dachte daran, dass die Fee ihm erzählt hatte, Pa wäre aus der Zukunft gekommen und hätte daher gewusst, was geschehen würde, tat den Gedanken jedoch gleich als Unsinn ab. Feenspielchen. Sie musste ihm einen Haufen Lügen aufgetischt haben.

»Dylan Dubh kämpfte damals gegen sie, weil ihm keine andere Wahl blieb«, fuhr Robin fort. »Aber er hat sie nie mutwillig provoziert oder sonst etwas getan, was ihren Hass auf uns noch verstärkt hätte. Sowie er Laird war, behandelte er die englischen Soldaten wie schlafende Hunde. Wenn man sie in Ruhe lässt, wird man von ihnen auch nicht gebissen.«

Robins Worte ergaben durchaus einen Sinn. Tatsächlich hatte Pa sich viele Jahre lang bemüht, seine Clansleute zur Besonnenheit gegenüber den Besatzern zu ermahnen, und trotz seinem eigenen abgrundtiefem Hass auf die Engländer sah Ciaran ein, dass diese Einstellung etwas für sich hatte.

Doch Calum widersprach mit ärgerlicher Stimme: »Und was hat ihm das gebracht? Die Brennerei wird immer noch illegal betrieben, und wenn die *Sassunaich* sie entdecken, wird sie entweder beschlagnahmt, oder der Clan muss ein hohes Bußgeld zahlen. Genauso wollen die englischen Schweine es ja haben. Wir sind ihrer Willkür auf Gedeih und Verderb ausgeliefert, und daran wird sich auch nichts ändern, solange wir am katholischen Glauben festhalten.« Er betrat den Raum und ging auf den Schreibtisch zu.

»Wenn wir den schlafenden Hund in Ruhe lassen, wird er eines

Tages von selbst erwachen und sich auf uns stürzen. Dann wird er uns die Eingeweide aus dem Leib reißen und uns blutend auf der Erde liegen lassen! Die Engländer hassen uns, weil wir Schotten und Katholiken sind. Nichts und niemand wird ihre Meinung über uns ändern. Solange wir unserem Glauben und unseren Traditionen treu bleiben, werden sie uns verfolgen und töten, und sie werden erst zufrieden sein, wenn sie unser Volk ausgerottet haben.«

Er stützte sich auf den Schreibtisch und sah Ciaran direkt ins Gesicht. »Und ich warne dich, Bruder. Wenn du dich gegen die Wünsche des Clans stellst, werden die Männer einem Laird folgen, der in ihrem Sinne handelt.«

Seine Worte trafen Ciaran mitten ins Herz. Drohte ihm von der Seite seines eigenen Bruders Verrat? In betont gebieterischem Tonfall nannte er Calum bei der englischen Version seines Namens, weil er wusste, wie sehr dieser das hasste: »Malcolm …«

Doch Calum stieß sich vom Schreibtisch ab, machte auf dem Absatz kehrt und verließ den Raum.

Ciaran seufzte, dann murmelte er leise auf Englisch einen anderen Lieblingsspruch seines Vaters vor sich hin. »Ich bin zu alt für diesen Scheiß.«

Robin kicherte in sich hinein.

Die Sonne war schon fast untergegangen, als Hufschlag auf der Zugbrücke ertönte. Ciaran stand im Burghof und gab dem Hauptmann der Burgwache einige Anweisungen, als der einsame Reiter am Torhaus vorbeipreschte, sein Pferd zügelte und aus dem Sattel sprang. Ciaran wurde das Herz schwer, als er sah, wer da gekommen war.

»Robbie!« Er rannte los, um seinen kleinen Bruder vor dem Eingang der großen Halle abzufangen. »Nein, Robbie, warte!« Dabei packte er den dünnen Arm des Jungen, woraufhin beide ins Straucheln kamen und beinahe unsanft auf dem Boden gelandet wären.

Robbie sah seinen Bruder überrascht an, dann dämmerte ihm, was Ciaran ihm zu verstehen geben wollte. Mit seinen fünfzehn Jahren war er bereits sehr groß, und sein Körperbau verriet, dass er zu einem kräftigen, muskulösen Mann heranwachsen würde, doch in diesem Moment wirkte er wie ein kleines Kind. Die gesunde Farbe wich aus seinen Wangen, und seine Stimme glich einem erstickten Quieken, als er fragte: »Pa?«

Ciaran nickte. »Gestern.«

Robbie holte tief Atem, sichtlich bemüht, sich männlich und gefasst zu geben, obwohl er die aufsteigenden Tränen kaum zu unterdrücken vermochte. »Ich bin gekommen, so schnell ich konnte, ohne das Pferd dabei umzubringen. Aber die Wege sind so schlecht, und da ...«

»Ich weiß, Rob. Du brauchst dich nicht ...«

»Wo ist Mutter?« Robbie blickte sich suchend um. »Ich muss sofort zu ihr. Sie wird mich brauchen.«

Ciaran hielt ihn erneut fest. »Nein, Robbie. Es tut mir Leid.«

Jetzt verstand der Junge die Welt nicht mehr. Stirnrunzelnd sah er Ciaran an, dann traf ihn die furchtbare Erkenntnis wie ein Schlag. Seine Unterlippe begann zu zittern. »Mutter? Nein, nicht auch noch Mutter!«

»Sie ist heute Morgen gestorben. Wir haben sie neben Pa begraben.«

Jetzt war es mit Robbies Beherrschung vorbei. Die Tränen, die er so mühsam zurückgehalten hatte, rannen ihm in Strömen über die Wangen. Ciaran legte ihm tröstend eine Hand auf die Schulter. Robbie blickte sich so verzweifelt um, als hoffe er, jemand würde ihm gleich sagen, das alles sei nur ein böser Traum. Doch Sìle und die Zwillinge, die aus der großen Halle kamen, umarmten ihn nur stumm und ließen ihn weinen. Ciaran sah zu, wie die Mädchen ihn in die Burg führten, wo sie am Feuer sitzen und bis in die Nacht hinein über die Ereignisse der letzten Tage reden würden. Eine zweite Totenwache für seine Eltern sozusagen.

Er befahl einem Stalljungen, sich um das erschöpfte Pferd zu kümmern, dann ging er ebenfalls hinein, um sich zu seiner Familie zu gesellen.

3. KAPITEL

Sein Kilt wies das traditionelle rote Tartanmuster auf und wurde von einem schwarzen Ledergürtel mit Silberschnalle gehalten.

Die Straße endete kurz vor dem Ziel der Hadleys, und Leah konnte die Reise nicht länger in der Kutsche fortsetzen. Zunächst fand sie es unerträglich, in einem Land leben zu müssen, in dem es noch nicht einmal richtige Straßen gab. Sie kam sich vor, als habe sie den Styx überquert und sei an einem Ort gelandet, von dem keine Rückkehr mehr möglich sei. Aber dann merkte sie, dass ihr das Reiten gut bekam, obwohl der Damensattel an ihren Schenkeln scheuerte. Die frische, klare Luft und der ruhige Gang ihres Pferdes vertrieben die Übelkeit, unter der sie in der stickigen, schwankenden Kutsche so gelitten hatte. Ihre Lebensgeister hoben sich ein wenig.

Sie ritt an der Spitze der Dragonertruppe, direkt neben ihrem Vater. Ihre Zofe, dieser schottische Trampel, war hinter ihr zurückgeblieben, sie hatte sich um das Gepäck zu kümmern, worüber Leah zutiefst erleichtert war. Sie zog die Gesellschaft ihres Vaters der der Schottin bei weitem vor.

Ungeduldig wandte sie sich ihm zu. »Vater, ich glaube, ich werde mich in diesem grässlichen Land nie wohl fühlen.«

Der Captain, der sich, Offizier durch und durch, kerzengerade im Sattel hielt, warf ihr einen flüchtigen Blick zu, bevor er erwiderte: »Ich erwarte nicht, dass du dich hier wohl fühlst, Tochter.

Aber ich erwarte, dass du dir deine schlechte Laune nicht anmerken lässt.«

Leah sah ihn an, dann schlug sie die Augen nieder. Es fiel ihr schwer, in der Gegenwart seiner Männer offen mit ihm zu sprechen. Roger Hadley war ein gut aussehender Mann mit freundlichen Augen und einer umgänglichen Art, doch im Umgang mit seinen Untergebenen legte er ein Befehlsgebaren an den Tag, das sie einschüchterte. Sie ließ den Blick über die schroffe Landschaft schweifen, dann sagte sie leise: »Du hättest mich ja nicht hierher bringen müssen. Ich wäre viel lieber bei Onkel Henry in London geblieben.« Sie hätte alles getan, um daheim in ihrer gewohnten Umgebung weiterleben zu können, wo sie oft das Gefühl hatte, der Geist ihrer Mutter wäre noch bei ihr. Aber über solche Dinge konnte sie mit ihrem Vater nicht sprechen. Er befasste sich mit Religion nur insoweit, als dass es ihm gelang, den Namen seines Kompaniekaplans zu wissen.

»Mir blieb leider keine andere Wahl, als dich mitzunehmen. Du bist meine Tochter, und ich konnte nicht zulassen, dass mein unzuverlässiger, leichtfertiger Bruder deine Erziehung übernimmt.«

Leah bemühte sich krampfhaft, das Zittern in ihrer Stimme zu unterdrücken. »Meine *Erziehung?* Vater, ich bin erwachsen! Ich wünschte, du würdest das endlich einsehen!«

Eine fleckige Röte breitete sich an den Ohren und am Hals ihres Vaters aus. Er räusperte sich, dann entgegnete er: »Erwachsen, soso. Ein Grund mehr, dich nicht der Obhut meines Bruders anzuvertrauen.«

Leah nahm all ihren Mut zusammen, holte tief Atem und fuhr fort: »Und deshalb muss ich jetzt unter Männern leben, die nicht halb so zivilisiert sind wie Onkel Henry?«

Die Stimme des Captains wurde stahlhart, und er bedachte seine Tochter mit einem finsteren Blick. »Ist dir einer meiner Leute irgendwie zu nahe getreten oder hat es an dem nötigen Respekt fehlen lassen?«

Sie zuckte zusammen. Es sah ihm ähnlich, aus allem, was sie sagte, die falschen Schlüsse zu ziehen. Seine Augen loderten vor Zorn. Leise sagte sie: »Nein, Vater, nichts dergleichen ist passiert. Wie auch? Es hat ja niemand auch nur ein Wort an mich gerichtet.« Zwar verabscheute sie die Soldaten ihres Vaters, diese ungehobelten Gesellen, aus tiefster Seele, aber sie wollte trotzdem nicht, dass einer von ihnen fälschlich beschuldigt wurde, sie belästigt zu haben.

Vater nickte zufrieden und richtete seine Aufmerksamkeit wieder auf den Weg. Sein Ärger war verflogen, seine Gesichtsfarbe schon fast wieder normal.

Leah dagegen stieg das Blut in die Wangen, als ihr klar wurde, dass es ihm gleichgültig war, ob jemand mit ihr sprach oder nicht, solange sie nur nicht respektlos behandelt wurde. Missmutig meinte sie: »Trotzdem sehe ich nicht ein, warum ich nicht nicht bei Onkel Henry bleiben konnte. In London hätte ich vielleicht einen Ehemann gefunden und wäre dort glücklich geworden.«

Der Captain ließ ein schnaubendes Lachen hören, ehe er brummte: »Das halte ich für äußerst unwahrscheinlich.« Sie wusste nicht, ob er damit meinte, es sei unwahrscheinlich, dass sie einen Mann gefunden hätte und glücklich geworden wäre, und im Grunde genommen wollte sie es auch gar nicht wissen, deshalb ging sie nicht weiter darauf ein. Flüchtig fragte sie sich, ob er sie vielleicht mit einem seiner Leutnants verheiraten wollte, aber je länger sie darüber nachdachte, desto stärker wurden ihre Zweifel. Es war wohl eher so, dass Vater überhaupt nicht in der Lage war, sich vorzustellen, sie könne eines Tages heiraten. Seltsamerweise erschien ihr diese Vorstellung noch beängstigender.

Lange Zeit herrschte Schweigen zwischen ihnen, während sie mit der struppigen Mähne ihres Pferdes spielte, geistesabwesend ein paar Zöpfchen hineinflocht, sie wieder löste und von neuem begann. Außer dem dumpfen Hufgetrappel und dem gelegentlichen Knarren von Leder war kein Laut zu hören. Die Spannung zwischen ihr und ihrem Vater wuchs. Sie konnte sein Unbehagen geradezu spüren.

Endlich gab er nach und ergriff wieder das Wort. »Vielleicht tröstet es dich ein bisschen, wenn ich dir sage, dass wir in einer Burg leben werden«, meinte er aufgeräumt, woraufhin sie ein Lächeln unterdrücken musste. Diesen Ton schlug er für gewöhnlich an, wenn er sie aufheitern wollte.

Was ihm auch diesmal gelang. Leah liebte alte Burgen, allerdings fürchtete sie, ihr Vater könne, was ihre neue Behausung anging, ein wenig übertreiben. »Eine richtige Burg? Wirklich? Ich hätte nie gedacht, dass es hier welche gibt, hier leben doch kaum Menschen.«

Der Captain zuckte die Schultern. »Wie ich hörte, ist sie nicht sehr groß, und die äußere Burgmauer soll nur noch eine Ruine sein. Vor Jahrhunderten wurde bei einer Belagerung eine Bresche hineingerissen, und da es in der Gegend kaum Baumaterial gibt, wurde der Rest der Mauer nach und nach abgetragen. Aber das Hauptgebäude steht noch, und es soll sogar recht gut erhalten und bequem eingerichtet sein. Die Burg liegt auf einer Insel am Rand eines Sees. Sie wurde nach einem Geisterhund benannt, kannst du dir das vorstellen? Man kann den Namen kaum aussprechen, ins Englische übersetzt lautet er etwa *Haus des weißen Hundes.* Die meisten Leute sprechen einfach von der Burg.«

Leah kicherte. »Ein Geisterhund?« Das klang nach einer ebenso amüsanten wie spannenden Geschichte. Ein Schauer lief ihr über den Rücken.

»In der Tat. Dieser Hund wurde angeblich während eines Kampfes getötet, und sein Geist rächte seinen ebenfalls gefallenen Herrn, indem er ganz allein die gesamte gegnerische Partei tötete, als sie sich auf dem Heimweg befand. Es gibt Leute, die behaupten, den Hund schon gesehen zu haben. Sein Anblick gilt als schlechtes Omen.«

Wieder erschauerte seine Tochter. »Merkwürdige Menschen, die ihre Burg nach einer Geistererscheinung benennen. Noch dazu nach einer, die Unglück bringt.«

Ihr Vater verzog missmutig das Gesicht. »Ich halte es ohnehin für eine sündhafte Verschwendung, Schotten in einer guten Burg wohnen zu lassen. Sie sind nicht nur barbarische Highlander, sondern auch Papisten. Und obwohl der amtierende Laird der Krone freundlich gesonnen sein soll, dürfen wir wohl kaum auf ein halbwegs zivilisiertes Benehmen hoffen.«

Leahs Augen wurden groß, ihr Puls schlug plötzlich schneller. »Sie sind Katholiken? Wirklich? Wirst du sie dann nicht verhaften?« Sie hatte niemals erlebt, dass jemand es wagte, sich offen zum Katholizismus zu bekennen. Bilder von behaarten, halbnackten Männern, die Götzen anbeteten, kamen ihr in den Sinn. Vermutlich würden ihr Vater und seine Dragoner sie allesamt in Ketten legen.

Doch Vater schüttelte den Kopf. »Nein, leider darf ich in diesem Fall nicht so hart vorgehen, wie ich es gerne täte, auch wenn ich Britannien am liebsten ein für alle Mal von diesem abergläubischen Pöbel befreien würde.« Seine Worte klangen kurz und abgehackt. »Aber in diesem Land liegt eine Rebellion in der Luft, und ich möchte nicht derjenige sein, der den auslösenden Funken verursacht, indem ich zu streng durchgreife. So lange sie keinen Priester haben, können sie ohnehin wenig Schaden anrichten. Es sind vor allem die Priester, die die Lehren dieser so genannten Religion überall verbreiten. Wenn ich jemand mit einem Rosenkranz ertappe, werde ich ihn beschlagnahmen, aber darüber hinaus kann ich wenig tun.«

Leah verstummte, während ihre Gedanken um Kruzifixe, Weihwasser und wilde Männer in Röcken kreisten, die sich bekreuzigten und auf Lateinisch zu Heiligen beteten, deren Namen sie noch nie gehört hatte.

Diese Nacht verbrachte die Kompanie in Zelten, die am Fuß eines steilen Felshanges aufgeschlagen wurden. Eine andere Unterkunft war nicht zu bekommen gewesen. Die Pritsche, auf der sie schlief, war hart, die Luft eisig kalt. Leah zitterte erbärmlich unter ihren dünnen Decken und sehnte sich nach einem richtigen Bett.

Am nächsten Tag legten sie den bei weitem gefährlichsten Teil ihrer Reise zurück. Langsam und vorsichtig ritten sie einen langgezogenen, steilen Berghang empor, der an einer Seite fast senkrecht in die Tiefe zu fallen schien. Die Hufeisen klapperten auf dem glatten Stein. Ständig drohte eines der Pferde auszugleiten, und ein Sturz hätte für Reiter und Pferd den sicheren Tod bedeutet. Danach überquerten sie weitläufige Sumpfgebiete, die die Männer zwangen, hintereinander zu reiten und zu hoffen, dass das vorderste Pferd nicht vom sicheren Weg abkam und im Morast versank.

Endlich gelangten sie auf einen breiten, befestigten Weg, der plötzlich aus dem Nichts aufzutauchen schien. Bald zeigte sich, dass hier die ausgetretenen Reisepfade aus allen möglichen Richtungen zusammenliefen. Der Weg führte durch eine schmale Schlucht zwischen zwei sehr steilen Bergen. Leah bekam es mit der Angst zu tun. Sie konnte kaum noch atmen, als sich die mächtigen Steinhänge fast über ihr zu schließen drohten. Fieberhaft überlegte sie, wie es möglich war, dass Menschen freiwillig in dieser Wildnis lebten. Tiefe Erleichterung überkam sie, als vor ihr in der Ferne die Garnison auftauchte. Ansonsten war kein anderes Gebäude zu sehen.

»Vater, hast du nicht etwas von einer Burg gesagt?«

Er gab keine Antwort, sondern winkte seinen Leutnant zu sich, um ihm einige Befehle zu geben. Leah hörte zu. Niemand achtete auf sie. Sie hätte genauso gut nicht existieren können. Der Großteil der Truppe sollte sich beim Garnisonskommandanten melden und ihm mitteilen, dass er am nächsten Morgen von Captain Hadley abgelöst werden würde. Der Erste Leutnant, ein paar Gemeine und die Leibdiener des Captains nebst Packpferden sollten ihn zur Burg begleiten, wo er Quartier für sich und seine Tochter verlangen würde. Der Leutnant salutierte und ritt davon. Der Captain wandte sich an Leah. »So, Tochter, jetzt bringe ich dich zu unserem neuen Heim.«

Leah wurde das Herz schwer. Für einen Augenblick hatte sie

vergessen, dass sie auf Dauer hier bleiben würden, und nun wurde sie jäh daran erinnert, dass sie England lange, lange Zeit nicht wieder sehen durfte. Sie kam sich vor, als sei sie in eine Falle aus schroffen, steilen Granitbergen geraten. Mehr denn je sehnte sie sich nach der Heimat zurück.

Direkt hinter der Garnison stand eine alte Kirche, der Bauart und den vielen Verzierungen nach zu urteilen eine katholische Kirche. Engelsfiguren standen in Wandnischen, Heiligenfiguren starrten sie an. Leah betrachtete das Gebäude fasziniert.

»Vater, wie kommt es, dass diese Kirche nicht abgerissen wurde?«

Auch Roger Hadley musterte das Gebäude mit einem Ausdruck tiefen Abscheus. Seine Züge verhärteten sich. »Dieses Tal bildet so eine Art letztes Bollwerk der Papisten. Es liegt zu abgelegen, um von der Zivilisation beeinflusst zu werden, und die Bewohner haben sich geweigert, sich zum wahren Glauben bekehren zu lassen. Noch nicht einmal diese übereifrigen Covenanter sind je bis hierher vorgedrungen.«

Während sie an der Kirche vorbeiritten, spukten Leah Bilder von Katholiken im Kopf herum, die Menschen auf Scheiterhaufen verbrannten. Unfassbar, dass es in Britannien noch immer Anhänger dieser barbarischen Religion gab.

Vor ihnen erstreckte sich ein langgezogenes, schmales Tal. Niedrige Katen duckten sich in die Landschaft. Die wenigen Menschen, die sie erblickte, huschten beim Anblick der englischen Uniformen eilig davon, obgleich die Truppe nur klein war. Auch die zerlumpten Dorfbewohner, die auf der Straße miteinander schwatzten, verschwanden hastig in ihren umliegenden Häusern. Als Leah und die Soldaten über den Dorfplatz ritten, schien er menschenleer zu sein. Nur ein kleiner Junge starrte sie durch ein winziges Fenster an. Nackte Angst stand in seinen Augen zu lesen, und als Leah ihm zuwinkte, zog er sich in den Schutz des dunklen Torfhäuschens zurück.

Die Burg, von der ihr Vater ihr erzählt hatte, war ein uraltes, scheußliches graues Gemäuer, das an ein Stück schimmeligen, angeknabberten Käse erinnerte. Zwei zinnenbewehrte Türme erhoben sich in den hinteren Ecken, das Torhaus war ein unansehnlicher, verwinkelter Kasten, dem sogar der sonst übliche geschwungene Torbogen fehlte. In dem dahinter liegenden Burghof trafen Leah und ihr Vater endlich auf ein paar Schotten, die bei ihrem Anblick nicht augenblicklich davonliefen. Doch auch sie schienen ständig auf der Hut zu sein; bereit, beim ersten Anzeichen für Unannehmlichkeiten die Flucht zu ergreifen. Leah presste verächtlich die Lippen zusammen. Ein tapferes Völkchen, wahrhaftig!

Die Burgbewohner, die in dem ummauerten Hof standen und sie anstarrten, als hätten sie noch nie zuvor einen Engländer zu Gesicht bekommen, wirkten geradezu abstoßend. Schmutzige, in diese lächerlichen Kilts gekleidete Männer kamen aus einem aus Holz erbauten Gebäude, das sie für einen Stall hielt. Schlampige Frauen in zerlumpten Kleidern standen am Gatter des stinkenden Viehpferches und unterhielten sich. Einige Schweine grunzten aufgeregt. Sie erschienen Leah intelligenter als ihre Besitzer, weil sie nicht ganz so stumpfsinnig dreinblickten. Immer mehr Männer und Frauen strömten aus der mächtigen Tür, die wohl zur großen Halle führte. Einige waren noch schmutziger als die anderen, aber alle trugen zerschlissene Leinenhemden oder Unterkleider und darüber diese bunt karierten Wollbahnen, die alle so zu lieben schienen. Leah konnte sie kaum voneinander unterscheiden. Viele Männer trugen gleichfalls karierte Strümpfe, die Frauen und Kinder gingen allesamt barfuß.

Während ihr Pferd unruhig mit den Hufen scharrte und den Kopf zurückwarf, suchte Leah die Menschenmenge nach dem ›Laird‹ ab. Sicherlich machte er einen respektableren Eindruck als diese Leute, bei denen es sich um die Dienstboten handeln musste. *Bitte, lieber Gott, mach, dass dies die Dienerschaft ist*!

Einer der Soldaten ihres Vaters kam zu ihr, um ihr bei Absitzen behilflich zu sein, und fasste sie um die Taille. Sie lächelte ihm zu, hoffte auf irgendeine Reaktion, doch sein Gesicht blieb unbewegt. Vorsichtig setzte er sie ab. Ihr Vater verlangte unterdessen den Laird von Ciorram zu sprechen.

Laird. Was für ein seltsamer Titel. Es klang wie eine Verballhornung von ›Lord‹. Leah strich ihren Umhang glatt und trat ein paar Schritte von dem Dragoner weg, der offenbar zu ihrem Schutz abgestellt war, weil sie sehen wollte, was hier vor sich ging. Doch sie war von zu vielen Soldaten und Schotten umringt, um viel mitbekommen zu können. Als sie sich reckte, sah sie einen hoch gewachsenen Mann im Kilt auf ihren Vater zuschreiten.

»Was gibt es?« Er sprach mit ausgeprägtem Akzent, war aber gut zu verstehen. Sein Ton klang barsch. Leah zwinkerte und beäugte diesen ungehobelten, unverschämten Burschen neugierig.

Der Schotte war sogar noch größer als ihr Vater, der die meisten Männer um einiges überragte. Niemand hier schien zu wissen, dass es Perücken gab, und dieser Mann bildete keine Ausnahme. Sein langes, glattes Haar war fast schwarz, und obwohl er es in dem halbherzigen Versuch, zumindest ansatzweise zivilisiert zu erscheinen, im Nacken zusammengebunden trug, hatte sich eine kürzere Strähne aus dem schwarzen Band gelöst und fiel ihm ins Gesicht. Gottseidank war er glatt rasiert, sonst wäre sie bei seinem Anblick wohl in Ohnmacht gesunken. Seine Haut war sonnengebräunt, aber nicht so wettergegerbt wie die der Bauern, sondern so glatt wie sein Haar. Die rosige Färbung seiner Wangen ließ seinem Tonfall nach zu urteilen auf mühsam unterdrückte Wut, aber auch auf eine robuste Gesundheit schließen. Je länger sie ihn betrachtete, desto stärker beeindruckte er sie. Seine blauen Augen erinnerten sie an Seen im Sommer, auch wenn sie im Moment vor Zorn blitzten.

Ihr Vater erwiderte mit formvollendeter Höflichkeit, obgleich ihn der unfreundliche Empfang ärgern musste: »Ich möchte mit Dylan Matheson sprechen, wenn es Euch nichts ausmacht. Oder mit seinem Vertreter. Wie ich hörte, ist er selbst indisponiert.«

Der Schotte schnaubte verächtlich. Seine Wangen liefen noch

dunkler an; die Röte zog sich bis zum Hals hinunter. »Indisponiert … So kann man es auch sagen. Mein Vater ist vor kurzem gestorben. Ihr müsst schon mit mir vorliebnehmen.«

»Und Ihr seid …«

»Ciaran Robert Matheson von Ciorram.« Weder lächelte der Mann, noch bot er ihrem Vater die Hand zum Gruß. Leah runzelte die Stirn. Wie konnte er es wagen, Vater vor seinen Leuten derart bloßzustellen?

Doch ihr Vater blieb unverändert ruhig und gelassen. »Nun gut, Ciorram. Ich bin Captain Roger Hadley, und ich habe eine Kompanie Dragoner mitgebracht, die die in der Garnison dieses Tales stationierten Soldaten ablösen wird. Ich verlange ein Quartier für mich und meine Tochter. Möglichst rasch, wenn es geht, denn Leah hat eine lange Reise hinter sich und ist erschöpft. Und lasst ihr sofort eine warme Mahlzeit servieren.«

Die blauen Augen verdunkelten sich vor Wut, und ohne sie eines Blickes zu würdigen erwiderte der Laird: »Einen Teufel werde ich …« Doch mitten im Satz brach er ab, starrte einen Moment lang ins Leere und richtete den Blick dann auf die Stiefel ihres Vaters. Dann sah er wieder auf und sagte so mürrisch, als habe er soeben gegen seinen Willen seine Meinung ändern müssen: »Eine Magd wird für Euch gleich zwei Kammern herrichten.« Er wirkte immer noch abweisend, aber seine Stimme klang nicht mehr ganz so feindselig.

Ciorram hob das Kinn und sah ihrem Vater so fest in die Augen wie jener junge Bursche vor drei Tagen auf der Straße, und nun fiel Leah auch die Ähnlichkeit zwischen den beiden auf. Vielleicht waren sie Brüder? Dieser Mann schien jedenfalls nicht alt genug, um der Vater des Jungen zu sein. Sie konnte den Blick nicht von ihm wenden. Niemand war ihrem Vater je so respektlos begegnet. Seine Untergebenen pflegten zu salutieren, wenn er vorüberging, und jeden seiner Befehle widerspruchslos auszuführen. Noch nicht einmal Vaters Vorgesetzte bedienten sich eines so unverschämten Tones wie dieser Matheson mit seinen bloßen Knien, dem grob gewebten Hemd und den ungekämmten Haaren.

Ohne ein weiteres Wort machte der junge Laird auf dem Absatz kehrt, ging in die große Halle zurück und ließ seine Gäste in der einsetzenden Dunkelheit auf dem Burghof stehen. Leah sah ihm voller Widerwillen nach. Trotzdem musste sie bei sich zugeben, dass sie diesen Mann ungeheuer faszinierend fand.

Ciaran schäumte vor Wut, als er in die Halle zurückkehrte und es Eóin überließ, sich um die Unterbringung der Eindringlinge zu kümmern. Er bedachte die Sassunaich mit allen gälischen Schimpfworten, die er kannte, ehe er ein paar englische Obszönitäten folgen ließ. Sinann flatterte hinter ihm her. Ciaran ließ sich auf den vor dem Feuer stehenden Stuhl seines Vaters fallen und starrte blicklos in die Flammen. Der Hass auf die Engländer fraß ihn fast auf, und das Letzte, was er wollte, war, sie hier in der Burg ständig am Hals zu haben. Wenig später setzte sich Eóin zu ihm und legte ihm eine Hand auf die Schulter. Die Nachricht, dass sich ein Offizier der Rotröcke und eine Engländerin in der Burg einquartiert hatten, verbreitete sich wie ein Lauffeuer, und ständig kamen Dienstboten herein, um sich neugierig umzuschauen.

»Das ist eine glückliche Fügung«, piepste Sinann.

Ciaran drehte sich wütend zu ihr um. »Ganz und gar nicht!«

»Wie bitte?«, fragte Eóin verwirrt.

Ciaran achtete nicht auf ihn, richtete den Blick aber wieder auf das Feuer statt auf die Fee, die für Eóin unsichtbar war. Endlich murmelte er: »Ich würde sie lieber umbringen als zuzulassen, dass sie mein Heim mit ihrem englischen Gestank vergiften.«

Eóin erwiderte ruhig: »Aber du kannst nichts gegen sie unternehmen.« Sarahs ältester Sohn war sieben Jahre älter als Ciaran, eigentlich nur ein Vetter dritten Grades, stand aber Ciaran so nahe wie ein leiblicher Bruder, und Ciaran legte großes Gewicht auf seine Meinung.

Mit gedämpfter Stimme – falls einer der rotberockten Eindringlinge etwas Gälisch verstand und seine Worte mitbekam – zischte er: »Wie kannst du so etwas sagen? Sie haben deinen Vater ermordet! Du hast es mit eigenen Augen mit angesehen.«

»Aber wenn du ihren Befehlen nicht Folge leistest, Vetter, dann werden sie dich töten.«

»Er sagt die Wahrheit, mein Freund«, stimmte Sinann zu. Ciaran warf ihr einen bösen Blick zu, doch sie fuhr ungerührt fort: »Es gibt da etwas, was du noch nicht weißt. Hast du dir den Gobelin im Büro des Lairds – in *deinem* Arbeitszimmer – einmal genau angesehen? Darauf sind mein Bild und das deines Urgroßvaters Donnchadh Matheson zu sehen.«

Ciaran nickte unmerklich.

»Nun, dieser Gobelin birgt ein Geheimnis. Vor langer Zeit, so um die Jahrhundertwende, schenkte ich ihn deinem Urgroßvater. Eines Tages hing er plötzlich an der Wand seines Büros. Donnchadh nahm ihn ab, doch tags darauf war er wieder da. Er nahm ihn erneut ab, und am nächsten Tag hing der Gobelin wieder an seinem alten Platz. Also hat der Laird ihn dort gelassen, und alle seine Nachfolger wagten nicht mehr, ihn anzurühren. Der Gobelin kann nicht entfernt werden, weil er verzaubert ist.«

Sinann senkte die Stimme ein wenig. »Ich werde dir jetzt etwas verraten, was außer deinem Vater niemand wusste. Der eigentliche Zauber des Gobelins besteht darin, dass ich, die ich ihn dort aufgehängt habe, durch ihn in das Büro hineinschauen kann.« Ciaran hob bei diesen Worten interessiert den Kopf. »Aye«, bestätigte die Fee. »Ich kann immer und überall beobachten, was in diesem Raum vor sich geht, egal, wo ich auch sein mag. Es ist immer nützlich, gut informiert zu sein.«

Ciaran richtete sich plötzlich in seinem Stuhl auf.

Der Dragonercaptain und seine Tochter betraten die große Halle, gefolgt von einer Schar Dienstboten, die Truhen und andere Gepäckstücke schleppten.

Die Diener blieben zögernd im Raum stehen. Dieser ungebetene Besuch missfiel ihnen offensichtlich ebenso sehr wie ihrem

Laird. Ciaran traf rasch seine Entscheidung. Er erhob sich und ging auf die beiden Engländer zu.

»Captain!«

Hadley und seine Tochter blieben stehen. Ciaran nahm das Mädchen zum ersten Mal bewusst wahr. Sie hatte ein ovales Gesicht, eine blasse, zarte Haut und üppiges kastanienbraunes Haar, und trotz ihres ungewöhnlich hohen Wuchses war sie schlank und bewegte sich voller Anmut. Eine verwöhnte, verhätschelte englische Blume, die in diesem rauen Land bald eingehen würde, dachte er. Alle Engländer waren schwächliche Geschöpfe, ein weiterer Grund, warum Ciaran sie so verachtete.

Er sah ihr nach, als sie dem Burschen folgte, der ihre Truhe auf den Schultern schleppte. Sie trug ein elegantes, mit Spitze verziertes und mit Samt gesäumtes Reitkleid, das kostspieligste Kleidungsstück, das Ciaran je gesehen hatte. Noch nicht einmal Mutter Sarah hatte je so ein Kleid besessen.

Unwillig wandte er seine Aufmerksamkeit wieder ihrem Vater zu. »Captain Hadley!«

Hadley hob die stahlgrauen Brauen und sah ihn fragend an. Sein Gesicht war fast viereckig, die Züge auffallend scharf geschnitten. Er trug eine teure, zu engen Reihen kleiner Locken frisierte weiße Perücke. Trotz der langen, gefährlichen Reise, die hinter ihm lag, blickten seine Augen klar und wach, nur die leicht geröteten Unterlider zeugten von seiner Erschöpfung. Ein herausfordernder Funke flammte in seinen Augen auf.

Einen Moment lang kämpfte Ciaran gegen den überwältigenden Drang an, dem verhassten Rotrock seinen Dolch zwischen die Rippen zu bohren, zwang sich dann aber zur Ruhe. Es war klüger, diplomatisch vorzugehen. Also sagte er so freundlich, wie es ihm möglich war: »Ich denke, Ihr werdet einen Raum benötigen, wo Ihr in Ruhe arbeiten könnt. Gestattet mir, Euch für die Dauer Eures Aufenthaltes mein eigenes Büro anzubieten. Dort wird Euch niemand stören.«

Der Captain sah ihn ob dieses überraschenden Sinneswandels

misstrauisch an. »Das ist sehr freundlich von Euch, aber wir wissen noch nicht, wie lange wir hier bleiben werden.«

Ciaran stockte beinahe der Atem. Schlechtere Nachrichten konnte er sich kaum denken. Trotzdem nickte er. »Ich verstehe. Ich werde gleich ein paar persönliche Dinge fortschaffen lassen, dann gehört der Raum Euch.«

Hadley musterte ihn forschend. Anscheinend glaubte er jetzt selbst an Ciarans gute Absichten. Ausgezeichnet.

Ein leises Lächeln spielte um Ciarans Lippen. Sein Hass auf die Engländer saß tief, war sein ganzes Leben lang genährt worden. Er war sicher, dass Captain Roger Hadley eines Tages innerhalb dieser Mauern den Tod finden würde.

Leah, die schon fast am Ende der großen Halle angelangt war, blieb stehen, um die Unterhaltung zwischen ihrem Vater und dem Laird zu verfolgen. Was sie hörte, versetzte sie in Erstaunen. Der unverschämte Unterton war aus der Stimme des Lairds verschwunden, sein Akzent jetzt kaum noch wahrnehmbar. Sie betrachtete ihn neugierig. Wie konnte sich ein wilder Highlander im Kilt nur so mühelos in einen Gentleman verwandeln? Wahrscheinlich hatte er dieses Benehmen sorgfältig einstudiert; was es bedeutete, ein wahrer Gentleman zu sein, konnte er natürlich nicht ahnen.

Trotzdem konnte sie den Blick kaum von ihm losreißen. Für einen Schotten war er unglaublich gut gebaut, schlank und muskulös, mit geradem Rücken und langen Beinen, und seine ganze Haltung verriet stolze Würde. Flüchtig fragte sie sich, ob er wohl der Bastard eines englischen Adeligen war. Sie fand diese Vorstellung äußerst erheiternd, und wenn sie zutraf, würde das vieles erklären, was sie an ihm nicht verstand.

Sobald ihr Vater und der junge Laird alles Notwendige besprochen hatten, führte eine Magd sie durch einen schmalen Gang zu ihren Unterkünften. Über eine Wendeltreppe in einem der Türme gelangten sie in den zweiten Stock, wo ihrem Vater eine

Schlafkammer zugewiesen wurde. Leah selbst wurde im dritten Stock untergebracht.

Ihre Kammer war recht geräumig, nur gab es leider keine richtigen Fenster, sondern nur mit hölzernen Läden versehene Schießscharten. Während die Mägde ihre Sachen auspackten und ihr Bett herrichteten, trat sie seufzend an eine dieser Schießscharten, packte den eisernen Griff der Holzplatte, die sie verschloss, zog sie heraus und lehnte sie an die Wand. Die Abendluft war kalt, und ein frischer Wind blies ihr ins Gesicht. Ihre Kammer ging auf den See hinaus, über dem sich der Himmel tiefrot verfärbte. Die Wasseroberfläche lag spiegelglatt da, die hohen Berge, die den See umgaben, spiegelten sich glasklar darin wider.

Der Anblick war zu viel für sie. Alles wirkte so … abweisend. Sie war in einer fremden, wilden Welt gefangen, in der sie sich wohl niemals heimisch fühlen würde. Wüchsen ihr doch nur Schwingen! Dann könnte sie einfach über diese Berge hinwegschweben, immer Richtung Süden, zurück zu den sanft gewellten grünen Wiesen, den gut ausgebauten Straßen und den gepflegten Wäldern ihrer Heimat, wo die Menschen einander höflich und mit Respekt behandelten und wo die öffentliche Zurschaustellung von Gefühlen als unschicklich galt, weshalb man seine Wut oder seinen Schmerz hinter einer Fassade aus glatten Manieren verbarg.

Nachdem ihre Truhen ausgepackt und ihre Habseligkeiten verstaut waren, schloss sie die Schießscharte wieder, drehte sich um und schickte alle Mägde außer ihrer Zofe fort. Die schwere geschnitzte Tür schloss sich leise knarrend hinter ihnen. Die Zofe nahm ihren Umhang ab und legte ihn auf die für sie bestimmte niedrige Pritsche neben dem Kamin, die eigentlich nur aus einer mit einem Leinenlaken und einer Wolldecke versehenen Strohmatratze in einer langen, schmalen Holzkiste bestand.

Die Matratze des großen Bettes aus Eichenholz war dagegen mit Federn gefüllt. Seidenes Bettzeug gab es zwar nicht, dafür lag eine dicke Pelzdecke auf dem Laken. Ein Bärenfell, stellte sie fest, während sie mit der Hand über die dichten braunen Haare strich. Ein strenger Geruch lag in der Luft, ähnlich wie Holzrauch, aber nicht ganz so beißend. Leah schnupperte ein paar Mal und fand ihn abstoßend.

Die Zofe trat hinter sie und machte Anstalten, ihr den Umhang abzunehmen, doch Leah wehrte ab. »Es ist zu kalt hier drinnen.«

»Soll ich das Feuer schüren, Miss?«

Leah nickte. Die Zofe machte sich am Kamin zu schaffen, dann wandte sie sich wieder an ihre Herrin. »Möchtet Ihr, dass ich Euch aus der Küche etwas zu essen hole, Miss?«

Leah verspürte nicht den geringsten Appetit, doch das Mädchen war sicher hungrig, also nickte sie erneut. »Tu das ... äh ... Ida.« Sie konnte sich den Namen der Zofe einfach nicht merken.

Ida verließ den Raum.

Leah wartete an der Tür, bis ihre Schritte auf der Wendeltreppe verklungen waren, dann schob sie die Tür auf und huschte in die davor liegende Nische hinaus. Kerzen brannten in Wandleuchtern und wiesen ihr den Weg, als sie mit gerafften Röcken in das nächsthöhere Stockwerk schlich.

Hier lag die Nische im Dunkeln, und die Tür zu der Kammer dahinter war geschlossen. Leise tappte sie weiter nach oben. Die Ledersohlen ihrer Schuhe glitten lautlos über den kalten Steinboden. Im fünften Stock sah sie Lichtschein, der aus der weit geöffneten Tür einer Kammer drang. Einen Moment lang blieb sie unschlüssig am Treppenabsatz stehen und fragte sich, welche Folgen ihr Abenteuer für sie haben konnte. Gott allein mochte wissen, was diese Barbaren mit ihr anstellen würden, wenn sie sie hier entdeckten. Sie bekam eine Gänsehaut, und ihr Magen kribbelte vor Furcht und Aufregung.

Die Neugier siegte über die Vernunft. Lautlos pirschte sie sich an die Tür heran, wo sie ein leises Gemurmel vernahm. Es war die Stimme eines Mannes; dem Klang nach zu urteilen musste er schon sehr alt sein. Vorsichtig spähte sie um den Türrahmen herum. Bei dem Anblick, der sich ihr bot, schnappte sie unwillkürlich nach Luft.

Vor den hohen, schmalen Fenstern der Kammer stand ein Kniestuhl aus Mahagoni. Darauf kniete ein nur mit einem langen Leinenhemd bekleideter Mann. Sein ergrauendes braunes Haar war nass, er schien es gerade gekämmt zu haben, und der Bart war sorgfältig gestutzt. Er ließ eine Perlenkette durch die Finger gleiten, an der ein kleines Kruzifix baumelte. Dazu murmelte er lateinische Worte vor sich hin. Er betete den papistischen Rosenkranz!

Leah war zutiefst schockiert. Natürlich gab es sogar in England noch Menschen, die den geltenden Gesetzen zum Trotz unbeirrt am katholischen Glauben festhielten, aber sie hatte noch nie einen bei der Ausübung seiner Religion beobachtet. Wie gebannt lauschte sie, obwohl sie außer ›Maria‹ und ›Patri‹ kein Wort verstand. Die Sprache gefiel ihr, das lag wohl an der Art, wie dieser Mann betete. Die Worte flossen ihm schnell und leicht über die Lippen, trotzdem merkte Leah, dass er mit ganzem Herzen bei der Sache war. Seine Stimme hob und senkte sich im Rhythmus des Gebetes. Sie spürte, wie sehr er dieses Ritual liebte. Ein Lächeln spielte um ihre Lippen, während der Mann die Perlen seines Rosenkranzes leise klappernd zwischen seinen Fingern hindurchgleiten ließ.

Dann sagte er: »Amen.«

Oh-oh. Dieses Wort kannte sie ebenfalls, es bedeutete, dass das Gebet beendet war. Sie zog sich in den Schatten zurück und floh, ehe er sich mit steifen Knien von seinem Stuhl erheben konnte. In ihrer Verwirrung lief sie die Treppe weiter hinauf, statt in in ihre Kammer zurückzugehen, und als sie ihren Irrtum bemerkte, war es zu spät, um unbemerkt umkehren zu können. Also setzte sie ihren Erkundungsgang fort. Sie war gespannt, was es in dieser Burg noch alles zu entdecken gab.

Am Ende der Treppe war eine kleine Tür. Leah öffnete sie vorsichtig und trat in die einbrechende Dunkelheit hinaus. Der Nachtwind, der vom See herüberwehte, zerrte an ihrer Kleidung und schien noch die kleinste Öffnung zu finden. Leah schlang ihren Umhang enger um sich und blickte sich um. Die mit Zinnen bewehrte Brustwehr kam ihr jetzt viel größer vor als vom Burghof aus. Die Steine waren kalt, feucht und bröckelten an vielen Stellen ab. Direkt hinter dem Wachturm stieß sie auf eine winzige, direkt in die Mauer gehauene Latrine. Sehr gut. Nun wusste sie, wohin sie sich wenden konnte, wenn sie ihre Notdurft verrichten musste. Den Luxus eines Nachttopfes durfte sie in dieser Wildnis wohl nicht erwarten.

Langsam schlenderte sie die Brustwehr entlang, strich dabei mit den Fingern über den rauen Stein und blickte zum sternenübersäten Himmel empor. Der Gedanke, dass dies dieselben Sterne waren, die auch über England leuchteten, mutete seltsam an, denn der Himmel hier wirkte ganz anders – kalt, fremd und bedrohlich. Wieder drohte das Heimweh sie zu überwältigen. Sie musste gegen die aufsteigenden Tränen ankämpfen. Wenn sie doch nur nach England zurückkehren könnte!

Ein Schrei, der vom Burghof zu ihr heraufhallte, riss sie aus ihrer Trübsal. Neugierig spähte sie nach unten. Im Hof brannten einige Fackeln und warfen ihren flackernden Schein auf zwei Dragoner, die am Torhaus Wache standen. Ihre roten Uniformen wirkten an diesem finsteren Ort seltsam tröstlich. Dann entdeckte sie einen dritten Mann, der in der Mitte des schmutzigen Hofes eine Art Tanz vollführte. Einen Tanz ohne Musik. Gelegentliche Grunzlaute brachten sie zu der Überzeugung, es müsse sich um einen Irrsinnigen handeln, der einen Anfall erlitten hatte, doch die Dragoner machten keine Anstalten, ihn an seinem Tun zu hindern. Sie standen nur da und verfolgten die Vorstellung gelangweilt. Bald erkannte Leah, dass alle Bewegungen des Mannes einen bestimmten Sinn ergaben. Sie fragte sich, ob dies der berühmte Schwertertanz der Highlander war, von dem sie so viel gehört hatte. Aber nein, der Mann benutzte ja gar kein Schwert. Noch nicht einmal einen Dolch. Er führte nur Schläge und Tritte gegen einen unsichtbaren Gegner. Etwas Vergleichbares hatte sie noch nie gesehen.

Dann drehte er sich zu ihr um, und sie erkannte ihn sofort. Es war Ciorram. Dieser Ciaran Matheson. Sie war sich ganz sicher, denn außer ihm trug kein Schotte sein Haar im Nacken zusammengebunden. Sein Gesicht wirkte angespannt, die dunklen Augenbrauen waren konzentriert zusammengezogen. Fasziniert sah sie ihm zu. Seinem Tanz haftete eine seltsame, fremdartige Schönheit an, und die einzelnen Schritte schienen eine Bedeutung zu haben, die sie nur ansatzweise verstand. Doch die Kraft und Anmut des Tänzers schlug sie in ihren Bann. Sie konnte den Blick nicht von ihm abwenden.

Doch schließlich verbeugte er sich in den leeren Raum hinein und begann, Arme und Beine auszuschütteln, als sei er eine lange Strecke gelaufen. Dann verschwand er in der großen Halle.

Leah eilte den Weg zurück, den sie gekommen war. Alle Nischen, an denen sie vorbeischlich, waren leer, die Tür zur Kammer des betenden Mannes jetzt geschlossen. Sie betrat ihre eigene Kammer. Ida saß auf einem Stuhl neben dem Feuer, erhob sich aber sofort und deutete auf das Tablett, das auf dem kleinen Tisch unter einer der Schießscharten stand.

»Euer Abendessen, Miss.«

Leah löste die Schnallen ihres Umhangs, damit Ida ihn ihr abnehmen konnte, dann setzte sie sich an den Tisch. Ida hängte den Umhang in den Schrank und blieb dann hinter ihrer Herrin stehen, während diese ihre Mahlzeit verzehrte. Auf dem Holzteller lag ein Stück Fleisch, Hammel vermutlich, daneben ein flaches, rundes Brot. Dahinter stand ein Hornbecher, an dem sie misstrauisch schnupperte.

»Ale? Gibt es hier keinen Wein?«

»Es tut mir Leid, Miss, aber Wein war nicht zu bekommen.«

Leah runzelte die Stirn. »Das gibt es doch gar nicht. Wein hat doch wirklich jeder im Haus.«

»Nein, Miss, es gibt hier keinen Wein. Soweit ich weiß, hätte man Euch eher einen Becher illegal gebrannten Whisky angeboten. Ich habe Euch Ale gebracht, weil ich dachte, es wäre Euch immer noch lieber als Wasser.«

»Na ja …« Leah nippte an der undefinierbaren Flüssigkeit. Trinkbar, entschied sie, wenn auch mit gutem Wein nicht zu vergleichen. Dann wollte sie zu Messer und Gabel greifen. »Ida, du hast die Gabel vergessen.« Ein hölzerner Löffel sowie ein eisernes Messer mit Holzgriff lagen auf dem Tablett, die Gabel jedoch fehlte.

»Ich bitte um Entschuldigung, Miss, aber hier gibt es im Umkreis von vielen Meilen keine einzige Gabel.«

»Das kann doch nicht dein Ernst sein! Sie kennen keine Gabeln? Womit essen sie denn? Etwa mit den Fingern?«

»Aye, Miss, meistens jedenfalls. Für Suppen und Hafergrütze gibt es Löffel.«

Leah schloss stöhnend die Augen. Einmal mehr haderte sie mit dem Schicksal, das sie an diesen fürchterlichen Ort verschlagen hatte, und wünschte, sie wäre wieder daheim. Dann seufzte sie ergeben, nahm das Brot, riss es auseinander und legte das Fleisch zwischen die beiden Hälften. Vorsichtig biss sie ein Stück von dem Sandwich ab.

Es schmeckte strohtrocken, also spülte sie rasch mit Ale nach. Mit etwas Käse hätte ihr das Brot besser geschmeckt, aber vermutlich war an den Käse des Lairds genauso schwer heranzukommen wie an seinen Wein. Doch da sie völlig ausgehungert war, schlang sie die Mahlzeit mit ein paar Bissen hinunter und zwang sich, dabei nicht an die erlesenen Speisen zu denken, die in London auf den Tisch gekommen waren.

Während sie kaute, wanderten ihre Gedanken von der armseligen Verpflegung zu dem Tanz des Lairds. So ungewöhnlich er auch war, ihr hatte er gut gefallen. Ihr Vater würde außer sich sein, wenn er wüsste, dass sie an einem unzivilisierten Highlander Gefallen gefunden hatte! Sie lächelte in sich hinein, als sie erneut in ihr Brot biss.

Nachdem sie ihr Abendessen verzehrt hatte, ließ sie sich von Ida beim Auskleiden helfen, schlüpfte in ein seidenes Nachthemd und kroch unter die Decken. Vor Kälte erschauernd zog sie das schwere Bärenfell über sich und kuschelte sich tief in die Kissen. Auch Ida richtete ihr Bett her, dann blies sie die Kerzen aus.

Doch Leahs Gedanken kreisten in der Dunkelheit noch lange um den jungen Laird, bis sie endlich einschlief.

Ciaran stand in der Schlafkammer seines Vaters vor der Waschschüssel und verwünschte insgeheim die vermaledeite Fee, die seine Geduld auf eine harte Probe stellte. Sie kauerte auf ihrem Lieblingsplatz auf der Vorhangstange und bombardierte ihn von dort aus mit spitzen Bemerkungen, als er seinen Gürtel löste und seinen Kilt zu Boden gleiten ließ. Die Kälte im Raum jagte ihm eine Gänsehaut über den Rücken.

»Du hättest deinen Vater sehen sollen, als er gerade in dieses Jahrhundert gekommen war. Er war schüchtern wie eine Jungfrau; er schämte sich sogar, in Gegenwart deiner Mutter sein Hemd auszuziehen, um es in die Wäsche zu geben.«

Ciaran grunzte nur, während er sich seiner Gamaschen, der Schuhe und der Strümpfe entledigte und hoffte, sie würde das leidige Thema fallen lassen. Doch sie fuhr fort: »Ich weiß ja nicht, was für ein Leben er in seiner Zeit geführt hat, aber dort scheinen sich die Leute ganz offensichtlich ihres Körpers zu schämen. Aber hier hat er seine Einstellung schnell geändert. Es dauerte nicht lange, da meditierte er nackt vor dem offenen Feuer.«

»Warum erzählst du mir das alles?« Ciaran zog sich das Hemd über den Kopf und ließ es auf den Kilt fallen, den er über einen Stuhl geworfen hatte. Dann löste er das Band aus seinem Haar und beugte sich über die Waschschüssel. Schon als Kind hatte sein Vater ihn gelehrt, sich jeden Abend vor dem Schlafengehen zu waschen, und nun, da er den Posten des Lairds übernommen hatte, wurde ihm sogar warmes Wasser gebracht. Übertriebene Reinlichkeit hatte gleichfalls zu den Dingen gezählt, die seinen Vater von anderen Menschen unterschieden, aber trotzdem dachte Ciaran gar nicht daran, diese Gewohnheit abzulegen.

»Ohne besonderen Grund«, erwiderte Sinann. »Aber es gibt

vieles, was du über deinen Pa nicht weißt, und vielleicht ist es an der Zeit, dass dich jemand ins Bild setzt.«

Wieder gab Ciaran nur ein unbestimmtes Grunzen von sich, während er sich mit einem nassen Leinentuch abrubbelte.

»Du weißt doch, wie sehr dein Vater deine Mutter geliebt hat.«

»Aye.« Seine Finger glitten sacht über den Goldring, den er zusammen mit dem Kruzifix um den Hals trug, dann fuhr er sich durch das Haar.

»Er liebte sie vom ersten Moment an, wo er sie sah. Ich konnte es ihm vom Gesicht ablesen.«

Ciaran schloss die Augen und beschwor das Bild seiner Mutter herauf; die einzige Erinnerung an ihr lachendes Gesicht, die er sich hatte bewahren können. Er wusste nicht mehr, wann und wo er sie so gesehen hatte, aber sie hatte ihn strahlend angelächelt, und ihre blauen Augen hatten vor Freude geleuchtet. Für ihn war sie die schönste Frau der Welt gewesen. »Ja, ich weiß.«

»Er wurde einmal so schwer verletzt, dass der Tod für ihn eine Erlösung gewesen wäre, aber nur ihretwegen hielt er eisern am Leben fest.«

Ciaran nickte. Er hatte die Geschichte von der Verhaftung seines Vaters oft gehört. Man hatte ihn nach Fort William geschafft und dort fast zu Tode gepeitscht.

Plötzlich änderte die Fee das Thema. »Hast du dir heute Abend die Tochter des Captains einmal genauer angeschaut?«

Ciaran richtete sich auf und blinzelte zu ihr hinauf. Im Dämmerlicht konnte er nur ihre Umrisse auf der Vorhangstange über dem Bett erkennen. Er erschauerte, als ihm kaltes Wasser an den Beinen entlangrann. »Sie ist eine dumme Gans, weiter nichts.«

»Du musst es ja wissen, du kennst sie ja so gut.«

Ciaran beendete seine abendliche Waschung damit, dass er seine Füße gründlich säuberte, dann rieb er sich mit einem trockenen Tuch ab. »Alle Engländerinnen sind hohlköpfige, eitle, nutzlose Gänse.«

»Wie kannst du das denn beurteilen? Du hast ja kaum je eine zu Gesicht bekommen!«

Ciaran runzelte die Stirn. Widerwillig musste er ihr Recht geben. Er hatte bislang nur mit sehr wenigen Frauen aus England zu tun gehabt und keine von ihnen näher kennen gelernt. Doch er zuckte nur die Schultern und griff nach seinem Rosenkranz, der auf dem Tisch am Fenster lag. »Wenn du mich jetzt entschuldigen würdest, Fee – ich möchte gerne beten.« Er kniete vor dem Bett nieder und stützte die Ellbogen auf den Rand der Matratze. Die Elfenbeinperlen schmiegten sich glatt und vertraut in seine Handfläche. Er hatte den Rosenkranz zu seinem neunten Geburtstag bekommen und seitdem jeden Abend damit gebetet. Nach einem tiefen Atemzug bekreuzigte er sich und begann: »*In nomine Patri, et Filii, et Spiritus Sancti ...*«

»Vielleicht interessiert es dich, dass die junge Dame dich heute Abend von der Brustwehr aus beobachtet hat, mein Freund.«

Ciaran stutzte und blickte auf. »Sie hat mich beobachtet? Warum?«

»Dein Trainingsprogramm schien ihr zu gefallen. Sie konnte den Blick gar nicht von dir losreißen.«

Ciaran schnaubte verächtlich, konnte jedoch ein leises Lächeln nicht unterdrücken. »*Och*, wirklich?«

»Wenn ich es dir doch sage.«

Die Fee beließ es dabei und verstummte. Doch während Ciaran weiterbetete, spukte immer wieder das unerwünschte Bild der durch und durch englischen Leah Hadley durch seine Gedanken.

4. KAPITEL

Er schob den schwarzen Ledergürtel durch die Schlaufen seines Kilts. Die Schnalle war aus Silber gearbeitet und mit einem kunstvollen keltischen Distelmuster verziert.

Am nächsten Morgen kleidete sich Leah rasch an, da sie das Frühstück in der großen Halle einnehmen wollte.

»Bitte, Miss, lasst mich Euch etwas zu essen holen.« Ida hatte schon die ganze Zeit Einwände erhoben, während sie ihrer Herrin beim Ankleiden behilflich war. »Es schickt sich nicht, dass Ihr dort unten bei diesen Leuten sitzt.«

»Unsinn, Ida. Ich verliere noch den Verstand, wenn ich wie eine Gefangene in diesem Turm hocke und darauf warten soll, dass jemand kommt und mit mir spricht. Hier gibt es ohnehin kaum Unterhaltung, da muss ich mich nicht auch noch freiwillig in dieser Kammer verkriechen.« Sie strich ihr Kleid über ihrem Reifrock glatt. »Also möchte ich mir nicht noch einmal anhören müssen, dass ich meine Mahlzeiten hier oben einnehmen soll.«

»Aye, Miss.«

Die Burgbewohner hatten sich schon fast vollzählig in der großen Halle zum Frühstück versammelt. Jetzt war in der Mitte des Raumes eine lange Reihe von Holztischen aufgestellt worden. Einer stand quer zu den anderen in der Nähe des Kamins. Viele der Anwesenden verstummten, als sie in die Halle trat, obwohl sie sich in diesem gälischen Kauderwelsch unterhielten, dass sie ohnehin nicht hätte verstehen können. Aller Augen waren auf sie gerichtet.

Der Laird saß an dem Tisch am Kamin. Auch er machte keine Anstalten, sie zu begrüßen, sondern lehnte lässig in seinem Stuhl, eine Hand auf gestützt, und beobachtete sie wie ein lästiges Insekt. Ganz offensichtlich sah er in ihr nichts als einen unerwünschten Eindringling. Sie spürte, wie ihr das Blut in die Wangen schoss, und wandte sich hastig ab.

Eine Küchenmagd stand ganz in ihrer Nähe. Leah ging auf sie zu. »Wo soll ich mich hinsetzen?«

Das Mädchen machte große Augen und erwiderte etwas in dieser unverständlichen Sprache, dann schüttelte sie den Kopf und legte einen Finger an die Lippen, um Leah zu bedeuten, dass sie des Englischen nicht mächtig war. Seufzend ließ Leah den Blick über die Tische wandern. Vielleicht fand sich irgendwo noch ein freier Stuhl.

Ein junger Mann fiel ihr auf; derselbe, der vor einigen Tagen von den Soldaten ihres Vaters angehalten und verhört worden war. Er deutete mit dem Kinn auf einen freien Platz gegenüber von seinem eigenen und widmete sich dann wieder seinem Frühstück. Sie wusste, dass er Englisch sprach, aber er verspürte offenbar wenig Lust, sich mit ihr zu unterhalten.

Leah nahm Platz. Eine Schüssel mit graubraunen Brei, aus der ein Holzlöffel ragte, wurde vor sie hingestellt. Wenigstens brauchte sie diese Pampe nicht mit den Fingern zu essen. Sie tauchte den Löffel in den Brei, probierte vorsichtig und stellte fest, dass er völlig geschmacklos war. Missmutig würgte sie den Bissen hinunter.

Vor ihr auf dem Tisch stand eine kleine Tonschale mit Salz. Leah streute eine Prise davon über ihren Brei und probierte erneut. Besser. Man hatte ihr anscheinend Haferbrei vorgesetzt, Weizen oder Gerste konnte es nicht sein. Mit Salz schmeckte der Brei recht angenehm und wirkte ungemein sättigend, trotzdem wäre ihr ein Stück Fleisch lieber gewesen. Sie blickte sich in der Halle um. Alle um sie herum löffelten diesen Brei. Gekochtes Pferdefutter. So arm konnten diese Leute doch gar nicht sein, dass sie auf Fleisch zum Frühstück verzichten mussten.

Der Junge mit den freundlichen Augen, der ihr gegenübersaß, lächelte ihr zwar manchmal zu, aber niemand wechselte auch nur ein Wort mit ihr, während sie ihr Frühstück verzehrte. Leah leerte hastig ihre Schüssel und flüchtete wieder in ihre Kammer.

Ciaran brachte kaum einen Bissen herunter. Zu viel ging ihm im Kopf herum. Heute musste er seine erste Feuerprobe als Laird bestehen, denn heute war der Tag, an dem er Streitigkeiten unter seinen Clansleuten schlichten und über diejenigen, die eines Verbrechens bezichtigt wurden, ein Urteil zu fällen hatte.

Nachdem das Frühstück beendet war, strömten die Dorfbewohner in die große Halle. Die Tische waren zur Seite geschoben worden, die Leute nahmen auf Stühlen, Bänken oder auf dem Boden Platz, sahen Ciaran erwartungsvoll an und schienen sich von ihm die Lösung all ihrer Probleme zu erhoffen.

Ciaran war noch nicht dazu bereit, diese Verantwortung zu übernehmen. Sein Vater hatte stets weise und gerecht geurteilt, was er sich nicht zutraute, und Calums kaltes Lächeln trug noch zu seiner Unsicherheit bei. Es war klar, dass sein Bruder dachte, er maße sich Rechte an, die ihm nicht zustanden. Insgeheim stimmte Ciaran ihm zu, aber ihm blieb keine andere Wahl, als ins kalte Wasser zu springen.

Die bedrohliche Gegenwart von Hadleys Dragonern verstärkte die Spannung im Raum noch.

Robin, der ihm wie zuvor seinem Vater als *fear-cònmaidh* diente, stand, auf seinen Stab gestützt, neben dem Stuhl des Lairds und bat um Ruhe. Das Gemurmel in der Halle verstummte. Ciaran sah, wie sich seine Clansleute vorbeugten. Alle Augen waren auf ihn gerichtet. Er konnte die Zweifel darin lesen. Spürte sie geradezu. Sie setzten Hoffnungen in ihn, die er vielleicht nicht erfüllen konnte.

Sein Magen zog sich zusammen, doch sein Gesicht verriet nicht, was er empfand. Unbehaglich rutschte er auf dem Stuhl seines Vaters hin und her … nein, auf *seinem* Stuhl. Dieser Platz gebührte jetzt ihm. Als ihm dies bewusst wurde, schöpfte er plötzlich neuen Mut. Er war der Laird, dies war sein Stuhl, und es war an ihm, für Frieden und Gerechtigkeit zu sorgen. In diesem Tal würde nichts ohne seine Zustimmung geschehen. Seine Leute brauchten ihn, das hatte ihm sein Vater stets eingeschärft.

Als er den ersten Fall aufrief, hatte er sein Selbstvertrauen wiedergewonnen. Die leichte Übelkeit war verflogen, und sein Blick flackerte nicht mehr. Er musste seinen Leuten beweisen, dass in Glen Ciorram auch weiterhin alles seinen gewohnten Gang gehen würde.

Robin beugte sich zu ihm und setzte ihn über die Einzelheiten des Falles ins Bild. Ciaran hörte aufmerksam zu. Anna Campbell Matheson, die Tochter Keith Rómachs, Enkelin des Zimmermanns Owen Brodie und Frau Gregor Mathesons, wurde des Diebstahls beschuldigt. Ciaran wusste über den Vorfall Bescheid, das ganze Dorf hatte darüber geklatscht, und er wusste auch, dass Anna schon früher Diebstähle begangen hatte. Sie war höchstwahrscheinlich schuldig, trotzdem forderte er jetzt die Anklägerin auf, den Fall zu schildern.

Die Schneiderin Iseabail Matheson, Colin Mathesons Tochter, stand mit hochrotem Gesicht auf und sah aus, als wolle sie Anna jeden Moment an die Gurgel fahren. »Sie hat mir ein großes Stück Stoff weggenommen und nicht dafür bezahlt.«

»Das ist eine Lüge! Ich habe ihn bezahlt!« Anna verschränkte die Arme vor der Brust und musterte ihre Widersacherin grimmig.

»Das hast du nicht!«

»Ich habe dir das Geld auf den Tisch gelegt!«

»Ich habe kein Geld gesehen. Kein einziges Silberstück, noch nicht einmal eine Kupfermünze.«

»Es lag auf dem Tisch. Du konntest es gar nicht übersehen.«

Die Schneiderin stemmte die Fäuste in die Hüften, beugte sich vor und wiederholte so langsam, als spräche sie zu einer Schwachsinnigen: »Ich..habe..kein ... Geld ... gesehen.« Einige der Zuhörer kicherten leise.

»Ruhe!«

Alle Anwesenden verstummten und richteten ihre Aufmerksamkeit wieder auf Ciaran. Dieser fuhr fort: »Anna, wieviel Geld hast du auf Iseabails Tisch gelegt?«

»Fünf englische Shilling.«

Das löste neuerliches Gemurmel aus. Ciaran hob die Brauen und beugte sich vor. »Fünf Shilling, sagst du. Und wo hast du so viel Geld her?«

»Ich brauchte es.« Anna deutete auf die Schneiderin. »Ohne das Silber hätte sie mir den Stoff nicht gegeben. Das ist Wucher!«

»Ein paar armselige Eier hast du mitgebracht ...«

»Iseabail!« Die Schneiderin schwieg. Alle Augen richteten sich wieder auf den Laird. »Anna, du hast meine Frage nicht beantwortet. Wo hast du so viel Silber her?«

Gregors Frau zögerte einen Moment und blickte sich unschlüssig im Raum um. Man sah ihr an, dass sie fieberhaft nach einer glaubwürdigen Lüge suchte. Endlich erwiderte sie: »Ich habe es gespart.«

»Gespart? Wovon denn?« Ciaran stützte die Ellbogen auf die Armlehnen und faltete die Hände.

Nach einer weiteren Pause erklärte Anna trotzig: »Ich brauchte den Stoff wirklich dringend.«

»Aber du hast ihn nicht bezahlt.«

Tränen traten in ihre Augen. »Sie wollte ihn mir nicht geben, diese Hexe.«

Ihr kindisches Benehmen ärgerte Ciaran. »Natürlich nicht«, sagte er scharf. »Sie verkauft ihre Stoffe, weil sie von dem Erlös lebt. Du bist eine Diebin.«

»Ciaran!«

Der Laird runzelte die Stirn. »Anna, überlege dir gut, was du jetzt sagst.« Anna senkte den Kopf, und er lehnte sich in seinem Stuhl zurück, ehe er fragte: »Kannst du den Stoff zurückgeben?«

Sie schüttelte den Kopf. »Ich habe Kleider für meine Familie daraus genäht.«

»Hast du Geld?«

Erneutes Kopfschütteln.

Ciaran stieß ein undefinierbares Grunzen aus und kratzte sich an der Nase. Nachdem er kurz nachgedacht hatte, entschied er:

»Dann wirst du alle Eier, die deine Hühner legen, bei Iseabail abliefern, bis die Schuld bezahlt ist. Außerdem stehst du drei Tage im Stock.«

»Nein!« Laut jammernd stampfte Anna mit den Füßen auf und schlug mit den Fäusten in die Luft.

»O doch! Widersprich mir nicht! Wenn ich noch ein Wort von dir höre, mache ich vier Tage daraus!«

Anna presste die Lippen so fest zusammen, dass ihr Mund einem weißen Strich glich, setzte sich wieder auf ihren Platz und funkelte die Schneiderin böse an.

Ciarans Anspannung ließ merklich nach, als der nächste Fall aufgerufen wurde. Das Atmen fiel ihm wieder leichter. Alasdair MacGregor, der Sohn von Seumas Glas und ein Vetter des legendären Rob Roy, erhob sich. Ihm wurde der widernatürliche Verkehr mit einer Kuh vorgeworfen.

Von einem solchen Vorfall hatte Ciaran nichts gehört. Fragend blickte er Robin an. Dieser nickte bestätigend.

»Mit einer Kuh?« Ciaran rutschte unbehaglich auf seinem Stuhl hin und her.

Wieder nickte Robin.

Ciaran brauchte einen Moment, um das zu verdauen. Wenn Alasdair schuldig sein sollte, würde er am Galgen enden. Derartige Perversionen wurden streng geahndet. »Wer beschuldigt ihn?«

»Aodán.«

»*Och.*« Das ergab einfach keinen Sinn. Ciaran rieb sich das Kinn, um Zeit zu gewinnen.

Robin forderte Alasdair auf, vorzutreten. Der Beschuldigte hielt zwar den Kopf hoch erhoben, doch sein Gesicht und der Hals waren dunkelrot angelaufen. Das sprach gegen ihn, denn wenn er unschuldig war, hatte er keinen Grund, sich zu schämen. Doch Ciaran zwang sich, keine voreiligen Schlüsse zu ziehen. Er kannte Alasdair gut. Eine solche Tat passte überhaupt nicht zu ihm. Also rief er Aodán zu sich.

»Du sagst, du hättest widernatürlichen Geschlechtsverkehr mit angesehen?« Er musste sich räuspern, weil sich ein Kloß in seiner Kehle bildete.

Aodáns Augen blitzten. »Aye. In der Wand des Kuhstalls der MacGregors ist ein Loch. Als ich vorbeiging, hörte ich einen Mann stöhnen, also blieb ich stehen und schaute hinein.«

»Weil du dachtest, er hätte eine Frau bei sich? Seine Frau vielleicht? Da wolltest du wohl selber ein bisschen Spaß haben, wie?«

Schallendes Gelächter ertönte, und Aodáns Gesicht rötete sich. Dennoch erwiderte er mit fester Stimme: »Er hatte keine Frau bei sich. Er stand hinter seiner Milchkuh und trieb es mit ihr.«

Ein verlegenes Kichern lief durch die Menge.

»Und du bist sicher, dass er nicht einfach nur versucht hat, sie wegzuschieben, weil sie auf seinen Fuß getreten ist? Kannst du wirklich so genau unterscheiden, ob ein Mann vor Lust oder vor Schmerz stöhnt?«

Die Bemerkung zog eine neuerliche Lachsalve nach sich.

Aodán hob die Stimme. »Er hat das Vieh gevögelt, ich habe es selber gesehen! Und du solltest der Sache etwas mehr Ernst beimessen, Cia ... *Sir.* Er und sein Vater verkaufen nämlich die Milch dieser Kuh an die Leute im Tal.«

Ciaran erbleichte, als er daran dachte, dass die Milch, die er gestern zum Abendessen getrunken hatte, vielleicht mit dem Samen eines Mannes besudelt gewesen sein könnte. Er schüttelte die Ekel erregende Vorstellung rasch ab, fuhr sich mit dem Finger über die Lippen und wandte sich an Alasdair. »Was hast du zu deiner Verteidigung vorzubringen?«

Alasdair senkte den Kopf, sagte aber: »Ich habe es nicht getan.«

Lange herrschte Stille, dann fragte Ciaran: »Ist das alles, was du dazu zu sagen hast? Warum sollte Aodán so etwas behaupten, wenn es nicht wahr ist?«

Alasdair warf Aodán einen verstohlenen Blick zu, seufzte dann und gestand: »Ich habe gesagt, dass ich gerne einmal mit seiner Frau ... du weißt schon.«

Ein unterdrücktes Raunen lief durch die Menge. Ciaran runzelte die Stirn. »Du hast gesagt, du wolltest seine Frau …?« Er zwinkerte ungläubig. »Meine Schwester? Hast du den Verstand verloren?« Er begann, mit den Fingern auf der Lehne seines Stuhls herumzutrommeln.

»Ich habe es ihm natürlich nicht direkt ins Gesicht gesagt. Ich wusste nicht, dass er in der Nähe war und mich hören konnte.« Alasdair blickte auf und fügte rasch hinzu: »Außerdem würde ich so etwas wirklich nie tun. Ich würde deiner Schwester nie zu nahe treten, ich schwöre es, Ciaran.«

Der Laird lehnte sich in seinem Stuhl zurück. »Deine eigene Frau wird sich sicher freuen, dass zu hören.«

Jeder im Raum drehte sich zu Alasdairs Frau um, die mit vor der Brust verschränkten Armen zu Boden starrte. Ihr Bauch war stark gewölbt; sie erwartete ihr viertes Kind, wahrscheinlich wieder einen Sohn. Seumas Glas hatte bis jetzt nur Enkelsöhne.

Ciaran wandte sich wieder an Aodán. »Gibt es noch weitere Zeugen für den Vorfall?«

Aodáns Miene verfinsterte sich. »Nein.«

»Hat jemand Kuhmist an Alasdairs Kleidung bemerkt?« Er zögerte, ehe er hinzufügte: »Oder an sonst etwas, das Alasdair gehört?«

Niemand meldete sich, obwohl Ciaran eine Weile wartete, um etwaigen Zeugen Zeit zu geben, sich zu besinnen. Schließlich sagte er: »Na schön. Es steht also Aodáns Wort gegen das von Alasdair. Ich wüsste wirklich nicht, warum ein verheirateter Mann Verkehr mit seiner Kuh wünschen sollte. Hingegen kann ich sehr gut verstehen, dass ein Mann auch andere Frauen außer seiner eigenen begehrenswert findet …«, Gekicher wurde laut, und seine Stimme nahm einen schärferen Klang an, »… auch wenn es sich dabei zufällig um meine eigene Schwester handelt. Daher halte ich Alasdairs Geschichte für die glaubwürdigere.« Er beugte sich vor und sah Aodán an. »Und du wanderst in den Stock, wenn du noch einmal eine so absurde Beschuldigung vorbringst.«

Wieder ertönte Gekicher. Aodán und Alasdair nahmen ihre Plätze wieder ein und tauschten feindselige Blicke.

Weitere Fälle wurden behandelt. Ciaran spürte, wie sich die Stimmung im Saal allmählich veränderte. All die, die sich anfangs gespannt vorgebeugt hatten, lehnten jetzt lässig mit dem Rücken an der Wand oder einem der Tische. Mit einem Blick brachte er ein paar Männer, die sich halblaut miteinander unterhielten, zum Schweigen. Sein Selbstvertrauen wuchs. Er war der Laird, und zwar nicht nur dem Titel, sondern auch der Tat nach.

Kurz nach der Gerichtssitzung wurde ihm das, was er am heutigen Tag getan hatte, im vollen Ausmaß bewusst. Als er die große Halle verließ, lief ihm ein Schauer über den Rücken. Ihm wurde klar, dass die Strafmaßnahmen, die er angeordnet hatte, just in diesem Moment tatsächlich ausgeführt wurden. Er machte sich auf den Weg zu seiner Kammer, doch als er die Stufen des Westturmes emporstieg, stellte er fest, dass seine Hände zitterten. Langsam begann er zu begreifen, über welche Macht er jetzt verfügte. In seiner Kammer kniete er vor seinem Bett nieder und presste die Stirn gegen die zusammengefalteten Hände. In diesem Moment vermisste er seinen Vater mehr denn je.

»Wo soll ich das hinstellen, Sir?«

Ciaran blickte erschrocken auf und erhob sich. Einer der Burgwächter war von der Obermagd beauftragt worden, die Kisten aus dem Büro des Lairds hierher zu schaffen, und nun stand er mit mürrischem Gesicht in der Tür. Die Burgwache bestand aus angeheuerten Schwertkämpfern – erfahrenen Kriegern, die dafür bezahlt wurden, das Tal vor Übergriffen rivalisierender Clans zu beschützen –, und die Männer waren nie erbaut, wenn ihnen niedere Arbeiten abverlangt wurden. Der Wachposten hatte die Lippen ärgerlich zusammengepresst und blickte Ciaran böse an, doch Ciaran achtete nicht darauf.

Er nahm sich zusammen und deutete auf den Tisch unterhalb der nach Osten hinausgehenden Fenster. Darauf und darunter stapelten sich bereits zahlreiche Kisten, die mit Kontobüchern,

Dokumenten, Gedichtbänden und Weinflaschen gefüllt waren. Ciaran griff nach dem vogelähnlichen Spielzeug, das ebenfalls in einer der Kisten lag, und drehte es in den Händen. Brigid und das Schwert des Königs lagen vorerst einmal auf dem dicken Bärenfell auf seinem Bett. Das Umräumen hatte den größten Teil des Morgens in Anspruch genommen, würde aber bald beendet sein. Ciaran blickte sich um und fragte sich, wo er den ganzen Kram unterbringen sollte.

Der Wächter stellte die Kiste auf den Boden, wurde entlassen und verließ den Raum. Ciaran legte das Holzspielzeug beiseite, kramte kurz in der Kiste herum und schob sie dann an die Wand, um etwas Ordnung in seiner Kammer zu schaffen. Der große Raum war zu einem Labyrinth aus schmalen Wegen zwischen Truhen und Kisten geworden.

»Im Nordturm steht eine Kammer leer.« Calum stand an der Tür. Ciaran blickte auf. »Da hättest du meiner Meinung nach den *Sassunach* unterbringen sollen, nicht in Pas Büro.«

»Es ist jetzt mein Büro, kleiner Bruder.« Ciaran war nicht in der Stimmung, sich mit seinem Bruder herumzustreiten. Die fünf Jahre, die sie trennten, hatten seit jeher eine unüberbrückbare Kluft zwischen ihnen gebildet. Calum war eine Frohnatur, ein Mensch, der immer zu lächeln schien und alles auf die leichte Schulter nahm. Auch war er ständig in Bewegung. Auch jetzt konnte er nicht still stehen, sondern schlenderte durch den Raum, nahm dieses und jenes zur Hand, legte es wieder weg und griff nach etwas anderem.

Ciaran war auf die ständigen Sticheleien und Herausforderungen seines Bruders nie eingegangen, sondern hatte sie hingenommen wie einen üblen Geruch, den man mit der Zeit gar nicht mehr wahrnimmt. Pa hatte alle seine Söhne geliebt, und daher bemühte sich Ciaran, Calum gleichfalls brüderliche Liebe entgegenzubringen. Es gab ja auch vieles, was er an ihm schätzte – seine fröhliche Art, sein Lachen, seine Vitalität und seine unerschütterliche Loyalität gegenüber dem Clan. So sah er über die schlechten Eigenschaften Calums meist großzügig hinweg. Ciaran fuhr fort, die Sachen seines Vaters durchzusehen und hob einen *sgian dubh* hoch, der auf einem alten, abgenutzten ledernen Wehrgehenk lag.

»Oder du hättest ihn und seinen Teufelsspross in einer gemeinsamen Kammer unterbringen können«, fuhr Calum fort. »Wahrscheinlich ist sie gar nicht seine Tochter, und es wäre ihnen ohnehin lieber so gewesen. Aber du scheinst dich ja bei den Engländern lieb Kind machen zu wollen.«

Der Hieb hatte gesessen, und Ciaran zahlte sofort mit gleicher Münze zurück. »Ich habe meine Gründe, *Malcolm.*« Ein verstohlener Blick verriet ihm, dass der Pfeil getroffen hatte. Sein Bruder lief rot an. Fast tat er Ciaran Leid. Es musste schrecklich sein, so unter seinem Namen zu leiden.

Er betrachtete den Dolch in seiner Hand, überlegte, was er damit anfangen sollte, dann trat er zu seinem Schrank und zog eine Schublade auf. Sie war mit Hemden und wollenen Strümpfen gefüllt, doch auf der linken Seite lag allerlei Krimskrams, für den sonst nirgendwo Platz war. Er legte den *sgian dubh* zu den Steinen, den alten eisernen Schuhschnallen, den Musketenkugeln und den anderen Schätzen seiner Kindheit.

Dabei stieß er auf den Talisman, der sich seit ewigen Zeiten in seinem Besitz befand. Er hatte ihn viele Jahre nicht mehr in der Hand gehabt und schon beinahe vergessen. Ciaran nahm ihn heraus, betrachtete ihn und wischte einen kleinen Wollfussel davon ab.

Es war eine Stahlbrosche, die vielleicht drei Zoll im Durchmesser maß und eine Krone zeigte, aus der eine Hand mit einem Schwert herausragte. Vor langer Zeit hatte ihm jemand erzählt, sie sei ein Clansabzeichen, er hatte jedoch noch nie etwas Ähnliches gesehen. Für ihn waren Clansabzeichen Blumen oder Federn, die man an seiner Kappe trug. Rund um den Rand der Brosche waren die Worte ›Fac et spera‹ eingraviert. *Handle und hoffe.* Das Clansmotto, hatte Pa gesagt. Weise Worte, wie er fand.

Sinann, die auf ihrem Lieblingsplatz hockte, sagte: »Erinnerst du dich noch an die Eigenschaften des Talismans?«

Ciaran blickte auf, wagte jedoch in Calums Gegenwart nicht, mit der Fee zu sprechen. Er erinnerte sich sehr gut daran, warum Pa ihm die Brosche gegeben hatte. Sie war verzaubert und machte ihren Träger unsichtbar, solange sich dieser nicht bewegte. Als Junge hatte er den Talisman ständig bei sich getragen, und er hatte ihn und Sìle mehr als ein Mal vor den Rotröcken gerettet. Während er ihn zwischen den Fingern drehte, dachte er an die furchtbaren Zeiten zurück, wo er ihn ständig hatte benutzen müssen. Sìle und er hatten oft eng umschlungen reglos dagesessen und zugesehen, wie mit Schwertern und Bajonetten bewaffnete Soldaten ihr Haus durchsuchten und unter Betten und hinter Möbelstücken herumstocherten. Aber die Amtszeit seines Vaters war relativ friedlich gewesen, nur gelegentlich hatte es noch Verhaftungen oder Hausdurchsuchungen gegeben. Daher hatte Ciaran den Talisman schon lange nicht mehr benutzen müssen. Er rieb die Brosche behutsam mit dem Daumen blank, bevor er sie auf den Tisch am Fenster legte.

Calum ging zu den Kisten hinüber und spähte hinein. »Was hast du denn alles gefunden?«

»Nur alte Papiere. Pa hat ja immer darauf bestanden, alles und jedes schriftlich festzuhalten. Als ich noch ein kleiner Junge war, brachte er mir schon bei, wie man Taufen, Hochzeiten oder Sterbefälle im Kirchenbuch dokumentiert.«

Calum verschränkte die Arme vor seiner breiten Brust und bemerkte beiläufig: »Hast du denn Vaters und Mutters Namen schon eingetragen?«

Ciaran hielt mit der Durchsicht der Papiere inne und blickte seinen Bruder an. Die Spitzen seiner Ohren begannen zu glühen. Wie hatte er etwas so Wichtiges versäumen können? Wortlos griff er nach dem dicken Buch und schlug es auf. »Gib mir bitte das Tintenfass und eine Schreibfeder.« Er setzte sich auf die Bettkante, legte das Buch auf seine Knie und malte sorgfältig Pas und Sarahs volle Namen sowie ihre Todestage auf die entsprechende Seite. Dabei wünschte er, ein Priester könne dies an seiner Stelle tun.

Während Ciaran auf die Tinte blies und dann das Buch zuklappte, wühlte Calum in einer Kiste herum und förderte ein altes Wachstuchpaket zu Tage. Obwohl er es mit äußerster Vorsicht öffnete, zerfiel das brüchige Tuch unter seinen Fingern, und er hielt ein paar vergilbte Dokumente in der Hand. »Was ist denn das?«

Ciaran hatte keine Ahnung. Er legte das Buch weg, ging zu Calum hinüber und blickte ihm über die Schulter. Das Papier war gleichfalls brüchig vor Alter, blieb aber ganz, als Calum es auseinanderfaltete.

Das erste Dokument trug das Siegel König Georgs I. Es war ein Begnadigungsschreiben, das ihren Vater von der Schuld, an einem Aufstand gegen Seine Majestät teilgenommen zu haben, freisprach. Dem Datum des Schreibens nach hatte es sich um den Aufstand von 1715 gehandelt. Für Ciaran und Calum war das nichts Neues, sie hatten viele Geschichten über die Schlacht bei Sheriffmuir gehört und wussten, dass ihr Vater zu einer Zeit begnadigt worden war, wo derartige Gesuche leicht durchzusetzen waren.

Aber das zweite in dem Paket enthaltene Dokument hatte keiner von ihnen je zuvor gesehen oder davon gehört. Als Ciaran es las, begann sich die Welt plötzlich um ihn herum zu drehen.

Es war eine Adoptionsurkunde, die besagte, dass Ciaran Robert Ramsay, Sohn von Caitrionagh Sìleas Matheson, von ihrem Ehegatten Dylan Robert Matheson an Sohnes Statt angenommen worden war. Die Urkunde trug das Datum November 1716. Damals war Ciaran zweiundzwanzig Monate alt gewesen.

»*Och.*« Calum machte große Augen, als ihm die Bedeutung dieses Fundes klar wurde. »*Och*«, wiederholte er beinahe ehrfürchtig. »Du bist überhaupt kein Matheson.«

Einen Moment lang herrschte tiefe Stille, dann stürzte sich Ciaran auf seinen Bruder und versuchte, ihm das Dokument zu entreißen, griff aber ins Leere; Calum stürzte mit seiner Beute bereits zur Tür hinaus.

»Bring das sofort zurück, du hinterhältiger kleiner Maestr Dreckskerl!« Ciaran griff nach seinem *sgian dubh*, änderte dann aber seine Meinung und packte Brigid, den größeren Dolch, der auf dem Bett lag, bevor er Calums Verfolgung aufnahm. Während er die Treppe hinunterstürmte, kreisten seine Gedanken unaufhörlich um das, was er soeben erfahren hatte, und um die möglichen Folgen für ihn. Das Amt des Lairds wurde ausschließlich über die männliche Linie der Familie vererbt. Ein adoptierter Sohn konnte daher niemals erben, wenn noch leibliche Söhne des Lairds am Leben waren. Der Clan würde ihn nicht als neuen Laird akzeptieren, egal wer sein Großvater mütterlicherseits gewesen war.

Ciaran war im untersten Stock des Westturms angelangt und riss die Tür zu dem Gang auf, in dem sich die Dienstbotenunterkünfte befanden. Calum war nirgendwo zu sehen. Ciaran rannte in den Westturm zurück und dann in den Stall. Kein Calum. Auch in der Sattelkammer hielt er sich nicht versteckt.

Ciaran stürmte durch die wackelige Tür am Ende des Raumes und dann durch die Baracken, in denen die Burgwache untergebracht war. Seine Schritte dröhnten auf dem dünnen Holzfußboden, wo schlafende Wächter friedlich schnarchten; andere, die noch wach waren, sprangen beim Anblick ihres Lairds auf. Ciaran schenkte ihnen keinerlei Beachtung. Er lief zur hinteren Tür hinaus und dann die Treppe hinunter, die an der Seite des Gebäudes entlangführte.

Auf dem Burghof blieb er stehen und blickte sich suchend nach seinem kleinen Bruder um. Allmählich wurde ihm das ganze Ausmaß dieser Geschichte bewusst, und er fühlte sich auf einmal hohl und leer.

Ich bin nicht meines Vaters Sohn.

Ein eiserner Ring schloss sich um seine Brust. Er bekam kaum noch Luft, drehte sich mit dem Gesicht zur Stallwand und hustete und schluckte dann ein paar Mal hart. Als er sich wieder erholt hatte, richtete er sich auf und sah sich um. Niemand im Burghof schien auf ihn geachtet zu haben. Für ihn waren alle Farben zu einem stumpfen Grau verblasst und die Welt öde und leer geworden, doch der Rest des Clans ging weiterhin seinem Tagewerk nach, als sei nichts geschehen.

Nicht der Sohn seines Vaters. Die Tatsache, die sein ganzes Leben geprägt hatte, war eine einzige Lüge. Ihm war, als sei seine gesamte Existenz auf einmal nur eine einzige Lüge.

Ciaran ging auf die große Halle zu, blieb aber stehen, als er sah, dass dieses Hadley-Mädchen ihn von der offenen Tür her anstarrte. Irgendetwas in ihren Augen beunruhigte ihn. Es lag entschieden zu viel Wissen darin. Also drehte er sich um, ging durch den Stall zum Westturm zurück und verkroch sich in seiner Kammer.

Leah blickte müßig auf den Burghof hinaus und fragte sich, ob der Wachposten sie wohl aufhalten würde, wenn sie versuchte, ins Dorf hinunterzugehen. Was, wenn er es Vater berichtete? Musste sie dann den ganzen Tag in ihrer Kammer zubringen? Allein die Vorstellung war unerträglich. Sie wollte gerade in die Halle zurückgehen, als der Laird aus dem Stall gerannt kam.

Er bot einen erschreckenden Anblick, rang keuchend nach Luft, war hochrot im Gesicht, und Schweißperlen standen auf seiner Stirn. Im Burghof blieb er stehen und sah sich nach allen Seiten um, als suche er irgendetwas oder irgendjemanden. Was auch immer es sein mochte, er fand es anscheinend nicht, was ihn noch mehr aus der Fassung zu bringen schien. In einer Faust hielt er einen langen Dolch, und er sah so aus, als wäre er bereit, jedem, der ihm in die Quere kam, damit die Kehle aufzuschlitzen. Leah hätte zu gerne gewusst, was ihn so aufgeregt hatte. Teils aus Neugier, teils aber auch, weil sie ihm gerne geholfen hätte. Vielleicht würde sie sich dann nicht mehr so sehr wie eine unerwünschte Außenseiterin vorkommen.

Er trat einen Schritt auf sie zu, und ihr Herz begann schneller zu schlagen. Doch dann sah er sie und zögerte. Leah hoffte inständig, er werde auf sie zukommen, doch stattdessen wandte er sich ab und floh in den Stall zurück. Voller Enttäuschung sah sie ihm nach.

Den Rest des Nachmittags und auch die nächsten Tage verbrachte Ciaran damit, die Papiere seines Vaters sorgfältig durchzusehen. Obwohl er sich einredete, sie nur ordnen zu wollen, wusste er doch, dass er in Wirklichkeit nach einem Beweis für die Ungültigkeit der Adoption suchte. Nach einem Tagebuch vielleicht, in dem von einer gefälschten Adoptionsurkunde die Rede war, oder einem Eintrag in einem der Bücher, der bewies, dass er doch ein Matheson von Geburt her war. *Nach irgendetwas.*

Aber er fand kein Tagebuch, und seine Geburtsurkunde befand sich in Edinburgh, wo er im Januar 1715 zur Welt gekommen war. Er hatte immer angenommen, seine Eltern hätten wegen der Unruhen in diesem Jahr nicht in Ciorram gelebt. Niemand hatte jemals erwähnt, dass seine Mutter je mit einem anderen Mann als seinem Vater verheiratet gewesen war.

Ramsay. Wer war Ramsay? In Pas Papieren fand sich kein Hinweis auf ihn, obwohl Ciaran drei Tage lang danach suchte.

Auch Calum ließ sich nicht blicken. Niemand dachte sich etwas dabei, denn Calum war ein begeisterter Jäger und ging bei schönem Wetter oft auf tagelange Streifzüge – und oft genug auch bei schlechtem Wetter. Dass er im Frühjahr eine Zeit lang verschwand, wunderte niemanden. Nur Ciaran ahnte, dass sich sein Bruder irgendwo in der Nähe versteckt hielt, um möglichst viele Männer um sich zu scharen, die ihm helfen sollten, Ciaran zu entmachten.

Jeder Tag, der verstrich, ohne dass er von seinem Bruder hörte, bestätigte Ciarans Verdacht, denn auch Calum konnte nicht von Heute auf Morgen genug Anhänger sammeln, um den rechtmäßigen Laird seines Amtes zu entheben. Ciaran konnte nichts anderes tun als warten. Wenn er Glück hatte, war Calum etwas zugestoßen. Vielleicht kehrte er ja nie wieder nach Ciorram zurück.

Inzwischen hatte sich Captain Hadley im Büro des Lairds häuslich eingerichtet, und zwischen Burghof und Nordturm bewegte sich ein stetiger Strom von Rotröcken. Sinann belauschte wichtige und weniger wichtige Gespräche und gab alle Einzelheiten über die Aktivitäten der Rotröcke an Ciaran weiter. Gewarnt sein hieß gewappnet sein, und der Laird von Ciorram legte Wert darauf, über alle Pläne des Feindes im Bilde zu bleiben. Er kannte die Truppenstärken; wusste, wann und wo Patrouillen eingesetzt wurden, wie gut die Männer ausgebildet waren und wie es um ihren Gesundheitszustand bestellt war. All diese Informationen speicherte er in seinem Gedächtnis, bis er sie nutzen konnte.

Glücklicherweise war die illegale Whiskyproduktion für dieses Jahr abgeschlossen, und die Fässer standen sicher in ihrem Versteck, denn sonst hätte die Anwesenheit der Soldaten jegliche Tätigkeit zum Stillstand gebracht. Zwar lag die Brennerei in einer Höhle im Wald hinter dem im Süden gelegenen Torfmoor versteckt, aber wie hätte Ciaran das ständige Hin- und Herwandern seiner Leute zwischen Dorf und Höhle erklären sollen? Und wie hätten sie den geheimen Austausch älterer Fässer gegen neue bewerkstelligen können?

Die in diesem Winter gebrannten Fässer waren bereits in eine alte Zisterne oberhalb der Burgküche geschafft worden, wo sie in Ruhe reifen sollten. Im Austausch hatte man die drei Jahre alten Fässer sowie ein fünf Jahre altes in die Höhle im Wald gebracht. Letzteres wurde stets besonders gekennzeichnet. Anfang nächsten Jahres würde gar ein Fass das unglaubliche Alter von einundzwanzig Jahren erreicht haben. Dylan Dubh hatte seit 1725 jedes Jahr, wenn die Ernte gut ausgefallen war, ein Fass zur Seite getan, das erst nach einundzwanzig Jahren geöffnet werden sollte.

Mit Hadley im Nacken hätte Ciaran nicht gewagt, mit der Whiskyproduktion oder dem Austausch der Fässer fortzufahren. Das Geheimnis des Produktionsprozesses war für die Zukunft von Ciorram viel zu wichtig; er hätte keinesfalls riskiert, dass jemand davon Wind bekam – und schon gar kein Engländer.

Eines Tages hockte Sinann wie üblich auf der Vorhangstange von Ciarans Bett, als ein Dragoner mit einer Botschaft für Captain Hadley in den Burghof geprescht kam. Ciaran trat ans Fenster, schaute hinaus und sah den Rotrock in die große Halle eilen.

»Das muss etwas Wichtiges sein, Sinann. Versuch herauszubekommen, was er Hadley zu sagen hat.« Er wartete, während Sinann sich darauf konzentrierte, durch den Gobelin im Büro des Lairds zu spähen. Dann gab sie die Botschaft, die Hadley im anderen Turm ausgerichtet wurde, wortwörtlich an Ciaran weiter.

»Eine Nachricht von General Wade. Die Pariser Spione des Königs haben erfahren, dass Charles plant, am fünften Juli in Schottland zu landen, wahrscheinlich auf einer der Inseln im Westen. Sie glauben, er baut darauf, hier eine kleine Armee zusammenziehen zu können und hofft, dass ihn Frankreich und vielleicht auch Spanien dann mit Geld, Waffen und Soldaten unterstützen werden.« Die Fee strahlte beim Sprechen vor Freude. »Aye! Prinz Teàrlach kommt!« Mit schwirrenden Flügeln erhob sie sich kurz in die Luft und landete dann wieder auf ihrem Lieblingsplatz.

Zuerst verspürte auch Ciaran freudige Erregung, doch dann brach ihm der kalte Schweiß aus, und er gab zu bedenken: »Er kommt nach Schottland, und die Engländer sind über seine Pläne informiert.« Missmutig ließ er sich auf seinen Stuhl sinken und presste einen Daumen gegen den Punkt zwischen seinen Augenbrauen, um den Druck dahinter zu lindern. Starke seelische Anspannung machte einen Mann verwundbar, und dafür war jetzt nicht der richtige Augenblick.

Doch Sinann beugte sich über die Lehne und erwiderte: »Dein Vater sagte immer, der Prinz würde kommen. Und zwar in diesem Jahr. Ein paar Siege wird er schon erringen, ehe er endgültig kapitulieren muss.«

Ciaran grunzte. »Da bin ich anderer Meinung. Wenn er wirklich kommt und es gelingt ihm, heimlich in Schottland zu landen, dann wird er auch den Thron zurückerobern. Er muss es nur bis Schottland schaffen.«

Die Fee verschränkte die Arme vor der schmalen Brust. »Du nennst deinen Vater einen Lügner?«

Er sah sie stirnrunzelnd an. »Nein, ich sage, du irrst dich.«

Die Fee seufzte abfällig, ihre Augen verengten sich zu schmalen Schlitzen.

Ciaran ging nicht auf diese Unmutsbezeugung ein. »Ich muss die Angelegenheit mit Robin und Eóin besprechen.« Er sprang auf und wandte sich zur Tür.

»Und wie willst du ihnen erklären, wie du zu diesen Informationen gekommen bist?«

Das hatte Ciaran nicht bedacht. Er blieb stehen, überlegte kurz und seufzte dann. »Ich werde mit Robin sprechen. Ganz allgemein. Mein Vater hat ihm immer vertraut.« Es versetzte ihm einen Stich, als er sich fragte, wer denn nun eigentlich sein Vater war. Wer war Ramsay? Doch dann zuckte er die Schultern. Bei der Adoptionsurkunde musste es sich um eine Fälschung handeln. Alles andere war undenkbar. »Robin weiß, wann er besser nicht zu viele Fragen stellt.« Mit diesen Worten verließ er den Raum und stieg die Stufen zur Brustwehr empor.

Mit schnellen Schritten ging er auf den Nordturm zu und betrat die dunkle Treppenflucht. Robins Kammer lag im obersten Stock, doch auf halbem Weg hörte er Schritte und blieb stehen. Das Rascheln mehrerer Röcke und ein Hauch von französischem Parfüm verrieten ihm, wer dort kam, und er drückte sich gegen die Wand, um sie vorbeizulassen.

Leah Hadley tauchte am Fuß der Treppe auf und stieg mit gerafften Röcken die Stufen hoch. Ihr Reifrock war nicht so umfangreich wie der, den sie vor einigen Tagen getragen hatte, nahm aber trotzdem fast die gesamte Breite der Treppe ein. Als sie Ciaran sah, blieb sie gleichfalls stehen und blickte mit großen, fragenden Augen zu ihm auf. Der Schein der Kerzen, die das gewundene Treppenhaus erleuchteten, fing sich in ihnen und ließ goldene Funken darin tanzen. Der Zauber, der in diesem Moment von ihr ausging, hätte ihm beinahe ein Lächeln entlockt.

Aber er bezwang sich und gab ihren Blick mit ausdrucksloser Miene zurück.

Leah kam langsam auf ihn zu. Ihr Gesicht befand sich erst auf gleicher Höhe mit seinen Füßen, dann mit seinen Knien, seiner Taille, seiner Brust. Dabei sah sie ihn unentwegt an. Obgleich sie ihren Reifrock mühsam zusammenraffte, musste sie sich eng an ihm vorbeiquetschen, wobei sie ihm voll ins Gesicht sah. Ein leises Lächeln spielte um ihre Mundwinkel. Ihr Blick traf ihn bis ins Mark. Der Drang, die Hand auszustrecken und die kleine Kerbe in ihrem Kinn zu berühren, war nahezu überwältigend, doch er beherrschte sich. Sie war nur eine hohlköpfige Engländerin, und er tat gut daran, sich von ihr fern zu halten.

Leah richtete die Augen wieder auf die Treppe und setzte ihren Weg fort. Ciaran sah ihr nach. Halb hoffte er, einen Blick auf ihre Unterröcke oder vielleicht auf einen bloßen Knöchel zu erhaschen. Doch sie bog um die nächste Rundung der Wendeltreppe, ohne dass er auch nur einen Schuh zu Gesicht bekam. Seufzend setzte er sich ebenfalls wieder in Bewegung, um mit Robin über die ungewisse Zukunft zu sprechen, die vor ihnen lag.

Leah saß, die Röcke unter die Arme geklemmt, auf dem Abtritt, wo der Wind kühl über ihr Gesäß strich, und nutzte diesen ungestörten Moment, um die Augen zu schließen und das Bild Ciaran Mathesons heraufzubeschwören. Der Mann hatte ein faszinierendes Gesicht, fand sie, und dann diese unergründlichen tiefblauen Augen! Gott allein mochte wissen, welch ungezähmte Wildheit sich hinter der zivilisierten Fassade verbarg. Der Gedanke jagte ihr einen Schauer über den Rücken.

Auf dem Rückweg zu ihrem Schlafgemach verlangsamte sie ihre Schritte, als sie an der Kammer des betenden Mannes vorbeikam, der, wie sie inzwischen wusste, Robin hieß. Die Tür, die vorhin noch offen gestanden hatte, war jetzt geschlossen. Dahinter hörte sie gedämpftes Stimmengemurmel und beugte sich mit wild klopfendem Herzen vor, um zu lauschen, konnte aber immer noch kein Wort verstehen. Erst nach einer Weile begriff sie, dass die Männer hinter der Tür Gälisch sprachen, und verwünschte ihre Dummheit. Verärgert und enttäuscht zugleich eilte sie weiter. Ließ England nicht Schottland großzügig an seinem Reichtum teilhaben? Da wäre es doch wohl das Mindeste, wenn diese Schotten Englisch lernen würden.

In ihrer Kammer war Ida mit Aufräumen beschäftigt, obgleich bereits mustergültige Ordnung herrschte. Sie klopfte die Kissen auf und schüttelte die Kleider im Schrank aus; dann zupfte sie die Vorhänge zurecht, die rund um das Bett herum verliefen und Leah zumindest ein Minimum an Privatsphäre boten. Es waren nur schlichte Leinentücher, doch Ida hatte es sich in den Kopf gesetzt, sie wie Seidenvorhänge zu drapieren. Ein hoffnungsloses Unterfangen. Nach einer Weile gab sie auf und fuhr mit dem Aufklopfen der Kissen fort.

Leah nahm unterdessen am Tisch neben einer der Schießscharten Platz und blickte auf das kleine Stück Burghof hinaus, das sie von hier aus sehen konnte. Nichts rührte sich dort unten, nur ein kleiner Junge schlenderte auf den Stall zu, verschwand darin, und dann blieb alles ruhig.

Sie wandte sich an die Zofe. »Ida, erzähl mir doch, was du über die Highlander weißt.«

Ida hielt mit ihrer Arbeit inne. Leah spürte, dass ihr das Thema nicht behagte.

»Komm schon. Es interessiert mich wirklich.«

Ida überlegte einen Moment, dann erwiderte sie: »Man sollte sich tunlichst von ihnen fern halten.«

Leah runzelte die Stirn. »Von ihnen fern halten?« Es überraschte sie, dass sich eine Schottin vor ihren eigenen Landsleuten fürchtete. »Warum denn?«

Die Zofe legte einen Arm um den Bettpfosten. Ihre Augen waren weit aufgerissen, fast greifbare Angst schwang in ihrer Stimme mit. »Sie sind das blutrünstigste Volk der Welt, Miss. Wenn Ihr einen von ihnen schief von der Seite anseht, fühlt er sich gleich beleidigt und wird Euch auf der Stelle umbringen.« Bei diesen Worten fiel Leah der junge Laird ein, der mit wutverzerrtem Gesicht und einem Dolch in der Hand auf dem Burghof gestanden hatte. Er hatte ausgesehen, als sei er ohne Zögern bereit, einen Mord zu begehen. Ida fuhr fort: »Es sind Teufel in Menschengestalt. Was sie wollen, das nehmen sie sich einfach, und sie berauben sich sogar gegenseitig. Es ist sehr gefährlich, durch die Highlands zu reisen.«

»Wir sind während der ganzen Zeit nicht ein einziges Mal behelligt worden.«

Ida verdrehte die Augen. »Aye. Aber wir hatten eine ganze Kompanie Dragoner bei uns, nicht wahr? Ich darf gar nicht daran denken, was passiert wäre, wenn uns nicht eine so gut bewaffnete Eskorte beschützt hätte.«

Leah nickte zustimmend, während sie sich flüchtig ausmalte, wie ihr Gastgeber sie packen, zu seinem Pferd schleifen und vor sich über den Sattel werfen würde, um sie zu entführen. Es war eine dumme, kindische Vorstellung, und sie schüttelte sie rasch ab. »Wenn wir dieses Tal ohne Begleitung der Männer meines Vaters verlassen müssten, könnten wir überfallen werden, meinst du?«

»Aye. Oder uns könnte noch Schlimmeres zustoßen. Wisst Ihr, Highlander sind keine Menschen. Sie können nicht zwischen Gut und Böse unterscheiden. Und es heißt, den Männern aus den Highlands könne die Kälte nichts anhaben. Sie streifen mitten im tiefsten Winter durch die Berge, und abends tauchen sie ihre Plaids in einen Fluss, wickeln sich darin ein und legen sich im Schnee zum Schlafen nieder. Angeblich haben sie es so warm und gemütlich.«

Leah schüttelte ungläubig den Kopf. Glaubte Ida eigentlich selbst, was sie da sagte? Doch die Zofe kam näher; ihre Stimme nahm einen vertraulichen Flüsterton an.

»Es sind keine Menschen, Miss, sondern Tiere, sie leben ja auch in Höhlen und unter freiem Himmel wie die Tiere. Und …«, Ida zögerte, ehe sie weitersprach. »Sie glauben, einige von ihnen seien in Wahrheit Seehunde.«

Leah konnte nicht anders, sie musste lachen. »Seehunde? Mit Fell, Schwanz und Flossen?«

»Aye.« Ida nickte. Sie wirkte todernst. »Es gibt Legenden über *selkies,* die Menschenwesen geheiratet haben. Diese Seehunde können menschliche Gestalt annehmen und unter Menschen leben. Aber manchmal kehren sie wieder ins Meer zurück.«

Sie blickte zur Tür, als fürchte sie, belauscht zu werden, dann fuhr sie fort: »Es gab einmal ein Geschwisterpaar, wo der Bruder von einer Seereise nicht mehr zurückkehrte. Man hielt ihn für tot, was seinen Eltern das Herz brach. Doch Jahre später bekam seine Schwester Besuch von ihrem totgeglaubten Bruder. Er sagte, er sei gar nicht ertrunken, sondern von den Seehunden als einer der ihren aufgenommen worden. Dann erzählte er ihr von seinem Leben unter den *selkies.* Er liebte es über alles; das Wasser war seine Heimat geworden. Und obwohl seine Schwester ihn anflehte, doch wieder zur Familie zurückzukehren, weigerte er sich. Bis ans Ende seiner Tage blieb er bei seinem wahren Volk im Wasser.«

Darauf wusste Leah beim besten Willen nichts zu erwidern.

Ida nickte bedeutsam. »Aye. Einige von ihnen lieben das Meer so sehr, dass sie darin leben wollen. Ich sage die Wahrheit, Miss. Es sind keine Menschen.« Wieder nickte sie, um ihren Worten den nötigen Nachdruck zu verleihen.

Leah dachte einen Moment nach, dann grinste sie. »Blutdurstige, streitlustige Seehunde also.«

Ida verstummte und fuhr fort, Ordnung in der ohnehin schon ordentlichen Kammer zu schaffen. Endlich sagte sie: »Mit allem nötigen Respekt, Miss – ich habe mein ganzes Leben in unmittelbarer Nähe der Hochlandgrenze verbracht. Ich kenne diese Leute. Man darf ihnen nicht trauen, sie würden Euch verraten, sobald Ihr ihnen den Rücken kehrt. Sie kennen keine Loyalität, außer gegenüber ihrem Laird, und sie tun nichts ohne Gegenleistung. Wir sind in eine gefährliche Gegend geraten, Miss.«

Leah blickte auf den Burghof hinaus. Ob Ida wohl wusste, welchen Unsinn sie redete? Seehunde, also wirklich!

Am dritten Morgen nach Calums Verschwinden blickte Ciaran beim Frühstück von seinem Haferbrei auf und stellte fest, dass Sìles Lippe wieder einmal angeschwollen und dunkellila verfärbt war.

Heiße Wut flammte in ihm auf. Als sie an ihm vorbeiging, um sich zu ihrem Mann und den Kindern zu setzen, hielt er sie am Arm fest. »Er hat dich also wieder geschlagen.«

Sìle blickte zu Aodán hinüber, ehe sie flüsterte: »Leg dich bitte nicht mit ihm an.« Ein leichtes Lispeln verriet, dass ihr ein Vorderzahn fehlte. Ciaran biss sich auf die Lippe.

»Und warum nicht? Soll er dir nach und nach alle Zähne ausschlagen, bis du nur noch diesen Haferbrei essen kannst?« Es war schon schwer genug, sich ein halbwegs intaktes Gebiss zu bewahren, auch ohne dass man seine Zähne durch Schläge verlor.

»Alles halb so schlimm.« Sie hielt eine Hand vor den Mund, damit er die Lücke nicht sah, aber ihr Lispeln schürte seine Wut noch mehr. »Lieber nehme ich ab und zu ein paar Schläge in Kauf als dass du ernsthafte Verletzungen davonträgst. Oder gar getötet wirst. Aodán hasst dich, Ciaran. Er sucht nur nach einer Gelegenheit, dich umzubringen.«

Ciaran blickte über den Tisch hinweg zu Aodán, der so seelenruhig sein Frühstück verzehrte, als sei überhaupt nichts gewesen. Die restlichen Burgbewohner waren vollzählig versammelt, auch der Dragonercaptain und seine Tochter fehlten nicht. Offenbar zogen sie es vor, in der großen Halle eine warme Mahlzeit einzunehmen, statt darauf zu warten, bis eine Magd geruhte, ihnen den inzwischen eiskalten Brei in ihre Kammer zu bringen. Hadley und Leah saßen ganz am Ende des langen Tisches und wurden von ihren eigenen Dienstboten bedient.

Dies war nicht der beste Augenblick, um die Angelegenheit zu regeln, aber wenn er den Vorfall jetzt auf sich beruhen ließ, würden seine Clansleute daraus schließen, dass er Aodáns Verhalten entweder insgeheim billigte oder dass er ein Feigling war. Beides konnte Ciaran nicht zulassen. Er schob eine Hand unter seine rechte Gamasche, unter der er, dem Vorbild Dylan Dubhs folgend, die Lederscheide mit Brigid befestigt hatte, zog den Dolch, sprang auf und baute sich auf der kleinen freien Fläche vor der Tür zum Burghof auf.

»Aodán Hewitt!«, rief er zu seinem Schwager hinüber. »Diesmal bist du zu weit gegangen! Ich werde dafür sorgen, dass du meine Schwester in Zukunft in Ruhe lässt – so oder so!«

Aodán, der sich soeben einen großen Bissen Brot in den Mund gestopft hatte, blickte auf und begriff sofort. Er warf Sìle einen verstohlenen Blick zu, dann erhob er sich langsam und trat auf seinen Gegner zu. »Sie ist meine Frau, wie oft soll ich das denn noch sagen?« Er sprach in dem übertrieben geduldigen Tonfall eines Mannes, der es leid ist, immer wieder dieselbe Erklärung abgeben zu müssen. »Und was ich mit meiner Frau mache, geht dich nichts an, Ciaran Dubhach.« Auch er zückte seinen Dolch.

Ciaran sah zu seiner Schwester hinüber, die zu Boden starrte. Aodán wollte es auf einen Kampf ankommen lassen, und sie verspürte offenbar wenig Lust, ihn noch länger in Schutz zu nehmen.

»Du willst es nicht anders!« Mit erhobenem Dolch ging Ciaran auf Hewitt los, blieb jedoch kurz vor ihm stehen, so dass Hewitt, der seinerseits mit dem Dolch ausgeholt hatte, ihn verfehlte. Ciaran griff an, Hewitt parierte. Beide Männer umkreisten einander, jeder war bestrebt, sich eine günstige Position zu verschaffen, aber zwischen den Tischen war kaum Platz. Alle in der Nähe Sitzenden sprangen auf und bildeten einen großen Kreis um die Streithähne. Sìle zog ihre beiden Töchter von ihren Stühlen hoch und übergab sie einer Küchenmagd, die sie aus der Halle führte.

Aus den Augenwinkeln heraus sah Ciaran zwei Dragoner mit schussbereit erhobenen Musketen die große Halle betreten. Hadley erhob sich von seinem Platz. Ohne Hewitt aus den Augen zu lassen, rief Ciaran ihm auf Englisch zu: »Haltet sie zurück, Hadley!

Haltet sie zurück, sonst gibt es ein Blutbad!« Wie zur Bestätigung wurden überall im Raum Dolche gezogen. Hadley lief rot an, während er sich nach allen Seiten umblickte und versuchte, den Ernst der Lage abzuschätzen.

Endlich befahl er den Soldaten, die Waffen sinken zu lassen, blieb aber an seinem Platz stehen, um den Kampf zu verfolgen.

Ciaran ging wie ein gereizter Stier auf Hewitt los, was ihm einen tiefen Stich in den Oberarm eintrug. Über seine Unvorsichtigkeit verärgert, stieß er einen lauten Kampfruf aus, drang erneut auf seinen Gegner ein und trieb ihn immer weiter zurück. Dabei stolperte Hewitt über einen Stuhl und landete rücklings auf dem Boden. Im selben Moment ließ sich Ciaran auf die Knie fallen, um ihm Brigid an die Kehle zu setzen.

»Ich ergebe mich!« Hewitts Stimme klang schrill vor Angst. »Ich ergebe mich! Aber lass mich am Leben!«

Ciaran bohrte Brigids Spitze leicht in die weiche Haut von Aodáns Hals. Sein verletzter Arm blutete und pochte schmerzhaft, und er sah nicht ein, warum Aodán ohne einen Kratzer davonkommen sollte. Doch ein Blick in die geröteten Augen und das tränenüberströmte Gesicht seiner Schwester stimmte ihn milder. Obwohl er seinem Schwager nur zu gerne eine Lektion erteilt hätte, die dieser nie vergessen würde, bezwang er sich. Stattdessen beugte er sich über Aodán und erhob die Stimme, damit ihn alle Anwesenden hören konnten.

»Nun gut, Aodán, ich lasse noch ein letztes Mal Gnade vor Recht ergehen. Aber merk dir eins: Sollte ich je wieder irgendwo an meiner Schwester einen blauen Fleck, eine Prellung oder sonst eine Verletzung entdecken – egal wie sie dazu gekommen ist –, dann lasse ich dich hängen. Deswegen rate ich dir, dein Leben von heute an der Aufgabe zu widmen, Sìle vor jeglichem Unheil zu bewahren. Ich erwarte von dir, dass du Tag und Nacht auf sie Acht gibst und aufpasst, dass sie nicht ausgleitet und stürzt oder sich an einem Küchenmesser schneidet oder sich mit einer Nadel in den Finger sticht. Hast du mich verstanden, Aodán Hewitt?«

Der Mann am Boden nickte. Ciaran richtete sich auf und schritt davon, wobei er Brigid wieder in die Scheide zurückschob.

Doch plötzlich ertönte hinter ihm Hadleys Stimme: »Nehmt ihn fest!«

Augenblicklich packten die Dragoner Ciaran bei den Armen, und einer setzte ihm den Lauf seiner Muskete unter das Kinn.

5. KAPITEL

Er strich die weiße knielange Seidenhose an seinen Beinen glatt und entfernte dabei einen dunklen Fussel von dem feinen Stoff. Das Hausmädchen wurde nachlässig. Er würde ein ernstes Wort mit ihr reden müssen.

Leah verfolgte den Kampf mit weit aufgerissenen Augen und hämmerndem Herzen. Messer klirrten, der Laird von Ciorram wurde von dem anderen Mann verwundet, und plötzlich war alles vorüber. Der Laird hielt seinem jetzt ängstlich wimmernden Gegner sein Messer an die Kehle. Schottische Selbstjustiz. Leah konnte kaum noch atmen. Sie legte eine Hand vor den Mund und fragte sich, worum es bei dem Streit eigentlich gegangen war, denn sie hatte die gälischen Worte nicht verstehen können.

Vater schien vor Zorn zu kochen. Ganz offensichtlich fand er es unentschuldbar, dass seine Tochter Zeugin dieser hässlichen Szene gewesen war. Er befahl, Ciorram zu verhaften, und einer der Soldaten hielt ihm seine Muskete an den Hals. Leah bedeckte die Augen mit den Händen, blinzelte jedoch immer wieder zwischen ihren Fingern hindurch. Sie hatte furchtbare Angst, die Waffe könne losgehen. Ciorram verhielt sich jedoch ganz ruhig. Er neigte den Kopf zur Seite und sah ihrem Vater fest in die Augen. Leah stand Todesangst um ihn aus. Hinter vorgehaltener Hand flüsterte sie immer wieder: »Bitte tu ihm nichts ... bitte tu ihm nichts ...«

Die Stimme des Lairds klang ruhig und gelassen, als er auf Englisch erwiderte: »Ich habe hier die Gerichtshoheit, Hadley.«

»Ihr mögt ja hier der Laird sein«, erwiderte Vater scharf, »trotzdem kann ich handgreifliche Auseinandersetzungen nicht dulden.«

»Macht Euch nicht lächerlich«, entgegnete Ciorram sachlich. Sein Akzent war kaum noch zu vernehmen. »Ihr wärt ein Narr, wenn Ihr Eure Nase in meine Angelegenheiten stecken würdet. Gordon, Argyll und all die anderen Whig-Lairds und Speichellecker Seiner Majestät würden Euch das Fell über die Ohren ziehen, und sei es auch nur, um ihre eigenen gesetzlich verbrieften Rechte zu wahren.« Leah ließ die Hände sinken und sah ihren Vater an. Er hörte aufmerksam zu und schien Ciorrams Worte sorgfältig abzuwägen. Leah begriff, dass dieser ›Wilde‹ ihn allein durch seine Sprechweise beeindruckte. Der Trick funktionierte, das sah sie sofort. Ciorram fuhr trotz der noch immer auf ihn gerichteten Waffe ungerührt fort: »Allerdings muss ich zugeben, dass dies kein besonders geschickter politischer Schachzug wäre.«

Lange Zeit herrschte gespanntes Schweigen, während die beiden Männer ein Blickduell austrugen. Endlich gab Vater nach. »Also gut. Ihr werdet mir Euer Wort geben, dass derartige Kämpfe von nun an unterbleiben. Sollte es aber einmal Tote geben, sähe ich mich gezwungen, Euch nach Inverness bringen und dort vor Gericht stellen zu lassen.«

Ohne mit der Wimper zu zucken erwiderte Ciorram: »Ich denke gar nicht daran. Vergesst nicht, dass jeder Versuch, mich irgendwohin schaffen zu lassen, für Euch schlimme Folgen haben würde.«

Vater brauchte eine Weile, um auch dies zu verdauen. Sein Gesicht verdüsterte sich. Leah wusste, dass er in der Falle saß. Der Kampf war nicht ernst genug gewesen, um großes Gewese darum zu machen, aber er hatte den Fehler begangen, sich eine Autorität anzumaßen, die er nicht besaß. Sogar sie, die nur wenig von politischer Strategie verstand, konnte sehen, dass ihm gar nichts anderes übrig blieb, als einen Rückzieher zu machen. Schließlich befahl er seinen Männern widerwillig, den Laird freizugeben. Der Soldat, der Ciorram in Schach hielt, ließ seine Muskete sinken, und die Spannung im Raum verebbte allmählich.

Mit leisem Klirren wurden die kampfbereit gezückten Dolche wieder in die Scheiden zurückgeschoben. Die ältere Schwester des Lairds, allem Anschein nach die Frau des besiegten Mannes, lief zu ihrem Bruder, um die Wunde an seinem Arm zu versorgen, während die übrigen Mathesons entweder die Halle verließen oder sich wieder ihrem Frühstück widmeten.

Leahs Vater beugte sich zu ihr und sprach auf sie ein, doch sie hörte nur mit halbem Ohr zu. Gebannt verfolgte sie, wie eine Küchenmagd mit Nadel und Faden in der Hand auf den Laird zutrat und das Ende des Fadens anfeuchtete, um ihn besser einfädeln zu können. Ciorram erteilte ihr eine scharfe Anweisung und scheuchte sie weg. Anscheinend wollte er sich die Wunde nicht nähen lassen. Doch dann ging die Magd zum Kamin, warf die Nadel in einen kleinen Kessel, den sie mit Wasser füllte, und setzte ihn auf das Feuer. Es sah so aus, als wolle sie Nadel und Faden auskochen. Ciorram betrachtete sie mit einem missbilligenden Blick, der besagte, dass sie dies ohne vorherige Aufforderung hätte tun sollen.

»Wieso kochen?«, murmelte Leah verständnislos.

»Hörst du mir eigentlich zu, Mädchen?«

Leah schrak zusammen und sah auf. »Entschuldige bitte, Vater. Was hast du gesagt?«

»Ich sagte, ich möchte, dass du heute mit Ida in deiner Kammer bleibst. Ich will nicht, dass du noch einmal in eine solche Auseinandersetzung hineingerätst. Diesen Mathesons ist alles zuzutrauen. Also lass dir von Ida deine Mahlzeiten bringen und verlass den Raum nicht.«

»Natürlich, Vater.« Leah nickte lächelnd, obgleich sie nicht die Absicht hatte, ihm zu gehorchen. Er mochte sie gezwungen haben, England gegen ihren Willen zu verlassen, aber sie würde sich nicht auch noch einsperren lassen. Sie würde in ihre Kammer zurückkehren, aber nur, um die erstbeste Gelegenheit zur Flucht zu nutzen. Wohin sie gehen wollte, wusste sie noch nicht. Aber sie würde sich auf jeden Fall davonstehlen, und sei es auch nur, um sich selbst zu beweisen, dass sie dazu im Stande war.

Erst am Nachmittag gelang es ihr, Ida zu entwischen. Da sie es für ratsam hielt, sich vorerst nicht in der großen Halle blicken zu lassen, musste sie sich etwas anderes einfallen lassen, um sich ein wenig Abwechslung zu verschaffen. Sie huschte zur Tür hinaus, um einen sicheren Weg zu suchen, der sie aus der Burg herausbrachte.

Falls ihr jemand begegnete, würde sie einfach behaupten, den Abtritt aufsuchen zu wollen. Doch stattdessen ging sie an der Latrine vorbei, bis sie zum anderen Turm gelangte. Dort raffte sie ihre Röcke und eilte, so schnell sie konnte, die Wendeltreppe hinunter. Die Tür der ersten Kammer, an der sie vorbeikam, stand halb offen. Neugierig spähte sie hinein. Aus den auf den Tischen aufgestapelten ledergebundenen Büchern schloss sie, dass dies die Kammer des Lairds sein musste. Helles Sonnenlicht flutete durch die Glasfenster, die ebenfalls bewiesen, dass hier niemand anderes als der wichtigste Mann der Burg wohnte.

Hastig setzte sie ihren Weg fort.

Am Fuß der Treppe fand sie sich in einem kurzen, gewundenen Gang wieder. Hinter einer der Türen erstreckte sich ein weiterer, längerer Gang mit vielen eng beieinander liegenden Türen. Hier mussten sich die Dienstbotenunterkünfte befinden, und der Gang würde sie nur wieder zum anderen Turm zurückbringen. Sie schloss die Tür wieder, öffnete eine andere und landete dieses Mal im Stall. Zu ihrer Linken lag eine hölzerne Treppe, an der sie leise vorbeihuschte. Ein beißender Geruch nach Pferden und Dung stieg ihr in die Nase. Staub flirrte in der Luft. Am anderen Ende des Stalles entdeckte sie eine weit offene größere Tür, hinter der der Burghof lag. Mit gerafften Röcken lief sie darauf zu. Vielleicht fand sie einen Weg, sich aus der Burg hinunter ins Dorf zu schleichen.

»Unfolgsamen Mädchen wird hier zu Lande der Hintern versohlt.«

Leah fuhr erschrocken zusammen und verkroch sich hinter einem Pfosten. Sie wusste nicht, wo die Männerstimme herkam. Suchend blickte sie sich um, während die körperlose Stimme fortfuhr: »Ich möchte wissen, was Euer Vater sagen würde, wenn er wüsste, dass Ihr Euch wie eine Dirne in dunklen Ecken herumtreibt.« Jetzt erkannte sie den Sprecher, obwohl der Akzent wieder stärker durchschlug. Und dann sah sie ihn auf einem wackeligen Stuhl an der Wand des Stalles sitzen. Ciaran Robert Matheson von Ciorram.

Entschlossen, sich ihre Nervosität nicht anmerken zu lassen, straffte sie sich. »Mir kommt es eher so vor, als würden unfolgsamen Mädchen in dieser Gegend die Zähne ausgeschlagen.«

Der Laird verzog das Gesicht und stieß ein angewidertes Grunzen aus. »Aodán wird meine Schwester nie wieder anrühren; er weiß, was ihm sonst blüht.« Leah fiel auf, dass er sich umgezogen hatte. Sein feuchtes Haar war wieder im Nacken zusammengebunden, doch noch immer fiel ihm diese eine widerspenstige Strähne in die Stirn. Die roten Male auf seinem Arm verrieten, dass seine Wunde inzwischen genäht worden war.

Er stützte den unverletzten Arm auf ein Knie und fragte spöttisch: »Womit kann ich Euch dienen, Miss Hadley? Möchtet Ihr vielleicht noch andere Teile meines Heimes mit Beschlag belegen? Oder habt Ihr es jetzt auf meine Pferde abgesehen?« Er deutete mit dem Kinn zu den Pferdeboxen hinüber, in denen vier Vollblüter leise schnaubend vor sich hindösten. Für gewöhnlich waren hier auch die Pferde ihres Vaters untergebracht.

Angesichts seines sarkastischen Tones runzelte Leah die Stirn, blieb aber unverändert höflich. Nachdem sie die Pferde des Lairds prüfend gemustert hatte, bemerkte sie: »Wirklich prachtvolle Tiere habt Ihr da. Ich könnte Euch fast um sie beneiden.«

»Und ich könnte ihretwegen jederzeit verhaftet werden und werde es vielleicht noch, wenn Euer Vater einmal einen schlechten Tag hat.«

Einen Moment lang sah sie ihn verständnislos an, dann begriff sie. »Ach ja, Ihr seid ja katholisch und dürft deswegen kein Pferd besitzen, dass mehr als fünf Pfund wert ist.«

Er schnaubte abfällig, dann beäugte er sie von Kopf bis Fuß. »Und da heißt es immer, alle Engländer seien Dummköpfe.«

Der Ärger ließ sie ihre guten Manieren vergessen. Ihre Augen wurden schmal. »Ich bin nicht hergekommen, um mich beleidigen zu lassen.«

»Ich habe Euch nicht gebeten, überhaupt herzukommen.«

Die Bemerkung traf sie wie ein Schlag. Sie warf den Kopf zurück. »Glaubt mir, Ciorram, ich würde diesen Ort lieber heute als morgen verlassen.« Sie hielt den Atem an, um die aufsteigenden Tränen zu unterdrücken. Dann fuhr sie fort: »Mein Vater brachte mich hierher, obwohl ich ihn inständig bat, mich bei meinem Onkel daheim in England zu lassen. Ich vermisse meine Heimat und meine Freunde. Man hat mich aus meiner gewohnten Umgebung herausgerissen, und nun muss ich unter Menschen leben, die mich verabscheuen. Nein, ich wünsche mir nichts sehnlicher, als wieder nach Hause zurückkehren zu können.«

Wieder traten ihr die Tränen in die Augen, und diesmal konnte sie sie nicht zurückhalten. Sie senkte den Kopf, damit der Laird sie nicht bemerkte, hob ihre Röcke und machte Anstalten, durch die große Tür in den Burghof hinauszulaufen.

Er sprang auf und hielt sie am Arm fest. »Wartet.«

Leah blieb stehen, wagte jedoch nicht, zu ihm aufzublicken. Mit gesenktem Kopf starrte sie auf den mit Stroh bedeckten Lehmboden. Tränen tropften auf ihren Rock und hinterließen feuchte Flecken.

»Es tut mir Leid«, sagte er leise. »Ich sollte Euch nicht die

Schuld für die Taten Eures Königs geben. Oder Eures Vaters.« Seine Stimme klang weicher als sie sie je zuvor gehört hatte.

Lange Zeit herrschte Schweigen zwischen ihnen. Noch immer hielt er sie am Arm, während er darauf wartete, dass sie ihn ansah. Sein Griff war fest, aber nicht halb so grob, wie sie es von ihm erwartet hätte. Er gab ihr dadurch zu verstehen, dass er sie ohne weiteres gewaltsam festhalten konnte, wenn er wollte, es jedoch vorziehen würde, wenn sie aus freiem Willen bliebe.

Endlich sagte er: »Hier ist noch ein Stuhl. Ruht Euch ein wenig aus und wartet, bis Eure Nase nicht mehr ganz so rot ist. Es braucht ja nicht jeder zu sehen, dass Ihr geweint habt.«

Leah berührte ihre Nase. Sie fühlte sich in der Tat leicht geschwollen an. Leise schnüffelnd drehte sie sich um und entdeckte einen zweiten Stuhl neben dem, auf dem Ciorram gesessen hatte. Es war lediglich ein Schemel, trotzdem ließ sie sich dankbar darauf nieder. Auch Ciorram nahm wieder Platz und kippte seinen Stuhl mit der Rückenlehne gegen die Wand. Seine Füße in den weichen Lederschuhen baumelten ein Stück über dem Boden. Da er die Beine weit gespreizt hatte, war sie dankbar, dass sein üppig gefältelter Kilt seine Schenkel bedeckte. Vielleicht wäre sie sonst versucht gewesen, dorthin zu starren.

Stattdessen studierte sie lieber sein Gesicht. Nun da sein Ärger verflogen war, blickten seine blauen Augen klar und wach. Sie las darin eine Intelligenz, die sie nie vermutet hätte.

Nach einer Weile fragte sie schüchtern: »Warum sprecht Ihr so sonderbar?«

Er zwinkerte, und ein verwirrtes Lächeln breitete sich auf seinem Gesicht aus. »Wie bitte?«

»Warum sprecht Ihr mit diesem Akzent? Ich habe Euch fast vollkommen akzentfrei sprechen hören, warum versucht Ihr da nicht, ihn ganz abzulegen?«

Er stieß einen Laut aus, der einem Kichern glich, und schaute einen Moment zu Boden, ehe er sagte: »Warum sollte ich ihn denn ›ablegen‹, wie Ihr es nennt?«

»Wenn Ihr wie ein zivilisierter Mensch erscheinen …«

»*Zivilisiert.*« Er spie das Wort förmlich aus. Wieder flammte ein zorniger Funke in seinen Augen auf. »Ich spreche, wie ich spreche, weil es mir eben so gefällt. Wenn Ihr einmal genau hinhört, werdet Ihr feststellen, dass sich mein Akzent ein wenig von dem der anderen Leute im Tal unterscheidet. Mein Vater sprach sowohl Englisch als auch Gälisch mit amerikanischem Akzent, und den habe ich übernommen. Ich habe von Kindesbeinen an gelernt, dass viele Arten zu sprechen gibt, und ich habe mir nie angemaßt, die eine für besser als die andere zu halten.«

»Aber wenn Ihr doch fließend und akzentfrei Englisch sprechen könnt …«

»Das tue ich dann, wenn ich es zu meinem Vorteil nutzen möchte. Meistens, wenn ich es mit engstirnigen Menschen zu tun habe, die aus der Sprechweise Rückschlüsse auf die Geistesgaben eines Mannes ziehen. Ich verwende nur die Dummheit und Selbstgefälligkeit von Leuten, wie Eurer Vater einer ist, als Waffe gegen sie.«

»Ihr täuscht Eure Mitmenschen.«

Er zuckte die Achseln. »Wenn sie mehr auf die Sprechweise als auf die Worte als solche achten, dann geschieht es ihnen Recht, wenn sie zum Narren gehalten werden. Ich bestätige ihre Dummheit nur, bin aber nicht die Ursache dafür. Außerdem interessiert es mich herzlich wenig, was andere von mir denken. Ich bin, wie ich bin, ob es Captain Hadley nun gefällt oder nicht.«

Leah stellte plötzlich fest, dass ihr Mund offen stand. Hastig schloss sie ihn wieder. Noch nie war ihr ein Mann begegnet, der so von sich eingenommen war, dass er nichts auf die Meinung ihres Vaters gab. Und Ciorram meinte seine Worte ganz offensichtlich ernst. Er verstellte sich nicht, wie er es in den vergangenen Tages des öfteren getan hatte, sondern er sprach aus, was er wirklich dachte. Vorsichtig begann sie: »Ciorram …«

»Nennt mich Ciaran. Niemand im Tal sagt ›Ciorram‹, nur die Rotröcke, und ich hoffe, Ihr werdet mir nie eine Waffe an die Kehle setzen.«

»Also gut, Ciaran.« Plötzlich wusste sie nicht mehr, was sie eigentlich hatte sagen wollen, die Erinnerung an die gegen seinen Hals gepresste Muskete hatte alles andere verdrängt. Nach kurzer Überlegung fiel es ihr wieder ein. »Ich wollte Euch mein Beileid zum Tod Eures Vaters aussprechen. Bitte entschuldigt, dass wir Euch in Eurer Trauer stören.«

Ciaran grunzte nur und begann, Holzsplitter aus der Stallwand zu lösen. »Danke.« Mehr sagte er nicht.

Schweigend betrachtete sie sein Gesicht, sah dem Spiel seiner Kinnmuskeln unter der Haut zu. Auf einmal empfand sie tiefes Mitleid mit ihm. Wenn sie doch nur eine Möglichkeit fände, seinen Schmerz ein wenig zu lindern!

Doch dann meinte er: »Allmählich solltet Ihr wieder dorthin zurückgehen, wo Ihr hergekommen seid.« Er blickte sich vielsagend in dem Stall um. Niemand außer ihnen hielt sich dort auf. »Ich möchte nicht gerne auch noch wegen Notzucht verhaftet werden.«

Leah schnappte nach Luft. Zwar hatte sie dieses Wort schon öfter gehört, aber immer nur hinter vorgehaltener Hand und im Flüsterton. Heiße Röte stieg ihr in die Wangen, sie nickte nur wortlos und ergriff die Flucht. Da sie ihre ursprüngliche Absicht, sich aus der Burg zu schleichen, ganz vergessen hatte, lief sie quer über den Burghof in die große Halle und kehrte dann in ihre Kammer zurück.

Ciaran sah ihr nicht nach, sondern konzentrierte sich auf die Holzsplitter, die er in der Hand hielt, bis sie verschwunden war. Dann seufzte er tief und schalt sich insgeheim einen Narren. Wie hatte er nur so grausam sein können, ein junges Mädchen zu verletzen, das ihm nichts zu Leide getan hatte! Er stand auf, um ihr nachzugehen, besann sich dann aber eines Besseren. Wenn er gesehen wurde, wie er der Tochter des Captains über den Burghof folgte, könnte es Gerede geben. Der Himmel mochte wissen, wo sie hingelaufen war, und es wäre der Gipfel der Torheit, sich nach ihrem Verbleib zu erkundigen.

Also ließ er sich wieder auf den Stuhl sinken und lehnte den Kopf gegen die Wand. Wenn ihm doch statt der Tochter der Captain selbst über den Weg gelaufen wäre!

Als Leah an diesem Abend zu Bett ging, dachte sie angestrengt über all das nach, was Ciaran zu ihr gesagt hatte – nicht so sehr über seine Worte, sondern über die Art, wie er mit ihr gesprochen hatte. Er hatte ihr viele verletzende Dinge an den Kopf geworfen, aber er hatte nicht mit ihr geredet wie mit einem unmündigen Kind. Er schien angenommen zu haben, dass sie ihm gewachsen war.

Aber sie hatte ihm nicht die Stirn geboten, sondern war wie das dumme kleine Mädchen, das sie nicht sein wollte, Hals über Kopf geflüchtet. Während ihr Ida das Haar kämmte, glühten ihre Wangen vor Scham. Was musste Ciaran von ihr denken? Vermutlich hatte er über ihre Flucht nur verächtlich gelächelt. Nach dieser Begegnung würde er sie wohl kaum noch als eine erwachsene Frau betrachten.

Mutter hatte sich nie so töricht benommen, jedenfalls nicht, soweit sie sich erinnern konnte. Mutter hatte immer ihren eigenen Standpunkt vertreten und sich auch Vater gegenüber behauptet. Nie hatte sie klein beigegeben. Nie hatte Leah sie anders als makellos perfekt erlebt. Jedes Haar hatte an seinem Platz gelegen, keine Falte ihr Kleid verunziert. Stets hatte sie Vater in dem Glauben gelassen, er sei der Herr im Haus, obwohl in Wirklichkeit sie die Zügel in der Hand gehalten hatte. Mutter hatte aus ihnen dreien eine Familie gemacht, trotz Vaters häufiger Abwesenheit und der ständigen Gefahren, denen er als Offizier ausgesetzt war. Sie hatte mit ihm in einer Sprache gesprochen, die er verstand. Einer Sprache, der sie, Leah, nie mächtig gewesen war.

Aber nun war Mutter tot, und seit über einem Jahr hatte sich Leah Vater gegenüber nicht mehr durchsetzen können. Und nie sprach er mit ihr über ihre Mutter; so, als hätte sie nie gelebt. Er tat so, als existiere die Lücke nicht, die Mutters Tod in ihr Leben gerissen hatte, ging wie immer seinem Tagewerk nach und schien nicht bemerken zu wollen, wie sehr seine Tochter sich verändert hatte. Wenn er ihr doch nur ein Mal ruhig zuhören würde!

Leah fasste einen Entschluss. Sie schickte Ida zu Bett, streifte ihren Morgenrock über ihr Nachthemd, schlang ihn zum Schutz vor der Kälte eng um sich, trat auf den Gang hinaus und ging zur Kammer ihres Vaters hinunter.

Zuerst erhielt sie auf ihr Klopfen keine Antwort. Ihre zarte Hand verursachte kaum ein Geräusch auf der schweren Eichenholztür, als sie ein zweites Mal anklopfte, doch diesmal erklang drinnen die Frage: »Wer ist da?«

Leah bemühte sich, ihrer Stimme einen festen Klang zu verleihen. »Ich bin es, Vater. Ich möchte mit dir sprechen.«

Vater antwortete nicht, aber sie hörte ihn durch den Raum gehen. Kurz darauf wurde die Tür geöffnet. »Leah?« Er trug einen schweren blauen Morgenrock aus Seidenbrokat mit Samtbesatz und Strümpfe, jedoch keine Schuhe oder Pantoffeln. Die Perücke hing auf einem Ständer. Sein eigenes stahlgraues Haar war kurz und widerspenstig, aber nicht schütter genug, um ihn zum Tragen einer Perücke zu zwingen, das tat er nur, um sich der herrschenden Mode anzupassen. Ohne Perücke wirkte er viel jünger; nicht mehr so Furcht einflößend, fast wie ein ganz gewöhnlicher Mann, und sie schöpfte wieder Mut.

Nicht zum ersten Mal fiel ihr auf, wie gut er aussah. Er strahlte ein Selbstvertrauen aus, um das sie ihn beneidete, obwohl es ihr Angst einjagte. »Vater, hast du Zeit für mich? Ich möchte mit dir reden.«

»Worüber denn, Kind?«

Sie senkte den Blick und hoffte, er würde ihre hochroten Wangen im Dämmerlicht nicht bemerken. »Darf ich hereinkommen? Es ist kalt auf dem Gang.«

Ihr Vater trat zur Seite, und sie ging hinein. Der Raum war ähnlich eingerichtet wie ihre eigene Kammer. Diese Schotten hatten wenig Fantasie, was Möbelstücke betraf, und noch weniger Geschmack. Das große Bett war aus Eichenholz geschnitzt, der Schrank wies ein holländisches Muster auf, das im vorigen Jahrhundert sehr beliebt gewesen war, Tisch und Stuhl bestanden aus grobem Kiefernholz. Leah nahm auf dem Stuhl Platz, hob das Kinn und wandte sich an ihren Vater.

»Ein Glück, dass der Laird dir sein Büro überlassen hat. Hier könntest du wohl kaum arbeiten.«

Vater gab ein unbestimmtes Grunzen von sich, während er sich im Raum umsah. »Mag sein. Aber manchmal denke ich, ich würde lieber wegen jeder Kleinigkeit zur Garnison hinüberreiten, statt mich in diesem Büro aufzuhalten. Irgendetwas daran gefällt mir nicht. Manchmal könnte ich fast schwören, dass mich die Fee auf dem Gobelin gegenüber vom Schreibtisch beobachtet.«

Leah konnte nicht anders, sie musste lächeln. »Vater, wenn du zu viel Zeit dort verbringst, verwandelst du dich am Ende noch selbst in einen Schotten. Früher hast du für solche Ammenmärchen nur Hohn und Spott übrig gehabt.«

Ihr Vater verzog die Lippen, und seiner Stimme hörte sie an, dass es ein Fehler gewesen war, ihn zu necken. »Kümmre dich nicht darum, was ich glaube oder nicht glaube. Sag mir lieber, was dich hergeführt hat. Heraus mit der Sprache, und dann ab mit dir. Ich habe morgen einen anstrengenden Tag vor mir und brauche meinen Schlaf.«

Jetzt wusste Leah nicht, wie sie beginnen sollte. Was ihr auf der Seele lag, konnte sie nicht in zwei Sätzen erklären. Aber sie wollte unbedingt eine Antwort von ihm haben – falls er sich nicht strikt weigerte, über dieses Thema mit ihr zu sprechen. Sie überlegte kurz, dann sagte sie schlicht: »Vater, ich vermisse Mutter so sehr.«

Ein überraschter Ausdruck trat auf sein Gesicht, aber er senkte den Blick, ehe sie in seinen Augen lesen konnte. Seine Stimme klang hart. »Ist das alles, was du vorbringen wolltest?«

»Ist es denn nicht genug?«

»Und was erwartest du jetzt von mir?« Noch immer sah er sie nicht an.

»Wir haben nie über sie gesprochen.«

»Manche Dinge brauchen nicht ausgesprochen zu werden.«

»Man sollte sie aber auch nicht totschweigen. Du sprichst nie von ihr. Fast kommt es mir so vor, als wärst du froh, dass sie tot ist.«

Jetzt drehte er sich zu ihr um. Seine Augen loderten vor Zorn. »Wie kannst du es wagen?« Es wies auf die Tür. »Lass mich allein. Geh in deine Kammer zurück. Sofort.«

Voller Angst sprang Leah auf und rannte zur Tür, blieb aber stehen, als er noch ein Mal das Wort ergriff.

»Und merk dir eins, Tochter: Ich wünschte bei Gott, deine Mutter wäre noch am Leben und du bei ihr in London, dann würde mir dein kindisches Geschwätz erspart bleiben.«

In diesem Augenblick ergriff Leah wie schon wenige Stunden zuvor die Flucht.

In den nächsten Tagen ging sie ihrem Vater aus dem Weg, was erstaunlich leicht war. Während dieser Zeit bekam sie auch Ciaran nicht zu Gesicht. Ob er sie absichtlich mied, wusste sie nicht, aber es kam ihr fast so vor.

Eines Morgens hörte sie unten im Burghof erregtes Stimmengewirr. Rasch trat sie an ein Fenster ihrer Kammer und spähte hinaus, stampfte aber enttäuscht mit dem Fuß auf, weil sie nur eine Schar Dienstboten aus der Burg erkennen konnten, die sich um einen wütend auf Gälisch schimpfenden Mann scharten. Wenn sie doch nur Englisch sprechen würden!

»Bleib hier, Ida«, befahl sie kurz und eilte aus der Kammer, ohne auf die Einwände ihrer Zofe zu achten.

Sie hastete die Wendeltreppe hinunter, dann den Gang zur großen Halle entlang und schließlich hinaus auf den Burghof. Doch als sie dort ankam, gab es nichts mehr zu sehen. Ein Stalljunge starrte sie aus stumpfen blauen Augen an; die Schweine in dem Pferch vor der Küche grunzten in der Hoffnung auf Futter erwartungsvoll, sonst blieb alles still. Niemand war zu sehen, den sie nach dem Grund für die Aufregung fragen konnte. Sogar der Wachposten am Tor stand nicht an seinem Platz.

»Leah!«

Sie fuhr herum und sah Vater aus der großen Halle kommen. Er blinzelte in die Morgensonne.

»Vater, was ist passiert?«

Er streifte seine Handschuhe über, während er sie flüchtig musterte. »Nichts, was dich interessieren müsste.«

Gekränkt hob Leah das Kinn. »Warum sollte es mich nicht interessieren? Schließlich lebe ich ja hier, oder nicht?«

Er kniff die Augen zusammen und wandte sich ab, weil der Wachposten mit ein paar Pferden aus dem Stall kam. Doch dann sagte er: »Es war nur ein verärgerter Dorfbewohner, weiter nichts.«

»Er schien furchtbar aufgeregt zu sein.«

»Das stimmt. Trotzdem geht diese Angelegenheit ein anständiges junges Mädchen nichts an.« Er machte Anstalten, sich auf eines der Pferde zu schwingen.

»Vater, ich möchte wissen, was geschehen ist!« Sie stemmte die Hände in die Hüften und sah mit gerunzelter Stirn zu ihm auf.

Ihr Vater seufzte. »Na schön, du gibst ja doch keine Ruhe. Ein Bauer hat sich beschwert, dass sein Hund getötet wurde.«

»Warum denn? Und wer hat den Hund getötet?«

»Einer meiner Männer. Offenbar hat der Hund nach ihm geschnappt. Das Tier war bösartig, also wurde es erschossen.«

»Was hat der Soldat denn mit dem Hund angestellt?«

Ein ungeduldiger Unterton schlich sich in die Stimme ihres Vaters. »Ich wüsste nicht, was diese Frage zu bedeuten hat.«

»Das liegt doch auf der Hand. Jeder Hund schnappt zu, wenn man ihn ärgert. Was hat dein Dragoner mit ihm gemacht?«

»Nichts, soweit ich weiß.« Vater hatte die Lippen zu einem schmalen weißen Strich zusammengepresst, was bedeutete, dass sie gut daran täte, das Thema nicht weiter zu verfolgen. Also trat sie rasch auf ihn zu und bat: »Vater, kann ich dich heute in die Garnison begleiten?«

Damit hatte er nicht gerechnet. Seine Augen wurden groß. »Warum denn?«

»Ich war noch nie dort. Und ich möchte gerne sehen, wo du die ganze Zeit verbringst, die du nicht bei mir bist.«

Das rührte ihn, wie sie sofort erkannte. Seine Wangen röteten sich ein wenig. Er dachte einen Moment nach, weil er nicht wollte, dass es so aussah, als sei er allzu leicht umzustimmen, dann befahl er seinem Leutnant, ein Pferd für sie satteln zu lassen.

Der Himmel war wolkenverhangen, doch hin und wieder brach die Sonne durch, und es sah nicht so aus, als werde es regnen. Ein leichter Wind kam auf, während Leah mit ihrem Vater und seiner Eskorte durch das Tal zur Garnison ritt.

Als sie an der Kirche am Taleingang vorbeikamen, ertappte sie sich dabei, wie sie das verwitterte alte Gemäuer fasziniert anstarrte. Sie hatte noch nie eine katholische Kirche betreten, und unwillkürlich fragte sie sich, was für Götzen hier angebetet und welche Art von Gebeten gesprochen wurden.

Nachdem sie die Tore der Garnison passiert hatten, stieg ihr Vater ab, und einer der Soldaten kam zu ihr, um ihr vom Pferd zu helfen.

»Leutnant, Ihr seid heute für die Sicherheit meiner Tochter verantwortlich. Führt sie in der Garnison herum und sorgt dafür, dass sie alles erhält, was sie wünscht.« Leahs Herz wurde schwer.

»Ja, Sir.« Der Dragoner salutierte.

Ihr Vater machte auf dem Absatz kehrt und verschwand in einem der Gebäude.

Leah sah ihm nach und kam sich auf einmal entsetzlich verlassen vor. Sie hatte gehofft, den Tag mit ihm zusammen verbringen zu können, doch er hatte offenbar nicht vor, sich von ihr von seiner Arbeit abhalten zu lassen. Also blickte sie den Leutnant an.

Ein netter Bursche, mit ernstem Gesicht und rosigen Wangen. Er schenkte ihr ein zaghaftes Lächeln, das erste, das sie bei einem der Männer ihres Vaters zu sehen bekam. Sie fragte ihn nach seinem Namen.

»Leutnant Jones, Miss.«

»Habt Ihr auch einen Vornamen, Leutnant?«

»Kenneth, Miss Hadley.« Äußerst höflich und dienstbeflissen. Ein langweiliger Trottel.

»Nun, Kenneth, mein Vater hat angeordnet, dass wir die Garnison besichtigen. Dann lasst uns gehen, ehe er uns beide degradiert.«

»Gern, Miss.« Zu ihrer Freude verwandelte sich das Lächeln in ein breites, aufrichtiges Grinsen.

Es war eine kurze, uninteressante Tour, auf der Leah einmal mehr ihre Meinung bestätigt fand, dass alle Garnisonen gleich aussahen. Diese hier schien nur etwas primitiver als Fort William zu sein, der Festungswall bestand aus Holz statt aus Stein. Die Gebäude jedoch waren aus demselben Gestein erbaut wie die Burg und die Kirche, nur waren sie längst nicht so verwittert, was Leah durchaus einleuchtete. Die Garnison war zu Regierungszeiten von Königin Anne, also vor knapp einem halben Jahrhundert, errichtet worden, und die meisten Nebengebäude hatte man noch später angebaut.

Es gab einige kleinere Häuser, in denen die Büros untergebracht waren, sowie einen hölzernen Stall, der auf einen schmalen Hof hinausging. All dies wurde von einer mehrstöckigen Baracke überragt, deren Vorderfront gegenüber der Kirche lag und nicht zum Hof innerhalb der Festung zeigte.

Vor der Baracke gingen zahlreiche Soldaten ihren Pflichten nach, putzten Waffen, besserten Sättel und Zaumzeug aus und Ähnliches. Ein noch sehr junger Gemeiner hockte auf dem Rand seiner Pritsche, wie sie durch ein Fenster sah, und flickte ein Loch in der Hose, die er gerade trug. Dabei fluchte er jedes Mal verhalten, wenn er sich mit der Nadel stach. Ein Kartenspiel, das auf einem umgestülpten Fass im Gange war, wurde kurz unterbrochen, als sie vorüberging. Die Spieler hofften anscheinend inständig, sie möge nicht bei ihnen stehen bleiben. Auch die anderen Soldaten, die teilweise in Hemdsärmeln auf ihren Pritschen saßen, senkten in der Hoffnung, nicht aufzufallen, die Köpfe. Keiner wollte von der Tochter des Captains in ein Gespräch verstrickt werden.

Leah ließ sich davon nicht beirren. Alle jungen Männer, mit denen sie sich unterhielt, behandelten sie äußerst ehrerbietig, sprachen nur, wenn sie angeredet wurden, und einige gaben sich so unterwürfig, dass es beinahe lächerlich war. Auch Kenneth blieb stets steif und korrekt. Das einzig Interessante an diesem Tag war das Gespräch zweier Soldaten, das sie zufällig mit anhörte. Sie prahlten damit, den Hund, über dessen Tod sich der Bauer am Morgen beschwert hatte, als Zielscheibe benutzt zu haben. Anscheinend war das Tier den Männern überhaupt nicht nahe genug gekommen, um beißen zu können, denn der Schütze bildete sich viel auf die Entfernung ein, aus der er es erschossen hatte. Leah stieg die Schamröte in die Wangen, als sie an die Lüge dachte, die ihr Vater ihr aufgetischt hatte.

Sowie die Garnison besichtigt war und es nichts mehr zu tun gab, begann sie zu bedauern, dass sie hergekommen war. In der Burg gab es wenig genug Abwechslung, hier überhaupt keine. Auch Kenneth war nicht gerade das, was man einen amüsanten Gesellschafter nennen konnte.

Am Nachmittag hatte sie keine Lust mehr, den Männern beim Striegeln der Pferde oder beim Exerzieren zuzusehen. Sie teilte Kenneth mit, sie müsse sich erleichtern, und ließ ihn einfach stehen. Flüchtig kam ihr der Gedanke, dass ihr kein einziger Moment der Freiheit vergönnt wäre, wenn nicht ihre Körperfunktionen dies erforderten.

Doch statt den Abtritt aufzusuchen, huschte sie um die Baracke herum, raffte ihre Röcke, lief zum vorderen Tor, schlüpfte hinaus und blieb stehen, sowie sie außer Sichtweite der Soldaten in der Garnison war.

Einen Moment lang betrachtete sie die alte Kirche. Irgendwie faszinierte sie das Gebäude. Eigentlich hätte sie überhaupt nicht mehr existieren dürfen. Dass sie der von Gesetzes wegen angeordneten Zerstörungswut entgangen war, rührte Leah irgendwie. Sie brannte darauf, kurz hineinzugehen. Ob sich etwas Böses darin verbarg? Was hatte ihre Vorfahren dazu bewogen, all diese Kirchen abreißen zu lassen? Entschlossen ging sie auf das Gebäude zu, ohne sich von dem Wachposten am Garnisonstor beirren zu lassen.

»Äh … Miss Hadley?«

»Ja?« Leah drehte sich um und machte ein unschuldiges Gesicht.

»Ihr solltet Euch nicht ohne Eskorte außerhalb der Garnison aufhalten.«

Leah lachte leise auf, als sei dies das Dümmste, was sie je gehört hatte. »Unsinn. Ich möchte mir nur diese wundervollen Rosen auf dem Friedhof ansehen und vielleicht ein paar davon pflücken. Mir kann gar nichts passieren, Ihr passt ja auf.«

Der Wachposten dachte eine Weile über ihre Worte nach. Sie konnte ihm ansehen, wie es in seinem Kopf arbeitete.

»Leutnant Jones hat nichts dagegen einzuwenden«, fügte sie rasch hinzu. »Er weiß, wo ich hingehe.«

Der Wachposten nickte nur und baute sich wieder neben dem Tor auf. Leah setzte ihren Weg fort.

Um das Misstrauen des Mannes nicht zu wecken, blieb sie beim Friedhof stehen und pflückte eine der Rosen, die inmitten von Farngestrüpp am Fuß des Hügels blühten. Dann blickte sie sich zu dem Wachposten um, weil sie sichergehen wollte, dass er sie nicht beobachtete, und schlüpfte hastig in die Kirche. Die schwere Holztür knarrte, als sie sie aufschob, und sie schloss sie hastig hinter sich.

Das große Kirchenschiff war leer. Keine Stühle reihten sich auf dem Steinfußboden, wie es in einer Kirche, in der regelmäßig Gottesdienste abgehalten wurden, der Fall gewesen wäre. Es gab auch keinen Altar, wohl aber ein riesiges Kruzifix, das direkt unter einem prächtigen Buntglasfenster stand. Sanftes Licht fiel in den Raum und malte rote, blaue und grüne Kringel auf den Boden.

Leah trat zu dem Kruzifix, um es sich genauer anzusehen. Eine hölzerne Christusfigur hing daran, das geschnitzte Gesicht vor Schmerz verzerrt. Jede Rippe hob sich plastisch hervor, die Wunden und das Blut wirkten geradezu lebensecht. Während sie die Figur betrachtete, musste sie an jenen Tag vor so langer Zeit und an die Qualen denken, die dieser Mann ausgestanden hatte. Der Anblick war schwer zu ertragen. Tränen traten ihr in die Augen.

Leah zwinkerte unwillig, holte tief Atem und blickte sich weiter in der Kirche um. An einer Wand stand ein einzelner Betschemel, daneben ein Tisch, auf dessen Platte mehrere Kerzen befestigt waren. Im hinteren Teil des Raumes sah sie einen Beichtstuhl ohne Vorhänge. Die kalte Leere der Kirche jagte ihr einen Schauer über den Rücken.

Plötzlich knarrte die Tür hinter ihr, und sie fuhr erschrocken herum. Vermutlich war einer der Soldaten gekommen, um sie zur Garnison zurückzubringen – doch stattdessen stand der junge Laird vor ihr.

Bei ihrem Anblick verhielt er wie angewurzelt und starrte sie mit ausdrucksloser Miene an. Leah brachte keinen Ton heraus. Sie wagte nicht, sich zu rühren, obwohl sie am liebsten Hals über Kopf die Flucht ergriffen hätte. Sie war ein Eindringling, sie hatte hier nichts verloren, und sicherlich war er nicht sehr erfreut, sie hier zu sehen. Doch statt fortzulaufen blieb sie stehen und wartete darauf, dass er etwas sagte.

Aber er wandte sich wortlos ab, ging zu dem Betschemel hinüber, bekreuzigte sich und kniete dann darauf nieder. Dann nahm er ein pechgetränktes Binsenlicht vom Tisch, entzündete es mit Hilfe eines Feuersteins und hielt es an eine der Kerzen. Schließlich blies er das Binsenlicht aus und senkte den Kopf zum Gebet.

Da es keine Stühle gab, blieb Leah schweigend stehen, weil sie es als unhöflich empfand, die Kirche zu verlassen, ehe er sein Gebet beendet hatte. Sie drehte sich um und bewunderte erneut das kunstvolle Muster der Fensterrosette.

Endlich hob der Laird den Kopf, erhob sich von dem Betschemel und rieb sich die taub gewordenen Knie. Dann blies er die Kerze aus und wandte sich zur Tür. Einen Moment lang dachte Leah, er werde die Kirche verlassen, ohne sie auch nur eines Blickes zu würdigen, doch dann blieb er stehen und drehte sich zu ihr um. Seinem Gesicht war anzusehen, dass er einen Entschluss gefasst hatte, als er langsam auf sie zukam.

»Ich muss Euch um Entschuldigung bitten«, sagte er förmlich. »Ich war unnötig grob zu Euch, als wir das letzte Mal miteinander sprachen. Es tut mir Leid.«

Sie lächelte. »Ich nehme Eure Entschuldigung an. Ich glaube nicht, dass mein Stolz bleibende Schäden davongetragen hat.«

Statt ebenfalls zu lächeln, wie sie erwartet hatte, seufzte er nur und nickte dann. Eine Weile herrschte unbehagliches Schweigen, dann deutete er auf das Kruzifix. »Ich nehme nicht an, dass Ihr gekommen seid, um zu konvertieren.«

Leah schüttelte den Kopf, obwohl sie wusste, dass er nur einen Scherz gemacht hatte. »Ich wollte mir nur dieses Fenster ansehen.« Dabei wies sie auf das Buntglasfenster.

»Es ist fast ein Wunder, dass es unversehrt geblieben ist.«

»Allerdings.«

Er zuckte die Schultern und neigte den Kopf verschwörerisch zu ihr hin. »Ein Glück, dass Ihr nicht zu unserem Glauben übertreten wollt, es gibt nämlich schon lange keinen Priester mehr im Tal. Ihr habt wenigstens noch Euren Kompaniekaplan, mit dem Ihr gelegentlich beten könnt.«

»Habt Ihr denn überhaupt keinen geistlichen Beistand? Ich hoffe doch sehr, dass Ihr wenigstens getauft worden seid.«

Ciaran richtete sich auf. »Aye, aber in Edinburgh, wo ich geboren bin.«

»In Edinburgh? Vom einem römisch-katholischen Priester?«

Jetzt runzelte er die Stirn. »*Och*, das weiß ich nicht, ich war zu jung, um mich zu erinnern. Aber viele Leute hier in der Gegend sind nur von einer Hebamme getauft worden, weil es seit fast dreißig Jahren keinen Priester mehr gibt.«

»Aber Ihr sprecht doch noch immer Eure alten katholischen Gebete?«

»Natürlich tun wir das.« Er verschränkte die Arme vor der Brust. Jetzt wirkte er sichtlich gereizt, was sie bedauerte. Sie hatte ihn nicht verärgern wollen. »Warum sollten wir unserem Glauben abschwören? Das wäre euch Protestanten gerade Recht, nicht wahr? Wenn wir uns euren Geistlichen zuwenden würden!« Sein Gesicht war rot angelaufen, er stemmte die Hände in die Hüften und beugte sich zu ihr, sodass sie unwillkürlich einen Schritt zurückwich. »Deswegen habt ihr ja wohl auch Vater Turnbull verhaftet.«

Obwohl sie innerlich zu zittern begann, war Leah entschlossen, ihm die Stirn zu bieten. »Mein lieber Ciaran, ich hoffe doch sehr, dass Ihr mich nicht persönlich für die Deportation Eures Priesters verantwortlich macht. Das ist dreißig Jahre her, und ich versichere Euch, dass ich daran keine Schuld trage. Soviel ich weiß, hatten sich meine Eltern damals noch gar nicht kennen gelernt.«

Er musterte sie eine Weile schweigend, und sie sah, wie das Feuer in seinen Augen erlosch. Dann sagte er mit merklich ruhigerer Stimme: »Ich bin noch nie zur Beichte gegangen. Ich kann mir gar nicht vorstellen, wie das ist ... zu beichten. Oder das Abendmahl zu empfangen.«

»Wie könnt Ihr das dann vermissen?«

Wieder zuckte er die Schultern. »Ich tue es trotzdem. Mehr kann ich dazu nicht sagen. Ich vermisse es, und wenn mir die älteren Leute im Tal erzählen, wie sehr ihnen ihr Priester fehlt, kann ich es ihnen nachfühlen.«

»Und mir gebt Ihr die Schuld daran?«

»Euch nicht. Aber Eurem König. Und Eurem Vater, der für Seine Majestät die Schmutzarbeit verrichtet.«

»Ciaran ...«

»Nein.« Er hob eine Hand. »Sagt nichts. Nichts, was Ihr sagen oder tun könnt, würde daran etwas ändern.«

Leah schob das Kinn vor. »Aber vielleicht kann ich Euch zuhören. Wenn Eure Sünden so schwer auf Euch lasten, dann erzählt mir doch von ihnen.«

Er öffnete den Mund, um etwas zu erwidern, schien aber keine Worte zu finden. Offenbar war er nicht sicher, ob sie sich über ihn lustig machte. Sie fuhr fort: »Ein aufrechter Mann wie Ihr hat sicher nicht viel zu beichten. Wahrscheinlich seid Ihr so rein wie frisch gefallener Schnee.«

Ein Lächeln spielte um seine Lippen. »Wenn Ihr wüsstet ...«

Es war das erste Mal, dass sie ihn lächeln sah. Ihr wurde warm ums Herz. Er fuhr fort: »Ich muss gestehen, dass ich für viele Sünden um Vergebung bitten muss.«

In diesem Moment zog eine Wolke, die sich vor die Sonne geschoben hatte, weiter. Ein Sonnenstrahl fiel durch die Rosette und tauchte sie beide in ein vielfarbiges Licht.

Ciaran blickte noch immer lächelnd zum Fenster auf und seufzte. »Aye, *Er* hört mich, auch wenn Seine Priester es nicht tun.«

Auch Leah blickte zu dem bunten Glas empor und musste ihm beipflichten.

An diesem Abend schienen die Mathesons beim Essen in Festtagsstimmung zu sein. Leah fragte sich, was in der Luft lag. Bald sah sie, wie die Leute nacheinander aus der Burg strömten. Rasch eilte sie zum Fallgitter und blickte über das Dorf hinweg. Die Dämmerung brach bereits herein, und die Burgbewohner waren offensichtlich zu dem bewaldeten Hügel im Norden des Tales unterwegs. Was auch immer dort stattfinden mochte, Leah gedachte nicht, es zu versäumen. Sie lief zu ihrem Vater ins Büro.

»Bitte, darf ich auch hingehen?«

»Wohin denn?« Ihr Vater sah von dem Buch auf seinem Schoß auf.

»Zu ...« Sie wusste selbst nicht, wohin. »Zu der ... Versammlung. Dem Treffen. Der ganze Clan trifft sich. Irgendwo.«

»Warum um alles in der Welt ...«

»Sie *treffen* sich, Vater. Willst du nicht wissen, was dort vor sich geht? Wäre es nicht klug von dir, an ihrer Feier teilzunehmen, um sie unauffällig überwachen zu können?«

Ein höhnisches Lächeln trat auf sein Gesicht. »Ich soll mit diesen Barbaren feiern?«

Leah unterdrückte ein Stöhnen. »Du solltest dich zumindest bei diesem Treffen sehen lassen. Außerdem ist es bestimmt interessant, den Grund für all die Aufregung zu erfahren.«

»Dir zuliebe nehme ich schon an jeder Mahlzeit teil …«

»*Vater*!« Er rang sichtlich mit sich, und so fügte sie sanft hinzu: »Bitte.«

Endlich seufzte er und legte das Buch beiseite. »Na schön. Hol deinen Umhang.«

Leah hätte vor Freude am liebsten laut aufgelacht.

Obwohl Ida von dem Ausflug wenig begeistert war, folgte sie ihnen den kurzen Pfad hügelaufwärts, der auf einer großen Lichtung endete. Ein riesiger Holzhaufen war aufgeschichtet worden und wurde soeben in Brand gesteckt. Ein Krug machte die Runde. Trotz der Anwesenheit der Engländer herrschte fröhliche Stimmung.

Leah ließ sich auf einem Felsbrocken am Rand der Lichtung nieder, während ihr Vater mit seiner Eskorte am Rand stehen blieb. Es war erbärmlich kalt, und sie hüllte sich fester in ihren Umhang. Hätte sie sich doch nur eine Decke mitgebracht! Überall standen Clansleute herum und unterhielten sich. Einige Ältere saßen auf Stühlen, andere auf den Felsen oder auf morschen Holzklötzen. Dudelsackspieler stimmten eine wehmütige Melodie an. Zu Leahs Leidwesen wurden die Gespräche ausschließlich auf Gälisch geführt.

Lachende und kreischende Kinder rannten kreuz und quer über die Lichtung. Nur selten wurden sie wegen ihres Geschreis ausgescholten. Leah bemerkte, dass nicht nur die Eltern, sondern jeder, der gerade in der Nähe war, die Kinder zur Ordnung rief, so selten dies auch geschah. Ein kleiner Junge watschelte an ihr vorbei, grinste sie an und plapperte dann etwas in unverständlichem

Babykauderwelsch. Sie lächelte ihn an und wünschte insgeheim, sie hätte den Mut, ihn auf den Arm zu nehmen, wusste aber, dass die vielen Verwandten des Jungen eine solche Geste seitens einer Engländerin übel vermerkt hätten. Also sah sie nur zu, wie der Kleine auf unsicheren Beinchen über die Lichtung stapfte.

Kurz darauf setzte Musik ein; eine Art von Musik jedenfalls. Ein Mann ließ sich auf einem dreibeinigen Schemel in der Mitte der Lichtung nieder und entlockte seiner Violine Töne, die an das Gejammer einer gefolterten Katze erinnerten. Leah fragte sich, ob er im Begriff war, sein Instrument langsam zu zerstören. Sie begann ihren Entschluss, an der Feier teilzunehmen, allmählich zu bedauern.

Da sie sich nicht eingestehen mochte, dass sie sich langweilte, unterhielt sie sich damit, die in ihrer Nähe sitzenden Frauen zu beobachten. Sie flüsterten unaufhörlich miteinander, und alle schienen sich Spinnarbeiten mitgebracht zu haben. Dazu benutzten sie ein kleines Gerät, das Leah noch nie zuvor gesehen hatte. Die Frauen in England saßen an Spinnrädern, mit denen sie allerdings auch nicht umzugehen vermochte. Diese Spindeln hier bestanden nur aus einem dünnen Holzpflock, der durch ein kleines Holzrad vom Durchmesser eines Apfels geschoben wurde.

Leah beobachtete die Frauen wie gebannt. Das geschickte Spiel ihrer Finger faszinierte sie. Die Frauen schienen gar nicht auf ihre Hände zu achten, während sie schwatzten. Die Spindeln drehten sich, und die über einen Arm geschlungene Rohwolle wurde Stück für Stück zu einem Faden gezwirbelt. In Abständen von vielleicht einer Minute wurde mit dem Spinnen innegehalten und der Faden um die Spindel gewickelt, ehe man diese mit einem Fingerschnippen wieder in Bewegung setzte. All dies geschah ganz automatisch, während die Frauen der Musik lauschten und sich unterhielten.

Zum ersten Mal in ihrem Leben verspürte Leah so etwas wie Neid auf Frauen, denen Dienstboten nicht alles abnahmen. Das Spinnen erschien ihr überhaupt nicht wie eine richtige Arbeit, eher wie eine Abart des gesellschaftlichen Lebens, das ihre Mutter in London geführt hatte – Freunde treffen, den neuesten Klatsch austauschen, sich die Zeit vertreiben ... derartige Beschäftigungen hatten ihr Leben mit Mutter ausgefüllt. Was diese Frauen hier taten, kam dem sehr nahe. Während Leah ihnen zusah, stieg erneut heftiges Heimweh und Sehnsucht nach ihrer Mutter in ihr auf.

Sie konzentrierte sich wieder auf die Musik, dabei atmete sie tief durch, um die Tränen zurückzuhalten. Plötzlich erblickte sie den jungen Laird inmitten seiner engsten Freunde am Feuer. Heute trug er sein Haar nicht im Nacken zusammengebunden, sondern es fiel ihm in dichten dunklen Locken um das Gesicht und bis auf die Schultern. Er lachte über irgendetwas, was er eben gehört hatte, dabei blitzten seine weißen Zähne im Feuerschein. Leah kam es so vor, als würde er von innen heraus strahlen.

Ciaran stand neben dem Feuer, kostete die angenehme Wärme aus und blickte immer wieder verstohlen quer über die Lichtung zu der Tochter des Captains hinüber. Sie saß jetzt neben ihrem Vater gerade außerhalb des Feuerscheins, deswegen durfte er sie nicht zu unverhohlen anstarren. Das Mädchen war ihm ein Rätsel. Je länger er sie anschaute, desto weniger verstand er sie. Gerne hätte er sie genauer betrachtet.

Die Musiker gaben sich heute Abend alle Mühe, trotzdem wirkte Leah gelangweilt und seufzte immer wieder tief. Erst als Kirstie sich erhob, um vor der Menge zu tanzen, wurde ihr Interesse geweckt. Dem Captain schien der Tanz zutiefst zu missfallen, aber seine Tochter tappte unwillkürlich im Rhythmus der Musik mit dem Fuß auf den Boden. Mit leuchtenden Augen sah sie Kirstie zu. Vermutlich hätte sie sich gerne an dem Tanz beteiligt. Ciaran stöhnte, als er sich vorstellte, wie das *Sassunach*-Gänschen über die Lichtung stolperte.

Ein Schauer lief ihm über den Rücken. Unwillig schüttelte er sich. Einen Moment später flackerte das Feuer hoch auf, und wieder beschlich ihn ein unbehagliches Gefühl. Er musste daran denken, dass die Welt von unsichtbaren Wesen wie den Geistern der Toten und ähnlichem wimmelte. Flüchtig überlegte er, ob vielleicht seine Eltern heute Abend bei ihm waren, tat die Vorstellung jedoch sofort als abergläubischen Unsinn ab. Dieser Feier haftete nichts Heidnisches an. Überhaupt nichts. Trotzdem blickte er zu den Bäumen auf, deren Blätter leise im Nachtwind raschelten, und dachte über das Kommen und Gehen jener nach, die sich zwischen den Welten bewegten.

Als die Musik kurz verstummte, rief Leah plötzlich laut: »Entschuldigt bitte, aber was hat es mit diesem Schwertertanz auf sich, von dem ich so viel gehört habe? Ist hier jemand, der diesen Tanz beherrscht?«

Mit einem Schlag trat tiefe Stille ein. Nur das Prasseln des Feuers war noch zu vernehmen.

Leah blickte sich verwirrt um, ehe sie wiederholte: »Beherrscht hier jemand diesen Tanz?« Dann wandte sie sich an ihren Vater. »Ach bitte, frag sie doch, ob sie mir den Schwertertanz vortanzen.« Ciaran hätte am liebsten warnend den Kopf geschüttelt, doch die perverse Neugier auf die Reaktion des Captains hielt ihn davon ab.

Dieser wirkte nicht sehr erfreut. »Leah, ich glaube nicht ...«

»Oh, Vater, ich bin doch so furchtbar neugierig darauf. Ich habe diesen Tanz noch nie gesehen und möchte es so gerne! Nur dieses eine Mal, dann bitte ich nie wieder darum. Bitte, Vater!«

Ciaran mischte sich ein. »Dummerweise fehlen uns die nötigen Schwerter für diesen Tanz.« Der Teufel sollte ihn holen, wenn er in Gegenwart des Captains und seiner Leute jemanden in die Burg schickte, um die dort versteckten Waffen zu holen. Man würde sie sofort beschlagnahmen. Davon abgesehen wurde dieser Tanz traditionsgemäß am Vorabend einer Schlacht aufgeführt und nicht zur Unterhaltung einer feindlichen Besatzungsmacht.

Aber Leah ließ nicht locker. »Wir haben doch genug Säbel zur Verfügung.« Sie deutete auf ihren Vater und seine Begleiter, dann sprach sie Ciaran direkt an. »Bitte, Sir, würdet Ihr mir diesen Tanz zeigen?«

Also sollte er selbst für sie tanzen, und noch dazu mit den Säbeln der Dragoner ihres Vaters! Der Gedanke belustigte ihn. »Na schön. Bringt die Dudelsäcke.« Er ging zu den Soldaten hinüber, um ihre Säbel zu erbitten, doch der alte Keith Rómach hielt ihn zurück.

»Ich habe ein Matheson-Schwert hier, Ciaran.«

Ciaran drehte sich um und runzelte die Stirn. »Ein echtes?«

»Aye. Dieses hier.« Keith zog ein altes Breitschwert aus der Scheide an seinem Gürtel. »Dein Vater gab es mir nach dem letzten ...« Er warf den Rotröcken einen vielsagenden Blick zu. »Als er es nicht mehr brauchte. Es hat mir gute Dienste geleistet, bis sich der Heftzapfen lockerte.« Er reichte Ciaran das Schwert. Es hatte einen Korbgriff aus durchbrochenem Eisengeflecht und war bestimmt hundert Jahre alt. Da die Klinge locker im Heft saß, war es in einer Schlacht vollkommen nutzlos, aber für den Tanz konnte man es verwenden. Ein Matheson-Schwert, das einst seinem Vater gehört hatte. Die Vorstellung gefiel Ciaran. Er nahm Keith Rómach die Waffe ab.

Dann griff er nach dem Säbel, den der Captain ihm reichte, und verneigte sich vor Leah. »Ich werde Euch den Tanz zeigen, wenn Ihr es wünscht, Miss, aber die gebogene Klinge des Säbels macht es mir schwerer als sonst.«

Als er in die Mitte der Lichtung trat, wo die Zuschauer ihm bereitwillig Platz gemacht hatten, und die Waffen auf den Boden legte, klatschte Leah vor Freude wie ein kleines Mädchen in die Hände. Das alte Schwert seines Vaters drapierte er über den Säbel, sodass die beiden Waffen ein Kreuz bildeten – das Zeichen des Triumphs über den besiegten Feind.

Dann ließ er den Blick über die Zuschauermenge schweifen. Seine Mundwinkel zuckten, als er in vielen Gesichtern ein unterdrücktes Lachen bemerkte. Er stellte sich am Fuß des Kreuzes auf, hob das Kinn, stemmte die Hände in die Hüften und nickte dem Dudelsackspieler zu.

Der Tanz begann langsam. Die Augen starr geradeaus gerichtet trat er zwischen die Klingen. Vierteldrehung, Schritt, Sprung, Schritt zurück und so weiter. Allmählich steigerte sich das Tempo. Ciaran hob die Hände über den Kopf und tanzte weiter; drehte sich und sprang wieder und wieder über die Klingen. Sein Haar flog im Wind. Er blickte nicht nach unten und achtete sorgfältig darauf, keine der beiden Waffen zu berühren, das hätte eine Niederlage in der Schlacht bedeutet. Die Musik wurde immer lebhafter, Ciaran sprang immer schneller zwischen den Klingen hin und her. Ohne nach unten zu schauen. Ohne eine der Waffen zu berühren. Schneller und immer schneller wirbelte er herum.

Endlich hielt er schwer atmend inne und strich sich eine Haarsträhne aus dem Gesicht. Er hatte die Klingen nicht berührt. Er hatte gesiegt.

Die Mathesons brachen in lautes Jubelgeschrei aus. Mit undurchdringlicher Miene blieb Ciaran stehen und sah Hadley in die Augen. Darin sah er Ärger aufblitzen. Der Captain wusste Bescheid. Seine Tochter war vermutlich zu unbedarft, um den tieferen Sinn dieses Tanzes zu verstehen, ihr Vater jedoch nicht.

Sehr gut.

6. KAPITEL

Er trug traditionelle Strumpfbänder, die dasselbe Muster aufwiesen wie sein Kilt und deren lange Enden bis über seine Waden fielen.

Auch im Verlauf der nächsten Woche erfuhr Ciaran noch nicht einmal andeutungsweise, was Calum mit dem Dokument vorhatte, das ihm unseligerweise in die Hände gefallen war. Er fragte sich, ob sein Bruder überhaupt genug vertrauenswürdige Anhänger um sich scharen konnte oder ob er damit solchen Erfolg hatte, dass er mit einer kleinen Armee zum *Tigh* zurückkehren würde, um Ciaran zu entmachten. Da ihm keinerlei Gerüchte zu Ohren kamen, schöpfte er wieder etwas Mut, doch zugleich fürchtete er sich vor dem, was er irgendwann einmal erfahren würde. Das Warten war eine Tortur.

Es half ihm auch nicht, dass Sinann jeden freien Moment nutzte, um ihn an seine Pflicht gegenüber dem Vermächtnis seines Vaters zu erinnern und ihn zu ermahnen, die Mathesons aus den drohenden Kämpfen herauszuhalten. Allmählich fragte er sich, ob ihm diese Pflicht wirklich auferlegt worden war und ob er überhaupt lange genug das Amt des Lairds bekleiden würde, um sie erfüllen zu können.

Fast noch schlimmer war, dass Leah ihr anderes Lieblingsthema zu sein schien.

»Hast du das Mädchen heute schon gesehen?« Sie saß mit verschränkten Armen und untergeschlagenen Beinen auf der Vorhangstange seines Bettes.

»Nein.«

»Sie ist sehr hübsch, findest du nicht?«

»Aye, das ist sie.« Es wäre sinnlos gewesen, diese Tatsache zu leugnen, und außerdem wollte er sich keinen Vortrag über die zahlreichen Tugenden der Tochter des Captains halten lassen. Er wühlte in einer Kiste unter seinem Bett herum, förderte einen alten ledergebundenen Gedichtband zu Tage, streckte sich auf dem Bärenfell auf seinem Bett aus und tat so, als würde er sich in die Verse vertiefen. Doch er konnte sich nicht auf die Worte konzentrieren. Das Buch war natürlich in englischer Sprache verfasst, und nach allem Englischen stand ihm momentan nicht der Sinn.

»Warum verbringst du dann nicht mehr Zeit mit ihr?«

»Weil sie die Tochter eines Mannes ist, der nichts lieber täte, als mir und meinen Leuten bei der ersten sich bietenden Gelegenheit eine Kugel durch den Kopf zu jagen.«

»Ein Grund mehr für dich, dich um sie zu bemühen, würde ich sagen.«

Ciaran legte das Buch auf seine Brust und blinzelte zu ihr empor. »Worauf willst du hinaus? Meinst du, wenn ich Leah dazu bringen könnte, mich zu lieben, wäre ich vor den Rotröcken sicher?«

Ihr Gesicht hellte sich auf, als habe ein begriffsstutziges Kind endlich erfasst, was sie ihm klar zu machen versuchte. »Das auch, neben einigen anderen Punkten.«

Er schnaubte. »Warum sollte ich mir dann die Mühe machen, sie zu verführen? Du könntest sie doch einfach mit einem Liebeszauber belegen.«

Von der Vorhangstange her ertönte ein gequältes Stöhnen, gefolgt von einem tiefen Seufzer. Ciaran runzelte erstaunt die Stirn. Reue seitens einer Angehörigen der Kleinen Leute? Er hätte es nicht für möglich gehalten. »Hinsichtlich von Liebeszaubern habe ich eine harte Lektion gelernt, mein Freund«, erwiderte sie dann. »Glaub mir, du würdest nicht wollen, dass ich ihr das antue.«

Ciaran grunzte nur und blätterte erneut in dem Gedichtband herum. »Du willst nicht, dass sie nach mir schmachtet wie Sarah nach meinem Vater, nicht wahr?«

Die Fee ließ betrübt die Flügel hängen. »Es ist dir also aufgefallen.«

»Es wurde so einiges gemunkelt. Manche Leute gaben Pa die Schuld daran, wegen seines Umgangs mit Feen.« Er blickte zu Sinann auf. »Anscheinend hatten sie Recht. Obwohl ich es selbst gar nicht so schlimm finden kann. Sarah war gut zu uns allen. Und sie scheint unter ihrer Liebe zu Pa nicht sonderlich gelitten zu haben.«

»Trotzdem wirst du ja einsehen, warum ...«

»Nein. Das werde ich nicht tun.«

Sinann verschränkte die Arme vor ihrer schmalen Brust und

stieß einen angewiderten Grunzlaut aus. »Du bist genau wie dein Vater!«

Das traf einen wunden Punkt. Ciaran warf das Buch in die Kiste zurück und fuhr Sinann ärgerlich an: »Dann werde ich eines Tages eine Frau heiraten, die ich ebenso sehr liebe, wie er meine Mutter geliebt hat. Und bis dahin möchte ich nichts mehr darüber hören!« Heiße Röte stieg in seine Wangen, er sprang vom Bett, griff nach seinem Mantel und verließ die Kammer.

Hastig stieg er die Treppe zur Brustwehr hinauf, um ein paar Minuten in Ruhe und Frieden nachdenken zu können. Die Fee mochte den Wind dort oben nicht, er erschwerte ihr das Fliegen, daher würde sie ihm also nicht dorthin folgen.

Doch dafür fand er Leah auf der Brustwehr vor. Sie saß in einer Lücke in der Mauer, wo ein paar Steine fehlten, hatte sich fest in einen Umhang gehüllt und die Beine unter den Körper gezogen. Als er sie sah, war es zu spät, um so zu tun, als hätte er sie nicht bemerkt. Langsam ging er auf sie zu.

»Hallo«, sagte er.

»Guten Abend, Ciaran.« Ihr Lächeln schien von Herzen zu kommen, und er konnte nicht anders, als es zu erwidern. Was auch immer gegen Engländerinnen einzuwenden war, diese hier war zweifellos bildhübsch. Ihre Wangen schimmerten rosig, ihre Augen funkelten, und das Grübchen in ihrem Kinn ... am liebsten hätte er mit dem Daumen darüber gestrichen.

Er machte Anstalten, seinen Weg fortzusetzen, doch sie hielt ihn zaghaft am Ärmel seines Mantels fest.

»Darf ich Euch etwas fragen?«

»Fragen dürft Ihr, aber ich behalte es mir vor, auf Eure Frage nicht zu antworten.«

Leah stutzte, lächelte jedoch immer noch. »Selbstverständlich. Ich frage mich schon die ganze Zeit ... warum ist eine Eurer Haarsträhnen kürzer als die anderen und lässt sich nicht von dem Band zusammenhalten? Ihr habt sie doch bestimmt nicht absichtlich so kurz geschnitten.«

Ciaran musste lachen. »Also um ehrlich zu sein … genau das habe ich getan.« Er zupfte an der störrischen Locke herum, die ihm ins Gesicht fiel.

»Es steckt also eine Geschichte dahinter.« Sie faltete die Hände im Schoß, lehnte sich mit dem Rücken gegen den Stein und sah ihn erwartungsvoll an.

»Aye, allerdings. Es geschah vor einigen Jahren, als ich mit ein paar jungen Burschen und einer *spréidhe* auf den Hochweiden war …«

»Einer *spréidhe?* Was ist das … eine Viehherde?«

»Aye.« Ihm wurde warm ums Herz, wenn er sie so zufrieden lächeln sah, weil sie einen Begriff richtig gedeutet hatte. »Es gab einen *creach* …«

»Und das ist … ?«

»Ein … eine Art organisierter Raubzug. Die MacDonells kamen, um unser Vieh von der Weide zu stehlen. Wir wachten nachts auf und ertappten sie auf frischer Tat. Sie waren in der Überzahl, aber uns verlieh die Wut ungeahnte Kräfte. Ich zog meinen *sgian dubh* …«

»*Sgian dubh*?«

»Ein kleiner, versteckt am Körper getragener Dolch, eher ein Messer.« Geistesabwesend berührte er den unter seinem linken Arm festgeschnallten Dolch. »Ich griff im Dunkeln an und verletzte einen MacDonell, da bin ich ganz sicher, denn später stellte ich fest, dass meine Hand blutverschmiert war. Getötet habe ich ihn allerdings nicht, denn er drehte sich um und bekam mein Haar zu fassen. Damals band ich es mir noch nicht im Nacken zurück, sondern trug es offen, deshalb hatte er ein leichtes Spiel. Obwohl ich mich nach Kräften zur Wehr setzte, hätte er mir wohl die Kehle aufgeschlitzt, wenn ich mir nicht mit meinem Dolch die Haarsträhne abgeschnitten hätte. Dann ließ ich mich zu Boden fallen und kroch davon. Da er mich im Dunkeln nicht sehen konnte, gab er auf und ergriff zusammen mit seinen diebischen Clansleuten die Flucht. Wir haben in dieser Nacht kein Stück Vieh eingebüßt.«

»Nur eine Locke Eures Haares war zu beklagen.«

Ciaran schnaubte abfällig. »Ein geringer Preis für unser Vieh, ganz zu schweigen von meinem Leben.« Er zuckte die Schultern, blickte sich um und senkte seine Stimme ein wenig. »Aber ich kann Euch versichern, dass ich mich danach lange Zeit nicht ohne eine wollene Kappe außerhalb meiner Kammer habe blicken lassen.«

Leah kicherte, und weil ihm das gefiel, berührte er leicht seinen Haaransatz. »Fast ein Jahr hatte ich hier nur ein kleines Haarbüschel, das in die Höhe stand. Ich war heilfroh, als es so weit nachgewachsen war, dass es mir wieder in die Stirn fiel.«

»Und jetzt ist es lang genug, um Euch ins Gesicht zu hängen, aber zu kurz, um nach hinten gebunden zu werden.«

»Aye.« Ciaran strich sich die widerspenstige Locke aus der Stirn, die ihm sofort wieder ins Gesicht fiel.

»Habt Ihr nie daran gedacht, eine Perücke zu tragen?«

Ciarans Lächeln erstarb. Er blickte über den See hinaus, dann sagte er leise: »Das ist eine Mode für Lowlandgecken.«

»Für Engländer, meint Ihr wohl.«

Er sah sie an. »Aye, für Engländer.« Er hielt ihrem Blick unverwandt stand, während sie nach Worten suchte.

Endlich fragte sie: »Warum hasst Ihr uns so sehr?« Auch sie sah ihm dabei fest in die Augen.

Vor Überraschung blieb ihm beinahe der Mund offen stehen. Damit hatte er nicht gerechnet. Er hatte vielmehr erwartet, sie würde sagen, er denke ganz falsch von ihren Landsleuten. Stattdessen akzeptierte sie seine Meinung und wollte den Grund dafür wissen.

»Das könnt Ihr nicht verstehen«, erwiderte er zögernd.

»Aber ich würde es gerne versuchen.«

Ciaran blickte wieder über den See hinaus. Eine eisige Hand hatte nach seinem Herzen gegriffen. Konnte er es wagen, ihr die Wahrheit zu sagen? Würde sie ihn verstehen? Konnte sie ihn überhaupt verstehen? Einen Augenblick lang wog er ihre möglichen

Reaktionen gegeneinander ab. Als er endlich zu sprechen begann, kostete es ihn große Mühe, verständliche Worte herauszubringen.

»Mein ganzes Leben lang habe ich in Angst vor den Engländern gelebt. Immer wieder kamen die Soldaten in unsere Häuser, nahmen unsere Clansleute gefangen oder töteten sie gleich an Ort und Stelle, trieben unser Vieh fort und erlegten uns Gesetze auf, die beinahe den Untergang des Clans zur Folge gehabt hätten.«

»Aber ...«

»Lasst mich bitte ausreden.« Seine Augen bohrten sich in die ihren. »Ihr habt gefragt, und ich gebe Euch eine Antwort.« Sie nickte, und er fuhr fort: »Wir haben gute Gründe dafür, die Handlanger Seiner Majestät zu fürchten. Mein Stiefbruder Eóin, der zugleich auch mein Vetter und ein guter Freund ist, war sechs Jahre alt, als er mit ansehen musste, wie eine Musketenkugel seinem Vater den Hinterkopf wegriss. Der Schuss wurde von einem Dragoner abgeben, der die Familie von ihrem Hof vertreiben sollte. Ein andermal wurde mein Vater Zeuge, wie ein geistig zurückgebliebener junger Mann, der nie jemandem etwas zu Leide getan hatte, von einem englischen Soldaten geköpft wurde – nur so zum Spaß. Vor meiner Geburt wurde mein Vater nach Fort William geschafft und dort beinahe zu Tode gepeitscht, weil ein Dragoner von ihm verlangte, seinen Clan zu verraten, und er sich weigerte.«

Leah machte Anstalten, etwas einzuwerfen, doch er ließ sie nicht zu Wort kommen.

»*Ich selbst* ...« Sie schloss den Mund wieder und sah ihn aus großen Augen an. »Ich selbst wurde, als ich drei Jahre alt war ...«, er erschauerte und knirschte vernehmlich mit den Zähnen, »... von einem Major eines Dragonerregiments am Hemd gepackt, er setzte mir seinen Säbel an die Kehle und nahm mich vor den Augen meines Vaters als Geisel.« Seine Stimme brach, und er räusperte sich, bevor er weitersprach. »Das ist eine meiner frühesten Kindheitserinnerungen, und sie steht mir heute noch so deutlich vor Augen, wie ich Euch hier vor mir sehe. Ich kann noch immer den kalten Stahl an meinem Hals spüren, und ich weiß noch, dass ich damals überzeugt war, sterben zu müssen. Mein Herz hämmerte so laut in meinen Ohren, dass ich nichts anderes mehr wahrnehmen konnte. Solche Angst habe ich noch nie zuvor und auch nie danach ausgestanden.«

Ein Kloß bildete sich in seiner Kehle, er senkte seine Stimme zu einem dumpfen Knurren. »Mit drei Jahren habe ich gelernt, wie schnell der Tod in Gestalt von Männern in roten Röcken uns bedrohen kann. Deswegen hasse ich die Engländer.«

Tränen schimmerten in Leahs Augen. Ihre Lippen bewegten sich, doch sie sagte nichts.

»Ihr habt gefragt.«

»Es tut mir Leid.«

Ob ihr Leid tat, was damals geschehen war oder dass sie überhaupt gefragt hatte, konnte er nicht sagen. Er drang auch nicht weiter in sie, sondern nickte nur und wandte sich ab, um in seine Kammer zu gehen.

Sofort sprang sie auf und hielt ihn am Ärmel fest, sodass er gezwungen war, sich umzudrehen und sie anzusehen. »Nein, Ciaran, es tut mir wirklich aufrichtig Leid. Ich hoffe nur, dass der Offizier gebührend bestraft wurde.«

»*Och*, aye, allerdings. Er starb durch das Schwert meines Vaters.«

Sie riss entsetzt die Augen auf. Er hingegen war erstaunt, dass seine Antwort sie entsetzte. Hatte sie wirklich geglaubt, der Major wäre vor ein ordentliches englisches Gericht gestellt und verurteilt worden?

Doch dann blickte Leah flüchtig zum See hinüber, ehe sie schlicht erwiderte: »Das freut mich.«

Er starrte sie an. Allmählich begann er, sie mit anderen Augen zu sehen. Mit einem knappen Nicken wandte er sich ab und kehrte in den Westturm zurück.

Während der Zeit nach dem Tod seines Vaters setzte Ciaran sein morgendliches Trainingsprogramm wie gewohnt fort. Zuerst fehlte ihm Pa furchtbar, aber mit jedem Tag ließ der Schmerz ein wenig nach. Er verabscheute sich zwar selbst, weil er sich allmählich daran gewöhnte, seine Übungen allein zu absolvieren, aber es war immer noch besser, als sie ganz aufzugeben.

Captain Hadley blieb auf dem Weg von der Burg zur Garnison oft stehen, um ihm eine Weile zuzuschauen. Ciaran übersah ihn bewusst; gab sich alle Mühe, ihm zu zeigen, dass es ihn einen Dreck scherte, was ein verdammter *Sassunach* von seinem Treiben hielt. Er konzentrierte sich darauf, tief und regelmäßig durchzuatmen, während er das morgendliche Ritual vollendete, und blickte dabei einfach durch die rotberockte Gestalt hindurch.

Doch eines Morgens sprach der Captain ihn an. »Ciorram, was tut Ihr eigentlich da?« Seinem Ton war deutlich zu entnehmen, dass es nur Unsinn sein konnte, egal, worum es sich handeln mochte.

Ciaran hätte ihm am liebsten keine Antwort gegeben, doch die Vernunft riet ihm zur Vorsicht. »Mein Vater nannte es Kung Fu. Er hat es in den Kolonien gelernt, aber ursprünglich stammt es aus dem Orient.«

Der Captain winkte abschätzig mit der Hand ab. »Dient dieses Kung Fu einem bestimmten Zweck? Es sieht fast so aus, als wärt Ihr in einen Kampf mit einem unsichtbaren Gegner verstrickt.« Er hob das Kinn und musterte Ciaran über seine Nase hinweg. Ciaran bemerkte, dass er an derselben Stelle eine kleine Kerbe im Kinn hatte wie seine Tochter. Bei Leah gefiel sie ihm wesentlich besser.

»*Och.*« Er wollte nicht direkt lügen, also griff er zu einer Halbwahrheit. »Es dient der Körperertüchtigung. Ist gut für die Gesundheit und hält den Blutfluss im Gang. So bleiben die Körpersäfte im Gleichgewicht.« Er kniff die Augen zusammen. »Aber nur, wenn man die Übungen richtig ausführt.«

Auch Hadleys Augen wurden schmal. »Kommt mir vor wie vergebliche Liebesmüh. Gegen Krankheiten gibt es Ärzte, und um den Blutfluss in Gang zu halten muss man nur regelmäßig fechten, dabei lernt man wenigstens noch etwas Nützliches.«

»Das Gesetz verbietet mir den Besitz eines Schwertes, Captain.« Obwohl er gleich mehrere davon in der Burg versteckt hatte, entsprachen seine Worte der Wahrheit.

»Aber Ihr habt doch sicher ein Übungsschwert aus Holz? Oder ein Florett?«

»Nein, aber mein Vater hat mich gelehrt, mit Stäben zu fechten.« Auch das stimmte.

Ein leichtes Lächeln spielte um die Lippen des Captains. »Das glaube ich Euch gern.« Dann hellte sich sein Gesicht auf, als sei ihm ein Gedanke gekommen. »Wir wollen einen Schaukampf ausfechten! Ihr könnt das Schwert meines Leutnants nehmen, dann seht Ihr einmal, wie es sich mit einer echten Waffe kämpft.«

Ciaran senkte den Blick und biss die Zähne zusammen. Er wusste sehr wohl, wie ein richtiges Schwert zu handhaben war, denn in der Burg waren alle Arten von Waffen verborgen, die seit dem Entwaffnungsgesetz von 1716 nicht mehr getragen werden durften. Aber erst seit sich dieser Dragoner ungebeten im *Tigh* einquartiert hatte, war Ciaran gezwungen, sein Schwert in seiner Kammer zu lassen und sein Übungsprogramm unbewaffnet zu absolvieren.

Die Augen des Leutnants weiteten sich überrascht, als der Captain ihm befahl, Ciaran seinen Säbel auszuhändigen, doch er gehorchte. Ciaran ergriff die Waffe und ließ sie ein paar Mal durch die Luft pfeifen, um ein Gefühl für sie zu bekommen. Der mit Draht umwickelte Griff war kleiner, als er es gewohnt war, hatte aber einen massiven Schutzbogen, und der Säbel war gut ausbalanciert. Einen ganz ähnlichen hatte ihm der englische Major vor vielen Jahren an die Kehle gesetzt. Er blickte nachdenklich zu dem Captain hinüber und beschloss, dass es an der Zeit war, dem *Sassunach* zu beweisen, wie ein Highlander mit so einer Waffe zu kämpfen vermochte.

Hadley zog seinen eigenen Säbel und salutierte. Ciaran erwiderte den Gruß. Beide Männer nahmen Grundhaltung ein. Ciarans Nackenhaare sträubten sich, als er begriff, worauf er sich eingelassen hatte. Sein Puls ging schneller, und beinahe hätte er höhnisch gelächelt, doch er zwang sich, Ruhe zu bewahren und keine Miene zu verziehen. Völlig entspannt, wie es ihn sein Vater gelehrt hatte, täuschte er einen Scheinangriff vor, um seinen Gegner auf die Probe zu stellen. Klirrend prallten die Säbel aufeinander, Ciaran parierte den Gegenangriff, dann gingen beide Gegner wieder en garde.

Fast wie von selbst stellte sich der Wunsch ein, den Engländer durch einen ›zufällig‹ herbeigeführten Unfall zu töten. Die Klingen waren nicht durch Lederhüllen geschützt, wie es bei einem Übungskampf normalerweise der Fall gewesen wäre. Beide Gegner wussten, dass das Verletzungsrisiko hoch und die Möglichkeit, versehentlich getötet zu werden, nicht ausgeschlossen war. Doch er tat den Plan sofort als nicht durchführbar ab. Obwohl ein solcher Unfall durchaus im Bereich des Wahrscheinlichen lag, würden ihn die Dragoner mit Sicherheit töten, wenn er ihrem Captain ernsthaften Schaden zufügte.

Also griff er nur halbherzig an und konzentrierte sich dabei auf den verwundbaren unteren linken Teil des Körpers seines Gegners. Für einen so hoch gewachsenen Mann schwang der *Sassunach* seine Waffe zu hoch über dem Kopf. In einem Kampf auf Leben und Tod hätte Ciaran schon längst einen Treffer gelandet, und dann wäre Blut geflossen.

Hadley griff erbittert an, Ciaran parierte die Hiebe mühelos. Seine Bewegungen erfolgten fast ohne Nachdenken; sein Vater war ein ausgezeichneter Lehrer gewesen. Der Rotrock runzelte die Stirn und versuchte, einen Bogen um ihn zu schlagen, doch Ciaran zog es vor, die große Halle im Rücken zu haben und nicht den Leutnant, der vor dem Stall stand, also wich er immer wieder aus und hinderte Hadley daran, sein Vorhaben auszuführen. Ein weiterer Angriff, und Ciaran stand mit dem Rücken zu der steinernen Mauer. Die Griffe der Säbel verhakten sich ineinander, Ciaran stieß seinem Gegner das Knie in den Magen und sprang rasch nach links, während Hadley sich krümmte und nach Atem rang.

Allmählich stieg heiße Wut in Ciaran auf, die er entschlossen niederkämpfte. Hadley verstärkte seinen Druck, und es gelang ihm, Ciaran zu dem Viehpferch zurückzutreiben. Ein kleines Stück noch, und er würde über das niedrige Gatter stürzen und zwischen den Schweinen landen.

Doch Hadley hielt sein Schwert immer noch zu hoch. Ciaran parierte mit aller Kraft, zwang ihn, die Waffe noch höher zu heben, dann sprang er hoch und versetzte dem Gegner einen mächtigen Tritt in die Seite. Der Engländer taumelte, verlor das Gleichgewicht und stürzte rücklings zu Boden. Im selben Augenblick setzte ihm Ciaran die Schneide seines Säbels an den Hals – nicht dicht genug, um Hadley zu verletzen, aber dennoch so nah, um klarzustellen, wer der Sieger war.

Der Captain zog ein finsteres Gesicht. »Ich gebe auf.«

Ciaran hob seinen Säbel und trat einen Schritt zurück. Hadley rief nach seinem Leutnant. »Jones!« Der Dragoner eilte herbei, um seinem Kommandanten aufzuhelfen, und nahm dann seinen Säbel wieder an sich. Verärgert klopfte sich Hadley Staub von seiner Uniform. »Nur für die Gesundheit, wie? Das glaube ich Euch aufs Wort. Ein Mann, der diese Kniffe beherrscht, bleibt sicher lange gesund. Allmählich empfinde ich es als äußerst beruhigend, eine Pistole bei mir zu tragen.«

Ciaran schwieg. Sein Magen krampfte sich zusammen, während er zusah, wie der *Sassunach* sich auf sein Pferd schwang und ohne ein weiteres Wort vom Burghof ritt. Die heftige Reaktion des Rotrocks gab ihm zu denken, und er fragte sich, ob es nicht ein Fehler gewesen war, ihn am Leben zu lassen.

Ein Monat verstrich ohne besondere Vorkommnisse. Ciaran begann zu hoffen, dass Calum etwas zugestoßen und jenes verhängnisvolle Dokument vernichtet worden war. Die Vorstellung beruhigte ihn etwas, obwohl er nicht sicher sein konnte. Sinann, die den Captain auch weiterhin regelmäßig belauschte, erfuhr einiges über Truppenstärken und deren Bewegungen, jedoch kaum etwas über Prinz Charles. Die einzige Information, mit der sie aufwarten konnte, lautete, dass die hannoveranische Regierung weder Charles Stuart noch seinen Vater sonderlich fürchtete. Da Ludwig von Frankreich scheinbar nicht gewillt war, ein Unternehmen, das seiner Meinung nach nicht zum Sieg führen konnte, mit Soldaten und Kriegsmaterial zu unterstützen, betrachtete König Georg die Stuarts nicht als Bedrohung. Es sah so aus, als würden keine Truppen in Marsch gesetzt werden, um gegen die Jakobiten zu kämpfen.

Im Laufe dieser Wochen empfand Ciaran jedes Mal eine stille Freude, wenn er Leah irgendwo in der Burg begegnete. Betrat er einen Raum und sah sie, musste er sich zwingen, sie nicht allzu unverhohlen anzustarren. Obwohl er sie nach wie vor für eitel hielt und fand, dass sie sich übermäßig mit ihrer Frisur und ihrer Kleidung beschäftigte, sah er sie inzwischen nicht mehr als die dumme Gans an, für die er sie anfangs gehalten hatte. Sie war zwar eine Engländerin, aber dennoch weder töricht noch bösartig, und das faszinierte ihn über alle Maßen.

Eines Tages fing er Sìle auf dem Weg ins Dorf auf dem Burghof ab, wo nur wenige Leute sie hören konnten, und fragte sie, ob sie, Kirstie und Mary nicht ein bisschen freundlicher zu Leah sein könnten.

Sìle gab ein verächtliches Grunzen von sich und verlagerte den leeren Korb, den sie bei sich trug, auf die andere Hüfte. »Man sollte dieses *Sassunach*-Geschöpf aus der Burg jagen. Sie hat keine Manieren und ist zu nichts zu gebrauchen.«

Ciaran ging neben ihr her. »Aye. Sie ist fremd hier und kennt unsere Sitten und Gebräuche nicht. Vielleicht wäre es eine gute Idee, wenn du ihr einiges beibringen würdest.« Er blickte sich verstohlen um, weil er sichergehen wollte, dass er nicht belauscht wurde. Wenn es sich herumsprach, dass er sich für die Engländerin interessierte, würde er Schwierigkeiten bekommen.

Sìle runzelte ob der absurden Idee, einer Engländerin etwas Nützliches beibringen zu wollen, abfällig die Stirn. »Was denn zum Beispiel?«

Ciaran hob die Schultern. »Ich denke, sie wird zumindest wissen, wie man mit Nadel und Faden umgeht. Auch in England müssen die Frauen ihre Zeit irgendwie sinnvoll nutzen. Du könntest sie zu eurem Handarbeitskreis einladen.«

Jetzt zuckte Sìle die Schultern und setzte wortlos ihren Weg zum Burgtor fort. Ciaran blieb hartnäckig an ihrer Seite. Endlich antwortete sie ihm: »Und was, wenn sie mein Angebot ablehnt? Du weißt, dass sie uns hasst. Wahrscheinlich reagiert sie genauso beleidigt als wenn ich sie auffordern würde, ein Schwein zu küssen.«

Ciaran überlegte kurz, dachte daran, dass Leah einmal gesagt hatte, wie einsam sie sich fühlte, und meinte dann: »Das wird sie nicht tun. Versuch es doch einfach. Wenn sie dich zurückweist, sprichst du sie nicht mehr an. So einfach ist das.«

Lange Zeit herrschte Schweigen, während Sìle mit sich rang. »Aye«, erwiderte sie schließlich. »Ich kann es ja auf einen Versuch ankommen lassen.«

»Braves Mädchen.« Ciaran klopfte seiner Schwester auf die Schulter und machte Anstalten, zur Burg zurückzukehren, blieb aber stehen, als Sìle sich umdrehte und noch etwas hinzufügte:

»Ciaran, was hat diese plötzliche Sorge um das Wohlergehen unseres ungebetenen Gastes eigentlich zu bedeuten?«

Der belustigte Funke in ihren Augen bewog ihn, verächtlich den Mund zu verziehen. »Nichts, Schwester, außer dass ich mich mit ihrem Vater gut stellen will, um zu verhindern, dass seine Männer uns bei der nächstbesten Gelegenheit umbringen.«

Das schien ihr als Begründung auszureichen, denn sie nickte. Aber Ciaran musste sich selbst eingestehen, dass es ihm ausschließlich um Leah selbst zu tun war. Dieser Hurensohn von Vater bedeutete ihm nichts.

Leah war mehr als überrascht, als Ciarans ältere Schwester sie an einem Julimorgen auf Englisch ansprach. Sie hatte gar nicht gewusst, dass das Mädchen die Sprache beherrschte, denn sonst wurde sie nur von den Dienstboten angeredet – auf Gälisch, das von hilflosen und verwirrenden Gesten begleitet wurde. Abgesehen von ihren kurzen Gesprächen mit dem Laird bestand für sie jede Unterhaltung aus langwieriger, ermüdender Pantomime.

Und nun plötzlich setzte sich Ciarans schwarzgelockte Schwester beim Frühstück neben sie, stellte sich als ›Sìle‹ vor und sprach so ungezwungen mit ihr, als wären sie die besten Freundinnen. Leah empfand Unbehagen und Erleichterung zugleich. Sie schämte sich ein wenig, dass sie für die Gesellschaft einer rauen Highlandschottin so dankbar war, aber sie konnte auch nicht leugnen, dass sie sich einsam fühlte und sich über jedes freundliche Wort freute.

»Kommt doch heute mit uns hinaus zu den Weiden«, schlug Sìle vor. »Meine Schwestern und ich nehmen unsere Näharbeiten gerne mit hinunter ans Wasser, wenn das Wetter es zulässt, und heute scheint es warm und sonnig zu werden.«

Leah zögerte. Ihr erster Impuls bestand darin, sich zu fragen, was Sìle mit ihrer Einladung bezweckte, doch dann schalt sie sich eine Närrin. Es wäre schön, mit ein paar Geschlechtsgenossinnen draußen an der frischen Luft zu sitzen, zu nähen und dabei ein wenig zu plaudern. Also lächelte sie. »Das würde ich sehr gern tun.«

So etwas wie Überraschung malte sich auf Sìles Gesicht ab, verschwand aber sofort wieder und machte gleichfalls einem Lächeln Platz. »Wunderbar.«

Leah überlegte, was für eine Antwort Sìle wohl erwartet und warum sie überhaupt gefragt hatte.

Das Wetter war, wie Sìle gesagt hatte, sehr angenehm. Die schmalen Blätter der Weiden am Rand der Insel raschelten leise im Wind. Sìle, Kirstie und Mary saßen mit Leah an der verfallenen äußeren Burgmauer direkt am sanft ans Ufer plätschernden Wasser des Loch Sgàthan. Die steifen Fischbeinstäbchen ihres Mieders machten es Leah unmöglich, auf dem Boden zu sitzen, also ließ sie sich auf einem großen, aus der Mauer herausgebrochenen Stein nieder. In tiefen Zügen sog sie die frische Luft ein. Diesmal störte sie sich auch nicht an der rauen Landschaft. Die wärmenden Sonnenstrahlen taten ihr wohl, und sie genoss die Gesellschaft der drei Frauen.

Sìle bestickte ein ungebleichtes Leinenhemd mit gebleichtem weißem Garn. Das Muster erschien Leah äußerst kunstvoll, und sie bat darum, es aus der Nähe sehen zu dürfen. Um die Manschetten herum verlief eine Reihe gestickter Hunde, deren künstlich verlängerte Hälse und Läufe ineinander verwoben waren, dazwischen rankten sich gleichfalls ineinander verschlungene Blätter und Zweige. Alles in Weiß auf etwas dunklerem Weiß. So seltsam ihr das Muster auch erschien, sie musste zugeben, dass die Stiche mit äußerster Präzision ausgeführt waren. Im Vergleich dazu nahm sich ihre eigene Arbeit geradezu stümperhaft aus.

»Für Aodán«, erklärte Sìle. »Hunde bringen ihm Glück, also sticke ich immer welche auf seine Hemden.«

Leah lächelte. »Würde ihm sogar der weiße Hund Glück bringen?«

Die Zwillinge kicherten, und Sìle zuckte theatralisch zusammen. »*Och,* das möchten wir lieber nicht herausfinden. Niemand legt Wert darauf, den weißen Hund zu Gesicht zu bekommen, noch nicht einmal Aodán.«

»Habt ihr ihn denn schon …«

Alle drei Mädchen schüttelten einmütig den Kopf. »Seit Jahrzehnten hat ihn keiner mehr gesehen«, erwiderte Sìle. »So weit ich weiß, war mein Vater der Letzte, und das war kurz bevor diese mörderischen Rot …«, sie warf Leah einen verstohlenen Blick zu und errötete. »Kurz ehe er versehentlich verhaftet wurde«, beendete sie den Satz hastig.

Auch Leah stieg die Röte in die Wangen. Sie war überzeugt, dass jeder, der von Angehörigen der Armee verhaftet wurde, sich auch etwas zu Schulden hatte kommen lassen, aber sie behielt ihre Meinung für sich. »Also hat ihm der Geist des Hundes Unglück gebracht«, stellte sie fest.

Die drei Schwestern nickten.

Um das Gespräch von ›mörderischen Rotröcken‹ abzulenken fragte Leah: »Habt ihr denn schon einmal einen *selkie* gesehen?«

Kirstie kicherte, und Mary antwortete: »Unser Vater war einer.«

Leah sah sie ungläubig an. »Tatsächlich?« Jetzt war sie sicher, dass sich die Mädchen über sie lustig machten und überlegte, ob sie gute Miene zum bösen Spiel machen oder aufstehen und gehen sollte.

Aber die drei wirkten vollkommen ernst. »Aye«, sagte Kirstie, die offenbar darauf brannte, die Geschichte zu erzählen. »Sein Vater wurde als junger Mann vom Volk der Seehunde verschleppt, müsst Ihr wissen, und kehrte nie wieder zurück. Es hieß, er habe eine der Ihren geheiratet. Und als Pa zu seinen Leuten zurückkam, dunkelhaarig und ganz vernarrt in das Wasser, da sagten alle, seine Mutter müsse aus dem Volk der Seehunde stammen.«

Sìle lächelte ein wenig, sagte aber nichts.

Leah zog die Brauen zusammen. »Aber ich dachte, euer Vater wäre in Amerika geboren.«

Kirstie sah sie aus großen Augen an und rutschte aufgeregt hin und her, während sie meinte: »*Och*, aber das erklärt doch nicht, warum er so gut schwimmen konnte und so oft gebadet hat.«

»Oft?« Leah nahm ihr das nicht ganz ab. Sie hatte zu viele schmutzige, verwahrloste Menschen in diesem Tal gesehen.

»Aye. Er wusch sich jeden Abend, ehe er zu Bett ging. Sogar wenn er früher am Tag gebadet hatte, schrubbte er sich abends vor der Waschschüssel noch ein Mal gründlich ab. Im Sommer stellte er sich im oberen Tal oft unter den Wasserfall oder nahm sich Seife zum Bach mit, um sich dort zu waschen. So oft wie möglich. Und uns hat er ebenfalls zur Sauberkeit erzogen.«

Das war eine Überraschung. Noch nicht einmal in England gab es Leute, die sich jeden Abend wuschen. ›Oft‹ baden bedeutete für sie zwei Mal die Woche. »Ein Wunder, dass ihr nicht alle an Lungenentzündung gestorben seid.«

Sìle schüttelte den Kopf, und Kirstie sagte: »Pa war in seinem ganzen Leben nicht einen Tag krank.«

»Es sei denn, er musste sich einen Zahn ziehen lassen«, fügte Mary hinzu.

»Aye«, nickte Kirstie. »Davor hatte er allerdings furchtbare Angst. Aber davon abgesehen war er kerngesund. Er war der kräftigste Mann im ganzen Tal.«

»Und der hübscheste«, bemerkte Mary.

»Oh, aye«, bestätigte Kirstie. »Es ist ein Jammer, dass ich nie einen so hübschen Mann wie ihn heiraten werde, denn hier gibt es keinen. Aye, Pa hat wirklich gut ausgesehen.«

»Bis zu seinem Tod.« Sìle hielt den Kopf über ihre Arbeit geneigt. Ihre Stimme klang sanft und liebevoll. Die beiden anderen Mädchen verstummten und beschäftigen sich wieder mit ihrer Näherei.

»Aber er starb nicht an einer Lungenentzündung«, stellte Leah fest.

Alle drei Mädchen schüttelten den Kopf und arbeiteten eine Weile schweigend weiter. Leah hätte gar zu gerne gefragt, ob ihr Vater ebenso gut ausgesehen habe wie Ciaran, wagte es jedoch nicht. Sie wollte die Unterhaltung wieder in Gang bringen. So lächerlich die Seehundgeschichte auch war ... interessant klang sie trotzdem. Leah zermarterte sich den Kopf, wie sie das Gespräch unauffällig auf Ciaran lenken könnte, und sagte schließlich: »Ich habe gehört, dass euer Bruder ›Ciaran Dubhach‹ genannt wird. Hat das etwas damit zu tun, dass Dylan Dubh sein Vater ist?«

Sìles Mundwinkel zuckten, während sie nach einer Antwort suchte. »In gewisser Hinsicht schon. Es ist eine Art Wortspiel mit Vaters Namen, aber Pa wurde nach seinem dunklen Haar benannt, und Ciaran wird wegen seines Wesens ›dubhach‹ gerufen. Das Wort bedeutet so viel wie ›melancholisch‹, ›düster von Gemüt‹. Euch ist vielleicht aufgefallen, dass er fast nie lächelt. So war er schon immer.«

»Ich verstehe.« Und das tat Leah wirklich. Wenn sie an Ciarans Kindheit dachte, begriff sie, dass er wenig Grund zur Fröhlichkeit hatte.

Wieder herrschte Schweigen, und wieder suchte Leah nach einem unverfänglichen Gesprächsthema. »Eure Kleider sehen sehr bequem aus«, meinte sie endlich.

Die drei Schwestern stimmten sofort Lobgesänge auf ihre weichen Wollkleider an. Wie konnte Leah sich nur so fest schnüren, und hätte sie nicht gerne auch ein hübsches Kleid nach Highlanderart, und zufällig würde sich unter Sìles Sachen ein Stück Wollstoff befinden, das ausgezeichnet zu Leahs Haar und Teint passen könnte.

Leah nickte, froh, dass das Eis zwischen ihnen gebrochen war. Natürlich durfte sie sich vor Vater nicht in einer Highlandtracht zeigen, aber das Schneidern des Kleides würde sie eine Weile beschäftigen. Es gab Schlimmeres, was sie hätte tun können, als ein unpassendes Kleid zu tragen. Vater sollte froh sein, dass sie das Beste aus ihrer Situation machte. Vielleicht konnte sie ihn mit diesem Argument beschwichtigen, wenn er von der Sache erfuhr. Sie widmete sich wieder ihrer Arbeit und schwatzte dabei mit Ciarans Schwestern über das besagte Stück Stoff, dass sicherlich kariert und somit unmöglich war, aber sie würde das Kleid ab und an tragen, um dem Laird und seiner Familie ihren guten Willen zu demonstrieren.

Im Juli hatte das Warten ein Ende. Calum trat in Aktion. Am späten Nachmittag kam einer der Pächter aus dem Dorf in die Burg gerannt und berichtete seinem Laird atemlos, dass eine Gruppe bewaffneter Männer auf das Tal zumarschiert käme. Der Bauer hatte zehn Leute gezählt, sehr zu Ciarans Erleichterung, denn zehn Mann reichten nicht aus, um ihn gewaltsam zu entmachten. Calum würde erst mit ihm reden müssen und nur dann zu den Waffen greifen, wenn ihm ein Kampf als letzter Ausweg erschien.

Da er in Bezug auf das Schwert des Königs kein Risiko eingehen wollte, ließ er es in seiner Kammer und schob nur Brigid in seine Gamasche. Dann ging er in den Burghof hinaus, um die Wachposten zusammenzurufen, die den herrschenden Gesetzen zum Trotz mit Schwertern bewaffnet waren. Mit diesen Männern an seiner Seite trat er Calums gleichermaßen gut bewaffnetem Trupp entgegen. Eóin ging rechts neben ihm, der Rest des Clans hielt sich hinter den Burgwächtern. Robin humpelte auf seinen Stock gestützt hinterdrein, holte jedoch auf, als die Gruppe auf dem Dorfplatz Halt machte. Ciaran hatte diesen Ort gewählt, weil sich Calum durch eine Menge loyaler Clansleute kämpfen musste, falls es zu Gewalttätigkeiten kam.

Die Sommersonne ließ die Schwerter und Dolche der Mathesons, die vom oberen Tal herabmarschiert kamen, hell aufschimmern. Ciaran erkannte jetzt, dass Calum den einflussreichen Dùghlas Matheson und dessen Pächter aus dem südöstlichen Teil des Tales mitgebracht hatte, und verstand augenblicklich. Kein Wunder, dass kein Wort von dem Komplott bis zu ihm durchgedrungen war. Dùghlas war nie ein Anhänger von Dylan Dubh gewesen. In den ersten Jahren seiner Amtszeit hatte Dylan ihm die Verwaltung der Lehen im Südosten übertragen und sich so seine Loyalität erkauft. Vermutlich hatte Calum Dùghlas mehr Land und mehr Macht versprochen und erwartete im Gegenzug von ihm, dass er versuchte, den Rest des Clans auf seine Seite zu ziehen.

Auch Gregor Matheson war mit von der Partie. Ciaran musterte ihn nachdenklich und fragte sich, wie tief sein Stiefbruder in die Verschwörung verstrickt war. Dann blickte er Gregors Bruder an, doch Eóin verzog keine Miene. Nur seine rot angelaufenen Ohren verrieten seine Scham über Gregors Verrat.

Wie erwartet strömten Bauern und Dorfbewohner von überall herbei, um zu sehen, was hier vor sich ging. Einige trugen Dolche bei sich, andere lediglich Mistgabeln und Sicheln. Als Calum mit seinen Männern den Dorfplatz betrat, rief Ciaran ihm entgegen: »Was hat das zu bedeuten?«

Calum blieb stehen, und seine Anhänger stellten sich hinter ihm auf. »Du bist nicht Dylan Dubhs Sohn«, verkündete er bestimmt. Erregtes Gemurmel erhob sich in der Menge, und er fuhr mit etwas lauterer Stimme fort: »Als sein ältester Sohn werde ich jetzt meinen rechtmäßigen Platz als Laird einnehmen.«

Schreck, Überraschung und Fassungslosigkeit malten sich auf den Gesichtern der Mathesons ab. Waffen wurden gesenkt. Calum hatte die Aufmerksamkeit aller Bewohner des Tales auf sich gelenkt.

»Das ist eine absurde Lüge«, erwiderte Ciaran ruhig.

»Es ist die Wahrheit, und du weißt das.« Calum zog die verwünschte Adoptionsurkunde aus seinem Hemd und hielt sie in die Höhe, damit alle sie sehen konnten. »Dieses Dokument bestätigt die Adoption von Ciaran Robert Ramsay durch Dylan Robert Matheson.« Er wandte sich an die Menge und hob seine Stimme noch mehr an, damit ihn jeder auch richtig verstand.

»Dieser Mann, der sich zu eurem Laird ernannt hat, ist lediglich der Sohn eines toten Mannes namens Connor Ramsay, des ersten Gatten seiner Mutter.« Er hielt ein zweites, neueres Papier hoch. »Ich war in Edinburgh und habe mir eine Abschrift der Heiratsurkunde beschafft – ausgefertigt und unterschrieben von einem Anwalt, der einen ausgezeichneten Ruf genießt.«

Wieder lief ein Raunen durch die Menge, doch ein Mann – der Schmied Donnchadh Matheson – trat vor und ergriff das Wort. »Mir kannst du nichts vormachen, Calum Og. Ciaran ist das Ebenbild seines Vaters. Es besteht kein Zweifel daran, wer ihn gezeugt hat.«

»Ciaran ist in Edinburgh geboren.« Calums Kinnmuskeln spannten sich an.

»Aye.« Auch Robin trat vor und schob sich zwischen die beiden Parteien. Einen Moment lang blieb er auf seinen Stock gestützt stehen, um Atem zu schöpfen, so sehr hatte er sich beeilen müssen, um rechtzeitig auf dem Dorfplatz einzutreffen. Dann richtete er sich auf und fuhr fort: »Ich war in der Nacht seiner Geburt dabei.« Das Gemurmel verstummte. Alle warteten gespannt darauf, was Robin als Nächstes sagen würde. Dieser umklammerte seinen Stab fester und erklärte so laut, wie es seine brüchige Stimme erlaubte: »Ich war Zeuge der Geburt von Ciaran Robert Ramsay. Seine Mutter war damals mit Connor Ramsay aus Edinburgh verheiratet. Der Mann, der dort steht, war dieses Kind.«

Erregtes Getuschel wurde laut. Calum krähte triumphierend: »Aye! Also ist er nicht der Sohn meines Vaters!«

Ciaran bemühte sich, eine unbeteiligte Miene zu wahren, obwohl sich eine eisige Hand um sein Herz schloss. Seine Wangen brannten, als er Robin anstarrte. Dass ausgerechnet dieser Mann ihm in den Rücken fallen würde, hatte er zu allerletzt erwartet.

Doch Robin fuhr fort: »Und trotzdem *ist er* der Sohn von Dylan Dubh. Er wurde Ende Januar geboren, neun Monate nach dem Beltanefest. In der Nacht dieses Festes wurde er gezeugt, und am folgenden Tag wurde die Verlobung von Dylan Dubh und Caitrionagh Matheson verkündet. Erinnerst du dich noch, Donnchadh?«

Der Schmied nickte.

»Ich erinnere mich gleichfalls.« Das kam von Eóin. Alle Blicke richteten sich auf ihn. »Aye, ich war zwar noch sehr jung, aber trotzdem habe ich nichts vergessen. Das geschah vor Dylans Verhaftung durch die Engländer. Und vor Ciarans Geburt.«

Robin setzte seine Erzählung fort. »Wie Eóin schon sagte – dann wurde Dylan von den *Sassunaich* verhaftet, und der Vater des Mädchens verheiratete sie mit einem anderen, mit eben jenem Connor Ramsay. Keine acht Monate später kam Caits Kind zur Welt, ein gesunder, kräftiger Junge. Schon daran konnte man erkennen, dass er nicht der Sohn von Caits Mann sein konnte. Jeder, der Augen im Kopf hat, musste sehen, dass Dylan Dubh der Vater Ciarans war.«

Robin warf Calum einen verächtlichen Blick zu. »Mich wundert nur, wie du überhaupt auf die Idee gekommen bist, er wäre nicht Dylans Sohn. Er sieht eurem Vater wesentlich ähnlicher als du.«

Ciaran wurde schwindlig, als er über Robins Geschichte nachdachte. Er sollte von Dylan gezeugt und als Connors Sohn geboren worden sein? Die daraus resultierenden Schlussfolgerungen überstiegen seine schlimmsten Befürchtungen.

Calum sprach aus, was Ciaran dachte. »Dann ist er meines Vaters Bastard und hat nicht mehr Anspruch auf das Amt des Lairds als meine Schwestern.«

Robins Antwort erfolgte ohne Zögern. »Dylan Dubh war nach dem Tode ihres ersten Mannes zwei Jahre mit Ciarans Mutter verheiratet. Der Junge wurde legitimiert.«

»Dies hier ist kein Beweis für Blutsverwandtschaft!« Calum fuchtelte mit dem Papier durch die Luft. Ein verzweifelter Unterton schwang in seiner Stimme mit. Kleine Fetzen bröckelten von dem alten Dokument ab und flatterten zu Boden. »Eher das Gegenteil. Daraus geht klar hervor, dass mein Vater eine Blutsverwandtschaft *nicht öffentlich* bestätigen wollte!«

»Das brauchte er auch nicht. Wer ihn und Ciaran zusammen sah, wusste sofort Bescheid.« Robin ärgerte sich sichtlich über Calums Sturheit. »Keines von Dylan Dubhs Kindern ähnelte seinem Vater mehr als Ciaran – vom Aussehen her, von seinen Anlagen; ja sogar ihre Denkweise war die gleiche.«

Klon. Das Wort aus den Kolonien, das Pa immer benutzt hatte, hieß *Klon*, und es bedeutete, dass zwei Menschen sich fast bis aufs Haar glichen. Als Ciaran zum Mann heranreifte, hatte sein Vater sich immer liebevoll und verwundert zugleich über die starke Ähnlichkeit zwischen ihnen geäußert. Ciarans Kehle war plötzlich wie zugeschnürt, und er musste hart schlucken.

Vater war vielleicht ein bisschen zu verwundert gewesen.

Calum begriff, dass der Clan eher auf Seiten seines Bruders stand. Sein Gesicht lief rot an, und seine Stimme wurde schrill. »Warum dann diese Adoptionsurkunde? Warum hat er nicht einfach allen die Wahrheit gesagt?«

Der Kaufmann Seumas Glas MacGregor, dessen Haus am Marktplatz stand, meldete sich zu Wort. Dabei winkte er mit dem

Haken, welcher ihm die Hand ersetzte, die er in der Schlacht von Glen Shiel verloren hatte. »Dein Vater war ein merkwürdiger Mensch. Alles musste schriftlich festgehalten werden. Und ganz sicher hat er nie damit gerechnet, dass ein verräterischer Sohn wie du versuchen würde, all die Pläne zu vereiteln, die er für die Zukunft gemacht hatte.«

Robin fuhr fort, ohne auf Calums Einwände zu achten: »Ich meine – und ich denke, der ganze Clan stimmt mir in diesem Punkt zu –, dass kein Zweifel daran besteht, wer der rechtmäßige Nachfolger von Dylan Dubh ist. Ciaran ist sein Sohn, sein ältester Sohn, und er wurde von seinem Vater offiziell anerkannt. Dylan Dubh wurde hier in der Kirche im Tal von einem Priester mit Ciarans Mutter getraut. Kein *Sassunach*-Dokument kann an diesen Tatsachen etwas ändern oder Ciarans Recht auf das Amt des Lairds infrage stellen.«

Zustimmendes Gemurmel erhob sich in den Reihen der Clansleute.

Ciaran nutzte die Gunst des Augenblicks, zog Brigid und wandte sich an Calums Anhänger. »Legt eure Waffen nieder, dann lasse ich euch für diesmal laufen. Ihr habt euch von diesem Dokument in die Irre führen lassen.«

Die Männer zögerten nicht. Dùghlas, Gregor und die anderen ließen ihre Schwerter und Dolche fallen und starrten verlegen zu Boden. Doch Calum hob sein Schwert und ging mit einem Wutschrei auf Ciaran los.

Ciaran parierte den Angriff und drängte Calum zurück. Zwei Dutzend Clansleute und Burgwächter umzingelten ihn. Im Nu sah sich Calum von Schwertern und Mistgabeln umringt und wagte nicht, sich zu rühren, sonst hätte er sich selbst aufgespießt. »Lass deine Waffe fallen, Bruder«, befahl Ciaran scharf.

Calum gehorchte. Das Breitschwert fiel zu Boden.

Dann wandte sich Ciaran an seine Männer. »Bringt ihn ins Torhaus.«

Sein Bruder wurde bleich, und obgleich er nichts mehr sagte, blickte er Ciaran flehend an, als er abgeführt wurde. Ciaran schob Brigid in die Scheide zurück. Die Dorfbewohner zerstreuten sich. Die Burgwächter hoben die am Boden liegenden Waffen auf und traten dann den Rückweg zur Burg an. Ciaran blieb, wo er war. Er wollte jetzt nicht in der Nähe seines Bruders sein.

Sìle, Kirstie, Mary und Robbie warteten mit ihm. In ihren Augen las er, dass die ganze Geschichte sie ebenso entsetzte wie ihn selbst. Robin stützte sich schwer auf seinen Stab.

Ciaran blickte ihn an. Nur zu gerne hätte er ihn über seine Mutter und Connor Ramsay ausgefragt, brachte aber nicht den Mut dazu auf. Was, wenn Robin die Wahrheit beschönigt hatte? Wenn Ciarans Ähnlichkeit mit Dylan Dubh nur auf einer gewissen Ähnlichkeit zwischen Dylan und Ramsay beruhte? Das könnte er nicht ertragen. Besser, er ließ die Geschichte so stehen, wie sie war.

Ciarans Geschwister begleiteten ihn zur Burg zurück, und Sìle nahm seine Hand in die ihre. Doch hinter ihnen auf dem Pfad sah er plötzlich Leah stehen. Sie hatte alles mit angehört, und seine Scham wuchs ins Unermessliche.

7. KAPITEL

Eine silberne Brosche in Form eines Zweihänders hielt den Stoff an der Seite zusammen.

An diesem Abend mied Ciaran sowohl Robins als auch Eóins Gesellschaft. Er aß allein in seiner Kammer und schlich sich dann unbemerkt aus der Burg, weil er in Ruhe nachdenken wollte. Die Sonne würde erst in einigen Stunden untergehen, also schlug er den Pfad ein, der durch die bewaldeten Hügel im Norden des Tales führte. Eine Weile folgte er dem Bach, der zum See hinunterplätscherte, dann stieg er zu dem alten *broch* empor, der in einer Senke zwischen zwei Hügeln stand.

Die meisten Clansleute wagten sich nicht zu den grauen Steinruinen dieses unvorstellbar alten Turms hinauf, weil hier angeblich Feen hausten. Aber seit Ciaran sich mit einer von den Kleinen Leuten angefreundet hatte, fürchtete er das Feenvolk nicht mehr. Er brauchte Zeit, um nachzudenken, und der alte Turm war lange Zeit der Lieblingsplatz seines Vaters gewesen, wenn er mit sich und seinen Gedanken allein sein wollte.

Bei der Erinnerung an Dylan Dubh durchzuckte Ciaran ein scharfer Schmerz. Der Vater war immer der Mittelpunkt seines Lebens gewesen. Dylan Dubh hatte ihn dazu erzogen, den Clan zu führen, und Ciaran war fest davon überzeugt, dass es seine Lebensaufgabe war, das Werk seines Vaters fortzusetzen. Jetzt fürchtete er, nicht dazu in der Lage zu sein. Nicht, wenn ihm der Anspruch auf den Titel auch weiterhin streitig gemacht wurde.

Hier beim *broch* hatte er Ruhe zum Nachdenken. Vor den verfallenen Mauern wuchs eine riesige Eiche, deren Zweige durch ein Fenster ragten und im Inneren einen Schatten spendenden Baldachin bildeten. Steinerne Stufen verliefen innen an der Mauer entlang, herausgebrochene Steine lagen überall herum.

Ciaran hatte das Innere des Turmes noch nie betreten, er war genauso wenig erpicht darauf gewesen, Feen und Geistern zu begegnen, wie alle anderen auch. Auf so manchem *céilidh* hatte er gehört, der Boden sei vom Blut eines alten Matheson-Kriegers rot verfärbt, und so war er enttäuscht, das Gras so grün und saftig wie auf den Weiden des Tals vorzufinden. Schwarze Pilze wuchsen dazwischen, wie man sie an allen schattigen Plätzen fand. Seufzend ließ er sich auf dem Boden nieder, lehnte sich mit dem Rücken an einen Steinblock und genoss die wärmenden Strahlen der langsam untergehenden Sonne, während er versuchte, sich zu entspannen und wieder klare Gedanken zu fassen.

Müßig stocherte er im Gras herum und fragte sich, woher die

Geschichte von dem blutgetränkten Erdreich wohl stammte … und da sah er es. Die Wurzeln der Grashalme sowie der Boden, in dem sie wuchsen, schimmerten leuchtend rot. Ciaran grunzte überrascht und pflückte einen Halm ab, um ihn genauer zu untersuchen. Die Farbe veränderte sich von oben nach unten, von Grün zu Braun und Rot, als sei sie vom roten Untergrund in den grünen Halm gestiegen. Er schnüffelte daran. Grasgeruch stieg ihm in die Nase. Dann biss er in die rote Wurzel. Sofort füllte ein metallischer Blutgeschmack seinen Mund. Er spie aus und ließ den Halm fallen. Die Geschichte entsprach also ganz offensichtlich der Wahrheit. Wieder lehnte er sich mit dem Rücken gegen den Stein.

Während er die Ereignisse des Tages an sich vorüberziehen ließ, kreisten seine Gedanken immer wieder um seinen Bruder. Eine Entscheidung stand an; eine Entscheidung, vor der sich Ciaran gefürchtet hatte, seit Calum dieses unselige Dokument in die Hände gefallen war. Wenn sein Bruder doch nur nicht die Waffe gegen ihn erhoben hätte! Wäre Calum so klug gewesen, die Urkunde bei einer friedlichen Versammlung des Clans vorzulegen und seinen Anspruch vorzutragen, dann würde er jetzt nicht im Torhaus sitzen und auf sein Urteil warten. Jetzt musste Ciaran entscheiden, ob er seinen Bruder hinrichten lassen sollte.

Einige Lairds hätten ihn ohne viel Federlesens am nächstbesten Baum aufgeknüpft. Verrat war ein schweres Verbrechen; eines, das das Wohlergehen des Clans ernsthaft gefährdete. Wenn er zuließ, dass Calum ungestraft davonkam, ermutigte er so indirekt andere, weitere Versuche zu unternehmen, ihn als Laird zu stürzen. Ciaran wäre ein Narr, Calum noch eine zweite Gelegenheit zu geben.

Aber musste er gleich so weit gehen, seinen Bruder zu töten?

Plötzlich ertönte die Stimme der Fee aus dem Nichts. »Dein Pa hätte es nicht getan.«

Ciaran blickte sich um und sah sie auf den Stufen unter den überhängenden Zweigen sitzen. »Was hätte er nicht getan?«

»Calum gehängt.«

Er schnaubte, winkelte ein Knie an, um den Ellbogen darauf zu stützen, und legte dann den Kopf darauf. »Natürlich nicht. Pa war sein Vater.« Wieder meldete sich der alte Schmerz. »Ich bin nur sein Halbbruder.« Noch während er es aussprach, fragte er sich, ob das überhaupt zutraf.

Eine Bewegung erregte seine Aufmerksamkeit. Er blickte zu der Lücke in der Mauer, wo einst der Eingang zum *broch* gewesen war. Dort stand Leah und beobachtete ihn. Für Ende Juli war sie viel zu warm angezogen. Es bestand kein Grund, einen Umhang oder einen Mantel zu tragen, doch sie hatte einen dicken Schal um ihre Schultern geschlungen, als würde sie ohne ihn frieren.

Rasch arrangierte er seinen Kilt so, dass die Falten seine gespreizten Beine bedeckten, dann rief er ihr zu: »Kommt herein, Miss Hadley, aber seid auf der Hut.« Er beugte sich vor, hob eine Augenbraue und warnte, während er sich vielsagend im *broch* umblickte: »Hier hausen wilde Schotten, Feen und Elfen. Dieser Ort gilt als verwunschen, müsst Ihr wissen.«

Bei dem Wort ›verwunschen‹ flog ein seltsamer Ausdruck über ihr Gesicht, doch dann lächelte sie. »Ich wünschte, Ihr würdet mich Leah nennen.«

Ciaran überlegte kurz und kam zu dem Schluss, auf gewisse Formalitäten nur zu gerne zu verzichten, auch wenn er die Tochter eines Rotrocks vor sich hatte. »Gerne, Leah.«

Trotzdem schlug sie einen förmlichen Ton an, als sie einen Schritt in das Turminnere hineintrat, aber nicht weiter. »Ich wollte Euch nur sagen, wie Leid es mir tut, was heute geschehen ist. Was Euer Bruder getan hat, war unentschuldbar.«

Darauf gab es nichts zu sagen, denn ihr Mitgefühl änderte nichts an der Situation. Ciaran nickte nur. »Ich danke Euch.« Warum sie ihm bis hierher gefolgt war, nur um ihm das zu sagen, blieb ihm ein Rätsel.

Sie schien sich unbehaglich zu fühlen, wie sie so an der Mauerlücke stand, also deutete er einladend auf die Stufen. »Habt Ihr den Mut, in das Territorium der Feen einzudringen und Euch zu setzen?«

Leah kam näher und arrangierte ihre Reifröcke geschickt um sich, nachdem sie Platz genommen hatte. Ciaran sah ihr wie gebannt zu. Ihre Anmut und Schönheit faszinierten ihn, obgleich sie sich dessen nur allzu bewusst zu sein schien. Ihr kastanienbraunes Haar schimmerte im Licht der untergehenden Sonne, ihre Augen leuchteten.

Sowie sie es sich bequem gemacht hatte, sah sie sich im *broch* um. »Glaubt Ihr denn an Feen?«

Ciaran warf einen verstohlenen Blick zu der Stelle unter den Zweigen hinüber, wo Sinann eben noch gesessen hatte, ehe er erwiderte: »Aye, das tue ich. Von ganzem Herzen.« Er musste lächeln, als sie ihn aus großen Augen ansah. »Ich glaube auch an den Geist des weißen Hundes, obwohl ich ihn nie gesehen habe – worüber ich allerdings nicht traurig bin, denn das gilt als böses Omen.«

Sie lächelte, doch er las eine Spur von Herablassung in ihren Augen. »Wie abergläubisch Ihr seid.«

Einen Moment lang wurde er von dem überwältigenden Drang beherrscht, einen Grashalm abzupflücken und sie aufzufordern, darauf zu beißen, doch er bezwang sich. Am Ende würde man ihn noch beschuldigen, hier ein heidnisches Opfer dargebracht zu haben. Also sagte er nur: »Ich glaube daran, wie ich glaube, dass die Erde rund ist oder dass jeder Same eine Frucht trägt, wenn man ihn in den Acker setzt.« Seine Augen wurden schmal, als er hinzufügte: »Oder wie Ihr an die Macht des Kreuzes und die Verwandlung von Brot und Wein in den Leib und das Blut Christi glaubt.«

Leah stieg bei seinen Worten das Blut in die Wangen, und sie wandte den Blick ab.

Ciaran fuhr fort: »Haltet Ihr uns wirklich alle für rückständige Barbaren?«

Leah schwieg eine Weile, dann sah sie ihn an. »Das habe ich anfangs getan. Jetzt bin ich mir da nicht mehr so sicher.«

Dieses Mädchen steckte voller Überraschungen. Sein ganzes Leben lang hatten Engländer verächtlich auf seine Kultur und seinen Glauben herabgesehen. Ciaran hatte die *Sassunaich* immer für so beschränkt gehalten, dass nichts sie dazu bewegen konnte, ihre Meinung zu ändern – so, wie sich seine Meinung über die Rotröcke nie ändern würde.

Doch dann wurde ihm klar, dass es sich in Leahs Fall anders verhielt. Durch ihr Mitgefühl hatte sie ihm bewiesen, dass sie nicht ganz so war wie ihre Landsleute. Auch andere änderten allmählich ihre Meinung über sie. Ab und zu hatte er Leah in der großen Halle oder draußen an der frischen Luft angetroffen, wo sie mit einer Näharbeit beschäftigt war und sich dabei mit Sìle, Kirstie und Mary unterhielt. Als er seine Schwestern gefragt hatte, waren sie der Meinung gewesen, Leah sei »... freundlich, umgänglich und nicht dumm ... für eine Engländerin«. Aus ihrem Mund ein hohes Lob, denn die Töchter von Dylan Dubh hassten die *Sassunaich* ebenso erbittert wie seine Söhne.

Und so fragte er, statt abfällig zu schnauben, mit leiser Stimme: »Warum? Was macht Euch auf einmal so unsicher?«

»Ich bin zu der Erkenntnis gelangt, dass zwischen Euren Leuten und meinen gar kein so großer Unterschied besteht. Wir alle tun unsere Arbeit und sind gerne mit unseren Freunden und Verwandten zusammen. Wir alle essen, schlafen und sorgen für unsere Kinder. Und wir alle haben unsere abergläubischen Marotten, die Glück bringen sollen, auch wenn es mir so vorkommt, als ob es in England weniger davon gibt als hier.« Sie hielt inne, holte tief Atem und fuhr dann fort: »Um ganz offen zu sein – allmählich fange ich an zu glauben, dass nichts Böses dahintersteckt, wenn man sich bekreuzigt oder den Rosenkranz betet.«

Ciaran zwinkerte. »Was sagt Ihr da? Ihr fangt an zu glauben, dass nichts Böses dahintersteckt?« Ein spöttischer Unterton schwang in seiner Stimme mit, vermischt mit der Gereiztheit, die ihn immer überkam, wenn er gezwungen war, sich seiner Religion zu schämen. Sie sprach ihn von einer Sünde frei, die er nie begangen hatte, was deutlich von ihren wahren Gedanken zeugte.

Sie errötete und nestelte an den Enden ihres Schals herum. »Es tut mir Leid. Nein, es liegt nichts Böses darin. Das Böse besteht darin, diejenigen zu bestrafen, die ihren Glauben ausüben.« Sie hob den Kopf. »Oder diejenigen zu verbrennen, die es nicht tun.«

Ciarans erster Impuls bestand darin, ihr zu versichern, dass sie in diesem Fall in der Hölle landen würde, aber er bezwang sich und sagte nur: »Aye.«

»Wenn es James Stuart gelingt, den König zu stürzen, glaubt Ihr, dass er dann alle Protestanten ins Gefängnis stecken wird?«

Ciaran zuckte die Schultern. »Das kann ich mir nicht vorstellen, denn dann blieben ihm ja kaum noch Untertanen übrig.« Er kicherte in sich hinein. »Schöne Aussichten – alle Protestanten sitzen im Gefängnis, und wir Katholiken müssen die ganze Arbeit verrichten und all die Gefangenen ernähren.« Leah lächelte, und er fuhr fort: »*Och*, aye! Jeder würde sagen: ›Bringt uns König Georg zurück, und zwar schnell, denn unter James müssen wir zu schwer arbeiten!‹« Daraufhin brachen sie beide in Gelächter aus.

Sowie die Heiterkeit verebbt war, sagte Ciaran leise zu sich selbst: »Aye, wir faulen katholischen schottischen Taugenichtse ...«

Leah wurde ernst. »Mir gefällt Euer Lächeln, Ciaran Dubhach.« Er warf ihr einen scharfen Blick zu; überrascht, ein gälisches Wort von ihren Lippen zu hören. Sie redete leise weiter: »Aber ich bekomme es so selten zu sehen. Ihr seid immer so ernst.« Ein warmes Licht trat in ihre Augen und entlockte ihm erneut ein Lächeln, obgleich er es zu unterdrücken versuchte. »Seht Ihr? Ihr solltet viel häufiger lächeln, Ihr erhellt den Tag damit.«

»*Och*.« Mehr brachte er nicht heraus.

Lange herrschte Schweigen, während Ciaran einen grünroten Grashalm zwischen den Fingern drehte. Ihm fiel wieder ein, warum die Erde hier rot war. »Dieser Ort hat eine Geschichte. Kennt Ihr sie?«

»Nein.«

»Zu Zeiten der Wikinger lebte hier einer meiner Vorfahren, ein Mann namens Fearghas MacMhathain.«

»Nicht Matheson?«

Er öffnete schon den Mund, um ihr eine Antwort zu geben, zögerte jedoch, weil er nicht sicher war, ob sie all die Einzelheiten nicht langweilen würden. Dann fuhr er fort: »Seht Ihr, *mac* bedeutet *Sohn*, und Matheson ist eine Anglisierung – eine Verballhornung – von MacMhathain. Das bedeutet ›Sohn der Bären‹. ›Bär‹ heißt auf Gälisch *mathan*. Außerdem ist der Bär das Symbol für Heldenmut, also lautet die tiefere Bedeutung ›Sohn der Helden‹.« Er lächelte. »Ihr seht, wir glauben nicht, dass wir tatsächlich Abkömmlinge von Bären sind.«

Zu seiner Freude erwiderte sie das Lächeln. Er fuhr mit der Geschichte fort: »Fearghas MacMhathain war ein tapferer Mann, ein großer Held, der genau hier starb.« Er klopfte auf den Boden neben sich. »Eines Tages oblag ihm die Verantwortung für die Sicherheit des Tales, während die anderen Männer fort waren. Obwohl seine Brüder alle sagten: ›Fearghas, lass uns hier bei dir bleiben und dir helfen, das Tal zu beschützen‹, erwiderte er: ›Nein, meine Brüder, es wird nichts geschehen. Die Wikinger sind weit weg, und Bauern schaffen es nicht alleine, das Vieh fortzutreiben. Geht, denn ihr werdet gebraucht.‹ Aber Fearghas hatte sich hinsichtlich der Wikinger geirrt. An diesem Tag beschloss eine Bande von ihnen, das Tal zu überfallen. Ein Rabe – der Geist seines Großvaters, der über ihn wachte – kam, um ihn zu warnen, und er erwartete den Feind in der Nähe dieses *broch,* dort unten, wo das Tal eine scharfe Krümmung beschreibt.« Ciaran deutete zu der Garnison und der Kirche hinüber. »Es waren hundert, und er war allein, trotzdem trieb er sie mit seinem Schwert ins Tal hinunter.«

Leah lauschte wie gebannt.

Ciaran fuhr fort: »Es waren große, kampferprobte, blutrünstige

Männer, aber Fearghas besiegte sie alle. Dabei trug er eine tödliche Verwundung davon, doch er achtete nicht darauf und kämpfte weiter, obwohl ihm das Blut aus der Wunde strömte.« Ciaran blickte unwillkürlich auf das Gras unter seiner Hand. »Er hielt aus, bis der letzte Feind tot zu seinen Füßen lag. Und nachdem er den letzten Wikinger besiegt hatte und wusste, dass er dem Tode geweiht war, kroch er hier in diesen *broch*, weil er nicht wollte, dass sich sein Blut mit dem seiner Feinde vermischte. Und hier starb er dann. Er hat den ganzen Clan gerettet.«

»Und Ihr seid heute hier, um diese Geschichte weiterzugeben?«

Er grinste. »Aye. Fearghas rettete nämlich nicht nur seinen Clan, sondern auch all die, die nach ihm kamen. Er war ein Held, ein würdiger Träger des Namens MacMhathain.«

»Sind die Mathesons denn immer noch große Helden?« Ihr Ton und das leise Lächeln verrieten ihm, dass sie etwas über seine eigenen Taten erfahren wollte, doch er brachte es nicht über sich, ihr davon zu erzählen.

Stattdessen sagte er: »Mein Vater schon. Er war ein großer Mann.«

»Euer Vater … Dylan Dubh?«

»Aye. Man nannte ihn *Dilean Dubh nan Chlaidheimh,* das heißt ›Schwarzer Dylan, Sohn des Schwertes‹. Er war berühmt für seine Geschicklichkeit im Umgang mit Schwert und Dolch. Es hieß auch, er bediene sich im Kampf der Magie, um seine Feinde zu täuschen, denn er war nie dort, wo man ihn vermutete, wenn ein Streich gegen ihn geführt wurde. Er konnte einen Mann mit bloßen Händen zum Krüppel schlagen.«

»Ihr bewundert ihn sehr, nicht wahr?«

»Aye.« Mit einem Mal bildete sich ein Kloß in Ciarans Kehle, und er konnte nicht weitersprechen. Seine Furcht, er könne nicht Dylan Dubhs Sohn sein, löschte jeden anderen Gedanken aus.

Leah kam zu ihm herüber, kniete neben ihm nieder und flüsterte: »Ich vermisse meine Mutter auch sehr.« Ihr Mitgefühl rührte ihn.

Er blickte sie an und fand die Sprache wieder. »Der Verlust der Mutter muss für eine junge Frau furchtbar sein.«

Sie nickte. »Ich konnte ihr alles anvertrauen, was ich auf dem Herzen hatte, weil sie mich nie ausschalt und eigensüchtig oder kindisch nannte.«

»Wie Euer Vater es tut.«

Sie warf ihm einen scharfen Blick zu, nickte dann aber. »Ja, Vater ist ein guter Mann, aber sehr schroff.«

»Das ist mir auch aufgefallen.«

Als sie die Stirn runzelte, fügte er rasch hinzu: »Schroff Euch gegenüber, meine ich. Nicht so liebevoll, wie mein Vater mit meinen Schwestern umging.«

Jetzt war es an Leah, zu nicken. »Meine Mutter war liebevoll, wisst Ihr, freundlich, großzügig, und sie wusste immer Rat. Eigentlich wusste sie alles, viel mehr als mein Vater, denke ich.« Ciaran verzog die Lippen, doch sie beharrte: »Doch, das ist wahr. Sie wusste so viel von der Welt, und sie kannte Vater so gut. Mir kam es so vor, als wüsste sie schon, was er tun würde, noch ehe ihm selbst es klar war.«

Ciaran lächelte, als er an die so oft zutreffenden Vorhersagen seines eigenen Vaters dachte. Einen Moment war er versucht, Leah zu fragen, ob ihre Mutter auch aus der Zukunft stammte, aber dann befand er, dass er ihr mit seinem katholischen Glauben und seiner Überzeugung von der Existenz von Feen schon genug zugemutet hatte. Eine Anspielung auf Reisen durch die Zeit war vermutlich zu viel für sie. Außerdem war er nicht sicher, ob er die Geschichte selbst glaubte. Einen Moment lang wusste er nicht, was er sagen sollte, also schwieg er. Leah schien mit ihren Gedanken weit weg zu sein, ihre Augen waren umflort und träumerisch ins Leere gerichtet. Ciaran konnte dem Drang, ihr Kinngrübchen zu berühren, nicht länger widerstehen, und streckte eine Hand aus.

Als sie erschrocken zurückwich, zog er die Hand weg. Lange Zeit wusste keiner von ihnen, was zu tun wäre. Ciaran wagte kaum zu atmen. Er suchte nach Worten, fand aber keine, also starrte er nur verlegen vor sich hin.

Endlich ergriff Leah wieder das Wort. »Dieses Schachbrettmuster auf Eurem Kilt ...«

»Tartan.« Ciaran war so froh, dass sie überhaupt noch mit ihm sprach, dass er ihr bereitwillig alles erklärt hätte. »Wir nennen es Tartan. Es ist ein bestimmtes Webmuster.«

»Einige davon finde ich sehr hübsch. Ich wundere mich nur, dass man nie erkennen kann, wo das Muster beginnt und wo es endet, egal wie lang die Stoffbahn ist.« Sie deutete auf seinen Kilt, einen fast fünfzehn Fuß langen *feileadh mór*. Manche Männer trugen lieber den *feileadh beag*, einen Kilt, der nicht mit dem Plaid verbunden war und der sich bequemer anlegen ließ, doch Ciaran bevorzugte den traditionellen Stil. Sein Vater hatte den *feileadh mór* sein ganzes Leben lang getragen.

Er zog das Plaid aus seinem Gürtel, streifte es von der Schulter und hielt es ihr hin. »Man kann ganz leicht erkennen, wo es beginnt. Hier, schaut einmal genau hin. Seht Ihr, wie die Kettfäden verlaufen? Viele rote, ein paar grüne, dann wieder rote, dann blaue, wieder rote und so weiter.« Er spreizte Daumen und Zeigefinger, um die Breite anzudeuten. »Und dann wieder umgekehrt. Rot, Blau, Rot, Grün, Rot. Es kehrt sich immer wieder um, über die ganze Länge des Stoffs hinweg.«

Leah beugte sich vor und berührte die Wolle. Ihre Finger waren lang und schmal, die ovalen Nägel schimmerten rosig. Die Haut ihrer Hände war weich, blass und von keinerlei Linien durchzogen, die Knochen traten leicht hervor. Ciaran staunte, wie fein und dünn sie wirkten. Ihre Finger tanzten über den Stoff, ihre Wangen färbten sich rosig, und sie sagte leise: »Ja, jetzt sehe ich es. Wie ein Spiegelbild.«

Ciaran musste sich räuspern, bevor er weitersprach. »Und hier verläuft das Muster genau entgegengesetzt. Also haben wir keine Karos, sondern sich überschneidende Linien.« Auch er berührte leicht den Stoff, wobei er darauf achtete, ihre Hand nicht zu streifen, damit sie nicht dachte, er habe es absichtlich getan.

»Ich sehe es.« Sie drehte den Stoff um. Die Rückseite wies genau dasselbe Muster auf. Sacht strich sie über die Wolle. »Sie ist so weich.«

»Unsere Schafe sind eine Cheviot-Kreuzung, die mein Vater vor Jahren gezüchtet hat. Ihre Wolle ist nicht ganz so weich wie die anderer Schafe hier in der Gegend, aber noch immer angenehm zu tragen, finde ich.«

Er blickte auf und empfand ihre Nähe plötzlich als beunruhigend. »Wir erzielen …« Seine Stimme zitterte auf einmal wie die eines halbwüchsigen Jungen. Er hüstelte und verwünschte sich im Stillen dafür, Schwächen zu zeigen. »Wir erzielen von unseren Schafen sehr viel mehr Wolle als andere Clans. So können wir einen großen Teil davon auf den Märkten verkaufen und andere lebensnotwendige Dinge dafür einhandeln.« Sie kniete noch immer neben ihm. Nur zu gerne hätte er sie noch ein Mal berührt. Sie hatte ein französisches Parfüm aufgelegt, doch darunter verbarg sich ihr ganz persönlicher Duft, der ihm zu Kopf stieg. Begierde stieg in ihm auf. Sein Herz begann zu hämmern, weil er nicht wusste, ob es ihr ebenso erging.

Er schüttelte den Kopf, um wieder klar denken zu können, als sie am Stoff unter seinem Gürtel zupfte und fragte: »Besteht das alles aus einem Stück?«

Geschickt brachte er seinen Kilt wieder in Ordnung. »Aye. Ich halte den Stoff mit einem Gürtel zusammen und drapiere dann das Plaid so, wie es mir gefällt.« Ihm wurde klar, wie idiotisch das klang, und er sah sie wieder an. Sie betrachtete sein Gesicht, nicht seinen Kilt, und wirkte, als würde sie auf etwas warten. Worauf genau, das konnte er nur hoffen.

Als er sich vorsichtig zu ihr hinüberbeugte, wich sie nicht zurück. Ein Lächeln spielte um seine Lippen, und er lehnte sich noch weiter zu ihr. Noch immer zuckte sie nicht zurück. Sie neigte ihm sogar ihr Gesicht ein Stück zu.

Endlich zog er sie an sich und küsste sie. Ihre Lippen berührten sich zögernd; beiden war bewusst, welche Kluft sie trennte. Trotzdem kostete er es aus, endlich dem Verlangen nachzugeben, das er wochenlang verleugnet hatte. Dann flüsterte er, die Lippen immer noch ganz dicht an den ihren, in seiner Muttersprache: »*Nighean chaomh.*«

Sie lehnte sich ein wenig zurück, gerade weit genug, um ihm in die Augen sehen zu können. Eine unausgesprochene Frage war in ihrem Gesicht zu lesen, und er beantwortete sie. »Süßes Mädchen.« Wieder küsste er sie, öffnete leicht die Lippen und verstärkte den Druck; hoffte, sie würde seinen Kuss erwidern.

Und das tat sie. Sie legte eine Hand gegen seine Wange, und ihre Lippen öffneten sich gleichfalls.

Sein Herz hämmerte jetzt fast schmerzhaft gegen seine Rippen. Er wollte mehr.

Doch dann machte sie sich von ihm los, und er verstand augenblicklich, warum. Sie war außer Atem und erhitzt und wich seinem Blick aus. Sie wirkte beschämt, ihre Wangen glühten.

Heiße Wut, vermischt mit Scham, stieg in ihm auf. Sein Gesicht brannte. Wo er eben noch wilde Freude empfunden hatte, war jetzt nur noch Verachtung für die *Sassunaich*.

»*Och*, es muss schon eine schwere Sünde sein, einen katholischen Highlander zu küssen.«

Jetzt sah sie ihn an. Ein zorniger Funke glomm in ihren Augen. »Hör auf damit!«

Er stützte einen Ellbogen auf sein Knie. »Aye. Ich hätte erst gar nicht damit anfangen dürfen. Und jetzt geh. Lauf zu deinem Vater und erzähl ihm, dass ich dich beinahe vergewaltigt hätte.« Der Schmerz in seinen Lenden verstärkte den in seinem Herzen noch. »Geh, habe ich gesagt!« Wie eine lästige Fliege scheuchte er sie weg.

Aschfahl vor Scham rappelte Leah sich hoch, raffte ihre Röcke und flüchtete aus dem Turm.

Ciaran blieb, die Ellbogen auf die Knie gestützt und das Gesicht in den Händen verborgen, sitzen, wartete darauf, dass der Schmerz nachließ und wünschte, er wäre nicht so ein verdammter Narr gewesen.

Zutiefst gedemütigt floh Leah zur Burg – zum *Tigh* – zurück und verkroch sich in ihrer Kammer. Sie zitterte am ganzen Leib, ihre Finger waren schweißnass, auf ihren Wangen leuchteten hektische rote Flecken. Ida äußerte sich besorgt über ihre Gesundheit, konnte aber mit der Begründung, sie sei nur zu schnell die Treppe hinaufgelaufen, abgespeist werden. Die Zofe ging, um ihr einen Becher Ale zu holen.

Leah warf sich mit dem Gesicht zuerst auf das Bärenfell und wünschte inständig, sie wäre nicht so ein Feigling. Sie wünschte, sie hätte den Mut, zu ihren Gefühlen für Ciaran zu stehen und ihm das auch zu sagen, ohne etwas auf die Meinung ihres Vaters zu geben. Sie wünschte, sie hätte den Mut, Ciaran zu sagen, dass er sich irrte. Aber er hatte Recht.

Und genau deswegen hätte sie ihm gern das Gegenteil bewiesen. Alles an ihm – sein Äußeres, seine körperliche Ausstrahlung – ließ ihr Herz schneller schlagen und trieb ihr das Blut in die Wangen. Seine Fremdartigkeit faszinierte sie; seine Kultur, seine Religion, alles, was sie an ihm nicht verstand. Es war so sehr ein Teil von ihm. Sie wollte mehr über ihn wissen, wusste aber nicht, wie sie es in Erfahrung bringen sollte.

Verzweifelt rollte sie sich auf den Rücken und presste die Fingerspitzen gegen die Lippen. Sein Kuss war zugleich eine Warnung gewesen. Sie wusste, sie konnte sich in ihm verlieren, wenn sie nicht auf der Hut war.

Aber wenn sie absichtlich alle Vorsicht außer Acht ließ, erlebte sie vielleicht etwas, was sie sich nie hätte träumen lassen. Ihr Herz begann schneller zu schlagen. Sie schloss die Augen und sah sein ernstes, dunkles Gesicht mit den schmerzerfüllten Augen vor sich. Dieser Schmerz berührte einen Punkt tief in ihr. Eine Hitze entstand dort, die bis zu ihren Schenkeln ausstrahlte. Heftige Begierde erfüllte sie, gepaart mit dem Wunsch, nicht vor ihm davongelaufen zu sein. Wäre sie doch nur geblieben, dann wüsste sie jetzt, wo jener Kuss hingeführt hätte. Wie dumm war sie gewesen, so Hals über Kopf davonzulaufen.

Jedes Mal, wenn sie Ciaran in den nächsten beiden Tagen sah, stand eine stumme Qual in seinen Augen geschrieben. Er war höflich zu ihr, grüßte sie mit einem Nicken und ›Miss Hadley‹, wechselte aber darüber hinaus kein Wort mit ihr. Viel gesprochen hatten sie auch vorher nicht miteinander, und jetzt wünschte sie, sie würden es tun. Dann hätte sie die Gelegenheit, ihm alles zu erklären. Aber eine solche Gelegenheit würde sich wohl kaum noch ergeben.

Sie verbrachte ihre Tage mit Nähen und beeilte sich, zusammen mit Sìle das Tartankleid fertig zu stellen, dann bat sie Ida eines Morgens, ihr zu helfen, es anzuziehen.

Die Zofe runzelte die Stirn. »Ihr wollt dieses abscheuliche Ding wirklich tragen?«

»Spar dir deine Bemerkungen, Ida, und hilf mir, wenn es dir nicht allzu viel ausmacht.«

»Nehmt doch ein anderes Kleid, Miss. Dieses hier steht Euch nicht.«

Leahs Stimme klang angespannt, denn sie hatte sich auf ein gewagtes Abenteuer eingelassen und wollte sich nicht auch noch Kritik von ihrer Zofe anhören müssen.

»Trotzdem möchte ich es tragen, Ida.« Es war schon spät am Morgen, und sie rechnete damit, dass ihr Vater sein Frühstück beendet und die große Halle verlassen hatte. Natürlich war es möglich, dass Ciaran ebenfalls schon fort war, aber die Dienstboten würden sicherlich auf Gälisch verbreiten, dass die Tochter des Captains ein schottisches Tartankleid trug. Ciaran würde davon erfahren. Vielleicht würde er kommen, um es zu bewundern, und dann konnten sie miteinander reden.

Die Zofe schnalzte missbilligend mit der Zunge, tat aber schließlich, wie ihr geheißen. Leah streifte das weiche Wollgewand über eine gelbe Leinenbluse. Es trug sich eher wie ein Nachthemd als wie ein Kleid, saß aber eng genug, um zu verhindern, dass ihre Brüste allzu schamlos wippten. Sie strich sich den Stoff über den Hüften glatt und erwog flüchtig, der hiesigen Tradition gemäß barfuß zu gehen. Ida murmelte noch immer unwillig vor sich hin.

Schließlich entschied sie sich, ihre Schuhe mit den flachsten Absätzen anzuziehen, bevor sie in die große Halle hinüberging. Wenn Vater sie in diesem Aufzug ertappte, würde er schon wütend genug werden, aber wenn sie dazu noch keine Schuhe trug, würde er sie für vollkommen verrückt halten.

Ciaran war nicht in der Halle, als sie eintrat. Die Küchenmägde setzten ihr das Frühstück vor, das sie hastig hinunterschlang. Wahrscheinlich würde es ihr wie ein Stein im Magen liegen, aber sie wagte nicht zu trödeln, weil sie fürchtete, ihr Vater könne kommen. Dann huschte sie durch die Dienstbotenunterkünfte zum Westturm hinüber, überquerte die westliche Brustwehr und ging ins Torhaus. Während ihrer Streifzüge hatte sie die Örtlichkeiten recht gut kennen gelernt.

Mit gesenktem Kopf stieg sie vorsichtig die unregelmäßigen Steinstufen hinunter, die nur durch das Licht, das durch die schmalen Schießscharten fiel, erleuchtet wurden. Dabei kam sie an einer der vergitterten Zellen vorüber, die einen einzigen Gefangenen beherbergte. Ciarans Bruder stand an der Tür, presste das Gesicht gegen das Gitter des kleinen Fensters und starrte sie neugierig an. Eine Blutkruste unter seiner Nase zeugte von einem Kampf oder war die Folge der Prügelei bei seiner Verhaftung, denn er war bereits vor mehreren Tagen eingesperrt worden. Sie wandte ihr Gesicht ab, und hoffte, er werde sie nicht erkennen, aber sie hatte kein Glück.

»Miss Hadley!« Er versuchte, durch die Gitterstäbe hindurch nach ihr zu greifen, aber die Lücken zwischen den Stäben waren zu schmal.

Leah blieb auf dem Absatz der nächsten Treppenflucht stehen und drehte sich um.

»Miss Hadley, ich muss Euch etwas sagen.«

Die Neugier siegte. Statt ihn zu ignorieren und ihren Weg fortzusetzen fragte sie: »Was denn?«

Calum zog die Hand zurück, presste das Gesicht aber noch immer gegen das Gitter. »Kommt her, dann erzähle ich es Euch.«

Eine kleine warnende Stimme in ihrem Kopf riet ihr zum Weitergehen, doch sie achtete nicht darauf und trat auf die Tür zu. Aber nicht zu nah. Sie war eine Hadley und daher nicht so dumm, so dicht an das Gitter zu kommen, das Calum nach ihr greifen konnte. »Was gibt es denn?«

Er lächelte wehmütig, sodass sie seine weißen Zähne sehen konnte. »Ich möchte nur Euer Haar berühren. Es sieht so weich aus. Hier im Torhaus ist es so einsam, ich bin seit Wochen keiner Frau mehr so nahe gekommen.«

»Ihr seid doch erst fünf Tage hier.«

»Aye, aber sie kommen mir wie fünf Wochen vor.« Er kicherte. Leah verzog keine Miene.

»Ihr sagtet, Ihr wolltet mir etwas erzählen.«

»Nun – eben dass ich Euch äußerst anziehend finde.« Sein Lächeln wirkte ansteckend, aber sie ließ sich nicht täuschen. Sie hatte die Szene zwischen ihm und Ciaran mit angesehen. Es wäre ein schlimmer Fehler, ihm zu trauen.

Seufzend drehte sie sich um und stieg die Stufen hinab.

Seine Stimme gellte ihr hinterher. »*Sassunach*-Schlampe! Wisst Ihr, wer auch ein Auge auf Euch geworfen hat? Mein Bruder Ciaran!« Leah blieb unwillkürlich stehen, um zuzuhören, was Calum zu weiteren Worten ermutigte. »Aye! Ich habe gesehen, wie er Euch anstarrt! Hechelt Euch hinterher wie ein Rüde einer läufigen Hündin. Kommt ihm ja nicht zu nahe, Herzchen, sonst liegt er schneller zwischen Euren Schenkeln, als Ihr denkt.«

Heiße Röte stieg Leah ins Gesicht. Sie wandte sich ab und eilte die Treppe hinunter.

Er rief ihr nach: »Ich wollte doch nur Euer Haar berühren!«

Auf dem nächsten Stock, wo niemand sie mehr sehen konnte, blieb Leah stehen, lehnte sich gegen die kühle Steinmauer, holte tief Atem und wartete, bis die Röte aus ihren Wangen gewichen war. Dann blickte sie sich unsicher um. Am liebsten wäre sie umgekehrt, um noch mehr zu hören, denn sie schämte sich nicht wegen Calums allzu offener Worte, sondern weil sie hoffte, sie entsprächen der Wahrheit. *Oh, wenn sie doch nur wahr wären.*

Sowie sie sich beruhigt hatte, setzte sie ihren Weg rasch fort. Keiner der Männer ihres Vaters war in Sicht, der ihr hätte folgen können, und sie lächelte zufrieden in sich hinein, als sie die Zugbrücke überquerte. Im Dorf gab es eine Frau, die Leinen verkaufte, eine Schneiderin namens Iseabail Matheson. Sìle hatte ihr erklärt, sie würde das Haus an dem Ginstergestrüpp erkennen, das an der Ostseite wuchs.

Leah kam sich ein bisschen töricht vor, als sie auf die niedrige, von Weinreben überwucherte Hütte zuging, doch ihr Unbehagen verflog, als sie den Gesichtsausdruck der Schneiderin sah. Sie sprach zwar kein Wort Englisch, aber ihre Augen leuchteten auf, als sie Leah in dem hellen Tartankleid mit hellbraunem Muster entdeckte. Sie streckte eine Hand aus, zog Leah ins Haus und sprach langsam, in der Hoffnung, verstanden zu werden, auf sie ein. Doch Leah verstand kein Wort und konnte nur anhand der Gesten erraten, was gemeint war.

Ja, sie war hier, um Stoff zu kaufen. Leinen, genug, um ein Männerhemd daraus zu nähen. Ein ganzer Shilling? Nein, sie würde acht Pence zahlen. Sie hielt der Schneiderin das Geld hin, aber die Frau schüttelte den Kopf. Na schön, dann neun Pence.

Sie sah zu, wie Iseabail ein Stück gebleichtes Leinen abmaß, zu einem kleinen Päckchen faltete und es mit Garn verschnürte. Leah reichte ihr die Silberstücke, dankte ihr und wollte gehen.

Doch die Schneiderin hob eine Hand und erhob in raschem Gälisch Einwände. Was denn noch? Leise Furcht keimte in Leah auf, aber obwohl sie lieber die Flucht ergriffen hätte, blieb sie, um zu sehen, was die Frau vorhatte.

Immer noch eifrig plappernd, führte die Schneiderin sie zu einem Fenster, vor dem purpurrote Wildblumen wuchsen. Sie langte hinaus, pflückte eine der Blüten ab und reichte sie Leah, dabei bedeutete sie ihr, sie solle sie sich ins Haar stecken.

Leah ließ zu, dass die Frau die Blüte hinter ihrem Ohr befestigte. Lächelnd bot sie ihr einen Farthing dafür an, der jedoch zurückgewiesen wurde. Die Schneiderin lächelte ebenfalls, schüttelte heftig den Kopf und machte Leah klar, dass es sich um ein Geschenk handelte. Also nickte sie, dankte der Frau noch ein Mal und verabschiedete sich.

Auf dem Weg zurück zum *Tigh* traf sie Ciaran. Sofort begann ihr Herz wie toll zu klopfen. Er saß auf der Steinmauer eines Schafpferches in der Nähe der Zugbrücke, kaute auf einem langen, dünnen Weidenzweig herum und unterhielt sich mit drei anderen Männern: seinem jüngsten Bruder, dem alten Mann namens Robin und dem Kaufmann, der an Stelle einer Hand einen Haken hatte. Dabei blickten sie immer wieder zu den Schafen hinüber. Aus ihren Gesten schloss Leah, dass sich das Gespräch um die Tiere drehte.

Als sie näher kam, blickte Ciaran auf, stutzte und sah sie genauer an. In seinen Augen las sie dieselbe Anerkennung wie in denen der Schneiderin, doch dazu kam ein persönliches Interesse, das in ihrer Magengegend ein leises Kribbeln auslöste. Er nahm den Weidenzweig aus dem Mund.

»Es steht Euch gut.«

Leah verlangsamte ihre Schritte und ging auf ihn zu. Dabei presste sie das Leinenpäckchen gegen ihre Brust, denn ohne ihr fischbeinverstärktes Mieder kam sie sich fast nackt vor. »Danke. Das ist sehr nett von Euch.«

»O nein. All diese Männer hier werden Euch versichern, dass ich in dieser Hinsicht der ungehobelteste Flegel im ganzen Tal bin.« Sein Bruder und der Kaufmann nickten. Letzterer zeigte ein breites, zahnloses Grinsen, doch der Mann mit dem Stab schien kein Wort verstanden zu haben und wartete darauf, dass wieder Gälisch gesprochen wurde. Der Junge redete rasch auf ihn ein, übersetzte anscheinend Ciarans Bemerkung, und nun begann auch der alte Mann zu kichern.

»In welcher Hinsicht denn? Im Hinblick auf Frauen im Allgemeinen oder nur auf englische Frauen?«

Ciarans Augen umwölkten sich, doch seine Stimme klang weiterhin unbefangen. »Im Hinblick auf alles, was ich nicht mag.« Dabei spielte ein leises Lächeln um seine Mundwinkel.

Obwohl sie sich alle Mühe gab, es zu unterdrücken, musste sie gleichfalls lächeln. »Ich weiß Eure Aufrichtigkeit zu schätzen.«

Seine Augen leuchteten auf, und obwohl er versuchte, ihr ins Gesicht zu sehen, wanderte sein Blick unwillkürlich über ihren Busen und ihren Bauch. Das Kleid unterstrich ihre Kurven, statt sie einzuzwängen.

Dann hob er wieder den Kopf und entgegnete schlicht: »Ich die Eure auch.«

Sie nickte nur. Am liebsten hätte sie ihn in die Arme genommen und geküsst, sie beherrschte sich aber in Anwesenheit der anderen Männer, verabschiedete sich von allen und kehrte in die Burg zurück.

Ciaran sah ihr nach, bewunderte den sanften Schwung ihrer Hüften und ihre schmale Taille. Gerade ohne das enge Mieder war sie wunderschön. Er konnte den Blick kaum von ihr abwenden.

Tief Atem holend, wandte er sich wieder zu Robbie, Robin und Seumas um und stellte fest, dass sie ihn anstarrten. Robbie hatte den Kopf zur Seite gelegt und wirkte verwirrt, Seumas kämpfte gegen einen Lachreiz an, und Robin zog zweifelnd die Brauen zusammen.

»*Och*«, meinte Ciaran, »sie ist Balsam für die Augen eines Mannes, das könnt ihr nicht leugnen.«

»Und für andere Teile seines Körpers auch, würde ich sagen«, fügte Robin hinzu.

Seumas' Augen glitzerten. »Dann ist es ja gut, dass ihr beide so aufrichtig zueinander seid.«

Robbie brauchte einen Moment, ehe er begriff, was Seumas meinte. »Heißt das, dass sie dich ... mag?«

Robin grunzte. »Gibt es ein Mädchen im Tal, das Ciaran nicht ... *mag*?«

Seumas lachte laut auf, doch Ciaran schüttelte den Kopf. »Das heißt nur, dass sie mich nicht hasst. Uns nicht hasst. Uns Schotten und Katholiken.«

Die Männer verstummten und sahen Leah nach, wie sie über die Zugbrücke ging. Dann sagte Robbie leise: »Nun, das ist doch schon einmal etwas.«

Die Nachrichten über Prinz Charles wurden immer spärlicher, die Gespräche in Hadleys Büro ergaben so gut wie nichts Neues. Doch dann traf im August ein Besucher für den Laird ein und wurde in der großen Halle empfangen.

Ciaran betrat die Halle, wo der junge Mann wartete und dabei ständig zu den Rotröcken hinüberschielte, die am Eingang Wache hielten. Er trug einen Kilt und ein schmutziges, zerlumptes Hemd. Ciaran kannte ihn nicht, aber seine Nervosität ließ darauf schließen, dass er sich etwas zu Schulden hatte kommen lassen. Ein Blick zu den Wachposten bestätigte ihm, dass ihnen das unnatürliche Benehmen des Besuchers ebenfalls aufgefallen war.

»Hallo, da bist du ja!«, rief ihm Ciaran quer durch den Raum zu und breitete die Arme aus, als wolle er einen guten Freund begrüßen. Obwohl der verwirrte Gesichtsausdruck des Burschen verriet, dass er kein Englisch sprach, fuhr Ciaran fort: »Wie war die Reise? Nicht zu anstrengend, hoffe ich.« Er gab dem Besucher einen kräftigen Schlag auf die Schulter und führte ihn vom Eingang weg. »Setz dich und ruh dich aus.« Er drückte den Mann auf seinen eigenen Stuhl, der am Feuer stand, zog sich dann einen Schemel heran und nahm neben ihm Platz.

Dann senkte er seine Stimme zu einem leisen Flüstern und fragte auf Gälisch: »Wer bist du?«

»Hier sind Soldaten!« Es klang wie eine Anklage; gleichfalls auf Gälisch. Der Fremde war außer sich vor Angst.

Ciaran zwinkerte ihm zu. »Aye. Du hast gute Augen. Jetzt erzähl mir, wer du bist und was dich hierher führt.«

»Mein Name ist William. Bist du der Laird von Ciorram?«

»Ja.«

Der Mann stieß einen erleichterten Seufzer aus. »Ich habe einen Brief von Prinz Teàrlach für dich.«

Ciarans Herz begann schneller zu schlagen. Beinahe wäre ihm ein Freudenjauchzer entschlüpft. Charles Stuart war gelandet! Der Kronprinz von Schottland war eingetroffen! »Komm mit mir«, befahl er. »Aber sag kein Wort.«

Als William in sein Hemd greifen wollte, packte Ciaran ihn bei der Hand und zog ihn hoch. »Aye, William«, er wechselte wieder ins Englische, »ich zeige dir mit dem größten Vergnügen meine Schafe. Es ist eine besondere Rasse, eine Kreuzung aus Cheviot- und Highlandschafen.« Er führte William auf den Burghof hinaus und redete dabei auf ihn ein, bis sie sich von der Burg entfernt hatten und über die Zugbrücke gingen.

William wollte wieder nach dem Brief greifen, doch Ciaran hielt ihn davon ab. »Warte.«

Sie näherten sich dem Schafpferch auf der anderen Seite der Brücke, einer von niedrigen Mauern umgebenen Einfriedung in der Nähe des Dorfplatzes. Hier kehrten sie der Burg den Rücken zu. Vor ihnen erhoben sich die steilen Granitberge. Ciaran sprach wieder Gälisch. »Ich zeige dir jetzt meine Schafe. Wir werden eine Weile hier stehen bleiben. Wenn du zufällig etwas in der Hand hast und es auf der Mauer ablegst, würde ich es gar nicht bemerken. Und auch sonst niemand.«

William zog den Brief aus seinem Hemd und legte ihn auf die Steine. Ciaran bedeckte ihn mit einer Hand. »Du hast Rotröcke bei dir in der Burg«, wiederholte William dann vorwurfsvoll.

»Ihr Kommandant hat sich hier einquartiert und hat eine Eskorte bei sich. Der Rest der Truppe ist in der Garnison am anderen Ende des Tales stationiert. Es handelt sich um eine Dragonerkompanie unter dem Kommando von Captain Roger Hadley. Sie sind gelangweilt und schlecht ausgebildet. Es könnte nicht schaden, wenn diese Information irgendwie zum Prinzen gelangen würde.«

William nickte, und Ciaran setzte ihm in allen Einzelheiten auseinander, was Sinann und er in den letzten Monaten bei ihrer Bespitzelung des Captains durch den Gobelin erfahren hatten. Er erwähnte die Anzahl der Pferde, die Bewaffnung und die Routen der Patrouillen in der Umgebung. »Hast du dir das alles genau eingeprägt?«, fragte er dann.

Wieder nickte William.

»Gut.« Ciaran ließ den Brief in sein eigenes Hemd gleiten. »Jetzt haben wir die Schafe lange genug angeschaut. Wir wollen in die große Halle zurückgehen, dort bekommst du etwas zu essen und wirst dann in meiner besten Gästekammer untergebracht.« Zwar gab es in der ganzen Burg ohnehin nur eine leer stehende Kammer, aber es war trotzdem vermutlich die beste Unterkunft, die im Umkreis von zwanzig Meilen zu haben war. »Morgen früh kannst du dann weiterreisen.«

William nickte. Er war offensichtlich froh, den belastenden Brief los zu sein.

Sowie William in der Halle vor einer Schale mit Hammeleintopf und einem großen Bannock saß, eilte Ciaran in seine Kammer, um den Brief zu lesen. Auf dem Weg murmelte er: »Sinann, bist du da?«

»Immer.« Sie materialisierte sich aus dem Nichts und schwirrte hinter ihm her, als er den Gang zu den Dienstbotenunterkünften entlang auf den Westturm zuging.

»Ich möchte …« Er stutzte und blickte sich zu ihr um. »Immer? Heißt das, du hast das im *broch* gesehen … mit Leah?«

»*Och*, dein Privatleben interessiert mich nicht. Ich habe Besseres zu tun als dich beim Liebesspiel zu beobachten.«

Ciaran schnaubte unwillig. »Wenn es nur dazu gekommen wäre.« Dann wechselte er hastig das Thema. »Nein, ich möchte, dass du den jungen William mit einem Schutzzauber belegst. Er soll den Prinzen sicher erreichen.« Sie waren am Ende des Ganges angelangt, und er öffnete die schwere Holztür.

»Ich kann ihn vor einem Unfalltod bewahren, aber nicht vor Verletzungen oder davor, dass ein anderer Mann ihn tötet.« Die

Fee folgte ihm durch die Tür, und Ciaran schloss sie hinter ihr, ehe er die Treppe hinaufstürmte. »Ihn vor jeder erdenklichen Gefahr zu schützen erfordert eine Macht, über die ich nicht mehr verfüge. Wenn ich mehr als einen Menschen zur gleichen Zeit verzaubern könnte, würde ich einen Schutzbann über jeden Jakobiten von hier bis Rom verhängen und jeden Rotrock im Reich mit der Beulenpest bedenken.«

Ciaran musste kichern. »Das würde ich zu gerne sehen.«

»Du musst auch wissen, dass ich einen Zauber nicht mehr rückgängig machen kann, wenn ich ihn erst einmal verhängt habe.«

Er blieb auf einem Absatz stehen und blickte sie mit schief gelegtem Kopf an. »Dann soll der Junge für den Rest seines Lebens unter deinem Schutz stehen. Er wird sich für einen Glückspilz halten.«

»Betrachte deinen Wunsch als erfüllt.«

Einen kurzen Moment lang war Ciaran froh, eine von den Kleinen Leuten zur Freundin zu haben.

In der Abgeschiedenheit seiner Kammer zog er den Brief aus seinem Hemd, setzte sich an den Tisch und beugte sich darüber. Es war nur ein schlichter, zusammengefalteter und versiegelter Papierbogen. Er brach das Siegel auf, faltete das Papier auseinander und las:

Matheson von Ciorram,
mit großer Freude schreibe ich Euch diesen Brief, um Euch von der kommenden Wiedereinsetzung der Stuarts auf den Thron Bescheid zu geben. Ich bin gekommen, um das Werk meines Vaters fortzusetzen und den Menschen in Schottland und England die Freiheit zu bringen. Trefft mich am 19. August in Glenfinann, am Lich Shiel, und wir werden gemeinsam im Triumph in London einmarschieren.

Charles, P.R.

Ciarans Herz hämmerte gegen seine Rippen. Er konnte seiner Freude kaum Herr werden, als er der Fee zuflüsterte: »Er ist wirklich hier. Er ist an der Westküste gelandet, in der Nähe von Glenfinann. Wir müssen dort zu ihm stoßen.«

»Das kannst du nicht tun.«

Er drehte sich um und sah sie an. »Ich muss! Es wäre Verrat an unserem Volk, wenn ich nicht die Waffen gegen die Rotröcke erheben würde!« Unwillkürlich hatte er mit lauter, erregter Stimme gesprochen; schnell blickte er zur Tür und dämpfte sie zu einem Murmeln. »Pa ging das Wohl seines Clans über alles. Er hat mich mein ganzes Leben lang gelehrt, es ihm gleichzutun. Ob nun Laird oder Pächter – jeder Mann sollte sein Leben seinem Volk widmen. Ich muss mich Charles anschließen. Das hätte Pa so gewollt.«

»Das wollte er ganz und gar nicht, wie du sehr wohl weißt, denn er hat es dir selbst gesagt. Er wusste, dass der Aufstand scheitern wird. Genau wie er wusste, dass die letzten beiden gescheitert sind.«

Das ergab keinen Sinn. Ciaran schüttelte den Kopf. »Aber er hat trotzdem in beiden mitgekämpft. Er hat sein Leben für die Sache aufs Spiel gesetzt.«

»Aye. Zuerst hoffte er, einen Weg zu finden, den Lauf der Geschichte zu verändern. Aber nach vielen Jahren der Fehlschläge erkannte er, dass er nichts ändern konnte, und begriff, dass er ein *Teil* der Geschichte war, die er aus seinen Büchern kannte. So wie du ein Teil davon bist. So wie er wusste, dass du an der entscheidenden Schlacht um die Krone teilnehmen wirst.«

»Er hat in den Geschichtsbüchern nur gelesen, dass ich dabei sein werde? Nicht dass ich sterbe?«

Sinann nickte. »Aye. Wenn ich mich recht erinnere, war es ein einziger Satz in einem der Bücher. Vor der letzten Schlacht waren viele Männer auf Plünderungszügen unterwegs, und du wurdest beauftragt, sie zu suchen und zurückzubringen.«

»Werde ich denn in der Schlacht mitkämpfen?«

Die Fee verschränkte die Arme vor der Brust und sah ihn an, als habe er etwas unbeschreiblich Dummes gesagt. »Aye, das wirst du, es sei denn, du bringst es über dich, zu desertieren.«

Ciaran grunzte. Auch eine Möglichkeit.

Sinann fuhr fort: »Aber Dylan Dubh sagte, die meisten Männer würden den Kampf nicht überleben. Es wird ein Massaker geben, und die verdammten Rotröcke werden noch Monate später jeden Highlander niedermetzeln, der ihnen in die Hände fällt. Dein Pa begriff, dass die einzige Hoffnung für dich, unbeschadet davonzukommen, darin besteht, dich von den Jakobiten und von Culloden fern zu halten.«

»Culloden?«

»Culloden House bei Drumossie Moor in der Nähe von Inverness. Am 16. April 1746. Es war der sehnlichste Wunsch deines Pas, dass du nicht dabei bist.«

Ciaran runzelte die Stirn. Er wusste nicht, ob er wirklich weiter zuhören wollte. »Aber wenn er gelesen hat, dass ich dabei sein würde und gleichzeitig wusste, dass der Lauf der Geschichte nicht geändert werden kann ...« Die Antwort darauf konnte nichts Gutes verheißen.

Lange herrschte Schweigen, bis die Fee endlich sagte: »Aye.«

»Wenn Pa nicht wollte, dass ich gehe, dann werde ich es auch nicht tun«, erwiderte Ciaran matt. »Es ist doch ganz klar – wenn die Mathesons nicht mit in die Schlacht ziehen, kann ich nicht fallen.« Es gab ja schließlich noch so etwas wie freien Willen. Nichts, was in einem Geschichtsbuch geschrieben stand, konnte ihn zu irgendetwas zwingen. »Ich werde den Clanführern meine Entscheidung mitteilen.«

Sinann nickte. »Eine weise Entscheidung.«

Die Clanführer in der großen Halle zusammenzurufen, um über eine Revolte gegen die Krone zu diskutieren, wäre der Gipfel der Dummheit gewesen, wo ihnen die englische Armee so dicht im Nacken saß. Jedwede Aktivität, für die es keine plausible Erklärung gab, würde das Misstrauen der Soldaten wecken; Verhöre und Verhaftungen wären die unabwendbare Folge. Ciaran faltete den Brief wieder zusammen, schob ihn in sein Hemd zurück und machte sich auf die Suche nach Robin Innis.

Der alte Mann saß in der großen Halle und wärmte sich am Kamin. Ciaran ging zu ihm hinüber, stellte sich neben ihn und senkte den Kopf, als wolle er sich gleichfalls aufwärmen, dann murmelte er auf Gälisch: »Geh zur Whiskybrennerei und warte dort auf mich.«

Dasselbe teilte er Eóin, Gregor, Dùghlas, Seumas Glas, Donnchadh, Keith Rómach und Aodán mit. Diese Männer mussten seinen Entschluss, sich nicht am Kampf zu beteiligen, unterstützen.

Die Brennerei war in einer zwischen steilen Felsen im Wald hinter dem Torfmoor gelegenen Höhle versteckt. Da sie zu Fuß nur schwer und zu Pferde gar nicht zugänglich war, verirrten sich die berittenen Patrouillen von der Garnison niemals dorthin. Um zu der Höhle zu gelangen musste man den Pfad, der südlich aus Glen Ciorram herausführte, einschlagen und zum Torfmoor hinaufsteigen. An dem kleinen Bach, der im südlichen Hochtal entsprang, verließ man dann diesen Pfad und folgte dem Wasserlauf tiefer in den Wald hinein. Inmitten der Bäume, die zu jeder Jahreszeit kaum Sonnenlicht durchließen, gelangte man über einen steilen, tückischen Granitpfad zu einer Stelle, wo das Gestein eine kleine Ebene bildete, ehe es sich erneut zu einer unglaublich steilen Felswand erhob. Hinter dieser ebenen Fläche lag die Höhle, in der die in diesem Jahr gebrannten Fässer versteckt waren. Vor der Höhle brannte ein Torffeuer unter dem Destillierapparat, in dem jedes Jahr die ausgekeimte Gerste gemalzt wurde. Dort hatten sich die von Ciaran zusammengerufenen Männer versammelt.

Ciaran saß auf einem Felsvorsprung beim Höhleneingang, die anderen acht Clansleute hatten sich um ihn geschart. »Ich habe einen Brief vom Stuartprinzen erhalten«, begann er.

Ein erregtes Gemurmel lief durch die Gruppe. »Er ist demnach gelandet«, bemerkte Seumas Glas.

»Aye, er ist gelandet. Wo, weiß ich allerdings nicht. Er wünscht, dass wir uns ihm anschließen, aber ich habe beschlossen, dass wir das nicht tun werden.«

»Es ist unsere Pflicht«, widersprach Dùghlas.

Ciaran warf ihm einen scharfen Blick zu. Mit einer Auseinandersetzung hatte er nicht gerechnet. »Du hast doch gehört, was ich gesagt habe. Wir gehen nicht.«

»Du handelst gegen den Willen deines Vaters. Er wäre in den Kampf gezogen, denn er hasste die *Sassunaich* mit jeder Faser seines Herzens. Ihm lag sein Clan am Herzen, dir offensichtlich nicht.«

Das traf Ciaran tief. Er stemmte die geballte Faust in die Seite. »Er wäre *nicht* in die Schlacht gezogen, denn er wusste …« Jetzt fehlten ihm die Worte, denn er konnte den anderen nicht verraten, woher Dylan Dubh seine Kenntnisse gehabt hatte. Hastig beendete er den Satz mit der lahmen Ausrede: »Er wusste, dass es das Beste wäre, uns aus der Sache herauszuhalten.« Missbilligendes Geraune erhob sich, und Ciaran fuhr fort: »Ihr habt alle gehört, wie er diese Meinung vertrat.«

»Er hat uns nur geraten, ruhig zu bleiben, um nicht die Aufmerksamkeit der Rotröcke auf uns zu lenken.«

»Ich bin sein Sohn, und ich denke, ich weiß besser als ihr, was er wollte. Außerdem bin ich jetzt der Laird.«

Gregor ergriff das Wort. »Nun, daran gab es ja einige Zweifel, nicht wahr? Es gibt Leute, die der Meinung sind, dass du weder Dylan Dubhs Sohn noch der rechtmäßige Laird bist.«

Ciaran brach der kalte Schweiß aus. Er erhob sich und funkelte Gregor finster an. »Hüte deine Zunge, Vetter.«

Gregor sprang gleichfalls auf, sah Ciaran an und schob das Kinn vor. »Calum mag ja im Torhaus sitzen, aber er hat klar und deutlich gesagt, dass er an deiner Stelle dem Wunsch seines Vaters Folge leisten und die *Sassunaich* bei jeder Gelegenheit bekämpfen würde.«

Ein böser Verdacht keimte in Ciaran auf und wurde zur Gewissheit, als er begriff, was Gregor und Dùghlas vorhatten. Er blickte

Dùghlas an, der angelegentlich damit beschäftigt war, mit seinem *sgian dubh* seine Fingernägel zu säubern. »Seid lieber vorsichtig, sonst landet ihr bei meinem Bruder im Torhaus«, warnte er.

»Bruder, tatsächlich?«, höhnte Dùghlas. »Du kannst genauso wenig Calums Bruder sein wie der von Seumas Glas, wenn du dich weiterhin weigerst, Dylan Dubhs Wünsche zu respektieren.«

»Deine Wünsche, meinst du wohl?«

Jetzt meldete sich auch Eóin zu Wort. »Er spricht nicht nur für sich allein, Ciaran.«

»Du, Eóin?« Verrat von dieser Seite hatte Ciaran nicht erwartet. Seine Hoffnung sank.

»Ich nicht. Ich würde mich jeder Entscheidung anschließen, die du triffst, Ciaran. Aber du solltest auf der Hut sein. Dir droht nicht nur von diesen Männern hier Gefahr. Der Clan erwartet von dir, dass du dich auf die Seite der Stuarts stellst, deines Vaters wegen und um des katholischen Glaubens willen.«

Plötzlich fühlte Ciaran, dass er sich auf unsicherem Boden befand. Die Macht, die er ererbt zu haben glaubte, glitt ihm durch die Finger. Er begann zu begreifen, wie eng gesteckt die Grenzen seines Titels und seiner Befugnisse waren. Wieder wünschte er, sein Vater wäre bei ihm, um ihm zu raten.

Doch stattdessen hörte er die Stimme der Fee über seiner rechten Schulter.

»Du kannst den Dingen nicht einfach ihren Lauf lassen, mein Freund. Du bist in einer schwierigen Lage. Jetzt muss es so aussehen, als ob du alles unter Kontrolle hast, selbst wenn dem nicht so ist.«

Also wandte sich Ciaran an seine Männer. »Ich muss über all das erst nachdenken, danke euch aber für euren Rat. Ich werde in Kürze meine Entscheidung treffen.«

Damit schienen die Männer einverstanden zu sein. Einige nickten und erhoben sich von ihren Plätzen.

»Geht jetzt«, befahl Ciaran. »Die Soldaten dürfen unsere Abwesenheit nicht bemerken.«

Nacheinander verschwanden die Männer im Wald, um zu unterschiedlichen Zeiten und aus unterschiedlichen Richtungen wieder im Tal einzutreffen. Ciaran sah ihnen hinterher und hing dabei seinen Gedanken nach. Eines stand fest. Sein Clan würde auf der Seite von Prinz Charles kämpfen – mit ihm oder ohne ihn.

8. KAPITEL

Seine Füße steckten in schwarzen Wildlederschuhen mit Schnallen.

Leah stand auf der Brustwehr der nördlichen Burgmauer und blickte über den See hinaus. Den Loch. *Loch.* Unwillkürlich musste sie lächeln. Seltsam, wie von selbst begann sie, in den Worten zu denken, die ihr noch vor zwei Monaten so fremdartig vorgekommen waren. Sie fand es beunruhigend und erregend zugleich. Bei diesen Worten musste sie immer an Ciaran denken, und sie laut auszusprechen beschwor sofort sein Bild herauf. *Loch. Tigh. Glen.* Immer wenn sie Gälisch hörte wünschte sie, die Sprache selbst zu beherrschen, aber sie war zu schwierig zu erlernen. Die meisten Worte konnte sie kaum aussprechen, und niemand war willens, sich die Zeit zu nehmen, sie ihr beizubringen. Diejenigen, die überhaupt mit ihr sprachen, fanden es einfacher, dies auf Englisch zu tun.

Aus den Augenwinkeln heraus bemerkte sie eine Bewegung, drehte sich um und sah einen Mann den Pfad im Süden herunterkommen und auf das Dorf zusteuern. Sie ging die Mauer entlang, um besser sehen zu können, und blieb an einer günstigen Stelle auf dem Westturm stehen. Wieder bewegte sich etwas, diesmal rechts von ihr, und ein weiterer Mann im Kilt näherte sich dem Dorf vom Südufer des Sees her. Ein unbehagliches Gefühl beschlich sie, und sie wartete ab, was weiter geschehen würde. Schon nach kurzer Zeit tauchte der nächste Mann auf.

Leah verbarg sich hinter einer Zinne, um die Gegend noch ein paar Minuten zu beobachten. Ein vierter Mann kam den Pfad entlang, der im Süden hoch in die Berge führte, und dieser Mann war Ciaran. Sein Gang und das dunkle Haar verrieten ihn sofort; er war der einzige Schotte im Tal, der das Haar im Nacken zusammenband. Der Laird von Ciorram hatte die Burg verlassen, und zwar nicht alleine, obwohl er offensichtlich diesen Eindruck erwecken wollte. Da die Männer weder Gewehre noch Pfeil und Bogen bei sich trugen, konnten sie nicht auf der Jagd gewesen sein. Außerdem hätten Jäger es nicht nötig gehabt, sich einzeln und heimlich ins Tal zurückzuschleichen.

Vater würde es brennend interessieren, dass im Wald eine illegale Versammlung von Clansleuten stattgefunden hatte. Leah presste die Wange gegen die steinerne Mauer. Er würde die Mathesons sicherlich streng bestrafen. Vor Furcht krampfte sich ihr Magen zusammen, und ein Schauer lief ihr über den Rücken. Sie schloss die Augen und murmelte ein rasches Gebet für Ciarans Sicherheit, falls jemand außer ihr ihn gesehen haben sollte.

Beim Abendessen blickte sie ständig über den langen Tisch hinweg zu ihm hinüber. Er wirkte so ernst wie immer. Nichts in seinem Gesicht verriet, was am Nachmittag im Wald vor sich gegangen war.

Trotzdem konnte sie den Blick nicht von ihm abwenden. Er unterhielt sich mit den Männern zu seiner Rechten und Linken, lehnte sich dabei mit dem Arm auf die Lehne seines schweren Holzstuhls und nahm ab und zu einen Bissen von seinem Teller. Heute Abend trank er mehr, als er aß, und hörte eher zu, als dass er selbst sprach.

In dieser Nacht lag Leah schlaflos in ihrem Bett und wälzte sich auf der Federmatratze hin und her. Immer wieder sah sie Ciarans Bild vor sich, und ihr Herz begann schneller zu schlagen.

Endlich gab sie es auf, Schlaf finden zu wollen, kuschelte sich in die zerwühlten Laken und überließ sich ihren Gedanken.

Sie legte einen Finger gegen die Lippen, als sie sich an seinen Kuss erinnerte. So war sie noch nie geküsst worden. Abgesehen von den feuchtlippigen Aufmerksamkeiten zweier Jungen in London war sie überhaupt noch nie geküsst worden.

Die beiden waren in ihrem Alter gewesen, und jedes Mal hatte bloße Neugier beiderseits sie zu ihrem Tun getrieben. Doch hinterher war die Enttäuschung groß gewesen. Sie hatte für keinen der beiden Jungen etwas empfunden und die beiden auch nicht genug für sie, um weitere Versuche zu wagen. Danach hatte sie sich nie wieder von einem Jungen küssen lassen.

Sie hatte es nicht vermisst, denn sie war immer davon ausgegangen, dass sich eines Tages ein Mann für sie finden würde. Ob sie ihn liebte oder nicht, war für sie nicht von Bedeutung. In ihren Augen war die Ehe nichts als ein Arrangement, in dem eine körperliche Vereinigung im Austausch gegen finanzielle Sicherheit und gesellschaftliche Anerkennung geboten wurde. Diese Abmachung hatte auch ihre Mutter mit ihrem Vater getroffen, und sie hatten, wie Leah meinte, glücklich miteinander gelebt. So würde auch sie selbst mit ihrem Mann leben, wer auch immer das sein möchte. Wenn sie Glück hatte, würde sie im Laufe der Zeit Zuneigung zu ihm entwickeln. Die Hoffnung, einen Mann lieben zu können, bevor sie mit ihm verheiratet war, hatte sie schon längst aufgegeben.

Aber Ciaran löste in ihr Gefühle aus, derer sie sich nie für fähig gehalten hatte. Er schien Dinge zu empfinden, von denen sie geglaubt hatte, niemand außer ihr wäre dazu im Stande. Und jetzt dachte sie an ihn, allein in seiner Kammer im anderen Turm, und wünschte, sie bekäme eine zweite Chance, ihm zu beweisen, welche Gefühle sie für ihn hegte.

Heißes Verlangen stieg in ihr auf, und aus einem Impuls heraus beschloss sie, selbst etwas zu unternehmen. Schlaflos im Bett zu liegen, während all ihre Gedanken um ihn kreisten, war eine Qual. Sie stützte sich auf einen Ellbogen und betrachtete Idas dunkle Silhouette auf der niedrigen Pritsche am anderen Ende des Raumes. Die Zofe rührte sich nicht, ihr Atem ging tief und regelmäßig.

Leah schlüpfte aus dem Bett und zupfte ihr Nachthemd zurecht. Der kalte Holzfußboden und die kühle Nachtluft ließen sie unter der dünnen Seide zittern.

Lautlos, um Ida nicht zu wecken, nahm sie ihren Umhang vom Haken und schlang ihn um sich. Dann flüchtete sie barfuß, die Kapuze tief ins Gesicht gezogen, hastig aus der Kammer.

Die Kerzen in den Wandleuchtern waren heruntergebrannt oder von den Dienstboten gelöscht worden, also tastete sie sich vorsichtig durch die Dunkelheit, die Wendeltreppe empor und auf die Brustwehr hinaus. Der volle Mond wies ihr den Weg zum Nachbarturm, der Wind zerrte an ihrer Kapuze. Sie hielt Umhang und Kapuze mit den Händen zusammen und ließ nur einen schmalen Schlitz frei, um etwas sehen zu können. Dann trat sie durch die Tür des Westturms und wurde erneut von der Dunkelheit verschluckt – wofür sie Gott dankte, denn so würde sie niemand auf ihrem Weg zu Ciaran bemerken. Sie musste nur eine Treppe hinabsteigen, denn die Kammer des Lairds lag ganz oben im Turm. Bei der ersten Nische blieb sie mit wild hämmerndem Herzen stehen und lauschte an der Tür. Im Raum war kein Laut zu hören. Sie wartete eine Weile, um sicher zu gehen, dass niemand bei ihm war, fürchtete jedoch ständig, jemand könne zufällig vorbeikommen. Dann stieß sie die Tür vorsichtig auf.

Trotz der späten Stunde flackerte das Kaminfeuer noch hell, und die Kerze auf dem Waschtisch war noch nicht einmal zur Hälfte heruntergebrannt. Leah bekam es mit der Angst zu tun, denn so viel Licht musste bedeuten, dass Ciaran noch wach war. Wie erstarrt blieb sie in der Tür stehen und sah sich in der Kammer um. Überall auf dem Boden stapelten sich Kisten und Bücher, aber von Ciaran war nichts zu sehen.

Doch dann entdeckte sie ihn im Bett, tief und fest schlafend. Erleichtert schloss sie einen Moment lang die Augen und lehnte sich gegen den Türrahmen. Dann schloss sie die Tür hinter sich, verriegelte sie und tappte zum Bett hinüber. Er trug kein Nachthemd, und die Decke aus Bärenfell bedeckte ihn nur bis zur Taille. Ein muskulöser Arm, auf dem sein Kopf ruhte, lag auf dem Kissen, überflutet von seinem langen, dichten, dunklen Haar. Fasziniert betrachtete sie die schwarzen Haarbüschel unter seinen Armen. Noch nie hatte sie sich in einer so intimen Situation mit einem Mann befunden. Beinahe hätte sie gekichert, doch sie konnte sich gerade noch beherrschen.

In ihrem Magen begann es zu kribbeln. Sie bekam kaum noch Luft, ihr Brustkorb fühlte sich an, als wäre er mit einem eisernen Band zusammengeschnürt. Ihr Puls raste. Vater würde sie streng bestrafen, wenn er von ihrer Eskapade erführe. Zumindest würde er unverzüglich einen Wachposten vor ihre Tür stellen. Das Pochen ihres Herzens übertrug sich auf andere Stellen ihres Körpers, das Blut rann heiß durch ihre Adern, und sie fühlte sich lebendiger als je zuvor in ihrem Leben. Jetzt gab es kein Zurück mehr.

Verzückt betrachtete sie den schlafenden Ciaran. Sein Gesicht wirkte so friedlich, die harten Linien hatten sich geglättet. Seine Lippen waren leicht geöffnet, und der Drang, sie zu küssen, überwältigte sie fast. Schon streckte sie einen Finger aus, um ihn zu berühren, zögerte dann aber und zog die Hand wieder weg.

Stattdessen löste sie die Schnalle ihres Umhangs und ließ ihn von den Schultern gleiten. Obwohl es in der Kammer warm war, zitterte sie am ganzen Leib. Dann streifte sie sich das Nachthemd über den Kopf und ließ es ebenfalls achtlos fallen. Mit äußerster Behutsamkeit hob sie den Rand der Decke an und schlüpfte darunter. Benommen vom wilden Pochen ihres Herzens rückte sie dicht an ihn heran, um ihn zu streicheln.

Plötzlich schoss seine Hand vor, schloss sich um ihr Handgelenk und verdrehte es, woraufhin sie vor Schmerz leise aufschrie.

Er stützte sich auf einen Ellbogen, zwinkerte schlaftrunken und grunzte leise, als er erkannte, wen er vor sich hatte.

Leah war so entsetzt, dass sie keinen Ton herausbrachte. Einen nicht enden wollenden Moment starrten sie sich an. Ciaran lächelte nicht, sondern blinzelte nur, um besser sehen zu können. Wenn er sie jetzt aus der Kammer wies, würde sie vor Scham sterben. Sie hielt den Atem an, während sie auf seine Reaktion wartete.

Endlich beugte er sich über sie, um sie zu küssen, behutsamer als beim letzten Mal, dennoch schien die Berührung seiner Lippen ihren ganzen Körper zu durchrieseln. Er legte eine Hand gegen ihre Schulter und drückte sie sacht nach hinten. Willig ließ sie sich zurücksinken, erwiderte seinen Kuss, ließ die Hände über seinen Körper gleiten und ertastete die harten Muskeln unter seiner Haut.

Wieder beugte er sich über sie, presste seinen Mund hart auf den ihren und zwang ihre Lippen, sich zu öffnen. Als sich ihre Zungen berührten, erschauerte sie vor Wonne. Seine rauen Bartstoppeln kratzten über ihre Haut. Selbstvergessen krallte sie die Finger in sein üppiges Haar und presste sich enger an ihn, wollte mehr von ihm. Sie wollte wissen, wie es war. Wie er war. Sie meinte, keinen Moment länger ohne diese Erfahrung leben zu können. Er reagierte mit einer Leidenschaft, die sie nicht erwartet hatte. Sein Atem ging in harten Stößen; fast meinte sie, er wolle sie mit seinem Kuss verschlingen.

Dann löste er sich von ihr und knabberte leicht an ihrem Hals und ihrer Schulter, ehe sein Mund zu ihren Brüsten wanderte, was ihr leise, unartikulierte Wonnelaute entlockte.

Als sie bittend seinen Namen flüsterte, verlagerte er sein Gewicht und legte sich zwischen ihre Schenkel. Leah stöhnte. Noch nie im Leben hatte sie etwas so begehrt, wie sie jetzt Ciaran begehrte.

Wieder presste er seine Lippen auf die ihren, dann drang er behutsam in sie ein. Sie begann zu zittern, als sie ihn hart und warm in sich spürte. Er verharrte einen Moment, dann begann er sich langsam zu bewegen.

Sie spürte einen kurzen, scharfen Schmerz, dann ein dumpfes Pochen.

Doch jetzt war es Ciaran, der zögerte. »*Och*«, flüsterte er. »Leah ...«

Sie schlang die Arme um ihn, schmiegte sich an ihn und murmelte ihm ins Ohr: »Nicht aufhören. Bitte hör nicht auf.«

Ein tiefes Stöhnen entrang sich seiner Brust, als er sich erneut zu bewegen begann. Sein Körper spannte sich an, sie konnte jeden Muskel deutlich unter seiner Haut spüren. In diesem Moment verflog ihre Einsamkeit, denn sie war nicht länger allein; nichts existierte mehr auf der Welt außer Ciaran und das, was er in ihr auslöste.

Plötzlich erschauerte er. Sie presste sich an ihn, als er ein letztes Mal ihre Lippen suchte, bevor er sich keuchend von ihr herunterrollte und neben ihr auf der Matratze liegen blieb. Seine Brust hob und senkte sich heftig, feine Schweißtröpfchen glitzerten im Kerzenlicht.

Sie streckte eine Hand aus, um ihm die Wange zu streicheln, und er zog sie an seine Lippen und küsste sie. Dann drehte er sich auf die Seite und zog sie eng an sich. Sie barg den Kopf an seiner Schulter und kuschelte sich an ihn.

Leah war sicher gewesen, jetzt endlich Schlaf zu finden. Doch stattdessen lag sie hellwach da und lauschte seinen Atemzügen und dem regelmäßigen Schlag seines Herzens an ihrem Gesicht. Es wäre eine Schande, jetzt einzuschlafen und auch nur einen Moment dieser wunderbaren Nacht zu versäumen.

Die Sonnenstrahlen, die durch die hohen Glasfenster fielen und die Kammer in ein warmes Licht tauchten, weckten Ciaran, der sofort ein schlechtes Gewissen bekam, weil er so spät nach dem Morgengrauen noch im Bett lag. Dann erinnerten ihn das Gewicht auf seinem Arm und ein taubes Gefühl in der Hand an den

Grund für sein Bedürfnis nach Schlaf, und er schlug die Augen auf, um Leah zu betrachten.

Sie hatte den Kopf an seinen ausgestreckten Arm geschmiegt und schlief tief und fest. Ihre dichten Wimpern flatterten leicht, ihr kastanienbraunes Haar umrahmte in reichen Wellen ihr Gesicht. Sonnenlicht tanzte über ihre Wangen und verlieh ihrer Haut einen goldenen Schimmer. Ihm wurde warm ums Herz, er streckte eine Hand aus und wickelte eine Locke um seinen Finger. Leah war anders als alle anderen Menschen, die er je gekannt hatte. All die jungen Frauen im Tal waren mit ihm aufgewachsen und so berechenbar wie die aufgehende Sonne. Viele begehrten ihn wegen seines Ranges, die meisten waren mit ihm verwandt, und alle waren ihm so vertraut wie seine Schwestern. Doch Leah unterschied sich so sehr von ihnen, dass er vielleicht ein Leben lang brauchen würde, um sie kennen zu lernen.

Doch das Gefühl der Wärme verebbte, als ihm bewusst wurde, dass ausgerechnet er, der die *Sassunaich* hasste wie kein anderer, im Begriff stand, sich in eine von ihnen zu verlieben. Einen Moment versuchte er sich einzureden, dass dies nicht zutraf. Liebe konnte das nicht sein, nur bloße Begierde nach einer hübschen, willigen Frau. Sie gehörte zu dem Volk, das seinen Clan zerstören würde, wenn er es zuließ. Sie war Engländerin und daher eine bigotte Frömmlerin. Sie war Protestantin und somit antikatholisch. Sie war …

Seufzend schloss er die Augen. Sie war nichts von alledem. Nicht in ihrem Herzen. Das hatte sie ihm bewiesen. Sie war offen, liebevoll und aufrichtiger in ihrem Verlangen nach ihm als jede andere Frau, die er bisher gehabt hatte. Ohne Scheu war sie in sein Bett gekommen, ohne dass er ihr irgendein Versprechen gegeben hätte. Er war ihr erster Mann gewesen. Kein Frau hatte ihm jemals ein solches Geschenk gemacht. Es berührte ihn mehr, als er sich eingestehen mochte. Er beugte sich über sie, schob eine Hand unter die Bettdecke und streichelte ihre bloße Hüfte.

Sie schlug die Augen auf, räkelte sich und gähnte. Ihr schlanker

Körper fühlte sich warm und weich unter seinen Händen an. Als sie ihn anschaute, lächelte sie. Die Morgensonne spiegelte sich in ihren Augen wider, die funkelten, als sie zu ihm aufsah. In ihnen las er jene unverhohlene Anbetung, nach der er in den Augen anderer Frauen immer gesucht hatte, ohne sie zu finden. Leah liebte ihn, das sah man ihr deutlich an, und sie machte auch gar kein Hehl daraus.

Sacht küsste er sie erst auf die Lippen, dann auf die Stirn. »*Maduinn math.*« Als sie die Brauen zusammenzog, übersetzte er: »Guten Morgen.«

Sie küsste ihn zur Antwort, und er spürte, wie erneut Verlangen nach ihr in ihm aufstieg. Doch er wandte sich ab und murmelte: »Dein Vater wird nicht sehr erfreut sein, wenn er davon erfährt.«

Ihre Stimme war kaum mehr als ein Flüstern. »Er würde versuchen, dich umzubringen. Deswegen darf er es auch nie erfahren.« Sie legte eine Hand gegen seine Wange.

Ciaran suchte in ihren Augen nach irgendeinem Anzeichen von Unaufrichtigkeit, fand aber keines. Es stimmte, Hadley würde ihn höchstwahrscheinlich töten, wenn er von dieser Nacht wüsste. Aber zuerst würde er ihn unter irgendeinem Vorwand verhaften und fortschaffen lassen, und dann würde er fern von Glen Ciorram und Leah eines mysteriösen Todes sterben. »Du weißt, dass mein Leben jetzt in deiner Hand liegt.«

Leah strich ihm das Haar aus der Stirn. »Wenn du wüsstest …«

Er runzelte die Stirn. Sie fuhr fort: »Ich habe dich und deine Männer gestern von eurer Versammlung zurückkommen sehen. Ich glaube, außer mir hat es niemand bemerkt, aber du solltest in Zukunft vorsichtiger sein.«

Sein Herzschlag schien einen Moment auszusetzen. Er rollte sich auf den Rücken und fragte betont gleichmütig: »Welche Versammlung?«

Sie setzte sich auf und legte eine Hand auf seine Brust. »Weiche mir nicht aus, Ciaran. Vertrau mir. Wenn ich gewollt hätte, dass du verhaftet wirst, dann wärst du jetzt bereits in der Garnison.« Er öffnete schon den Mund, um zu fragen, ob sie ihn erpressen wolle, doch sie legte einen Finger über seine Lippen. »Ich erzähle dir das, damit du gewarnt bist. Deine Sicherheit bedeutet mir mehr als alles andere.«

Er sah sie an und hoffte, dies wäre die Wahrheit.

Als er keine Antwort gab, ließ sie sich wieder auf die Matratze sinken und flüsterte dann: »Ciaran, wie sagt man in deiner Sprache ›Ich liebe dich‹?«

Das hatte er nicht erwartet. Er zwinkerte verwirrt, dann spielte ein Lächeln um seine Mundwinkel, er stützte sich auf einen Ellbogen und erwiderte: »*Tha gaol agam ort.* Wörtlich übersetzt bedeutet es: ›In mir ist Liebe für dich‹.«

»*Tha gaol agam ort*«, wiederholte sie so gut es ging, ohne den Blick von ihm abzuwenden. Die Worte berührten ihn stärker, als wenn sie in Englisch ausgesprochen worden wären, denn er beherrschte zwar beide Sprachen fließend, aber seine innersten Gefühle hatte er stets auf Gälisch ausgedrückt. »*Tha gaol agam ort, Ciaran.*« Dann küsste sie ihn.

Er zog sie an sich, hielt sie fest an sich gepresst und versicherte ihr seinerseits, wie sehr er sie liebte, wobei seine Stimme immer schwerer wurde, denn er erkannte, dass seine Worte der Wahrheit entsprachen. »*Tha gaol mór agam ort, Leah. Tha gaol mhór agam ort. M'annsachd. Tha thu m'annsachd ....*«

Dabei küsste er sie wieder und wieder, dann rollte er sich über sie, um sie erneut zu lieben.

Leah strich Ciaran die widerspenstige Locke aus der Stirn, während er auf dem Rücken lag und nach Atem rang, und wünschte, er würde sie nie wieder verlassen. Dann presste sie die Lippen gegen seine Schulter und sog den Duft seiner Haut ein. Dabei spielten ihre Fingerspitzen müßig mit dem schwarzen Haar auf seiner Brust.

Doch dann klopfte es an der Tür, und plötzlich wurde ihr klar, dass sie diejenige war, die ihn schleunigst verlassen musste. Die

Sonne war bereits aufgegangen, und sie war noch immer hier, ohne ein anderes Kleidungsstück als ihr Nachthemd und ihren Umhang. Verzweifelt blickte sie sich in der Kammer um, suchte nach einem geeigneten Versteck.

Ciaran legte beruhigend eine Hand über die ihre, setzte sich auf und rief etwas auf Gälisch, dem er ein leises Husten folgen ließ, was ihr verriet, dass er eine Krankheit vortäuschte. Die Stimme auf der anderen Seite der Tür erwiderte etwas, und Ciaran schnarrte einen kurzen Befehl. Dann herrschte Stille.

Er beugte sich zu Leah hinunter und knabberte an ihrem Ohr, ehe er flüsterte: »Eine Dienstmagd. Ich habe ihr erklärt, ich hätte auf Grund einer leichten Erkältung verschlafen und würde gleich zum Frühstück herunterkommen.« Er lächelte und mimte einen Hustenanfall, dann blickte er sich im Raum um. »Wir brauchen ein Kleid für dich. Du kannst diese Kammer nicht in Nachthemd und Umhang verlassen.« Er nickte zu dem Kleiderbündel auf dem Boden hinüber.

Dann blickte er zum Tisch am anderen Ende des Raumes. Ihm schien eine Idee zu kommen. »Warte.« Er sprang vom Bett, ging zum Tisch, ließ sich auf den Stuhl fallen, griff nach seinem schwarzen Band und band sich das Haar zusammen.

Leah betrachtete ihn neugierig. Sie hatte noch nie zuvor einen nackten Mann gesehen. Die Unbekümmertheit, die er an den Tag legte, jagte ihr einen Schauer über den Rücken. Er schien im Stande zu sein, in diesem Zustand durch das Dorf zu laufen, ohne sich das geringste daraus zu machen.

Auf und um den Tisch herum stapelten sich Bücher und Kisten. Er wühlte in einer davon, nahm dann aus einer Tonschale voller Schreibfedern eine heraus und spitzte sie mit einem kleinen Messer zurecht. Eine weitere kurze Suche förderte eine Schachtel mit Schreibpapier zu Tage. Er legte ein sauberes Blatt auf den Tisch, zog den Stopfen aus einer Tintenflasche und stellte sie daneben.

»Hier, schreib eine kurze Nachricht.« Er stand auf und deutete auf den Stuhl.

»Ich?«

Er stutzte. »Kannst du nicht schreiben?«

»Natürlich kann ich schreiben.« Leah glitt vom Bett und kam quer durch den Raum auf ihn zu, ohne sich ihre Verlegenheit anmerken zu lassen, so schwer es ihr auch fiel. Zumal sie spürte, wie sein Blick über sie glitt. Dann nahm sie Platz und tauchte die Feder in die Tinte.

»*Och*«, meinte Ciaran, kauerte sich auf den Fersen neben den Stuhl, legte einen Arm über ihren Schoß und blickte zu ihr auf. »Ich wollte dich nicht in Verlegenheit bringen. Du bist ja ganz rot geworden.« Dabei strich er sacht mit einem Finger über ihre Brust. Ein Lächeln entblößte seine weißen Zähne. Zu schade, dass er so selten lächelte.

»Gut, was soll ich also schreiben?«

»Richte die Nachricht an deine Zofe.« Leah gehorchte. Ciaran fuhr fort: »Und jetzt schreib: *›Komm zur Kammer von Sìle, der Schwester des Lairds.‹*« Während Leah schrieb, beugte er sich vor, um mit den Lippen ihre Brust zu liebkosen, was sie erneut erschauern ließ. Dann sagte er weich, mit den Gedanken ganz offensichtlich nicht mehr ganz bei seinem Plan: »Jetzt überleg dir etwas, was sie dir bringen soll. Ein Schmuckstück oder sonst etwas, was du gerade brauchen könntest.« Ihm kam eine Idee, sein Gesicht hellte sich auf. »Oder ein Gebetbuch! Aye, bitte sie, dir dein Gebetbuch zu bringen.«

Leah tat, wie ihr geheißen, dann unterschrieb sie die Nachricht und trocknete die Tinte. Nachdem sie den Bogen sorgfältig zusammengefaltet hatte, reichte sie ihn Ciaran.

Er stand auf, suchte im Schrank nach einem sauberen Hemd und sagte: »Ich bringe das zu Sìle. Sie soll es einer Magd geben, die es deiner Zofe aushändigen soll. Während deine Zofe unterwegs ist, um den Auftrag auszuführen, schleiche ich mich in deine Kammer und hole dein Tartankleid, eine Bluse und Schuhe.« Nachdem er das lange Hemd übergestreift hatte, nahm er eine karierte Stoffbahn und breitete sie über seinem Gürtel auf dem

Bett aus. Dann begann er, den Stoff geschickt in Falten zu legen.

»Warum die Hochlandtracht und nicht eines meiner normalen Kleider?«

Ein amüsierter Ausdruck trat auf sein Gesicht. »Reifrock, Fischbeinkorsett, Unterröcke und wallende Spitze? Wenn der Laird der Burg so etwas mit sich herumträgt, dann ist doch offensichtlich, was geschehen ist, aye?«

»Dann lass doch Sìle …«

»Sìle darf nichts davon erfahren. Auch sonst niemand. Wir müssen sehr vorsichtig sein, sonst verbreitet sich die Geschichte wie ein Lauffeuer in der ganzen Burg, und dein Vater wird die entsprechenden Maßnahmen ergreifen. Außerdem musst du das Kleid ja nicht lange tragen. Aber nur so kannst du über die Brustwehr gehen, ohne dass jemand merkt, dass du die Nacht hier verbracht hast.« Er setzte sich auf die gefältelte Wolle, legte sich zurück, befestigte das Ganze dann mit dem Gürtel um seine Taille und stand auf. Dann warf er den Rest des Stoffes über seine Schulter und zog ihn durch den Gürtel, ehe er sich wieder auf das Bett setzte und wollene Strümpfe, Schuhe und Gamaschen aus Schafsfell anlegte. Zuletzt überprüfte er, ob das Band in seinem Nacken richtig saß, strich sich die eine störrische Locke aus dem Gesicht und beugte sich vor, um ihr einen Abschiedskuss zu geben.

Mit einem strahlenden Lächeln auf dem Gesicht drehte er sich noch ein Mal um, ehe er die Kammer verließ. Seine Augen leuchteten, und seine Wangen glühten noch rosiger als sonst. Leah seufzte, als er die Tür hinter sich schloss.

»Ach, Ciaran, wenn du dir einbildest, deine Schwester würde dir nicht vom Gesicht ablesen, was letzte Nacht geschehen ist, dann musst du verrückt sein.«

Ciaran fand Sìle zusammen mit Aodán in ihrer Kammer. Beide verstummten, als er an der Tür auftauchte. Ganz offensichtlich hatte er eine heftige Auseinandersetzung unterbrochen, denn beider Gesichter waren vor Ärger verdüstert und Sìles Augen verdächtig gerötet. Sie wagte nicht, ihren Bruder anzublicken, sondern saß mit gesenktem Kopf auf dem Bett und sah auch Aodán nicht an. Das Paar wartete darauf, dass Ciaran sagte, was er zu sagen hatte, und dann seiner Wege ginge, doch Ciaran hatte nicht die Absicht, in Aodáns Gegenwart mit seinem Anliegen herauszurücken, also wartete er. Dabei starrte er seinen Schwager mit zusammengekniffenen Augen an.

Es dauerte einen Moment, bis Aodán begriff. Sein Gesicht lief rot an, aber er sagte nichts, als er den Raum verließ, sondern warf Sìle nur einen drohenden Blick zu, den diese allerdings nicht bemerkte.

Ciaran trat zu seiner Schwester, beugte sich zu ihr hinunter und bat sie mit gedämpfter Stimme: »Gib das bitte einer der Mägde.« Er reichte ihr Leahs Nachricht.

Sìle blickte stirnrunzelnd zu ihm auf. »Überbringst du jetzt schon Botschaften für sie, wie ein Page?«

Bei dem Versuch, eine unschuldige Miene aufzusetzen, riss er die Augen weit auf, aber er wusste, dass er ein erbärmlicher Lügner war. Außerdem war dies seine Schwester, die ihn besser kannte als jeder andere Mensch. »Bitte tu es für mich, Sìle.«

Sìle ging zur Tür, spähte hinaus und sagte: »Aodán, warte unten auf mich.«

Aodáns Stimme klang mürrisch. »Ich denke gar nicht …«

»Aodán!« Ciaran war nicht in der Stimmung für diese Spielchen.

Sìle wartete, bis ihr Mann die Treppe hinunterging und sie mit Ciaran allein ließ, dann schloss sie die Tür und wandte sich an ihren Bruder. »Was soll ich also diesmal für sie tun?«

»Ich weiß nicht, wovon du redest. Das hier ist nur eine harmlose Botschaft für ihre Zofe.«

»Dann übergib sie ihr doch selbst.«

»Ich habe dich darum gebeten.«

»Warum?«

Er senkte den Blick. Ein Lächeln, das er nicht zu unterdrücken vermochte, spielte um seine Lippen. »Wenn ich die Nachricht selbst überbringen würde, könnte die Magd weitererzählen, von wem sie sie bekommen hat, und Leahs Zofe würde das höchstwahrscheinlich dem Captain.«

Sìle nickte. Es war offensichtlich, dass sie sofort begriffen hatte. »Und ihr Vater hat zwar nichts dagegen, dass sie ihre Zeit mit *mir* verbringt, aber wenn er erfahren würde, dass sie sich heimlich zu *dir* geschlichen hat, hätte er vielleicht das eine oder andere dazu zu sagen.«

»Aye.« Er faltete die Hände hinter dem Rücken und kam sich vor wie ein Kind, das bei einer Missetat ertappt worden war.

»Was steht in dem Brief?«

»Nichts, was dich zu kümmern braucht.«

»Du hast mit ihr geschlafen!«

Ciaran wurde dunkelrot. »Sìle ...«

»Lüg mich nicht an, Ciaran Dubhach. Wenn dem nicht so wäre, würdest du mir alles erzählen.«

»Och.« Ciarans Gedanken überschlugen sich bei dem Versuch, rasch eine glaubhafte Geschichte zu erfinden, aber ihm wollte nichts einfallen. Endlich gab er seufzend zu: »Aye. Der Brief soll Leahs Zofe aus ihrer Kammer locken, damit ich ihr ein Kleid besorgen kann.«

Sìle nickte verständnisvoll. »Damit sie nicht in demselben Kleid gesehen wird, das sie gestern getragen hat.«

»Damit sie nicht dabei ertappt wird, wie sie in ihrem Nachthemd in der Burg umherwandert.«

Seine Schwester grinste. »Sie ist nur im Nachthemd zu dir gekommen? Das kannst du doch nicht geplant haben ...«

»Nein.«

Sìle erstickte fast vor Lachen. »Dieses kleine Luder ...«

»*Sìle*!«

»Ich kann mir nur zu gut vorstellen, was Leute ihres Schlages sagen würden, wenn ich in eine so missliche Lage geraten wäre. Nur dass es mir nicht im Traum einfiele, nur mit einem Nachthemd bekleidet ungebeten in das Bett eines Mannes zu kommen.«

»Wer sagt denn, dass sie ungebeten gekommen ist?«

»Verstehe. Dann hast du ihr also selbst vorgeschlagen, sich auszuziehen, bevor sie zu dir kommt.«

Darauf wusste Ciaran keine Antwort. Er presste die Lippen zusammen, seine Augen wurden schmal. »Sìle …«

»Wie ich es mir gedacht habe. Sie ist aus eigenem Antrieb gekommen.«

»Sie hatte noch einen Umhang um.«

Sìle kicherte wieder. »*Och*, das ändert alles. Das verleiht dem Ganzen einen Anstrich von Achtbarkeit, nicht wahr?«

»Fandest du es vielleicht achtbar, wie du es damals mit Aodán im Pferdestall getrieben hast?«

»Er ist mein Mann!«

»Das war er damals aber noch nicht!«

»Dann hast du also vor, diese *Sassunach* zu heiraten?« Sìle war das Lachen vergangen. »Falls dem so ist, solltest du dir der Folgen bewusst sein. Der Clan wird sie nicht akzeptieren. Es wird zu einer Auseinandersetzung kommen, und Calum wird alles tun, um gegen dich zu hetzen. Dann bist du gezwungen, ihn an den Galgen zu bringen.« Ihre Stimme klang plötzlich scharf. »Ciaran, dir liegt doch wohl nicht so viel an dieser Frau, dass du sogar unseren Bruder hinrichten lassen würdest, nur um sie zu behalten?«

»Calum hat sich diese Suppe selbst eingebrockt.«

»Aber du musst ihn nicht mit aller Gewalt dazu zwingen, sie auszulöffeln.«

»Sìle, es geht dich nichts an, wen ich liebe.«

»Also liebst du sie tatsächlich?«

»Aye.« Bei dieser Erkenntnis stockte ihm fast der Atem.

Sìle musterte ihn forschend, versuchte in seinem Gesicht zu lesen, was in ihm vorging. Schließlich sagte sie: »Na schön. Gib mir den Brief. Und bring ihr das Kleid nicht selbst. Ich werde es tun.«

Ciaran sah ihr in die Augen. Er wusste nicht, ob er ihr trauen durfte.

»Aye«, bestätigte sie. »Ich tue es. Mir gefällt das Ganze zwar nicht, aber wenn du von dieser Frau so besessen bist, will ich wenigstens verhindern, dass ihr in eine peinliche Situation geratet. Aber ich rate euch, das nächste Mal vorsichtiger vorzugehen. Trefft euch außerhalb deiner Kammer, nicht mitten in der Nacht und möglichst vollständig bekleidet, aye?«

Er nickte. »Aye.«

Während er auf dem Weg zur großen Halle die Stufen des Westturms hinuntereilte, materialisierte sich plötzlich die verflixte Fee vor ihm und versperrte ihm den Weg. Als er sie am Fuß der Treppe entdeckte, suchte er nach einer Fluchtmöglichkeit, denn er wusste, dass sie ihm einige sehr unangenehme Fragen stellen würde.

Aber es war zu spät, sie schwirrte schon auf ihn zu. »Hast du völlig den Verstand verloren?«, erkundigte sie sich ungnädig.

»Nicht dass ich wüsste. Was willst du?«

»Du treibst es mit der Tochter des Captains, du Narr. Du weißt, wo das hinführen kann.«

»Aye, ich weiß, wie Kinder gezeugt werden, Fee.«

»Ich spreche von Strafmaßnahmen, mein Freund. Und zwar sowohl seitens ihres Vaters als auch des Clans! Jetzt, wo du kurz davor stehst, auf Seiten des Prinzen zu kämpfen, darfst du dich nicht mehr mit ihr treffen.«

»Du hast doch immer gesagt, ich solle mich um sie bemühen.«

»Ich habe nicht gesagt, dass du dich in sie verlieben sollst! Und genau das hast du getan! Das steht dir nämlich im Gesicht geschrieben!« Ciaran versuchte, sich an ihr vorbeizuschieben, aber sie verstellte ihm den Weg. »*Och*! Du bist genau wie dein Vater!«

Das traf einen wunden Punkt. Ciaran wandte den Blick ab und holte tief Atem, um sich für das Kommende zu wappnen, dann sah er sie aus schmalen Augen an. Mit gesenkter Stimme sagte er: »Inwiefern bin ich wie er?«

Die Fee ließ sich auf einer Stufe unter ihm nieder, verschränkte die dünnen weißen Arme vor der Brust und blickte zu ihm auf. »Wen dein Vater liebte, den liebte er vorbehaltslos. Er verliebte sich in deine Mutter, ohne einen Gedanken an mögliche Konsequenzen zu verschwenden. Und glaub mir, das war der Fehler seines Lebens. Deswegen wurde er vom Onkel deiner Mutter verraten, und am Ende führte ihre Heirat zu ihrem Tod. Es war verrückt von ihm, sich in sie zu verlieben.«

»*Och*, du und Sìle! Kein Mann kann sich aussuchen, in wen er sich verliebt. Das ist Schicksal.«

»Es ist Wahnsinn!«

»Aye! Ich bin wahnsinnig verliebt in sie. Und jetzt geh mir aus dem Weg, Fee, sonst geschieht ein Unglück.«

Er drängte sich rücksichtslos an Sinann vorbei, doch sie rief ihm mit zornbebender Stimme hinterher: »Hör auf meine Worte, Ciaran! Das wird ein böses Ende nehmen! Du kannst keine Engländerin lieben! Irgendwann wird sie dich verraten!«

Ciaran achtete nicht auf sie, sondern eilte hastig weiter.

An diesem Tag teilte er seinen Clansleuten mit, dass er sich entschlossen habe, sich an dem Aufstand zu beteiligen und Prinz Charles in Glenfinann zu treffen. Nach langer, sorgfältiger Überlegung, erklärte er, sei er zu dem Schluss gekommen, dass es für den Clan das Beste sei, sich auf die Seite des wahren Königs zu schlagen, denn sicherlich sei es Gottes Wille, dass wieder ein katholischer Stuart den Thron bestiege.

Angefangen bei Eóin wurde die Neuigkeit mündlich von Mann zu Mann weitergegeben und dabei zugleich vor heimlichen Versammlungen gewarnt. Geflüsterte Botschaften im Burghof, im Stall, zwischen den Schafpferchen und in den Häusern im Tal informierten die Männer von Ciorram, dass der Laird innerhalb einer Woche mit einem Trupp Clansleuten aufbrechen werde. Sie würden das Tal nach und nach verlassen, sozusagen direkt vor den Nasen der Rotröcke dahinschmelzen wie Schnee in der Sonne.

Ciaran pfiff vor sich hin, als er den Burghof überquerte, um in der großen Halle zu Abend zu essen. Er hatte Leah seit dem Morgen nicht mehr gesehen und freute sich darauf, sich im selben Raum mit ihr aufzuhalten, auch wenn er sie nur aus der Entfernung anschauen konnte.

Essensdüfte schlugen ihm entgegen, als er den Raum betrat. Alle Anwesenden erhoben sich, als er seinen Platz am Kopfende des Tisches in der Nähe des Kamins einnahm. Die meisten Burgbewohner waren schon da: Robin, Ciarans Schwestern und Nichten sowie sein Bruder Robbie. Nur der Captain und seine Tochter fehlten. Auch Eóin, Gregor, Dùghlas und Seumas Glas nahmen an diesem Abend am Essen teil. Sowie der Laird sich auf seinem Stuhl niedergelassen hatte, setzten sich auch alle anderen wieder hin. Platten mit Fleisch, große Schüsseln mit gekochtem Kohl und Bannocks wurden aufgetragen. Die Mathesons begannen zu essen. Ciaran starrte immer wieder zur Tür des Nordturms hinüber und fragte sich, wo Leah blieb.

Die Wachposten standen am Eingang der Halle, was bedeutete, dass der Captain sich in der Burg aufhielt. Also musste Leah auch irgendwo stecken. Ciaran versuchte die Tür zum Gang mit bloßer Willenskraft dazu zu bringen, sich zu öffnen, aber nichts geschah.

»Sie hat dich im Stich gelassen, mein Freund.«

Ciaran warf der Fee einen finsteren Blick zu, dann begann er ein Gespräch mit Eóin zu seiner Rechten, das sich darum drehte, wieviel Vieh im Herbst verkauft werden sollte. Obwohl er die Anzahl der Tiere und den Preis, den sie erzielen würden, wenn das Wetter sich hielt und das Gras weiterhin so üppig wuchs, genau berechnete, überlegte er nebenbei, wie er es arrangieren konnte, etwas Zeit mit Leah zu verbringen. Vielleicht konnten sie sich treffen, wenn Ida auf einem Botengang unterwegs war? Die Kammer über der von Leah stand leer. Vielleicht ergab sich die eine oder andere Gelegenheit ...

Die Tür zur Halle ging auf, als Ciaran gerade ein Stück von seinem Bannock abbrach, und der rotberockte Captain kam herein, gefolgt von seiner Tochter. Ciarans Herz machte einen Satz, und ein Lächeln spielte um seine Mundwinkel, als er zu ihr hinübersah.

Aber sie schaute nicht zu ihm hin. Sie wirkte niedergeschlagen, wie sie, den Blick starr auf den Boden gerichtet, neben ihrem Vater ging. Irgendetwas stimmte hier nicht. Die beiden kamen auf das Kopfende des Tisches zu. Ciaran lehnte sich in seinem Stuhl zurück, brach erneut ein Stück Bannock ab, schob es in den Mund und kaute langsam, obwohl er fand, dass es nach nichts schmeckte.

»Ciorram«, begann der Captain, »Ihr werdet Euch freuen zu hören, dass Eure unwillkommenen Gäste Euch bald verlassen werden. Meine Kompanie wird anderswo gebraucht.«

Das erklärte Leahs Verhalten, und Ciaran begriff, dass sie ihn verlassen würde. Es kostete ihn all seine Willenskraft, keine Miene zu verziehen und weiter an seinem Bannock zu kauen. Hadley fuhr fort: »Ich bin zu dem Schluss gekommen, dass die Highlands nicht der richtige Ort für eine leicht zu beeinflussende junge Dame wie meine Tochter sind. Da es hier so häufig zu Unruhen kommt, halte ich es für sicherer, sie nach Edinburgh zu schicken, wo meine Verwandten sie beaufsichtigen werden.«

Ciaran blickte Leah an, doch ihr Gesicht verriet nichts, und sie wich seinem Blick sofort aus und starrte zum Kamin hinter ihm hinüber. Er schluckte und wandte seine Aufmerksamkeit wieder Hadley zu. Mit betont gleichmütiger Stimme erwiderte er: »Captain, ich habe den Eindruck, dass Ihr von meiner Fähigkeit, Eure Tochter zu beschützen, recht wenig haltet.«

Leah schloss die Augen.

Hadley entgegnete: »Im Gegenteil, Ciorram, von Euren Fähigkeiten halte ich sehr viel, nur an Eurer Bereitschaft dazu hege ich gewisse Zweifel.« Ciaran machte Anstalten zu protestieren, aber Hadley hob eine Hand und ließ ihn nicht zu Wort kommen.

»Aber das tut auch nichts zur Sache, denn meine Kompanie ist abberufen worden. Wir werden morgen früh im Morgengrauen aufbrechen. Ich kann nur hoffen, dass Ihr Euch nicht gleich auf das Vieh Eurer Nachbarn stürzt, sowie wir außer Sicht sind.«

Heiße Wut stieg in Ciaran auf. Fast hätte er Brigid gezückt und wäre aufgesprungen, um dem hochnäsigen Laffen eine Lektion zu erteilen, aber er bezwang sich, blieb sitzen und sagte so obenhin wie möglich: »Dann wünsche ich Euch eine gute Reise.«

»Ich danke Euch.« Der Captain wandte sich ab und ging zu seinem Platz.

Auf Gälisch, damit die Umsitzenden ihn verstehen konnten, murmelte Ciaran: »Passt auf, dass Euch die Tür nicht in den Hintern trifft, wenn Ihr von hier verschwindet.« Eóin und Robin kicherten, doch Ciaran bemerkte, dass Leah seinen Blick noch immer mied, als sie neben ihrem Vater Platz nahm, und sein Herz zog sich vor Schmerz zusammen.

Leah würde Glen Ciorram verlassen, und es gab nichts, was er dagegen unternehmen konnte.

9. KAPITEL

Das karierte Wams passte vom Muster her genau zu seinem Kilt.

»Vater, warum muss ich denn von hier fortgehen?« Leah folgte ihrem Vater die Wendeltreppe empor. Ihre Reifröcke waren zu breit, als dass sie neben ihm hätte gehen können, und sie hätte gerne Blickkontakt hergestellt. Zum ersten Mal verabscheute sie diese Mode. »Warum kann ich denn nicht unter dem Schutz des Lairds hier bleiben?« Sie hatte Mühe, mit ihm Schritt zu halten, und es kam ihr so vor, als würde er sie absichtlich zur Eile antreiben. Vor Anstrengung und Kummer war sie völlig außer Atem.

»Darüber gibt es nichts zu diskutieren. Du kommst mit mir. Mehr habe ich zu diesem Thema nicht zu sagen.« Er ging an seiner eigenen Kammer vorbei und blieb dann auf dem Treppenaufsatz vor der ihren stehen.

»Aber Vater, wenn es Ärger seitens anderer Clans gibt, glaubst du nicht, dass es dann hier für mich sicherer wäre?« Sie wusste, dass dem so war, aber wie konnte sie ihren Vater davon überzeugen?

Er drehte sich um und musterte sie aus schmalen Augen durchdringend. »Da bin ich anderer Meinung.«

»Aber Vater …«

»Leah, es gibt einiges, was du über die Situation hier in den Highlands nicht weißt.«

»Dann klär mich auf.«

Er verlagerte sein Gewicht und blickte auf sie herab, als wäre sie ein ungehorsamer Soldat. Leah krümmte sich innerlich. Ungeduld schwang in seiner Stimme mit, als er erwiderte: »Nun gut, Tochter. Diese prächtigen Leute, zu denen du eine solche Zuneigung entwickelt hast, täten nichts lieber, als unseren rechtmäßigen Herrscher vom Thron zu stürzen. Und sie werden vor nichts zurückschrecken, um ihr Ziel zu erreichen. Sie würden dich als Geisel nehmen, um Zugeständnisse von mir und meinen Männern zu erpressen, wenn wir zurückkehren. Und selbst wenn ich mich ihren Wünschen beugen würde, könnte ich nicht für deine Sicherheit garantieren. Wahrscheinlich würden sie dich trotzdem töten. Es tut mir Leid, dass ich so offen mit dir sprechen muss, aber dies ist eine ernsthafte Angelegenheit.«

»Aber Ciar …« Leah brach gerade noch rechtzeitig ab und hoffte, dass ihr Vater in seinem Zorn gar nicht auf ihren Einwand geachtet hatte. Er unterbrach sie, ohne zu bemerken, dass sie es genau darauf angelegt hatte.

»Deshalb musst du in deiner Kammer bleiben und darfst bis zu unserer Abreise mit keinem der Mathesons mehr sprechen.«

Leah sparte sich jegliche Proteste. Sie würden ohnehin nichts fruchten. Fieberhaft überlegte sie, was sie heute Nacht tun konnte. Sie musste einen Weg finden, sich mit Ciaran zu treffen.

Doch dann schnarrte ihr Vater: »Ich möchte keinen Widerspruch hören, und du wirst dich auch nicht aus deiner Kammer schleichen. Heute Nacht stelle ich einen Wachposten vor deine Tür.«

Ihre Augen wurden groß. »Vater, nein!«

Ihr heftiger Widerspruch erregte sein Misstrauen, aber inzwischen war sie zu wütend, um sich darum zu kümmern. Er hob die Stimme. »Gibt es einen Grund dafür, dass du des Nachts durch die Gegend streifen willst, Tochter?«

Sie wagte nicht, ihm in die Augen zu sehen. Von hilfloser Wut erfüllt atmete sie tief durch. Tränen brannten in ihren Augen, die sie nur mit Mühe zurückhalten konnte.

»*Gibt es einen Grund*?«

Sein scharfer Ton riss sie aus ihrer Benommenheit. Verzweifelt suchte sie nach einer Antwort, die das Gespräch von Ciaran ablenken würde. »Nein, Vater, es gibt keinen Grund. Ich möchte einfach nur keinen Wächter vor meiner Tür haben. Die meisten Soldaten der Armee Seiner Majestät gefallen mir nicht.«

Seine Stimme wurde weicher. »Wäre dir einer meiner Leutnants als Wachposten lieber? Jones vielleicht?«

»Kenneth Jones?«

»An dem Tag, an dem du in der Garnison warst, hast du viel Zeit mit ihm verbracht.«

Leah runzelte die Stirn. Was meinte er damit? Glaubte er, sie und Leutnant Jones wären sich an diesem Tag näher gekommen? Die Wahrheit durfte sie nicht aussprechen, wenn sie Ciaran nicht in Verdacht bringen wollte. Schließlich erwiderte sie lahm: »Nein. Es stört mich einfach, jemanden vor meiner Tür zu wissen.«

Ihre Antwort schien ihn zu enttäuschen, und ihre Gedanken begannen sich zu überschlagen. Meinte er, sie hätte Interesse an Jones? Oder an sonst einem seiner Männer? Aber seine nächsten Worte verrieten ihr, was er dachte.

»Also ein Matheson.« Es war keine Frage, sondern eine Feststellung. Er hatte schon geahnt, dass sie sich mit jemandem traf.

»Nein, Vater …«

»Geh hinein.« Er packte sie am Arm und stieß sie auf die Tür zu. »Gleich wird einer meiner Leute hier sein, und er erhält den Befehl, dich erst am Morgen wieder herauszulassen.« Sie versuchte sich loszureißen, doch sein Griff war eisenhart, und sein Zorn jagte ihr Angst ein. Seine Finger gruben sich tief in ihren Arm.

»Und wenn ich versuche, meine Kammer zu verlassen, wird er mich dann erschießen?«

»Stell dich nicht so dumm an. Er wird dich packen, zurücktragen und die Tür zuhalten, bis du wieder zur Vernunft gekommen bist.« Mit diesen Worten schob er sie in den Raum. Sie trat mit dem Absatz auf ihren Rocksaum, verlor das Gleichgewicht und stolperte gegen den Fuß ihres Bettes. Tränen traten ihr in die Augen und rollten über ihre Wangen. Noch nie hatte er sie so grob behandelt.

Schäumend vor Wut und mit hochrotem Gesicht stand er in der Tür. »Falls du nicht hier sein solltest, wenn der Wachposten kommt, und ich gezwungen bin, die ganze Burg nach dir abzusuchen, dann werde ich höchstpersönlich denjenigen umbringen, bei dem du gefunden wirst.« Der Zorn, der in seinen Augen loderte, verriet ihr, dass er diese Drohung ohne Zögern in die Tat umsetzen würde. »Gute Nacht.«

»Vater!«

Doch der Captain eilte die Treppe hinunter, ohne sich umzudrehen, und verschwand.

Ciaran saß auf dem Stuhl in seiner Kammer, hatte die Füße auf den Tisch gelegt und überlegte fieberhaft. Die Ankündigung des Captains zog einige Folgen nach sich, doch er konnte nur daran denken, dass Leah Hadley morgen früh fort sein würde. Sinann tauchte auf, aber er war nicht in der Stimmung für ihr Geplapper, also griff er nach einem Schuh und warf ihn nach ihr, woraufhin sie verschwand. Der Schuh krachte gegen den Kaminsims, und das alte vogelähnliche Holzspielzeug fiel zu Boden.

Eóin kam in den Raum gehuscht und schloss die Tür hinter sich, während Ciaran das Spielzeug aufhob.

»Ciaran.« Seine Stimme klang bedeutungsschwanger.

Der Laird drehte sich um. »Aye. Diese Entwicklung verbessert und verschlechtert unsere Lage gleichermaßen. Ich wünschte, wir wüssten, wo sie hinwollen.« Es wäre ihm jetzt auch lieber gewesen, er hätte die Fee etwas freundlicher behandelt, denn sie hätte den Captain für ihn ausspionieren können. Wieso sie von der bevorstehenden Abreise der Rotröcke nichts mitbekommen hatte, war eine andere Frage, die er ihr stellen wollte.

»Zumindest machen sie uns jetzt keine Schwierigkeiten mehr, wenn wir das Tal verlassen, um zu Charles zu stoßen.«

Ciaran grunzte, während er das Holzspielzeug in der Hand hin und her drehte. »Vielleicht, vielleicht auch nicht, Eóin. Meinst du, das könnte eine Falle sein? Geben sie nur vor, abzureisen, und lauern dann in der Nähe, um zu sehen, was wir tun?« Dieser Gedanke ging Ciaran neben vielen anderen ständig durch den Kopf. Er stellte den Vogel wieder auf den Kaminsims, dann ließ er sich auf seinen Stuhl fallen und legte einen Arm um die Rückenlehne. Es konnte sich in der Tat um eine Falle handeln, noch dazu um die Falle eines aufgebrachten Vaters, der erraten hatte, wo seine Tochter letzte Nacht gewesen war.

Es war sogar möglich, dass Leah selbst es ihm gesagt hatte. Der scharfe Schmerz eventuellen Verrats trübte seine logischen Gedankengänge. Er wusste nicht, was er von der ganzen Sache halten sollte, also musste er unbedingt mit Leah sprechen.

Aber erst galt es zu entscheiden, was die Clansleute tun sollten. Jegliches Zögern würde ihm von Dùghlas und den anderen als Schwäche ausgelegt werden, und der Verwalter würde sich die Gelegenheit sofort zu Nutze machen. Flüchtig wünschte Ciaran, er hätte seinen Bruder hängen lassen, als der Moment günstig gewesen war. Jetzt war es zu spät, jetzt würde man Calum statt als Verräter als Märtyrer betrachten.

»Wenn der Captain uns eine Falle stellt, dann erwartet er bestimmt, dass wir wie steifnackige Engländer in Reih und Glied aus dem Tal marschieren und geradewegs hineintappen«, meinte er. »Deswegen werden wir einfach an unserem ursprünglichen Plan festhalten, das Tal einzeln verlassen und uns auf dem Weg nach Glenfinann irgendwo treffen – gerade so, als ob die Garnison noch voll bemannt wäre. Was übrigens durchaus der Fall sein könnte.«

Eóin lehnte sich gegen den Bettpfosten und nickte. »Einen weisen Laird haben wir da.«

Wieder stiegen leise Selbstzweifel in Ciaran auf, aber er verdrängte sie und nickte zustimmend. Jetzt war nicht die Zeit, Schwächen zu zeigen.

In dieser Nacht wartete er geduldig darauf, dass es in der Burg still wurde. Er hatte seinen Stuhl neben das offene Fenster gerückt, sah in den Burghof hinunter und lauschte den schwächer werdenden Schritten und dem Stimmengewirr. Er würde den richtigen Zeitpunkt sorgfältig auswählen, wie sein Vater es ihm bei diversen *creachs* immer wieder eingeschärft hatte. Langsam kehrte Ruhe ein, und der flackernde Kerzenschein erlosch hinter den Fenstern und Schießscharten.

Sowie die Burgbewohner in tiefem Schlaf lagen, huschte er aus seiner Kammer, stieg die Treppe empor und überquerte die Brustwehr zum Nordturm, wo er die Treppe hinunterschlich. Als er jedoch das Stockwerk erreichte, wo Leahs Kammer lag, prallte er erschrocken zurück. Sein Herz hämmerte. Ein Wächter war in der Nische vor der Kammertür postiert worden.

Ciaran spähte vorsichtig um die Biegung der Treppe. Der Soldat lehnte sich gegen die Wand und döste vor sich hin. Ciaran trat ein paar Schritte zurück, überlegte, ob er in seine eigene Kammer zurückkehren sollte, entschied sich aber dagegen. Er konnte jetzt nicht einfach gehen. Es lag nicht in seiner Natur, kampflos aufzugeben.

Er drehte sich um und stieg die Stufen weiter hinunter. Doch dann zögerte er wieder. *Verdammt!* Noch ein Mal blickte er sich zu dem Wachposten um. Es war hoffnungslos. An einem mit Muskete, Pistole und Säbel bewaffneten Soldaten kam er nicht vorbei. Ciaran konnte ihn natürlich angreifen und ihn vermutlich sogar ohne große Mühe überwältigen, aber der Lärm würde andere auf den Plan rufen und sein Vorhaben vereiteln. Ein Kampf war keine Lösung des Problems.

Er stieg die Stufen wieder hinauf, ging zu der Kammer im Westturm, in der Sìle und Aodán schliefen, und klopfte an. Keine Antwort. Ciaran trat einen Schritt zurück und sah nach, ob Licht unter der Türritze hervordrang. Nichts. Alles dunkel. Die beiden mussten schlafen. Wieder klopfte er an, diesmal fester. Als sich immer noch nichts rührte, hämmerte er mit der Faust gegen die Tür.

Endlich hörte er auf der anderen Seite der Tür unterdrücktes Fluchen, dann wurde sie einen Spalt breit geöffnet. »Pass auf, du Hurensohn, du solltest besser einen guten Grund …« Als er Ciaran sah, verstummte Aodán erschrocken.

»Hol Sìle her«, befahl Ciaran knapp.

»Warum?«

»Hol sie her, habe ich gesagt, und wenn ich noch ein einziges Wort höre …«

»Schon gut, schon gut. Ich werde sie wecken.«

Nach einer langen, von unwilligem Gemurmel unterbrochenen Pause kam Sìle in ihrem Nachthemd auf ihn zu und schlang ihren Umhang enger um sich. Sie blinzelte ihn schlaftrunken an. »Ciaran, was ist denn passiert? Warum weckst du uns mitten in der Nacht?«

Nahezu unhörbar flüsterte er: »Sìle, ich brauche deine Hilfe.«

»Du brauchst Schlaf. Genau wie ich.«

»Ich muss mit Leah sprechen, bevor sie morgen früh abreist, aber es steht ein Wächter vor ihrer Tür.«

»Aus gutem Grund, nehme ich an.« Sìle kicherte leise in sich hinein.

»Ich kann das nicht sonderlich lustig finden, denn es ist möglich, dass der Captain von der vergangenen Nacht erfahren hat. Ich fürchte um ihre Sicherheit.«

»Und um deine eigene, nicht wahr?«

»Nein, Sìle.« Allmählich verlor er die Geduld. »Was er mit mir anstellt, ist mir egal, aber ich muss wissen, ob es ihr gut geht. Das kann ich nicht in Erfahrung bringen, wenn sie bewacht wird.« Er knirschte mit den Zähnen und zischte leise: »Ich dachte, meine Schwester würde mir diesen Gefallen tun.«

Das brachte sie zum Schweigen. Das Blut stieg ihr in die Wangen. »Aye. Ich denke, das lässt sich machen. Warte einen Moment.« Sie verschwand in der Kammer und kehrte nach kurzem Geflüster mit ihrem Mann zurück. Nachdem sie ein paar weiche Schuhe übergestreift hatte, folgte sie Ciaran.

Im Nordturm lehnte er sich gerade außerhalb der Sichtweite von Leahs Tür gegen die Wand, um auf seine Schwester zu warten. Sìle sollte den Wachposten überreden, Leah aus ihrer Kammer herauszulassen und sie dann in den leer stehenden Raum ein Stockwerk darüber bringen. Wenn dies fehlschlug, sollte sie darum bitten, mit Leah in deren Kammer sprechen zu dürfen. Sie würde ihr erklären, dass sich Ciaran Sorgen um sie machte und versuchen, den Grund für den plötzlichen Aufbruch des Captains herauszubekommen. Auch wollte sie in Erfahrung bringen, ob ihr Vater von den Ereignissen der letzten Nacht wusste.

Ciaran bemühte sich, das Gespräch zwischen Sìle und dem Wächter zu belauschen, verstand jedoch kaum etwas. Sein Herz wurde schwer, als die Unterhaltung länger und länger andauerte und ihm klar wurde, dass der Mann nicht beabsichtigte, Leah gehen zu lassen. Endlich tauchte Sìle auf der Treppe auf. Er stieß sich von der Wand ab und stieg nach oben auf die Brustwehr. Der Nachtwind zerrte an seinem Haar und an Sìles Kapuze, und er musste die Stimme erheben, um sich verständlich zu machen.

»Was ist passiert?«

Sìle schüttelte den Kopf. »Ich durfte überhaupt nicht mit ihr sprechen. Sie halten sie sozusagen in Isolierhaft, sie darf noch nicht einmal mit dem Wächter reden. Ich fürchte, sie wird gar nicht erfahren, dass ich da war.«

Ciaran murmelte einen der Lieblingsflüche seines Vaters, dann beugte er sich über die Brustwehr, um zu sehen, ob er von hier aus eine der Fensteröffnungen von Leahs Kammer erkennen konnte. Aber er wusste nur zu gut, dass dies nicht der Fall war. Er hätte nur vom Burghof aus etwas zu ihr hochrufen können, und damit würde er auch nichts erreichen.

»Ciaran, der Captain wird nie zulassen, dass du sie siehst.«

Er starrte wortlos über den schwarzen See unter dem schwarzen Nachthimmel hinweg, während er sich bemühte, das Unabänderliche zu akzeptieren. Sìle nahm tröstend seine Hand.

»Vielleicht ist es so für uns alle am besten.« Ihre Stimme klang weich. »Wenn du sie vergessen könntest, wäre dem Clan und dir selbst damit gedient.«

Einen Moment lang brachte er keinen Ton heraus. Dann erwiderte er langsam: »Aye, vielleicht hast du Recht.«

Sìle blieb eine Weile schweigend neben ihm stehen und sah gleichfalls auf den See hinaus, dann kehrte sie zu ihrem Mann in ihre Kammer zurück.

Niedergeschlagen machte Ciaran kehrt und suchte seine eigene Schlafkammer auf.

Er zog sich aus, ließ seine Kleider auf den Boden fallen, wusch sich und fuhr sich mit den feuchten Fingern durch das Haar, ehe er niederkniete, seinen Rosenkranz betete und dann unter die Decke kroch.

Aber wie er befürchtet hatte, wollte sich der Schlaf nicht einstellen. Er starrte die Deckenbalken an, die einst mit Früchten und Blumen bemalt gewesen waren. Im Laufe der Jahre waren die Farben verblasst und die Umrisse kaum noch zu erkennen.

Seine Gedanken kreisten unaufhörlich um Leah. Hatte sie ihn

wirklich verraten? Er beschwor ihr Bild beim Abendessen herauf, ihren Gesichtsausdruck, ihre Haltung, ihre Handbewegungen, das Kleid, das sie getragen hatte. Aber das half ihm auch nicht weiter. Er hatte nicht erraten können, was in ihr vorging. In der Gegenwart ihres Vaters trug sie stets eine eiserne Selbstbeherrschung zur Schau.

Sinann tauchte auf und ließ sich auf ihrem Lieblingsplatz auf der Vorhangstange nieder.

»Hallo, Fee.«

»Hallo, mein Freund. Hast du dich etwas beruhigt?«

»Aye.« Er war alles andere als ruhig. Niedergeschlagen bezeichnete seinen Zustand schon eher. Oder ›am Boden zerstört‹, wie Pa immer gesagt hatte. Plötzlich vermisste er seinen Vater so sehr, dass er die Augen zusammenkneifen und einen Moment den Atem anhalten musste.

»Du liebst sie wirklich, nicht wahr?«

Er nickte. »Sie hat sich in mein Herz geschlichen. Ich weiß nicht, wie das geschehen konnte, aber es ist nun einmal passiert. Und jetzt weiß ich nicht, wie ich ohne sie weiterleben soll.«

Dann rollte er sich auf die Seite. »Ich möchte jetzt schlafen, Fee.«

Einen Moment lang herrschte Stille. »Dein Vater konnte sich meinen Namen auch nie merken«, sagte Sinann schließlich. Ciaran blickte über seine Schulter hinweg zu ihr hoch, und sie fuhr mit leiser, wehmütiger Stimme fort: »Er nannte mich immer Tinkerbell.«

»Tinkerbell.« Ciaran hatte dieses Wort schon oft gehört, normalerweise leise vor sich hingebrummt. »Warum?«

Sinann zuckte die Schultern. »Das hat er mir nie gesagt.«

Ciaran grunzte und vergrub sein Gesicht im Kissen.

»Du kannst nicht mit dem jungen Prinzen in die Schlacht ziehen.«

Mit durch Federn und Leinen gedämpfter Stimme erwiderte Ciaran: »Ich kann aber auch nicht hier bleiben und tatenlos zusehen, wie andere ihr Leben für die Sache opfern.«

»Aber dein Vater sagte, der Aufstand würde scheitern und dann wäre die Sache verloren. Die Schlacht bei Culloden wird das Ende fast aller Jakobiten und außerdem vieler anderer Menschen bedeuten, die gar nicht an dem Kampf teilnehmen werden. Es war der sehnlichste Wunsch deines Vaters, dass du nicht an der Seite des Prinzen kämpfst. Er wollte um jeden Preis verhindern, dass du so jung stirbst.«

Ciaran grunzte unwillig, aber Sinann fuhr fort: »Es gibt noch einen anderen Grund, warum er nicht wollte, dass sich der Clan an dem Aufstand beteiligt. Er wollte, dass seine Leute in Frieden leben und nicht von einem rachsüchtigen König und seinen grausamen Truppen ausgelöscht werden.«

Darauf fiel Ciaran keine Antwort ein.

Die Fee war noch nicht fertig. »Und darf ich dich daran erinnern, dass du dich jetzt auch noch in die Tochter eines Rotrocks verliebt hast? Wenn du hier bleibst, hast du vielleicht eine Chance, sie für dich zu gewinnen. Sie und ihr Vater werden sicher nach Glen Ciorram zurückkehren.«

»Nein, Fee.« Ciaran setzte sich auf. »Du hattest Recht, ich war ein Narr, der Frau überhaupt Zugang zu meinem Herz zu gewähren. Und ich habe selbst entschieden, in die Schlacht zu ziehen, und zwar unabhängig von den Wünschen des Clans. Wie Pa immer sagte – ich kann nicht vergessen, wo meine Wurzeln und meine Heimat sind. Wir müssen für unsere Rechte als Schotten und Katholiken kämpfen. Ich halte das Andenken meines Vaters in Ehren und möchte, dass er stolz auf mich ist, aber ich bin nun einmal nicht mein Vater. Es liegt mir nicht, so zu tun, als würde ich dem König seinen blassen deutschen Arsch küssen. Außerdem wird der Clan es nicht hinnehmen, wenn ich weiterhin zulasse, dass die *Sassunaich* uns wie Tiere behandeln. Ich kann nicht länger den Mund halten, wenn Angehörige der englischen Armee an meinem Tisch essen und unter meinem Dach schlafen, obwohl sie mich lieber erschießen als auch nur ein freundliches Wort mit mir wechseln würde. Beim kleinsten Verstoß gegen ihre Gesetze ließen sie mich verhaften. Ich will den Whisky meines Vaters, auf den er so stolz war, nicht länger verstecken müssen. Kurz und gut, Fee, ich will wirklich nicht länger unter der Knute König Georgs leben.«

»Dann lebst du vielleicht nicht mehr sehr lange.«

Ciaran dachte einen Moment darüber nach und fragte sich, wie es wohl sein mochte, im Kampf zu fallen. Verwundet zu werden, den Schmerz zu fühlen und zu wissen, dass er sich nie wieder vom Boden erheben könnte. Bedächtig nickte er. »Aye. Das Risiko muss ich eingehen.«

Dann legte er sich zurück und schloss die Augen.

Bei Sonnenaufgang wurde Ciarans Morgentraining im Burghof von der Ankunft des *Sassunach*-Trosses unterbrochen. Er blieb schweigend stehen, eine Hand auf den Stab mit dem Bärenkopf gestützt, und sah zu, wie die Packpferde beladen wurden. Männer in roten Röcken rannten hin und her, um die Befehle ihres Captains auszuführen. Ciarans Herz wurde leichter, als er daran dachte, dass die Engländer in Kürze aus seinem Tal verschwunden wären. Seine Leute würden ohne die jungen, gelangweilten Soldaten, die ihre Nasen in alles und jedes steckten, sehr viel sicherer leben. Allein deswegen musste er für die Ankunft von Prinz Charles dankbar sein.

Doch dann wurde ein Vollblut mit einem Damensattel in den Hof geführt. Wie erstarrt, ohne eine Miene zu verziehen beobachtete Ciaran, dass gleich darauf Leah aus der großen Halle trat. Sie trug ein dunkles Reitkleid unter einem langen schwarzen Umhang, dessen Schnalle sie schloss, als sie auf ihr Pferd zuging. Einer der Soldaten half ihr in den Sattel, und sie ergriff die Zügel. Allein auf Grund seiner in hartem Training erworbenen Disziplin gelang es Ciaran, seine Selbstbeherrschung zu wahren. Nur seine Augen glitten forschend über ihr Gesicht.

Doch sie starrte ausdruckslos vor sich hin. Ihre Züge verrieten nicht, was sie empfand.

Als der Captain den Befehl zum Aufbruch gab, wendete Leah ihr Pferd, und dabei begegnete ihr Blick dem Ciarans. Sie drehte unmerklich den Kopf zu ihm, um ihn besser sehen zu können, trotzdem konnte er in ihrem Gesicht nichts lesen. Dann wandte sie sich ab und trieb ihr Pferd an, um hinter ihrem Vater durch das Torhaus zu reiten.

Sie war fort.

Ciaran starrte den leeren Burgeingang blicklos an. Endlich flüsterte er: »Fee, weißt du, wo sie hinreiten?«

Sinanns Stimme ertönte aus dem Nichts. »Nach Edinburgh. Dort wird die Kompanie stationiert.«

»Der Prinz wird sich über diese Information freuen.« Seufzend klemmte sich der Laird seinen Stab unter den Arm und machte sich daran, die nötigen Vorbereitungen für ihren Aufbruch zu treffen.

Als er die große Halle betrat, sagte er zu Eóin: »Ruf Dùghlas, Gregor, Seumas und Robin zusammen. Und Robbie … Robbie soll auch kommen.« Eóin wandte sich ab, um den Auftrag zu erledigen, doch Ciaran hielt ihn zurück. »Und danach holst du Calum aus dem Torhaus und bringst ihn her.« Eóin sah ihn fragend an. Ciaran starrte in das Kaminfeuer. »Bring ihn zu mir, wenn sich alle anderen hier eingefunden haben.«

»Bist du verrückt geworden?« Eóin musterte seinen Stiefbruder stirnrunzelnd.

Ciaran drehte sich zu ihm um. »Tu, was ich dir gesagt habe«, schnarrte er.

Eóins Stimme klang besorgt. »Ciaran, er ist ebenso mein Bruder wie deiner, und trotzdem würde ich ihm nicht eine Minute lang über den Weg trauen. Im Torhaus ist er am besten aufgehoben.«

»Ich kann ihn nicht hier lassen, denn Robbie muss während unserer Abwesenheit die Zügel in die Hand nehmen, und er ist zu jung und unerfahren, um sich gegen Calums Anhänger behaupten zu können. Es würde zu einer Revolte kommen, und ich würde für illegitim erklärt. Oder noch schlimmer.«

»Dann lass ihn als Verräter hinrichten«, schlug Eóin sachlich vor. »Du hättest ihn schon an dem Tag hängen lassen sollen, an dem er sich gegen dich stellte.«

»Das kann ich jetzt nicht mehr tun, denn das würde mich bei den Clansleuten in ein schlechtes Licht rücken«, erwiderte Ciaran. »Außerdem habe ich keinen Erben.« Einen Moment lang dachte er an Leah und schloss kurz die Augen, ehe er fortfuhr: »Dùghlas und dein sauberer Bruder Gregor würden mich umbringen, ohne mit der Wimper zu zucken, und dann Robbie als ihre Marionette benutzen, denn er ist, wie gesagt, zu jung und zu unerfahren, um ihnen die Stirn zu bieten.

Und selbst wenn er sich gegen die beiden zur Wehr setzen könnte, würden sie ihn vermutlich gleichfalls töten, und dann würde Dùghlas Anspruch auf den Titel erheben und vielleicht selbst Laird werden. Und um das zu verhindern nehme ich Calum mit in die Schlacht, und beim ersten Anlass, den er mir gibt, werde ich ihn eigenhändig exekutieren. Deswegen kann mir dann niemand einen Vorwurf machen. Oder vielleicht fällt er ja im Kampf. Das wäre die beste Lösung, denn dann können wir ihn alle als Held preisen, und der Clan würde danach eher mich als Dùghlas unterstützen. Jedenfalls bleibt mein treuloser Bruder auf keinen Fall hier.«

»Und wenn ihr beide, du und Calum, nicht mehr zurückkommt?«

Übelkeit stieg in Ciaran auf, und er musste tief Atem holen. »Dann möge Gott Robbie beistehen und ihm die Kraft geben, sich gegen Dùghlas durchzusetzen.«

Eóin nickte und verschwand, um seinen Auftrag auszuführen.

Die Männer trafen sich am Nachmittag, was einer illegalen Versammlung gleichkam, aber in Abwesenheit der Soldaten hatten sie nicht viel zu befürchten. Ciaran saß in seinem Stuhl am Kamin, sein Stab mit dem Bärenkopf lehnte neben ihm. Hinter ihm stand Eóin und starrte seinen Halbbruder unverwandt an, der, die Hände in die Hüften gestemmt, sich vor ihm aufgebaut hatte. Eine

Weile herrschte unbehagliches Schweigen, ehe der Laird schließlich das Wort ergriff.

»Du kannst dich glücklich schätzen, dass ich dich am Leben gelassen habe.«

Calum nickte. Er wirkte weit weniger furchtsam als am Tag seiner Verhaftung; er wusste, dass man ihn nicht mehr hinrichten würde, und er wusste sicherlich auch, warum. Doch Ciaran gedachte, alle ihm zur Verfügung stehende Macht zu benutzen, um seinen widerspenstigen Bruder gefügig zu machen.

»Ich werde einen Trupp Männer aufstellen, um an der Seite von Prinz Charles zu kämpfen, und ich kann dich nicht im Torhaus zurücklassen, wo du nur eine Last für den Clan wärst.« Alle wussten, dass er in Wirklichkeit Robbie schützen wollte, aber niemand sagte ein Wort, also fuhr er fort: »Ich erwarte, dass du mit uns in die Schlacht ziehst, und als Gegenleistung für deine Freiheit wirst du mir den Treueeid schwören. Bei deiner unsterblichen Seele.«

Calum setzte ein breites, entwaffnendes Lächeln auf, streckte die Hände aus und sagte: »Aber Ciaran, ich bin dein Bru …«

»*Schwöre es*!« Ciaran kannte dieses Lächeln, er war damit aufgewachsen und ließ sich nicht täuschen. Dieses Lächelns hatte sich sein Vater bedient, wenn er die Rotröcke hinters Licht führen wollte, und er ärgerte sich, dass er auf eine Stufe mit den *Sassunaich* gestellt wurde. »Schwöre es, oder ich lasse dich hier und jetzt wegen Hochverrat hängen.«

Das Grinsen erstarb, und ein wütender Funke loderte in Calums Augen auf. Er blickte erst zu Dùghlas, dann zu Gregor, dann wieder zu seinem Bruder. Nachdem er eine Weile mit sich gerungen hatte, traf er seine Entscheidung und ließ sich vor Ciaran auf ein Knie sinken.

Mit gesenktem Kopf, sodass ihm das Haar in die Augen fiel, holte er tief Atem und erklärte dann: »Hiermit schwöre ich bei meiner unsterblichen Seele, dass ich meinem Laird und Bruder Ciaran Robert Matheson von Ciorram stets die Treue halten werde.

Sollte ich diesen Eid brechen, so soll mein Leben unter einem bösen Fluch stehen und meine Seele nach meinem Tod auf ewig im Höllenfeuer brennen.«

Nackter Hass glühte in seinen Augen, als er den Kopf wieder hob.

»Nun gut.« Ciaran wandte sich an die anderen Männer. »Dreißig von uns werden sich Charles anschließen. Die anderen, Robbie eingeschlossen, bleiben hier.«

Die helle Jungenstimme unterbrach ihn: »*Och*, Ciaran ...«

»Robert ...« Der Laird erhob sich und nahm seinen jüngsten Bruder am Arm. »Es muss sein. Du bist zwar alt genug zum Kämpfen, aber zu wichtig, um zu fallen. Der Clan braucht dich, falls mir etwas zustößt.«

»Dann lass mich gehen, und du bleibst hier. Vater hat mich seine Art zu kämpfen gelehrt, genau wie dich.«

Ein belustigtes Lächeln zuckte um Ciarans Mundwinkel. »Aye«, er reichte Eóin seinen Stab, trat einen Schritt zurück und nahm Kampfhaltung ein. »Wie wäre es dann mit einem kleinen Wettstreit? Wenn du mich besiegst, kannst du an meiner Stelle die Männer in die Schlacht führen. Glaubst du, du schaffst das?«

Robbie seufzte und blickte betreten zu Boden, denn jeder der Anwesenden wusste, dass er kein Gegner für seinen viel älteren, kräftigeren und erfahreneren Bruder war. Ciaran tätschelte Robbies schmale Schulter. »Ich brauche dich hier, mein Junge. Du wirst es schwer genug in Glen Ciorram haben, denn du musst die MacDonells in Schach halten. Sie lauern nur darauf, sich an unserem Vieh zu vergreifen.«

Robbies Gesicht hellte sich auf, er blickte Ciaran an und nickte, denn er wusste, dass sein Bruder die Wahrheit sprach.

In der Nacht vor der Abreise nach Glenfinann fand Ciaran keine Ruhe. Er konnte nicht schlafen, obwohl er für lange Zeit in keinem richtigen Bett mehr liegen würde. Vielleicht nie wieder. Er setzte sich auf den Rand seiner Matratze, beugte den Kopf über die Knie und versuchte, seine Lage klar zu durchdenken. Aber ihm ging zu viel durch den Kopf, er sorgte sich um Leah, den Clan, Leah, seine Brüder, Leah ... Leah ... Leah ... Er seufzte tief. Unten in der Küche war noch Whisky, vielleicht konnte er sich in den Schlaf trinken. Also streifte er ein Hemd über, legte seinen Kilt an und schlich barfuß die Wendeltreppe hinunter.

Aber der Krug in der Küche war leer, und wenn er ihn auffüllen wollte, musste er zu der Höhle im Wald im Süden gehen, wo die Fässer lagerten. Er stieß ein angewidertes Grunzen aus und knallte den Krug auf den großen Holztisch.

Wieder zurück ins Bett zu gehen war sinnlos, er war zu nervös, um schlafen zu können. Er musste gründlich über alles nachdenken, nur dann würde er wieder zur Ruhe kommen. Also nahm er ein Binsenlicht, einen Feuerstein und Zunder vom Kaminsims und verließ die Burg.

In den bewaldeten Hügeln im Norden befand sich eine große Lichtung, wo der Clan den Gesetzen zum Trotz Versammlungen abhielt und Feste feierte. Der Aschehaufen in der Mitte war verweht; schon lange war hier kein Feuer mehr entzündet worden. Ciaran brach ein paar Zweige von den umstehenden Bäumen ab und kniete nieder, um ein kleines Feuer zu entfachen.

Mit einem Stock kratzte er eine kleine, flache Grube aus und füllte sie mit Holz, das er mit Hilfe von Zunder und Feuerstein in Brand setzte. Schon bald flackerten die Flammen hell auf und verbreiteten eine angenehme Wärme. Dann erhob sich Ciaran, streifte seine Kleider ab und ließ sie zu Boden fallen. Jetzt trug er nur noch die Kette mit dem Kruzifix und dem Ehering seiner Mutter um den Hals. Er setzte sich mit gekreuzten Beinen vor das Feuer, um zu meditieren.

Auch sein Vater hatte dies im Laufe der vergangenen Jahre häufig getan. Pa hatte ihm wieder und wieder eingeschärft, dass Sorgen und Probleme die Gedanken eines Mannes vom Wesentlichen ablenkten und ihn daher verwundbar machten. Ob nun Dylan Dubh wirklich sein Vater war oder nicht – Ciaran glaubte fest an seine Lehren und wandte jetzt dieselbe Methode an, um wieder zur Ruhe zu kommen.

Er sog die klare Nachtluft in tiefen Zügen ein und konzentrierte sich auf die Flammen vor ihm. Allmählich spürte er, wie sich sein Körper entspannte und die verkrampften Muskeln sich zu lockern begannen. Sein Atem ging ruhiger und regelmäßiger, und er fing an, den leichten Wind, der über seine Haut strich, zu genießen.

Sein Blick fiel auf einen kleinen schwarzen Gegenstand neben dem Feuer. Geistesabwesend hob er ihn auf. Es dauerte einen Moment, bis er begriff, was er da in der Hand hielt. Einen menschlichen Zahn, an der Krone halb verfault, aber mit drei intakten Wurzeln. Dieser Zahn war bestimmt nicht vom Dorfschmied gezogen worden, denn Donnchadh brach stets die Wurzeln ab – und oft genug dem Patienten auch den Kiefer. Der Zahn war das letzte Überbleibsel eines längst verrotteten Leichnams. Ciaran drehte ihn zwischen den Fingern, dann warf er ihn ins Feuer und widmete sich wieder seinen Meditationsübungen. Erneut spürte er, wie er sich entspannte. Seine Sinne schärften sich, und er nahm die Welt um sich herum, das Mondlicht auf seiner Haut und die Nachtluft bewusster wahr als je zuvor.

Plötzlich ertönte ganz in seiner Nähe eine nahezu unhörbare, kaum verständliche Stimme. Ciaran schlug die Augen auf, um nach dem Sprecher Ausschau zu halten, aber er konnte niemanden entdecken. Mit einem unwilligen Grunzlaut schloss er die Augen wieder. Doch die Stimme erklang von neuem, diesmal lauter, und sie nannte ihn beim Namen.

Ein kalter Schauer lief Ciaran über den Rücken. Irgendjemand war in der Nähe. Wieder blickte er sich um, lauschte angestrengt ins Dunkel. Nichts.

Dann sprach das Feuer zu ihm. »Ciaran.«

Voller Entsetzen wich Ciaran ein Stück zurück. *Heiliger Strohsack!* Mit weit aufgerissenen Augen wartete er ab, was noch kommen würde, aber alles blieb still. Langsam begann er sich wieder zu entspannen, dabei schalt er sich einen Narren, weil seine Fantasie mit ihm durchgegangen war.

Doch gerade als er erleichtert aufatmete hörte er die Stimme wieder. »Du minderbemittelter Highlandbastard!«

Bis ins Mark erschüttert, beugte sich Ciaran über die sprechenden Flammen. Am liebsten wäre er aufgesprungen und davongerannt, aber er war in seinem ganzen Leben noch nie vor einer Gefahr geflüchtet und brachte das auch jetzt nicht über sich. Er starrte in das Feuer und wartete auf die nächsten Worte, obwohl er sich vor ihnen fürchtete.

Wieder erklang die brüchige, kaum verständliche Stimme. »Ich wusste ja schon immer, dass mein Sohn ein Schwachkopf ist.«

Ciaran schüttelte den Kopf. Das war nicht Pa. »Nein. Du bist nicht mein Vater.«

»Ich bin nicht Dylan Dubh, das ist richtig. Aber nichtsdestotrotz dein Vater.«

Ciaran begann zu zittern. Die Nachtluft war nicht länger erfrischend kühl, sondern schien ihm mit einem Mal die Lebenswärme aus dem Körper zu saugen. Er grub die Finger in die Erde neben seinen Knien. Seine Kehle war wie zugeschnürt, als er krächzte: »Connor Ramsay?«

Vom Feuer her hörte er ein schwaches, humorloses Lachen. »Also besitzt du zumindest ein Minimum an Verstand.«

»Nein!«

»Aye. Dylan Matheson hat mich getötet, um sich ungestört mit deiner Mutter vergnügen zu können, aber da kam er zu spät. Du warst damals schon auf der Welt, Ciaran Ramsay. Aye, du bist in Wirklichkeit Ciaran Ramsay.« Die Stimme brach in ein hysterisches Gekicher aus. »Das lässt sich nicht leugnen. Du bist nicht sein Sohn, und tief in deinem Herzen weißt du das auch. Ich sehe es dir an. Es fällt dir schwer, mit diesem Wissen zu leben, aber du kannst die Tatsachen nicht verleugnen. Du bist mein Sohn, nicht der dieses dreckigen Ehebrechers, der mich umgebracht hat.«

»Aber Robin sagte doch ...«

»Er hat gelogen! Er hat gelogen, um seine Stellung im Clan nicht zu verlieren und um sicherzugehen, dass die Wahrheit über seinen ach so teuren Freund nicht ans Licht kommt! Aus reinem Selbstschutz!«

Das war zu viel. Mehr, als Ciaran ertragen konnte. Er stieß einen unartikulierten, tierischen Grunzlaut aus und begann Erde auf das Feuer zu schaufeln, um es auszulöschen. Doch noch immer versicherte ihm die gespenstische Stimme unaufhörlich, dass er jetzt wenigstens endlich die Wahrheit erfahren habe. Ciaran warf weiter Erde über die Flammen, um sie zu ersticken, dann stand er auf und urinierte über den Aschehaufen, um zu verhindern, dass der Geist an diesen Ort zurückkehren konnte.

Nachdem er eine Weile angespannt gelauscht hatte, kam er zu dem Schluss, dass die Stimme endgültig verstummt war. Connor Ramsays Geist war verschwunden. Ciaran überlegte, ob er in den Ascheresten nach dem Zahn suchen sollte, um ihn unter seinem Absatz zu zermalmen, aber er brachte es nicht über sich, das grässliche Ding wieder zu berühren. Die Kälte schien ihm bis ins Mark zu dringen. Er zitterte am ganzen Leib, als er sich hastig ankleidete. Ein letztes Mal schob er mit dem Fuß einen Klumpen Erdreich auf das erloschene Feuer, dann verließ er fluchtartig die Lichtung.

Seine Kammer war dunkel, als er zurückkehrte, aber im selben Moment, da er die Tür öffnete, flammte eine Kerze hell auf. Ciaran schrak zusammen und sprang mit einem Satz zur Seite, dann lehnte er nach Atem ringend an der Wand und bemühte sich, nicht vollends die Fassung zu verlieren.

Als er Sinanns Stimme hörte, kniff er die Augen zusammen, und sein wild hämmerndes Herz kam allmählich zur Ruhe. »Wo zum Teufel warst du?«, fragte die Fee. »Du bist ja vollkommen durcheinander!« Er warf ihr einen finsteren Blick zu, woraufhin sie sich besorgt erkundigte: »*Och*, mein Freund, was ist denn geschehen?«

»Halt den Mund, Fee.« Das Zittern wollte nicht nachlassen. Zu sehr fürchtete er, das, was er gehört hatte, könne wahr sein. Hatte

Robin gelogen, um das Andenken Dylan Dubhs nicht besudelt zu sehen? Hatte ein Fremder namens Connor Ramsay ihn, Ciaran, gezeugt?

»Ciaran ...«

»Halt den Mund, habe ich gesagt.« Er hatte sich heute schon zu viel unliebsame Dinge anhören müssen und verspürte wenig Lust, sich auch noch auf eine Diskussion mit Sinann einzulassen. Mit zitternden Fingern löste er seinen Gürtel und ließ seinen Kilt zu Boden gleiten, dann warf er sich rücklings auf das Bett und starrte zur Decke empor, bis die Kerze erlosch. Irgendwann kurz vor dem Morgengrauen schlief er endlich ein.

Am nächsten Abend verließ ein kleiner Trupp Mathesons Glen Ciorram. Lautlos huschten die schwerbewaffneten Männer einzeln aus dem Tal. Sie hatten Anweisung, sich in einer viele Meilen entfernt gelegenen steilen Schlucht zu versammeln. Ciaran verließ die Burg als Letzter. Das Schwert des Königs steckte in seinem Wehrgehenk, Brigid in der Scheide unter seiner Gamasche, dazu hatte er sich einen hölzernen Schild über den Rücken geworfen. Ferner trug er einen Wasserschlauch und eine Pistole nebst Pulverhorn und Zündhütchen bei sich. In seinem *sporran* befanden sich Kugeln, ein Säckchen Hafermehl, die Brosche, die ihn unsichtbar machte, ein Geldbeutel mit ein paar Münzen darin und sein Rosenkranz. Um den Hals trug er die Kette mit dem Kruzifix seines Vaters und dem Ehering seiner Mutter. Gefolgt von Sinann eilte er durch das Torhaus auf die Zugbrücke zu, wo ihn die Bäume vor neugierigen Blicken schützten, falls er von den Bergen aus beobachtet werden sollte.

Sogar jetzt noch beschwor ihn die Fee, sein Vorhaben aufzugeben. »Bleib hier, mein Freund. Ich sage dir doch, es war der sehnlichste Wunsch deines Vaters, dass du daheim bleibst, wo du hingehörst.« Sie flatterte rückwärts vor ihm her, während er auf die Zugbrücke zuging.

»Ich muss gehen.« Mit gesenktem Kopf lief er weiter.

»Das darfst du nicht!« Sie schwirrte gerade außerhalb seiner Reichweite wie eine lästige Fliege um ihn herum.

Er blieb stehen und blickte zu ihr auf. »Ich hasse die Engländer wie die Pest, und lieber würde ich mir die Augen ausstechen als noch länger tatenlos mit anzusehen, wie sie uns schikanieren. Behaupte nicht, Pa hätte sie nicht ebenso gehasst wie ich.«

»Dein Vater wollte, dass du Frieden mit den Engländern schließt.«

»Der Rest des Clans ist anderer Meinung, und sie würden nie zulassen, dass es zum Frieden kommt. Außerdem stimme ich mit ihnen überein, Fee. Frieden mit den Engländern kann es nie geben.«

»Willst du es nicht um des Mädchens willen wenigstens versuchen?«

Ciaran senkte den Kopf, schluckte, als er an Leah dachte, und stieß ein abfälliges Schnauben aus. Leah war eine Schwäche, die er sich nicht länger leisten konnte. Dann blickte er wieder hoch und machte Anstalten, etwas zu erwidern, aber Sinann achtete gar nicht mehr auf ihn, sondern starrte mit angstvoll geweiteten Augen auf etwas hinter ihm. Ciaran seufzte und wollte sich umdrehen.

Aber die Fee legte beide Hände um sein Gesicht und hielt seinen Kopf fest. »Nein! Sieh nicht hin!«

Ciaran versuchte, sich loszumachen. »Was ist denn ...?«

Doch sie gab ihn nicht frei. »*Ich sagte, du sollst nicht hinsehen.* Dreh dich nicht um, was auch immer passieren mag!«

»Was ist denn los?«

»Der Hund! Der weiße Hund ist da! Er läuft entgegen dem Uhrzeigersinn im Kreis herum – und jetzt setzt er sich vor das Torhaus.« Ihre Hände zitterten. Nacktes Entsetzen malte sich in ihrem Gesicht ab. »Ein furchtbares Omen! Sieh nicht hin, dann bleibst du vielleicht vom Unglück verschont!«

Ciaran empfand trotz ihrer Warnungen den überwältigenden Drang, sich umzudrehen. Es kostete ihn all seine Willenskraft, sich zu beherrschen. Er hatte den weißen Hund noch nie zu Gesicht bekommen. Aber er bezwang sich, denn er wusste, welches Unheil der Anblick des gespenstischen Tieres mit sich brachte. Also blieb er still stehen, wartete ab und sah dabei Sinann an. Tränen glitzerten in ihren Augen. »Bist du sicher, dass das Unglück an mir vorübergeht?«, flüsterte er.

Sie schüttelte den Kopf, während sie fortfuhr, lautlos einen schützenden Zauberspruch zu murmeln.

Endlich gab sie sein Gesicht frei. »Er ist weg. Der Geist hat sich aufgelöst. Jetzt gibt es nichts mehr zu sehen.«

Ciaran wirbelte herum. Der Platz vor dem Torhaus war leer. Rasch bekreuzigte er sich und sprach ein Ave Maria zum Schutz gegen das Böse.

Dann setzte er mit einem unbehaglichen Gefühl in der Magengegend seinen Weg fort. Einige Stunden später erreichte er den vereinbarten Treffpunkt, wo ihn seine Männer erwarteten, und marschierte mit ihnen von dort aus weiter nach Glenfinann.

Am Abend des 18. August, kurz vor Sonnenuntergang, trafen die Mathesons am oberen Ende des Loch Shiel ein, wo das kleine Dorf Glenfinann lag und wo sich bereits eine Anzahl Clansleute zusammengefunden hatte. Die Männer scharten sich um Lagerfeuer, während sich die Neuankömmlinge einen Weg zwischen ihnen hindurchbahnten, um in der Nähe des Wassers zu lagern. Dabei fing Ciaran Bruchstücke der Unterhaltungen auf. Alle schienen sich um den Prinzen zu drehen. Ein paar Soldatenfrauen und einige zerlumpte Huren bereiteten Essen zu. Kinder spielten kreischend im Schilf. Irgendwo erklang eine Fiedel, aber alles in allem schien die Stimmung eher gedrückt.

Ciaran befahl seinen Leuten, an der Mündung eines kleinen Baches zu lagern, wo reichlich Platz war, um Lagerfeuer zu entfachen. Es hatten sich nur wenige Clans bereit gefunden, Charles zu unterstützen und der kleine Trupp Mathesons trug nicht entscheidend dazu bei, ihre Zahl zu erhöhen. Ciaran beobachtete die zwischen Schilf und Ginsterbüschen lagernden Jakobiten und fragte sich, ob diese jämmerlich kleine Armee überhaupt so lange durchhalten würde, wie sein Vater es vorhergesagt hatte. Voll böser Vorahnungen wickelte er sich in sein Plaid und legte sich neben dem Feuer zum Schlafen nieder.

Am nächsten Morgen herrschte Unruhe im Lager. Alle warteten auf die Ankunft des jungen Stuart. Ciaran unterhielt sich mit ein paar Männern, die allesamt Vermutungen darüber anstellten, ob Charles wohl zum vereinbarten Zeitpunkt eintreffen würde oder ob die Engländer ihn bereits gefangen genommen hatten.

Doch all diese Bedenken verflogen, als weit draußen auf dem See ein Boot gesichtet wurde. Die Jakobiten stürmten zum Seeufer, um besser sehen zu können. Ciaran stieg auf eine kleine Anhöhe in der Nähe einiger Bäume. Eine hoch gewachsene Gestalt mit einer Perücke auf dem Kopf stand in dem Boot, umgeben von weiteren gut gekleideten Männern. Das Boot kam rasch näher, und der junge Mann sprang in das seichte Wasser, um ans Ufer zu waten. Er trug hohe schwarze Stulpenstiefel, von denen das Wasser abperlte, als er das feste Land erreichte.

Während seine Begleiter gleichfalls aus dem Boot stiegen, verließ Ciaran seinen Beobachtungsposten und bahnte sich einen Weg durch die Menge, um als Laird seines Clans den Prinzen zu begrüßen, der die jakobitische Armee anführen würde. Dabei warf er Calum einen verstohlenen Blick zu. Sein Bruder funkelte ihn neiderfüllt an.

Ein Raunen lief durch die am Ufer versammelten Männer, als sie Charles sahen. Die Ausstrahlung des jungen Prinzen schlug sie alle in ihren Bann. Ciaran musterte ihn beinahe ehrfürchtig. Als er an der Reihe war, verneigte er sich vor Charles und stellte sich vor. Die wachen braunen Augen, in denen eine nahezu greifbare Energie brannte, bohrten sich in die seinen, dann schenkte der Prinz ihm ein warmes Lächeln und wiederholte seinen Namen, als wolle er ihn sich genau einprägen.

»Ciaran Robert Matheson von Ciorram. Ich danke Euch für

Euer Kommen. Eure Loyalität meinem Vater gegenüber wird reich belohnt werden.« Er sprach Englisch mit leichtem italienischem Akzent, was nicht weiter verwunderlich war, denn er hatte fast sein ganzes Leben im Exil in Rom verbracht. Ciaran registrierte angenehm überrascht, dass Charles im Gegensatz zu König Georg und seinem Vater wenigstens eine der Sprachen, die in Britannien gesprochen wurden, fließend beherrschte. Es war allgemein bekannt, dass Georg I. sein Leben lang kein englisches Wort gesprochen und die Idee, die Sprache zu erlernen, stets empört von sich gewiesen hatte. Der Georg, der momentan auf dem Thron saß, sprach zwar ein paar Brocken Englisch, zog jedoch das Deutsche bei weitem vor und machte kein Hehl daraus, dass er ebenso wie sein Vater Hannover als seine wahre Heimat betrachtete.

Obgleich der Prinz sicherlich enttäuscht war, nur so wenige Männer vorzufinden, begrüßte er alle freundlich und bedachte sie mit seinem einnehmenden Lächeln. *Bonnie Prince Charlie* hatte Pa ihn immer genannt, und Ciaran musste ihm in diesem Punkt Recht geben. Der Prinz hatte angenehme Züge, war hoch gewachsen, gut gebaut und strahlte königliche Würde aus. Ein solcher Anführer gewann leicht die Herzen seiner Männer.

Charles und sein Gefolge zogen vorbei, und Ciaran sah ihnen nachdenklich nach. Doch einer der älteren Männer, der einen teuren Mantel, eine kunstvoll frisierte Perücke und enge Hosen trug, blieb stehen, als er Ciaran erblickte. Seine Brauen zogen sich zusammen. Doch gerade als Ciaran ihn fragen wollte, ob er etwas für ihn tun könne, mischte sich ein noch älterer Mann ein.

»George!« Der Ältere ging leicht gebückt, seine Haut schimmerte grau, und er wirkte entschieden zu zerbrechlich für das anstrengende Unternehmen, das vor ihm lag. »Komm, kleiner Bruder!«

George wandte den Blick ab und setzte seinen Weg fort. Ciaran starrte ihm hinterher, während er sich fragte, was er von diesem Zwischenfall halten sollte.

Die Highlander sprühten vor Erregung, jubelten dem Prinzen begeistert zu und plauderten dann angeregt miteinander. Gemeinsam folgten sie Charles und seinem Gefolge zum oberen Ende des Sees, wo gerade eine Abordnung der MacDonalds aus ihren Booten stieg, um sich dem Trupp gleichfalls anzuschließen und augenblicklich mit Fragen bestürmt wurde. Ciaran hielt sich nahe genug beim Prinzen auf, um zu erfahren, dass sie hier lagern und abwarten würden, ob noch mehr Männer zu ihnen stießen, ehe zum Aufbruch geblasen wurde.

Die Jakobiten kehrten zu ihren Lagerfeuern zurück, verzehrten ihren Proviant und warteten ab. Der Nachmittag verstrich. Die Hügel, die den Loch Shiel säumten, warfen lange schwarze Schatten über die Wasseroberfläche. Ciaran fragte sich allmählich, ob dieser Aufstand je beginnen würde.

Doch dann vernahm er in der Ferne leise, fast unhörbare Dudelsackklänge. Zuerst dachte er, er sei ein Opfer seiner überreizten Nerven geworden, aber gleich darauf hörte er es wieder; ein leises Pfeifkonzert, das aus südlicher Richtung kam. Jemand näherte sich ihnen.

Alle Männer am See waren jetzt aufgesprungen, um zu sehen, was da vor sich ging. Die Dudelsackklänge wurden immer lauter, und schon bald war auch die Melodie deutlich auszumachen.

»Seht doch nur!«, rief einer der MacDonalds.

Eine Kolonne Highlander kam über die Hügel hinweg ins Tal hinuntermarschiert. Es mussten Hunderte sein. Ihr Banner verriet, dass es sich um Lochiels Camerons handelte, die ein paar gefangene Rotröcke vor sich hertrieben.

Die Erregung der am See versammelten Männer wuchs, je näher die Camerons kamen. Auch Ciarans Herz schlug bei diesem Anblick schneller. Unwillkürlich musste er lächeln.

Kurz darauf wurde auf einem Hügel am oberen Ende des Sees das Banner von König James VIII. entrollt, und Prinz Charles verlas eine Proklamation, in der er im Namen seines Vaters den Thron von England und Schottland für sich beanspruchte. Ciaran und ein paar andere übersetzten für diejenigen, die des Englischen nicht mächtig waren, die Worte leise ins Gälische. Die rot-weiß-blaue Flagge flatterte im Sommerwind, und die Männer am Fuß des Hügels brachen in Jubelgeschrei aus und warfen ihre weichen Wollkappen hoch in die Luft.

Ciaran kam zu der Überzeugung, sein Vater müsse sich geirrt haben. Wer würde König Georg aus Schottland vertreiben, wenn nicht diese Männer?

10. KAPITEL

Er nestelte an den Jettknöpfen seines Wamses herum, dann strich er den Stoff sorgfältig über seinem flachen Bauch glatt.

Ciaran wurde der Rang eines Majors zuerkannt, obgleich seine Truppe so klein war, denn jede Gruppe Highlander wurde von einem Mann dieses Ranges angeführt, und ein niedrigerer Dienstgrad wäre eine Beleidigung für ihn und seine Männer gewesen. Es war auch nicht möglich, die kleineren Einheiten den größeren zu unterstellen, denn die Clansleute weigerten sich strikt, unter dem Befehl eines fremden Lairds zu kämpfen. Ciaran wagte gar nicht daran zu denken, was geschehen würde, wenn die Mathesons gezwungen wären, sich den gleichfalls anwesenden MacDonells anzuschließen. Als Laird von Ciorram musste er rangmäßig den anderen Lairds ebenbürtig sein, alles andere würden seine Leute als Affront empfinden und desertieren. Ein niedrigerer Rang wäre darüber hinaus auch für ihn selbst ein Grund, sie höchstpersönlich nach Glen Ciorram zurückzuführen.

Einerseits war Ciaran von seinem Ansehen und der guten Bezahlung sehr angetan. Andererseits sagte ihm sein praktischer Verstand, dass hier zu viele Männer Befehle erteilten und zu wenige da waren, die sie ausführen konnten, was unweigerlich zu Verwirrung und Fehlentscheidungen führen musste. So viel war sogar ihm klar, obwohl er abgesehen von einigen Raubzügen auf das Vieh der MacDonells keinerlei kriegerische Erfahrung hatte.

Kurz nachdem das Banner entrollt worden war, setzte sich die jakobitische Armee in Marsch, um auf die Truppen König Georgs zu treffen. Der Prinz marschierte ganz an der Spitze der Kolonne. Die Mathesons bildeten die Nachhut, so bekam Ciaran den Prinzen und seine engsten Berater nur selten zu Gesicht. Aber er erfuhr den Namen des Mannes, der ihn am Tag der Landung so fasziniert angestarrt hatte – Lord George Murray, der jüngere Bruder des Marquis of Tullibardine. Beide zählten zu den bekanntesten noch lebenden Jakobitenführern. Während des langen Marsches fragte sich Ciaran oft, was Lord George wohl von ihm gewollt haben mochte, aber er fand keine Antwort darauf.

Manchmal erhaschte er einen Blick auf den seine Leute unermüdlich anfeuernden Prinzen. Seine Begeisterung und sein Selbstvertrauen wirkten ansteckend. Es war kaum möglich, sich der Energie dieses jungen Mannes und seiner felsenfesten Überzeugung, er und seine Armee würden am Ende siegreich bleiben, zu entziehen. Ciaran spürte diese fast magnetische Anziehungskraft, obwohl er so weit hinten, noch hinter den zahlenmäßig weit stärker vertretenen Camerons und MacDonalds marschierte. Die Stimmung unter den Männern war gelöst und beschwingt, Charles' Zuversicht übertrug sich auf alle.

Ciaran schöpfte weiter Mut, als auch Highlander in der Uniform des Königs begannen, zu den Jakobiten überzulaufen. Sie berichteten, dass General Cope von Stirling Castle her auf die Täler der Highlands zumarschierte, um die Jakobiten endgültig zu unterwerfen. Doch als er in Crieff angekommen war, hatte er bei den Atholl- und Glenorchy-Clans keine Unterstützung gefunden; im Gegenteil, es schien wahrscheinlich, dass sich diese Clans gleichfalls auf die Seite der Jakobiten schlagen würden. So sah sich die hannoveranische Armee auf einmal in der unglücklichen Situation, über zu viele Waffen und zu wenige Männer, die sie gebrauchen konnten, zu verfügen.

Die Jakobiten marschierten weiter, wobei sie unbekümmert die Straßen benutzten, die die Krone in den vergangenen Jahren zum Wohle ihrer eigenen Armee hatte bauen lassen. Noch immer waren sie bester Stimmung. Die Truppen setzten sich größtenteils aus jungen, wenig kampferprobten Männern zusammen, die darauf brannten, endlich auf die Soldaten des Königs zu stoßen und ihren Mut unter Beweis stellen zu können.

Oben auf dem schmalen, steilen Pass von Corrieyairack ließ der Prinz Halt machen. Kundschafter berichteten, Cope würde sich ihnen aus südlicher Richtung nähern und müsse einen stark ansteigenden Weg über den Pass nehmen, wenn er das nördlich von ihnen gelegene Fort Augustus erreichen wollte. Die Jakobiten befanden sich in diesem Gelände eindeutig im Vorteil, sie konnten von jeder Serpentine aus Musketen abfeuern oder Steine auf den tiefer gelegenen Pfad schleudern. Es gab siebzehn Stellen, wo die Rotröcke direkt in die Schusslinie der Jakobiten geraten mussten, und jede lag näher an der Feindeslinie als die vorige.

Ciaran und seine Männer waren ebenso wie die restlichen fünfzehnhundert Jakobiten an diesem Tag guten Mutes und warteten ungeduldig auf die Ankunft des Feindes. Sie wussten, dass Cope nicht nach Fort Augustus gelangen konnte, ohne diesen Pass zu benutzen, und wenn er es tat, würde englisches Blut in Strömen fließen.

Aber der Tag verstrich, und allmählich stellte sich heraus, dass General Cope die Falle gewittert hatte und sie umging. Als die Kundschafter meldeten, dass Copes Männer sich in östlicher Richtung nach Inverness zurückzogen, nahm Prinz Charles' Armee unverzüglich die Verfolgung auf. Doch als es ihnen auch nach zwei Tagen nicht gelungen war, die Rotröcke einzuholen und zu stellen, ließ der verärgerte und frustrierte Prinz die Jagd abbrechen und wandte sich anschließend mit seiner Armee in Richtung Süden.

In Atholl trafen sie auf wenig Widerstand seitens der Clansleute, ja, die Murrays schlossen sich ihnen sogar an, als sie erfuhren, dass sich ihr früherer Laird, der Marquis of Tullibardine, in Charles' Gefolge befand. Als die Armee in die Stadt Blair einmarschierte, kamen die Leute aus ihren Häusern gelaufen, um sie mit lautem Jubelgeschrei zu begrüßen. Frauen winkten ihnen mit ihren Kopftüchern zu, und kleine Jungen vollführten wilde Freudensprünge. Der Herzog von Hannover, ein Bruder von William und George, war bereits geflohen, so konnte Blair Castle ohne Schwierigkeiten eingenommen werden. Die Reihen der Jakobiten wurden nun noch durch die Murrays verstärkt, die sich dem Mann, der nach englischem Gesetz und nicht nach dem ihren ihr Laird gewesen war, nicht länger verpflichtet fühlten.

Ciaran sah der Prozession nach, die William und seinem Bruder Lord George zur Burg folgte. Was wäre wohl in Ciorram geschehen, wenn er sich den Wünschen seines eigenen Clans entgegengestellt hätte und nicht mit in den Kampf gezogen wäre? Sein Vater sowie die Schriften Nicolo Machiavellis hatten ihn gelehrt, dass ein Führer nur so lange herrschte, wie seine Leute mit ihm einverstanden waren. Dylan Dubh wäre vielleicht im Stande gewesen, die Clansleute von der Teilnahme am Kampf abzubringen, er, Ciaran, hatte von vorneherein keine Chance gehabt. Mit Calum im Nacken wäre ihm sein Vorhaben nie gelungen.

Die Begeisterung der jakobitischen Soldaten wuchs zusammen mit ihrer Truppenstärke. Nachdem sie sich eine Weile ausgeruht hatten und mit reichlichen heißen Mahlzeiten versorgt worden waren, setzte Ciaran mit seinen Männern unter dem Kommando des Prinzen den Marsch Richtung Süden fort.

Am fünften September fand in Perth am Marktkreuz in der Stadtmitte eine Zeremonie statt, in der Charles in seiner Eigenschaft als Prinzregent noch ein Mal James zum rechtmäßigen König ausrief. Nach kurzer Beratung mit den Clansführern wurden

Lord George Murray und der Herzog von Perth zu Generälen ernannt. Ciaran begriff, dass sich allmählich eine gewisse Kommandostruktur herauszukristallisieren begann, worüber er sehr zufrieden war. Alles ließ sich besser an als erwartet. Die Männer wurden in der Stadt freundlich aufgenommen und waren froh, in warmen Betten schlafen zu können und reichlich mit Vorräten versehen zu werden.

Schon bald wurde der Marsch fortgesetzt. Ciarans Stimmung hob sich, als er bemerkte, dass das Ziel Edinburgh hieß.

Sinann musste sein stilles Lächeln bemerkt haben, denn sie fragte: »Glaubst du wirklich, du findest sie dort?«

Ciaran warf der Fee einen verstohlenen Blick zu. Die Soldaten, ein Haufen undisziplinierter Bauern, keine professionelle Armee, marschierten nie in einer festen Formation, also konnte er sich unbemerkt ein Stück zurückfallen lassen, damit niemand sein Gespräch mit Sinann mitbekam. »Ich werde es zumindest versuchen«, brummte er.

»Und wenn du sie findest, was dann?«

Ciaran seufzte und blickte der Fee forschend ins Gesicht. Sie sah nicht so aus, als sei sie heute in Spötterlaune, also erwiderte er: »Ich will versuchen, herauszubekommen, wie sie wirklich zu mir steht.«

»Darf ich dich darauf hinweisen, dass sie eine Frau ist, mein Freund? Und noch dazu eine Engländerin. Du bildest dir vielleicht ein, du könntest herausbekommen, was in ihr vorgeht, aber ich an deiner Stelle würde mich nicht allzu fest darauf verlassen.«

Ciaran lächelte humorlos. »Danke für den Hinweis, Fee. Dann werde ich sie also nur fragen, ob ihr wirklich etwas an mir liegt oder ob sie in dieser Nacht nur mit mir gespielt hat.«

»Denkst du, sie liebt dich?«

Das Lächeln erstarb. Ciaran dachte einen Moment lang darüber nach, dann seufzte er. »Ich hoffe es. Ich war nämlich mit zu vielen Frauen zusammen, die mir nur etwas vorgemacht haben, und das ist auf Dauer recht unbefriedigend.«

»Würdest du sie denn heiraten?«

Er zuckte die Schultern. »Sie ist nicht nur eine Sassunach, sondern auch noch die Tochter eines Rotrocks. Da könnte ich genauso gut gleich abdanken und Calum den Titel des Lairds überlassen. Nein, ich kann sie erst heiraten, wenn wir die Rotröcke besiegt haben.«

Sinann sagte nichts mehr.

Leah dachte, dass sie sich in Edinburgh eigentlich wohl fühlen müsste. Die Stadt lag nicht am Ende der Welt wie Ciorram, und die Landschaft war weit weniger schroff und Furcht einflößend als die so bedrohlich wirkenden Berge, die das Tal umgaben. Zwar waren die Straßen überfüllt und schmutzig, doch darin unterschied sich Edinburgh nicht von zahleichen anderen Städten. Wenn man unter vielen Menschen leben wollte, bezahlte man mit Lärm und üblen Gerüchen dafür. Aber daran konnte man sich gewöhnen.

Doch trotz all der neuen Leute, die sie kennen lernte und die teilweise sehr angenehme Manieren hatten, fehlte ihr jemand, und genau deswegen fand sie das Leben in Edinburgh unerträglich. Sie vermisste Ciaran mehr, als sie das je für möglich gehalten hätte. Sie hatte sich ja sogar an das Leben in dieser zugigen alten Burg gewöhnt, nur weil er dort lebte. Und nun wünschte sie sich nichts sehnlicher, als dorthin zurückkehren zu können.

Ihr Vater hatte sie bei seinem Vetter Edwin und dessen Frau Martha untergebracht, die in einem schmalen Steinhaus inmitten unzähliger anderer schmaler Steinhäuser wohnten. Viele dieser ohnehin schon engen Gebäude waren unterteilt worden, um mehreren Familien Platz zu bieten, und die verwahrlosten Kinder und schmuddeligen Frauen, die die Straße bevölkerten, verdarben Leah den Spaß am Ausgehen. Das Haus der Hadleys lag etwas abseits der Hauptstraße an einem von einem hohen Baum überschatteten Hof, zu dem man über eine steile Gasse gelangte. Es war ein sehr hübsches Haus und in dieser Stadt, die sich auf einem großen Felsen zusammendrängte, sicher nicht billig zu haben.

Vetter Edwin hatte überhaupt keine Ähnlichkeit mit ihrem Vater. Vater war schlank, muskulös und gut in Form, sein jüngerer Vetter Edwin jedoch hatte einen Schmerbauch und ein teigiges, aufgedunsenes Gesicht. Leah fiel es schwer zu glauben, dass die beiden Männer tatsächlich miteinander verwandt waren.

Martha, eine hoch gewachsene, kräftige Frau, wirkte wesentlich intelligenter als ihr träger, stumpfsinniger Mann. Sie war eine penible Hausfrau, die ihre Dienstboten unermüdlich zur Arbeit anhielt. Alle Räume im Haus waren stets makellos sauber und aufgeräumt, was Edwin allerdings gar nicht zu bemerken schien.

Edwin stand in den Diensten der Krone, er war Zollbeamter und arbeitete für das Edinburgh Custom House. In dieser Eigenschaft setzte er die Einfuhrzölle für die Schiffe fest und trieb sie ein, was in diesen Zeiten hoher Zölle und Steuern sowie lebhaften Schmuggelverkehrs eine ebenso gefährliche wie wichtige Aufgabe war. Viel Geld ließ sich damit allerdings nicht verdienen, doch er und seine Frau stellten keine großen Ansprüche und konnten gut von seinen Einkünften leben. Sie hielten sich für sich und kümmerten sich weder um das, was in ihrer unmittelbaren Nachbarschaft geschah, noch um die politischen Wirren in London. Nur wenn ein gelegentlicher Besucher Klatsch aus der Heimat erzählte, erwachte Edwin Hadleys Interesse.

Das Paar hatte keine Kinder, und so verlief das Leben in ihrem Haus sehr ruhig und ziemlich langweilig. Leah verbrachte ihre Zeit mit Näharbeiten, wobei sie möglichst unauffällig versuchte, die fremdartigen, kunstvollen Stickmuster nachzuahmen, die sie in den Highlands gesehen hatte. Martha saß den ganzen Tag bei ihr und schwatzte über Freunde und Bekannte in London. Als sich die Geschichten allmählich zu wiederholen begannen – ihre Base schien gar nicht zu bemerken, wie oft sie etwas erzählte – erkannte Leah, wie sehr sie sich inzwischen an ihr Exil im Norden gewöhnt hatte. London und Neuigkeiten über das Leben dort interessierten sie längst nicht mehr so sehr, wie sie es in den ersten Monaten ihres Schottlandaufenthaltes getan hatten. Und statt begierig auf alle Einzelheiten zu lauschen tat sie nur so, als würde sie zuhören, und hing ihren Tagträumen von Ciaran nach.

Häufig betete sie für seine Sicherheit. Sie flehte Gott an, den Unruhen in den Highlands ein Ende zu bereiten und ihn heil und unversehrt nach Glen Ciorram zurückkehren zu lassen. Wieder einmal wünschte sie, alles könne wieder so sein wie früher, und sie fühlte sich betrogen, weil ihr in so kurzer Zeit so viel genommen worden war.

Eines Tages, als Edwin im Wohnzimmer saß und laut aus dem *Edinburgh Courant* vorlas, lachte er plötzlich höhnisch auf und teilte den stumm bei ihm sitzenden Frauen mit: »Hier heißt es, Charles Stuart sei irgendwo in den Highlands gelandet.«

Da Leah während des Rittes nach Süden von den Dragonern einigen Klatsch aufgeschnappt hatte, wusste sie bereits Bescheid, aber sie sagte nichts. Sie vermutete, Stuarts Ankunft sei auch der Grund dafür, dass die Dragoner ihres Vaters in die Garnison von Edinburgh verlegt worden waren, aber sie schwieg, wie sie auch im Laufe der vergangenen Wochen geschwiegen hatte, und arbeitete weiter an dem Hemd, das sie für Ciaran nähte.

Auf die Manschetten stickte sie in braunem Garn ein kompliziertes Muster ineinander verschlungener Bären. Die Körperproportionen der Tiere fielen zwangsläufig wenig wirklichkeitsgetreu aus, doch dafür waren die Köpfe mit den mächtigen Fängen umso besser gelungen. Während sie mit halbem Ohr zuhörte, wie Edwin über die Jakobiten schimpfte, fragte sie sich wehmütig, ob Ciaran das Hemd wohl jemals tragen würde.

Edwin räsonierte weiter, wobei er den untersten Knopf seiner zu knapp sitzenden Brokatweste öffnete. »Anscheinend hat Stuart eine Bande von Halunken und Halsabschneidern um sich geschart, mit der er durch das Land zieht. Einen festen Plan scheint er nicht zu verfolgen. Na ja, was kann man von so einem undisziplinierten Haufen schon erwarten?« Er schüttelte die Zeitung aus, kratzte seinen Bauch und fuhr fort: »Nach all dem, was ich so über die Highlander gehört habe, würde ich sagen, es grenzt an ein Wunder, dass ihr Anführer sie dazu bringt, alle in dieselbe Richtung zu marschieren.« Er kicherte in sich hinein, ohne zu bemerken oder sich darum zu kümmern, dass niemand seine Belustigung teilte. Martha sah aus, als würde sie überhaupt nicht zuhören, aber Leah, die sie inzwischen recht gut kannte, wusste, dass ihr kein Wort entging.

Sie spähte zu Edwin hinüber. Was für ein Narr er doch war! Sie war in den Highlands gewesen und wusste, was für ein Menschenschlag dort lebte. Ihrer Meinung nach täte König Georg gut daran, einem Kampf mit Highlandschotten wie Ciaran Matheson und seinen Männern aus dem Weg zu gehen.

Martha sagte mit leiser Stimme, aber vollkommen ernst: »Ich habe gehört, dass sich die Franzosen bereitmachen, hier im Firth zu landen und dass der junge Prinz über eine zehntausend Mann starke Truppe verfügt.«

Leah warf ihr einen überraschten Blick zu. Die Frau schien weit besser informiert zu sein als ihr Mann, aber sie zeigte sich auch gegenüber allem, was um sie herum geschah, wesentlich aufgeschlossener als er. Die Neuigkeiten lösten in Leah eine Welle des Entsetzens aus. Sie fürchtete sowohl um Ciaran als auch um ihren Vater. Den Blick starr auf ihre Näharbeit gerichtet, kämpfte sie die aufsteigenden Tränen nieder und hoffte, niemand würde ihre Angst bemerken.

Edwin schmatzte abfällig mit den Lippen. »Alles Gerüchte. Martha, du gibst zu viel auf das Geschwätz der Dienstboten. Du solltest lieber gar nicht darauf achten, denn sie erfinden die wildesten Geschichten, um ihre Herrschaft in Angst und Schrecken zu versetzen. Ich bin entsetzt, dass du dieses Gewäsch ernst nimmst.«

»Hältst du das alles für bloße Ammenmärchen?« Martha schien von dem Spott ihres Mannes wenig beeindruckt.

»Stuart ist ein Fremder und noch dazu ein Katholik. Gott würde nie zulassen, dass so ein Mann unser Land regiert.« Nach dieser Bemerkung herrschte lange Zeit Stille, während Edwin seine Zeitung las und Martha ruhig weiternähte.

Doch nach einer Weile spielte ein Lächeln um ihre Lippen. »Es wird außerdem behauptet, Stuart habe die Unterstützung der schottischen Episkopalkirche.«

Edwin zog verächtlich die Nase hoch. Sein teigiges Gesicht lief rot an. »Diese Schotten und ihre seltsamen Vorstellungen von Loyalität! Meiner Meinung nach sind sie alle verrückt. Machen mit den schmierigen Hochlandpapisten gemeinsame Sache.« Dann murmelte er in sich hinein: »Ein hinterhältiges Völkchen, diese Katholiken.«

Leah warf ihm einen bösen Blick zu. Sie spürte, wie ihr das Blut in die Wangen stieg. Zwar war auch sie der Überzeugung, der Katholizismus könne nicht der wahre Glaube sein, aber sie hätte Edwin zu gerne gesagt, dass er sich in Bezug auf die Katholiken irrte. Doch sie konnte nicht die heiligen Prinzipien des Vetters infrage stellen, nicht in seinem eigenen Heim und nicht, so lange sie von ihm und seiner Großzügigkeit abhängig war.

Stattdessen schloss sie die Augen und sprach ein weiteres Gebet für Ciaran.

Mitte September lagerten die Truppen von König James bei Slateford, zwei Meilen außerhalb der Stadtmauern von Edinburgh. Seit dem Entrollen des Banners war fast ein Monat verstrichen, ohne dass sie einen Rotrock zu Gesicht bekommen hätten. Viele der Soldaten hielten es insgeheim mit der Gegenseite, und sogar die königstreuen hannoveranischen Generäle zogen es vor, sich aus dem Konflikt herauszuhalten. Sie verspürten wenig Lust, ihr Leben und das ihrer Männer im Kampf gegen König James aufs Spiel zu setzen.

Die Erregung unter den Jakobiten schlug hohe Wellen. Ciaran

scherzte mit seinen Männern, während sie am Lagerfeuer saßen und auf Befehle des Prinzen warteten. Calum kauerte ganz in seiner Nähe und säuberte sein Schwert. Dabei lag das übliche unbekümmerte Lächeln auf seinem Gesicht. Anscheinend hatte er für die Zeit dieses Feldzuges den Hass auf seinen Bruder auf Eis gelegt und konzentrierte sich jetzt auf seinen noch größeren Hass auf die Engländer. Er schärfte wie besessen sein Schwert und ließ sich dabei ausführlich darüber aus, was er mit dieser Waffe anzustellen beabsichtigte.

Calum vibrierte geradezu vor Energie; er brannte darauf, endlich zu töten. Ciaran wusste nicht, was er davon halten sollte. Einerseits war er froh, dass der Bruder zumindest in einem Punkt mit ihm einer Meinung war, andererseits war er nicht sicher, ob all diese Mordlust wirklich nur gegen die *Sassunaich* eingesetzt werden würde.

Calum war nicht der Einzige, den eine innere Unrast ergriffen hatte. Viele der auf dem Feld lagernden Männer bauten ihre Anspannung ab, indem sie zu Dudelsackklängen tanzten oder am Feuer Karten spielten.

Calum deutete mit dem Kinn zur Quelle der Musik hinüber. »MacGregors. Ich war eben dort, und da habe ich erfahren, dass beide Spieler Söhne von Rob Roy sind.«

Ciarans Interesse erwachte augenblicklich. Er schaute zum Lagerfeuer der MacGregors hinüber. »Tatsächlich?«

»Aye. Sie heißen James und Robin MacGregor, und James erinnert sich noch genau an meinen Vater.«

Heiße Röte stieg Ciaran in die Wangen, und er warf seinem Bruder einen giftigen Blick zu. *Calums Vater!* Doch Calum tat so, als sei nichts geschehen, und fuhr fort: »Er hat mir viel über Pa erzählt. Er und Seumas Glas waren die besten Schwertkämpfer unter Robs Männern. Abgesehen von Rob selbst, versteht sich.«

Ciaran verstummte und blickte über das Feld hinweg. Dylan Dubh hatte um die Zeit von Ciarans Geburt mit Rob Roy Viehraubzüge angeführt. James MacGregor war Ende Vierzig und damals alt genug gewesen, um sich an manche Dinge zu erinnern. Vielleicht konnte er ihm etwas über Connor Ramsay und seine Mutter erzählen. Vielleicht hatte er Ramsay sogar gekannt – wusste, wie er ausgesehen hatte – und konnte Ciaran die eine Frage beantworten, die ihm so auf der Seele lag. Er brauchte nur zu dem anderen Lagerfeuer hinüberzugehen, MacGregor in ein Gespräch zu verwickeln und würde dabei vielleicht die Wahrheit erfahren.

Doch stattdessen wandte er den Blick ab und starrte in das Feuer vor ihm. Was nützte ihm die Wahrheit, wenn sie nicht dem entsprach, was er hören wollte? Was, wenn Robin wirklich gelogen hatte? Das Risiko war zu groß, zu viel stand auf dem Spiel. Also blieb er, statt zu MacGregor zu gehen, am Feuer sitzen, seufzte und hörte zu, wie Calum Geschichten aus der Zeit vor dreißig Jahren erzählte, als Dylan Dubh mit Rob Roy gemeinsame Sache gemacht hatte.

Plötzlich schoss von einem der MacDonald-Feuer eine Flamme in die Höhe, und Ciaran schaute hoch, um zu sehen, was dort vor sich ging. Ein paar noch sehr junge MacDonalds lachten so heftig, dass ihnen die Tränen über die Wangen liefen. Dann erhob sich einer von ihnen, drehte dem Feuer den Rücken zu, hob seinen Kilt und bückte sich. Ciaran grinste und stieß seinen Bruder in die Rippen. Calum machte die anderen Männer auf das Geschehen am Feuer aufmerksam, und schweigend beobachteten die Mathesons, wie sich der junge MacDonald anschickte, einen Furz zu entzünden.

Calum grinste tückisch und sagte an die MacDonalds gewandt, jedoch so leise, dass nur die Mathesons ihn verstehen konnten: »Schaut genau hin, Jungs. Seht ihr da einen strammen Pfahl oder nur ein kleines Stöckchen?« Das löste Gekicher und abfälliges Schnauben aus.

Es dauerte einige Sekunden, bis etwas geschah, doch das Warten lohnte sich. Eine helle Flamme loderte auf und versengte dem Jungen das Hinterteil. Er sprang in die Höhe und stieß einen lauten Schmerzensschrei aus, woraufhin seine Kameraden, die Mathesons und ein paar in der Nähe sitzende Camerons in schallendes Gelächter ausbrachen. Ciaran konnte gar nicht mehr aufhören. Es tat gut, wieder mal von Herzen zu lachen.

Doch dann schlich sich Leah erneut in seine Gedanken. Seit sie von der Burg fortgezogen waren, hatte er kaum an etwas anderes denken können, und je näher sie Edinburgh kamen, desto eingehender beschäftigte er sich mit ihr. Er war sicher, dass sie die Stadt in Kürze einnehmen würden. Dann könnte er Leah wieder sehen, obwohl er noch nicht genau wusste, wie er das anstellen sollte. Aber finden würde er sie, und wenn er jedes Haus der Stadt durchsuchen musste.

Aber was dann? Wie würde sie ihn empfangen? Würde sie ihn wegschicken? War sie vielleicht aus irgendeinem Grund böse auf ihn? Würde sie nur so tun, als freue sie sich, ihn zu sehen? Oder bestand Hoffnung, dass sie sich wirklich freute? Vielleicht war es besser, wenn er erst gar nicht nach ihr suchte.

Ciaran schloss die Augen und verwarf diesen Gedanken sofort wieder. Nein, er musste versuchen, sie zu finden, koste es, was es wolle. Dann konnte er wenigstens feststellen, wie sie wirklich zu ihm stand, und würde wieder zur Ruhe kommen. Nachdem er diesen Entschluss gefasst hatte, wandte er seine Aufmerksamkeit seinen Männern zu.

Die meisten saßen am Feuer und nutzten die Ruhepause, um ihre Kilts zu lüften, die Beine zu spreizen und ihre intimsten Körperteile nach Läusen und anderen Parasiten abzusuchen. Die Plagegeister wurden dann entweder zwischen Daumen und Zeigefinger zerquetscht oder direkt in die Flammen geworfen. Einige etwas schamhafter veranlagte Männer begnügten sich damit, sich nur verstohlen zu kratzen, wenn ihre Untermieter allzu lebhaft wurden.

Ciaran, der an das Kampieren im Freien gewöhnt war, wusch sich in jedem Bach, an dem sie vorbeikamen, stutzte seinen Bart häufig mit seinem *sgian dubh* und schrubbte sich Hals und Hände mit kaltem Wasser ab. Da es Spätsommer und somit angenehm warm war, hatte er kürzlich ein richtiges Bad genommen. Doch sogar regelmäßiges Waschen verhinderte nicht, dass sich Läuse und ähnliches Ungeziefer bei ihm einquartierten. Auch jetzt, während er sich mit Eóin, Calum und Donnchadh unterhielt, spürte er plötzlich, wie etwas an seinem Hinterkopf emporkrabbelte. Er zog das Band von seinem Haar und tastete seine Kopfhaut ab, bis ihm der ungebetene Gast zwischen die Finger geraten war. Nachdem er den Floh zermalmt hatte, band er sein Haar wieder zusammen und beteiligte sich weiter an der Unterhaltung.

Kurz darauf kam einer der Camerons zu ihrem Feuer gestürmt und unterbrach das Gespräch. »Freunde! Eine Abordnung aus Edinburgh ist soeben eingetroffen! Sie wollen mit Prinz Charles über die Bedingungen für eine Kapitulation verhandeln!«

Ciaran blickte in die Richtung, in die der junge Mann zeigte, und sah eine Kutsche vor dem Zelt des Prinzen stehen. Die Clansmänner, die teils ebenfalls in Zelten, teils in ihre Plaids gewickelt auf dem Boden schliefen, hofften allesamt darauf, dass sich Edinburgh ergeben würde, damit sie endlich wieder ein Dach über dem Kopf und ein Bett für die Nacht hätten. »Ist das wahr?«

»Aye. Mein Bruder hat selbst gehört, wie sie Teàrlach zu sprechen wünschten. Sie wollen uns die Stadt übergeben.«

Calum schnaubte. »Oder sie versuchen, Zeit zu gewinnen.«

»Weil sie hoffen, dass ihnen General Cope zu Hilfe kommt? Da können sie warten, bis es in der Hölle schneit. Was wir brauchen, ist ein anständiger Kampf, und den hat uns der General bislang verwehrt.« Der junge Cameron grinste die Mathesons an. »Und jeder weiß, was geschieht, wenn ein Mann seine Bedürfnisse nicht befriedigen kann. Er bekommt sehr schlechte Laune.«

Das löste lautes Gelächter in der Runde aus. Ciaran blickte zum Zelt des Prinzen hinüber und hoffte, das Kapitulationsangebot wäre ernst gemeint. Seine eigenen Bedürfnisse waren weitaus vielschichtiger, als seine Männer ahnten, und konnten nur innerhalb der Stadtmauern von Edinburgh befriedigt werden.

Aber die Zeit verstrich, die Nacht brach herein, und nichts geschah. Während die Männer dösten, saß Ciaran hellwach am Feuer und lauschte den vereinzelten Gesprächen. Irgendwer erzählte, der Prinz habe Befehl gegeben, dass einige Truppen zu den Stadttoren vorrücken sollten. Lochiels Camerons huschten bereits umher, packten ihre Sachen zusammen und bereiteten sich für den Aufbruch vor. Aus einem Impuls heraus beschloss Ciaran, sich ihnen anzuschließen.

Er sprang auf, zupfte sein Plaid zurecht und begann, die Mathesons mit leichten Tritten in die Rippen zu wecken. Hier bot sich ihnen die Gelegenheit, unter den Ersten zu sein, die in Edinburgh einmarschierten. Er befahl den schlaftrunkenen Männern, sich bereit zu halten und sich zu den anderen zu gesellen, ohne auf ihr unwilliges Gemurmel zu achten. Die dreißig Mathesons fielen inmitten der Hunderten von Camerons, die die ohnehin geschwächten Verteidiger der Stadt einschüchtern sollten, überhaupt nicht auf.

Am Stadttor wurde ihnen der Einlass verwehrt, was niemanden sonderlich überraschte. Lochiel versuchte erst zu verhandeln, dann bedrohte er die Stadtwache. Die Armee stand marschbereit da, um die Stadt einzunehmen, doch ganz am Ende der Kolonne bekamen die Männer nicht mit, was vorne am Tor vor sich ging. Schläfrige Mathesons saßen auf Steinen oder auf dem Boden, murrten leise vor sich hin und wünschten sich offenbar nichts anderes, als zu ihren Feuern zurückkehren zu können. Ciaran jedoch wartete geduldig ab. Er wollte unbedingt in die Stadt hinein. An Schlaf war für ihn nicht zu denken.

Doch plötzlich sprangen die Männer am Ende des Trupps zur Seite, um der Kutsche Platz zu machen, die die Abordnung aus Edinburgh aus dem Lager der Jakobiten zurückbrachte. Die Menge bildete eine schmale Gasse, und der Wagen rollte langsam auf das Tor zu. Ein Lächeln spielte um Ciarans Mundwinkel, als er sich an seine Leute wandte. Das wahre Ziel seiner hoffnungslosen Mission lag in greifbarer Nähe. »Haltet euch bereit«, befahl er, als eine Welle von Jakobiten direkt hinter der Kutsche auf das Tor zuschwappte.

Die Kutsche erreichte das Tor, und die Wachposten auf der anderen Seite der Stadtmauer öffneten die schweren hölzernen Flügel, um die Delegation einzulassen. Im selben Moment erhob sich unter den Jakobiten ein vielstimmiger Schrei, und der ganze Trupp stürmte geschlossen hinter der Kutsche durch das Tor. Edinburgh war eingenommen.

Ciaran hielt sich mit seinen Männern dicht an den Fersen der Camerons. Die Besetzung der Stadt verlief unblutig, die Einwohner Edinburghs leisteten keinen Widerstand. Rotröcke waren nicht zu sehen, wahrscheinlich hielten sich alle in der außerhalb der Stadtmauern gelegenen Garnison auf. Nur die Stadtmiliz war zurückgeblieben, um die Tore zu bewachen. Während er sich durch die nach Unrat stinkenden, von hohen Steinhäusern gesäumten Straßen treiben ließ, hielt Ciaran überall nach Leah Ausschau. Aber es war stockfinster, und die wenigen Gesichter, die er sah, kamen ihm wie verzerrte, verschwommene helle Flecken vor.

»Ich kann sie nirgendwo entdecken«, flüsterte er der Fee zu.

»*Och*«, machte Sinann. »Hast du gedacht, sie hat nichts Eiligeres zu tun, als auf die Straße zu rennen, um nach dir zu suchen.«

Tatsächlich hatte er insgeheim diese leise Hoffnung gehegt. Er warf der Fee einen bitterbösen Blick zu und sah sich wieder nach Leah um. Die Jakobiten steuerten auf das auf dem Gipfel des Felsens, auf dem Edinburgh lag, erbaute Tolbooth zu. Ein paar Einwohner jubelten ihnen zu, was einigen Soldaten sichtlich gefiel. Ciaran ließ sich jedoch nicht täuschen. Er wusste, dass sie in dieser Stadt nicht wirklich willkommen waren.

Da er immer noch überall nach Leah suchte, war er vollkommen überrumpelt, als plötzlich eine Frau auf ihn zugestürzt kam, ihm die Arme um den Hals schlang und ihn abküsste, bis er sie unsanft wegstieß. Sie leckte sich grinsend die Lippen. Ihre Augen funkelten, und ihre Wangen glühten erregt.

Die Mathesons brüllten vor Lachen, obgleich Ciaran dem Ganzen nichts Lustiges abgewinnen konnte. Angewidert wischte er sich mit dem Handrücken den Mund ab. Calum hielt sich den Bauch und kicherte so heftig, dass er kaum noch Luft bekam, und Aodán wackelte in einer grotesken Nachahmung der Frau mit der Zunge. Diese wandte sich jetzt an Eóin, der ihren Kuss mit weit größerer Begeisterung erwiderte als Ciaran und der sie dann an den nächsten Mann weiterreichte.

Die Highlander besetzten die Stadttore mit ihren eigenen Leuten und nahmen der Stadtmiliz ihre armseligen, schlecht gepflegten Waffen ab. Die in der Burg einquartierten Rotröcke konnten ihnen jetzt nichts mehr anhaben. Die Stadt befand sich in der Hand der Jakobiten, ohne dass ein Schuss abgefeuert oder ein Tropfen Blut vergossen worden war.

»Fee«, brummte Ciaran, während er nach einem Gasthaus suchte, in dem er und seine Männer Quartier nehmen konnten, »wie kann ich sie hier nur ausfindig machen?«

Einen Moment herrschte Schweigen, und Ciaran fürchtete schon, Sinann würde ihm keine Antwort geben, doch dann sagte sie: »Wenn sich herausstellt, dass sie deine Liebe erwidert, lässt du dann von diesem Unsinn ab, führst deine Leute nach Ciorram zurück und heiratest sie?«

Ciaran schnaubte unwillig. »Du weißt, dass das nicht möglich ist.«

»Dann werde ich dir auch nicht verraten, wo sie ist.«

»Du weißt es?« Er trat an den Straßenrand, bedeutete seinen Männern, weiterzugehen, und blickte zu ihr auf; bereit, sie in der Luft zu packen und durchzuschütteln, wenn sie noch weiter Katz und Maus mit ihm spielte. »Hast du es gehört, als du den Captain in seinem Büro belauscht hast? Sag es mir!«

»Nein.«

»Fee ...«

»Gib die Sache auf und löse dich von den Jakobiten.«

»Na schön, wenn es unbedingt sein muss.«

Ihre Augen wurden schmal. »Schwöre es!«

»*Och.*« Er kehrte ihr den Rücken zu. »Das kann ich nicht, und du weißt es.« Dann wandte er sich wieder zu ihr um. »Sag es mir endlich, du kleiner Quälgeist.«

Sie schüttelte den Kopf und wich geschickt aus, als er ausholte, um nach ihr zu schlagen. Dann zischte sie: »Sag dich von der Sache los. Füge dich den Wünschen deines Vaters, dann wirst du nicht bei Culloden Moor sterben.«

Ciaran war inzwischen so verärgert, dass er sich nicht daran störte, ob jemand mitbekam, wie er scheinbar Selbstgespräche führte. »Warum liebst du mich nicht ebenso sehr, wie du meinen Vater geliebt hast?« Das brachte die weiße Fee zum Schweigen, und sie zog ein langes Gesicht. Sie landete auf einem Holzbalken, an dem ein Schild befestigt war, und ließ die Flügel hängen. Erbarmungslos fuhr er fort: »Wenn Dylan Dubh auf der Suche nach meiner Mutter gewesen wäre, hättest du ihm sofort verraten, wo er sie findet.«

Wieder herrschte Stille. Sinann rang eine Weile mit sich. Endlich seufzte sie. »Sie wohnt bei einem Vetter ihres Vaters. Edwin Hadley ist sein Name. Der Captain erwähnte es, während er seine Sachen aus deinem Büro holte. Frag nur nach Edwin Hadley, die Chancen stehen gut, dass du sie dort antriffst.«

Ciaran lächelte. Ihm wurde leichter ums Herz. »Aye. Danke, Fee.«

Prinz Charles richtete sein Hauptquartier im Palast Holyrood am östlichen Ende der Stadt ein, währenddessen harrte seine Armee weiterer Befehle. Was Ciaran auch immer vom Krieg erwartet hatte, er hätte sich nie träumen lassen, dass er mit so viel müßigem Herumsitzen und Warten verbunden sein würde. Die Männer, die nicht dazu abkommandiert worden waren, die Stadttore zu bewachen, lungerten vor dem Palast herum und wussten immer noch nicht, wo sie die Nacht verbringen sollten.

Überall auf dem Boden schnarchten in Plaids gewickelte Highlander. Ciaran blieb wach und wartete auf neue Nachrichten, aber erst gegen Nachmittag kam ein junger Bursche zu ihm und teilte ihm mit, dass er seine Männer zum Hogshead Inn bringen sollte. Ciaran weckte die übrigen Mathesons und führte sie zu dem am anderen Ende der Stadt gelegenen Gasthaus.

Das Hogshead Inn befand sich am nördlichen Fuß des Felsens von Edinburgh in einer engen Gasse. Es bot Platz für alle Mathesons und ein paar Camerons, die sich allerdings zu mehreren ein Zimmer teilen mussten. Doch Ciaran genoss das Privileg, einen Raum für sich alleine zu bewohnen. Er wusch sich sorgfältig, machte seinen letzten unerwünschten Untermietern den Garaus, kroch ins Bett und fiel sofort in einen tiefen Schlaf.

Bei Sonnenaufgang war er hellwach, rasiert und angekleidet und fühlte sich frisch und ausgeruht, obwohl er nur vier Stunden geschlafen hatte. Sinann war nirgendwo zu sehen, doch er erinnerte sich daran, dass sie einmal gesagt hatte, sie sei immer in seiner Nähe. Unwillig grunzend bat er sie, im Zimmer zu bleiben und sich nicht in sein Privatleben einzumischen, dann verließ er den Raum und stürmte die Treppe hinunter, ohne auf eine Antwort zu warten. Nachdem ihm der Wirt die Adresse von Edwin Hadley genannt hatte, bahnte er sich einen Weg durch die Menge im Schankraum und trat auf die Straße hinaus.

Das Hogshead Inn wimmelte von Jakobiten in Feierstimmung, sowohl Soldaten als auch Einheimischen, die lachten, sangen und tanzten, als feierten sie Beltane. Ein paar betrunkene Stewarts und Mathesons drehten sich zu den wilden Klängen einer Fiedel auf der Straße, dabei drohten sie immer wieder auf dem glitschigen, mit dem Inhalt zahlreicher Nachttöpfe übersäten Pflaster auszugleiten. Ciaran ließ sie gewähren. Als er weiterging, fiel ihm auf, dass nur wenige Menschen auf der Straße die Übernahme der Stadt nicht zu begrüßen schienen. Aber er bemerkte auch, dass die Straßen lange nicht so überfüllt waren wie sonst.

Obwohl er sich nicht mehr an das Jahr erinnern konnte, das er als Kleinkind in Edinburgh verbracht hatte, war er in den letzten Jahren oft geschäftlich hier gewesen und wusste, wie lebhaft es für gewöhnlich auf den Straßen herging. Abgesehen von den Feiernden im Hogshead Inn und anderen Schenken am Rande der Gassen wirkten die Menschen, die stumm, ohne sich an den Gelagen zu beteiligen, ihrer Wege gingen, eingeschüchtert und verängstigt. Sie vermieden angelegentlich jeglichen Blickkontakt mit den schwer bewaffneten Männern, die die herrschenden Zustände so abrupt geändert hatten. Ciaran glaubte zwar mit ganzem Herzen an die Sache, gab sich aber nicht dem Irrglauben hin, die ganze Stadt feiere die Ankunft Charles Stuarts.

Sein Pulsschlag beschleunigte sich, und der Prinz war vergessen, als das Haus der Hadleys in Sicht kam. Er nahm den Talisman aus seinem *sporran.* Wenn er ihn an seinen Mantel steckte, würde ihn dieser Talisman unsichtbar machen, solange er sich nicht bewegte. Er ging zur Tür und blieb davor stehen, wohl wissend, dass er jetzt für kein menschliches Auge zu sehen war, dann lauschte er einen Moment. Im Haus war kein Laut zu hören. Es war wohl ursprünglich eine Art Laden gewesen, denn neben der Tür war ein Fenster mit einer Verkaufstheke dahinter eingelassen. Die hölzernen Läden waren mit einem großen, rostigen Eisenschloss gesichert. Ciaran streckte eine Hand aus, berührte die Tür und stellte zufrieden fest, dass sie unverschlossen war. Vorsichtig schob er sie auf, wobei er sorgfältig darauf achtete, die Füße nicht zu bewegen.

Der Raum dahinter war dunkel und leer. Eine Kerze in einem eisernen Wandleuchter erhellte einen kleinen Gang mit mehreren Türen. Am Ende des Ganges befand sich eine von weiteren Kerzen erleuchtete steinerne Wendeltreppe. Ciaran schlüpfte ins Haus, wobei er einen Moment lang sichtbar wurde, und schloss die Tür hinter sich. Dann blieb er wieder reglos stehen.

Angestrengt ins Dunkel lauschend, vernahm er hinter einer der Türen eine gedämpfte Stimme. Leise schlich er durch den finsteren Raum. Die Tür war fest verschlossen. Schritte konnte er keine hören, also nutzte er die Gelegenheit und huschte weiter. Die gedämpfte Stimme gehörte einem Mann, nicht Leah, aber Ciaran hatte keine Ahnung, mit wem dieser Mann sprach, und er hielt es für unklug, die Tür zu öffnen, um nachzuschauen.

Draußen vor dem Haus hatte Ciaran festgestellt, dass es vier Stockwerke hatte, und daraus geschlossen, es müsse mehrere Familien beherbergen. Doch jetzt sah er, dass dies nicht der Fall war. Nur die Hadleys wohnten hier. In dieser überfüllten Stadt zeugte es von einigem Wohlstand, sich ein so großes Haus zu halten. Und reiche Leute verfügten zumeist auch über eine große Anzahl von Dienstboten. Ciaran war daher auf der Hut, als er die Wendeltreppe hinaufstieg.

Der Gang im zweiten Stockwerk war dunkel. Ciaran sah sich um. Nirgendwo ein Lichtstrahl zu sehen. Er wandte sich ab, um in den nächsten Stock emporzusteigen, blieb aber wie angewurzelt stehen, als er über sich das Rascheln von Röcken hörte. Rasch wich er ein Stück zurück und wartete atemlos ab, ohne sich zu rühren. Es war Leah, die da kam, er konnte ihr Parfüm riechen. Es benebelte ihm die Sinne, und sein Herz begann schneller zu schlagen.

Mit gerafften Röcken kam sie die schmale Treppe herunter. Er musterte sie forschend. Obwohl sie sich unbeobachtet glaubte, verriet ihr Gesicht nicht, was sie dachte. Als sie an ihm vorbeiging, verspürte er den nahezu überwältigenden Drang, die Hand auszustrecken und sie zu berühren. Nur ihretwegen war er überhaupt hergekommen, und er musste wenigstens mit ihr sprechen, auch wenn er fürchtete, sie werde schreien, wenn er sich bemerkbar machte. Er nahm den Talisman von seinem Mantel und ließ ihn in seine Tasche gleiten.

»Leah.«

Sie schrak zusammen und schnappte vernehmlich nach Luft. Dann blickte sie sich suchend um, schien ihn aber im Dunkeln nicht zu bemerken. Er räusperte sich.

»Ich bin es.« Sein Herz hämmerte schmerzhaft gegen seine Rippen. Sein Schicksal lag jetzt allein in ihren Händen, und er hasste es, sich so verwundbar zu fühlen. Einem schwertschwingenden Irren gegenüberzutreten wäre ihm wesentlich leichter gefallen.

Dann erkannte sie ihn. Das Kerzenlicht flackerte über ihr Gesicht, als sie einen Schritt auf ihn zutrat und ihn fassungslos anstarrte. Die Zeit schien stillzustehen, während sie einander in die Augen blickten. Keiner sprach ein Wort. Ciarans Herzschlag hallte in seinen Ohren wider. Er versuchte in ihren Augen zu lesen, was sie dachte, aber es gelang ihm nicht.

Plötzlich traten ihr Tränen in die Augen. Sie kam auf ihn zu und schlang die Arme um seinen Hals.

»Ciaran, du bist es wirklich«, flüsterte sie. »Gott sei Dank, dass du am Leben bist.«

Er drückte sie an sich. Vor Freude hätte er beinahe laut aufgelacht, als er sie küsste und sein Gesicht an ihrem Hals vergrub. Ihre Stimme klang tränenerstickt. »Ach, Ciaran, ich habe dich so vermisst! Ich habe noch versucht, in der letzten Nacht in der Burg zu dir zu kommen.« Ihre Wange lag an der seinen, und sie flüsterte ihm ins Ohr: »Aber Vater hat einen Wachposten vor meine Tür gestellt.«

»Ich weiß. An dem bin ich auch nicht vorbeigekommen.« Das entlockte ihr ein Lächeln. Wieder küssten sie sich lange. Ciaran sog den Duft ihrer Haut ein, und einen Moment lang vergaß er, wo sie sich befanden. Er zog sie in den dunklen Gang, drückte sie mit dem Rücken gegen die Wand und presste sich an sie. Am liebsten hätte er ihr hier und jetzt das Kleid vom Leibe gerissen, samt Fischbeinkorsett und allem.

Aber er kam wieder zur Besinnung, als sie sich von ihm löste und flüsterte: »Hier entlang.« Dabei nahm sie seine Hand und zog ihn die Treppe hoch.

Das oberste Stockwerk des Hauses war totenstill und nur schwach erleuchtet. »Vetter Edwin ist zwar sehr wohlhabend, aber trotzdem spart er an Kerzen«, erklärte Leah, während sie Ciaran durch einen leer stehenden Raum führte, eine Tür öffnete und eine kleine Wohnstube betrat. Dort blieb sie stehen, um einen Stuhl unter die Türklinke zu schieben. Ciaran griff nach ihrer Hand.

»Du wolltest gerade nach unten gehen. Wird ihnen deine Abwesenheit denn nicht auffallen?« Sacht strich er ihr eine Haarsträhne aus dem Gesicht.

»Doch, natürlich. Aber sie werden nicht kommen, um nach mir zu sehen.« Sie berührte mit den Lippen flüchtig seinen Handrücken. »Und morgen früh beim Frühstück werden sie sich über meine Ungeselligkeit beschweren und mich mit meiner Mutter vergleichen, was höchstwahrscheinlich zu meinem Nachteil ausfallen wird. Ich werde ihnen erzählen ...«, ein schelmischer Funke begann in ihren Augen zu tanzen, und sie nahm ihre Haube ab, um ihr Haar lose über ihre Schultern fallen zu lassen, »... ich werde ihnen erzählen, ich hätte ... nun ... Frauenprobleme.«

Ciaran musste kichern. Mit den Fingern fuhr er durch die schimmernde kastanienbraune Haarflut. Dann murmelte er: »Ich habe auch ein Problem, und das treibt mich fast zum Wahnsinn.« Er fühlte sich beschwingt und benommen zugleich, nachdem er einen Monat lang mit sich gerungen hatte, ob er sie nun liebte oder hasste.

Leah zog ihn weiter, in ein kleines Schlafzimmer, wo auf einem Tischchen neben einem schmalen Bett eine einzige Kerze brannte. Er schloss die Tür hinter ihnen, zog sie wieder an sich und presste seine Lippen auf ihren Mund, wobei sein Blut wie flüssiges Feuer durch seine Adern zu rauschen schien. Dann nestelte er an den unzähligen kleinen Knöpfen ihres Kleides herum, obwohl er seine Absicht viel leichter hätte ausführen können, wenn er einfach ihre Röcke hochgeschlagen und seinen Kilt gehoben hätte. Aber das reichte ihm nicht. Er wollte ihren Körper an dem seinen spüren, ihre Brüste an seiner Brust, ihre Arme an seinem Rücken. Und mehr als alles andere wollte er sie endlich aus diesem verdammten Mieder schälen.

Nachdem er alle Knöpfe bewältigt hatte, streifte er ihr das Überkleid von den Schultern, hakte dann ihren Reifrock auf und begann die Schnüre zu lösen, die ihr Mieder hielten. Er riss so heftig an einem Knoten, der seinem Bemühen hartnäckig widerstand, dass Leah das Gleichgewicht verlor, leise kichernd gegen ihn fiel und seinen Kopf zu sich hinunterzog, um ihn zu küssen. Ciaran stöhnte unterdrückt auf, zog seinen *sgian dubh* und schnitt die widerspenstige Schnur kurzerhand durch. Das Mieder fiel zu Boden, und Leah stand in ihrem Leinenhemd da, das sie hastig über den Kopf zog.

Ihre Kleider lagen jetzt in einem unordentlichen Haufen aus Leinen, Seide und Fischbein am Boden, und sie zog ihn zum Bett, auf dem eine weiche Federmatratze lag.

Nun war es an ihm, sich seiner Kleider zu entledigen, und das tat er, indem er einfach seinen Gürtel löste. Sein Kilt glitt zu Boden. Er streifte sein Leinenhemd ab, schleuderte die Schuhe von den Füßen, nahm seine Schafsfellgamaschen ab und zog die Strümpfe aus. Leah griff nach seiner Hand, ließ sich rücklings auf das Bett fallen und zog ihn mit sich. Er rollte sich über sie, um ihren Mund zu suchen.

Leahs Atem ging schwer. Sie wand sich unter ihm, knabberte an seiner Unterlippe und löste dann mit einem Griff das Band, das sein Haar zusammenhielt, sodass die schwarze Flut über seine Schultern und ihr Gesicht fiel. Mit einem leisen Lachen strich er die Strähnen zurück, ehe er in sie eindrang.

Die Anspannung der letzten Monate fiel von ihm ab, als er sich vorsichtig zu bewegen begann. Leah öffnete sich ihm vorbehaltslos. Schon bald hörte die Welt um sie herum auf zu existieren, und es gab nur noch sie beide, gab nur noch das Gefühl, für immer miteinander vereint bleiben zu wollen.

Danach lag er neben ihr auf der unglaublich weichen Matratze, bedeckte ihr Gesicht und ihre Schultern mit vielen Küssen und hoffte, dass ihm noch Zeit blieb, sie ein zweites Mal zu lieben, bevor er gehen musste.

Sowie sie wieder Atem schöpfen konnte, fragte sie leise: »Wie bist du überhaupt ins Haus gekommen?«

Er seufzte und spielte mit einer ihrer Locken, ehe er wahrheitsgemäß antwortete: »Die Vordertür war nicht verschlossen.« Ihr

Körper schmiegte sich warm und weich gegen den seinen. Ein feiner Schweißfilm lag auf ihrer Haut.

»Welch ein kühner jakobitischer Held!«

Ciaran erwiderte nichts darauf, sondern blickte sie nur stumm an.

Doch sie fuhr mit jetzt ganz ernster Stimme fort: »Du bist doch mit den Jakobiten hier, nicht wahr? Du hast dich dem jungen Prätendenten angeschlossen?«

Er sank in die Matratze zurück und starrte zur Decke, über die das Kerzenlicht tanzende Schatten warf. »Aye. Stört dich das?« Der Schweiß auf seiner Haut fühlte sich plötzlich kalt an.

Sie dachte einen Moment nach, ehe sie antwortete: »Ich möchte nicht, dass du stirbst, egal auf welcher Seite du kämpfst.«

»Das möchte ich auch nicht.« Er drehte sich zu ihr und presste seine Lippen auf ihre Stirn. Sie erschauerte, kuschelte sich enger an ihn und zog die schwere Leinendecke über sie beide.

Lange Zeit lagen sie schweigend da. Ciaran lauschte ihren regelmäßigen Atemzügen. Er war nahe daran, einzudösen, die Wärme ihres Körpers machte ihn schläfrig. Doch da fragte sie plötzlich: »Hast du ihn selbst gesehen? Stuart, meine ich.«

Ciaran nickte. »Prinz Teàrlach.« Es ärgerte ihn, dass sie den Titel weggelassen hatte.

»Charlie?«

Er grunzte. »Nein. Teàrlach. Das ist das gälische Wort für Charles. Es klingt nur ähnlich wie Charlie.«

»Ich verstehe.« Und ihrem Tonfall entnahm er, dass sie tatsächlich verstand. Ein Lächeln spielte um seine Mundwinkel, und er ließ zu, dass sie ihre Finger mit den seinen verflocht, obwohl er am liebsten eine Weile geschlafen hätte.

»Sag dich von ihnen los. Lass die anderen ihren Kampf alleine kämpfen und kehr nach Ciorram zurück.«

Er schüttelte den Kopf. »Ich bin kein Feigling. Ich muss meine Pflicht tun, und irgendwie werde ich das Ganze schon durchstehen.«

»Und wenn du fällst?«

»Wenn ich falle, ist es Gottes Wille.« Er überlegte einen Moment, ehe er hinzufügte: »Ich weiß aus sehr guter Quelle, dass man das, was kommen soll, nicht ändern kann.« Sein Vater hatte das immer gesagt, und allmählich glaubte er selbst daran.

Eine Weile herrschte Stille. Leah legte einen Finger gegen die Lippen und schniefte leise. Ciaran stützte sich auf einen Ellbogen und sah zu seiner Bestürzung, dass sie weinte.

»Och.« Er versuchte die Tränen mit dem Daumen wegzuwischen und wünschte, er könnte ihr etwas Tröstliches sagen. Aber er hatte schon alles gesagt, was es zu sagen gab. Er war kein Feigling und würde sich auch nie wie einer verhalten. Für ihn kam es überhaupt nicht in Frage, die Armee zu verlassen, und jede weitere Diskussion darüber war fruchtlos.

Doch statt ihr all das auseinanderzusetzen, küsste er sie wieder. Sie schlang die Arme um ihn und drückte ihn an sich, als könne sie ihn so gegen seinen Willen festhalten. Einen Moment lang war Ciaran versucht, ihrem Drängen nachzugeben. Doch dann vergrub er die Lippen in ihrem Haar und rollte sich zur Seite, um ein paar Stunden zu schlafen.

Als sie mitten in der Nacht wieder erwachten, liebten sie sich noch mal, diesmal langsam und bedächtig, jeden Moment auskostend. Beiden war bewusst, dass es für lange Zeit das letzte Mal sein würde.

Der Himmel verfärbte sich schon blau, als Ciaran endlich aus dem Bett stieg und sich ankleidete. Leah warf einen Morgenrock über, um ihn zur Tür zu begleiten. Dort küsste er sie zum Abschied und sah sie dann lange an, um sich ihre Züge genau einzuprägen. Er wusste nur zu gut, dass er sie wahrscheinlich nie wieder sehen würde.

11. KAPITEL

Sein kurzes Jackett war aus schwarzer Wolle gewebt, die Silberknöpfe wiesen dasselbe Distelmuster auf wie seine Gürtelschnalle.

Ciaran kehrte in das Hogshead Inn zurück und warf sich auf das schmale Bett mit der Strohmatratze, um noch ein wenig zu schlafen. Doch die Sonne war kaum über den Häusern im Osten aufgegangen und malte gelbe Kringel an die Wand über seinem Kopf, als er durch ein Klopfen an der Tür geweckt wurde.

»Ciorram!«, ertönte die Stimme eines jungen Burschen. »Sir, ich habe eine Nachricht für Euch! Aus Holyrood!«

Ciaran erhob sich und stolperte nur mit seinem Hemd bekleidet benommen zur Tür. Jeder Muskel seines Körpers schmerzte, und er blinzelte im hellen Licht, als er die Tür öffnete und einen kleinen, zusammengefalteten Zettel in Empfang nahm.

Als er die Tür wieder schloss, bemerkte Sinann: »Du siehst aus, als würde dir jede Bewegung Schmerzen bereiten, mein Freund.«

Er grunzte nur und brummte dann: »Ich wusste bislang auch nicht, dass eine Liebesnacht bei einem Mann solche Spuren hinterlassen kann.«

»Du hattest auch noch nie eine Frau wie sie.«

Um seine Mundwinkel zuckte es, und sein Herz begann schneller zu schlagen. Das Bild der sich unter ihm windenden Leah verfehlte seine Wirkung auf ihn nicht, und in diesem Moment hätte er sie am liebsten sofort wieder geliebt – trotz seiner schmerzenden Muskeln.

Unwillig schüttelte er den Tagtraum ab und trat mit der Nachricht ans Fenster, um sie dort zu lesen. Sie war kurz und knapp gehalten und ließ an Deutlichkeit nichts zu wünschen übrig.

Versammelt Eure Männer unverzüglich beim Palast.
Charles, P.R.

Ciaran strich den Zettel glatt und verbrannte ihn im Kamin, wobei er peinlich darauf achtete, dass kein Papierfetzen zurückblieb.

Sinann ließ sich am Fuß des Bettes nieder. »Dein Vater hat vor langer Zeit auch schon hier gewohnt.«

»Mein Vater hat hier oft übernachtet, wenn er geschäftlich in der Stadt zu tun hatte. Ich bin ja selbst schon hier gewesen.«

»Ich meine damals, als er nach Edinburgh kam, um deine Mutter von Connor Ramsay wegzuholen. Du warst zu der Zeit noch sehr klein.«

Dylan Matheson hat mich getötet, um sich ungestört mit deiner Mutter vergnügen zu können, aber da kam er zu spät. Du warst damals bereits auf der Welt.

Ciaran hielt mit dem Ankleiden inne; hin- und hergerissen zwischen dem Wunsch, die Wahrheit zu erfahren und der Furcht, eine Wahrheit zu hören, die er nicht ertragen konnte. Endlich sagte er: »*Och*, Fee, ich habe jetzt keine Zeit für diese Dinge. Der Prinz hat uns zum Palast befohlen.« Er schob Brigid in die Scheide unter seiner Gamasche und trat in den Gang hinaus. Dort begann er gegen die Türen zu hämmern, um seine Männer zu wecken.

»Aufstehen! Alle Mathesons sofort aufstehen! Macht euch bereit, wir brechen auf!« Er donnerte gegen jede Tür dieses und des darüber liegenden Stockwerks. Bald strömten die Mathesons herbei, blinzelten schlaftrunken und murrten über die kurze Zeit, die ihnen unter einem festen Dach vergönnt gewesen war. Auch die Angehörigen anderer Clans wurden von ihren Kommandanten zusammengetrommelt, und ein Strom übernächtigter, missmutiger oder verkaterter Jakobiten ergoss sich auf die Straße.

Den ganzen Tag lang beschwerten sich die Männer darüber, unnötig früh aus ihren warmen Betten gejagt worden zu sein, nur um draußen vor dem Palast herumlungern und abwarten zu müssen, bis der Prinz geruhte, weitere Befehle auszugeben. Sie drängten sich auf dem Rasen unterhalb der prächtigen mittelalterlichen Türme mit den mit bleiüberzogenen Spitzen und fluchten leise vor sich hin.

Die runden Türme erinnerten Ciaran an *Tigh a'Mhadaidh Bhàin*, nur waren sie viel mächtiger, bestanden aus braunem Stein und wiesen riesige Glasfenster auf. Diese Burg war einst als Residenz für Könige erbaut worden, das Haus des weißen Hundes nur als Herberge für die einheimischen Lairds. Holyrood war ein weitläufiger Komplex, bestehend aus einer Abtei, zahlreichen Nebengebäuden und prachtvollen Gärten. Ciaran fragte sich, wie die Burg wohl von innen aussehen mochte. Er hatte noch nie ein so prunkvolles Gebäude betreten, und soweit er wusste auch sein Vater und Großvater nicht.

Keiner der einfachen Soldaten wurde in den Palast beordert, also richteten sich die Männer auf dem ihnen zur Verfügung stehenden Gelände so gut ein, wie es eben ging. Trotz gegenteiliger Anweisungen wurden hier und da kleine Feuer entfacht, aber keiner der Offiziere befahl, sie wieder zu löschen. Eine fast greifbare Spannung lag in der Luft. Alle wussten, dass ein Kampf unmittelbar bevorstand, denn das konnte der einzige Grund dafür sein, dass sie so unvermutet aus dem Schlaf gerissen worden waren. Die drohende Gefahr machte Offiziere wie gemeine Soldaten gleichermaßen nervös. Ungeduldig warteten sie auf neue Befehle des Prinzen.

Die Nacht brach herein, die Clansmänner wickelten sich in ihre Plaids und legten sich auf dem Boden zum Schlafen nieder. Erst im Morgengrauen kamen die Befehle. Die Nachricht, dass die Rotröcke über den Wasserweg gekommen, bei Dunbar gelandet seien und außerhalb von Edinburgh in eine Schlacht verwickelt werden sollten, verbreitete sich rasend schnell. Die Jakobiten formierten sich und marschierten aus der Stadt heraus. Ciaran gelang es, seinem kleinen Trupp einen Platz ganz vorne in der Kolonne zu sichern. Die Männer brannten darauf, sich endlich im Kampf zu behaupten. Auch Ciaran wurde von einer freudigen Erregung erfasst, während er seine Mathesons auf ihre erste Bewährungsprobe vorbereitete.

Sie kamen nur langsam voran, denn die Befehlshaber wollten vermeiden, den Engländern auf für die Jakobiten ungünstigem Gelände entgegentreten zu müssen. Am nächsten Nachmittag wurden die Rotröcke gesichtet, als die Armee des Prinzen einen Hügelkamm bei Tranent östlich von Edinburgh entlangmarschierte. Ciaran war klar, dass Cope nicht beabsichtigte, seine Truppen vorrücken zu lassen. Zu allen Seiten standen ihnen Hindernisse im Weg: ein breiter Wassergraben im Süden, Bauernhöfe im Westen, ein Sumpfmoor im Osten, und hinter ihnen lag das offene Meer. Wieder einmal wollte Cope seine Leute schützen, statt sie in einer Schlacht zu verschleißen. Die Jakobiten legten eine Rast ein, um etwas zu essen und sich auszuruhen, bis die Sonne ganz untergegangen war.

Der Prinz beriet sich mit seinen obersten Befehlshabern und ritt dann los, um die Gegend zu erkunden und herauszufinden, wie er sich den Rotröcken am besten nähern konnte, während die Clansleute weiter warteten. Ciaran und seine Männer drängten sich Wärme suchend eng zusammen, denn sie waren dem Feind schon zu nahe, als dass sie es wagen durften, Feuer zu machen. Ciaran schlang seinen Plaid eng um sich und döste vor sich hin. Bald würde es zu einem Kampf kommen, und er würde zum ersten Mal in seinem Leben Menschenblut vergießen müssen. Auf all seinen gegen die MacDonells gerichteten Raubzügen hatte er stets darauf geachtet, nie einen Menschen zu töten. Jetzt fragte er, wie man sich wohl fühlen mochte, wenn man ein Menschenleben auf dem Gewissen hatte. Was hatte sein Vater dabei empfunden?

»Fee?«, flüsterte er.

Keine Antwort.

Beschwörend wisperte er wieder: »Fee ...«

»Mein Name ist Sinann.« Ihre Stimme erklang ganz dicht an seinem Ohr, und er empfand ihre Nähe als seltsam tröstlich.

»Fee, warst du dabei, wenn Pa in die Schlacht zog?«

»Aye.«

»Wie hat er sich da verhalten? Hatte er Angst?«

»Nicht mehr und nicht weniger als jeder andere vernünftige Mann auch. Aber er kämpfte mit einer Tapferkeit, die ich bei keinem anderen Mann je wieder gesehen habe.«

»Hat er viele *Sassunaich* getötet?«

»Aye. Mehr als genug, würde ich sagen.«

Ciaran verstummte und fragte sich, ob er sich wohl ebenso wacker schlagen würde. Er hoffte es zumindest. »Bleibst du während des Kampfes auch in meiner Nähe?«

»Aye. Ich kann dich zwar nicht davor bewahren, verwundet oder getötet zu werden, aber du wirst nicht allein sein.«

Er dachte einen Moment darüber nach, dann nickte er. »Gut.« Aber eigentlich verspürte er überhaupt keine Angst, nur ein leises Kribbeln in der Magengegend, das auch von der Aufregung herrühren konnte. Sein ganzes Leben lang hatte er auf die Gelegenheit gewartet, Rotröcke zu töten. Nun bekam er sie, und darüber war er froh.

Flüchtig überlegte er, ob er es genießen würde, englische Bastarde in die Hölle zu befördern. Wie mochte es sein, einem verhassten Rotrock die Kehle aufzuschlitzen? Er hatte schon häufig Schweine geschlachtet und dachte, dass da vielleicht kein großer Unterschied bestand. Als er endlich in einen unruhigen Schlaf fiel, wurde er von Albträumen heimgesucht, in denen ihm ein hoch gewachsener blonder Dragonermajor einen Säbel in den Hals stieß. Er erwachte angespannt und gereizt; das Kribbeln in seinem Magen war verschwunden und hatte einem Gefühl mörderischen Hasses Platz gemacht. Danach lag er schlaflos da, grübelte über die *Sassunaich* nach und betete, möglichst viele von ihnen töten zu können, ehe er selbst umkam.

Es war stockfinster, als der Befehl zum Aufbruch gegeben wurde. Bald verbreitete sich das Gerücht, der Prinz habe einen Mann gefunden, der sich in der Gegend auskannte und einen Weg durch das Moor wusste.

Die Jakobiten formierten sich und begannen im Dunkeln mit dem Abstieg vom Hügelkamm. Die Silhouetten der Männer waren im Mondlicht nur schwach auszumachen. Ciaran hoffte, dass es ihnen gelingen würde, das Moor unbemerkt zu durchqueren.

Die wenigen Mathesons fielen inmitten der viel zahlreicheren Stewarts überhaupt nicht auf, als sie eine lange Linie bildeten, um über einen schmalen Pfad durch das Moor zu marschieren. Der Himmel verfärbte sich allmählich, die Sonne musste bald aufgehen. Als sie das Moor hinter sich ließen und auf ein freies Feld gelangten, erkannte Ciaran die Umrisse der Rotröcke in der Ferne. Einige liefen im Lager umher, doch die meisten schienen noch zu schlafen. Während der Nacht hatten sie ihr Lager verlegt, sodass sie jetzt auf das Moor blickten, dennoch wurden sie von der Ankunft der Feinde völlig überrumpelt.

Die Männer des Prinzen beschleunigten ihre Schritte, denn sowie die Sonne höher stieg, würde man sie entdecken. Die Mathesons scharten sich um Ciaran, und die erste Reihe der Jakobiten rückte geschlossen vor, um Platz für die Leute zu schaffen, die aus dem Moor nachrückten. Ciaran nahm seinen Schild vom Rücken und schob ihn über seinen linken Arm.

Im Lager der Rotröcke wurde plötzlich ein Warnschuss abgegeben, eine kleine Rauchwolke stieg in die Luft. Die am Boden liegenden Soldaten sprangen schlaftrunken auf, rannten wie aufgescheuchte Hühner hin und her und versuchten fieberhaft, sich zu formieren, um dem Feind entgegentreten zu können. Ciarans Pulsschlag beschleunigte sich. Er bückte sich und zog Brigid mit der linken Hand unter seiner Gamasche hervor; dabei presste er die Lippen zu einem schmalen, blutleeren Strich zusammen. Die wenigen Jakobiten, die über Musketen verfügten, legten sie an, die anderen zückten ihre Schwerter. Auch Ciaran schwang das silberne Schwert des Königs hoch über seinem Kopf. Die gegnerischen Soldaten bemühten sich immer noch, eine Kampflinie zu bilden, während die Jakobiten immer näher rückten.

Ciaran hörte den Befehl nicht, vielleicht wurde er auch nie gegeben. Aber plötzlich ging die erste Reihe der Jakobiten zum Angriff über, und er ließ sich mitreißen. Die Rotröcke wirkten noch immer vollkommen überrumpelt, viele von ihnen waren nur unvollständig bekleidet oder sahen aus, als seien sie noch nicht richtig wach. Jetzt kamen ihnen die berittenen Dragoner zu Hilfe; Ciaran stieß einen markerschütternden Kampfschrei aus und stürmte mit erhobenem Schwert auf den Feind los. Die Jakobiten umzingelten die verwirrten Rotröcke und begannen sie erbarmungslos niederzumetzeln. Schwerter, Dolche und Mistgabeln sausten durch die Luft, das Blut floss in Strömen, und die Schreie sterbender Männer und Pferde vermischten sich mit dem metallischen Klirren, mit dem Stahl auf Stahl traf. Musketen dröhnten, dichte weiße Rauchwolken zogen über das Feld, und immer mehr Rotröcke sanken leblos zu Boden. Viele wurden bei dem Versuch, die Flucht zu ergreifen, in den Rücken getroffen. Ciaran tötete den ersten Rotrock, auf den er traf, mit einem Schwerthieb in den Hals, versetzte dem sterbenden Engländer dann einen Fußtritt, der ihn zu Boden warf, und rannte weiter.

Eine Kanone der Rotröcke gab einen Schuss ab, dann zwei weitere, die ein paar Highlander rechts von Ciaran in Fetzen rissen. Doch die Jakobiten ließen sich nicht beirren. Der Kampf verlagerte sich ein Stück Richtung Westen, weitere Kanonenschüsse fielen aber nicht. Immer mehr Engländer wandten sich jetzt zur Flucht, verfolgt von den Schotten, die alle niederstreckten, derer sie habhaft werden konnten. Und dann rissen auch die Dragoner auf dem Schlachtfeld ihre Pferde herum und galoppierten davon, ohne sich um ihre Infanterie weiter zu kümmern.

Der Anblick der Hals über Kopf flüchtenden Feinde erfüllte Ciaran mit Hass und Abscheu. Er setzte einem Sassunach nach und versetzte dem Feigling einen Schwerthieb quer über den Rücken, als er ihn eingeholt hatte. Als der Gegner herumfuhr, um sich zur Wehr zu setzen, parierte Ciaran den Angriff mit seinem Schild und trennte dem Engländer dann mit einem mächtigen Hieb fast den Kopf vom Rumpf. Schließlich stach er mit Brigid auf das Gesicht des Sterbenden ein, der sich grotesk wand und drehte, ehe er schließlich reglos liegen blieb. Ciaran spie aus und nahm dann die Verfolgung des nächsten Flüchtenden auf. Wieder versetzte er seinem Opfer einen Hieb über den Rücken, bevor er sein Schwert mit beiden Händen packte, es wie eine Axt schwang und den Gegner mit einem Streich enthauptete.

Dann blieb er stehen und blickte sich um. Übelkeit stieg in ihm auf – nicht wegen des Blutbades auf dem Schlachtfeld, sondern wegen des Verhaltens der Engländer. Die jämmerliche Feigheit, die die Feinde an den Tag legten, löste heiße Wut in ihm aus, geschürt von der Erinnerung an das Entsetzen, das die Männer in den roten Röcken verbreitet hatten, seit er denken konnte. Wieder meinte er, das Schwert des Majors an seinem Hals zu spüren.

Die Schlacht schien vorüber zu sein, ehe sie richtig begonnen hatte. Die Camerons feuerten eine erbeutete Kanone auf die völlig aus der Fassung geratenen Gegner ab, trafen aber nur in die Luft, da sie schlecht gezielt hatten. Niemand leistete ihnen mehr Widerstand. Die Rotröcke flohen in Scharen. Ciaran gab es auf, ihnen nachzujagen und sah zu, wie die zweite Reihe der Jakobiten vorrückte, um die auf dem Schlachtfeld zurückgebliebenen Verwundeten zu töten.

Die Highlander, die zu spät gekommen waren, um an der eigentlichen Schlacht teilzunehmen, ließen ihre Wut an den Toten aus, indem sie die Leichen verstümmelten. Diese feigen Rotröcke hatten kein besseres Schicksal verdient. Jeder Schotte, der älter war als sechs Jahre, wusste, dass sich der Wert eines Mannes nach seiner Tapferkeit im Kampf maß, und ihre heutigen Gegner hatten sich als Feiglinge erwiesen, die nur Verachtung verdienten.

Ciaran bemerkte, dass sich abgesehen von einigen Gefangenen keine Feinde mehr auf dem Schlachtfeld befanden. Er schritt das ganze Feld ab, um sicherzugehen, dann blieb er stehen und blickte zu Boden. Zu seinen Füßen lag der Leichnam eines englischen Infanteristen. Ihm fehlte die Nase, und beide Beine waren am Knie abgetrennt worden, sie lagen neben der Leiche.

Tief in seinem Herzen wusste er, dass dieser entsetzliche Anblick ihn eigentlich abstoßen sollte. Aber er empfand nichts, weder Ekel noch Freude. Nur eine tiefe Genugtuung darüber, dass es jetzt eine ganze Menge weniger Rotröcke auf der Welt gab als noch eine Stunde zuvor. Die Männer, die ihm heute zum Opfer gefallen waren, hatten den Tod verdient, davon war er felsenfest überzeugt. Er hatte es schon vor dem Kampf gewusst, und das Verhalten der Engländer auf dem Schlachtfeld hatte es ihm bestätigt. Ganz bewusst setzte Ciaran dem Toten die Spitze seines Schwertes auf den bleichen Bauch, den der zerfetzte rote Rock freigab, und stieß zu. Die Klinge glitt mühelos in das leblose Fleisch. »Gealtaire«, zischte er. Feigling. Ein verachtenswerteres Geschöpf gab es nicht auf der Welt.

In den Straßen herrschte Tumult. Überall war von einer Schlacht die Rede. Leah eilte zum Wohnzimmerfenster, um zu lauschen. Teilweise wurden die Worte vom Wind weggerissen oder waren in dem allgemeinen Stimmengewirr nur undeutlich zu vernehmen, aber nachdem sie eine Weile aufmerksam zugehört hatte, erfasste sie, dass es zu einem Kampf gekommen war. Bei Preston House, hieß es, in der Nähe von Tranent.

Ciaran. War Ciaran etwas geschehen?

Vater. Tränen traten ihr in die Augen, als sie begriff, dass einer von beiden auf der Verliererseite gekämpft haben musste. Einer oder gar beide konnten jetzt tot sein, unabhängig vom Ausgang der Schlacht.

Martha kam ins Zimmer. »Schließ bitte das Fenster, Leah. Ich kann diesen Lärm nicht länger ertragen.«

»Schscht, Martha. Neuigkeiten von Vater. Bei Prestonpans hat eine Schlacht stattgefunden.«

Martha legte ihre Näharbeit auf einen Stuhl und trat zu Leah ans Fenster. Unten wurde jetzt von einer schweren Niederlage gesprochen. Die Soldaten des Königs waren geflohen, und die Jakobiten hatten zahlreiche Gefangene gemacht, aber selber nur fünfzig Mann eingebüßt.

»Was ist denn mit Roger?«, erkundigte sich Martha besorgt.

Leah steckte den Kopf aus dem Fenster und rief einem unten stehenden zerlumpten Jungen zu: »He, du! Was gibt es Neues von den Dragonern aus der Garnison?«

Der Junge blickte auf, um zu sehen, wer ihn da ansprach. Als er Leah und Martha am Fenster sah, verzerrte sich sein schmutziges Gesicht zu einem breiten Grinsen. »Die Dragoner sind unversehrt geblieben, sie hatten ja Pferde, mit denen sie vom Schlachtfeld fliehen konnten. Es heißt, General Cope hätte seine Männer weit hinter sich gelassen, so begierig wäre er darauf gewesen, seinen Vorgesetzten von seiner Niederlage zu berichten!« Der Junge schien das unglaublich komisch zu finden, denn er schlug sich vor Vergnügen auf die Knie.

»Also wurde keiner der Dragoner getötet?«

Er zuckte die Schultern. »Doch, ein paar schon.«

»Auch Offiziere?«

»Nein. Keine Offiziere.«

Leah schloss erleichtert die Augen, dann drang sie weiter in den Jungen. »Und die Jakobiten? Haben sie große Verluste erlitten?«

»Einige Camerons sind gefallen, glaube ich. Und MacDonalds.«

»Keine Mathesons?«

»Mathesons? Soweit ich weiß, kämpfen die gar nicht auf Seiten des Prinzen.«

Leah wusste es besser, vermied es jedoch, sich eingehender nach Ciaran zu erkundigen. Der Junge konnte ihr offensichtlich nicht weiterhelfen. »Danke.« Sie griff nach der unter ihren Röcken verborgenen Geldbörse, entnahm ihr einen Silberpenny und warf ihn ihm zu. Der Junge fing die Münze geschickt auf, grinste zu ihr hinauf und trollte sich.

Leah schloss das Fenster und ließ sich schwer in den daneben stehenden Sessel fallen. Ihre Hände zitterten, Tränen brannten in ihren Augen. Sie schlug die Hände vor das Gesicht und sprach ein stummes Gebet. Vater und Ciaran waren wahrscheinlich beide noch am Leben, aber ganz sicher konnte sie sich dessen nicht sein. *O bitte, lieber Gott, lass sie am Leben und unverletzt sein!*

Martha griff nach ihrer Näharbeit und nahm gleichfalls Platz. Einen Moment lang zwirbelte sie den Faden zwischen den Fingern und musterte Leah forschend, ehe sie behutsam fragte: »Er ist ein Matheson, nicht wahr?«

Leah schrak heftig zusammen, ließ die Hände in den Schoß sinken und bemühte sich, mit möglichst unbeteiligter Stimme zu fragen: »Wer denn?«

»Der Jakobit, um den du dir solche Sorgen machst. Der Mann, nach dessen Schweiß und Samen dein Bett kurz nach dem Einmarsch gerochen hat. Es muss ein Matheson aus Ciorram gewesen sein. Einen Fremden hättest du ja wohl kaum so bereitwillig mit auf dein Zimmer genommen.«

Leah seufzte, während sie fieberhaft überlegte, was sie jetzt sagen sollte. Endlich gab sie zu: »Es ist der Laird von Ciorram.«

Martha zog lächelnd die Brauen hoch. »Tatsächlich? Ich hätte wissen müssen, dass es nur der Laird höchstpersönlich sein kann.«

»Weiß Edwin Bescheid?«

Martha warf ihr einen mitfühlenden Blick zu. »Du möchtest wissen, ob dein Vater davon erfahren wird? Nein, ich habe Edwin nichts gesagt, und auch die Magd wird den Mund halten. Wenn mein werter Herr Gemahl die Nase in seiner Zeitung vergraben hat, könnte dein Highlander hier hereinspazieren und dich vor seinen Augen packen und fortschleppen, ohne dass er es merken würde.« Sie befasste sich wieder mit ihrer Näherei, dann meinte sie beiläufig: »Ich nehme an, du hast Vorsichtsmaßnahmen getroffen.«

Leah runzelte einen Moment verwirrt die Stirn, dann begriff

sie, wie die Frage gemeint war. »Nein«, erwiderte sie langsam, »das habe ich nicht für notwendig gehalten.«

Martha hob den Kopf und sah sie an. »Was ist, wenn er nicht zurückkommt und man sieht, dass du … unvorsichtig warst?«

Die Vorstellung, Ciaran könne nicht zu ihr zurückkehren, war mehr, als Leah ertragen konnte. Von Kummer überwältigt schlug sie eine Hand vor den Mund, während sie um Fassung rang. Tränen traten ihr in die Augen, doch sie hielt sie zurück. Sie würde nicht weinen. Ciaran würde am Leben bleiben. Er musste einfach zu ihr zurückkommen.

Martha trat zu ihr und legte ihr den Arm um die Schultern, und damit war es um Leahs Selbstbeherrschung geschehen. Schluchzend barg sie den Kopf an Marthas Schulter und weinte, bis keine Tränen mehr kamen.

Bald darauf traf eine Nachricht von ihrem Vater ein. Seine Kompanie war in die Garnison von Edinburgh zurückgekehrt. Die Botschaft war sogar für ihren ohnehin wortkargen Vater sehr knapp und schroff gehalten, aber wenigstens wusste Leah nun, dass es ihm gut ging. Die Jakobiten hatten zwar die Stadt eingenommen, nicht jedoch die Burg, die noch immer von den Soldaten des Königs gehalten wurde.

Am ersten Oktober stand sie auf dem Lawnmarket und starrte in der Hoffnung, einen flüchtigen Blick auf ihren Vater erhaschen zu können, zur Burg hinüber. Aber sie musste bald einsehen, dass sie ihn ohnehin nicht erkennen würde, die Entfernung war zu groß. Die Wachposten behielten die Jakobiten auf der anderen Seite der steinigen Ebene, die die Burg von der Stadt trennte, scharf im Auge. Die Highlander in ihren Kilts starrten unverwandt zurück.

Leah trödelte, eine Tasche mit soeben erstandenen Backwaren am Arm, auf dem Lawnmarket herum und überlegte, ob sie sich nach Ciaran erkundigen sollte. Aber ihre Furcht vor den rauen Highlandern war zu groß, und so begnügte sie sich damit, zu ihrem Lager hinüberzuschauen und zu hoffen, dass sie ein bekanntes Gesicht entdeckte. Das des jungen Robbie vielleicht, oder das von Eóin, der stets einen recht umgänglichen Eindruck gemacht hatte.

Eine Frau kam mit einer Handvoll aus Seidenband gefertigter weißer Rosen an ihr vorbei, die sie den Passanten für ein paar Pence zum Kauf anbot.

»Warum denn das?«

Die Alte grinste sie an, wobei sie ein schadhaftes braunes Gebiss entblößte. Ihr schmuddeliges rotes Seidenkleid hatte schon bessere Tage gesehen, aber sie trug einen nagelneuen Wollschal mit Tartanmuster. Leah kam es so vor, als würde neuerdings jeder in der Stadt Tartan tragen. »Weiße Rosen sind das Wappenzeichen unseres Prinzen«, erklärte sie, wobei sie Leah hoffnungsvoll ansah. »Unterstützt Ihr die Sache, Miss?«

Obwohl Leah sich darüber im Klaren war, dass sie Ärger bekommen würde, falls jemand sie beobachtete, streckte sie die Hand aus und nahm eine kleine weiße Rose entgegen. Dann griff sie in den Geldbeutel unter ihren Röcken und gab der Alten ein paar Münzen.

»Aye«, brummte die Frau, »Ihr seid eine kluge junge Lady. König James wird siegen!« Mit einem breiten Lächeln setzte sie ihren Weg fort.

Leah starrte die Rose einen Moment lang an, dann richtete sie ihre Aufmerksamkeit wieder auf die Wachposten des Jakobitenlagers und bemerkte, dass die Männer samt und sonders identische weiße Rosen an ihren Wollkappen trugen.

Noch während sie sie beobachtete, drehte sich einer der Jakobiten plötzlich mit dem Rücken zur Burg, hob seinen Kilt und zeigte den englischen Wachposten sein behaartes weißes Gesäß. Leah unterdrückte ein Kichern, als er begann, anzüglich damit zu wackeln.

Doch dann stieg über den Kanonen auf der Burgmauer eine Rauchwolke auf, und einen Moment später war ein Einschlag zu hören. Der Jakobit ließ seinen Kilt fallen und fuhr herum, dann schrie er etwas auf Gälisch, was verdächtig nach einem bösen Fluch klang, und warf sich zu Boden, als ein Hagel aus Stein, Holz und Glas auf ihn niederprasselte. Der nächste Kanonendonner riss die Menschen aus ihrer Erstarrung, und sie ergriffen Hals über Kopf die Flucht.

Der Jakobit ordnete sofort auf Englisch die Evakuierung der umliegenden Gebäude an. Immer mehr Menschen strömten aus ihren Häusern, als weitere Kanonenschüsse fielen. Leah jedoch vermochte sich nicht von der Stelle zu rühren. Sie konnte nicht begreifen, was hier geschah. Ihr Vater befand sich dort drüben in der Burg. Er war Offizier, warum also hielt er seine Männer nicht zurück? Wie konnte er zulassen, dass die Stadt unter Beschuss genommen wurde, wo er doch wusste, dass seine eigene Tochter sich dort aufhielt? Eine kleine warnende Stimme in ihrem Hinterkopf riet ihr, sich schleunigst in Sicherheit zu bringen, doch ihre Beine waren wie gelähmt. Die Schmerzensschreie der Menschen gellten in ihren Ohren; überall entdeckte sie Tote und Verletzte in den Trümmern der Häuser. Wie konnte ihr Vater nur so etwas tun?

Ganz in ihrer Nähe gab es eine weitere Explosion, und ein aufspritzender Stein traf sie an der Stirn. Sie taumelte, mit einem Schlag in die Realität zurückgerissen, und begriff, dass sie sich direkt in der Schusslinie befand. Hastig eilte sie den Lawnmarket hinunter. Mit einer Hand betastete sie die Wunde und stellte fest, dass sie stark blutete. Tränen stiegen ihr in die Augen, doch sie unterdrückte sie. Jetzt war der falsche Augenblick, um endgültig zusammenzubrechen.

Mit Flinten und Musketen bewaffnete Männer, viele in Kilts, rannten durch die Straßen. Jedes rötlich braune Plaid ließ ihr Herz höher schlagen. Sie hoffte verzweifelt, Ciaran unter den Männern zu entdecken.

Plötzlich packte sie jemand am Arm und riss sie herum. »Leah!«

Ihr stockte der Atem. Es war tatsächlich Ciaran. Er trug eine blaue Kappe, unter der seine widerspenstige Haarsträhne hervorlugte, und hatte sich eine Muskete über die Schulter geworfen. Leah konnte sich nicht länger beherrschen. Sie brach in Tränen aus und schlang die Arme um seinen Hals. Sie war so erleichtert, ihn lebendig und unversehrt wieder zu sehen, dass es sie nicht störte, ob jemand sie sah oder nicht. Die Leute, die an ihr vorüberrannten, schenkten ihr ohnehin keine Beachtung.

Ciaran trat erschrocken einen Schritt zurück, als er das Blut auf ihrem Gesicht entdeckte. »Du bist ja verletzt!«

»Halb so schlimm. Gott sei Dank, dass dir nichts geschehen ist.«

»Und dir auch nicht.« Er küsste sie, dann tupfte er mit dem Finger Tränen und Blut von ihrem Gesicht. »Tut es sehr weh?«

»Nein.«

Wieder küsste er sie, dann hob er die Stimme, um den Kanonendonner zu übertönen. »*Och*, Leah, ich kann nicht bleiben. Ich muss mich um meine Leute kümmern. Nach der Schlacht wollte ich dich besuchen, aber der Prinz hat befohlen, dass ich mit meinen Männern die verwundeten und gefangenen Rotröcke bewache.« Er blickte sich nach der Burg um. »Und jetzt das! Ich muss gehen.« Er gab ihr noch einen raschen Kuss, dann wandte er sich ab.

Doch Leah hielt ihn am Arm fest, und als er sich wieder umdrehte, hielt sie ihm die weiße Rose hin, die sie der Alten abgekauft hatte. »Hier, nimm das.« Er senkte den Kopf, und sie befestigte das Abzeichen an seiner Kappe. Dann sagte sie leise: »Ciaran, versprich mir, dass du zu mir zurückkommst.«

Ein verwirrter Ausdruck trat auf sein Gesicht. Leah musste lächeln. Wie leicht er doch zu durchschauen war! »Leah, es ist Krieg. Ich kann nicht …«

»Sag es einfach. Ich kann den Gedanken, du könntest fallen, nicht ertragen.«

Ein kleiner Funke leuchtete in seinen Augen auf. »Aye. Dann verspreche ich dir hiermit, dass wir uns wiedersehen werden. Hier.« Er griff in die Ledertasche, die an seinem Gürtel hing, nahm seinen Rosenkranz heraus und drückte ihr die Kette aus Elfenbeinperlen mit dem kleinen goldenen Kruzifix daran in die Hand. »Bewahre ihn für mich auf und gib ihn mir wieder, wenn alles vorbei ist.«

Leah zog zweifelnd die Brauen hoch.

»Du sollst nicht damit beten«, erklärte er rasch. »Heb ihn auf – als Andenken.«

Sie schüttelte den Kopf. »Du hast mich missverstanden. Ich meine, ich weiß doch, wieviel er dir bedeutet.«

Ein leises Lächeln spielte um seinen Mund. »Dann hoffe ich, dass du gut darauf aufpassen wirst. Wenn ich ihn behielte, würde er zerstört werden oder verloren gehen.« Ein paar vorübereilende Männer rempelten sie an, und Ciaran musste Leah festhalten, damit sie nicht zu Boden gerissen wurde. Er sah ihr tief in die Augen, und sie hoffte inständig, er könne dort all das lesen, was sie nicht laut auszusprechen wagte.

Schließlich nickte er, küsste sie ein letztes Mal und wandte sich dann ab. Leah sah ihm nach, bis er von der Menge verschluckt wurde, den vielen Leuten, die sich inzwischen eingefunden hatte, um die Verwundeten aus den Trümmern zu bergen und zu versorgen.

12. KAPITEL

Eine große Stahlbrosche lag inmitten von anderem Krimskrams auf seiner Kommode – neben Manschettenknöpfen, alten Theaterkarten, Kugelschreibern. Er pflegte sie an Tagen zu tragen, an denen er das Gefühl hatte, sie könne ihm nützlich sein, doch heute legte er sie nach kurzer Überlegung wieder an ihren Platz zurück.

Die Bombardierung Edinburghs nahm ihren Lauf. Leah saß im Wohnzimmer des Hadley-Hauses und lauschte dem Kanonendonner in der Ferne, als Martha von einem Besuch bei Freunden zurückkehrte und vor Neuigkeiten übersprudelte. Ihr waren Gerüchte zu Ohren gekommen, denen zufolge das Artilleriefeuer die Antwort auf einen Versuch der Jakobiten war, den Soldaten des Königs den Nachschub abzuschneiden. Leah wusste nicht mehr, woran sie zweifeln sollte und woran nicht. Entgegen Marthas Behauptung waren die Franzosen nicht gelandet, und nun hieß es, dass mit ihnen auch nicht mehr zu rechnen sei. Das vermochte sie genauso wenig zu glauben wie die Geschichte des Jungen auf der Straße, der gesagt hatte, die Dragoner seien vom Schlachtfeld geflüchtet. Niemals würde ihr Vater sich wie ein Feigling verhalten. Sie zuckte zusammen, denn die Kanonen dröhnten erneut.

Als Edwin an diesem Abend nach Hause kam, wartete er, bis das Essen aufgetragen worden war, ehe er verkündete, dass sie das Haus verschließen und Edinburgh verlassen würden.

Martha, die ihr Fleisch gerade in säuberliche kleine Stücke schnitt, hielt inne und sah ihren Mann ungläubig an. »Was sagst du da?«

»Übermorgen brechen wir nach Nairn auf.« Sein Ton besagte deutlich, dass sein Entschluss feststand und jeglicher Widerspruch sinnlos war. Er schob ein großes Stück Fleisch in den Mund und säbelte dann die Knorpel von dem Rest auf seinem Teller ab.

Leah stieg das Blut in die Wangen, doch sie sagte nichts, sondern starrte nur stumm auf ihren eigenen Teller. Dann sah sie zum Fenster hinüber. Vielleicht entdeckte sie ja Ciaran unten auf der Straße. Martha fand endlich die Sprache wieder. »Und was erwartet uns in Nairn?«, zischte sie.

»Ruhe und Frieden. Und keine Jakobiten, die in karierten Röcken und mit nackten Knien herumlaufen, hoffe ich.«

Und keine britische Armee, die uns mit Kanonen unter Beschuss nimmt, dachte Leah, behielt ihre Meinung jedoch für sich. Sie starrte aus dem Fenster und tat, als interessiere sie all das nicht, doch insgeheim betete sie, Martha möge Edwin zur Besinnung bringen.

»Und was wird aus deiner Arbeit?«

Edwin stocherte in seinen Zähnen herum und entfernte eine Fleischfaser. »Du glaubst doch nicht im Ernst, die Jakobiten hätten mir auch nur einen einzigen Farthing bezahlt, seit sie die Stadt eingenommen haben.«

Leah warf ihm einen verstohlenen Blick zu, dann musterte sie Martha nachdenklich. Ganz offensichtlich war ihr nicht bekannt, aus welcher Quelle Edwins Reichtum wirklich stammte und warum er Edinburgh so dringend verlassen wollte. Nacktes Entsetzen stand in ihren Augen zu lesen.

Edwin fuhr in beruhigendem Ton fort: »Ich habe die Möglichkeit, in Nairn in ein Geschäft einzusteigen. Du brauchst dir keine Sorgen zu machen. Alles wird gut werden.«

Obgleich Martha ein skeptisches Gesicht zog, vermutete Leah, dass Edwin die Wahrheit sagte. Nachdem ihm seine Arbeit im Zollamt nichts mehr einbrachte, hatte er sich wohl entschlossen, nunmehr auch aktiv ins Schmuggelgeschäft einzusteigen, das ihm bislang ein so angenehmes Leben ermöglicht hatte. Nairn lag in der Nähe des Moray Firth, einer Küstenlinie, die so geschützt lag, dass sich Schmuggelware leicht an Land bringen ließ. Das raue Gelände verhinderte zugleich, dass ständig Patrouillen dort herumstreiften. Je länger Leah darüber nachdachte, desto mehr gelangte sie zu der Überzeugung, dass Edwin Schmuggler werden wollte und Martha nicht die geringste Ahnung davon hatte.

Doch Martha ließ sich nicht so leicht beschwichtigen. »Edwin, wir können nicht so einfach gehen. Wir können doch nicht unser Haus und unsere Heimatstadt einfach diesen ... diesen heidnischen Barbaren überlassen!«

»Gerade wegen dieser heidnischen Barbaren müssen wir ja von hier fort.« Edwin erhob sich, trat zur Tür und winkte die Magd zu sich, die anscheinend die ganze Zeit gelauscht hatte. »Wir sollten anfangen, unsere Sachen zu packen.«

Er wandte sich an die Magd, ohne Martha weiter zu beachten. »Sorg dafür, dass morgen Abend alles bereit ist. Die Kutsche wird an nächsten Morgen hier sein.« Die Magd nickte und zog sich zurück.

Marthas Stimme nahm einen flehenden Klang an. Sie hoffte noch immer, Edwin umstimmen zu können. »Wo sollen wir denn wohnen?«

»Ich habe ein Haus in der Stadtmitte gemietet.«

Leah begriff, dass er all dies schon vor dem Einmarsch der Jakobiten in Edinburgh geplant haben musste.

»Doch wohl keine Torfhütte, hoffe ich.« Tränen schimmerten in Marthas Augen. Ihr war klar, dass sie den Kampf verlieren und ihr Heim würde verlassen müssen.

»Natürlich nicht. Stell dich nicht dümmer, als du bist. Es ist ein sehr hübsches Haus.«

»Du warst doch noch nie in Nairn, wie kannst du da wissen, ob es in diesem Nest überhaupt annehmbare Häuser gibt?«

»Der Agent, von dem es in meinem Auftrag gemietet wurde, hat es mir beschrieben.« Das Flattern seiner Lider verriet Leah, dass er beinahe bei einer Lüge ertappt worden wäre.

»Vermutlich ist es klein, verwahrlost und schmutzig.«

Edwin verlor allmählich die Geduld. »Wie auch immer, wir werden dort leben, und damit hat es sich.«

»Und wie lange müssen wir in Nairn bleiben?«

»Ich will verdammt sein, wenn ich das weiß, Weib!«, donnerte Edwin. »Warum fragst du nicht diesen Gecken, der Holyrood besetzt hat, diesen Stuart? Seinetwegen müssen wir von hier fort; seinetwegen und wegen seiner Horde papistischer Viehdiebe. Frag ihn doch, wann wir in unser Haus zurückkehren können.«

Martha gab keine Antwort, sondern lehnte sich in ihrem Stuhl zurück, schlug die Hände vor das Gesicht und brach in Tränen aus.

Leah benutzte diesen Moment, um vom Tisch aufzustehen und in ihre Kammer zu huschen. Auch sie war den Tränen nahe, verbiss sie sich aber. Jetzt galt es, schnell zu handeln und keine Zeit zu verlieren.

Rasch verfasste sie einen kurzen Brief an Ciaran, faltete ihn zusammen und ließ Siegelwachs darauf tropfen. Während das Wachs trocknete, überlegte sie verzweifelt, wohin sie den Brief senden sollte. Sie hatte keine Ahnung, wo Ciaran sich aufhielt. *Holyrood.* Der Prinz residierte im Palast Holyrood. Wenn sie den Brief dorthin schickte, würde er schon irgendwie zu Ciaran gelangen. Also malte sie sorgsam ›Ciaran Robert Matheson von Ciorram‹ auf das Papier.

Da sie fürchtete, Edwin könne auf die Idee kommen, sie bis zu ihrer Abreise im Haus festzuhalten, nahm sie rasch ihren Umhang, griff nach dem Brief und schlüpfte zur Tür hinaus.

Holyrood lag ungefähr eine Meile vom Haus der Hadleys entfernt, und sie brauchte nicht lange, bis sie dort ankam. Doch vor dem Tor traf sie auf vier Wachposten im Kilt, die sie stumpfsinnig anstarrten, als sie näher kam. Sie wandte sich an denjenigen, der sie zumindest mit einem Funken Interesse musterte, einen hoch gewachsenen, rothaarigen Burschen.

»Ich möchte, dass dieser Brief Ciaran Matheson von Ciorram überbracht wird.« Sie hielt den Brief in die Höhe.

Doch die Männer zuckten nur die Schultern, scharrten mit den Füßen und wechselten verständnislose Blicke. Leah wiederholte ihre Bitte. Noch immer erhielt sie keine Antwort. Dann sagte einer der Männer etwas auf Gälisch, und sie begriff, dass keiner von ihnen der englischen Sprache mächtig war. Hilflos stammelte sie: »Prinz Charles?«

Das löste schallendes Gelächter aus, und der Rothaarige fuchtelte mit der Hand durch die Luft, um den gälischen Wortschwall zu unterstreichen, mit dem er sie überschüttete. Ganz offensichtlich wollte er ihr zu verstehen geben, dass sie gehen sollte, weil der Prinz sie nicht empfangen würde.

»Nein, der Brief ist nicht für den Prinzen, sondern für Ciaran Matheson bestimmt!«

Wieder ertönte Gelächter. Der Rothaarige scheuchte sie erneut weg, wobei er eine wortreiche Erklärung abgab, die sie nicht verstand.

Sie hielt den Brief hoch und schüttelte ihn. Vielleicht brachte der Rothaarige ihn ja zu jemandem, der Englisch sprach. Doch er blickte nur auf den Namen, schüttelte den Kopf und zuckte erneut die Schultern. Dann deutete er erst auf seine Augen, dann auf Ciarans Namen. Anscheinend wollte er ihr klar machen, dass er nicht lesen konnte. Die anderen waren verstummt und einen Schritt zurückgetreten. Selbst wenn sie lesen konnten, würden sie es wahrscheinlich nicht zugeben.

Leah seufzte, dankte ihnen und machte sich auf den Heimweg. Es musste eine Möglichkeit geben, Ciaran den Brief zukommen zu lassen, doch ihr lief die Zeit davon.

In der Gasse, in der Edwins Haus lag, betrat sie nach kurzem Zögern einen kleinen Laden. Der Kaufmann, dem er gehörte, reiste viel und konnte ihr vielleicht helfen. Allerdings durfte sie ihm nicht sagen, dass der Brief an einen jakobitischen Soldaten gerichtet war, denn sie wusste, dass er es mit den Whigs hielt.

»Ich habe hier einen Brief, der so schnell wie möglich nach Glen Ciorram gebracht werden muss. Zu der Burg dort.«

Der bleiche, bärtige Mann mit dem stattlichen Schmerbauch musterte sie neugierig, ehe er erwiderte: »Könnt Ihr ihn denn nicht mit der regulären Post schicken? Dauert nur einen Monat oder zwei.«

»Oder drei, oder noch länger.« Leah schüttelte den Kopf. »Nein, ich muss ganz sicher sein, dass er schnell sein Ziel erreicht. Ich kann dafür bezahlen.« Sie holte die Geldbörse aus der Tasche unter ihren Röcken und hoffte, dass die wenigen Münzen, die sie noch besaß, ausreichen würden.

Der Mann kratzte an einer Pustel an seinem Hals, dann nahm er die Börse, wog sie in der Hand und verzog das Gesicht. »Zufällig kenne ich einen jungen Mann, der in den nächsten Tagen in diese Gegend reist, aber ...«

»Diese Börse ist alles, was ich besitze. Wirklich alles.«

Der Kaufmann seufzte und machte Anstalten, ihr den Geldbeutel zurückzugeben. Leah zog rasch eine perlenbesetzte Nadel aus ihrem Haar und drückte sie ihm in die Hand. Nach einer flüchtigen Begutachtung ließ er Nadel und Börse in die Tasche gleiten und nahm den Brief entgegen. »Zur Burg von Ciorram, sagtet Ihr?« Leah nickte, und der Mann legte den Brief auf den Tisch, ergriff eine Schreibfeder und malte sorgfältig ›Burg von Glen Ciorram‹ unter Ciarans Namen.

»Ich danke Euch.« Eine Welle der Erleichterung durchflutete sie, und sie lächelte den Kaufmann strahlend an.

»Mein Junge bricht morgen nach Skye auf. Euer Brief wird in einem Monat in Ciorram sein. Vielleicht sogar früher.«

»Danke. Gott sei mit Euch.«

Er nickte, und Leah verließ den Laden, wohl wissend, dass das Schreiben jetzt ihre einzige Verbindung zu Ciaran war.

Am dritten Tag der Bombardierung machten sich die drei Hadleys, Ida und eine Magd in einer Kutsche auf den Weg nach Nairn. Edwin hob immer wieder hervor, dass ihnen dort nichts geschehen würde, wohingegen es in Edinburgh in der nächsten Zeit schweren Kämpfen kommen könnte; er betonte, er sei für Leahs Sicherheit verantwortlich und habe sie deshalb aus der Stadt fortbringen müssen.

Während der Reise blickte Leah wehmütig aus dem Fenster der Kutsche. Eine Hand hatte sie in ihre Rocktasche geschoben, wo sie Ciarans Rosenkranz durch die Finger gleiten ließ. Ein ironisches Lächeln spielte um ihre Lippen, als sie daran dachte, dass es die Soldaten ihres eigenen Vaters waren, vor denen Edwin sie in Sicherheit bringen wollte.

Nachdem die Soldaten der Garnison Edinburgh fünf Tage lang unter Beschuss genommen hatten, gab Prinz Teàrlach nach und hob die Nachschubsperre gegen die *Sassunaich* auf. Sowie das Artilleriefeuer eingestellt worden war, wurde Ciaran von seinem Posten entbunden. Er steckte hastig seinen Talisman an und machte sich auf, um Leah zu besuchen.

Aber das Haus ihrer Verwandten war fest verschlossen, und er sah nicht die geringste Chance, unbemerkt hineinzukommen.

»Verdammt!«

Da er ohnehin nicht ins Haus konnte und sich daher auch nicht mehr unsichtbar machen musste, nahm er den Talisman von seinem Hemd und schob ihn in seinen *sporran*. Ein vorübergehender Mann schrak zusammen, als er Ciaran so unvermutet vor sich auftauchen sah, aber nachdem er ihn einen Moment lang ungläubig angestarrt hatte, schüttelte er nur den Kopf und ging weiter. Es fiel ihm anscheinend leichter zu glauben, dass er Ciaran vorher einfach nicht bemerkt hatte, als darüber nachzudenken, ob er vielleicht verrückt geworden war oder ob Magie im Spiel gewesen sein könnte.

Ciaran schenkte ihm keine Beachtung, sondern spähte zu den Fenstern empor. Die schweren Vorhänge waren zugezogen. Er klopfte an die Tür. Niemand antwortete. Dann ging er um das Haus herum, musste aber feststellen, dass die Vorhänge vor Leahs Schlafzimmerfenster gleichfalls zugezogen waren.

»Verdammt.« Hastig hob er einen Kiesel von der Straße auf und warf ihn gegen das Fenster. Nichts. Ein weiterer Versuch blieb ebenfalls erfolglos. Noch nicht einmal ein Dienstbote erschien, um ihn davonzujagen. Er warf Sinann einen Blick zu, woraufhin diese im Haus verschwand.

Kurz darauf tauchte sie wieder auf. »Sie ist fort, mein Freund. Die Asche im Kamin ist kalt, ihre Kleider sind weg und die Möbel mit Tüchern abgedeckt.«

»Wo ist sie?« Eisige Furcht stieg in ihm auf. »Wo kann sie nur sein?« Obgleich er wusste, dass sie außerhalb von Edinburgh sicherer war, traf es ihn tief, sie nicht sehen zu können. Der Himmel mochte wissen, wo man sie hingebracht hatte.

Sein Blick fiel auf einen kleinen Jungen, der in der Gasse herumlungerte und Ciaran neugierig anstarrte. Er winkte ihn zu sich.

»Hör mal, Bürschchen, kannst du mir sagen, wo die Hadleys jetzt sind?«

Doch der Junge wirbelte herum und floh, ohne eine Antwort zu geben. Seufzend sah Ciaran ihm nach, dann machte er sich auf die Suche nach jemandem, der ihm helfen konnte.

Weiter oben in der Straße gab es einen Laden, in dem alle möglichen Waren feilgeboten wurden. Er trat ein, um dem Besitzer ein paar Fragen zu stellen. Dieser stand an einem Pult und trug Zahlen in ein Kontobuch ein. Da ihm bewusst war, wo er sich befand und keine Ahnung von der politischen Einstellung des Mannes hatte, ahmte Ciaran einen Lowlandakzent nach, als er ihn ansprach. »Wisst Ihr zufällig, wo sich die Hadleys jetzt aufhalten? Sie haben hier ganz in der Nähe gewohnt.«

Der korpulente, bärtige Lowlander ließ den Blick über Ciarans Kilt gleiten, straffte sich dann, hob das Kinn und musterte ihn so verächtlich, als sei Ciaran ein Dienstbote, der sich erdreistet hatte, unaufgefordert das Wort an seinen Herrn zu richten. Endlich brummte er: »Ich habe keine Ahnung, wo sie sein könnten.« Dass er es nicht verraten würde, selbst wenn er es wüsste, brauchte er gar nicht erst laut zu sagen.

Ciaran starrte ihn an. Der Hass, den der Mann ausstrahlte, schürte seine eigene Wut. So war es ihm in Edinburgh häufig ergangen; die Bewohner dieser Stadt kamen ihm eher wie Engländer als wie Schotten vor. Heute jedoch hatte er keine Geduld mit ihnen. Er sah dem Kaufmann unverwandt in die Augen, in denen nackter Abscheu zu lesen war. Keiner sprach ein Wort. Am liebsten hätte Ciaran Brigid gezückt und dem Kerl Manieren beigebracht, doch er beherrschte sich. Er durfte kein Aufsehen erregen.

Endlich sah der Kaufmann zur Seite und wandte sich ab, um ein paar Säcke Mehl zu begutachten. Er tat so, als sei Ciaran gar nicht mehr da.

»Vielen Dank für Eure Hilfe.« Ciaran trat ins Freie und atmete ein paar Mal tief durch, ehe er zum Hogshead Inn zurückkehrte. Sinann flatterte hinter ihm her.

»Sie wird schon einen Weg finden, dir mitzuteilen, wo sie ist, mein Freund. Wenn sie kann.«

Ciaran blickte zu ihr auf, sagte aber nichts, weil er nicht sicher war, ob er wirklich wollte, dass Leah so ein Risiko einging. Im Hogshead Inn ging er in seine Kammer, warf sich auf das Bett und überließ sich seinen quälenden Sorgen.

Einige Tage später erhielt er eine Einladung zu einem Ball im Palast. Da der Prinz die Anwesenheit aller Lairds wünschte, musste er wohl oder übel hingehen, obgleich er wenig Lust dazu verspürte. Leah würde selbstverständlich nicht dort sein – nicht als Tochter eines Dragonercaptains –, aber ihm kam der Gedanke, dass ihr dieser Ball wesentlich mehr Freude machen würde als ihm. Er wäre nur zu gerne zusammen mit ihr hingegangen, und er musste lächeln, als er daran dachte, welchen Aufruhr ihre Anwesenheit ausgelöst hätte.

Zwar hatte er sich für diesen Anlass einen neuen Kilt nebst Mantel anfertigen lassen, hegte aber wenig Hoffnung, mit den kostbaren Kleidern der wohlhabenderen und mächtigeren Lairds mithalten zu können. »Ich habe hier nichts verloren«, flüsterte er Sinann zu, als er durch das hohe, von Säulen gesäumte Eingangstor des Palastes trat.

»Natürlich hast du das, mein Freund.« Sie klang aufgeregt, obwohl sie jederzeit in den Palast eindringen und den Prinzen bespitzeln konnte, wenn ihr der Sinn danach stand. Ciaran vermutete, dass sie das auch oft genug getan hatte. Sie war wohl mehr seinetwegen aufgeregt, was ihm ein amüsiertes Lächeln entlockte. Sie fuhr fort: »Du bist der Führer deines Clans und somit allen anderen hier ebenbürtig.«

»Och«, war alles, was Ciaran dazu einfiel.

Im Palast fiel es ihm schwer, Männer wiederzuerkennen, die er während des Marsches täglich gesehen hatte. Die schlichte Wollkleidung war Seide und Brokat gewichen, offenes, zerzaustes Haar ordentlich geflochtenen Zöpfen oder kunstvollen gepuderten Perücken, und einige Highlander hatten sogar ihren Kilt durch enge Hosen ersetzt. Sein Blick fiel auf den Laird der MacDonells, der wie ein Sassunach aufgeputzt war. Beinahe hätte er verächtlich geschnaubt; er konnte sich gerade noch rechtzeitig beherrschen. Sinann sprach aus, was er dachte. »Diese wetterwendischen MacDonells, wissen nicht, auf welcher Seite sie stehen.«

Ciaran zuckte die Schultern, als er auf die große Halle zuging. »Nein, Fee, eigentlich stehen wir jetzt alle auf derselben Seite. Wir müssen unsere Zwistigkeiten begraben und gegen unseren gemeinsamen Feind kämpfen.«

Sie seufzte nur, dann sagte sie: »Aye, dann kannst du, wenn die Engländer aus unserem Land verjagt sind, ja damit fortfahren, den MacDonells klar zu machen, dass zwischen unserem und ihrem Vieh ein großer Unterschied besteht.«

Ciaran grinste. »Aye, das habe ich auch vor.«

Er setzte seinen Weg durch die Säle und Gänge des Palastes fort, wobei er gelegentlich andere Gäste mit einem Kopfnicken begrüßte. Überall brannten Kerzen in riesigen Lüstern, und er konnte nicht umhin, die kostbaren vergoldeten und mit Seide bezogenen Möbel zu bestaunen. Verglichen mit dem Leben vieler einfacher Bauern in Ciorram lebte es sich in der Burg recht komfortabel, doch am Standard des Palastes von Edinburgh gemessen würden er und seine Familie als bitterarm gelten. Überall standen Stühle mit Kissen aus Seidenbrokat herum; so zierlich geschnitzt, dass sie unter dem Gewicht eines Mannes zusammenbrechen würden. Riesige Bilder in leuchtenden Farben schmückten die Wände. Sie zeigten Männer mit üppigen Lockenperücken, die silberne oder bronzene Rüstungen trugen.

In einer kleinen Kammer hing ein mächtiger Spiegel an der Wand, der den Raum doppelt so groß erscheinen ließ. Ciaran starrte ihn mit offenem Mund an. Er konnte nur daran denken, was eine solche Menge Silber und Glas kosten mochte, ganz zu schweigen von dem Rahmen, der genauso kunstvoll geschnitzt und vergoldet war wie die der Gemälde.

Er flüsterte in den leeren Raum hinein: »Von dem, was dieses Ding kostet, könnte man das ganze Tal ein Jahr lang ernähren.«

»Drei Jahre, wenn du es genau wissen willst«, erwiderte Sinann.

Ciaran seufzte unwillkürlich. Dann fiel sein Blick auf sein eigenes Spiegelbild, und er stöhnte, als er sah, dass ihm die lästige Haarlocke schon wieder in die Stirn gefallen war. Hastig strich er sie zurück, wohl wissend, dass sie sich doch wieder lösen würde.

Obgleich die Männer ihre Weltgewandtheit dadurch unter Beweis zu stellen suchten, dass sie sich nach englischer Manier kleideten, zeigten die Frauen ihre Verbundenheit mit den Jakobiten, indem sie alle Arten von Tartanmustern trugen. In ihren wollenen oder seidenen Roben, die mit kostbaren, für Highlandschottinnen unerschwinglichen Spitzen verziert waren, machten die Frauen und Töchter der mächtigen Jakobiten Edinburghs aus ihrem Stolz auf die Sache kein Hehl. An jedem Busen schien eine kleine weiße Rose zu stecken.

Keine der Frauen, die der Armee von Glenfinann bis hierher gefolgt waren, ließ sich sehen, diese Damen hier kamen wohl größtenteils aus Edinburgh. Ciaran bemerkte, dass eine ausgesprochen hübsche Dunkelhaarige ihn länger ansah als nötig und fühlte sich gegen seinen Willen geschmeichelt. Staunend betrachtete er den Umfang der Reifröcke und die aufwendig frisierten Perücken. Die Frauen konnten sich mit diesen Drahtgestellen unter ihren Kleidern nur langsam und vorsichtig bewegen und wagten der schweren Perücken wegen kaum, den Kopf zur Seite zu neigen, sodass sie eher Aufziehpuppen als lebenden Wesen glichen. Ciaran fragte sich, wie er es schaffen sollte, nahe genug an eine Frau heranzutreten, um sich mit ihr unterhalten zu können, ohne schreien zu müssen oder die Reifrockgestelle einzudrücken.

Doch dann zuckte ein humorloses Lächeln um seine Lippen, denn ihm wurde bewusst, dass die meisten dieser Frauen peinlich berührt sein würden, wenn er sie ansprach. ›Sie spielen in einer anderen Liga‹, hätte sein Vater jetzt wohl gesagt. Noch nie hatte er so viele glitzernde Juwelen an so langen schwanengleichen Hälsen gesehen.

Die große Halle war von Musik, Gelächter und Stimmengewirr erfüllt. Köstliche Essensdüfte ließen Ciaran das Wasser im Mund zusammenlaufen. Während des Marsches hatte die Verpflegung fast nur aus *drammach* und Bannocks bestanden. Diese Mahlzeiten sättigten zwar, konnten aber ein gutes Stück Fleisch nicht ersetzen.

Die Art der Musik in der Halle war ihm fremd, und er fand sie nicht sonderlich interessant. Ähnliches hatte er in Edinburgh schon öfter gehört, er kannte einige Instrumente – Geigen, Celli, Flöten –, aber das riesige, fast an einen Tisch erinnernde Gerät, das dazwischen stand, hatte er noch nie zuvor gesehen. Es erinnerte an eine auf die Seite gelegte Harfe und war auch ungefähr so groß. Ein ganz in Weiß gekleideter Mann saß auf einem Schemel davor und ließ die Finger über eine Reihe schwarzer … Dinger gleiten. Jedes Mal erzeugte er einen schwirrenden Ton. Anfangs klang es fast wie eine Harfe, doch je länger Ciaran zuhörte, umso mehr Unterschiede fielen ihm auf. Die Töne dieses Apparates waren hell und perlend und hallten nicht nach. Er sah dem

Musiker eine Weile auf die Finger und bewunderte deren Geschmeidigkeit.

Gerade als er sich umdrehte, um sich etwas zu essen zu beschaffen, lief ein Raunen durch die Halle. Die Gäste traten zur Seite, um dem Prinzen den Weg freizumachen, den sie mit großen, bewundernden Augen betrachteten. Charles zog in der Tat die Aufmerksamkeit aller Anwesenden auf sich. Er trug einen weißen, goldgesäumten Waffenrock aus Samt, hautenge knielange Hosen und seidene Strümpfe, die seine wohlgeformten Beine zur Geltung brachten. Der Stern und das blaue Band des Hosenbandordens, der quer über seine Brust verlief, hoben sich auffällig von dem hellen Rock ab. Langsam schritt er durch die Menge und hatte ein einnehmendes Lächeln und eine schlagfertige Bemerkung für jeden Mann und jede Frau, auf denen sein Blick haften blieb. Auch Ciaran erlag diesem ansteckenden Lächeln. Unwillkürlich lächelte er zurück.

In diesem Moment sah ihn die Frau an, die ihm schon zuvor aufgefallen war. Sie war tatsächlich bildhübsch, und sein Lächeln wurde breiter. Sie reagierte darauf, indem sie den Busen vorwölbte, bis er meinte, ihr Mieder müsse platzen. Ihr jettschwarzes Haar war auf dem Hinterkopf unter einem perlenbesetzten Käppchen zusammengefasst und fiel ihr von dort in einer Masse von Ringellöckchen bis auf die Schultern. Sie verzog die vollen roten Lippen gleichfalls zu einem einladenden Lächeln. Ciaran zwang sich, seine Aufmerksamkeit wieder auf den Prinzen zu richten, damit man ihm nicht nachsagen konnte, er würde Seine Königliche Hoheit nicht gebührend beachten.

Charles winkte einem der Musiker zu, der ihm seine Geige reichte. »Leider ist mein Bruder heute nicht hier, um mit uns zu musizieren«, bemerkte er. »Also muss ich versuchen, ohne ihn zurechtzukommen.« Stürmischer Beifall brandete auf, als er das Instrument unter das Kinn setzte, dem Mann an dem harfenähnlichen Apparat zunickte und zu spielen begann.

Obwohl die Musik Ciaran nicht sonderlich zusagte, musste er

zugeben, dass der Prinz ausgezeichnet spielte. Er führte den Bogen mit bewundernswerter Begeisterung und Präzision. In diesem Moment schien außer der Musik nichts anderes für ihn zu existieren. Diese immense Konzentration versuchte Ciaran immer im Kampf oder während seines Trainingsprogramms zu erreichen. Fast beneidete er den Prinzen, dem dies so mühelos zu gelingen schien.

Doch sowie das Stück zu Ende und der Applaus verklungen war, reichte Charles die Geige ihrem Besitzer zurück und schlenderte davon, wobei er sich angeregt mit dem Herzog von Perth unterhielt.

Ciaran begab sich wieder auf die Suche nach einer kleinen Erfrischung, und diesmal hatte er Glück. Auf einem langen, mit Blumengestecken und Kerzenleuchtern geschmückten Tisch standen Platten mit Fleisch und kleinen runden Bällchen bereit, die er nicht identifizieren konnte, dazu Wein, Whisky und Brandy. Die Leute um ihn herum aßen geziert mit Messern und Gabeln, und er biss sich auf die Lippe. Zwar wusste er mit einer Gabel umzugehen, benutzte sie aber nicht gerne. Doch heute Abend befand er sich in Edinburgh und musste essen wie die *Sassunaich.* Seufzend griff er nach einer kleinen, glänzenden Silbergabel.

Im Laufe des Abends begann er sich zu entspannen und das Fest zu genießen. Er hatte sich reichlich mit Fleisch und den runden Dingern, von denen er nur wusste, dass sie Leber enthielten, bedient, und saß nun mit den anderen Lairds zusammen und unterhielt sich. Außerdem trank er mehr als gewöhnlich, um nicht ständig an Leah denken zu müssen, aber keinen schottischen Whisky. Er trank niemals Whisky, der nicht aus seiner eigenen Brennerei stammte, daher hielt er sich an französischen Brandy. Brandy war das einzige Getränk im Angebot, das nicht nur besser schmeckte als gewöhnlicher Whisky, sondern das ihn vermutlich nicht erblinden lassen oder gar umbringen würde, falls er zu viel davon trank.

Am anderen Ende des Raumes stand die Frau, die ihm schon

zuvor aufgefallen war, an der Tür. Er wusste zwar nicht, wie sie das geschafft hatte, aber ihr Ausschnitt kam ihm noch tiefer vor als vorher. Er hätte schwören können, dass sogar aus dieser Entfernung die pinkfarbenen Höfe der Brustwarzen hinter der Spitze zu erkennen wären. Sie beobachtete ihn unverwandt, und jetzt wollte er endlich wissen, worauf sie aus war. Also setzte er sein Brandyglas ab und bahnte sich zwischen den anderen Gästen hindurch einen Weg auf sie zu.

Doch als er die andere Seite des Raumes erreicht hatte, war sie verschwunden. Enttäuscht blickte er sich um. Doch dann hörte er eine Stimme. »Habt Ihr Euch verlaufen, Sir?« Die Stimme klang weich und lockend, der französische Akzent war deutlich herauszuhören. Ciaran trat einen Schritt auf die Tür zu, sah im Nachbarraum eine dunkle Silhouette und betrat die dämmrige Kammer.

In dem kleinen, nur von ein paar Kerzen erleuchteten Raum war es angenehm kühl; eine Wohltat nach den Stunden, die er in dem stickigen, überfüllten Ballsaal verbracht hatte. Er holte tief Atem. Die dunkelhaarige Frau blickte zu ihm auf und schenkte ihm ein Lächeln, das ihm bis unter die Haut zu dringen schien. Er hatte schon viele Geschichten über gelangweilte Frauen der Oberklasse gehört, besonders über solche des französischen Adels, die sich unbekümmert über gesellschaftliche Regeln und Gesetze hinwegsetzten. Der Gedanke an das, was sie mit ihm vorhaben mochte, trieb ihm das Blut in die Lenden. Der Brandy hatte ihm ohnehin schon die Sinne benebelt, und er fühlte sich merkwürdig leicht im Kopf, so als würde er ein Stück über dem Boden schweben.

Nachdem er sich kurz umgeblickt hatte, erwiderte er: »Ganz und gar nicht.« Ein paar gepolsterte Stühle waren um einen niedrigen Tisch herum arrangiert, der Kerzenleuchter stand auf einem etwas höheren Tisch, und der Sims des großen Kamins war mit einem kunstvollen Muster aus geschnitzten Ranken und Früchten verziert. Die dunkelhaarige Frau stand in der Mitte des Raumes. Ciaran ging langsam auf sie zu.

»Verratet mir Euren Namen.« Ein verführerischer Unterton schwang in ihrer Stimme mit. Sie griff nach seiner Hand, legte den Kopf zur Seite und lächelte ihn an.

»Ciaran. Und wie lautet der Eure?«

»Ihr seid ein Highlander?«

»Aye, dank der Gnade Gottes.« Er kicherte leise. Ihre Hand in der seinen fühlte sich schmal und kühl an, die Knochen schienen so fein, dass er fürchtete, sie könnten brechen, wenn er zu fest zudrückte.

Ihr Blick wanderte zum Saum seines Kilts. »Stimmt es, was von diesen Kleidern behauptet wird?« Ihre Brust verfärbte sich rosig, und ihre Stimme zitterte leicht.

»Was wird denn behauptet?« Ein Mal mehr verwünschte er die Reifrockmode, denn er konnte nicht noch näher an sie heranrücken, ohne das verdammte Gestell zu verbiegen.

Doch sie hatte in dieser Hinsicht keine Bedenken. Sie trat einen Schritt auf ihn zu, sodass er die Wärme ihres Körpers spüren konnte. Der Drang, ihre halb entblößten Brüste zu berühren, trieb ihn fast zum Wahnsinn. Er konnte ihre Brustwarzen in dem spitzenbesetzten Mieder erkennen. Leise flüsterte sie: »Stimmt es, dass Ihr keine Unterwäsche darunter tragt?«

»Aye, das ist richtig.« Zwar reichte ihm das Hemd, das er unter dem Kilt trug, bis zu den Knien, aber als Unterwäsche konnte man es wahrlich nicht bezeichnen. Aber eine seiner Fragen war schon beantwortet worden. Jetzt wusste er, dass alles stimmte, was man reichen Frauen nachsagte. Ihr Verhalten bewies es ihm.

Mit der freien Hand strich sie über seine Brust. »Ihr Männer aus den Highlands seid alle so groß und kräftig.«

Als Ciaran darauf stumm nickte, fuhr sie in einem schmollenden Ton fort: »Mein Mann ist nicht annähernd so groß wie Ihr. Und er hat einen fetten Wanst.«

»Was sagt denn Euer Gatte dazu, dass Ihr wildfremden Männern so persönliche Fragen stellt?«

Sie verzog säuerlich das Gesicht und lachte kurz auf. »Mein Gatte dürfte sich just in diesem Moment in einem anderen Zimmer befinden und sich sehr eingehend mit dem Hinterteil eines hübschen jungen Pagen befassen.«

Ciaran erschauerte bei dieser Vorstellung, die jedoch sofort verflog, als sie nach dem Saum seines Kilts griff und flüsterte: »Ich nehme doch an, ein Mann wie Ihr weiß mit seiner Männlichkeit Besseres anzufangen.« Dabei lächelte sie ihn erneut lockend an.

»Aye«, erwiderte er heiser. »Sehr viel Besseres.« Dann küsste er sie und ließ zu, dass ihre Hand unter seinen Kilt glitt und sich dort auf Wanderschaft begab. Heißes Verlangen stieg in ihm auf. Nur zu gerne wollte er diesem armen, von ihrem Mann vernachlässigtem Geschöpf eine unvergessliche Nacht bereiten. Oder wenigstens eine unvergessliche Stunde.

Während sie ihn mit geschickten Fingern zu bearbeiten begann, bis er meinte, Sterne vor seinen Augen tanzen zu sehen, keuchte sie mit erstickter Stimme: »Ich hatte noch nie einen Highlander. Wenn es stimmt, dass Ihr keine Unterwäsche tragt, dann treibt Ihr es vielleicht auch anders als zivilisierte Menschen.«

Schlagartig wurde Ciaran wieder klar im Kopf. Diese Frau stellte ihn auf eine Stufe mit einem Tier; glaubte, er sei ›anders als zivilisierte Menschen‹. Ihm schoss das Blut in die Wangen. Seine Begierde verflog und machte nackter Wut Platz. Er packte ihre Hand und drückte sie, bis sich die Frau vor Schmerz wand. »Aye, da habt Ihr Recht. Wir Highlander sind ein Pack wilder, ungehobelter Barbaren ohne jede Manieren!«

Seine Hand schloss sich um ihren Hinterkopf, er zog sie grob an sich und presste seine Lippen mit aller Gewalt auf die ihren. Sie stieß einen angsterfüllten Laut aus, als er ihr seine Zunge in den Mund stieß. Dann gab er sie abrupt frei, trat einen Schritt zurück und blickte in ihr verwirrtes, erschrockenes Gesicht.

Mit leiser, hasserfüllter Stimme zischte er: »Ich weiß mit meinem Schwanz in der Tat Besseres anzufangen als ihn in eine Hure wie Euch zu stecken. Irgendein einsames Schaf wird sich heute

Nacht schon noch finden lassen.« Mit diesen Worten wandte er sich ab und kehrte in die große Halle zurück.

Der stickigen Wärme dort und den erstaunten Blicken der anderen Gäste, die seinen Gesichtsausdruck bemerkten, fühlte er sich jedoch nicht gewachsen. Er senkte den Kopf und huschte aus dem Saal. Sinann trug auch nicht dazu bei, seine Stimmung zu heben.

»Du hast dich benommen wie ein Schwachkopf, mein Freund.«

»Halt den Mund, Fee.«

»Du kannst von Glück sagen, dass die Frau und ihr Ehemann nicht mit deinen Vorgesetzten befreundet sind, sonst könnte die ganze Sache noch ein böses Nachspiel für dich haben.«

»Spar dir deine Kommentare, habe ich gesagt.« Ciaran bahnte sich einen Weg durch die Menge, durchquerte die zahlreichen Räume und trat endlich ins Freie hinaus. Dort sog er die klare, kühle Nachtluft in tiefen Zügen ein, ehe er durch das Torhaus auf die High Street hinausging.

»Du hättest ihr besser gegeben, was sie wollte, und sie dann zu ihrem Mann zurückgeschickt.«

»Ich hätte diesen Raum besser gar nicht erst betreten.«

»*Och*, da möchte ich dir nicht widersprechen. Aber da du es nun einmal getan hast, war es sehr unklug von dir, die Sache nicht auch zu Ende zu bringen. Frustrierte Frauen können zu wahren Teufelinnen werden.«

»Sie hielt mich für ein Tier.« Ciaran blieb stehen und drehte sich zum Palast um. »Für einen wilden Highlandbarbaren, der in Schmutz und Armut lebt, weil er es nicht anders kennt. Für sie war ich nichts als ein Hengst, dem man gestattet, eine Vollblutstute zu besteigen.« Er blickte zu Sinann auf, die über seinem Kopf schwebte. »Fee, sie gehört zu den Leuten, die mich und mein Volk nicht als Menschen betrachten.«

Die Fee landete neben ihm auf dem Boden. »Aye, Ciaran Dubhach. Das tut sie, und so wird sie immer denken.«

Mit einem tiefen Seufzer drehte Ciaran sich um und machte

sich auf den Heimweg zum Hogshead Inn. Sinann folgte ihm. Nachdem sie lange geschwiegen hatte, sagte sie endlich: »Berichtige mich, wenn ich mich irre, aber ich dachte, du liebst Leah?«

»Sei still, Fee. So einen Fehler werde ich nie wieder machen.«

Sinann kicherte, dann tat sie ihm den Gefallen und hielt den Mund.

13. KAPITEL

Er trug eine goldene Armbanduhr, dazu seinen goldenen Ehering, und um seinen Hals lag eine goldene Kette mit einem kleinen goldenen Kruzifix daran.

Anfang November verließen die Jakobiten Edinburgh und brachen Richtung England auf. Obwohl der Winter unmittelbar bevorstand, schien der Prinz darauf erpicht zu sein, London so schnell wie möglich einzunehmen. Die Truppen folgten Charles nun zwar mit wesentlich geringerer Begeisterung, aber sie folgten ihm.

Während des Marsches gen Süden hatte Ciaran viel Zeit zum Nachdenken. Häufig befasste er sich mit Leah, rief sich ihr Gesicht und ihren Körper ins Gedächtnis und erinnerte sich an den Frieden, den er stets empfunden hatte, wenn er sie in den Armen hielt. Er hatte keine Ahnung, wie sein Leben nach dem Aufstand weitergehen sollte. Es war mehr als wahrscheinlich, dass er im Kampf fiel, vor allem dann, wenn Pa mit seinen Prophezeiungen Recht behielt. Und selbst wenn er überlebte, würden Leahs Vater und sein eigener Clan verhindern, dass sie heirateten. Warum sollte er also über die Zukunft nachdenken?

Da keine Hoffnung auf eine Zukunft mit Leah bestand, klammerte er sich umso mehr an die Vergangenheit. Die Erinnerung an den Klang ihrer Stimme, den Duft ihrer Haut und die Wärme ihres Körpers war alles, was ihm von ihr geblieben war.

Auf ihrem Marsch durch Schottland schlossen sich immer mehr Männer den jakobitischen Truppen an, und die Disziplin ließ zunehmend zu wünschen übrig, denn die Anführer der einzelnen Trupps wurden auf Grund ihrer gesellschaftlichen Stellung und nicht auf Grund militärischer Erfahrung ausgewählt. Ciaran, der mit seinen Leuten inmitten der zahlenmäßig überlegenen Jakobitenclans marschierte, bemerkte, dass die Männer kamen und gingen, wie es ihnen beliebte. Viele, die ihr Heimweh nicht länger ertragen konnten, desertierten. Andere schossen achtlos und ohne Erlaubnis auf alles, was sich bewegte, weil sie sich im Gebrauch der bei Prestonpans erbeuteten Musketen üben wollten.

Auch Ciaran nutzte die eine oder andere günstige Gelegenheit, ein paar Schüsse abzufeuern, um ein Gefühl für die Waffe zu bekommen, die er vom Schlachtfeld aufgelesen hatte. Er stellte fest, dass der Knall wesentlich lauter war als der seiner Pistole, aber mit der Muskete ließ sich immerhin viel besser zielen. Nur musste er jedes Mal husten, wenn ihm der beißende Pulverdampf in die Nase stieg. Sein Vater hatte Feuerwaffen verabscheut und sich lieber auf Schwerter, Dolche oder seine bloßen Fäuste verlassen, doch Ciaran liebte die Macht, die ihm eine solche Waffe verlieh. Es war großartig, den Feind auf eine so große Entfernung niederstrecken zu können. Schade nur, dass das Bajonett, das sich auf den Musketenlauf aufschrauben ließ, zerbrochen war.

Unter seinen eigenen Leuten herrschte eiserne Disziplin, denn die Mathesons konnten sich unter den wachsamen Augen ihres Lairds nicht so frei bewegen wie die zahlenmäßig stärkeren Camerons, Murrays, Stewarts und MacDonalds. Doch trotzdem waren sie mit dem Verlauf des Aufstandes unzufrieden, wie Ciaran einigen ihrer Gespräche entnahm.

»Ich habe doch nicht meine Heimat verlassen, um die *Sassunaich* vor ihrem eigenen König zu schützen«, bekannte Donnchadh freimütig, jedoch mit leiser Stimme. »Unser großer Prinz führt uns in eine Richtung, in die keiner gehen will.«

Obwohl Ciaran geneigt war, ihm zuzustimmen, wies er Donnchadh an, seine Meinung für sich zu behalten. »Ich bin sicher, Prinz Teàrlach hat gute Gründe für seinen Entschluss, nach England zu marschieren.«

»Er ist ein Narr«, schnaubte Aodán.

»Halt den Mund«, zischte Ciaran.

»Das ist die Wahrheit, nichts sonst.«

Ciaran ließ sich ein Stück zurückfallen, sodass er neben Aodán ging, und hob seine Stimme. »Über das, was du für die Wahrheit hältst oder nicht, wollen wir jetzt nicht streiten. Aber wenn ich noch ein Mal eine derartige Bemerkung von dir höre, fordere ich dich zum Kampf, und dann werde ich dich töten. Möchtest du das wirklich?«

Aodán verstummte. Ciaran hörte ein leises Kichern und blickte zu Calum hinüber, der ihn jedoch nur strahlend anlächelte. Über den Marsch nach England wurde kein Wort mehr verloren. Sie marschierten einfach weiter und legten dabei ein erstaunliches Tempo an den Tag; Ciaran schätzte, dass sie pro Tag annähernd dreißig Meilen zurücklegten. Die schroffen felsigen Hügel wichen welligen Ebenen und weitläufigen Weiden. Ciaran hatte in seinem ganzen Leben noch nie so viel offenen Himmel gesehen.

Eine Woche, nachdem sie Edinburgh verlassen hatten, saß Ciaran am Feuer und knabberte müßig an einem harten Zwieback, der Teil seiner Tagesration war. Seine Männer legten sich derweilen zum Schlafen nieder. Nebelschleier zogen über die Heidelandschaft hinweg und dämpften jeden Laut. Die Feuchtigkeit durchdrang Ciarans Mantel und Kilt, und er begann vor Kälte zu zittern. Während er zusah, wie sich seine Männer in ihre Plaids einwickelten, musste er erneut daran denken, wie klein seine Truppe doch war. Dem Prinzen würde ihre Abwesenheit gar nicht auffallen.

Das Heimweh kroch in seine Gedanken wie der Nebel über die Heide. Es war so einfach. Er musste nur seine Männer zusammenrufen und nach Hause zurückkehren. Keiner der Befehlshaber würde etwas bemerken, und falls doch, würde kaum einer etwas unternehmen. Er ließ den Blick über seine Clansleute schweifen und fragte sich, ob sie wohl Einwände hätten, wenn er sich entschloss, sie nach Glen Ciorram zurückzubringen.

Doch dann dachte er über den Empfang nach, den ihnen die Daheimgebliebenen dort bereiten würden, und begriff, dass seine Gefühle und die seiner Männer hier nicht zählten. In Ciorram würden sie ständig den vorwurfsvollen Blicken ihrer Freunde und Verwandten ausgesetzt sein, die fest darauf gebaut hatten, dass sie ihrem Clan Ehre machten – Highlandern, die ihr ganzes Leben lang von eben jenen Rotröcken unterdrückt worden waren, die jetzt endgültig aus dem Land vertrieben werden sollten. Nein, es gab kein Zurück mehr.

Er blickte auf, als General Lord George Murray in Begleitung zweier Adjudanten sich näherte, erhob sich rasch und ging auf die drei Männer zu, ehe sie näher kommen und seine Leute somit zwingen konnten, aufzustehen und zu salutieren.

»Guten Abend, Mylord.«

Die drei scharten sich um ihn und musterten ihn eingehend von Kopf bis Fuß, bevor Murray ihn ansprach.

»Wie viele Männe stehen unter Eurem Befehl?«

»Dreißig, Mylord.«

»Wer ist Euer bester Kanonier?«

Ciaran unterdrückte einen Lachreiz und erwiderte geduldig: »Da wir noch nicht einmal in die Nähe der bei Prestonpans erbeuteten Kanonen gekommen sind, muss ich leider zugeben, dass weder meine Männer noch ich selbst mit so einem Geschütz umzugehen wissen.«

Ein verdrießlicher Ausdruck trat auf das Gesicht des alten Mannes. »Noch nicht einmal Ihr selbst?«, grunzte er. »Ihr habt noch nie eine Kanone bedient?« Seine Schroffheit ärgerte Ciaran. Murrays Stimme glich dem Rascheln vertrockneter Blätter, klang aber nichtsdestotrotz kräftig und gebieterisch.

»Nein, ich kann nur mit dieser Pistole und meiner Muskete umgehen.« Er klopfte auf den Griff der Pistole, die in seinem Gürtel steckte, und deutete dann auf die Muskete auf dem Boden neben dem Feuer. »Meine Männer wüssten nicht, was sie mit einer Kanone anfangen sollten, selbst wenn die sich aufrichten und sie in den Arsch beißen würde.«

Murray lachte, und sogar die beiden bislang stummen Adjudanten in ihren teuren Mänteln und Stiefeln lächelten. Murray nickte, öffnete dann den Mund, um etwas zu sagen, zögerte jedoch plötzlich und starrte Ciaran einen Moment lang an. Dann blinzelte er, runzelte die Stirn und zupfte ein über seinen schweren Mantel drapiertes Plaid zurecht.

»Kann ich Euch sonst irgendwie behilflich sein, Mylord?« Ciaran hoffte, dass dies nicht der Fall sein möge, ließ sich aber seine Ungeduld nicht anmerken.

»Wie lautet Euer Name?« Murray verlagerte sein Gewicht von einem Bein auf das andere. »Ihr kommt mir bekannt vor.«

Das wunderte Ciaran nicht, hatte er doch in seiner Eigenschaft als Laird an vielen Beratungen der Befehlshaber teilgenommen. Doch er antwortete nur: »Ciaran Robert Matheson von Ciorram, Mylord.«

Murray grunzte und hob verwundert die Augenbrauen. »Ihr seid der Laird von Ciorram? Iain Mórs Sohn? Das hätte ich nie gedacht, wenn ich Euch so ansehe.«

Ciarans Gesicht verdunkelte sich, und er erwiderte, obwohl er sich dabei wie ein Lügner vorkam: »Mein Vater war Dylan Robert Matheson von Ciorram, Mylord. Auch bekannt als Mac a'Chlaidheimh oder Dylan Dubh nan Chlaidheimh.« Murrays Augen wurden schmal, während er angestrengt sein Gedächtnis durchforschte. Ciaran half nach. »Iain Mór war mein Großvater mütterlicherseits, Dylan Dubh sein Vetter.«

Murray zog noch immer die buschigen Augenbrauen zusammen und schürzte die Lippen. »Trotzdem meine ich, Euer Gesicht schon ein Mal gesehen zu haben«, beharrte er.

»Mein Vater kämpfte vor dreißig Jahren für König James.«

Murrays Augen leuchteten auf. »Aye! Natürlich! Jetzt erinnere ich mich. An Glen Shiel. Ich versuchte damals, meinen Bruder nach jener verheerenden Niederlage davon zu überzeugen, die Armee aufzulösen, aber er wollte nichts davon hören. Ich habe mit Engelszungen auf ihn eingeredet, ohne etwas zu erreichen. Doch dann kam Euer Vater und brachte William tatsächlich zur Besinnung.« Ein zögerndes Lächeln spielte um seinen Mund. »Ich selbst hätte das nie fertig gebracht, denn ich bin ja nur der unerfahrene jüngere Bruder und werde es auch immer bleiben. Aber Euer Vater behauptete sich gegen William und machte ihm klar, dass Weiterkämpfen Selbstmord gleichkäme.«

Das klang so sehr nach der Ausdrucksweise Dylan Dubhs, dass Ciaran einen Moment lang die Augen schloss, weil er meinte, den Geist seines Vaters zu spüren. Heiser krächzte er: »Aye. Das war Pa, wie er leibte und lebte.«

Lord Georges Lächeln erstarb. »Wie ich hörte, ist er vor kurzem gestorben. Das tut mir sehr Leid.«

»Letztes Frühjahr, Mylord. Möge er in Frieden ruhen.«

»Ich bin mir sicher, dass das Wohl des Clans bei Euch in besten Händen liegt, trotzdem hätte ich ihm gerne noch ein Mal dafür gedankt, dass er in jener Nacht unser aller Leben gerettet hat.« Er deutete zu den Lagerfeuern hinüber. »Nun, die nächste Schlacht werden wir gewinnen, nicht wahr?«

Ciaran nickte. »Aye, Mylord.«

Murray wandte sich ab, um anderswo nach geeigneten Kanonieren Ausschau zu halten. »Nun, dann ...«

»Ich bitte um Entschuldigung, Mylord, aber wolltet Ihr damals wirklich einem Kampf ausweichen?«

Murray drehte sich stirnrunzelnd zu ihm um. »Unsinn, das wäre kein Kampf geworden, sondern ein Massaker. Unsere Männer waren erschöpft und demoralisiert. Hätten wir sie gezwungen, den

Engländern ein weiteres Mal gegenüberzutreten, hätten wir sie in den sicheren Tod geschickt. Euer Vater und ich gehörten zu den wenigen, die das erkannt hatten.«

»Ich verstehe.«

Ohne ein weiteres Wort darüber zu verlieren verabschiedete sich Murray und ging weiter. Der Laird von Ciorram sah ihm mit gemischten Gefühlen nach.

»Ciaran ...«

Ciaran fuhr herum. Eóin stand hinter ihm. »Eóin, sorge hier für Ordnung. Ich bin bald wieder zurück.«

»Aye.« Sein Stiefbruder sah ihn neugierig an, wagte aber nicht, ihm Fragen zu stellen.

Ciaran ging zu dem Bach hinüber, der sich ganz in der Nähe durch die Heide schlängelte. Er hatte die Hände tief in den Manteltaschen vergraben und den Kragen hochgeschlagen. Sowie er außer Sichtweite der Mathesons war, ließ er sich am Wasserrand auf einem glatten, runden Felsbrocken nieder. »Fee«, murmelte er, »bist du da?«

Als er keine Antwort erhielt, zischte er: »Wenn du dich nicht sofort zeigst, erschieße ich den Prinzen, und was wird dann aus Pas Vorhersagen?«

»Du wirst den Prinzen nicht erschießen, weil du zu so etwas gar nicht fähig bist. Und deswegen wird alles so kommen, wie dein Vater es gesagt hat.« Sinann materialisierte sich vor ihm und landete auf dem schlammigen Boden. »Und mein Name ist Sinann, wenn es dir nichts ausmacht.«

»Ich muss mit dir reden.«

»Natürlich, sonst hättest du mich ja nicht gerufen.«

»Sehe ich meinem ... sehe ich wirklich so aus wie Dylan Dubh?«

Die Fee sah ihn erstaunt an, dann brach sie in schallendes Gelächter aus. Sie lachte, bis ihr die Tränen über die Wangen liefen. Ciaran senkte den Kopf. Sein Gesicht brannte vor Scham. In diesem Moment hätte er am liebsten einen Kiesel aus dem Bach gefischt und nach ihr geworfen.

Doch sowie sie wieder zu Atem gekommen war, zwitscherte sie: »Natürlich tust du das! Hast du dich denn noch nie im Spiegel angeschaut?«

Ciaran rutschte unbehaglich auf dem Stein hin und her. »Doch, sicher. Aber wenn ich tatsächlich sein Sohn bin, warum hat er mich dann adoptieren müssen?«

»Er wollte nicht, dass die Leute dich Ciaran Ramsay nennen, das ist alles. Er wollte, dass du in dem Wissen aufwächst, ein Matheson zu sein.«

»Aber kann es denn sein ... ich meine, wenn Connor Ramsay ihm ähnlich sah ...«

Sinann stieß ein schnaubendes Lachen aus. »Er ähnelte Dylan Dubh so sehr wie ein Sattel einem Pferdearsch! Mein Freund, Connor Ramsay war der blasseste, saft- und kraftloseste Mann, der je über Gottes Erdboden gewandelt ist.« Ciaran wurde leichter ums Herz, und die Fee fuhr fort:

»Außerdem kann ich beschwören, dass er deine Mutter nie berührt hat. Nicht ein einziges Mal.«

Ciaran traute seinen Ohren nicht. Erregt zupfte er an seiner Haarlocke herum. »Was sagst du da?«

»Es ist die Wahrheit. Als deine Mutter deinen Vater aufgeben und Ramsay heiraten musste, gab ich ihr einen Talisman, der ihr Kraft schenkte. Ich wusste, dass sie sich ihrem Mann im Ehebett verweigern wollte, daher fertigte ich ein rotes Band mit sieben Knoten für sie an, das ihr die nötige Stärke dazu verlieh. Von dem Zeitpunkt an, da sie Ciorram verlassen musste, bis zu dem Tag, als dein Vater sie zur Frau nahm, hat sie Ramsay nie gestattet, sie anzurühren.«

»Bist du da ganz sicher?«

Die Augen der Fee wurden schmal. »*Och*, zweifelst du etwa an meinem Wort, mein Freund? Falls dem nämlich so ist, werde ich dich auf der Stelle in eine Kröte verwandeln!« Sie hob drohend die Arme, und er winkte rasch ab.

»Schon gut, ich glaube dir ja.«

»Da tust du gut daran. Ich war nämlich in der Nacht, in der du gezeugt wurdest, selbst dabei.«

Er runzelte die Stirn. »Ich dachte, du würdest deine Freunde bei so intimen Dingen nicht bespitzeln.«

»Nun, sie haben mich geweckt, nicht wahr? Es war im alten *broch,* am Beltanefest. Ich saß oben in meinem Lieblingsbaum, und sie lagen im Gras und ... nun, sie liebten sich.« Sie beugte sich vor und senkte die Stimme. »Dylan Dubh ist dein Vater, mein Freund. Zweifle nie daran. Deine Mutter war die große Liebe seines Lebens, und du bist der lebende Beweis dafür. Du warst nicht nur sein Sohn, sondern sein Lieblingssohn.«

Ciaran brauchte eine Weile, um die Worte der Fee zu verarbeiten. »Du würdest mich doch nicht anlügen?«

»Ich würde niemanden anlügen, der Dylan Dubh so viel bedeutet hat. Er war ein großer Mann, der sich meine Anhänglichkeit verdient hat. Du und seine Schwester, ihr wart sein Lebensinhalt.«

Ein Kloß bildete sich in Ciarans Kehle, und seine Augen begannen zu brennen. Die nagenden Zweifel, die ihn in den letzten Monaten gequält hatten, verflogen, und er fühlte sich plötzlich wieder wie ein vollständiger Mensch. »Aye, Tinkerbell«, flüsterte er. »Danke.«

Ein breites Grinsen trat auf ihr Gesicht. »Hast du Tinkerbell gesagt?«

»Aye. Tinkerbell. Tink.«

Die Fee lachte silberhell auf. »Du hast mich Tink genannt!« Wieder kicherte sie. »*Och,* er hat mich *Tink* genannt!«

Als Ciaran zu seinen Männern zurückkehrte, lachte er leise in sich hinein. Es war so einfach, der weißen Fee eine kleine Freude zu machen.

Am nächsten Tag überschritt die jakobitische Armee die Grenze zu England. Zum ersten Mal in seinem Leben verließ Ciaran Schottland, und er hoffte, es werde auch das letzte Mal sein.

Bald darauf belagerten die Truppen des Prinzen die Stadt Carlisle im Norden Englands. Eine Woche lang kampierten sie vor den Stadtmauern, nahmen die Stadt mit den erbeuteten Kanonen unter Beschuss und drohten, alles niederzubrennen, wenn die Tore nicht geöffnet würden. Berichten zufolge marschierte des Königs General Wade von Newcastle aus auf sie zu, aber die Nachricht erwies sich als falscher Alarm, und die Belagerung wurde fortgesetzt. Kurz darauf wurde die Stadt eingenommen, und die Soldaten des Prinzen quartierten sich in den Häusern und Schenken von Carlisle ein, wo sie zum ersten Mal, seit das Wetter umgeschlagen war, ein Dach über dem Kopf hatten. Allerdings war ihre Zahl seit Prestonpans stark gestiegen, und so mussten viele Männer noch immer in ihre Plaids gewickelt auf dem Boden schlafen, wie sie es in der Heide getan hatten.

Auf Grund seines Ranges bewohnte Ciaran eine kleine Kammer für sich allein. Sie lag im obersten Stock einer Schenke in der Stadtmitte, und wegen der schrägen Dachbalken konnte er nur in der Mitte des Raumes aufrecht stehen. Kanonendonner dröhnte in der Ferne. Die Burggarnison hielt der jakobitischen Artillerie verbissen stand.

Lange würden sie sich gegen die Jakobiten nicht mehr zur Wehr setzen können, davon war Ciaran überzeugt. Falls dann auch London rasch erobert wurde, bestand Hoffnung, dass ihnen der französische König Verstärkung schickte. Konnten sie London einnehmen, so konnten sie auch das ganze Land unterwerfen, und sogar diejenigen unter den Schotten, die sich am heftigsten gegen den Marsch nach England gesträubt hatten, wussten das. Alle brannten darauf, endlich die alles entscheidende Schlacht zu schlagen, denn sie waren überzeugt, den Sieg davonzutragen.

Trotzdem war Ciaran im Moment froh, eine angenehm warme Kammer für sich allein zu haben. In seinem Hinterkopf geisterte noch immer die Befürchtung herum, sein Vater könne Recht behalten und die Armee würde sich nach Derby zurückziehen, statt die Hauptstadt direkt einzunehmen. Und je länger der Marsch dauerte, desto länger würde er warten müssen, bis er herausfand, ob all die Prophezeiungen seines Vaters zutrafen.

Nachdem er das Fenster geschlossen hatte, entkleidete er sich und setzte sich vor dem Feuer auf den Boden, um sich von Läusen und Flöhen zu befreien. So oft er das auch tat, stets fielen neue Parasiten über ihn her, krochen unter seiner Kleidung über seine Haut und saugten sein Blut. Das Gekrabbel hasste er am meisten. Das Jucken eines Flohbisses war harmlos im Vergleich mit dem Ekel, den er empfand, wenn eines dieser Tiere über seinen Körper kroch. Die meisten Männer machten sich gar nicht mehr die Mühe, die Plagegeister zu vernichten, weil ja doch immer neue hinzukamen, doch Ciaran hatte von Kind an auf Reinlichkeit gehalten und hatte nicht die Absicht, etwas daran zu ändern. Sorgfältig arbeitete er sich von den Füßen aus an den Beinen empor, ehe er zu intimeren Körperteilen überging. Dabei murmelte er leise: »Tinkerbell, bist du da?«

»Aye. Immer.« Sinann materialisierte sich und landete am Fuß seiner Pritsche.

»Weißt du, was daheim in der Burg vor sich geht?« Er klaubte eine Laus aus seinem Schamhaar, schnippte sie ins Feuer und suchte nach Artgenossen.

»Aye.«

»Gibt es etwas Neues?«

»Allerdings.«

Er drehte sich zu ihr um und lehnte sich gegen die Wand, um sich Sinanns Bericht in Ruhe anzuhören. Etwas krabbelte über seine Hoden, und er tastete hastig nach dem ungebetenen Gast. »Was denn?« Eine zweite Laus wanderte zu ihrer Vorgängerin ins Feuer. Ciaran setzte die Suche fort.

»Neuigkeiten von Leah.«

Ciaran blickte auf und stützte sich mit beiden Händen auf dem Boden ab. »Was ist mit ihr? Geht es ihr gut? Wie kommt es, dass man in der Burg etwas von ihr gehört hat?« Das konnte nichts Gutes bedeuten. Ciaran machte sich auf schlechte Nachrichten gefasst.

»Sie hat dir einen Brief geschickt, den der junge Robbie gestern in deinem Büro in Empfang genommen und Robin Innis übersetzt hat, weil sie darin erwähnt, dich nach der Schlacht in Edinburgh gesehen zu haben. Ich fürchte, was euch beide angeht, ist die Katze jetzt aus dem Sack.«

Ciaran erschrak. Hastig richtete er sich auf. »Was stand sonst noch in dem Brief?«

Die Fee kicherte. »Wenn du meinst, sie hätte detailliert beschrieben, was zwischen euch vorgegangen ist, dann solltest du dich schämen. Nein, sie wollte dir nur mitteilen, wo sie sich jetzt aufhält. Sie hat den Brief geschrieben, kurz bevor sie mit ihren Verwandten Edinburgh verlassen hat und nach Nairn gegangen ist. Die ganze Stadt lebt in ständiger Furcht vor den Rotröcken. Sogar die, die es nicht mit dem Prinzen halten, fürchten, mit seinen Anhängern in einen Topf geworfen zu werden.«

»Wo genau wohnt sie denn in Nairn?«

Sinann hob die schmalen Schultern. »Das stand nicht in dem Brief. Vielleicht weiß sie es nicht.«

»Warum hat sie diesen Brief nach Glen Ciorram geschickt?«

»Das liegt doch auf der Hand. Sie durfte nicht wagen, einen der Jakobiten zu bitten, ihn dir zu geben, das hätte gefährlich für sie werden können, wenn es den falschen Leuten zu Ohren gekommen wäre. Und da sie die Tochter eines Rotrocks ist, hätte der Brief dich wahrscheinlich ohnehin nicht erreicht. Sie ist sowieso schon ein großes Risiko eingegangen, indem sie ihn überhaupt losgeschickt hat, aber sie wollte dir unbedingt mitteilen, wo du sie finden kannst, wenn der Aufstand vorüber ist.«

Ciaran wurde warm ums Herz. »Sie hat den Zorn ihres Vaters in Kauf genommen, nur um mich wiedersehen zu können?«

»Sie liebt dich, mein Freund. Wenn du die jakobitische Armee verlassen würdest, könntest du zu ihr nach Nairn gehen und würdest nicht bei Drumossie Moor sterben.«

Ciaran schnaubte vernehmlich. »Ich kann nicht desertieren. Dùghlas und Calum würden mich einen Feigling nennen und den Rest des Clans gegen mich aufwiegeln. Außerdem will ich gar nicht weggehen. Wir sind schon so nah vor London, dass uns Georgs Armee nicht mehr aufhalten kann. Wir wollen kämpfen, und wir werden siegen.«

»Viele Männer sind bereits desertiert ...«

Ciaran wurde wütend. Er beugte sich vor und drohte der Fee mit dem Finger. »Aber keiner der Mathesons! Sollen doch die Camerons und die feigen MacDonells wie die Hasen nach Hause rennen! Meine Männer stehen zu ihrem Wort. Außerdem kannst du ja gar nicht sicher sein, ob ich wirklich in der Schlacht sterbe, Tinkerbell. Du sagtest ja, selbst Pa wusste nicht genau, was mit mir geschehen wird.«

»Aye, das stimmt. Er hat nur gelesen, dass du am Tag der Schlacht ein paar deiner Männer aufspüren willst, die auf Proviantsuche gegangen sind.«

»Und er wusste nicht, ob ich von dieser Suche wieder zurückkehre.« Doch dann runzelte er die Stirn, lehnte sich gegen die Wand und stützte einen Ellbogen auf sein angewinkeltes Knie. Mit gespreizten Fingern fuhr er sich durch das Haar und starrte dabei zu Boden. Hieß das, dass er sich vor dem Kampf drücken wollte? Er konnte es nicht glauben. Für ihn stand fest, dass er niemals ein so feiges Verhalten an den Tag legen würde. Aber was, wenn ihn seine Nerven im Stich ließen? Entschlossen verdrängte er die aufkeimenden Zweifel. Nein, er war kein Feigling. Nie würde er vor einer Schlacht davonlaufen. Pa musste sich irren. Aber inwiefern genau ...

Die Fee riss ihn aus seinen Gedanken. »Eigentlich ist das auch nicht wichtig. Nur wenige unserer Leute werden die Schlacht überleben. Diejenigen, die nicht im Kampf fallen, wird man gefangen nehmen und hinrichten, der Rest wird ins Gefängnis gesteckt, sagte dein Pa. Dann werden die Rotröcke das ganze Land nach flüchtigen Jakobiten absuchen und sie erbarmungslos abschlachten, wobei auch unzählige Unschuldige ihr Leben verlieren werden, die sich gar nicht an dem Aufstand beteiligt haben. In mehr als dreißig Jahren hat sich dein Vater in solchen Dingen nie geirrt. Glaube ihm, mein Freund. Denk an deine Zukunft und an die Frau, die du liebst. Entscheide dich, welchen Weg du einschlagen willst. Tu es jetzt. Niemand wird es dir verübeln, wenn du dich gegen die Sache entscheidest.«

Einen Moment lang empfand Ciaran den glühenden Wunsch, die Jakobiten im Stich zu lassen und schnurstracks zu Leah zu eilen. Aber dann dachte er daran, dass er für den Rest seines Lebens als Feigling gebrandmarkt sein und sich vor sich selbst schämen würde, und begriff, dass er es nicht über sich bringen könnte, einfach zu desertieren. Noch nicht einmal seinem Vater zuliebe. Es war zu viel verlangt.

»Das wäre Fahnenflucht, Tink. Ich kann nicht.«

»Du musst.«

»Nein, Tinkerbell. Ich muss meine Pflicht tun.«

»Und sterben.«

»Wenn ich falle, dann ist es mein Schicksal.«

»Och.« Sinann schüttelte unwillig den Kopf. Ihre Wangen färbten sich rosig. »Schicksal!«

Ciaran ballte die Fäuste. »Du hast selbst gesagt, dass man den Lauf der Geschichte nicht ändern kann. Wenn auch nur die kleinste Chance besteht, London einzunehmen und das Land von Georg zu befreien, der sich ohnehin als Deutscher betrachtet und viel lieber in Hannover leben würde, dann muss ich sie ergreifen.«

»Selbst wenn ...«

»Aye. Was geschehen soll, geschieht. Ich kann nicht mein ganzes Leben nach dem ausrichten, was mein Vater einst in einem Geschichtsbuch gelesen hat.«

»Und was ist mit Leah? Ich denke, du liebst sie?«

Ciaran nickte. »Aye. Das tue ich auch. Und ich wünsche mir nichts mehr, als zu ihr zurückkehren zu können. Aber nicht, wenn ich mit meinem Stolz und meinem Rang als Laird dafür bezahlen muss.«

»Dein Vater hat um deiner Mutter willen alles aufgegeben.«

Ciaran sah die Fee an, blinzelte verwirrt und zog dann beide Knie an, um die Arme darauf zu stützen. »Was musste er schon groß aufgeben?«

»Seine Heimat in der Zukunft. Seine Freunde. Seinen ...«, sie zog die Brauen zusammen, während sie angestrengt versuchte, sich an die richtigen Worte zu erinnern, »... seinen *Fernseher,* das ist eine Art Kasten, in dem man Geschichten sehen kann, so etwas wie ein Puppentheater, nur mit richtigen Menschen. Er sprach auch von ›Kühlschränken‹, in denen man Nahrungsmittel wochenlang aufbewahren kann, ohne dass sie verderben. Er lebte in einer Zeit, in der Menschen in Maschinen durch die Luft fliegen konnten ... fliegen konnten wie die Vögel. Und sie werden in Kutschen aus Metall fahren, die schneller sind als das schnellste Pferd. Er sagte sogar«, Sinann beugte sich vor und senkte die Stimme, obwohl sie außer Ciaran niemand hören konnte, »dass einmal ein Mann den Mond aufsuchen wird. Ein Mann namens Amstrong.«

Ciaran musste lachen. »Den Mond? Das gibt es doch gar nicht!« Kichernd fuhr er mit seiner Jagd nach Läusen fort. »Ein Mann fliegt zum Mond! So ein Unsinn!«

Sinann lehnte sich zurück. »Aye. Es ist lächerlich. Ein Feenmärchen.«

Ciaran wurde plötzlich ernst. Er blickte die Fee von der Seite an. Das alte Holzspielzeug fiel ihm ein, das aussah wie ein seltsam geformter Vogel. Sein Vater hatte es vor langer Zeit für ihn geschnitzt, und Ciaran hatte es immer für eine missglückte Schwalbe gehalten. Konnte es sich stattdessen um eine Flugmaschine gehandelt haben?

Endlich meinte er: »Natürlich, ein Mann, der zum Mond fliegt, muss ein Schotte sein.« Wieder beäugte er Sinann. »Aye, er hat wohl viele wundersame Dinge aufgeben müssen. Aber war er dort, wo er herkam, auch der Laird seines Clans und als solcher für das Wohlergehen seiner Leute verantwortlich? Hat er seinen Clan wegen meiner Mutter im Stich gelassen?«

Die Fee seufzte und ließ die Flügel hängen. »Nein.«

Ciaran nickte. »Das dachte ich mir.« Er zog das schwarze Band aus seinem Haar und fuhr mit den Fingern hindurch. »Ich werde meine Leute nie im Stich lassen.«

Am nächsten Tag ergab sich die Burggarnison und wurde durch jakobitische Soldaten ersetzt. Der Prinz und seine Armee blieben noch eine Woche in Carlisle, um sich auszuruhen, dann marschierten sie weiter und erreichten wenige Tage später Manchester. Dort wurde James erneut auf dem Marktplatz zum rechtmäßigen König ausgerufen, und viele Hundert Freiwillige schlossen sich an diesem Tag den Jakobiten an. Unter den Männern herrschte Hochstimmung, sie hielten sich für unbesiegbar, und sogar Ciaran begann neue Hoffnung zu schöpfen.

Als die Armee jedoch weiter Richtung Süden vorrückte und Stockport, Macclesfield und Leek durchquerte, stellte sich heraus, dass es unter den englischen Jakobiten mehr Lippenbekenntnisse als echte Unterstützung für Charles zu geben schien. Viele tranken öffentlich auf James' Wohl, und die Menschen jubelten dem Prinzen zu, aber nur wenige waren bereit, sich seiner Armee anzuschließen. Immer deutlicher zeigte sich, dass Charles den entscheidenden Sieg in London dringend benötigte, wenn die Stimmung im Land umschlagen sollte. Seit ihrer Ankunft in England hatten sie keinen Rotrock zu Gesicht bekommen, und ihr Ziel schien in greifbarer Nähe zu liegen.

Ciaran baute seine innere Anspannung ab, indem er jeden Abend, wenn sie ihr Lager aufgeschlagen hatten, sein Trainingsprogramm absolvierte. Seit sie aus Glen Ciorram fortgezogen waren, hatte er nur selten Gelegenheit dazu gefunden, und so nutzte er den Aufenthalt in Leek, um seine vom Marsch verkrampften Muskeln zu lockern und seine alte Kampffertigkeit zurückzugewinnen. Seine Männer lagerten auf einer Weide vor einem alten Herrenhaus, und bei Sonnenuntergang suchte er sich eine ebene Fläche, verbeugte sich vor einem unsichtbaren Gegner und begann mit seinen Übungen.

Schon bald erfüllt ihn ein tiefer Friede. Diese altvertraute Gewohnheit aus der Zeit, als sein Vater noch am Leben gewesen war, rief ihm immer wieder in Erinnerung, wer er war und welcher Weg vor ihm lag. Er konzentrierte sich voll und ganz auf die einzelnen Bewegungen, wobei all seine Sorgen und Probleme von ihm abfielen. Sein Herz schlug kräftig und regelmäßig, sein Atem ging ruhig, und er nahm seine Umwelt bewusster wahr als sonst. Er war froh, am Leben zu sein.

Gegen Ende seines Trainings drehte er sich um und stellte erstaunt fest, dass Prinz Teàrlach hinter ihm stand und ihn beobachtete. Ein paar Gefolgsleute hielten sich zu seiner Verfügung und warteten auf Befehle. Ciaran unterbrach seine Übungen und nahm Haltung an. »Königliche Hoheit ...«

Doch Charles winkte ab. »Macht nur weiter, Ciorram.«

Ciaran wunderte sich, dass der Prinz seinen Namen behalten hatte, fasste sich aber rasch wieder und fuhr mit seinen Übungen fort. Da er wusste, dass die Augen des Prinzen auf ihm ruhten, fiel das Ergebnis nicht zu seiner Zufriedenheit aus. Seine Ohren brannten vor Scham, als er daran dachte, was sein Vater zu dieser Leistung zu sagen gehabt hätte. Schließlich verbeugte er sich erneut vor seinem unsichtbaren Gegner und wandte sich dem Prinzen zu.

Charles applaudierte ihm. »Bravo, Ciorram! Das habt Ihr gut gemacht. Und ganz ohne Musik! Beherrscht Ihr noch mehr solcher Tänze?«

»Aye, Hoheit, aber das war kein Tanz, sondern eine Kampftechnik. Damit kann man einen Gegner ohne Waffen besiegen.«

Die Augen des Prinzen wurden groß. »Ein Kampf ohne Waffen? Tatsächlich? Wie macht man das? Ihr müsst es mir beibringen.« Die Begeisterung in seiner Stimme entlockte Ciaran ein Lächeln. Als kleiner Junge hatte er auch unbedingt alles lernen wollen, was sein Vater konnte, und das so schnell wie möglich. Er trat einen Schritt auf den Prinzen zu.

»Dann versucht doch einmal, mir einen Schlag zu versetzen.«

Ein breites Grinsen trat auf Charles' Gesicht. »Überlegt Euch gut, was Ihr da sagt.«

»Schlagt mich zu Boden, wenn Ihr könnt.«

Immer noch grinsend holte Charles aus, um Ciaran einen Fausthieb zu versetzen. Dieser sah den Schlag kommen und wehrte ihn mit einer Armbewegung ab, ohne sich von der Stelle zu rühren.

Verblüfft holte Charles erneut aus. Ohne Erfolg. Eine Reihe von Schlägen mit der Linken ging ebenfalls ins Leere.

»Himmel!« Der Prinz starrte seine Fäuste an. Er konnte es nicht fassen, dass es ihm nicht gelungen war, einen Treffer zu landen. »Diesen Trick müsst Ihr mir unbedingt zeigen!«

»Es ist kein Trick, und man kann diese Technik auch nicht von heute auf morgen lernen.«

»Zeigt es mir. Jetzt sofort.«

Ciaran unterdrückte einen resignierten Seufzer. »Gerne, Hoheit. Zuerst müsst Ihr die Füße so setzen ...« Er führte die Grundhaltung vor, die sein Vater seinen Schülern stets zuerst beigebracht hatte. »Schulterbreit auseinander, Zehen nach vorne gerichtet, Knie leicht gebeugt.«

Charles schüttelte den Kopf. »Nein, Ciorram. Ich möchte das lernen, was Ihr mit Euren Händen gemacht habt.«

Ciarans Geduld erschöpfte sich allmählich. »Bei allem nötigen Respekt, Hoheit – was ich tue, tue ich mit meinem ganzen Körper. Die Hände sind nur ein Teil davon.«

Charles musterte ihn einen Moment nachdenklich, dann sagte er: »Man setzt den ganzen Körper dazu ein?«

»Aye. Mein Vater hat diese Kampftechnik in Amerika gelernt und mir beigebracht, als ich noch ein kleiner Junge war. Sie erfordert jahrelange Übung.« Als die Augen des Prinzen sich verengten, fuhr er hastig fort: »Aber ich kann Euch lehren, das Gleichgewicht zu halten, damit ein Gegner Euch nicht so leicht zu Boden stoßen kann.«

Das schien Charles zufrieden zu stellen, denn er bat: »Dann

fangt gleich damit an.« Er ahmte Ciarans Haltung nach, was ihm mühelos gelang. »Richtig so?«

»Aye, Hoheit. Sehr gut. Nun versucht, Euer Gewicht von einer Seite auf die andere zu verlagern, ohne dabei das Gleichgewicht zu verlieren ...« Er zeigte dem Prinzen, was er meinte. Charles lachte vor Freude, als es Ciaran nicht gelang, ihn mit einem kräftigen Stoß zu Boden zu werfen. In den nächsten Stunden brachte Ciaran ihm bei Fackelschein die Grundbegriffe des asiatischen Kampfsportes bei. Charles erwies sich als Musterschüler, der rasch begriff, worauf es ankam. Er war mit einer solchen Begeisterung bei der Sache, dass Ciaran den Unterricht erst beenden durfte, als er sich vor Müdigkeit kaum noch auf den Beinen halten konnte.

Nachdem er sich endlich neben dem Feuer in sein Plaid eingewickelt hatte, murmelte er Sinann zu: »Wenn unser Sieg allein von dem Enthusiasmus dieses Burschen abhängen würde, fiele uns London mühelos in den Schoß.«

Im Dunkeln erklang ein leises Kichern.

Am vierten Dezember marschierte die fast fünftausend Mann starke jakobitische Armee in Derby ein, wo sie damit rechneten, auf die hannoveranischen Truppen zu treffen, die von König Georgs Sohn, dem Herzog von Cumberland, angeführt wurden. Sie waren weniger als hundert Meilen von London entfernt.

Am darauf folgenden Tag betrachtete Ciaran die Soldaten, die kampfesdurstig ihre Schwerter schärften, und flüsterte Sinann zu: »Bist du sicher, dass Pa gesagt hat, wir würden hier kehrt machen?«

Auch die Fee wirkte verwirrt. »Aye. Er sagte, weiter als bis Derby würdest du nicht kommen.«

»Hat er auch gesagt, warum nicht?«

Sie zuckte die Schultern. »Nein. Er wusste es selbst nicht.«

»Vielleicht hat er sich geirrt.« Hoffnung keimte in ihm auf. Wenn dem so war, dann hatte sich sein Vater vielleicht auch in allen anderen Punkten geirrt.

Aber die Fee schüttelte entschieden den Kopf. »Nein, er war sich ganz sicher. Er konnte sich zwar nicht an alle Einzelheiten des Aufstandes erinnern, aber er wusste, dass du nur bis Derby gelangen würdest.«

In diesem Moment kam ein Laufbursche von Lord George atemlos vor Erregung auf ihn zugestürmt. »Sir, soeben ist eine Versammlung des Kriegsrates einberufen worden. Alle Clanführer haben sich in Exeter House einzufinden.« Mit diesen Worten rannte er weiter.

Ciaran war sicher, dass lediglich der Schlachtplan für das bevorstehende Zusammentreffen mit Cumberland festgelegt werden sollte. Reine Routine. Gemächlich schlenderte er auf Exeter House zu.

Doch als er die Halle betrat, verriet ihm das erregte Stimmengewirr, dass etwas in der Luft lag. Obwohl sich noch nicht alle Lairds eingefunden hatten, war bereits eine lautstarke Diskussion im Gange. Keiner der Männer hatte auf einem Stuhl Platz genommen. Alle wirkten verwirrt, gereizt und aufgeregt. Lord George Murray führte das große Wort, und anscheinend schlug er den Rückzug nach Schottland vor.

Vor Überraschung blieb Ciaran wie angewurzelt stehen. Sinann zischte ihm zu, er solle den Mund schließen.

»Mit Drummonds Verstärkung haben wir gegen Cumberland bessere Aussichten«, sagte Murray gerade. »In Schottland warten fast dreitausend Mann auf uns.«

»Dreitausend Mann?«, flüsterte Ciaran Sinann zu. »Die Franzosen haben uns Soldaten geschickt, aber sie sind in Schottland?«

»So sieht es aus, mein Freund.«

Murray fuhr fort: »Wenn wir dort zu ihnen stoßen, brauchen wir unsere Armee nicht in England aufreiben zu lassen.«

»Und wir müssen das Leben unserer Männer nicht *für* England aufs Spiel setzen«, knurrte Cameron of Lochiel.

Zustimmendes Gemurmel ertönte.

Charles, der in einem großen Stuhl neben dem Pfosten saß, an dem das Banner seines Vaters hing, mischte sich ein. Sein Gesicht war vor Zorn hochrot angelaufen. »Wir sollten unbedingt weiter nach Süden marschieren, den Trent überqueren und …«

»Wenn Ihr weiter Richtung London vorrückt, sitzt Ihr innerhalb der nächsten zwei Wochen in Newgate«, ertönte eine Stimme aus der Menge.

»Die Männer wollen *jetzt* kämpfen!« Der junge Prinz schlug mit der Faust auf den Tisch vor ihm. »Wir sind schon fast in London. Der Sieg ist zum Greifen nah. Cumberland und Wade sind wochenlang umhergeirrt, ohne uns zu finden. Ihre Männer sind nicht daran gewöhnt, im Winter zu kämpfen. Wir aber verfügen über eine Armee von Highlandern, denen es nichts ausmacht, im Freien zu schlafen und sich das Eis aus dem Bart zu kratzen, bevor sie in den Kampf ziehen.«

»Aber wir sind dem Feind zahlenmäßig unterlegen«, hielt Murray ihm entgegen. »Die Franzosen haben die versprochene Verstärkung nicht rechtzeitig geschickt, und auch im eigenen Land haben wir nicht so viel Unterstützung gefunden wie erwartet. Ich glaube auch nicht, dass wir in London auf großen Zuspruch rechnen können.«

»Die Männer werden sich erheben und sich uns anschließen!«, donnerte Charles.

»Mit allem Respekt, Hoheit – da muss ich Euch widersprechen. Unsere Kundschafter haben gemeldet, dass Georg in Finley Truppen zusammengezogen hat. Cumberland befindet sich ganz in unserer Nähe, und wenn wir London einnehmen wollten, müssten wir nicht nur gegen seine uns weit überlegene Armee kämpfen, sondern auch noch gegen die Truppen, die uns vor der Stadt abfangen sollen. Unsere Chancen stehen viel besser, wenn wir uns Richtung Norden zurückziehen und dort unsere eigenen Truppen verstärken.«

Im Verlauf der Versammlung wurde deutlich, dass Charles' Pläne nicht viel Zustimmung fanden. Nur wenige Clanführer sprachen sich dafür aus, weiter auf London zuzumarschieren, aber sie hatten nur schwache Argumente vorzubringen und wurden von den einflussreicheren Lairds überstimmt. Ciaran beteiligte sich nicht an der Diskussion. Er war jetzt ganz sicher, dass sein Vater Recht behalten und die Armee umkehren würde. Nichts und niemand konnte daran etwas ändern. Doch Charles ließ sich nicht umstimmen, und gegen Mittag war immer noch keine Entscheidung gefallen. Die Versammlung wurde auf den Abend vertagt.

Ciaran nahm an diesem Treffen erst gar nicht teil, da er wusste, wie es ausgehen würde. Er saß mit seinen Männern in einer Schenke, trank Ale und hörte zu, wie sie damit prahlten, Cumberland das Fell zu gerben und dann siegreich in London einzumarschieren. Der kleine, stickige Schankraum war von Stimmengewirr und Gelächter erfüllt. Ciaran ließ sie gewähren. Er wusste, dass sich keiner ihrer Träume je erfüllen würde. Ein Kloß bildete sich in seinem Magen, während er trank. Er vermied es, das Kommende zu bedenken, weil das ohnehin nur dazu führen würde, dass er sich den Kopf darüber zermarterte, was nächstes Frühjahr in der alles entscheidenden Schlacht bei Inverness mit ihm geschehen könnte.

Am nächsten Morgen erhoben sich die Männer in der Dämmerung, um, wie sie meinten, den Marsch Richtung London fortzusetzen. Es war ein kalter, unfreundlicher Dezembertag. Die Soldaten folgten ihren Befehlshabern durch das unbekannte Gelände und bereiteten sich darauf vor, endlich auf den Feind zu treffen. Alle warteten ungeduldig auf die Nachricht, Cumberland sei gesichtet worden.

Doch als sich der Himmel verfärbte, blickten die Männer einander verwirrt an, denn die Sonne ging zu ihrer Rechten statt zu ihrer Linken auf. Als ihnen klar wurde, dass sie von London wegmarschierten statt auf die Stadt zu, brach ein Tumult aus. Immer häufiger fiel das Wort »Verrat«. Ciaran behielt seine Meinung für sich und befahl seinen Leuten, ebenfalls den Mund zu halten. Er wusste, dass die Entscheidung zum Rückzug unvermeidlich gewesen war. Das Schicksal nahm seinen Lauf, und daran ließ sich nichts mehr ändern.

Zum ersten Mal zog er die Möglichkeit, dass er im nächsten April bei Culloden Moor sterben könnte, ernsthaft in Betracht.

14. KAPITEL

Dann drapierte er ein Plaid über seine Schultern, das dasselbe Muster aufwies wie sein Kilt und das ihm bis zu den Knien fiel. Eine Franse kitzelte ihn am Bein. Er kratzte sich und zupfte dann das Plaid zurecht.

Mit dem Befehl zum Rückzug schlug auch die Stimmung unter den Soldaten um. Waren sie zuerst voller Hoffnung gewesen, am Ende den Sieg davonzutragen, so waren sie jetzt von ihrer Niederlage überzeugt. Nichts, was Cumberland eingefallen wäre zu tun, hätte die Armee des Prinzen gründlicher demoralisiert. Der Rückzug aus England erwies sich dann auch als wesentlich schwieriger und strapaziöser als der Einmarsch, denn die Männer waren nicht mehr mit dem Herzen bei der Sache. Überdies hatten sie jetzt, mitten im Winter, mit schlechten Wetterbedingungen zu kämpfen. Die wenigen Engländer, die ihre Sache unterstützt hatten, fielen jetzt ganz davon ab. Die Jakobiten waren von Eroberern zu Flüchtenden geworden, denn Berichten zufolge saßen ihnen sowohl Cumberland als auch Wade dicht im Nacken. So marschierten die Highlander in schamerfülltem Schweigen dahin.

Bei Cheadle in der Nähe der schottischen Grenze materialisierte sich Sinann plötzlich vor Ciaran und sah ihn aus angstvoll aufgerissenen Augen an. »Rasch, mein Freund! Komm schnell! Sie haben Aodán!«

Ciaran fuhr erschrocken zusammen und sah sich nach Aodán um, konnte ihn aber nirgendwo entdecken. Er blieb ein Stück hinter seinen Männern zurück und flüsterte: »Was ist passiert? Wer hat Aodán?« Dabei musterte er seinen Trupp forschend. Es war an der Tagesordnung, dass die Männer sich davonstahlen, um zu plündern oder sich mit einem der einheimischen Mädchen zu vergnügen, und erst jetzt fiel ihm auf, dass er Aodán seit dem gestrigen Abend nicht mehr gesehen hatte.

»Die Stadtbewohner haben ihn gefangen genommen! Er ist mit einer Hure in den Wald gegangen und nicht mehr zurückgekommen. Ich habe überall nach ihm gesucht. In Cheadle habe ich ihn dann gefunden. Das Mädchen hat ihn in eine Falle gelockt! Du musst ihm helfen, und zwar schnell, denn sie wollen ihn hängen!«

Ciaran wandte sich an seine Männer. »Wer hat Aodán gesehen?«

Er erhielt keine Antwort. Die Männer starrten zu Boden, um ihm nicht in die Augen sehen zu müssen, und setzten stumm ihren Weg fort. Nur Calum bedachte ihn mit einem falschen Lächeln.

Ciaran machte sich nicht die Mühe, seine Ungeduld zu verbergen. »Aye, ich weiß, dass er es im Wald mit einer Dirne getrieben hat. Wer hat ihn zuletzt gesehen, und wo?«

»Er hat sich gestern ein Pferd geliehen und ist in die Stadt geritten, um sich da mit dem Mädchen zu treffen«, erwiderte Calum und nickte in die betreffende Richtung. »Sie sagte, sie könne ihm ein richtiges Bett bieten, das sei besser als der nackte Boden.« Er zuckte die Schultern, sein Lächeln wurde breiter. »Mach dir keine Sorgen. Er holt uns schon wieder ein.«

»Und du hast ihn gehen lassen?«

Immer noch lächelnd entgegnete Calum: »Ich bin nicht sein Laird, oder?«

Einen Moment lang war Ciaran versucht, seinen Bruder grün

und blau zu prügeln, doch er bezwang sich, ging zu einem der Packpferde und begann es abzuladen. Die Bündel warf er einigen seiner Leute zu. »Hier, tragt sie selbst, bis ich zurückkomme.«

Als diese unwillig murrten, fuhr er sie an: »Tut, was ich euch sage! Ihr wisst ja nicht, in welcher Gefahr Aodán schwebt!« Die Männer verstummten, Eóin nahm dem Pferd den Packsattel ab, und Ciaran stieg auf.

Er zog seine Pistole aus dem Gürtel, um sie zu laden. Während er mit seinem Pulverhorn herumhantierte, sagte er: »Eóin, sorg für Ordnung. Ich komme so schnell zurück, wie es geht.«

»Und wenn du länger als einen Tag ausbleibst?«

»Kommt mich auf keinen Fall suchen. Calum ist ja hier, er wird das Kommando übernehmen, wenn ich nicht zurückkehre.«

Eóin nickte, warf Calum aber einen zweifelnden Blick zu. Ciaran nahm den Talisman aus seinem *sporran* und galoppierte davon.

Cheadle lag nicht weit entfernt. In sicherer Entfernung von der Stadt machte Ciaran Halt und band sein Pferd an einen Baum. Dann näherte er sich dem Marktplatz vorsichtig, immer auf der Hut vor neugierigen Blicken, denn in seinem Kilt musste er hier auffallen. Doch dank des Talismans gelang es ihm schließlich, den Platz unbemerkt zu erreichen.

Als er im Schatten einer Mauer auf den Rand des Marktplatzes zuschlich, bot sich ihm ein Anblick, der ihm das Blut in den Adern gefrieren ließ. Er kam zu spät, um Aodán zu retten. Der Leichnam seines Schwagers hing an einem neben einem Mietstall errichteten Galgen und drehte sich langsam im Wind. Urin rann an seinen Beinen herunter, tropfte zu Boden und bildete dort eine kleine Pfütze. Ein Mann stand auf einer gegen den Galgen gelehnten Leiter; er war gerade dabei, die Leiche abzuschneiden. Eine kleine Gruppe Schaulustiger hatte sich um ihn geschart. Ciaran graute es vor diesen Leuten, die nichts Besseres zu tun hatten, als der Hinrichtung eines Unschuldigen beizuwohnen.

Noch während er unsichtbar für die Augen anderer das Geschehen verfolgte, rief eine Stimme von der anderen Seite des Platzes: »John! Ich kaufe dir die Leiche ab!« Ciaran verbiss sich einen empörten Protest. Ein recht wohlhabend wirkender Mann kam auf den Galgen zu. Er trug enge Hosen und einen schlichten Mantel, aber beides war noch fast neu und mit aufwendig geschnitzten Knöpfen verziert.

Der Henker, der in einen zerschlissenen, schäbigen Umhang gehüllt war, blickte sich um. Ein gieriger Funke glomm in seinen Augen auf. Bereitwillig ging er auf das Angebot ein. »Wieviel gebt Ihr mir für ihn?«

»Vier Shilling.«

»Fünf, und er gehört Euch.«

»Vier Shilling sechs.«

»Abgemacht.« John schnitt das Seil durch, und Aodáns Leichnam fiel wie ein Sack Korn zu Boden. Ciaran zuckte zusammen.

In geschäftsmäßigem Ton fuhr der Käufer fort: »Ziehst du ihm die Haut ab, wenn ich dir noch zwei Pence gebe?«

John drehte sich verwirrt um. »Wozu soll ich ihn denn häuten?«

»Ich will mir aus seiner Haut ein Paar Hosen anfertigen lassen.«

»Ihr wollt die Haut eines Menschen zu Leder verarbeiten?« Ein solches Anliegen war selbst diesem gefühllosen Burschen, der sich seinen Lebensunterhalt damit verdiente, andere Menschen aufzuknüpfen, noch nicht untergekommen. Sein Gesicht verzerrte sich vor Abscheu.

Der Käufer schmatzte abfällig mit den Lippen. »Das ist kein Mensch, sondern ein Hochlandschotte, und noch dazu ein Jakobit. Wahrscheinlich werde ich die Haut in Essig einweichen müssen, um den Gestank herauszubekommen.«

Ciaran schluckte hart, als ihm der Mageninhalt in die Kehle zu steigen drohte, zog langsam seine Pistole und zielte auf den Käufer, doch Sinann schob den Lauf behutsam zur Seite.

»Aodán ist tot. Ich möchte nicht, dass du dasselbe Ende nimmst.«

Also verfolgte Ciaran voller Entsetzen, wie der Henker Aodán auf den Karren legte, mit dem er die Leiche hatte fortschaffen wollen, mit einem kleinen Messer den Gürtel durchtrennte, ihm Kilt und Hemd vom Leibe riss und zu Boden warf. Mit dem Geschick eines Mannes, der unzählige Schafe abgebalgt hatte, schnitt er dann die Haut rund um Aodáns Hals, Handgelenke und Fußknöchel ein, zog das Messer vom Hals bis zur Leistengegend, an den Unterarmen entlang, rund um die Genitalien und schließlich an jedem Bein herunter bis zum Knöchel. Danach schob er seine dicken Finger in die Einschnitte und löste die Haut an den Rändern.

Hellrotes Blut sickerte aus den Schnitten. Ungerührt drehte der Henker Aodáns Leichnam um und schnitt die Haut am Rücken und am Gesäß ein, bevor er das Messer zur Seite legte. Ciaran drehte sich fast der Magen um. Kalter Schweiß brach ihm am ganzen Körper aus. Er wollte nicht länger hinschauen, brachte es aber nicht fertig, den Blick von dem grässlichen Schauspiel abzuwenden.

Dann begann der Henker, die Haut von Aodáns Rücken zu ziehen. Entsetzliche reißende Geräusche waren zu hören, als sie sich von den Muskeln löste. Ströme von Blut rannen über den Boden des Karrens und tropften zu Boden. Ein streunender Hund kam herbei und fing an, an der Pfütze zu lecken. Gelegentlich musste der Henker das Messer zu Hilfe nehmen, um die Haut ganz vom Körper zu lösen, doch endlich hatte er seine grausige Arbeit beendet und rollte die tropfende Masse zu einem blutigen roten Bündel zusammen.

Münzen wechselten den Besitzer, und der Käufer nahm seine Beute mit einem verzerrten Lächeln entgegen. In seinen Augen lag ein fiebriger Glanz, dem nichts Menschliches mehr anhaftete.

Ciaran wandte sich benommen ab. Wieder stieg Übelkeit in ihm auf, und er musste ein paar Mal tief durchatmen. Der Boden schien sich unter seinen Füßen zu heben und zur Seite zu neigen. Mit einer Hand hielt er sich an der steinernen Mauer fest, um nicht das Gleichgewicht zu verlieren, dann übergab er sich heftig, bis nur noch grüne Galle kam. Er wusste, dass sich das furchtbare Bild von Aodáns abgehäutetem Leichnam auf immer in sein Gedächtnis eingebrannt hatte.

Als er sich endlich mit der Hand über den Mund wischte und aufblickte, sah er Sinann mit geschlossenen Augen und gekreuzten Beinen in der Luft schweben. Sie sprach ein paar Worte in einer Sprache, die Ciaran nicht verstand, dann schlug sie die Augen wieder auf. Tränen schimmerten darin.

Ciaran spie aus, ehe er fragte: »Was hast du getan?«

Ihr Gesicht lief rot an, und ihre Augen flammten zornig auf. »Diese Haut wird niemals zu Leder verarbeitet werden, und wenn sich der Gerber auch noch so sehr bemüht! Meine Macht ist zwar geschwunden, aber so viel kann ich für den armen Aodán noch tun. Kein englisches Schwein wird aus seiner Haut gefertigte Hosen tragen!«

Wieder spie Ciaran aus, dann schob er die Pistole in seinen Gürtel zurück. »Komm, Tinkerbell. Ich muss den anderen sagen, dass ich ihn nicht retten konnte.« Mit diesen Worten ging er zu seinem Pferd hinüber, um zu seinen Männern zurückzureiten.

In Clifton, kurz vor der schottischen Grenze, kam ein berittener Bote auf die Mathesons zugaloppiert und fragte nach Ciaran.

»Was gibt es?« fragte Ciaran. Hoffentlich brachte der Mann keine schlechten Nachrichten.

»Lord George Murray braucht Euch und Eure Männer für ein Nachhutgefecht. Ihr sollt euch von dem Haupttrupp trennen, zu ihm stoßen und Euch seiner Brigade anschließen.«

Ciaran nickte, und der Mann ritt davon. Die Mathesons flüsterten unwillig miteinander. »Wir werden in England sterben«, knurrte einer.

»Achte auf deine Worte, Donnchadh«, ermahnte ihn Ciaran scharf. »Selbst wenn wir hier sterben, so können doch andere von uns Schottland wieder sehen.«

Sie marschierten die Straße entlang in die Richtung, aus der

Cumberland erwartet wurde. Bald stießen sie auf Atholls Truppen und schlossen sich ihnen an.

Lord George wählte eine Stelle aus, wo die Straße von hohen Hecken gesäumt wurde, und platzierte seine Männer so, dass sie inmitten des Laubwerks und in einem seichten Graben Deckung fanden. Dort warteten sie auf den rasch näher rückenden Herzog von Cumberland.

Den ganzen Tag lang harrten sie so aus, während der Hauptteil der jakobitischen Armee sich weiter in Richtung Norden zurückzog. Langeweile und Anspannung wurden nahezu unerträglich.

»Dieses Unternehmen ist reiner Wahnsinn«, brummte Donnchadh.

»Ich habe doch gesagt, du sollst den Mund halten!«

»Wie groß mag Cumberlands Armee wohl sein?«, fragte schließlich Seumas Og.

»Wir sollen sie aufhalten, nicht besiegen.«

»*Och*, aye«, meinte Donnchadh, »das hätten wir auch besser bei Derby versucht. Was wir hier tun, ist glatter Selbstmord. Wir sollen uns direkt in die Schwerter von Cumberlands Leuten stürzen, damit Charles aus dem Land fliehen kann.«

»Das gebietet uns unsere Ehre!«

»Trotzdem ist es Wahnsinn!«

Calum mischte sich ein. »Dein Laird hat dir befohlen, dein dummes Maul zu halten, Donnchadh. Ich finde, du solltest dich daran halten.«

Ciaran warf ihm einen scharfen Blick zu, doch Calum sah nicht so aus, als habe er die Bemerkung sarkastisch gemeint. Er starrte gen Süden, die Richtung, aus der der Feind erwartet wurde. Ciaran wandte sich an Donnchadh. »Wenn wir die Rotröcke so lange aufhalten können, dass der Hauptteil der Armee nach Schottland fliehen kann, wo Verstärkung wartet, dann retten wir sie vielleicht alle vor dem sicheren Tod. Und wir retten die Sache. Deswegen sind wir hier. Wenn das bedeutet, dass wir in England sterben müssen, dann soll es so sein.«

Donnchadh gab keine Antwort, sondern beschäftigte sich angelegentlich mit seinem Pulverhorn.

Während sie weiter warteten, beobachtete Ciaran seinen Bruder, dessen strahlendes Lächeln jetzt scharf und bitter wirkte. Calum musste Aodáns Tod am schwersten getroffen haben, die beiden waren ihr ganzes Leben lang eng befreundet gewesen, doch er ließ sich nichts anmerken. Seine Energie schien nie zu versiegen, und sogar jetzt unterhielt er die Männer mit zynischen Scherzen hinsichtlich ihrer Situation. Ciaran, dem absolut nicht nach Lachen zu Mute war, bemerkte, dass es seinem Bruder gelang, die Mathesons bei Laune zu halten.

Er senkte den Kopf und tat so, als würde er leise beten, um nicht aufzufallen, dann murmelte er der Fee zu: »Meinst du nicht, dass Calum vielleicht doch der bessere Clanführer wäre?«

Eine Weile herrschte Schweigen, dann antwortete sie: »Denkst du etwa daran, abzudanken und deinem Bruder das Amt des Lairds zu überlassen?«

Ciaran biss sich auf die Lippe. »Du predigst mir doch immer, ich soll mich von Culloden fern halten.«

»Ich sagte, du sollst die Wünsche deines Vaters respektieren. Aber Dylan Dubh wollte nie, dass Calum Laird wird.«

»Tinkerbell, glaubst du nicht ...?«

»Nein, ganz und gar nicht, mein Freund.« Sie schnaubte verächtlich durch die Nase. »Du bist dazu bestimmt, den Matheson-Clan anzuführen, also hör auf, dich mit Zweifeln herumzuschlagen. Du wurdest für diese Aufgabe geboren und bist dein ganzes Leben darauf vorbereitet worden. Es ist deine Bestimmung.«

»Aber ...«

»Grüble nicht zu viel über all diese Dinge nach, es führt zu nichts. Wenn du einen Mann suchst, der seine Bestimmung nie erfüllen wird, dann sieh dir Prinz Teàrlach an. Er vergräbt sich nur noch in seinem Zelt, hadert mit seinem Schicksal, nährt seine Wut und hält es nicht mehr für nötig, seinen Männern Mut zu machen. Er hört auch nicht mehr auf die Clanführer, sondern überlässt alle Entscheidungen seinen Generälen. Unser junger Prinz hat die Sache aufgegeben.

Aber du wirst deine Leute nicht im Stich lassen. Du wirst deine Verantwortung ihnen gegenüber nie vergessen, und du wirst für sie da sein, bis keiner von euch mehr am Leben ist. Du läufst nicht vor deinem Schicksal davon.«

»Das heißt, dass ich sterben werde.«

»Alle Menschen müssen einmal sterben, Ciaran Dubhach.«

»Glaubst du, Pa hatte Recht? Werde ich bei Drummossie Moor fallen?«

Die Fee schwieg lange, ehe sie bedächtig erwiderte: »Ich kann es dir nicht sagen, mein Freund. Wenn du ganz sicher gehen willst, dann halte dich von diesem Ort fern.«

Ciaran erwiderte nichts darauf.

Die Nacht war bereits hereingebrochen, als ein Späher meldete, die Rotröcke seien gesichtet worden. Die Atholl-Brigade und Ciarans Männer verbargen sich hinter der Hecke, die die Straße säumte, und bereiteten sich auf den nahenden Kampf vor. Die Minuten verstrichen, die Anspannung wuchs. Ciarans Pulsschlag beschleunigte sich. Zwar war er sicher, dass er heute nicht sterben würde, aber ob eine Verwundung möglich wäre, konnte er nicht wissen.

Eine Weile später vernahmen sie in der Ferne das Knirschen schwerer Stiefel auf dem Schotter. Die Jakobiten duckten sich hinter die Hecke und legten ihre Musketen an. Als sich der Mond kurz hinter den Wolken hervorschob, konnten sie die Dragoner deutlich erkennen. Die roten Röcke wirkten im Nachtlicht grau, die Musketen glitzerten bedrohlich. Sie legten ein beachtliches Tempo vor, offenbar brannten sie darauf, die Männer des Prinzen in einen Kampf zu verstricken. Ciaran wartete mit wild hämmerndem Herzen ab. An seine eigene Sicherheit dachte er in diesem Moment nicht, er war froh, noch ein Mal eine Gelegenheit zu bekommen, Rotröcke zu töten. Geduldig lauerten die Jakobiten darauf, dass Cumberlands Truppen in ihre Falle tappten.

Dann wurde Befehl zum Angriff gegeben. Die Jakobiten brachen durch die Hecke, deren winterkahle Zweige kein großes Hindernis darstellten. Ciaran richtete seine Muskete auf den ihm am nächsten stehenden Rotrock, drückte ab und rannte dann durch eine Pulverdampfwolke auf sein sich am Boden windendes Opfer zu. Dabei zog er seine Pistole, gab einen Schuss auf einen anderen Gegner ab, schob die Pistole wieder in seinen Gürtel zurück, stieß dem ersten Verwundeten sein zerbrochenes Bajonett in den Hals und schlitzte ihm wie ein Metzger, der ein Schwein schlachtet, die Kehle auf. Dann rannte er weiter.

Die abgeschossene Muskete warf er sich am Riemen über die Schulter und zog sein Schwert. Musketenkugeln pfiffen durch die Luft, eine davon zerfetzte den Ärmel seines Hemdes. Erschrocken fuhr er zusammen und stürzte sich dann mit einem Wutschrei auf einen Rotrock, der ihm mit gezücktem Bajonett entgegentrat. Er parierte den Angriff des Gegners, sprang zur Seite, holte aus und schlug dann dem Dragoner mit einem mächtigen Hieb den Kopf ab.

Doch schon drang ein weiterer Rotrock auf ihn ein, und Ciaran musste sich erbittert zur Wehr setzen. Bald zeigte sich, dass der kleine Trupp Jakobiten überwältigt und niedergemetzelt werden würde, wenn sie nicht schleunigst den Rückzug antraten.

Auch Ciaran wandte sich zur Flucht, obwohl er sich selbst dafür verabscheute. Er hatte noch nicht genug Rotröcke getötet; zu viele dieser Bastarde waren noch am Leben. Er hatte sich an ihnen rächen wollen, nun war er gezwungen, vor ihnen zu fliehen. Die Murrays und Mathesons rannten, bis es ihnen gelungen war, die Verfolger abzuschütteln. Zwar hatten sie ihr Ziel erreicht und die Soldaten des Königs daran gehindert, die Armee des Prinzen vor der Grenze abzufangen, dennoch empfand Ciaran eher Scham als Genugtuung. Er war vor dem Feind davongelaufen.

Die Gruppe gesellte sich wieder zum Haupttrupp der jakobitischen Armee, und sie setzten ihren Marsch fort. Bald mussten sie feststellen, dass von den enttäuschten Schotten in den Lowlands keinerlei Unterstützung zu erwarten war. Am Weihnachtstag erreichten sie Glasgow, wo sie ausgesprochen unfreundlich empfangen wurden. Nach dem mehr als viermonatigen Marsch waren ihre Schuhe durchlöchert, ihre Kleider glichen Lumpen, und es gab keine Möglichkeit, sie zu ersetzen. Das Vertrauen der Schotten in die Sache war inzwischen so sehr geschwunden, dass die Soldaten des Prinzen den halben Morgen damit zubrachten, immer wieder durch die Straßen zu patrouillieren, um den Eindruck größerer Truppenstärke zu erwecken. Ciaran musterte die Gesichter der wenigen Leute, die sich eingefunden hatten, um bei der Parade zuzuschauen. Niemand schien sich von dieser Farce täuschen zu lassen.

Die Mathesons wurden in einer Schenke neben dem Friedhof einquartiert, wo sie sich drei kleine Kammern teilen mussten. Ciaran erhielt das einzige Bett in einem der Räume, weitere Privilegien bescherte ihm sein Rang nicht mehr. Nachschub blieb aus, der Sold wurde nur sporadisch ausgezahlt, Nahrungsmittel waren knapp. Die Männer verbrachten den Tag nach Heiligabend dösend in ihrer Unterkunft und warteten auf weitere Befehle. Ciaran fühlte sich erschöpft und elend und spürte eine Erkältung herannahen. Acht andere Mathesons saßen oder lagen im Raum herum und ließen einen Krug Ale kreisen, den sie immer wieder aus einem Fass in der Ecke auffüllten. Ciaran trank dankbar. Das Ale linderte die Schmerzen in seiner Brust und seine Enttäuschung über das Verhalten des Prinzen.

Seumas Og, der unter heftigem Durchfall litt, hockte auf dem Nachttopf, was seine Kameraden dazu veranlasste, ob des Gestanks die Nase zu rümpfen.

»Och«, stöhnte Donnchadh, »kannst du das Fenster öffnen, Alasdair? Ich glaube, dein Bruder hat etwas gegessen, von dem er besser die Finger gelassen hätte.«

Alasdair rüttelte an einem Fensterflügel. Endlich gelang es ihm, ihn ein Stück aufzuschieben. »Da lag doch gestern ein Hund auf der Straße, der dürfte gut eine Woche tot gewesen sein. Hat er dir geschmeckt, Seumas Og?«

Ciaran stöhnte, als sich sein ohnehin schon angegriffener Magen umzudrehen drohte. »Halt den Mund, Alasdair. Warte, bis er fertig ist, und stell den Topf dann draußen auf das Fensterbrett.«

Der arme Seumas Og lief purpurrot an, als er erneut von Krämpfen geschüttelt wurde.

»Ich habe solchen Hunger, dass ich sogar einen toten Köter verspeisen würde«, murmelte Donnchadh.

Calum stand wortlos auf und verließ den Raum. Ciaran sah ihm nach.

Eóin, der Calum gleichfalls nachdenklich gemustert hatte, wartete, bis er außer Hörweite war, bevor er leise sagte: »Aodáns Tod lässt ihn durchaus nicht so kalt, wie er vorgibt.«

»Es hat uns alle schwer getroffen. Schlimm, was mit dem armen Kerl passiert ist.« Ciaran kniff die Augen zusammen, um das Bild von Aodáns blutigem, abgehäutetem Leichnam auszublenden. Er war wegen Verrat am König hingerichtet worden, und sie alle wussten, dass ihnen dasselbe Schicksal drohte, wenn der Aufstand mit einer Niederlage endete.

Seumas Og erhob sich mit einem erleichterten Seufzer vom Nachttopf, klappte den Deckel zu und reichte den Topf Alasdair, der ihn auf das Brett draußen vor dem Fenster stellte.

Eóin fuhr an Ciaran gewandt fort: »Ich habe mich nur gefragt, ob dir das auch aufgefallen ist.«

»Aye, natürlich. Schließlich ist er ja trotz allem mein Bruder.« Ciaran wälzte sich im Bett herum und überlegte, ob seine Gliederschmerzen wohl eher von der feuchten Kälte im Raum oder vom Fieber herrührten. Es waren keine Torfballen mehr da, um Feuer zu machen, die Männer mussten sich in der engen Kammer dicht aneinander drängen, um sich zu wärmen.

Calum kehrte mit einem Krug Whisky zurück, nahm seinen Platz auf dem Boden wieder ein, trank einen Schluck und reichte den Krug dann an Ciaran weiter. »Hier, das ist gut gegen deine Erkältung.«

Ciaran stützte sich auf einen Ellbogen, schnupperte an dem

Krug und fuhr zurück, als ihm der scharfe Geruch in die Nase stieg. »*Och*, wie bringst du es nur über dich, Whisky zu trinken, der nicht aus unserer eigenen Brennerei kommt?«

»Etwas anderes war nicht aufzutreiben. Trink. Entweder bringt das Zeug dich um, oder deine Erkältung wird besser. Auf jeden Fall lindert es den Schmerz.«

Ciaran grunzte, zuckte die Schultern und nahm einen Schluck. Der Whisky rann wie flüssiges Feuer durch seine Kehle und schien dann seinen Magen in Flammen zu setzen. »Das ist Hexenpisse«, japste er.

Die Männer lachten. Ciaran trank erneut, denn seine Gliederschmerzen ließen tatsächlich nach. Dann reichte er Eóin den Krug, sank auf sein Bett zurück und kostete die wohlige Benommenheit aus, in die ihn das Getränk versetzte.

»Der Prinz hat sich in sein Quartier zurückgezogen und lässt niemanden zu sich, heißt es«, bemerkte Donnchadh.

»Das stimmt nicht«, widersprach Seumas Og. »Er macht einer hübschen jungen Frau den Hof.«

Gregor spitzte die Ohren. »Der Prinz hat eine Geliebte?«

»Nein«, erwiderte Ciaran. »Sie ist eine Freundin von ihm, weiter nichts.«

»Er treibt es mit ihr«, beharrte Seumas Og.

»Nein. Er versucht, sie zu überreden, ihm Geld zu geben, damit er unseren Sold bezahlen und Vorräte kaufen kann.«

Seumas Og verschränkte die Arme vor der Brust und hob das Kinn. »Das glaube ich nicht. An uns hat er doch überhaupt kein Interesse mehr.«

»Sei doch still«, schnauzte Eóin ihn an. »Du klingst wie ein abgewiesener Liebhaber.«

»Ich wollte doch nur ...«

»Sei still, habe ich gesagt!« Eóin sprang auf und ballte drohend die Fäuste. Seumas Og kauerte sich in eine Ecke des Raumes und verstummte.

Ciaran funkelte die beiden Streithähne böse an, sagte aber

nichts. Eóin ließ sich wieder zu Boden sinken. Totenstille legte sich über die kleine Gruppe. Eóins Gesicht war vor Wut verfinstert. Ciaran empfand nichts. Er wollte nichts mehr fühlen. Er wollte auch nicht mehr desertieren, weil er wusste, dass eine Flucht sinnlos war. Es war ihm vom Schicksal vorherbestimmt, bis zum Ende durchzuhalten und eventuell für die Sache zu sterben. Wieder reichte ihm jemand den Krug, und er trank von dem widerlichen Gebräu, bis er nichts mehr fühlte, noch nicht einmal die Schmerzen in seinen Knochen.

Benommen lag er auf seinem Bett, versuchte, an Leah zu denken und konnte es nicht. Sie hatte mit all dem hier nichts zu tun; sie gehörte zu den schönen Seiten seines Lebens aus der Zeit, wo er noch Hoffnung gehabt hatte. Ihre Schönheit, ihre Wärme, ihre Liebe zu ihm – all dies kam ihm jetzt irgendwie unwirklich vor. Die Realität bestand aus Kälte, Hunger, Läusen und dem Wissen um eine mehr als unsichere Zukunft.

Der Raum begann sich um ihn zu drehen. Zu viel Alkohol auf leeren Magen … Leah … Er musste ihr Bild wiederfinden. Sich an ihre Berührungen erinnern. War er im Begriff, sie zu verlieren?

Plötzlich fiel ihm die weiße Rose an seiner Kappe wieder ein. Er zog die Kappe aus seiner Manteltasche, löste die künstliche Blume von der blauen Wolle und stopfte die Kappe in die Tasche zurück. Die weiße Seide war jetzt grau verfärbt und verschmutzt, ein Blütenblatt hatte sich gelöst, sodass ein Stückchen Band lose herunterhing. Aber Leah hatte ihm diese Blume geschenkt. Seine Leah. Er betrachtete die Rose aus alkoholumflorten Augen, dann hielt er sie wie eine echte Blüte unter die Nase, versuchte aber nicht, Rosenduft zu erhaschen, sondern eine Spur von Leah. Und tatsächlich meinte er einen kurzen Augenblick lang, ihren persönlichen Duft wahrzunehmen.

Am nächsten Tag stieg sein Fieber, er war in Schweiß gebadet und litt zudem an einem fürchterlichen Kater. Die letzten Tage in Glasgow wurde er von einem schlimmen Husten gequält. Eine

Woche später, als er sich wieder weitgehend erholt hatte, marschierte die jakobitische Armee weiter in Richtung Norden.

In der zweiten Januarwoche setzte ein eiskalter Regen ein, der Ciaran bis auf die Haut durchnässte. Wasser tropfte von seiner Kappe und aus den Falten seines zerschlissenen Kilts. Seinen Schild hatte er schon vor einer Woche eingebüßt, ein Pferd war daraufgetreten und hatte ihn zersplittert. Fast ein Monat war verstrichen, seit sie die schottische Grenze überschritten hatten. Durch die versprochene Verstärkung war die Anzahl der Jakobiten auf fast achttausend Mann angewachsen, aber die Unterstützung seitens der einheimischen Bevölkerung ließ immer mehr nach. Die Vorräte schmolzen dahin, die Männer litten Hunger, und ihr Kampfgeist war ihnen vollkommen abhanden gekommen. Ciaran und seine Leute, jetzt mehr oder weniger Teil der Atholl-Brigade, waren auf dem Gipfel der Hügelkette bei Falkirk Muir aufmarschiert und blickten über die Reihen der feindlichen Rotröcke hinweg.

Ciaran fühlte sich innerlich wie ausgebrannt. Jegliches Gefühl war in ihm erstorben, geblieben war nur noch der feste Entschluss, den Kampf möglichst ehrenvoll hinter sich zu bringen. Er wurde allein von dem Gedanken beherrscht, Engländer zu töten. Seine Muskete war geladen, die Pistole ebenfalls. Er starrte zu den berittenen Dragonern hinüber, während er auf den Befehl zum Angriff wartete. Sein Herz erschien ihm ebenso kalt wie der Januarregen. Er sah diesem Kampf gelassen entgegen, denn er wusste, dass er heute nicht sterben würde. Sein Vater hatte es vorhergesagt.

Die Dragoner brachen in gellendes Kriegsgeschrei aus und stürmten vorwärts. Die Highlander warteten geduldig, bis sie in Schussweite waren, dann legten sie ihre Musketen an und feuerten einen Kugelhagel auf die Gegner ab. Durch die weißen Rauchwolken hindurch sah Ciaran Lücken in den Reihen der Rotröcke klaffen. Er warf sich seine Muskete über die Schulter und zog seine Pistole. Die Jakobiten setzten den Dragonern nach, die sich zur Flucht gewandt hatten, und trieben sie zu ihrer eigenen Infanterie zurück.

Ciaran stürmte mit seinen Kameraden vorwärts und drang auf die verwirrten Dragoner ein. Dabei schob er seine Pistole wieder in den Gürtel und zog sein Schwert, das er jedoch im Gewimmel der Pferdeleiber nicht gut handhaben konnte. Brigid ließ sich da besser einsetzen. Der Regen prasselte auf ihn nieder und wusch das Blut der Feinde von seinen Händen. Er kreuzte mit einem Dragoner die Klinge, der gleich darauf von einem anderen Highlander getötet wurde. Ciaran durchtrennte einem Pferd mit einen Schwerthieb die Sehnen der Hinterbeine und stieß dem Reiter, der aus dem Sattel geschleudert wurde, Brigid mitten ins Herz. Dann rannte er weiter. Schon bald zeigte sich, dass unter Georgs Soldaten heillose Verwirrung herrschte. Nur wenige setzten sich noch zur Wehr. Nach ein paar Minuten stand Ciaran inmitten der Leichen gefallener Dragoner und sah durch die Regenschwaden den Flüchtenden nach.

Jetzt endlich spürte er wieder etwas. Abscheu und Ekel. Links von ihm wurde noch immer gekämpft, doch im Regen konnte er nicht viel erkennen. Er blickte sich nach seinen Männern um. Eóin stand ganz in seiner Nähe. Calum. Gregor. Und andere.

»Gibt es Tote und Verwundete?«, schrie er ihnen zu.

»Ich habe Alasdair MacGregor fallen sehen«, brüllte Eóin zurück. »Den anderen ist nichts geschehen.«

Die jakobitische Flanke rückte weiter vor, so bedeutete Ciaran seinen Männern, sich ihr anzuschließen. Sie wateten durch Schlamm und über glitschiges Felsgestein. Ihre Kilts und Wollmäntel waren vollkommen durchnässt, sie waren bis auf die Knochen durchgefroren, doch keiner schien die Kälte zu spüren. Vor ihnen hatten ein paar MacKenzies und MacDonalds die Verfolgung der letzten flüchtenden Rotröcke aufgenommen. Die Atholl-Brigade folgte ihnen. Dabei kamen sie an zahlreichen im Schlamm stecken gebliebenen Geschützen vorbei. Die Pferde hatten die *Sassunaich* gerettet, die Kanonen zurückgelassen.

Schon bald erreichten sie das verlassen daliegende Lager der Rotröcke. Ciaran lächelte zufrieden, als er begriff, dass sie nicht nur den Kampf gewonnen, sondern auch reichlich Vorräte erbeutet hatten. Die Engländer hatten bei ihrer kopflosen Flucht all ihre Habe zurückgelassen. Die hungrigen Jakobiten durchsuchten hastig die Zelte und förderten unter Freudenschreien Munition und Nahrungsmittel zu Tage. In einem Zelt drängten sich die Mathesons um Ciaran, der eine Kiste aufbrach und Schießpulver unter seinen Leuten verteilte. Für sich selbst nahm er ein glänzendes neues Bajonett, das die zerbrochene Waffe ersetzen sollte, die er seit Prestonpans bei sich trug.

Als er das Bajonett auf den Lauf seiner Muskete schraubte, keimte ein schwacher Hoffnungsschimmer in ihm auf. Er wusste nicht recht, worauf er eigentlich hoffte, aber der Sieg und die reiche Beute bewogen ihn, die Sache doch noch nicht verloren zu geben.

Tropfnass wie sie waren drängten sich die Männer in dem trockenen Zelt zusammen. In anderen Kisten fanden sie Trockenfleisch, harten Zwieback und Wein. Während sich seine Kameraden wie hungrige Wölfe auf das Fleisch stürzten, galt Ciarans Interesse mehr dem Wein. Er öffnete eine Flasche, nahm auf der Pritsche des früheren Bewohners dieses Zeltes Platz und trank einen großen Schluck. Der Wein war ausgezeichnet und löste in seinem Magen sofort eine angenehme Wärme aus. Er griff sich weitere Flaschen und verteilte sie unter seinen Leuten.

»Lang lebe König James!«, rief er dann laut.

»Aye«, stimmten die anderen zu, »auf das Wohl von König James!« Alle sprachen dem Wein herzhaft zu, Ciaran noch ausgiebiger als seine Männer. Da er noch nichts gegessen hatte, stieg ihm der Alkohol rasch zu Kopf, und schon bald spürte er die Kälte und seine durchnässten Kleider nicht mehr.

»Hör mir zu, mein Freund«, zischelte Sinann ihm ins Ohr.

»Verschwinde.«

»Es gibt da etwas, was du wissen solltest.«

Ciaran blickte sie an, was sie als Aufforderung zum Weitersprechen betrachtete.

»Dein Vater hat mit dir wohl nie über deinen Großvater gesprochen, nicht wahr? Ich meine nicht Iain Mór, sondern seinen eigenen Vater. Sein Name war Kenneth.« Ciaran schüttelte den Kopf, und Sinann fuhr fort: »Wusstest du, dass dein Vater seinen Vater hasste?«

»Ein Mann kann seinen Vater nicht hassen«, flüsterte Ciaran so inbrünstig, dass es fast wie ein Gebet klang.

»Dein Großvater war ein Trinker, Ciaran. Er war jeden Tag so betrunken, dass er keine Vaterpflichten mehr wahrnehmen konnte. Er quälte alle, die ihn liebten, bis sie ihn schließlich hassten. Er trank, um sich zu betäuben, weil er das Leben unerträglich fand. Ich dachte, es würde dich vielleicht interessieren. Denk einmal darüber nach.«

Die Männer tranken noch immer auf James' Wohl. Wieder und wieder wurden die Flaschen gehoben. Ciaran blickte seine eigene Flasche an und spürte wieder die Wärme, die der Wein in ihm auslöste. »Es ist zumindest ein Trost«, wisperte er.

»Ein gefährlicher Trost, mein Freund. Damit könntest du dich für den Rest deiner Tage so betäuben, dass du von deinem Leben nichts mehr mitbekommst. Und dann wärst du genauso wie der Mann, den dein Vater hasste wie keinen anderen auf der Welt.«

Das gab Ciaran zu denken. Er starrte die Flasche an. Noch immer wünschte er sich, sich einfach in den Schlaf trinken zu können, stellte aber fest, dass er keinen Schluck mehr herunterbrachte. »Hier, nimm.« Er reichte Eóin die Flasche, griff dann nach einem großen Stück Trockenfleisch und knabberte daran.

Später rollte er sich satt und schläfrig mit seinem Dolch in der Hand auf der Pritsche zusammen und fiel in einen tiefen, traumlosen Schlaf.

Am folgenden Morgen erwachten die Männer des Prinzen ausgeruht und von neuem Kampfgeist erfüllt. Als der Befehl kam, sich für den Marsch nach Inverness bereit zu machen, lief ein eisiger Schauer über Ciarans Rücken. Drummossie Moor, das sein Vater auch Culloden Moor genannt hatte, lag zwischen Inverness und Nairn.

15. KAPITEL

Er steckte eine schlichte runde Brosche an, um das Plaid an der Schulterpartie seiner Jacke zu befestigen.

Das Haus in Nairn war klein und schäbig, obgleich es noch zu den größten Gebäuden der Stadt zählte. Es lag am Marktplatz, direkt neben der einzigen Schenke des Ortes. Hier verbrachte Leah mit Edwin und Martha den Winter, weit weg von den Kämpfen in den größeren Städten und den Belagerungen der Jakobiten. Als sie die Nachricht erreichte, dass die Armee des Königs Edinburgh wiedererobert hatte, wollte Leah dorthin zurückkehren; zurück in das geräumige, komfortable Haus, wo die Matratzen der Betten mit Federn statt mit Stroh gefüllt waren und wo der Wind nicht durch Ritzen in der Tür und den Fensterrahmen pfiff. Aber Edwin weigerte sich. Die Bombardierung Edinburghs hatte ihm eine Todesangst eingejagt, und daher würden sie in Nairn bleiben, bis der ganze Aufstand vorüber war, egal wie eng, unbequem und schmuddelig das Haus war.

Der Frühling nahte heran, wovon man allerdings hier oben im Norden wenig bemerkte. Nur der Boden, der noch vor einigen Tagen steinhart gefroren gewesen war, verströmte jetzt einen leichten Geruch nach feuchter Erde.

Während der ersten Wochen ihres Aufenthaltes in Nairn hatte Martha Leah nicht aus den Augen gelassen. In dem winzigen

Häuschen gab es kaum Privatsphäre, doch sowie sich herausstellte, dass Leah keinen neuen Matheson unter dem Herzen trug, lockerte Martha ihre Überwachung. Sie war zutiefst erleichtert über den glimpflichen Ausgang von Leahs Abenteuer. Leah selbst jedoch wurde ihrer Enttäuschung kaum Herr. Sie verbrachte ganze Tage im Bett und sehnte sich verzweifelt nach Ciaran, doch ihre Hoffnung, ihn wieder zu sehen, schwand allmählich. Wieder und wieder ließ sie seinen Rosenkranz zwischen den Fingern hindurchgleiten und betete, er möge in Sicherheit sein.

Edwin erhielt oft neue Nachrichten über die auf dem Rückzug aus Derby befindlichen Jakobiten, die er genüsslich an Martha und Leah weitergab. Voll hämischer Freude berichtete er von Gefechten und Hinrichtungen. Mit jedem Tag wuchs Leahs Furcht, Ciaran könne nicht mehr am Leben sein. Und selbst wenn er noch lebte – wurde der Aufstand endgültig niedergeschlagen, bedeutete das für ihn den Galgen oder die Verbannung. Um sein Leben zu retten würde er das Land verlassen müssen. Sie könnte ihn nie wieder sehen, und jetzt wusste sie auch, dass ihr noch nicht einmal sein Kind bleiben würde.

Obwohl sie in ständiger Angst vor schlechten Nachrichten lebte, wusste sie doch, dass es noch schlimmer wäre, gar nichts von ihm zu hören. Alles ließ sich ertragen, nur diese quälende Ungewissheit nicht.

So verspürte sie nacktes Entsetzen und Hoffnung zugleich, als sie ganz in der Nähe Kampflärm und Schüsse vernahm. Sie hastete zum Fenster, zog den Vorhang zur Seite und schaute hinaus. Inmitten dichter weißer Pulverdampfschwaden erkannte sie einige Männer, die über den Marktplatz liefen. Männer in Kilts. Sie ließ den Blick von einem zum anderen wandern, hielt nach langem, schwarzem, im Nacken zusammengebundenem Haar Ausschau und hoffte entgegen aller Vernunft, Ciaran möge unter ihnen sein.

Doch kurz darauf tauchten englische Soldaten auf, die die durch die Straßen flüchtenden Jakobiten erbittert verfolgten. Bajonette blitzten. Einer der Highlander blieb ein Stück zurück und wurde von einem Rotrock mit dem Bajonett durchbohrt. Leah hielt den Atem an, als der Mann schreiend auf der Straße zusammenbrach und sich im Schlamm wälzte, während die Soldaten die Verfolgung seiner Kameraden aufnahmen.

Sie wandte sich vom Fenster ab und griff nach ihrem Umhang, der an einem Haken neben der Tür hing.

»Du wirst keinen Fuß vor das Haus setzen!« Edwin erschien an der Tür zum Nachbarraum.

»Der Mann braucht Hilfe!«

»Aber nicht von dir. Oder willst du verhaftet werden, weil du einem Feind geholfen hast?«

»Es kümmert sich ja sonst keiner um ihn ...«

Edwins Stimme klang schrill vor Panik. »Hast du den Verstand verloren? Überall wimmelt es von Soldaten des Königs! Sie würden dich auf der Stelle festnehmen, wenn du einen verletzten Jakobiten versorgst!«

»Er stirbt! Er leidet Schmerzen, und ich kann nicht einfach hier bleiben und tatenlos zusehen, wie er sich quält.«

»Dir bleibt gar nichts anderes übrig. Und jetzt setz dich wieder!« Edwin deutete auf einen Stuhl. »Da hin!«

Leah starrte zu Boden und wünschte, sie brächte den Mut auf, einfach ihren Umhang zu nehmen und dem armen Mann zu Hilfe zu eilen. Aber sie wagte nicht, sich Edwin zu widersetzen, und so hielt sie sich die Ohren zu, um die Schreie des sterbenden Jakobiten nicht hören zu müssen, der auf Englisch und Gälisch um Hilfe flehte, die nicht kam. Sie begann leise zu schluchzen, während die Schreie immer schwächer wurden und schließlich verstummten. Am ganzen Leibe zitternd dankte sie Gott dafür, dass es nicht Ciaran gewesen war, der wie ein Tier im Schmutz hatte verrecken müssen.

Kurz darauf kehrte Martha vom Einkaufen zurück und machte es sich mit einem Buch im Wohnzimmer bequem. Leah nahm keine Notiz von ihr, sondern kauerte sich in ihrem Stuhl beim Feuer zusammen und kämpfte gegen die Tränen an. Martha musterte sie forschend, schien fragen zu wollen, ob alles in Ordnung war, besann sich dann aber und blickte aus dem Fenster. Ein paar Männer schafften gerade den Leichnam des Jakobiten fort. Schweigend konzentrierte sie sich wieder auf ihr Buch.

Doch kurz darauf hob sie den Kopf. »Hör doch«, sagte sie.

Leah schrak zusammen. »Was ist denn?«

»Hör einmal.«

Leah drehte den Kopf zum Fenster und lauschte angestrengt. Ja, jetzt hörte auch sie es ganz deutlich. Trommeln. Im Marschrhythmus. Mit klopfendem Herzen raffte sie ihre Röcke und eilte zum Fenster. »Lieber Gott, gib, dass er es ist.«

Martha steckte die Nase wieder in ihr Buch. Dabei bemerkte sie nicht ohne eine gewisse Schärfe in der Stimme: »Gut möglich. Die Männer deines Vaters sind unter den Befehl des Herzogs von Cumberland gestellt worden. Die Armee befindet sich auf dem Marsch nach Inverness. Ich denke schon, dass dein Vater dabei ist.«

Leah presste die Lippen zusammen. Martha wusste ganz genau, dass sie nicht von ihrem Vater gesprochen hatte. Die Bemerkung war als Mahnung gedacht gewesen. Ihr Herz wurde noch schwerer, als die Soldaten in Sicht kamen und sie sah, dass es sich tatsächlich um Rotröcke handelte. Sie hatte so sehr gehofft, es würden Jakobiten sein, und jetzt spürte sie nur abgrundtiefe Enttäuschung, obwohl sich ihr Vater höchstwahrscheinlich unter diesen Soldaten befand. Eigentlich sollte sie sich freuen, sie zu sehen, aber das tat sie nicht. Schuldbewusst senkte sie den Kopf.

»Sie sind hergekommen, um uns zu schützen.« Marthas Stimme klang noch immer vorwurfsvoll.

Leah blickte zur Treppe, um sicherzugehen, dass Edwin nicht lauschte, dann flüsterte sie: »Sie sind hier, um jemanden zu töten, den ich liebe.«

Martha blickte auf. »Und dein Vater bedeutet dir auf einmal gar nichts mehr?«

Leah wandte sich vom Fenster ab. »Doch, natürlich. Ich möchte nicht, dass er stirbt. Aber ich denke immer, wenn beide Seiten von diesem Wahnsinn ablassen und einfach wieder nach Hause zurückkehren würden, dann könnten wir alle in Frieden leben, und Ciaran …«, ihre Stimme brach, und sie musste sich räuspern, »… und Ciaran bliebe am Leben. Alle blieben am Leben, und niemand müsste den anderen mehr hassen.«

Martha runzelte die Stirn und schüttelte besorgt den Kopf. »Du lebst in einer Traumwelt, Leah. Krieg wird es immer geben, was sollten denn die Männer sonst mit sich anfangen? Sie sind doch sowieso an nichts interessiert außer daran, sich gegenseitig umzubringen.« Auch sie blickte zur Treppe. Sie fürchtete wohl, Edwin könne hinzukommen und sich lang und breit über dieses leidige Thema auslassen.

Leah zog den Vorhang wieder zur Seite und beobachtete die vorüberziehenden Männer. Die Infanterie marschierte strammen Schrittes unter dem Fenster vorbei. Ihre Uniformen waren neu, sauber und ordentlich, die Waffen auf Hochglanz poliert.

Danach kamen Dragoner; Reihe für Reihe berittener Soldaten in leuchtend roten Röcken. Ihr Vater ritt an der Spitze seiner Kompanie. Leahs Herz machte einen kleinen Satz. Sein Gesicht wirkte hart, seine Augen ausdruckslos. Sie hatte keine Ahnung, was in ihm vorging. So hatte sie ihn noch nie gesehen. Zwar hatte sie schon miterlebt, wie er seinen Männern Befehle erteilte und Entscheidungen traf, aber der wichtigste Teil seines Berufes war ihr bislang verborgen geblieben. Sie hatte ihn nie in die Schlacht ziehen sehen. Ein Schauer lief über ihren Rücken.

Sie blickte ihm nach, bis er außer Sichtweite war. »Weißt du, wohin sie wollen?« Sie zog den Vorhang wieder zu und lehnte die Stirn gegen den hölzernen Fensterrahmen.

Ohne die Augen von ihrem Buch abzuwenden, erwiderte Martha geistesabwesend: »Nach Inverness, denke ich. Stuart hat dort sein Lager aufgeschlagen und macht seit Monaten die Gegend unsicher. Die Armee soll das Schlangennest ausräuchern.«

Leah zwinkerte, dann durchbohrte sie Martha mit einem bösen Blick. »Die Jakobiten sind in Inverness?«

Martha blickte auf. »Das wusstest du doch sicher auch.«

Der Ärger trieb Leah das Blut in die Wangen. »Ich wusste, dass Stirling und andere Städte belagert werden. Aber niemand hat mir gesagt, dass Stuart in Inverness ist. Warum habt ihr mir das verschwiegen?«

Auch Marthas Gesicht lief rot an. »Aber Leah, wir haben dir doch nichts verschwiegen.«

»O doch. Ihr hattet Angst, ich könnte mich auf die Suche nach Ciaran machen.«

Martha klappte das Buch zu, faltete die Hände im Schoß und sah Leah in die Augen. »Nichts läge mir ferner, als Geheimnisse vor dir zu haben. Aber allmählich frage ich mich, ob wir nicht besser daran getan hätten, jegliche Neuigkeit für uns zu behalten. Du kommst mir vor, als hinge dein ganzes Leben davon ab, dass du diesen Wilden wieder siehst. Dein Vater wäre entsetzt, wenn er das wüsste.« Sie schlug ihr Buch wieder auf. »Vermutlich ist dein Highlander ohnehin bereits tot.«

Eine große Ruhe überkam Leah, während sie Martha anstarrte. Auf einmal zählte nichts mehr auf der Welt außer ihrem Verlangen, Ciaran wieder zu sehen. Was Martha, Edwin oder sogar ihr Vater dazu sagen würden, kümmerte sie nicht mehr. Am liebsten hätte sie ihren Entschluss direkt in die Tat umgesetzt, wäre aus dem Raum gestürmt und hätte sich auf den Weg nach Inverness gemacht, aber sie sah ein, dass sie nicht weit kommen würde. Zwischen ihr und der Streitkraft des Prinzen standen ihr Vater und seine Dragoner.

Also holte sie tief Atem, setzte ein wehmütiges Lächeln auf und sagte leise: »Wahrscheinlich hast du Recht, Martha. Ich habe ihn sehr geliebt, aber allmählich glaube ich selbst nicht mehr, dass er noch am Leben ist.«

Martha seufzte erleichtert auf und nickte. »Ja. So traurig es ist, aber die Jakobiten haben große Verluste erlitten. Es wäre ein

Wunder, wenn er überlebt hätte.« Sie lächelte Leah an, ehe sie aufmunternd fortfuhr: »Betrachte die Sache doch von der guten Seite. Dein Vater ist nach Nairn gekommen und wird dich sicher hier besuchen.«

Seltsamerweise hoben sich Leahs Lebensgeister beim Gedanken an einen Besuch ihres Vaters. »Glaubst du wirklich?«

»Ich bin ganz sicher. Er weiß, dass du hier bist, und morgen ist Cumberlands Geburtstag, da legt er sicher einen Tag Rast ein.«

Ein Lächeln huschte über Leahs Gesicht. »Bestimmt.« Vater war in der Nähe, und sie würde sich in der Tat über seinen Besuch sehr freuen. Sie hatte ihn schon so lange nicht mehr gesehen. Ihr Herz pochte vor freudiger Erregung wie damals, als sie ein kleines Mädchen gewesen war und Mutter ihr seinen Besuch angekündigt hatte. Er hatte ihr immer ein schönes Geschenk mitgebracht, und auch wenn das diesmal nicht der Fall sein würde, so freute sie sich doch darauf, mit ihm reden zu können.

Den ganzen nächsten Tag wartete sie ungeduldig auf ihn. Sie nähte, las ein wenig, nähte wieder, dabei blickte sie ständig aus dem Fenster und hielt nach einer roten Uniform Ausschau, die jeden Augenblick auf dem Marktplatz auftauchen konnte. Aber die Zeit verstrich, und die Sonne ging allmählich unter, ohne dass sich ihr Vater blicken ließ. Ihre Hoffnung schwand. Cumberland musste nach Inverness marschiert sein. Ihr Entschluss stand fest. Sie würde gleichfalls dorthin gehen, sie musste Ciaran finden, bevor er der britischen Armee in die Hände fiel.

Man schrieb den fünfzehnten April, es war der Geburtstag des Herzogs von Cumberland und somit der Tag vor der entscheidenden Schlacht, die Dylan Dubh zufolge diesen Krieg und vielleicht auch Ciarans Leben beenden würde. Ciarans Magen zog sich vor Hunger schmerzhaft zusammen. Seit gestern jedem Mann eine einzige Zwiebel zugeteilt worden war hatte keiner mehr einen Bissen gegessen. Seit zwei Wochen wurde auch kein Sold mehr ausgezahlt. Die Männer mussten tief ins Innere des ausgeplünderten

Landes vordringen, um noch Nahrungsmittel zu finden. Auch der größte Teil von Ciarans Männern war unterwegs und suchte nach Proviant.

Die Truppen warteten auf Cumberlands Armee. Den Berichten der Männer zufolge, die aus Nairn geflohen waren, sollten die Rotröcke ihnen zahlenmäßig weit überlegen sein. Sie waren gut genährt und ausgezeichnet ausgerüstet. Ciaran begriff jetzt ganz genau, was bei Drummossie Moor geschehen würde und warum. Aber er konnte nichts dagegen tun. Er hatte nie die Möglichkeit gehabt, das Kommende zu verhindern. Seufzend ließ er sich auf einem großen Stein nieder, legte die Muskete über seine Knie und senkte den Kopf.

Plötzlich hörte er Sinanns Stimme. »Hättest du gern etwas Brot und Käse, mein Freund?«

Ciaran blickte auf. »Ja, für die ganze Armee, wenn es geht.«

»Das bringe ich nicht zu Wege. Meine Macht reicht nicht aus, um alle satt zu bekommen.«

Ein unfrohes Lächeln spielte um seinen Mund. »Keine Speisung der Fünftausend durch das Feenvolk?«

»Ich tue, was ich kann«, erwiderte sie gekränkt. »Wirf mir nicht vor, dass es nicht genug ist. Willst du jetzt den Käse oder nicht?«

Ciaran sah zu seinen Männern hinüber. Nur zwei Drittel seines Trupps waren noch bei ihm – Calum, Seumas Og MacGregor, Eóin, Gregor, Donnchadh und dreizehn andere. Aodán Hewitt und Alasdair MacGregor waren tot, neun weitere hatten sich davongemacht, um auf Nahrungssuche zu gehen. Ciaran hoffte fast, dass sie desertiert waren, er wollte nicht noch mehr von seinen Clansleuten sterben sehen. »Kannst du mir einen Sack Zwiebeln herbeischaffen?«, fragte er die Fee.

»Ja, natürlich, aber ...«

»Zwiebeln erwecken kein Misstrauen. Wenn ich mit Käse ankäme, würden die anderen denken, ich hätte heimlich Vorräte beiseite geschafft. Gib mir einen Sack Zwiebeln, dann behaupte ich einfach, es wäre die Tagesration für heute.«

Die Fee seufzte. »Aye.« Sie winkte mit der Hand, woraufhin ein grober, randvoll mit Zwiebeln gefüllter Leinensack zu seinen Füßen auftauchte. Ciaran hob ihn auf und ging zu seinen Männern hinüber, um sie zu verteilen.

Als die Dunkelheit hereinbrach, gab Lord George Murray Befehl, auf das Rotrocklager bei Nairn zuzumarschieren. Da der Herzog heute Geburtstag feierte, setzte Murray darauf, den Feind nach einer durchzechten Nacht überrumpeln zu können. Die Jakobiten formierten sich, so gut es ihnen in ihrer jämmerlichen Verfassung möglich war, und brachen auf. Ciarans Mathesons marschierten mit der Atholl-Brigade ganz an der Spitze der Kolonne.

Wolken verdeckten die schmale Mondsichel, sodass die Soldaten kaum die Hand vor Augen sehen konnten. Die Vorhut ließ den Rest der Armee oft so weit hinter sich, dass sie Halt machen und warten mussten, bis die anderen Truppen sie eingeholt hatten. Obwohl das Gelände sehr unwegsam war und die zerschlissenen Schuhe der Männer häufig im Schlamm stecken zu bleiben drohten, erreichte die Atholl-Brigade Nairn lange vor Perth und dem Prinzen. Sie machten Halt, um auf die anderen zu warten. Die meisten Männer waren so erschöpft, dass sie sich auf den nackten Boden warfen, nur um eine Weile schlafen zu können.

Ciaran nutzte die Rast, um niederzuknien und zu beten. Sein Herz hämmerte wie wild, und seine Fingerspitzen waren taub vor Kälte. Arme und Beine fühlten sich bleischwer an; er konnte sich kaum noch bewegen. Sich schwer auf seine Muskete stützend murmelte er: »Lieber Gott, gib mir die Kraft, das zu tun, was ich tun muss. Hilf mir, mich dem Andenken meines Vaters würdig zu erweisen.« Allmählich spürte er, wie der Aufruhr in seinem Inneren abzuebben begann. »Hilf mir, eines ehrenvollen Todes zu sterben, wenn morgen …« Er blickte auf und sah, dass sich der Himmel bereits zu verfärben begann. Kalter Schweiß brach ihm aus, er begann zu zittern und schloss die Augen, ehe er fortfuhr: »… wenn heute die Schlacht beginnt.« Eine Welle von Selbstmitleid drohte über ihm zusammenzuschlagen. Er riss sich zusammen und sprach leise weiter. »Wache über meine Familie und meinen Clan und lasse sie die nächsten Wochen und Monate in Frieden und Sicherheit leben. Vor allem wache über Deine Tochter Leah, die das Licht meines Lebens ist, denn sie hat keine Heimat und auch keine richtige Familie mehr. Behüte und beschütze sie und liebe sie so, wie ich es tue.« Er bekreuzigte sich. »*In nomine Patri et Filii et Spiritus Sancti,* Amen.«

Die Kraft kehrte langsam in seine Glieder zurück, und sein Pulsschlag beruhigte sich, als er sich langsam erhob. Die Männer vor ihm flüsterten miteinander und weckten die am Boden Liegenden mit vorsichtigen Fußtritten auf. Nairn lag zu weit entfernt, als dass sie es noch vor Tagesanbruch erreichen konnten. Ein nächtlicher Überraschungsangriff kam somit nicht mehr infrage, und so wurde schon bald wie erwartet der Befehl gegeben, nach Inverness zurückzukehren. Ciaran, der sich mit seinem bevorstehenden Tod abgefunden hatte, rief seine Männer zusammen, und die Armee trat den Rückzug an.

Ein paar Stunden später erreichten die ausgehungerten, erschöpften Soldaten des Prinzen erneut Drummossie Moor in der Nähe von Culloden House. Ein leichter Regen hatte eingesetzt. Kundschafter berichteten jetzt, Cumberland marschiere direkt auf sie zu. Die Nachricht verbreitete sich wie ein Lauffeuer unter den Truppen. Jetzt waren sie gezwungen, dem Feind entgegenzutreten.

»Tinkerbell, schaff mir dieses Brot und den Käse herbei, rasch!« Mochten die Männer denken, was sie wollten, er würde ihnen zumindest noch ein Mal die Bäuche füllen. Wahrscheinlich war es das Letzte, was er für sie tun konnte.

Wortlos und ohne sich zu zeigen ließ Sinann zwei große runde Käselaibe und einen Sack mit Bannocks vor Ciarans Füße fallen. Dieser hob einen Käse auf, klemmte ihn sich unter den Arm, brach den anderen entzwei und wandte sich an seine Leute.

»Hier. Esst.« Er verteilte die Käsestücke und die Bannocks unter den achtzehn Männern. Keiner erhob Einwände oder stellte Fragen. Sie aßen schweigend, dann wickelten sie sich in ihre Plaids und streckten sich im feuchten Gras aus, um sich auszuruhen. Ciaran fiel augenblicklich in einen tiefen, traumlosen Schlaf.

Ein Colonel der Atholl-Brigade, einer von Lord Georges Adjutanten, kam auf ihn zu und sprach ihn an. »Sind das hier Eure Männer, Ciorram?«

Ciaran hob schlaftrunken den Kopf. »Alle, die noch übrig sind.« Mühsam rappelte er sich hoch, um vor dem Vorgesetzten Haltung anzunehmen, obwohl er am liebsten wieder auf den schlammigen Boden gesunken wäre, um weiterzuschlafen.

»Wo sind denn die anderen?«

»Tot oder auf Proviantsuche.«

»Holt sie zurück. Wir werden heute jeden Mann brauchen.«

Ciaran überlegte einen Moment, ob er überhaupt eine Antwort geben sollte, dann nickte er. »Aye, Sir, sofort, Sir.«

Der Adjutant wandte sich ab und ging weiter. Ciaran sah ihm nach. Sowie der Mann außer Sichtweite war, schlang der Laird von Ciorram sein Plaid enger um sich und legte sich wieder zum Schlafen nieder. Zum Teufel damit! Er würde seine Leute nicht zurückholen und dazu zwingen , sich in dem bevorstehenden Massaker abschlachten zu lassen.

Kaum hatte er die Augen geschlossen, als der Befehl gegeben wurde, Schlachtaufstellung einzunehmen. Benommen erhoben sich die Mathesons und bezogen in einer Reihe direkt hinter der Atholl-Brigade rechts auf dem Schlachtfeld Position. Während sie warteten, ließ der kalte Regen ein wenig nach, und hier und da zeigte sich die Sonne, doch dazu wehte ein eisiger Wind. Die Männer schlangen ihre nassen Plaids um sich, um wenigstens das Schießpulver trocken zu halten, und warteten weiter.

Endlich tauchte am Horizont eine rote Linie auf, die sich über das weitläufige, schlammige Feld auf sie zubewegte. Ciaran atmete tief durch. Der altvertraute Hass wallte in ihm auf, während er beobachtete, wie sich die *Sassunaich* zum Kampf formierten.

Schmerzen und Erschöpfung fielen von ihm ab, und eine grimmige Entschlossenheit erfüllte ihn. Er starrte zu den feindlichen Linien hinüber, nur noch beseelt von dem Wunsch, es möge endlich zum Angriff geblasen werden.

Kanonendonner ertönte. Ciaran schrak zusammen, obwohl er sich für dieses Zeichen von Schwäche verfluchte. Dann waren dumpfe Einschläge zu hören, einige Highlander links neben ihm sanken zu Boden und wurden sofort von nachrückenden Soldaten ersetzt. Die jakobitische Artillerie erwiderte das Feuer. Obwohl die Sicht zunehmend schlechter wurde, konnte Ciaran erkennen, dass die Männer in der vordersten Linie reihenweise fielen. Die Verluste waren erschreckend hoch.

»Kartätschen!«, brüllte einer der Jakobiten voller Entsetzen. »Die Schweine verwenden Kartätschen!« Auch Lord George schrie etwas, was Ciaran aber nicht verstehen konnte.

Endlich kam der Befehl zum Angriff. Dudelsackklänge brandeten auf, und die Mathesons und Murrays stürmten unter wildem Kampfgeschrei auf die Gegner los, die sie sofort unter Musketenfeuer nahmen. Die Reihen vor Ciaran öffneten sich. Er feuerte seine eigene Muskete auf den ersten Rotrock ab, der vor ihm auftauchte, dann warf er sich die Waffe über den Rücken und zog sein Schwert, während die Männer zu seiner Rechten von Geschossen getroffen wurden.

Links neben sich sah er Calum mit erhobenem Schwert auf die *Sassunaich* eindringen. Im nächsten Moment zerplatzte der Kopf seines Bruders wie ein rohes Ei, und ein Blutschwall ergoss sich über den neben ihm laufenden Mann. Ciaran schloss kurz die Augen, um das entsetzliche Bild auszublenden, und rannte dann weiter, wobei er immer wieder über die Leichen gefallener Kameraden hinwegspringen musste. Plötzlich ging ein wahrer Kugelhagel über Atholls Männer nieder. Viele von ihnen wurden in den Rücken getroffen und fielen vornüber zu Boden. Ciaran blickte nach rechts und stellte fest, dass der Feind ihnen in die Flanke gefallen war. Ein Trupp Rotröcke hatte sich hinter einer steinernen Mauer am Rand des Schlachtfeldes verschanzt und feuerte aus der sicheren Deckung heraus auf das Zentrum der Jakobiten.

Ciaran wurde von der Menge mitgerissen, direkt auf die Mauer zu. Er zog seine Pistole, umklammerte sie mit beiden Händen und gab einen Schuss ab, konnte aber nicht erkennen, ob er jemanden getroffen hatte. Hastig schob er die Pistole in den Gürtel zurück und stürmte mit hoch erhobenem Schwert auf die Rotröcke zu, nur noch erfüllt von dem Wunsch, so viele der verdammten *Sassunaich* mit in den Tod zu nehmen wie möglich. Der Hass trieb ihn vorwärts. Immer wieder stolperte er über die Leichen der Gefallenen und lief Gefahr, zu Boden zu stürzen.

Endlich erreichte er die feindliche Linie und wollte gerade zu einem tödlichen Streich gegen einen der Gegner ausholen, als er einen sengenden Schmerz in der Brust spürte und laut aufschrie. Im nächsten Moment wurde es dunkel um ihn.

16. KAPITEL

Der sgian dubh, den er in seinen rechten Strumpf schob, war ein altes Erbstück, gefertigt aus Hirschhorn und Stahl. Die schmale, scharfe Klinge hatte sich in so manchem Kampf bewährt.

Leah erwachte vor Sonnenaufgang. Sie war sicher, dass ihre Verwandten noch schliefen. Edwins Schnarchen dröhnte durch das kleine Haus. Eine bessere Gelegenheit würde sich ihr kaum bieten. Sie kroch aus dem Bett und öffnete die Truhe, in der sie ihre Wäsche aufbewahrte. Ganz unten lag das Tartankleid, das sie aus Ciorram mitgenommen hatte. Rasch streifte sie es über Hemd und Bluse, dann warf sie sich ihren wollenen Umhang um und zog sich die Kapuze über den Kopf.

Lautlos verließ sie das Zimmer, schlich die Treppe hinunter und huschte aus dem Haus. Mit gesenktem Kopf eilte sie die Straße entlang, die nach Inverness führte.

Eine so weite Strecke hatte sie noch nie zuvor zu Fuß zurückgelegt. Immer wieder war sie gezwungen, eine Pause zu machen, um sich auszuruhen, und als die Sonne aufging, begannen ihre Füße zu schmerzen. Ihre Schritte wurden immer langsamer, die Schmerzen immer stärker. Ein Sturm zog auf und brachte kalten Regen mit sich; der Wind zerrte an ihrem Rock und dem Umhang. Eine Stimme in ihrem Hinterkopf beschwor sie, diese gefährliche Suche nach einem Mann, der vermutlich gar nicht mehr am Leben war, aufzugeben und umzukehren, doch Leah ignorierte sie. Stattdessen rief sie sich Ciarans Bild ins Gedächtnis. Sicher wartete er am Ende der Straße auf sie. Mühsam schleppte sie sich weiter.

Das Wetter besserte sich ein wenig, es nieselte nur noch leicht, und als sich endlich die Sonne zeigte, bemerkte Leah, dass es schon auf Mittag zuging. Immer häufiger kam sie jetzt an Packpferden vorbei, an denen sich zerlumpte Frauen zu schaffen machten. Sie fragte sich, ob sie bereits Cumberlands Lager erreicht hatte. Das Bild war ihr wohlvertraut. Seit Vaters Rückkehr vom Kontinent hatte sie schon so manchen Tross gesehen und wusste, welche Sorte von Frauen sich für gewöhnlich einer Armee anschloss. Sie setzte ihren Weg unbeirrt fort und ließ das bunt gemischte Völkchen bald hinter sich.

Endlich passierte sie eine kleine Anhöhe. Der Anblick, der sich ihr dort bot, ließ ihr das Blut in den Adern gefrieren. Direkt vor ihr formierte sich die britische Armee für eine Schlacht. Ein Meer rotberockter Rücken erstreckte sich vor ihr. Irgendwo in der Ferne stimmten Dudelsäcke eine schwermütige Weise an. Männer brüllten einander Befehle zu. Nackter Hass und Mordlust schwangen in ihren Stimmen mit. In ihrer Gier zu töten wirkten sie kaum noch menschlich.

Leahs Herz begann zu hämmern. Am liebsten hätte sie ihnen laut zugerufen, dem sinnlosen Blutvergießen endlich ein Ende zu machen, doch sie brachte keinen Ton heraus. Verzweifelt blickte sie sich um, dann wandte sie sich nach links. Dort standen unten an einem kleinen Fluss ein paar Bäume, die ihr Schutz bieten würden.

Sie war noch nicht weit gekommen, als ein ohrenbetäubender Knall ertönte. Rauchwolken stiegen in die Luft. Weitere Explosionen folgten, Kampfgeschrei hallte. Leah rannte geduckt weiter. Musketenkugeln prasselten im Gebüsch, was sie zu noch größerer Eile antrieb. Sie musste sich in Sicherheit bringen, ehe sie direkt in die Schusslinie geriet. Endlich erreichte sie die schützenden Bäume und sank hinter einer mächtigen Eiche zu Boden.

Von Angst und Entsetzen geschüttelt lag sie da und kämpfte gegen die aufsteigenden Tränen an. Vater hatte immer voller Verachtung von Soldaten gesprochen, die sich ihre Furcht anmerken ließen, also musste sie sich zusammenreißen. Sie begann, ein Gebet für Ciaran zu murmeln, flehte Gott an, ihn nicht in dieser Schlacht umkommen zu lassen, dabei umklammerte sie den Rosenkranz in ihrer Rocktasche so fest, dass sich die Elfenbeinperlen schmerzhaft in ihre Handfläche bohrten.

Eine Kanonenkugel schlug zwischen den Bäumen ein, Holzsplitter schwirrten durch die Luft. Leah krümmte sich zusammen. Zu dem Musketenfeuer gesellte sich jetzt das metallische Klirren, mit dem Stahl auf Stahl traf. Männer brüllten, Pferde wieherten schrill. Das Grauen schien kein Ende nehmen zu wollen.

Leah verlor allmählich jegliches Zeitgefühl. Als der Kampflärm endlich abebbte, war sie so erschöpft, dass sie sich kaum noch rühren konnte. Nur noch gelegentlich krachten Schüsse in der Ferne, die jedoch von den gellenden Schreien verwundeter und sterbender Männer übertönt wurden. Das Schlimmste schien jedoch überstanden zu sein, also erhob sie sich vorsichtig, verließ ihr Versteck und wankte mit zittrigen Knien auf das Schlachtfeld zu.

Der Wind hatte den Rauch weggetrieben, nur hier und da stieg noch ein Pulverdampfwölkchen in die Luft, wenn eine Muskete abgefeuert wurde. Leah lief auf eine Mauer am Rand des Schlachtfelds zu. Als sie näher kam, stieg ihr ein Ekel erregender, warmer Geruch nach frisch vergossenem Blut in die Nase, und sie musste würgen.

Auch andere Menschen rannten jetzt auf das Schlachtfeld; Frauen, die ihre Männer und Söhne suchten, aber auch Leichenfledderer, die die gefallenen Jakobiten und Hannoveraner gierig nach irgendwelchen Wertsachen abtasteten. Reiterlose Pferde liefen überall umher, einige waren verletzt und hinkten erbärmlich. Viele Tiere waren auch getötet worden. Der beißende Gestank nach Schießpulver, der über dem Schlachtfeld hing, brannte in Leahs Augen.

Die Tränen ließen sich nicht länger zurückhalten. Sie rollten ihr über die Wangen und tropften von ihrem Kinn, während sie den Blick über das sinnlose Blutbad wandern ließ, das hier angerichtet worden war. Die Schreie und das Stöhnen der Verwundeten hallte in ihren Ohren wider, es erstarb erst, als rotberockte Soldaten zwischen den am Boden liegenden Männern umhergingen und jedem, der noch am Leben war, ihr Bajonett in den Leib stießen.

Leah zog sich die Kapuze ihres Umhangs tiefer ins Gesicht und machte sich auf die Suche nach Ciaran. Das Schlachtfeld war mit Blutlachen bedeckt; die aschfahlen Gesichter der toten Highlander blutverschmiert und schlammverkrustet. Teilweise lagen die Leichen übereinander wie aufgestapeltes Feuerholz. Leah schritt langsam das ganze Feld ab, sah jeden Toten genau an und betete, es möge sich nicht um Ciaran handeln.

Es waren so viele! Allmählich fragte sie sich, ob sie ihn überhaupt finden würde, selbst wenn er hier irgendwo lag. Zwei Frauen in der Mitte des Feldes zerrten gerade einen Leichnam über den Boden und hievten ihn in einen Karren. Leah musste sich beherrschen, um nicht zu ihnen hinüberzulaufen und sich zu vergewissern, dass es nicht Ciaran war, den sie da fortschafften.

Doch noch während sie zu den beiden hinübersah, kam einer der englischen Soldaten auf die Frauen zu. Ohne Vorwarnung stieß er der einen sein Bajonett ins Herz. Die andere kreischte vor Entsetzen schrill auf und ergriff die Flucht, doch der Soldat verfolgte sie, holte sie mit drei Sätzen ein und erstach sie gleichfalls. Sie brach auf dem Boden zusammen und wand sich schreiend im Schlamm, bis der Rotrock ihr so beiläufig die Kehle durchschnitt, als zertrete er einen Käfer.

Leah duckte sich. Sie begann am ganzen Leibe zu zittern, als sie bemerkte, dass der Saum ihres Tartankleides unter ihrem Umhang hervorlugte. Rasch beschmierte sie den Stoff mit Erde und Blut, um das Karomuster zu verdecken. Keinesfalls durfte sie für eine Jakobitin gehalten werden.

Doch noch während sie das tat, begriff sie, dass sie tief in ihrem Herzen schon zu einer geworden war.

Obwohl ihre Beine sie kaum mehr tragen wollten, setzte sie die nervenzermürbende Suche nach Ciaran fort.

Plötzlich sah sie, dass sich direkt vor ihr ein Schwert im Schlamm bewegte.

Leah zwinkerte. Anscheinend litt sie schon unter Wahnvorstellungen, denn weit und breit war keine Menschenseele zu sehen. Doch da bewegte sich das Schwert erneut. Sie blieb stehen und beobachtete es, woraufhin es einen weiteren Satz über den weichen Boden machte. Leahs Haut begann zu prickeln, und sie fühlte sich mit einem Mal so leicht im Kopf, als würde sie gleich in Ohnmacht fallen. Das Schwert war über und über mit Schmutz bedeckt, doch sie konnte sehen, dass es sehr alt sein musste, denn es hatte statt des üblichen stählernen Korbgriffs ein silbernes bogenförmiges Heft. Als sie einen Schritt auf die Waffe zu machte, hüpfte diese von ihr weg. Sie folgte ihr, woraufhin das Schwert weiter vor ihr zurückwich.

»Was hat das zu bedeuten?«

Sie erhielt keine Antwort und schalt sich eine Närrin, dass sie überhaupt mit einer gerechnet hatte. Aber sie folgte dem

Schwert, bis es Halt machte, sich in die Luft hob und sich dann neben ein paar übereinander liegenden Toten mit der Spitze in den Boden bohrte.

»Was ist denn? Willst du mir irgendetwas zeigen?« Sie blickte sich um, sah aber nichts, was ihr ungewöhnlich erschien.

»Och«, ertönte eine zarte Stimme. »Er hatte von Anfang an Recht. Ihr habt keinen Funken Verstand im Kopf.«

Leahs Nackenhaare richteten sich auf. Sie trat unwillkürlich einen Schritt zurück, als plötzlich eine kleine, blasse Frau in einem feinen weißen Kleid vor ihr auftauchte. Mit einer Hand stützte sie sich auf den Griff des alten Schwertes. Die spitzen Ohren, die aus dem kurzen, fedrigen Haar hervorlugten, und die weißen Flügel verrieten ihr, dass sie kein menschliches Wesen vor sich hatte. Doch trotzdem waren die Wangen des zierlichen Geschöpfes vom Weinen gerötet, und ihr Gesicht wies Tränenspuren auf.

»Du bist eine Fee!«

»Und Ihr eine hohlköpfige *Sassunach*! Rasch! Beeilt Euch und zieht ihn da heraus, ehe er stirbt, Ihr Närrin!«

»Er?« Leah blinzelte die Erscheinung verwirrt an.

»Ciaran! So helft ihm doch!« Die Fee deutete auf den Leichenhaufen. »Dort liegt er. Er atmet noch, aber bestimmt nicht mehr lange, wenn Ihr weiter hier steht und Maulaffen feilhaltet!«

Leah schlug das Herz bis zum Hals, als sie den obersten der toten Highlander zur Seite zerrte. Darunter sah sie das vertraute Rostrot von Ciarans Kilt und ein Hemd, das einst weiß gewesen war, nun aber so rot leuchtete wie der Rock eines Dragoners.

»O Gott! Ciaran!« Vorsichtig hob sie seinen Kopf aus dem Schmutz, in dem er lag, und stellte entsetzt fest, dass er dort ebenfalls blutete. Sie begann leise zu wimmern. Tränen rollten ihr über die Wangen, versiegten aber, als sie sah, dass er noch atmete, langsam und flach zwar, aber seine Brust hob und senkte sich, und seine Haut wirkte nicht so grau wie die seiner toten Kameraden. »Ach, Ciaran!«

Als sie wieder aufblickte, stellte sie fest, dass einige Rotröcke sich ihr näherten. Das riss sie aus ihrer Erstarrung. Sie musste verhindern, dass sie Ciaran töteten.

Rasch löste sie seinen Gürtel und streifte ihm den verräterischen Kilt ab.

»Sein Dolch!«, zischte die Fee. »Nehmt seinen Dolch zu Hilfe!«

Sie entdeckte ein kleines Messer in einer Scheide unter dem Schaffell, das er um sein Schienbein gebunden hatte, riss es heraus und schnitt ihm die Gamaschen von den Beinen. Dann zog sie ihm die Rehlederschuhe und die karierten Strümpfe aus und schleuderte beides so weit von sich wie möglich. Danach schlitzte sie sein Hemd auf der Brust und an den Ärmeln auf, um es unter ihm hervorzuziehen. Ein weiteres Messer war an seinem Arm festgeschnallt. Sie machte es los und schob die kleine Waffe in ihr Mieder. Nun war Ciaran splitterfasernackt; nichts wies mehr darauf hin, auf welcher Seite er in der Schlacht gekämpft hatte.

Einen Moment lang betrachtete sie das klaffende rote Loch in seiner Brust, direkt über seinem Herzen. Noch immer sickerte Blut heraus. Wie konnte ein Mensch mit einer solchen Wunde überhaupt noch atmen?

Doch als sie aufblickte, stockte ihr vor Schreck der Atem. Ihr Vater kam direkt auf sie zugeritten. Er hielt sein Schwert in der Hand, ein harter Ausdruck lag auf seinem Gesicht, und um seinen Mund spielte ein so grausames Lächeln, dass sie beinahe Abscheu vor ihm empfand. Da er ihr Gesicht unter der Kapuze nicht sehen konnte, musste er sie für eine Schottin halten. Flüchtig erwog sie, sich zu erkennen zu geben, aber sie wusste, dass er Ciaran vielleicht trotzdem töten würde. Nein, berichtigte sie sich in Gedanken, er würde ihn mit Sicherheit umbringen, wenn er erfuhr, dass sie auf das Schlachtfeld gekommen war, um ihn zu suchen. Das durfte sie nicht zulassen, egal was Vater ihr auch antun mochte. Sie ließ sich auf die Knie sinken und beugte sich über Ciaran, sorgsam darauf bedacht, sein Gesicht zu verdecken.

»Och«, wimmerte sie mit dem schottischen Akzent, den sie den Bewohnern von Glen Ciorram abgelauscht hatte. *»Och, m'ann-*

sachd! M'annsachd! Tha gaol agam ort! Tha gaol agam ort! Och, m'annsachd!« Immer wieder wiederholte sie unter Schluchzen die einzigen gälischen Worte, die sie kannte, dabei horchte sie auf den Hufschlag des Dragonerpferdes. Er verstummte ganz in ihrer Nähe, dann hörte sie das metallische Klirren, mit dem ihr Vater seinen Säbel aus der Scheide zog. Leah begann zu weinen. Sie fürchtete einen Moment lang, er würde sie tatsächlich töten. Doch dann entfernte sich der Hufschlag wieder. Sie wartete, die Arme schützend um Ciaran geschlungen, bis ihr Vater fort war und sie sich wieder sicher fühlte.

»Schnell! Ihr braucht ein Pferd, oder wollt Ihr ihn selbst von hier forttragen?«

Die Stimme der Fee riss sie aus ihrer Versunkenheit und erinnerte sie daran, dass es jetzt Wichtigeres zu tun gab, als trüben Gedanken nachzuhängen. Sie blickte sich suchend um. Ganz in ihrer Nähe entdeckte sie ein Pferd, das nicht lahmte und auch sonst unversehrt schien. Langsam ging sie auf das Tier zu und packte die Zügel. Es folgte ihr widerstandslos zu der Stelle, wo Ciaran lag.

Leah war zwar größer als die meisten Frauen, aber sehr schlank und nicht sehr kräftig. Ciaran dagegen war ein hoch gewachsener, muskulöser Mann. Auch wenn er erschreckend abgemagert war, seit sie ihn das letzte Mal gesehen hatte, brachte sie es kaum fertig, ihn vom Boden hochzuzerren. Doch plötzlich schien er leichter und leichter zu werden, und sie konnte ihn mühelos auf das Pferd heben. Die Fee schwirrte mit wild schlagenden Flügeln über ihm und hob sein Bein über den Sattel. Gemeinsam setzten sie ihn so zurecht, dass sein Kopf neben dem Hals des Tieres baumelte. Er sah aus, als wäre er tot. Leah griff wieder nach den Zügeln.

»Nehmt seinen *sporran* mit. Und sein Schwert und den Dolch.«

Hastig griff sie nach dem Gürtel, an dem Ciarans *sporran* hing, hob ihren Überrock und schnallte ihn darunter fest. Dann schob sie den Dolch in den Gürtel und ließ den Rock wieder fallen.

Das Schwert wanderte in seine Scheide zurück, sie schlang sich das Wehrgehenk über die Schulter und bedeckte es mit ihrem Umhang, der allerdings nicht lang genug war, um das Schwert ganz zu verbergen. Die Spitze lugte unter dem Saum hervor. Dann nahm sie das Pferd am Zügel und führte es davon.

»Nicht in die Büsche! Geht die Straße entlang, als ob Ihr nichts zu fürchten hättet!«

Die Fee hatte Recht. Die Soldaten machten mit jedem, den sie verdächtigten, mit den Jakobiten zu sympathisieren, kurzen Prozess. Wenn sie den Anschein erweckte, sie sei vor ihnen auf der Flucht, lud sie sie geradezu ein, sie und Ciaran zu töten. Also drehte sie sich um und ging auf die Straße zu, die quer durch das blutgetränkte Schlachtfeld verlief und nach Nairn führte.

Doch am Straßenrand trat ein Soldat auf sie zu und hob drohend sein auf die Muskete aufgeschraubtes Bajonett.

»Keinen Schritt weiter!«, fauchte Leah, ehe der Mann näher kommen konnte, denn sie fürchtete, er könne sie umbringen, ohne vorher Fragen zu stellen, wie es schon sein Kamerad mit der unglücklichen Frau auf dem Schlachtfeld getan hatte. Ihr fiel ein, wie Ciaran ihr erklärt hatte, dass man andere Menschen allein durch seine Sprechweise manipulieren konnte, und so bediente sie sich eines geschliffenen, hochnäsigen Londoner Oberklassenakzents, der sogar dem Sohn des englischen Königs Ehre gemacht hätte. »Was untersteht Ihr Euch?«

Der Rotrock geriet sichtlich außer Fassung. Er ließ seine Muskete sinken. »Äh, Miss ...«

Leah funkelte ihn zornig an. »Wie könnt Ihr es wagen, mich mit diesem ... diesem Ding da zu bedrohen? Wenn mein Vater von Eurer Unverschämtheit erfährt, wird das Folgen für Euch haben, das versichere ich Euch. Dabei versuche ich doch nur, die sterblichen Überreste meines gefallenen Verlobten zu bergen.« Ein paar Tränen glitzerten in ihren Augen. Der Soldat lief vor Verlegenheit hochrot an. Leah holte zum nächsten Schlag aus. »Er war meine einzige große Liebe. Sein Tod hat mir das Herz gebrochen. Er hat sein Leben für den König gegeben, und das mindeste, was ich noch für ihn tun kann, ist, ihm ein christliches Begräbnis zu verschaffen. Und was tut Ihr? Statt mir zu helfen, bedroht und beleidigt Ihr mich!« Sie begann bitterlich zu schluchzen, senkte den Kopf und nutzte die Verwirrung des Soldaten, um ihren Weg fortzusetzen und ohne sich weiter um den Mann zu kümmern.

Die Fee, die auf der Kruppe des Pferdes hockte, bemerkte trocken: »Ich muss mich bei Euch entschuldigen, Miss Hadley. Das war wirklich eine bühnenreife Vorstellung, die Ihr da gegeben habt.«

Leah blickte sich kurz zu ihr um, nickte und konzentrierte sich dann auf den langen, beschwerlichen Weg zurück nach Nairn.

17. KAPITEL

Durch die Schlaufen seines Kilts zog er eine Stahlkette, an der ein kleiner sporran *aus schwarzem Kaninchenfell hing. Die Vorderseite war mit einem Muster aus kleinen silbernen Schilden verziert.*

Irgendwann während des Heimweges verschwand die Fee. Leah wünschte, sie wäre bei ihr geblieben. Die Anspannung der furchtbaren letzten Stunden machte sich bemerkbar, sie fühlte sich krank und elend und zitterte am ganzen Leib. Seit gestern hatte sie keinen Bissen mehr gegessen. Nur unter Aufbietung all ihrer Willenskraft brachte sie es fertig, überhaupt noch einen Fuß vor den anderen zu setzen.

Es war schon dunkel, als sie endlich in Nairn ankam. Sie blieb stehen und überlegte, wie sie weiter vorgehen sollte. Sie konnte nicht mit einem nackten Highlander auf einem gestohlenen Kavalleriepferd durch die Straßen der kleinen Stadt wandern. Aber etwas abseits der Straße lag eine halb verfallene, verlassene Torfhütte. Vielleicht konnte sie Ciaran dort verstecken. Der Dachbalken war zwar an einem Ende zusammengebrochen, das Strohdach selbst jedoch mehr oder weniger unbeschädigt. Die Hütte war zudem so stark von Ranken überwuchert, dass sie nur schwer zu finden war. Aus der Entfernung sah sie im Mondlicht eher aus wie ein kleiner, niedriger Hügel. Fast hätte Leah sie selbst übersehen.

Vor einem klaffenden Loch in der Wand, das einst ein Fenster gewesen war, zog sie Ciaran vom Pferd herunter, wobei sie unter seinem Gewicht beinahe zusammengebrochen wäre. Vor Erschöpfung und Frustration traten ihr die Tränen in die Augen, als sie die Arme unter seine Achselhöhlen schob und ihn mühsam zur Hütte schleifte. Sie kam sich vor, als hielte sie den blutigen Kadaver eines geschlachteten Tieres in den Armen. Da sie fürchtete, jemand könne vorbeikommen und sie sehen, zerrte sie Ciaran rasch in die stockfinstere Höhle unter dem Strohdach und legte ihn auf dem Lehmboden nieder. Dann ging sie wieder nach draußen und jagte das Pferd mit einem Schlag auf die Kruppe davon. Es war zu gefährlich, das Tier zu behalten, sie musste unbedingt vermeiden, unnötiges Aufsehen zu erregen. Irgendjemand würde sich schon darum kümmern.

Mit zitternden Händen tastete sie in der verfallenen Hütte nach der Stelle, wo Ciaran lag. Sie löste den Gürtel unter ihrem Rock und legte Dolch, *sporran* und Schwert neben ihm auf den Boden. Dann zog sie ihren Unterrock aus und deckte ihn damit zu. Während des ganzen Weges von Inverness hierher hatte er sich weder gerührt noch einen Laut von sich gegeben, aber er atmete noch. Solange Ciaran noch atmete, bestand auch noch Hoffnung.

Sie tastete mit den Fingern nach seinem Kopf, legte den Mund an sein Ohr und murmelte: »Ich komme bald zurück, Liebster. Bleib am Leben. Mir zuliebe. Du darfst nicht sterben. *Tha gaol agam ort*, Ciaran.«

Dann verließ sie eilig das Haus. Ihre Kehle war wie zugeschnürt, Tränen brannten in ihren Augen. Ihre Beine zitterten vor Erschöpfung und drohten, unter ihr nachzugeben. Die Furcht, bei ihrem Tun entdeckt und verhaftet zu werden, zehrte an ihren Kräften, aber sie musste durchhalten. Ciaran brauchte sie.

Wichtig war jetzt vor allem einige Dinge für ihn zu beschaffen: Nahrung, Wasser, Verbandszeug, Kerzen, Decken, Kleider. So schnell sie konnte lief sie zu Edwins Haus zurück, dabei suchte sie fieberhaft nach einer glaubwürdigen Lüge, die sie Edwin und Martha auftischen konnte. Wenn sie sie in diesem Zustand sahen – erschöpft, verdreckt und blutverschmiert –, dann würden sie sie nicht mehr aus dem Haus lassen, so viel stand fest. Was sollte sie dann tun? Sich heimlich hinausstehlen? Aber was, wenn ihr jemand folgte?

Als sie den Marktplatz erreichte, rumpelte ein Karren mit verwundeten Soldaten an ihr vorbei, und ihr kam eine Idee. Sie blieb einen Moment stehen und bemühte sich, den Eindruck zu erwecken, als sei sie völlig aufgelöst.

Dann stürmte sie ins Haus. »Ach, Martha, Edwin! Es war schrecklich!«

Nur Martha saß am Kamin. Ihre Augen waren verweint, und sie drehte unablässig ein Taschentuch zwischen den Fingern. Als sie Leah sah, sprang sie auf. »Leah! Wo bist du nur gewesen?« Sie schlang die Arme um sie und drückte sie auf einen Stuhl nieder.

»Es war *schrecklich*!« Leah setzte sich und brach in echte Tränen aus, als sie sah, dass sie Marthas Kleid mit Ciarans Blut beschmiert hatte. »Ich wollte Vater suchen, bin mitten in eine Schlacht geraten und musste alles aus nächster Nähe mit ansehen!« Die Erinnerung an die furchtbaren Bilder überwältigte sie. Ihre Hände begannen zu zittern, und sie wiegte sich hilflos hin und her.

»Armes Kind. Aber es war sehr töricht von dir, einfach so …«

»Ich habe Vater gesehen, er lebt und ist unverletzt. Aber sie haben Verwundete hergebracht. Ich muss ihnen Verbandszeug bringen. Und Essen und Wasser ... Decken ... Martha, ich kann nicht hier sitzen und nichts tun. Ich muss helfen.« *Sonst stirbt Ciaran in dieser verlassenen Hütte.*

»Edwin ist fortgegangen, um dich zu suchen. Wir haben eine Todesangst ausgestanden.«

Leah erschrak. Sie wollte nicht, dass irgendjemand nach ihr Ausschau hielt.

Martha eilte geschäftig hin und her, um Leah die verlangten Sachen zusammenzusuchen, dabei wiederholte sie ständig, welche Angst ihnen ihr Verschwinden eingejagt hatte.

»Wir haben uns schon den Kopf zerbrochen, was wir deinem Vater sagen sollen.«

Natürlich, alles, was für sie zählte, war die Meinung ihres Vaters. Leah nahm drei Kerzen aus einem Leuchter, holte einen Feuerstein nebst Zunder aus der Kommode und schob alles hastig in die Tasche. Martha reichte ihr Verbandszeug und etwas Fleisch und Brot, das sie in eine Leinentuch gewickelt hatte, dann eilten die beiden Frauen aus dem Haus.

Auf dem Marktplatz blieb Leah stehen. »Warte einen Moment. Was, wenn Edwin inzwischen nach Hause kommt und feststellt, dass du auch noch verschwunden bist? Bleib du lieber hier und sage ihm Bescheid.« Martha sah sie zweifelnd an, und Leah fuhr rasch fort: »Sie haben drüben in der Kirche ein behelfsmäßiges Lazarett eingerichtet.« Sie deutete auf das schlichte Gebäude, vor dem der Karren stand, mit dem die Verwundeten hergebracht worden waren. »Ich bringe die Sachen dorthin und helfe beim Verbinden.«

Martha nickte, reichte ihr den Wasserkrug und die Decken, die sie über dem Arm trug, und kehrte zum Haus zurück. Leah ging ein paar Schritte auf die Kirche zu, wo sich bereits andere Stadtbewohner eingefunden hatten, um den armen verletzten Rotröcken beizustehen. Dann huschte sie um die Schenke herum und machte sich auf den Weg zu der verfallenen Hütte.

Unterwegs fiel ihr ein, dass sie vielleicht auch etwas essen sollte, sonst würde sie am Ende noch krank werden. Doch nachdem sie einen Bissen von dem Brot hinuntergewürgt hatte, das Martha ihr eingepackt hatte, stellte sie fest, dass es ihr wie Blei im Magen lag. Trotzdem zwang sie sich, ein großes Stück zu verzehren, während sie ihren Weg fortsetzte.

Ciaran schien noch zu atmen, als sie in das pechschwarze Loch schlüpfte. Sie tastete nach seiner Brust und registrierte erleichtert, dass sie sich unter ihrer Hand schwach hob und senkte.

»Lieber Gott, ich danke dir!« Mit zitternden Fingern entzündete sie eine Kerze und stellte sie neben Ciaran auf den Lehmboden. Dann breitete sie eine Decke über ihn und zog sie bis zur Taille hoch. Sein Gesicht war aschfahl, sein Atem ging flach.

Als sie eine Hand ausstreckte, um das klaffende Loch in seiner Brust zu untersuchen, bemerkte sie zum ersten Mal die Silberkette, die um seinen Hals lag und deren Ende in der Wunde verschwand.

Sie griff danach und zog vorsichtig daran. Ciaran stöhnte, seine Lider flatterten, aber er blieb bewusstlos. Wieder zog sie an der Kette, doch das Ende ließ sich nicht aus der Wunde befreien. Sie tastete den Rand des blutigen Loches ab, konnte aber nichts feststellen. Was auch immer in der Wunde stecken mochte, sie musste es herausholen, entschied sie, selbst wenn sie Ciaran Schmerzen bereitete. Ohne auf sein gequältes Stöhnen zu achten, zog sie nochmals kräftig an der Kette.

Im Fleisch neben Ciarans Brustbein tauchten ein zersplittertes Holzkreuz und ein verbogener goldener Ring auf.

»O Gott«, flüsterte Leah erschrocken. Die Kugel, die ihn in die Brust getroffen hatte, war von Ring und Kreuz abgelenkt worden, sonst hätte sie sein Herz durchbohrt. Behutsam tastete sie Ciaran ab, suchte nach der Stelle, wo die Kugel wieder ausgetreten war, und entdeckte eine weitere Wunde oberhalb seines rechten Ellbogens. Ein Loch an der rechten Brustseite verriet ihr, dass die Kugel seine Brust und seinen Oberarm durchschlagen hatte. Offensichtlich hatte er in dem Moment, in dem er getroffen worden war, mit seinem Schwert zu einem Streich ausgeholt.

Die Einschusswunde hatte wieder zu bluten begonnen. Leah nahm ein Stück von dem Leinen, mit dem sie ihn verbinden wollte, und presste es gegen seine Brust, was ihn erneut aufstöhnen ließ. Unter der Haut spürte sie etwas Hartes. Irgendein Fremdkörper musste noch in der Wunde stecken. Sie griff nach der Kette und untersuchte das hölzerne Kreuz genauer.

Der untere Teil des Längsbalkens bestand nur noch aus Splittern, die winzigen Füße der goldenen Christusfigur hingen im Leeren. Leah stöhnte unterdrückt auf, als sie die Wundränder erneut abtastete.

Dann schob sie zwei Finger in das Einschussloch und bekam das abgebrochene Ende des Kreuzes zu fassen. Ciaran ächste und wand sich vor Schmerz, doch sie packte den Holzsplitter entschlossen mit Daumen und Zeigefinger und zog ihn mit einem Ruck heraus.

Ciaran schrie auf und brüllte etwas auf Gälisch.

»Ruhig, ganz ruhig«, flüsterte sie ihm ins Ohr. Hoffentlich war niemand in der Nähe und hatte die Worte in der Highlandersprache gehört. »Alles wird gut. Jetzt habe ich entfernt, was dir Schmerzen macht.« Sie wischte sich ihre blutigen Hände an der Decke ab.

Seine Augenlider flatterten, dann schlug er die Augen auf und sagte wieder etwas auf Gälisch, diesmal aber leiser.

»Sprich Englisch, Liebster. Wenn jemand dich Gälisch sprechen hört, verrät er dich an die Soldaten, und dann kommen sie und verhaften dich.«

Ciaran schloss die Augen und stieß ein leises, abfälliges Grunzen aus. »Englisch! Ich muss in der Hölle gelandet sein.« Dann sah er sie aus trüben Augen an. »Und du bist auch tot, sonst wärst du nicht hier.«

Sie lächelte. »Niemand ist tot. Wir sind beide noch am Leben.«

»Am Leben.« Seine Stimme war so schwach, dass sie ihn kaum verstehen konnte. »Ich kann nicht …« Er blinzelte ins Dämmerlicht und rang mühsam nach Atem. »Was ist … ich … mein

Kopf ...« Dann fielen ihm die Augen wieder zu, und er seufzte tief. »Calum ...« Tränen rannen ihm über die Wangen, und er fing an, unzusammenhängende gälische Worte zu stammeln.

»Schsch, Ciaran.« Leah beugte sich zu ihm hinunter, um ihre Lippen auf seine Stirn zu drücken. Bei der Berührung beruhigte er sich und blickte zu ihr auf. »Du bist schwer verwundet worden, du brauchst jetzt viel Ruhe.« Mit den Fingerspitzen tupfte sie ihm ein paar Tränen ab. Sein Blick wanderte nach rechts, zu seinem Arm.

»Ich kann meinen Arm nicht heben.« Panik schwang in seiner Stimme mit.

»Versuch es auch nicht, sonst fängt die Wunde wieder an zu bluten.« Sie hob seinen Kopf und setzte ihm den Wasserkrug an die Lippen. Er trank gierig ein paar Schlucke.

Dann ließ er sich keuchend zurücksinken. Jeder Atemzug schien ihm starke Schmerzen zu bereiten. Leah tauchte ein Leinentuch in den Wasserkrug und begann, sein Gesicht von Blut und Schmutz zu säubern. Er schloss die Augen halb, sein Atem ging regelmäßiger, dann sah er wieder zu ihr auf.

»Wo bin ich?«

»In Nairn. Wenn sie dich hier entdecken, werden sie dich töten, also dürfen sie dich nicht finden. Du bleibst hier, bis es dir wieder besser geht, und dann müssen wir überlegen, wie wir uns nach Frankreich durchschlagen können.«

Er brauchte einen Moment, bis er begriff, was sie meinte. »Wir?«

Sie ließ den Lappen sinken und sah ihm in die Augen. »Ja, wir beide. Ich lebe lieber mit dir im Exil als ohne dich in Britannien.«

»Kein Exil. Auf gar keinen Fall. Ich bleibe hier, selbst wenn ich dafür sterben muss.«

Leah fuhr fort, ihn zu waschen. »Du bist nicht ganz bei Sinnen. Wir werden später darüber sprechen.«

Das kühle Wasser wirkte belebend auf ihn, und bald darauf konnte er ein paar Bissen von dem kalten Fleisch essen, das sie mitgebracht hatte. Sowie seine anderen Wunden versorgt waren, drehte sie seinen Kopf zur Seite, um festzustellen, woher all das Blut in seinem Haar stammte. Zu ihrem Entsetzen entdeckte sie eine Streifschusswunde, die quer über die Seite seines Kopfes verlief. Die obere Hälfte seines rechtes Ohres war abgerissen worden. Als sie die Schwellung unter der Kopfhaut abtastete, begann er zu würgen, als müsse er sich übergeben.

Rasch griff sie nach dem nassen Leinentuch und drückte es gegen sein Gesicht. »Versuch, das Essen bei dir zu behalten. Du musst wieder zu Kräften kommen.«

»Ich bekomme keine Luft!« Seine Bauchdecke zuckte, sein Atem ging flach und viel zu schnell.

Leah fuhr fort, sein Gesicht mit dem feuchten Tuch abzureiben, bis er sich beruhigte und keine Gefahr mehr bestand, dass er das Fleisch und das Wasser erbrach, das sie ihm gegeben hatte. Er schloss die Augen und fiel in einen unruhigen Schlaf.

Sie beobachtete ihn eine Weile, dann deckte sie ihn sorgfältig zu, blies die Kerze aus und kehrte in die Stadt zurück. Zwar widerstrebte es ihr zutiefst, ihn alleine zu lassen, aber wenn sie noch länger ausblieb, würden sich Edwin und Martha auf die Suche nach ihr machen.

In der Folge besuchte sie Ciaran jeden Tag, nachdem sie ihre Verwandten mit irgendwelchen Ausreden abgespeist hatte, und brachte ihm so viel zu essen, wie sie aus der Küche zu entwenden wagte oder in der Stadt kaufen konnte. Sie schmuggelte auch mehr Decken, ein kleines Kopfkissen und eine dünne Strohmatratze, die sie zusammengerollt und in einem alten Mehlsack versteckt hatte, in die kleine Torfkate. In der hintersten Ecke der Hütte fand sie einen niedrigen Holzschemel, auf dem sie sitzen konnte, während sie Ciaran versorgte. Sie hatte auch eine Nadel und ein Stück Faden mitgebracht, damit nähte sie die Wunden zu, obwohl Ciaran sich zuerst sträubte und darauf beharrte, dass sie beides zuvor auskochen sollte. Aber Leah blieb hart. Feuer durfte sie nicht machen, weil der Rauch die Rotröcke anlocken konnte, also war es ihr auch nicht möglich, Wasser zu erhitzen.

Zwei Tage nach der Schlacht kehrte Leah an einem regnerischen Nachmittag von der Kate in die Stadt zurück. Als sie den Marktplatz überquerte und gerade in das Haus ihrer Verwandten gehen wollte, sah sie voller Schrecken, wie ein rotberockter Soldat einen Mann aus der Kirche auf der anderen Seite des Platzes schleifte. Er trug nur ein zerfetztes Hemd und war über und über mit Blut bedeckt; altem und frischem, das aus einer durch die grobe Behandlung wieder aufgeplatzten Wunde an seinem Oberschenkel strömte.

Der ausgezehrte, hilflose Mann beteuerte immer wieder seine Unschuld; jammerte, er sei mit Gewalt dazu gezwungen worden, in die Armee Charles Stuarts einzutreten. Als er in die Mitte des Platzes gezerrt wurde, glitt er im Schlamm aus. Ein roter Blutstrom rann an seinem Bein hinunter, sein langes Haar klebte ihm im Gesicht. Mit zitternden Fingern strich er es zurück, während er mit brechender Stimme das Schicksal seiner Frau und seiner Kinder beklagte und immer wieder verzweifelt um sein Leben flehte.

Doch der englische Soldat kannte kein Erbarmen. Er zog seine Pistole aus dem Gürtel, setzte dem Gefangenen den Lauf an den Hinterkopf und drückte ab.

Leah zuckte zusammen, als die Schädeldecke des Mannes zu explodieren schien und der Sterbende vornüber in den Schlamm kippte. Ohne sichtbare Gefühlsregung schob der Soldat seine Pistole in den Gürtel zurück, wandte sich ab und ließ den Jakobit im Regen liegen. Der bäumte sich ein letztes Mal auf, dann regte er sich nicht mehr.

Leah brach der kalte Schweiß aus, sie begann zu zittern, als sich die Welt plötzlich um sie drehte. Sie wusste kaum, wie sie ins Haus zurückgelangte. In der Nacht fand sie keinen Schlaf, sondern sah immer wieder das grässliche Bild des zersplitternden Schädels vor sich.

Am nächsten Tag bekam Ciaran Fieber. Seine Haut glühte, und

während der nächsten drei Tage wälzte er sich auf seinem Lager herum und stöhnte im Halbschlaf, während Leah ihn wieder und wieder mit feuchten Tüchern abrieb, um seine Körpertemperatur zu senken. Sie weckte ihn, um ihm Wasser einzuflößen, doch feste Nahrung brachte er nicht herunter. Sie konnte nichts für ihn tun außer immer wieder frisches Wasser herbeizuschleppen und ihm Kühlung zu verschaffen, so gut es ging.

Am dritten Tag sank das Fieber, auf seiner Haut lag nur noch ein feiner Schweißfilm, und er konnte ein wenig mit Wasser verrührtes Hafermehl zu sich nehmen. Er sah aus, als stünde er an der Schwelle des Todes, doch Leah war so erleichtert, weil er endlich wieder etwas essen konnte, dass sie über seine Blässe und den starken Gewichtsverlust hinwegsah. Jetzt war sie überzeugt, dass Ciaran am Leben bleiben würde, und nichts sonst zählte. Im Laufe der nächsten zwei Tage tat er nichts als schlafen, essen und wieder schlafen.

Doch dann kam der Tag, wo er seine Umgebung wahrzunehmen begann. Der Nebel, in dem er dahingedämmert war, seit die feindliche Kugel ihn getroffen hatte, lichtete sich, und er sah sie aus klaren, wachen Augen an.

»Wo sind wir?«

Leah war gerade dabei, ihn mit dem dicken Hafermehlbrei zu füttern, den er *drammach* nannte. »In einem verlassenen Haus«, erwiderte sie. »Eigentlich ist es nur eine alte, halb verfallene Torfkate-Hütte.«

»Nein, ich meine, *wo* sind wir? Noch in Inverness? Ich kann mich nur noch daran erinnern, dass mir ein Engel gesagt hat, er liebe mich. Ich war sicher, tot und auf dem Weg in den Himmel zu sein.«

»Du bist nicht im Himmel, nur in Nairn.« Sie schob ihm einen weiteren Klumpen *drammach* zwischen die Lippen, und er schluckte gehorsam.

»Nairn ist wenigstens Schottland. Hoffentlich muss ich nie wieder einen Fuß auf englischen Boden setzen.« Er schwieg, während sie ihn weiter fütterte, dann betastete er seine Brust und zuckte zusammen. »Wie kommt es, dass ich noch am Leben bin?«

»Du hast ein Kreuz um den Hals getragen, weißt du noch?« Kreuz und Kette lagen auf seinem Kopfkissen. Sie hob beides hoch und zeigte es ihm. »Das hat die Kugel abgelenkt, sonst wäre sie dir direkt ins Herz gedrungen.«

Mit seiner gesunden Hand nahm Ciaran ihr die Kette ab und untersuchte das zersplitterte Kreuz und den verbogenen Ring. »Mein Vater hat das immer getragen. Der Ring war der Ehering meiner Mutter.«

»Hmmm«, machte sie. »Sie hat dich wohl noch aus dem Jenseits beschützt.«

Ciaran schien eine Weile darüber nachzudenken, dann blickte er sich um. »Wie bin ich hierher gekommen?«

»Ich habe dich hergebracht. Äh ... *wir* haben dich hergebracht.«

Er musterte sie einen Moment lang forschend, ehe er sagte: »Ich verstehe. Demnach hast du Tinkerbell kennen gelernt.«

»Tinkerbell?« Leah lächelte. »Was für ein ungewöhnlicher Name. Sie hielt es nicht für nötig, sich vorzustellen, aber sie wird es wohl gewesen sein. Jetzt weiß ich auch, warum du so felsenfest an die Existenz von Feen glaubst.«

Er grunzte, dann schluckte er einen weiteren Bissen *drammach.* »Bist du zum Schlachtfeld gekommen, um deinen Vater kämpfen zu sehen?«

Leah stöhnte unwillkürlich auf, als sie an den Gesichtsausdruck ihres Vaters an jenem Tag dachte und daran, was er beinahe getan hätte. Sie musste sich räuspern, um weitersprechen zu können. »Nein. Ich bin nach Inverness gegangen, um dich zu suchen, dabei bin ich in die Schlacht geraten. Sowie nicht mehr geschossen wurde, führte mich deine Tinkerbell zu der Stelle, wo du lagst.«

Wieder schwieg er lange, schien mit den Gedanken weit fort zu sein. Dann seufzte er leise. »Calum ist tot ... Eóin ... Gregor ...«

»Und das Morden ist noch nicht zu Ende. Die Soldaten in Nairn erschießen jeden, den sie verdächtigen, mit den Jakobiten zu sympathisieren. Es heißt, Prinz Charlie wäre entkommen und sie würden ihn quer durch die Highlands verfolgen. Vetter Edwin liest alle Berichte mit entschieden zu großer Genugtuung, fürchte ich.«

Ciaran schnaubte durch die Nase und schloss die Augen. »Ich kann nicht länger einer verlorenen Sache nachtrauern, ich habe im Moment anderes zu bedenken.«

»Wie du nach Frankreich fliehen kannst?«

»Nein, wie ich zu meinem Clan zurückkomme.«

»Die Soldaten werden dich fassen und aufhängen.«

»Ich kann meine Leute nicht im Stich lassen. Mein Vater hat die Verantwortung für den Clan in meine Hände gelegt.«

»Aber dein Bruder ist doch auch noch da ...«

Ciaran schüttelte den Kopf. »Pa hat *mich* zu seinem Nachfolger bestimmt. Außerdem ist Robbie noch viel zu jung, um eine solche Verantwortung auf sich zu nehmen. Nein, ich muss nach Ciorram zurückkehren. Es geht nicht darum, ob Robbie im Stande ist, meinen Platz einzunehmen oder nicht. Ich kann nicht einfach vor meiner Pflicht davonlaufen. Ein Leben weit weg von meiner Heimat und meinem Volk wäre für mich nicht lebenswert.«

»Ach, Ciaran ...« Leah seufzte, als sie ihm den letzten Rest *drammach* in den Mund schob.

»Nein.« Ciaran schluckte den Bissen hinunter, griff dann nach ihrer Hand und leckte den Rest des klebrigen Haferbreis ab, ehe er die Lippen gegen ihre Handfläche presste. *»M'annsachd«*, murmelte er.

»Was bedeutet das?« Leah konnte es sich zwar denken, wollte es aber von ihm hören.

»Es heißt ›meine innigst Geliebte‹.«

Sie kniete neben dem Strohsack nieder, um einen sachten Kuss auf seine Lippen zu hauchen. Er stöhnte leise, zog sie enger an sich und begann mit der gesunden Hand an den Knöpfen herumzunesteln, mit denen ihr Kleid im Rücken geschlossen wurde.

Ein leises Lächeln spielte um ihren Mund, sie löste sich von ihm und flüsterte: »Dir muss es wirklich schon viel besser gehen.«

»Zieh es aus.«

»Ich weiß nicht ... ich möchte dir nicht wehtun ...«

»Dann vermeide es, deinen Kopf auf meine Brust zu legen oder dich an meinen Ohren festzuhalten, wenn du ... na, du weißt schon.«

Leah kicherte. Es war wundervoll, wieder lachen zu können; ihr kam es so vor, als hätte sie seit Jahren nicht mehr von Herzen gelacht. »Bist du sicher, dass du nicht noch zu schwach dazu bist?«

Er grinste breit. »Ich bin zu schwach, um dem Verlangen danach zu widerstehen.«

Leah drehte sich um, damit er ihr Kleid aufknöpfen konnte, dann ließ sie es zu Boden gleiten und zog ihre Bluse über den Kopf, ehe sie Strümpfe und Schuhe abstreifte, wieder neben ihm niederkniete und schließlich auch noch ihr Leinenhemd auszog.

Seine Augen funkelten, während er ihr zusah. Als sie sich über ihn beugte, um ihn zu küssen, streckte er seine gesunde linke Hand aus, um beinahe ehrfurchtsvoll über ihre Brüste zu streichen. Leise murmelte er: »Wenn ein Mann an der Schwelle des Todes gestanden hat, weiß er die angenehmen Seiten des Lebens umso mehr zu schätzen.« Dann hob er die Decke ein wenig an, damit sie sich zu ihm auf die Strohmatratze legen konnte.

Aus Angst, ihm Schmerzen zu bereiten, kniete sie sich nur über ihn und küsste ihn behutsam. Sie sah, dass ihm das Atmen immer noch schwerfiel. Er legte eine Hand um ihren Hinterkopf, zog sie enger an sich und erforschte mit der Zunge hungrig ihren Mund. Als sie sich mit gespreizten Beinen auf ihn setzte, konnte sie sein Verlangen deutlich spüren.

»Aye«, flüsterte er mit einem erstickten Lachen in der Stimme. »Gewisse Teile von mir sind zum Glück unversehrt geblieben.«

Sie ließ sich auf ihn sinken, um ihn in sich aufzunehmen. Er schloss die Augen, seine Hüften zuckten, doch da ihn jede Bewegung große Anstrengung kostete, hielt sie ihn zurück und begann sich stattdessen selbst vorsichtig über ihm zu heben und zu senken.

Dabei betrachtete sie wie gebannt sein Gesicht. In solchen Momenten wirkte er so entspannt und glücklich, wie sie es sonst nie bei ihm erlebte. Als er die Augen aufschlug und sie ansah, las sie darin deutlich, was er für sie empfand.

Sein Atem ging schneller, und eine kleine Falte erschien zwischen seinen Augenbrauen. Sie verlangsamte ihre Bewegungen, dabei musterte sie ihn besorgt.

»Hör nicht auf. *Och,* bitte hör nicht auf.« Er presste seine gesunde Hand gegen ihr Kreuz, woraufhin sie das Tempo wieder beschleunigte. »*Och,* Leah ... Leah, *m'annsachd* ...« Er hob die Hand an ihr Gesicht und streichelte ihre Wange, dann schloss er wieder die Augen, öffnete den Mund, brachte aber keinen Ton heraus. Sein Atem ging keuchend, dann stöhnte er laut auf, seine Hüften zuckten heftig, und feine Schweißtropfen traten auf seine Stirn. Die Anstrengung forderte nun doch ihren Tribut.

Leah ließ sich über ihn sinken. »Hast du große Schmerzen?«

»Diese Art von Schmerzen ertrage ich gern.« Er zog sie zu sich herunter, um sie noch ein Mal zu küssen. »Es ist gut, noch am Leben zu sein.« Sie löste sich von ihm und schmiegte sich an seine unverletzte Seite, dann stützte sie den Kopf auf einen Ellbogen und streichelte sacht über sein Gesicht.

»Wir müssen heiraten«, flüsterte er schläfrig.

»Ich glaube, nach schottischen Gesetzen gelten wir bereits als verheiratet.« Sie blinzelte ihm zu. »Nennt man das nicht ›vor Gott bereits Mann und Frau sein‹?«

Ciaran grinste. »Ja, so sagt man. Aber dazu gehört auch, dass wir unsere Heiratsabsicht öffentlich bekannt machen.«

»Soll ich jetzt durch die Straßen von Nairn gehen und jedem, den ich treffe, von unserer bevorstehenden Hochzeit erzählen?«

Ciaran musste lachen, verzog aber sofort vor Schmerz das Gesicht und berührte mit den Fingerspitzen seine Brust.

»Ich könnte auch so, wie ich bin, aus der Hütte laufen und

nackt wie Lady Godiva über die High Street schlendern, um mich ganz offen zu dir zu bekennen, dann weiß in einer halben Stunde ganz Nairn Bescheid«, schlug Leah kichernd vor.

Noch immer lachend widersprach er: »Nein, wenn wir heiraten, dann in einer Kirche und mit dem Segen eines Priesters. Es ziemt sich nicht für einen Laird, sich heimlich und in aller Stille in einer fremden Stadt trauen zu lassen, nur weil die Situation es erfordert.« Er legte seine gesunde Hand über ihre und drückte sie sanft. »Du sollst vor Gott und der Welt meine Frau werden, und nichts und niemand wird uns je wieder trennen.«

Leah lächelte nur. Dabei fragte sie sich, ob er wirklich so naiv war, wie seine Worte es vermuten ließen.

Plötzlich ertönte draußen auf dem Feld eine verärgerte Stimme. »Ich sage Euch doch, es ist jemand hier!«

Eine zweite Stimme erwiderte etwas. Ciaran stieß die Decke weg und griff nach seinem *sporran.* Leah packte Dolch und Schwert. Sie war im Umgang mit solchen Waffen zwar ungeübt, konnte aber wenigstens ihre Arme bewegen.

Ciaran wühlte in seinem *sporran* herum und holte eine kleine Brosche heraus, die er an der Kette um seinen Hals befestigte. »Komm«, flüsterte er, rappelte sich auf und zog sie von der Matratze hoch.

»Was ...«

»Vertrau mir. Jetzt komm.«

Sie ließ sich von ihm zur Wand gegenüber der Tür ziehen, wo sie direkt im Sonnenlicht standen, das durch die Öffnung fiel. Seine Knie begannen zu zittern. Leah schob ihre Schulter unter seinen linken Arm, um ihn zu stützen. »Bist du verrückt? Sie werden uns ...«

»Still.« Er schob seinen Mund ganz dicht an ihr Ohr. »Vertrau mir.«

»Ciaran ...«

»Vertrau mir. Gib keinen Laut von dir und rühr dich nicht von der Stelle, egal was du siehst oder hörst.« Er legte seinen gesunden

Arm um sie und zog sie dicht an sich. Sie stand ganz still neben ihm, fröstelte trotz der Hitze, die sein Körper ausstrahlte, und war sicher, im nächsten Augenblick entdeckt und getötet zu werden.

Schatten erschienen am Eingang der Torfhütte, dann trat ein Rotrock mit gezücktem Bajonett vorsichtig ein. Er stieß die lange, schmale Klinge in die dunkeln Ecken neben dem Eingang, dann sah er sich forschend um. Eine zweite Gestalt tauchte hinter ihm auf, ein kleiner, dünner Mann, den Leah noch nie gesehen hatte. »Seht Ihr, sie muss hier sein. Ihre Kerze brennt noch, und dort liegen ihre Kleider.« Seine Stimme klang triumphierend, wahrscheinlich rechnete er mit einer Belohnung.

Der Soldat erwiderte nichts darauf, sondern spähte weiter angestrengt in die Ecken. Dann stieß er sein Bajonett in das zusammengebrochene Strohdach am Boden. »Ich kann niemanden entdecken.« Er starrte Leah direkt an. Sie war sicher, dass er ihr genau in die Augen sah, doch er schien sie gar nicht zu bemerken. Er stocherte in der Strohmatratze herum, obwohl sich ganz offensichtlich niemand darunter verbarg, dann hob er eine Decke auf und schnupperte daran.

»Aha. Anscheinend haben wir eine Hure und ihren Freier gestört.« Er hielt dem kleinen Mann die Decke als Beweis unter die Nase. Als dieser sich angewidert abwandte, ließ er sie zu Boden fallen. »Sie müssen uns gehört haben und sind geflohen.« Er stieß das Kleid mit der Stiefelspitze an. »Sie hatte es so eilig, dass sie sogar ihr Kleid zurückgelassen hat. Muss ja ein herrlicher Anblick gewesen sein.«

»Ich habe keinen Mann hinein gehen sehen.«

Der Soldat zuckte die Schultern, seufzte und erwiderte: »Es war aber einer hier, da bin ich ganz sicher, und er hat sich nach Herzenslust mit dem Weibsstück vergnügt.« Er blickte sich noch ein Mal um, ehe er erklärte: »Wahrscheinlich sucht sie sich jetzt einen anderen Platz, wo sie ihre Freier bedienen kann, nachdem wir dieses Versteck aufgestöbert haben.« Dann drängte er sich an dem kleineren Mann vorbei und verließ die Hütte.

Der Schotte sah sich so forschend um, als sei er felsenfest davon überzeugt, der Rotrock müsse die Frau und den Flüchtling, den sie hier verborgen hielt, irgendwie übersehen haben. Aber nach einer Weile gab auch er die Suche auf, grunzte enttäuscht und trottete gleichfalls ins Freie.

Ciaran sank auf die Knie, kroch zu der Matratze hinüber und streckte sich keuchend darauf aus. Leah legte seinen Kopf in ihren Schoß und betrachtete die Brosche, die an seiner Kette hing. Sie sah aus wie eine Art Familienwappen; eine Hand, die ein Schwert hielt.

»Sie konnten uns gar nicht sehen, nicht wahr?«

»So ist es.«

»Hat diese Brosche magische Kräfte?«

»Ja, sie macht ihren Träger unsichtbar. Aber nur, wenn er sich nicht bewegt. Der Talisman ist das Symbol unseres Clans. Mein Pa sagte immer, er passe so gut zu uns, weil er dich nur schützt, solange du an deinem Platz bleibst. Bewegst du dich und gehst weiter, dann erlischt der Zauber.«

Leah dachte einen Moment nach, dann meinte sie: »Wir müssen von hier weg, Ciaran. Heim nach Ciorram.«

»Aye, und das möglichst schnell.«

18. KAPITEL

Beinahe ehrfürchtig schob der den Dolch mit dem silbernen Heft in die Scheide, die an seinem Gürtel hing. Die Waffe befand sich bereits seit Jahrhunderten im Besitz seiner Familie. Er betrachtete sie einen Moment und dachte an die unzähligen Geschichten, die sich um diesen Dolch rankten.

Ciaran verabscheute die Hose, die Leah ihm besorgt hatte. Er hatte sie widerwillig angezogen, weil er sonst keine Kleider besaß, aber er fand sie fürchterlich. Sie war aus steifem Rehleder gefertigt, drückte im Schritt, und die Nähte scheuerten ihm trotz der leinenen Unterwäsche, die er trug, die Haut wund. Außerdem rutschte sie in die Höhe, wenn er sich bewegte, in Bereiche, wo ihn das harte Leder empfindlich störte. Zwar zog er sie immer wieder herunter, doch lange half das nie.

»Keine Sorge«, tröstete ihn Leah. »Wenn du erst einmal ein bisschen Gewicht zugelegt hast, sitzt sie genau richtig.«

Ciaran musterte sie aus schmalen Augen. »Du scherzt wohl.« Aber ihre gekränkte Miene verriet ihm, dass sie die Bemerkung vollkommen ernst gemeint hatte. Die Hose sollte tatsächlich noch enger sitzen. Er stieß ein angewidertes Grunzen aus und blickte missmutig an sich herunter.

Doch dann reichte sie ihm ein Hemd, das funkelnagelneu aussah. Er hielt es in das schwache Licht des neuen Tages, das durch den Eingang des Verstecks fiel. Manschetten und Kragen waren mit einem keltischen Muster aus ineinander verschlungenen Bären bestickt. »Das ist ein wunderbares Hemd. Wo hast du es aufgetrieben?«

»Ich habe es für dich genäht.«

Er sah sie erstaunt an, weil er dachte, sie wolle ihn zum Narren halten. Doch sie nickte bestätigend.

»Du hast es selbst genäht? Und bestickt?«

Wieder nickte sie.

Er schmunzelte. »Wie ich schon sagte – ein wunderbares Hemd. Die Bären werden uns Glück bringen.« Leah half ihm, es über den Kopf zu ziehen und in den Hosenbund zu stopfen.

Sie hatte auch einen langen Wollmantel und einen Dreispitz für ihn beschafft, den er nur zögernd aufsetzte. »Ich sehe ja aus wie ein verdammter *Sassunach*!«

»Genau das ist der Sinn und Zweck dieser Verkleidung. Außerdem fällt dein verletztes Ohr so nicht auf. Wenn jemand das sieht, könnte er unliebsame Fragen stellen.« Sie drapierte sein Haar sorgfältig über dem Ohr und begann es im Nacken zu einem Zopf zu flechten.

»*Och*!« Er schüttelte den Kopf und trat einen Schritt zurück. »Ich flechte mein Haar nie!«

»Weil du ein Highlander bist. Und genau deswegen solltest du dir einen Zopf flechten lassen.«

»Nein! Ich binde es zusammen, das reicht.« Er funkelte sie finster an, bis sie nickte, und drehte sich dann um, damit sie ihm die Arbeit abnehmen konnte. Die eine störrische Haarsträhne war immer noch zu kurz, um sich mit dem Band halten zu lassen, und fiel ihm ins Gesicht. Er strich sie hinter sein linkes Ohr zurück, doch sie löste sich sofort wieder. »Zeig deine Ohren lieber nicht«, riet Leah. »Besser, du siehst ein wenig schlampig aus, als dass du den Eindruck erweckst, eine Verwundung zu verbergen.«

»Na schön. Dann lass uns gehen.«

»Warte.« Sie griff in die Tasche unter ihren Röcken und zog eine lange Kette aus Elfenbeinperlen hervor. Sein Rosenkranz. Als Ciaran ihn sah, wurde ihm warm ums Herz.

»Du hast ihn aufbewahrt?«

»Selbstverständlich.«

Er nahm ihr den Rosenkranz ab und ließ ihn durch die Finger gleiten. »Ich habe ihn vermisst, aber ich wusste ja, dass du gut darauf aufpasst.«

Leah schloss seine Hand um den Rosenkranz und küsste sie.

Ciaran ließ ihn in sein Hemd gleiten und griff dann nach dem Tornister, der seinen *sporran,* Brigid, einen Wasserschlauch und etwas Proviant enthielt. Leah verbarg das Schwert wieder unter ihren Röcken. Sie hatte fast eine Woche benötigt, um Kleider und andere Kleinigkeiten für die Reise zu beschaffen, weil sie äußerste Vorsicht hatte walten lassen müssen. Sie selbst trug eine Dienstmagdtracht, die sie angeblich für Ida erstanden und dann versteckt hatte. Niemand würde ihr große Beachtung schenken. Ciaran und sie hatten beschlossen, sich als Dienstbotenehepaar auf Stellungssuche auszugeben.

Die Sonne war noch nicht aufgegangen, als sie ihr Versteck verließen und die Straße nahmen, die Richtung Norden führte. Ciaran blinzelte ein paar Minuten heftig, seine Augen waren selbst an so schwaches Licht nicht mehr gewöhnt.

Schon nach kurzer Zeit machte sich die körperliche Anstrengung bemerkbar, und als die Sonne ganz aufgegangen war, rang er nach Atem. Ein hämmernder Schmerz strahlte von seiner Brust in den rechten Arm und bis in die Fingerspitzen aus. Noch immer konnte er den Arm nicht bewegen und wusste auch nicht, ob dies jemals wieder der Fall sein würde. Die Schwellung am Kopf war zurückgegangen, doch die Ohrwunde pochte so heftig, dass er fürchtete, sie könne wieder beginnen zu bluten. Wenn ihm Blut am Hals hinabrann, würde er sicherlich unerwünschte Aufmerksamkeit erregen.

Während sie die Straße entlangwanderten, ging die Sonne über einem Schottland auf, das Ciaran kaum wiedererkannte. Einige der Häuser, an denen sie vorbeikamen, waren bis auf die Grundmauern niedergebrannt worden, und die schwelenden Aschehaufen stanken nicht nur nach Torf und Holz. Kaum ein Mensch war zu sehen, niemand trug mehr Tartanmuster oder Kilts bis auf ein paar Leichen, die an einem Baum am Straßenrand hingen. Raben pickten an ihrem verrottenden Fleisch herum, die karierte Wolle ihrer Kilts und Plaids war schwarz von geronnenem Blut. Bei einer der Leichen handelte es sich um eine Frau.

Schließlich erreichten sie Drummossie Moor. Die Toten waren inzwischen auf dem Schlachtfeld begraben worden, der Boden mit frisch aufgeworfenen Hügeln übersät. Ciarans Herz wurde schwer, als er über das wellige Gelände blickte. Unter dieser Erde musste irgendwo auch Calum liegen. Die Männer des Königs hatten das getan, was eigentlich seine Pflicht gewesen wäre. Calum war immerhin sein Bruder. Trotz der ganzen Schwierigkeiten, die der junge Mann ihm bereitet hatte, konnte nichts etwas daran ändern.

Calum hatte sich als würdiger Sohn seines Vaters erwiesen. Er war dem Feind seines Volkes mutig entgegengetreten, hatte Hunger und Erschöpfung klaglos ertragen und hatte schließlich sein Leben für die Sache gegeben.

Ein Anflug von Neid keimte in Ciaran auf. Er musste sein Leben weiterleben, Calums Kampf war vorbei, er hatte seinen Frieden gefunden. Ciaran dagegen sah einer ungewissen Zukunft unter der Knute der *Sassunaich* entgegen. Er holte tief Atem, was ihm einen stechenden Schmerz in der Brust eintrug, und schüttelte die trüben Gedanken entschlossen ab. Mit gesenktem Kopf setzte er seinen Weg fort.

Die Sonne stand hoch am Himmel, als sie in Inverness ankamen. Feine weiße Linien hatten sich um Leahs Mund gebildet, dunkle Ringe lagen unter ihren Augen. Ciaran beschloss, dass es an der Zeit wäre, Rast zu machen. Vielleicht konnten sie in Inverness eine kleine Kammer für die Nacht mieten, wenn der Preis erschwinglich war. Sie verfügten über wenig Geld und würden daher nur in einem billigen, schäbigen Gasthaus unterkommen, aber ein festes Dach über dem Kopf wäre ein Segen, denn die Frühjahrstemperaturen waren noch empfindlich kühl.

Müde ließen sie sich unter einem Baum am Straßenrand nieder und machten es sich zwischen den knorrigen Wurzeln bequem, um etwas Brot und getrocknetes Fleisch zu verzehren. Leahs Gesicht war grau vor Erschöpfung, aber sie hatte sich nicht ein einziges Mal beklagt. Sie starrte mit halb geschlossenen Augen zu Boden, während sie langsam kaute. Ihre Hände lagen im Schoß, nur ab und an führte sie mit der Rechten das Brot zum Mund, um ein weiteres Stück abzubeißen, ehe sie sie müde wieder sinken ließ.

Ciaran sah sie an. Wieder musste er daran denken, wie vollkommen falsch er sie bei ihrer ersten Begegnung eingeschätzt hatte. Jetzt konnte er herausfinden, wie sie wirklich war. Er hoffte nur, ihm würde genug Zeit dazu bleiben, und diese Hoffnung gab ihm Kraft. Die Zukunft lag dunkel und drohend vor ihm, aber er würde sich ihr stellen. Er wollte die Schlacht nicht umsonst überlebt haben.

Obgleich in seiner Brust und seinem rechten Arm noch immer ein heftiger Schmerz pochte, war die Schwellung mittlerweile zurückgegangen. Vorsichtig versuchte er, seinen Ellbogen anzuwinkeln, doch der Arm war steif. Er konnte ihn nur unter größter Anstrengung ein kleines Stück beugen. Dabei schoss der Schmerz wie glühendes Feuer durch seinen Körper, und nach einer Minute rang er keuchend nach Luft.

»Du musst dich ausruhen.« Leah legte ihm eine Hand auf die Schulter.

»Nein.« Er schüttelte den Kopf. »Das ist mein Schwertarm. Ich brauche ihn, um mich verteidigen zu können, also muss ich lernen, ihn wieder zu gebrauchen.«

»Und wenn dir das nicht gelingt?«

»Es wird mir gelingen. Vor zwei Wochen konnte ich ihn überhaupt noch nicht bewegen, jetzt geht es schon wieder. Ich muss nur üben, dann werde ich auch bald ein Schwert führen können.« Wieder beugte er den Ellbogen. Sein Gesicht verzerrte sich vor Schmerz, während sie ihn besorgt beobachtete.

In der Ferne ertönte Hufschlag und das Knarren von Karrenrädern. Die Geräusche kamen aus der Richtung von Inverness. Da es zu spät war, um den Talisman anzustecken, drückte Ciaran Leah in das Gras hinter dem Baum und flüsterte ihr zu, sich ganz still zu verhalten. Vor den mit schweren Kisten beladenen Karren war ein kleines Pferd gespannt, das von zwei Rotröcken am Zügel geführt wurde. Die Soldaten trugen gelangweilte Mienen zur Schau und nahmen kaum Notiz von ihrer Umgebung. Die Räder rumpelten über den Schotter, dabei knarrten sie bedenklich unter dem Gewicht der Ladung. Ciaran und Leah warteten ab, bis der Karren hinter der nächsten Biegung verschwunden war, dann richtete sich Ciaran auf und starrte ihm hinterher.

»Ich glaube, wir sollten uns lieber wieder auf den Weg machen.« Er wollte aufstehen, doch in diesem Moment hörte er erneut Schrittgetrappel auf der Straße. Diesmal marschierte ein Trupp Soldaten vorbei. Wieder warfen sich Ciaran und Leah flach zu Boden und wagten sich nicht zu rühren, bis die Rotröcke außer Sicht waren und das Knirschen ihrer Stiefel auf dem Schotter verklang.

Ciaran seufzte. »Es ist wohl besser, wenn wir die Straße verlassen und durch die Wälder weiterwandern.«

»Aber wie sollen wir uns denn da zurechtfinden?«

Er erwiderte nichts darauf, sondern brummte nur: »Och.« Sie war eine gute Frau, aber sie musste lernen, ihm zu vertrauen. Dann erhob er sich, half ihr auf und deutete auf den Tornister, der über seiner Schulter hing. »Such in meinem *sporran* nach dem Talisman, aber steck ihn nicht außen an deine Kleider, sonst finde ich dich nicht, wenn du dich aus irgendeinem Grund nicht bewegst. Steck ihn in dein Mieder, dann hast du ihn notfalls schnell zur Hand.«

Sie tat, wie ihr geheißen, dann nahm sie seine Hand und folgte ihm in westlicher Richtung quer über ein Feld auf den schützenden Wald zu.

Die Nacht verbrachten sie in einem Dickicht, das zu zwei Seiten von Granitfelsen geschützt wurde, abseits des ausgetretenen schmalen Pfades. Sie verzehrten einen Teil ihrer Vorräte und legten sich dann zum Schlafen in einem Laubhaufen nieder. Leah kuschelte sich an Ciarans gesunde Seite, und er schlang seinen

Mantel um sie beide, wobei er ein Mal mehr den Verlust seines Kilts und Plaids verfluchte. Die lange Wollstoffbahn hatte ausgezeichneten Schutz gegen die Kälte geboten.

Gottverdammte *Sassunaich.*

Leah sagte sich immer wieder, dass alles in Ordnung war, solange nur Ciaran am Leben sei und sie bei ihm sein konnte. Sie wusste, dass Edwin und Martha außer sich vor Sorge um sie sein mussten, aber nur, weil sie den Zorn ihres Vaters fürchteten, der sich über sie ergießen würde, sobald er erfuhr, dass seine Tochter verschwunden war. Aber sie bemühte sich, nicht daran zu denken, sondern vertraute darauf, dass es Ciaran gelänge, sie sicher nach Ciorram zu bringen.

Das Gelände war steil und unwegsam. Leah hatte keine Ahnung, wie viele Meilen am Tag sie zurücklegten, aber viele konnten es nicht sein. Ciarans Wunden heilten nur langsam, und der anstrengende Marsch zehrte an seinen Kräften, das verriet ihr die kleine Falte zwischen seinen Brauen.

Seitdem sie den Pfad verlassen hatten, wanderten sie des Nachts und schliefen am Tag, wenn sie ein geeignetes Versteck gefunden hatten. Ihre Mahlzeiten bestanden aus Käse und Haferbrot, von dem sich immer ein reichlicher Vorrat in Ciarans Tornister befand. Demnach musste die Fee noch in ihrer Nähe sein. Sogar bei strömendem Regen setzten sie ihren Weg fort, um nur ja keine Zeit zu verlieren.

Die Spur der Verwüstung, die Cumberlands Soldaten hinterlassen hatten, war allgegenwärtig und wirkte im Dunkeln noch entsetzlicher. Der Gestank verbrannter Häuser, Menschen und Tiere raubte ihnen den Atem. Überall in den Bäumen am Rande der Lichtungen hingen Leichen, die darauf zu lauern schienen, dass ein unachtsamer Reisender ihnen zu nahe kam. Wenn der Mond schien, bekamen sie oft noch grässlichere Dinge zu sehen. Tote Kinder lagen erschossen oder erstochen neben ihren Eltern und waren oft grausam verstümmelt worden. Den wenigen Lebenden, denen sie begegneten, wichen sie aus, denn sie trauten keinem über den Weg, der noch am Leben war und nicht im Gefängnis saß.

Aber eines Morgens kamen sie wieder an einigen niedergebrannten Häusern vorbei, und von diesem Moment an wurde alles anders.

Sie hatten den Brandgeruch schon aus der Entfernung wahrgenommen, und als sie näher kamen, beschleunigte Ciaran das Tempo, obwohl sie die ganze Nacht gelaufen waren. »MacKenzies«, sagte er. »Das sind die MacKenzies. Verwandte meiner Mutter.« Leah war der Meinung, dass sie sich das Ausmaß der Zerstörung lieber nicht aus der Nähe ansehen sollten, glaubte aber nicht, Ciaran davon abhalten zu können. Dazu kannte sie ihn inzwischen zu gut; was er sich in den Kopf gesetzt hatte, das führte er auch aus. Die Sonne stieg im Osten schimmernd am Horizont empor, als sie in ein kleines Tal hinunterkletterten, wo die Überreste einiger niedergebrannter Häuser in der Nähe eines schmalen Baches im Morgenlicht schwelten. Ein zottiges weißes Pony lag tot mitten auf dem Pfad. Ein Fliegenschwarm hatte sich darauf niedergelassen. Angewidert machte Leah einen Bogen um den Kadaver.

Doch was sie in der Mitte des Tales zu sehen bekamen ließ ihnen das Blut in den Adern gefrieren. Leah wurde schwarz vor Augen, die Welt begann sich um sie zu drehen, und sie rang nach Atem, ehe sie sich schaudernd von dem entsetzlichen Anblick abwandte. Ciaran jedoch starrte unverwandt auf dieses Bild des Grauens. Sein Gesicht war so aschfahl wie an dem Tag, an dem sie ihn auf dem Schlachtfeld gefunden hatte. »William … Alasdair …« Er sog zischend die Luft ein, dann fuhr er herum. Er sah aus, als suche er nach jemandem, den er auf der Stelle töten konnte, um seiner hilflosen Wut Herr zu werden. Dann drehte er sich langsam wieder um.

»Ciaran, schau nicht hin …«

Doch er reagierte nicht. »Sieh her«, zischte er. »Sieh dir an, was sie uns angetan haben.« Leah drehte sich widerwillig um. Ungefähr fünfzehn Leichen lagen am Wegesrand, die Frauen auf der einen, die Männer auf der anderen Seite, nach militärischer Manier ordentlich aufgereiht. Die Männer waren entkleidet und erstochen worden. Jeder hielt seine abgetrennten Geschlechtsteile in den Händen. Fliegen surrten über die blutigen Leichname hinweg, sonst rührte sich nichts.

Aber es waren die Frauen, von denen Ciaran die Augen nicht abwenden konnte. Sie waren fast vollständig bekleidet und lagen auch nicht so ordentlich in Reih und Glied da. Eine war offenbar auf der Flucht erschossen worden und lag mit dem Gesicht nach unten im Schatten einiger Bäume. Andere lagen wie zerbrochene Puppen auf dem Weg. Allen hatten die Soldaten die Röcke hochgeschlagen oder heruntergerissen und sich an ihnen vergangen, ehe sie sie mit ihren Bajonetten durchbohrt hatten. Eine weitere Frau lag mit angewinkelten Knien und gespreizten Beinen auf dem Rücken, für immer in dieser würdelosen Haltung erstarrt. Ihr Gesicht war verschwunden, anscheinend war sie aus nächster Nähe mit einer Muskete oder Pistole erschossen worden. Ciaran zitterte am Körper. Als Leah nach seiner Hand griff, machte er sich unwillig los.

»Du kanntest diese Leute?«

Er nickte, äußerte sich jedoch nicht weiter dazu.

In dem ganzen Tal herrschte Totenstille. Nichts rührte sich, nur eine dünne Rauchwolke stieg noch von einem der zerstörten Häuser auf. Alle Tiere waren entweder gestohlen oder geschlachtet und einfach liegen gelassen worden. Kein einziges Kind war zu sehen. Der Himmel mochte wissen, was mit ihnen geschehen war.

Leah schluckte hart. Tränen traten ihr in die Augen, und sie starrte blicklos zu Boden. Die Soldaten ihres Vaters hatten dieses Massaker angerichtet, und der König, für den er kämpfte, billigte dieses sinnlose Morden. Eine Gänsehaut bildete sich auf ihren Armen. Am liebsten hätte sie sich umgedreht und wäre weggelaufen. Sie schämte sich, Engländerin zu sein.

»Komm.« Ciaran nahm ihre Hand und führte sie zu den Bäumen hinüber. »Hier entlang.«

»Wo gehen wir hin?«

»Hier gibt es einen Ort, wo sich der Clan früher getroffen hat und wo man Zeremonien abhielt, die die Priester missbilligten. Heute finden dort politische Versammlungen statt, die Seiner Majestät ein Dorn im Auge sind.«

»Wo sind die Kinder geblieben, Ciaran? Ich habe überhaupt keine Kinder gesehen.«

Ein zorniger Funke flammte in seinen Augen auf. Er biss die Zähne zusammen, seine Kinnmuskeln spannten sich. »Die haben sie vermutlich mitgenommen, um sie ins Gefängnis zu stecken, zu verkaufen oder in die Kolonien zu deportieren.«

»Kinder?«

»Wir haben uns den Bach nicht näher angesehen.« Er blickte in die Richtung, aus der sie gekommen waren. »Die Kleinsten werden wir sicher dort finden. Oder in den Trümmern der Häuser.«

Leah schlug eine Hand vor den Mund, als ihr der Mageninhalt in die Kehle stieg. Sie blieb stehen, krümmte sich und kämpfte würgend gegen einen überwältigenden Brechreiz an. Ciaran wartete, bis sie sich erholt hatte, dann gingen sie weiter.

Über einen steilen Pfad, der sich durch die dicht mit Waldkiefern bewachsenen Hügel wand, gelangten sie schließlich auf eine große Lichtung. Ciaran blieb stehen, bückte sich und untersuchte den Boden. Mit mühsam unterdrückter Erregung sagte er: »Sie sind hier. Diese Spuren stammen nicht von englischen Soldaten.«

»Woher weißt du das?«

»Rotröcke tragen keine weichen Schuhe, sondern Stiefel mit Absätzen.« Er deutete auf die Fußspuren am Boden. »Seit dem letzten Regen muss hier jemand entlanggegangen sein, und das war ...«

Ein Pfeil schwirrte an seinem Gesicht vorbei.

»Verdammt!« Er duckte sich, obwohl ihn der Pfeil weit verfehlt hatte, dann richtete er sich wieder auf und brüllte laut: »Alasdair! Alasdair Iain William Thomas MacKenzie! Zeig dich, Ailig Crùbach, ich bin es! Und du bist immer noch ein so lausiger Bogenschütze wie früher!«

»Ciaran!« Es raschelte im Gebüsch, denn löste sich ein Mann aus dem Schatten der Bäume. »Ciaran Dubhach! Du bist es wirklich!« Er kam näher, und jetzt sah Leah, dass er auf Grund eines Klumpfußes jämmerlich hinkte. Ein alter Mann, zwei Jungen und eine junge Frau folgten ihm. Alasdair reichte einem der Jungen seinen Bogen, dann umarmte er Ciaran. »Och, Ciaran, sie haben fast alle getötet oder verschleppt! Es war furchtbar. Vor zwei Tagen sind sie gekommen.«

»Ich habe es gesehen, Ailig.«

Alasdair weinte jetzt, und auch die anderen begannen zu schluchzen. »Wir sind fortgelaufen, Ciaran. Fortgelaufen und haben uns versteckt, so gut es ging. Sie haben uns gesucht, konnten uns aber nicht finden. Aber die anderen haben sie abgeschlachtet wie Tiere. Wir konnten die Schreie hören. Das Flehen der Frauen und das Weinen der Kinder. Mein Vater, Ciaran! Sie haben Vater und William getötet. Ich konnte es nicht verhindern, Ciaran, ich konnte nichts tun, um sie aufzuhalten.« Ciaran sagte nichts, sondern hielt ihn nur schweigend fest und ließ ihn weinen.

Als Alasdair ihn freigab, wandte sich Ciaran an die gleichfalls schluchzende junge Frau und umarmte sie. »Elizabeth«, murmelte er, auf Leah deutend, »Elizabeth, das ist meine Frau Leah.«

Leah spürte kaum, wie Elizabeth sie in den Arm nahm, so verblüfft war sie, als Ciarans Frau vorgestellt zu werden. Doch sie gab sich Mühe, sich ihre Überraschung nicht anmerken zu lassen.

Dann nannte ihr Ciaran die Namen der anderen MacKenzies. Sein Vetter Alasdair war der Mann mit dem Klumpfuß, die beiden Jungen Williams Söhne Robert und Seumas, neun und zehn Jahre alt. Der alte Mann, ein Vetter von Alasdairs Vater, nickte ihr zu, kam aber nicht zu ihr herüber. Anscheinend bereitete ihm das Gehen große Schmerzen. »Das ist Iain«, sagte Ciaran.

»Komm mit«, meinte Alasdair. »Hier könnten wir gesehen werden. Komm in unser Versteck.«

Er führte sie in den Wald hinein, in eine Senke zwischen drei Hügeln, die auf den ersten Blick wie ein undurchdringliches Dickicht wirkte.

»Du musst bei uns bleiben«, sagte er, während er darauf zuging. »Draußen im freien Gelände ist es zu gefährlich.« Farn und Ginster wuchs zwischen einer Gruppe von Birken, das Gestrüpp wucherte so üppig, dass man nicht hindurchschauen konnte. Doch Alasdair duckte sich unter einen knorrigen Kiefernzweig und verschwand in dem Dickicht, ohne dass auch nur ein Blatt raschelte. Die anderen folgten ihm.

»Wir können nicht bleiben«, erwiderte Ciaran. »Wir müssen nach Ciorram zurückkehren.«

Leah, die stumm hinter ihm hergegangen war, fand sich in einem aus Holz, Torf und Zweigen erbauten Unterschlupf wieder, in dem die Birkenstämme als natürliche Pfeiler dienten. Schmale Pfade wanden sich durch das Unterholz, in dem kleine freie Stellen zur Lagerung von Vorräten und als Schlafquartiere geschaffen worden waren. Endlich gelangten sie auf eine kleine Lichtung, in deren Mitte ein Torffeuer brannte. Die Männer konnten hier nur gebückt stehen, Leah jedoch musste nur den Kopf ein wenig senken. Der Rauch des Torffeuers wurde durch ein Loch in der Decke abgeleitet und verschwand in den Zweigen der Birken. Ein kupfriger Blutgeruch lag in der Luft.

»Dann bleib wenigstens eine Weile bei uns. Wir brauchen dich.«

Neben dem Feuer lag eine in eine blutverschmierte Decke gehüllte Frau, deren Gesicht sogar in dem dämmrigen Licht totenbleich wirkte. Sie schien bewusstlos zu sein, denn sie beachtete den leise quäkenden Säugling neben sich überhaupt nicht.

»Caitlin ist niedergestochen worden«, erklärte Alasdair. »Ihr Kind kam letzte Nacht zur Welt, ihm fehlt nichts, aber es ist sehr schwach. Caitlins Blutungen sind zwar zum Stillstand gekommen, aber jetzt hat sie Fieber. Wegen ihr müssen wir hier bleiben; wenn wir weggehen und sie mitnehmen, stirbt sie vermutlich.«

»Sie wird ohnehin sterben«, knurrte Iain.

Alasdair ließ die Schultern hängen und fuhr den alten Mann gereizt an: »Sag das nicht noch ein Mal, Iain! Wir werden sie nicht einfach hier zurücklassen.« Caitlin war offenbar ein Streitpunkt zwischen ihnen.

»Wir müssen hier weg!«

»Wir bleiben bei ihr.«

»Sie werden uns finden und uns auch noch töten!«

»*Wir bleiben hier*!«

»Habt ihr denn genug zu essen?«, unterbrach Ciaran.

Alasdair erwiderte mit einem grimmigen Blick auf Iain: »Ja. Wir jagen in den Wäldern und treiben das Vieh zusammen, das die Soldaten übersehen haben. Aber wir haben noch keine Kuh oder ein Schaf gefunden, das wir melken können. Der Kleine braucht dringend Milch.«

Leah blickte zu Caitlin hinüber. Sie lag reglos da, ihre Haut zeigte einen ungesunden Grauton.

»Habt ihr Hafer?«

Alasdair schüttelte den Kopf. »Nein, sie haben die Felder abgebrannt und alle Vorräte mitgenommen.«

»Könnt ihr denn sonst nirgendwohin?«

»Wir haben kaum Waffen und Angst, das Versteck zu verlassen. Bestimmt kämen wir nur langsam vorwärts. Außerdem würde Caitlin die Reise nicht überstehen.« Er tippte mit dem Ende seines Bogens viel sagend gegen seinen Klumpfuß. »Wir können nur hier bleiben und abwarten, bis sie aufhören, uns wie wilde Tiere zu hetzen und zu töten.«

»Wir sollten machen, dass wir hier wegkommen«, beharrte Iain.

»Nein!« Alasdair hob drohend die Hand gegen den alten Mann, der zusammenzuckte und sich dann auf einem Felsbrocken niederließ, ohne noch etwas zu sagen.

Ciaran setzte sich ans Feuer. »Sie werden erst Ruhe geben, wenn sie uns alle umgebracht haben.«

»Aye. Und daher brauchen wir jemanden, der besser zu Fuß ist und besser mit Pfeil und Bogen umgehen kann als ich.«

Stille trat ein, während Ciaran den Bogen nachdenklich betrachtete. Dann griff er danach, erhob sich und spannte die Sehne. Seine Mundwinkel verzogen sich vor Schmerz, aber er hielt den Bogen mit sicherer Hand, und sein rechter Arm zitterte nicht. Er ließ die Sehne los und seufzte, ehe er Alasdair ansah. »Na schön. Wenn ich euch helfen kann, bleiben wir bei euch, aber nicht zu lange. Wir müssen nach Ciorram.«

Alasdair nickte. Auch die anderen MacKenzies wirkten erleichtert, jetzt einen erfahrenen Jäger in ihrer Mitte zu haben.

Nachdem sie etwas gegessen und Ciaran Kiefernzweige gesammelt hatte, um ein Lager daraus zu bereiten, zogen sich Leah und er in eine Ecke des Verstecks zurück, die für sie beide gerade groß genug war. Eine Birke und Ginstergestrüpp schützten sie vor den Blicken der anderen. Ciarans Schwert und Dolch waren in den Zweigen sicher versteckt. Leah kuschelte sich wie üblich an Ciarans gesunde Seite.

Er blickte auf, rieb sich die Augen und murmelte so leise, dass ihn die anderen nicht hören konnten: »Warum hast du mir nichts gesagt?«

»Wie bitte?«

Er wandte sich ihr zu. »Nicht du.« Er schaute ins Gestrüpp. »Tinkerbell, warum hast du die ganze Zeit geschwiegen?« Tränen glänzten in seinen Augen. »Tink!«

Doch anscheinend fiel die Antwort der Fee anders aus als erwartet, denn er brummte etwas, das wie ein gälischer Fluch klang. Leah lag still neben ihm und lauschte seinen Atemzügen. Endlich flüsterte sie: »Was hat dir die Fee nicht gesagt?«

Lange Zeit herrschte gespanntes Schweigen zwischen ihnen. Leah wartete auf eine Antwort, aber es sah so aus, als wolle er ihr keine geben.

Doch dann erwiderte er mit tonloser Stimme: »Ich habe meine Mutter sterben sehen. Aber ich hatte es vergessen, verdrängt, und die Erinnerung ist erst zurückgekehrt, als ich diese Frauen betrachtet habe.«

Leah schloss entsetzt die Augen und wünschte, sie hätte den Mund gehalten. Er fuhr fort: »Bis heute wusste ich nichts mehr davon. Ich konnte mich an nichts erinnern, bis ich die Frau da liegen sah – mit gespreizten Beinen, wie meine Mutter dagelegen hatte, als sie ermordet wurde.« Er brach ab und atmete ein paar Mal tief durch, ehe er weitersprach. »Sìle und ich hatten uns versteckt, denke ich. Der Mörder hat uns nicht gesehen. Er kam ins Haus und tat meiner Mutter das an. Ich erinnere mich, wie ich aus dem Versteck gekrochen bin, aber da war er schon wieder weg. Jemand …« Wieder hielt er inne und dachte nach. »Es war Sarah, glaube ich. Sarah kam und brachte uns fort. Aber ich erinnere mich …« Seine Stimme zitterte, war kaum noch zu vernehmen. »Ich habe hingeschaut. Als Sarah uns aus dem Haus brachte, drehte ich mich um und sah meine Mutter … so daliegen. Auf dem Tisch, mit gespreizten Beinen und hochgeschobenen Röcken, und Blut tropfte auf den Boden …« Er konnte nicht weitersprechen, sondern musste gegen die Tränen ankämpfen.

»Ach, Ciaran …« Leah streichelte sacht seine Hand, die auf ihrer Brust lag.

Mit zusammengebissenen Zähnen knirschte er: »Ich wünschte, ich hätte mich nie erinnert. Ich wünschte, ich könnte dieses … dieses Bild für immer auslöschen.«

Leah drückte die Lippen auf seine Hand. »Immer und überall nur Tod. So viele Menschen mussten grundlos sterben. Wann wird das je enden?«

»Nie. Die *Sassunaich* wollen uns vernichten. Sie werden keine Ruhe geben, bis das Land vom letzten Schotten befreit ist.«

Darauf fiel Leah keine Antwort ein. Nach all dem, was sie in den letzten Wochen gesehen hatte, konnte sie nicht anders, als ihm Recht zu geben.

Ciaran stützte sich auf einen Ellbogen, presste seine Lippen auf die ihren und küsste sie mit einer Wildheit, die sie bei ihm noch nicht erlebt hatte und die sich sofort auf sie übertrug. Mit der verletzten Hand nestelte er an den Knöpfen seiner Hose herum. Sie half ihm, sie ein Stück herunterzuziehen, während er ihren Rock in die Höhe schob, ihre Beine spreizte und mit einem Ruck in sie eindrang. Sie schlang die Arme um ihn, als er sich zu bewegen begann, und drückte ihn fest an sich, denn sie ahnte, was jetzt in ihm vorging. Ihr erging es ja nicht anders.

Nach wenigen Augenblicken war alles vorbei. Er rollte sich von ihr herunter und blieb keuchend neben ihr liegen. Leah barg ihr Gesicht an seinem Arm und begann leise zu schluchzen.

Ciaran gab ein undefinierbares Grunzen von sich. »Leah, sie sind noch nicht fertig mit uns, glaub mir.«

Leah schniefte nur, sagte aber nichts. Jetzt war nicht der richtige Moment, ihm zu gestehen, dass sie ein Kind von ihm erwartete.

19. KAPITEL

Seine Frau rief draußen auf dem Flur: »Bist du fertig, Iain?« Er schrak zusammen, bejahte ihre Frage und atmete dann tief durch.

Ciarans Verwandte akzeptierten Leah als seine Frau, ohne Fragen zu stellen. Zwar wussten sie sicher, dass sie Engländerin war, aber sie ahnten wenigstens nicht, dass ihr Vater als Captain der feindlichen Armee diente. Dafür war sie dankbar, denn die MacKenzies ließen sie spüren, dass sie nur Ciaran zuliebe die Anwesenheit einer Engländerin in ihrem Lager duldeten. Nicht auszudenken, wie sie reagieren würden, wenn sie die Wahrheit über ihren Vater erfuhren.

Caitlin hielt hartnäckig am Leben fest, obwohl sie von Fieberkrämpfen geschüttelt wurde. Die Männer hatten ein Mutterschaf eingefangen, dessen Milch dem Baby das Leben rettete, doch die Freude darüber wurde von der Ungewissheit über Caitlins Schicksal getrübt. Manchmal richtete sie in ihrem Fieberwahn ein paar Worte an einen Mann, der, wie Leah erfuhr, ihr Ehemann gewesen war, der Vater des Kleinen. Er war in den Diensten des Prinzen bei Falkirk gefallen.

Leah konzentrierte sich ganz auf die ihr zugeteilten Aufgaben, versorgte Caitlin, hielt ihre und Ciarans Kleider sauber und bereitete das Essen für alle. Die Arbeit hielt sie davon ab, ständig über das schreckliche Verbrechen nachzudenken, das hier verübt worden war. Ciaran und die beiden Jungen begruben die Leichen in dem niedergebrannten Dorf, aber danach kehrte keiner von ihnen mehr dorthin zurück. Am Abend saßen sie am Feuer und unterhielten sich leise auf Gälisch, aber obwohl sich Ciaran weigerte, Leah die Worte zu übersetzen – oder gerade weil er sich weigerte –, wusste sie, dass sie über das Massaker sprachen. Die hilflose Wut und der unendliche Kummer war den Männern deutlich vom Gesicht abzulesen.

Leah selbst bemühte sich, das Geschehene zu verdrängen. Wenn ihr diese unschuldigen Menschen in den Sinn kamen, die grausam abgeschlachtet worden waren, schüttelte sie nur den Kopf und dachte an etwas anderes. Grübelte sie zu eingehend über das nach, was man ihnen angetan hatte, musste sie sich unweigerlich auch mit denen beschäftigen, die die Schuld an dem Gemetzel trugen, und das konnte sie nicht ertragen.

Eines Tages griff Ciaran nach dem silbernen Schwert, das, wie er sagte, die Könige James I. und VI. seiner Familie zum Geschenk gemacht hatte, und verließ das Versteck. Leah fand ihn draußen vor dem Dickicht, wo er das Schwert mit der linken Hand durch die Luft wirbelte und mit der Spitze kleine Kreise beschrieb. Dann wandte er sich wortlos ab und schlug den Pfad ein, der zu der großen Lichtung oben auf dem Hügel führte.

Leah folgte ihm. »Was hast du vor?«

»Ich brauche das Schwert, um mich verteidigen zu können, und mein rechter Arm ist nicht kräftig und beweglich genug, um es zu handhaben. Also muss ich lernen, mit dem linken zu kämpfen.« Er hob den rechten Arm, um ihr zu zeigen, welche Fortschritte er gemacht hatte, und beugte den Ellbogen, bis er seine linke Schulter berühren konnte. »Ich kann den Arm leider nur bis zur Höhe meiner Schulter anheben und bin außerdem viel zu langsam damit. Im Kampf hätte ich keine Chance. Vielleicht geht es mit der Linken besser.«

»Mit der linken Hand bist du doch viel zu ungeschickt.«

Ciaram stand in der Mitte der Lichtung und beschrieb mit dem Schwert immer größere Kreise. Sein Gesicht glich einer angespannten Maske, während er sich darauf konzentrierte, ein Gefühl für die Waffe zu bekommen. »Mein Vater konnte mit beiden Händen gleich gut kämpfen, für ihn bestand da fast kein Unterschied. Als ich ein Kind war, wollte er mir beibringen, eine Waffe mit der linken Hand zu führen. Es war mir zu anstrengend, daher weigerte ich mich, aber ich erinnere mich daran, was er mir immer eingeschärft hat. Er sagte, wenn ein Mann auch linkshändig zu kämpfen weiß, dann wiegt der Überraschungseffekt die fehlende Schnelligkeit auf.«

Er trat zurück, nahm Grundhaltung ein und vollführte einige Übungen. Selbst Leah konnte sehen, wie langsam und schwerfällig er sich bewegte, aber er ließ sich nicht beirren, sondern wiederholte die Übungen wieder und wieder.

Wenn Ciaran damit beschäftigt war, seine linke Hand zu trainieren, schien er an nichts anderes zu denken. Auch sonst arbeitete er vom Morgengrauen bis zum Sonnenuntergang daran, seinen rechten Arm zu kräftigen und die alte Beweglichkeit wieder herzustellen. Das kam ihm zugute, wenn er die Umgebung durchstreifte, um zu jagen oder verirrte Rinder und Schafe einzufangen.

Leah verbrachte ihre Tage damit, Elizabeth zur Hand zu gehen und lernte es, Mahlzeiten nur mit den allernotwendigsten Utensilien zu bereiten. Elizabeth, eine ruhige, aber freundliche und fleißige junge Frau, kümmerte sich außerdem um das Baby. Als Caitlins Zustand sich verschlechterte, adoptierte sie den Kleinen sozusagen und benahm sich von da an, als sei er ihr eigenes Kind. Ciaran erklärte Leah, dass Elizabeth ihren Vater bei dem Massaker verloren hatte, aber immer noch darauf hoffte, ein Wunder werde geschehen und ihr Mann unversehrt zu ihr zurückkehren. Dass sie das Baby an Kindes statt angenommen hatte, schien diese Hoffnung noch zu verstärken, und so erhob niemand Einwände.

Während Leah eines Tages einen Hasen über einem niedrigen Feuer röstete, sah sie immer wieder zu dem kleinen Jungen hinüber, der nach seinem Vater Donnchadh getauft worden war. Der Anblick Elizabeths mit dem Baby im Arm erfüllte sie mit einer überwältigenden Vorfreude auf ihr eigenes Kind, für dessen Sicherheit sie täglich betete. Die Sorge, die sie ständig in Elizabeths Augen las, machte ihr klar, wie ungeheuer groß die Verantwortung für ein so schwaches Leben war; eine Verantwortung, die sie bereits selber zu spüren begann.

Zwar versuchte sie krampfhaft, nicht an die Kinder zu denken, die die Rotröcke auf so grausame Weise getötet hatten, aber die Bilder suchten sie immer wieder heim. Wenn sie allein war, begann sie oft am ganzen Körper zu zittern. Dann erschien ihr die ganze Welt irgendwie unwirklich; so, als könne nichts je wieder so werden, wie es einmal gewesen war, weil sie von Anfang an in einer Traumwelt gelebt hatte. Sogar der Glorienschein, mit dem sie ihren Vater immer umgeben hatte, war verblasst und wirkte nur noch verlogen und falsch.

Endlich gewann der Kummer eines Tages die Oberhand. Als sie mit einem Eimer Wasser vom Bach zurückkam, schlug eine Welle der Verzweiflung ob all des Grauens, das sie hatte mit ansehen müssen, über ihr zusammen. Sie sank auf dem Pfad auf die Knie, schlang die Arme um den Oberkörper und weinte um ihren verlorenen Kinderglauben, den nichts und niemand ihr je zurückgeben konnte. Sie weinte haltlos, während sich eine dunkle Wolke auf ihre Seele legte, bis sie fürchtete, nie wieder Licht zu sehen.

So fand sie Ciaran, der kurz darauf aus dem Unterholz gestürmt kam. In einer Hand hielt er ein empört gackerndes Huhn. Leah trocknete sich hastig die Augen, doch er hatte sie schon gesehen und starrte sie einen Moment lang an, während das Huhn wild mit den Flügeln schlug.

Dann murmelte er leise: »Du hast gesagt, sie braucht mich.« Ein kurzer Blick ins Leere verriet Leah, dass die Fee bei ihm war. Er ließ das Huhn los und kauerte sich vor ihr nieder. Der Vogel flatterte ein Stück über den Pfad und begann dann, am Boden zu scharren und zu picken. Ciaran legte den Kopf schief, um Leah in die Augen sehen zu können, doch sie wandte sich ab.

Endlich fragte er sanft: »Möchtest du zu deinem Vater zurückkehren?«

Sie schluchzte unterdrückt auf, ehe sie entschieden den Kopf schüttelte. »Nein. Ich könnte es nicht ertragen, ihm je wieder ins Gesicht sehen zu müssen.«

Mit dieser Antwort hatte Ciaran offenbar nicht gerechnet. Er beugte sich vor und strich ihr sacht über das Haar. »Ich glaube, ich weiß, was dir solchen Kummer bereitet. Ich könnte mir nicht vorstellen, meinem eigenen Vater je derartige Gefühle entgegengebracht zu haben. Es muss sehr schwer für dich sein.« In seinen Augen las sie tiefes Verständnis für ihre seelische Qual.

»All diese unschuldigen Menschen«, stammelte sie. »Die Männer, die überall an den Bäumen hängen. Alle ermordet. Sie haben noch nicht einmal die Kinder verschont. Wie konnte so etwas nur geschehen?«

Ciaran zuckte die Schultern, als läge die Antwort auf der Hand. »Die Engländer betrachten uns ja nicht als Menschen.« Eine Weile herrschte Schweigen, dann fuhr er sanfter fort: »*Leah, m'annsachd,* du hast uns doch auch nie für Menschen gehalten. Nicht, bis du uns näher kennen gelernt hast.«

Langsam schüttelte sie den Kopf. Ihre Augen wurden groß. Sein Vorwurf hatte sie tief getroffen.

»Aye«, beharrte er. »Denk einmal darüber nach.«

Leah rief sich ihre ersten Tage in der Burg ins Gedächtnis zurück. War sie nicht von dem ›wilden Highlander‹ fasziniert gewesen? Hatte sie sich nicht in der Tat benommen, als sei Ciaran eine Art Affe, der den aufrechten Gang erlernt hatte? Sie schlug eine Hand vor den Mund und schüttelte erneut den Kopf; nicht gewillt, das zuzugeben, was sie vor sich selbst nicht länger leugnen konnte.

»Wenn sie uns nicht als Menschen betrachten, können sie uns leichter hassen«, fuhr Ciaran fort. »Uns ohne Gewissensbisse vertreiben, deportieren oder töten.«

Tränen strömten über Leahs Gesicht.« O mein Gott«, stieß sie schluchzend hervor.

Er kniete sich neben sie und nahm sie in die Arme, während sie haltlos schluchzte. »Oh, Ciaran ... es tut mir ja so Leid.«

»Liebst du mich?«, flüsterte er ihr ins Ohr.

»Ja.«

»Dann gibt es nichts, was dir Leid tun müsste. Du hast weder diese Männer aufgeknüpft noch die Frauen geschändet und erschossen noch die Leichen verstümmelt. So lange du mich liebst, kannst du mein Volk nicht hassen.«

Leah nickte, konnte jedoch nicht aufhören zu weinen. Ciaran hielt sie in den Armen, bis ihr Schluchzen allmählich abebbte.

Caitlins Fieber verschwand, dennoch kam sie nicht wieder zu Kräften. Sie war sogar zu schwach, den Kopf zu heben, und zeigte keinerlei Interesse für ihr Kind. Ihre Haut schimmerte nach wie vor in einem ungesunden fahlen Grau, während sie auf ihrem Lager dahinsiechte. Scheinbar wollte sie überhaupt nicht um ihr Leben kämpfen, und keiner der MacKenzies wusste, wie er ihr Mut machen konnte.

Während Caitlin langsam schwächer und schwächer wurde, fand sich die kleine Gruppe resigniert mit der Situation ab. Selbst Iain schlug nicht mehr vor, sie einfach in dem Versteck zurückzulassen. Zwar achteten sie immer noch darauf, sich so selten wie möglich im freien Gelände zu bewegen, aber sie schraken nicht mehr bei jedem Geräusch im Unterholz zusammen. Das Leben ging weiter.

Außer Alasdair hatte Leah noch keinen der MacKenzies Englisch sprechen hören, obwohl sie vermutete, dass zumindest die Erwachsenen ein paar Brocken beherrschten. Und da sie mit niemandem Englisch sprechen konnte bemühte sich Leah, etwas Gälisch zu erlernen. Zu ihrer Freude nahmen die MacKenzies ihre Versuche wohlwollend auf und halfen ihr nach Kräften dabei. Schon bald reichte ihr Wortschatz aus,um sich einigermaßen verständlich zu machen.

Es war Hochsommer und angenehm warm, und so fand Leah ein gelegentliches Bad im Bach unten im Tal sehr erfrischend, auch wenn es sich nicht unbedingt schickte, nackt im Wasser zu plantschen. In der Tat badete sie hier häufiger als daheim in England, sie passte sich Ciarans Gewohnheiten an. Im Winter würde sich das ändern, aber jetzt bei dem schönen Wetter genoss sie es, das kühle Wasser auf der Haut zu spüren.

Sie ging zu der tiefsten Stelle des Baches am Taleingang, die von einigen Bäumen überschattet wurde. Die Felsen am Ufer waren mit dunkelgrünem Moos bedeckt; Schilf wuchs am Wasserrand und wiegte sich leicht in der Strömung. Leah streifte ihre Kleider ab, setzte sich auf einen Stein am Ufer und ließ die Füße ins Wasser hängen, dabei sog sie die warme Sommerluft in tiefen Zügen ein. Der Winter in Nairn war so lang und kalt gewesen, dass sie schon befürchtet hatte, es würde nie wieder wärmer werden. Langsam ließ sie sich ins Wasser gleiten und bekam sofort eine Gänsehaut.

Sowie sie sich an die Temperatur gewöhnt hatte, griff sie nach ihrer Wäsche, um sie auszuwaschen. Sie hoffte, bald Gelegenheit zu bekommen, sich neue Kleider zu kaufen, denn ihre Dienstbotentracht, die sie schon gebraucht erstanden hatte, war inzwischen abgetragen und fadenscheinig.

Nachdem sie ihre Unterwäsche über die Äste eines Baumes am Ufer gehängt hatte, tauchte sie erneut ins Wasser, um sich selbst abzuschrubben. Geistesabwesend strich sie mit einer Hand über ihren Bauch und fragte sich, wie lange es wohl noch dauern würde, bis er sich rundete. Vorher wollte sie Ciaran nichts von ihrer Schwangerschaft verraten, schließlich fühlte sie sich ja gesund und munter. Die Gefahr, das Kind zu verlieren, war noch viel zu groß; der Herrgott rief die Kleinen oft schon zu sich, noch ehe sie sich im Mutterleib bewegten. Trotzdem hoffte sie inständig, in ungefähr sieben Monaten ein gesundes, kräftiges Baby zur Welt zu bringen. Es würde ein echter Matheson werden, ein Highlander wie sein Vater, und darauf war sie stolz.

Als sie auf dem Pfad Schritte hörte, drehte sie sich um, um Ciaran oder einem der MacKenzies zuzuwinken. Aber dann stockte ihr der Atem. Zwischen den Bäumen blitzte im Sonnenlicht etwas Rotes auf. Rasch kniete sie sich so tief ins Wasser, dass nur noch Augen und Nase über der Oberfläche zu sehen waren. Der Rotrock kam immer näher, und ihr Mut sank, als sie erkannte, dass er unweigerlich über ihre Kleider stolpern würde, die in dem Baum hingen. Sie tauchte kurz auf und flüsterte: »Hilf mir, Tinkerbell.« Dann ließ sie sich von der Strömung mittreiben, um möglichst viel Abstand zwischen sich und den Soldaten zu legen.

Aber schon bald erreichte sie eine seichte Stelle, wo das Wasser über glatte, runde Steine sprudelte. Sie robbte gerade darüber hinweg, als sie das überraschte »Oho!« des Soldaten hinter sich hörte. Er hatte ihre Kleider entdeckt.

Leah kämpfte sich weiter, doch der Rotrock hatte sie schon im flachen Wasser erspäht. Mit einem hämischen Kichern watete er gleichfalls hinein und kam auf sie zu.

Flucht war sinnlos, also drehte sie sich um und sah ihm entgegen. Dabei richtete sie sich auf, hob das Kinn, als sei sie vollständig bekleidet, und schlug einen gebieterischen Ton an. »Soldat, Ihr tätet gut daran, der Tochter von Captain Roger Hadley mit etwas mehr Respekt zu begegnen.«

Er blieb einen Moment lang stehen und glotzte sie an, dann kam er näher. »Mit der Armee Seiner Majestät habe ich nichts mehr zu schaffen, und mit deinem Vater auch nicht, Herzchen.«

Leah wandte sich zur Flucht, doch die Steine waren gefährlich glitschig, und mit ihren nackten Füßen fand sie schlechter Halt als ihr Verfolger in seinen Stiefeln. Nach ein paar Schritten hatte er sie eingeholt, packte sie um die Taille und presste sie mit einem Arm gegen seinen Bauch, während er mit der anderen Hand an seiner Hose herumnestelte. Anscheinend wollte er sie gleich hier und jetzt im Stehen nehmen. Sie kreischte auf und schrie verzweifelt Ciarans Namen, dabei setzte sie sich nach Kräften gegen ihren Peiniger zur Wehr, trat gegen seine Schienbeine und versetzte ihm mit dem Ellbogen einen Hieb gegen die Schläfe, wie sie es Ciaran bei seinen Übungen hatte tun sehen. Doch der Deserteur lachte nur und packte sie noch fester. Leah schrie auf, als sie seine nackte Haut an ihrem Gesäß spürte; er versuchte von hinten in sie einzudringen. Eine große Hand schloss sich um ihre Kehle, und er knurrte, dass er sie erwürgen würde, falls sie nicht still hielte.

Hinter ihr raschelte es im Unterholz. Das musste Ciaran sein. Endlich! Der Rotrock gab sie frei, und sie sank im Wasser auf die Knie. Schwertergeklirr ertönte. Sie blickte auf und sah Ciaran mit dem Schwert in der Linken auf den Soldaten eindringen. Dieser stieß ihn zurück, kletterte ans Ufer und nutzte die gewonnenen Sekunden, um seine Hose wieder zu schließen. Dann grinste er auf den im flachen Wasser stehenden Ciaran hinab.

»Nur zu«, schnarrte er. »Nimm sie dir. Ich will sie sowieso nicht. Sie stinkt.«

Leah watete zum gegenüberliegenden Ufer und krabbelte an Land. Dort seufzte sie erleichtert auf; der Soldat würde sie beidegehen lassen. Aber dann trat ein so kaltes Lächeln auf Ciarans Gesicht, wie sie es noch nie zuvor bei ihm gesehen hatte.

»Och, du verstehst nicht«, sagte er ruhig. »Ich werde dich töten.« Dann ließ er sein Schwert durch die Luft pfeifen und traf den Rotrock seitlich am Bein.

Der Engländer stieß einen lauten Schmerzensschrei aus und holte seinerseits mit dem Säbel aus, doch die Entfernung war zu groß, er reichte nicht ganz an den Gegner heran. Ciaran ließ sich auf ein Knie sinken und zog dabei Brigid aus der Scheide, um den Angriff zu parieren. Gleichzeitig trieb er den Rotrock mit dem Schwert zurück und nutzte seinen Vorteil, um auf einen Stein und von dort ans Ufer zu springen.

Jetzt befand er sich auf einer Höhe mit dem Deserteur und verfügte zudem über den Vorteil zweier unverletzter Beine. Der Soldat hüpfte mühsam auf einem, sein Gesicht war vor Schmerz und Furcht totenbleich geworden. Ciaran stürmte auf ihn zu und griff ihn erbittert an. Wieder prallte Stahl auf Stahl, und plötzlich brach der Rotrock in die Knie. Auch sein anderer Oberschenkel blutete jetzt heftig. Noch ein Mal holte er mit seinem Säbel aus, doch Ciaran wich geschickt aus und umkreiste den Gegner dann lauernd.

Der Rotrock begriff, dass seine Lage aussichtslos war. »Ich ergebe mich!«, rief er laut. »Ich ergebe mich! Aber lasst mich am Leben!«

Ciaran verzog keine Miene. Leah erschauerte, als sie seine Augen sah. Darin stand kein Erbarmen geschrieben. Er dachte nur an die Morde, die die Männer in diesen roten Uniformen verübt und an das Grauen, das sie über sein Volk gebracht hatten. Nichts und niemand würde ihn daran hindern, den *Sassunach* zu töten.

Der Deserteur schien dies gleichfalls zu begreifen, denn seine Stimme begann zu zittern, und ein Ausdruck nackten Entsetzens malte sich auf seinem Gesicht ab, als Ciaran mit seinem Schwert lässig kleine Kreise in der Luft beschrieb und dabei um sein Opfer herumschlich wie eine sprungbereite Katze. »Bitte! Verschont mich! Lasst mich gehen, und ich werde Euch nie wieder behelligen. Ich schwöre, dass ich Euch nicht an die Dragonereinheit in Cannich verrate!«

Ciarans Augen verdunkelten sich. Leah wusste, warum. Sie hatten Cannich durchquert, kurz ehe sie hierher gekommen waren. Die Rotröcke hielten sich also ganz in ihrer Nähe auf. Das waren sehr schlechte Neuigkeiten, besonders für den Deserteur, denn jetzt durfte Ciaran nicht mehr wagen, ihn laufen zu lassen, selbst wenn er dazu bereit gewesen wäre.

Was offensichtlich nicht der Fall war. Seine Klinge blitzte auf, als er erneut angriff, mit dem Dolch die Riposte des Deserteurs parierte und ihm dann mit dem Schwert die Kehle aufschlitzte. Der Mann kippte vornüber zu Boden, wo er sich gurgelnd und Blut spuckend wand, ehe er endlich reglos liegen blieb.

Ciaran starrte den Leichnam einen Moment an, dann rief er zu Leah hinüber: »Ist dir etwas geschehen?«

Es dauerte eine Weile, bis sie begriff, dass er mit ihr sprach. »Nein«, erwiderte sie. »Mir ist nichts geschehen. Überhaupt nichts.«

Seine Erleichterung war ihm deutlich anzumerken, doch er sagte nur: »Dann zieh dich an.« Ohne viel Federlesens zerrte er den toten Soldaten am Kragen seines roten Rockes ins Dickicht und bedeckte ihn mit Farn und Schilf. Danach wandte er sich ab und watete durch den Bach. »Rasch. Wenn deine Wäsche noch feucht ist, kann ich es auch nicht ändern. Wir müssen hier verschwunden sein, wenn sie ihn finden. Jetzt gibt es nur eines – zurück nach Ciorram.«

»Er war ein Deserteur. Das hat er selbst gesagt.«

»Trotzdem werden sie nach ihm suchen, nur nicht so eifrig, als wenn er von einer Patrouille nicht zurückgekehrt wäre. Beeil dich, Leah. Wir müssen weg.«

Verdammt. Ciaran hatte gehofft, den Engländern so lange aus dem Weg gehen zu können, bis er seinen rechten Arm wieder gebrauchen konnte. Er wollte im Vollbesitz seiner Kräfte nach Ciorram zurückkehren. Aber ihm blieb keine Zeit mehr. Cumberlands rote Teufel würden nach dem Deserteur suchen, und wenn sie ihn gefunden hatten, würden sie die ganze Gegend nach seinem Mörder durchkämmen. Auf dem Weg zum Versteck traf er auf Alasdair MacKenzie, der Feuerholz gesammelt hatte.

»Alasdair, ich habe schlechte Neuigkeiten.« Ciaran bedeutete Leah, sie solle in das Versteck gehen und ihre Habseligkeiten zusammenpacken, dann fuhr er an Alasdair gewandt fort: »Ganz in der Nähe ist eine Rotrockkompanie stationiert. Wir müssen schleunigst verschwinden.«

Alasdair war wie vor den Kopf geschlagen. Alle wussten, dass Caitlin die Reise nicht überleben würde. Mit dumpfer, hoffnungsloser Stimme fragte er: »Woher weißt du das?«

»Ich habe gerade einen Deserteur getötet. Sie werden nach ihm suchen, obwohl Gott allein weiß, warum eigentlich.«

»Du hast …« Alasdairs Augen weiteten sich erschrocken. »Warum? Warum in Dreiteufelsnamen musstest du einen Rotrock töten? Bist du denn vollkommen …«

»Er wollte sich an meiner Frau vergreifen, Ailig.«

Alasdair nickte verständnisvoll, dann seufzte er. »Aye, ich sehe, es ging nicht anders. Wir müssen fort. Aber wohin?«

»Kommt mit uns. Wir können uns bis Ciorram durchschlagen, da bin ich mir sicher, und von dort ist es nicht mehr weit bis Killilan. Vielleicht sind noch ein paar MacKenzies dort.«

Alasdair nickte. Sein Gesicht wirkte grau und verhärmt. »Ich hasse es, mein Land verlassen zu müssen, Ciaran.«

»Aye, das kann ich gut verstehen. Aber das Land gehört jetzt König Georg, und er wünscht nicht, dass wir hier leben. Wir können uns nicht gegen die Rotröcke behaupten, also müssen wir uns zurückziehen und warten, bis der Tag kommt, an dem wir es ihnen heimzahlen können.«

Wieder nickte sein Vetter, dann ging er in das Versteck, um die anderen über die veränderte Situation aufzuklären.

Alasdair und Ciaran fertigten eine Bahre für Caitlin an, aber der Marsch zehrte an ihren ohnehin schwachen Kräften, und sie starb am ersten Tag nach ihrem Aufbruch. Traurig, aber nicht überrascht begruben die anderen sie und setzten ihren Weg fort. Auch ohne die Bürde der Bahre kamen sie nur langsam voran, denn Alasdairs Klumpfuß, der schlechte Gesundheitszustand des alten Iain und das Baby hielten sie auf. Leah war dankbar für die häufigen Pausen, denn sie litt ständig unter Übelkeit und musste, wenn sie wegen einem der MacKenzies wieder einmal Rast machten, oft ein stilles Fleckchen suchen, um sich zu übergeben oder einen Bach, in dem sie ihr Gesicht kühlen konnte. Alle wussten, dass sie krank war, aber sie hatte keinem die Ursache dafür verraten und ließ Ciaran in dem Glauben, der Zwischenfall mit dem Deserteur habe sie so aufgeregt.

Ihre weichen Schuhe, die nicht für so strapaziöse Märsche gedacht waren, begannen sich an den Nähten aufzulösen und auseinander zu fallen. Endlich streifte Leah sie kurz entschlossen ab und warf sie in eine Schlucht. Ciaran sagte nichts, sondern warf ihr nur einen nachdenklichen Blick zu, als sie barfuß über Felsen und Schotter kletterte. Leah beklagte sich mit keinem Wort. Ihre Füße würden mit der Zeit unempfindlich werden. Bis dahin musste sie die Schmerzen eben ertragen.

Sie verstand, dass sie in großer Eile waren, und daher erschien ihr ihre Marschroute umso unbegreiflicher. Leah war Engländerin, aber auch die Tochter ihres Vaters, und als solche verfügte sie über einen ausgezeichneten Orientierungssinn. Nach den ganzen Wochen, die sie durch die schottischen Berge gewandert war, erkannte sie klar, dass sie immer wieder weite Bögen schlugen und lange Umwege machten. Da viele der MacKenzies in schlechter körperlicher Verfassung waren, ergab das wenig Sinn für sie, und sie begriff auch nicht, dass keiner der MacKenzies es zu bemerken schien.

Während sie einen breiten Hügel umgingen, der ihrer Meinung nach flach genug war, um ihn zu überqueren, beugte sie sich zu Ciaran und flüsterte ihm zu: »Warum machen wir so einen Umweg?«

Er blieb stehen und starrte sie einen Moment lang an, während sie geduldig auf eine Antwort wartete. Sie musste lange warten, denn er ließ alle MacKenzies weitergehen, bis sie außer Hörweite waren. Schließlich sagte er: »Willst du jetzt mit mir streiten?«

Leah sah plötzlich Ciarans Schwester mit ihren ausgeschlagenen Zähnen vor sich. Die meisten Männer, ihr Vater nicht ausgenommen, neigten dazu, ihre Fäuste zu benutzen, um eine Auseinandersetzung zu beenden. Sie wusste nicht, wo Ciarans Hemmschwelle in Bezug auf seine eigene Frau lag und war sicher, dass auch er selbst sich darüber nicht im Klaren war.

»Das habe ich nicht vor«, erwiderte sie ruhig. »Ich möchte es nur wissen.« Als er die Brauen zusammenzog, fügte sie rasch hinzu: »Ich möchte wissen, was auf mich zukommt und was von mir erwartet wird.«

Er grunzte leise und blickte dann über das Gelände. »Es kann sein, dass wir verfolgt werden.« Er setzte sich wieder in Bewegung, und sie folgte ihm. »Selbst wenn der tote Rotrock nicht gefunden wird, könnten die Handlanger Seiner Majestät unsere Spur aufnehmen und ihr folgen. Und wir haben keine Ahnung, wie nahe sie uns sind und wo genau sie stecken, deshalb müssen wir Vorsichtsmaßnahmen treffen. Wir nehmen Umwege in Kauf, um über festes Gestein zu gehen, wo wir keine sichtbaren Fährten hinterlassen; wir meiden die Gipfel der Hügel, weil wir da sogar im Mondlicht leicht gesehen werden können; wir halten uns im Schatten der Bäume, und wir übernachten nicht auf oder am Rand großer Lichtungen, weil unsere Feinde auf dieselbe Idee kommen könnten.«

Leah überlegte eine Weile, dann ergriff sie erneut das Wort: »Du scheinst große Erfahrung darin zu haben, Verfolger abzuschütteln.«

Wieder blieb er stehen und sah sie an. Seine Augen wurden dunkel.

Mit fester Stimme fuhr sie fort: »Ich bin froh darüber.«

Seine Augen blickten jetzt freundlicher. »Aye. Das kann einem Mann in dieser Gegend, wo es von Feinden nur so wimmelt, das Leben retten.«

Lange herrschte Schweigen, dann fragte sie zögernd: »Hast du das auf deinen Viehraubzügen gelernt?«

»Sozusagen. Mein Vater, der ja mit Rob Roy umhergezogen ist, hat mir alles Wissenswerte beigebracht, und später habe ich auch so manchen *creach* durchgeführt.«

»Würdest du es wieder tun?«

Ciaran lachte freudlos auf. »Um zu verhindern, dass mein Clan verhungert? Aye, jederzeit und ohne zu zögern. Hast du etwas dagegen einzuwenden?«

Captain Roger Hadleys Tochter hätte früher jede Art von Diebstahl streng verurteilt. Aber Ciaran Mathesons zukünftige Frau hatte in der letzten Zeit einiges dazugelernt und wusste jetzt, wie schmal die Grenze zwischen Leben und Tod war. »Nein«, erwiderte sie. »Ich bin froh, dass mein Mann mich nie hungern lassen wird.«

Ciaran ging wortlos weiter, doch ein Lächeln spielte um seinen Mund, und er griff nach ihrer Hand.

Es war mitten in der Nacht, als die kleine Gruppe von Flüchtlingen nach tagelangem Marsch Ciorram erreichte. Ciaran führte sie über den kahlen, schroffen Granitberg hinter der Garnison, weil er auf diesem Weg den Taleingang umging. Sie gelangten zur Talsohle, ohne einen britischen Soldaten aus der Garnison zu Gesicht bekommen zu haben. Leah wunderte sich, wie wenig Kontrolle ihr Vater über das Kommen und Gehen dieser Männer zu haben schien, deren Kommandant er doch war.

Ciaran freute sich offensichtlich, wieder zu Hause zu sein, das merkte sie an der Aufregung, die in seiner Stimme mitschwang, wenn er von seiner Familie und seinen Freunden sprach.

Doch während sie den Pfad zur Burg entlanggingen, wurde er immer stiller. Irgendetwas stimmte hier nicht, das konnte auch

Leah deutlich spüren. Es gab keine Tiere mehr. Kein Hund bellte, keine Schafe und Rinder waren im Mondlicht auf den Weiden zu sehen, kein Getreide wuchs auf den Feldern. Ein leichter Brandgeruch hing in der Luft. Alasdair begann leise auf Gälisch vor sich hinzumurmeln, seine Stimme klang brüchig vor Angst. Elizabeth schluchzte unterdrückt. Ciaran berührte das Erdreich zu seinen Füßen mit der Hand und schnupperte dann daran.

»*Mo Dia*«, stöhnte er. »Sie haben alles niedergebrannt. Nur noch Asche ist übrig. Hier sollte Ailis Hewitts Haus stehen.« Er deutete in die andere Richtung. »Und dort liegt Donnchadhs Haus und sein Stall. Wir sollten von hier aus den Dorfrand schon sehen können, aber da ist nichts. Gar nichts mehr.«

Leah nahm Ciarans Hand. »Komm. Wir müssen hier weg.«

Aber er rührte sich nicht vom Fleck, sondern drückte ihre Hand fester und zog sie in die entgegengesetzte Richtung. »Nein. Ich muss die Überlebenden suchen.«

Sie versuchte ihn zurückzuhalten. »Es wird keine geben.«

»Es *muss* welche geben.« Die Verzweiflung in seiner Stimme schnitt ihr ins Herz. »Robbie muss sie in Sicherheit gebracht haben, und ich weiß auch, wohin.« Wieder zog er sie mit sich. Diesmal leistete sie keinen Widerstand, und auch die MacKenzies folgten ihnen.

Es war ein langer, beschwerlicher Weg in stockfinsterer Nacht, und Leah hatte bald jegliche Orientierung verloren. Ciaran war ungeduldig, weil sie so langsam vorankamen, sagte aber nichts. Endlich gelangten sie über einen schmalen Pfad in ein weiteres, von grasbewachsenen Hügeln gesäumtes Tal. Auch hier waren die Felder abgebrannt worden. Die Asche, die sie beim Gehen aufwirbelten, stieg ihr in die Nase, und sie musste husten. Tränen brannten in ihren Augen.

»Es kann erst vor kurzer Zeit passiert sein. Irgendwann seit dem letzten Regen, denke ich. Vielleicht haben sie die Gegend noch nicht verlassen.« Ciaran schien wieder Hoffnung zu schöpfen, die sich auf Leah übertrug.

Am Ende des kleinen Tales folgten sie einem Pfad, der hügelabwärts durch einen dichten Wald verlief und dann einem ganz in der Nähe dahinsprudelnden Bach. Die Dämmerung brach an, daher konnten sie den Wasserlauf nicht nur hören, sondern auch sehen. Silbergrau schimmerte er im schwachen Licht. Felsklippen erhoben sich zu beiden Seiten. Leah erschauerte. Sie konnte sich nur darauf verlassen, dass Ciaran den Weg kannte.

Er verlangsamte seine Schritte, blieb dann im Schatten stehen und flüsterte etwas auf Gälisch. Alle lauschten, aber es kam keine Antwort. Ciaran wiederholte seine Worte.

Ganz in der Nähe wisperte ihm plötzlich jemand etwas zu. Ciaran fuhr herum. »Seumas Glas! Ich bin es, Ciaran!«

»*Och*, Ciaran Dubhach!« Der alte Kaufmann kam aus dem Farngestrüpp und schlang den gesunden Arm um Ciaran. Dann begrüßte er Alasdair und die anderen MacKenzies. Dabei sprudelte er einen gälischen Wortschwall hervor, dem Leah trotz allem, was sie gelernt hatte, nicht folgen konnte, da Seumas fast alle Zähne fehlten und er furchtbar nuschelte. Aber die Erleichterung in seiner Stimme verriet, dass er darauf vertraute, alles werde sich nun, da sein Laird wieder da war, zum Guten wenden. Leahs Herz schwoll vor Stolz.

»Sprich Englisch«, bat Ciaran ihn. »Leah ist hier.«

Seumas verstummte und musterte Leah aus schmalen Augen. Dann wanderte sein Blick zu Ciarans Hosen und wieder zu Leah. Auf Englisch sagte er zu Ciaran: »Gott sei Dank, dass du wieder hier bist.« Seine Stimme wurde schärfer. »Hadley und seine Kompanie roter Teufel sind ins Tal zurückgekehrt.«

»Wie viele von uns haben überlebt?« Ciaran und Seumas führten die Männer den Hügel hoch, Leah folgte mit Elizabeth und den Jungen.

»Ein Kleinkind haben wir verloren, meinen neuen Enkel, Alasdairs Sohn.«

Ciaran nickte seufzend, Leah kämpfte mit den Tränen. Sie tröstete sich damit, dass alles noch viel schlimmer hätte kommen können. Im Gegensatz zu den Bewohnern vieler anderer Dörfer in den Highlands waren die meisten Leute aus Ciorram noch am Leben.

»Eóin und Donnchadh haben sich nach der letzten Schlacht hierher durchgeschlagen«, fuhr Seumas fort. »Beide sind verwundet, aber am Leben.«

»Eóin ...« Abgrundtiefe Erleichterung malte sich auf Ciarans Gesicht ab. »Er lebt. Eóin lebt. Wo sind die anderen?« Er blickte sich suchend im Dämmerlicht um.

»In den Höhlen. Die Frauen und Kinder jedenfalls. Die Männer, die uns noch geblieben sind, lagern im Freien; es ist nicht genug Platz für alle. Vor fast zwei Wochen sind die Rotröcke gekommen. Das bisschen Essen, das wir uns zusammensuchen konnten, ohne ihre Aufmerksamkeit zu erregen, reicht nicht zum Leben und ist zum Sterben zu viel. Ailis Hewitt wird es wohl nicht mehr lange machen, und der arme Dùghlas ringt auch mit dem Tod.«

»Habt ihr Nachrichten von den anderen, die mit mir in die Schlacht gezogen sind?«

Seumas Glas blieb stehen und drehte sich um. »Kommt denn außer euch niemand mehr?« Er sah Ciaran besorgt an, dann fragte er leise: »Seumas Og?«

»Seit dem letzten Kampf habe ich Seumas Og nicht mehr gesehen«, erwiderte Ciaran bedächtig. »Ich wurde verwundet, und später sagte man mir, die jakobitische Armee sei im ganzen Land verstreut. Alasdair, Aodán und Calum sind tot; was aus den anderen geworden ist, weiß ich nicht. Einige sind desertiert, aber nach der Schlacht habe ich keinen meiner Männer wieder gesehen.«

Die beiden Männer schwiegen betreten, als ihnen klar wurde, dass der Rest des Matheson-Trupps höchstwahrscheinlich tot, in Gefangenschaft geraten oder auf der Flucht war. Es gab keine Männer im kampffähigen Alter in Ciorram mehr. Tränen glitzerten in Seumas' Augen, und er senkte den Kopf, um sie zu verbergen.

Ciaran ging weiter. »Was ist mit den Männern, die noch hier ...«

»Dùghlas ist angeschossen worden, lebt aber noch. Ob er durchkommen wird, wissen wir nicht. Die anderen sind zu alt, zu jung oder zu gebrechlich, um den *Sassunaich* ernsthaft Widerstand leisten zu können.« Er hob den Haken, der ihm die Hand ersetzte, um zu unterstreichen, was er meinte. Dann senkte er die Stimme, sodass Leah seine nächsten Worte kaum verstehen konnte. »Ich muss dir noch etwas sagen, Ciaran, aber verlier bitte nicht gleich die Beherrschung.« Ciaran drehte sich kurz zu Leah um, während Seumas auf Gälisch weitersprach.

Er hörte einen Moment zu, blieb dann wie angewurzelt stehen und unterbrach Seumas heiser mit einem einzigen Wort. »*Cùis-eigin*?«

Elizabeth wurde blass und wandte sich ab. Auch Leah kannte dieses Wort nur zu gut, sie hatte es während der Zeit im Versteck der MacKenzies oft genug gehört. Es bedeutete ›Vergewaltigung‹.

Ciaran lief vor Zorn rot an. »Sìle …« Seumas nickte. »Ihre Töchter mussten das mit ansehen?«, krächzte Ciaran. »*Ihre kleinen Töchter*?« Er starrte Seumas entgeistert an, dann brach er in einen wüsten gälischen Wortschwall aus, von dem Leah nur verstand, dass er den *Sassunaich* die Pest an den Hals wünschte.

Ihr stieg die Schamröte ins Gesicht. Diesmal hatte die Kompanie ihres eigenen Vaters diese barbarischen Verbrechen begangen, und er hatte sie nicht daran gehindert. Aber sie sagte kein Wort.

Ciaran wandte sich wieder an Seumas Glas. »Kirstie und Mary … sind sie auch … ?«

Der Kaufmann nickte langsam.

Ciaran drehte sich um, sah Leah an, als habe er ihre Anwesenheit völlig vergessen, und verzog das Gesicht. »Dein Vater und seine Männer …« Doch seine Stimme versagte, und er konnte nur noch wortlos den Kopf schütteln. Mit zusammengepressten Lippen setzte er seinen Weg fort. Seumas warf Leah einen finsteren Blick zu, ehe er ihm folgte. Leah und die MacKenzies bildeten die Nachhut.

Sie kletterten einen steilen, felsigen Pfad empor und stießen bald auf ein paar Männer und halbwüchsige Burschen, die hinter Felsen und aus dem Farngestrüpp hervorkamen, als sie Ciaran sahen. Sie scharten sich um ihn, klopften ihm auf den Rücken und schüttelten ihm die Hand. Ciaran sprach jetzt nur noch Gälisch, und alle redeten aufgeregt durcheinander. Der Schmied von Ciorram war da, ein blutiger Verband bedeckte eines seiner Augen, und Ciarans Freund Eóin hinkte stark.

Der junge Robbie hatte sich so stark verändert, dass er fast einem alten Mann glich. Seine Augen lagen tief in den Höhlen, die Wangen waren eingefallen, und seine Kleider schlotterten ihm am Leib. Er lächelte Ciaran nicht an, sondern umarmte ihn nur kurz und flüsterte ihm etwas zu. Der ernste Junge von früher hatte sich in einen zornigen jungen Mann verwandelt.

Die Gruppe gelangte auf eine kleine Ebene. Zu einer Seite erstreckte sich ein mit Bäumen bewachsener Abhang hinunter zu einem schmalen Bach, zur anderen erhob sich ein steiler Granitfelsen. Einige Frauen kamen aus einer Nische im Felsgestein, als sie die Stimmen der Männer hörten, rieben sich schläfrig die Augen und blickten sich neugierig um. Leah erkannte, dass es sich bei der Nische um eine Höhle handelte, die weit in den Felsen hineinreichte.

Als Sìle ihren Bruder sah, schrie sie auf, raffte ihre Röcke, rannte auf ihn zu und schlang ihm die Arme um den Hals, bevor sie in Tränen ausbrach. Ciaran drückte sie an sich und küsste sie auf die Wange. Auch Kirstie und Mary kamen herbei und umarmten ihn. Lange standen die vier Geschwister so da und spendeten sich gegenseitig Trost.

Die anderen Frauen erkundigten sich unterdessen nach den Männern, die seit der Schlacht nicht mehr gesehen worden waren, und fingen bitterlich an zu schluchzen, als die Antworten ihre letzten Hoffnungen zunichte machten.

Leah hielt sich etwas abseits; wohl wissend, dass sie hier nicht willkommen war. Wenn sie versucht hätte, die trauernden Frauen zu trösten, wäre das übel aufgenommen worden. Sie war eine *Sassunach*, und diese Menschen verabscheuten alles, was englisch war. Leah hatte Verständnis dafür. Die Soldaten hatten einen nicht wieder gutzumachenden Schaden angerichtet, ohne Reue oder Erbarmen zu zeigen, und ihr Vater hatte das nicht nur zugelassen, sondern wohl selbst noch den Befehl dazu gegeben.

Daher war jetzt nicht der geeignete Moment, dem Clan mitzuteilen, dass sie ein Kind erwartete, das, falls es ein Junge war, der Nachfolger des Lairds werden würde.

Nachdem die Neuankömmlinge etwas gegessen und ein Quartier für die Nacht zugewiesen bekommen hatten, setzte sich Ciaran mit Robin, Seumas Glas und Robbie an das Feuer in der Mitte der Lichtung, um die Lage zu besprechen. Robbie starrte mit gesenktem Kopf in die Flammen, während er berichtete, wie er mit Dùghlas, Seumas und Robin den Clan in kleinen Gruppen hier in den Hügeln in Sicherheit gebracht hatte, während die Soldaten das Dorf verwüsteten. Immer wieder bat er seinen Bruder um Verzeihung, weil er den Dragonern keinen Widerstand geleistet hatte, und unentwegt versicherte ihm Ciaran, er habe genau richtig gehandelt.

Alasdair MacKenzie kam zu ihnen und kauerte sich neben Ciaran auf die Fersen. »Wir können nicht hier bleiben, Ciaran Dubhach.« Ciaran nickte. Alasdair hatte Recht. Für ihn und seine Verwandten war es hier nicht sicher. Niemand war hier sicher.

»Wo willst du hin?«

»Nach Killilan.«

»Und wenn du dort niemanden mehr vorfindest?«

Alasdair wurde bleich. »Dann schlagen wir uns zu irgendeiner Stadt durch. Glasgow vielleicht. Oder wir lassen uns an der Küste nieder. Dort finden wir sicher Arbeit, und so lange wir den Whigs nützlich sind, werden sie uns vielleicht am Leben lassen.«

Ciaran nickte. »Aye. Es ist besser, irgendwie in Schottland sein Dasein zu fristen als nach Amerika deportiert zu werden.«

»Im Augenblick sehe ich da keinen großen Unterschied. So sieht jedenfalls unser Plan aus. Morgen früh beim ersten Tageslicht brechen wir auf.«

Wieder nickte Ciaran. Alasdair wünschte allen eine gute Nacht und ging dann zu seinen Leuten zurück. Ciaran sah ihm mit schwerem Herzen nach. Sein Vater hatte oft behauptet, die Deportation nach Amerika sei kaum besser als der Tod. In der Tat zögerte sie den Tod oft nur ein Weilchen hinaus.

Der alte Robin riss ihn aus seinen Gedanken. Leise begann er zu erzählen, wie es den Clansleuten seit der Flucht in die Berge ergangen war; berichtete von dem Hunger, den sie gelitten hatten, vom Jammern der Frauen und Kinder, von der Trauer um ihre Heime und ihre Besitztümer, die in Flammen aufgegangen waren. Ciaran konnte kaum noch an sich halten. Sein ganzes Leben lang hatte er alle Engländer gehasst, und nun wurde er nur noch von dem Wunsch beseelt, die Dragoner zu töten, die ihnen das angetan hatten. Seine Fingernägel gruben sich in seine Handflächen, als er hören musste, wie die Haferfelder abgebrannt worden waren. Tränen hilfloser Wut traten ihm in die Augen. Er starrte zu Boden, damit keiner sie sah, während Robin ihm das Leid seiner Leute beschrieb.

Der alte Mann verstummte, als Sìle auf sie zukam und sich neben ihren Bruder kniete. »Ciaran.« Ihre blauen Augen erinnerten ihn an ihre Mutter. Seine Kehle war plötzlich wie zugeschnürt, und er bekam kaum noch Luft. Sie blickte ihn lange an, ehe sie mit kaum zu vernehmender Stimme bat: »Wirst du Hadley töten?«

Ciaran sah die anderen Männer an, die jedoch alle ausdruckslos in das Feuer starrten. Dann sagte er zu seiner Schwester: »Nichts, was ich lieber täte.«

»Dann tu es. Töte ihn.«

Ciaran strich ihr über die Wange und seufzte leise. »*Mo banacharaid*, wenn ich könnte, würde ich mit Freuden jeden Rotrock nördlich des Grenzlandes umbringen.«

»Nein, Ciaran, es geht um Hadley! Du musst *Hadley* töten.« Ihre Stimme begann zu zittern, und ihre Augen wurden groß.

»Hadley?« Dann begriff er. »*Och.*« Also ging mindestens eine der Vergewaltigungen auf das Konto des Captains.

»Er muss sterben. Wie du das anstellst, ist mir egal, aber Hadley muss sterben.« Tränen rollten über ihre Wangen. »Du musst ihn töten, Ciaran.«

Ciaran drückte ihre Schulter. »Aye. Ich verstehe.«

Sìle sah ihn lange an, dann nickte sie, erhob sich und ging zu dem Feuer vor dem Höhleneingang zurück, wo sie mit den anderen Frauen gesessen hatte.

Ciaran wandte sich wieder an die drei Männer. »Wo steckt der *Sassunach-Captain?* Sind die Soldaten noch immer hier stationiert?«

»Die Dragoner sind in der Garnison«, erwiderte Robin. »Aber Hadley hat sich wieder in der Burg einquartiert.«

Ciarans Haut begann zu prickeln, während er ein paar Möglichkeiten erwog. »Hat er eine Leibwache?«

Robin wechselte einen Blick mit Seumas. Beide zuckten die Schultern, ehe Robin sagte: »Wir sind nicht so gut mit ihm befreundet, dass wir seine Gewohnheiten kennen. Wir hatten nämlich sehr viele Gründe, allen Rotröcken aus dem Weg zu gehen, wie du sicher verstehen wirst.«

»Was hast du jetzt vor, Ciaran?«, fragte Seumas. »Hier kannst du nicht bleiben, das Land ist von der Krone beschlagnahmt worden. Ohne dich wird auch der Clan nicht bleiben, die Leute haben zu große Angst vor den Rotröcken, unter deren Herrschaft sie leben müssten. Sollen wir in die Kolonien auswandern? Wir folgen dir, wohin du auch gehst?«

Ciaran schüttelte den Kopf. »Nein, das wäre kein Leben für uns.« Er blickte zu Sinann hinüber, die in einem Baum hockte. »Das ist nicht unsere Bestimmung. Wenn wir unsere Heimat verlassen, dann hat mein Vater umsonst gelebt.«

Robin grunzte zustimmend, und auch Seumas Glas konnte die

Wahrheit dieser Worte nicht leugnen. »Was sollen wir dann tun?«, wollte er wissen.

Ciarans Herz wurde schwer, denn er wusste, dass sogar sein Vater seinen Plan nicht billigen würde, und der Clan schon gar nicht. Seine Leute würden am Leben und in Schottland bleiben, aber die Mathesons von Ciorram würde es nicht mehr geben. Ruhig sagte er: »Ich werde heute Abend mit Hadley reden und versuchen, Bedingungen für unsere Kapitulation auszuhandeln. Wenn ich am nächsten Morgen nicht zurück bin, müsst ihr euch zu anderen Verwandten durchschlagen. Geht zu jedem, der bereit ist, euch aufzunehmen und euch Arbeit zu geben. Ihr müsst zusehen, dass ihr irgendwie zurechtkommt, wenn ich versage. Lasst nur nicht zu, dass man euch deportiert.«

Sinann funkelte ihn böse an. »Das bedeutet für dich den sicheren Tod. Dann muss Robbie den Clan führen, und das war nie der Wunsch deines Vaters. Du solltest sein Nachfolger werden und dafür sorgen, dass der Clan hier in Glen Ciorram bleibt.«

Ciaran schenkte ihr keine Beachtung.

Seumas Glas und Robin nickten beide zustimmend, doch Ciaran konnte ihnen nicht in die Augen sehen. Er wusste, dass er keine Chance hatte, von der Unterredung mit Hadley zurückzukehren. Und es würde wohl zu gar keinem Gespräch mit dem englischen Captain kommen.

Sinann folgte ihm zu der Stelle in der Nähe des Höhleneingangs, wo Leah schlief. »Bist du vollkommen verrückt geworden?« Sie schwirrte um ihn herum wie eine Motte um eine Kerzenflamme.

Schweigend schüttelte er den Kopf.

Ein Hauch von Sarkasmus schlich sich in ihre Stimme. »Ja, glaubst du denn, Hadley gibt dir einfach so dein Land zurück und sagt: ›Entschuldigt bitte das kleine Missverständnis, junger Freund.‹«

Wieder schüttelte Ciaran den Kopf.

»Warum willst du ihn dann unbedingt aufsuchen?«

Er musterte die Fee aus schmalen Augen, bevor er ein großes Farnblatt zur Seite schob, um sich neben Leah zu legen. Sie schlief tief und fest, wachte aber kurz auf, als er den Arm um sie legte, und schmiegte sich an ihn. Er küsste sie sacht auf das Haar. Es brach ihm fast das Herz, dass er sie nie wieder würde berühren können; dass sie in Zukunft ohne ihn würde leben müssen, aber er konnte es nicht ändern. Das Land war konfisziert, sein Leben verwirkt. Also blieb ihm nur noch eines zu tun. Er wollte Hadley und möglichst viele andere Rotröcke mit in den Tod nehmen.

20. KAPITEL

Endlich nahm er das Schwert seiner Vorfahren in beide Hände. Das alte Breitschwert mit dem silbernen Heft war dem Laird von Ciorram von den Königen James I. und VI. als Geschenk überreicht worden und wurde seit genau vierhundert Jahren von einem Laird an den nächsten weitergegeben. Er schob es in eine reich bestickte Scheide aus feinem Leder und hängte es sich dann über die Schulter. Dabei hatte er das Gefühl, als gehöre die prächtige Waffe nur dorthin und nirgendwo anders.

Bei Sonnenuntergang schob Ciaran das silberne Schwert des Königs in sein Wehrgehenk und schlang es so über seine Schulter, dass er die Waffe mit der linken Hand ziehen konnte. Er nahm auch den Dolch seines Vaters mit, den Leah aus Nairn mitgebracht hatte. Jedes Gefühl in ihm schien erstorben, er empfand keine Trauer mehr und keinen Schmerz, nur noch kalten Hass. Sein Herz schlug ruhig und gleichmäßig.

Da er nicht seinen gewohnten Kilt und die Gamaschen trug,

schob er Brigid in den Gürtel, dann blickte er an den verhassten Hosen herunter und murmelte einen Ausdruck in dem Kolonialenglisch seines Vaters, den dieser oft gebraucht hatte: »Weichei!« Hätte er doch nur einen Kilt! Er hasste den Gedanken, in Hosen sterben zu müssen.

Schließlich wandte er sich an Leah, konnte ihr aber nicht in die Augen sehen, als er bat: »Wünsch mir Glück.« Es war nur eine Floskel. Alles Glück der Welt würde ihn heute Abend nicht retten.

Sie lächelte, doch ihre Stimme klang besorgt. »Viel Glück, Liebster. Willst du wirklich, dass ich hier bleibe? Wäre es nicht besser, ich würde dich begleiten? Er ist immerhin mein Vater, und ich wage zu behaupten, dass ich ihn …«

»Nein. Du bleibst hier, und ich will nichts mehr davon hören.«

»Aber …«

»Ich habe Nein gesagt!« Allmählich verlor er die Geduld. »So viel Englisch wirst du ja wohl verstehen. Du bleibst hier, und wenn ich nicht zurückkomme, gehst du mit Robbie. Er wird sich um dich kümmern.«

»Aber mein Vater …«

»Leah! Tu, was ich dir sage! Es ist wirklich wichtig. Und wenn du noch nie im Leben einen Befehl befolgt hast, dann tu es diesmal.« Als sie ihn erschrocken ansah, rührte sich etwas in seinem Herzen, und er fuhr mit weicherer Stimme fort: »Bitte, Leah.« Er küsste sie. »Wenn du mich liebst.«

Lange herrschte Schweigen, während sie versuchte, in seinen Augen zu lesen, doch er strich ihr nur eine Haarsträhne aus dem Gesicht und zog ihr den Umhang fester um die Schultern.

Endlich sagte sie: »Wenn du *mich* liebst.«

Ciaran sah sie an. Die Angst in ihren Augen bewegte ihn tief. Er legte eine Hand an ihre linke Wange, presste sein Gesicht an die rechte und flüsterte ihr ins Ohr: »Ich liebe dich mehr als irgendetwas sonst auf der Welt. Vergiss das nie.« Noch ein Mal küsste er sie, strich mit dem Daumen über das Grübchen in ihrem Kinn und wandte sich dann ab, um den Pfad einzuschlagen, der zu der Burg führte.

Leah sah ihm nach. Ein kalter Schauer lief ihr über den Rücken. Sie konnte sich nicht erklären, warum sie plötzlich mit den Tränen kämpfte. Eigentlich hätte sie Hoffnung schöpfen sollen, doch sie spürte nur Furcht. Ihr Vater war ein harter, aber gerechter Mann, und daher hatte Ciaran gute Aussichten, sich mit ihm zu einigen. Aber irgendetwas stimmte hier nicht. Ciaran selbst hatte nicht den Eindruck erweckt, als hoffe er wirklich auf Frieden. Eine Träne rann ihr über die Wange.

»Geh ihm nach.« Die Stimme, die da aus dem Nichts ertönte, war ihr bekannt. Ein rascher Blick verriet ihr, dass kein menschliches Wesen zu ihr gesprochen hatte.

Sie setzte sich an das Feuer am Höhleneingang, etwas abseits der anderen Frauen, und faltete die Hände, als wolle sie beten. »Was hat er vor?«

»Das weiß ich nicht, aber du darfst ihn nicht alleine gehen lassen. Du musst ihm folgen.«

»Und was soll ich dann tun?«

Die Fee seufzte leise. *»Ich weiß es nicht.* Aber wenn du in seiner Nähe bist, behält er hoffentlich einen klaren Kopf. Also streite nicht mit mir, sondern beeil dich, dann findest du umso schneller heraus, was er wirklich mit deinem Vater vorhat.«

Leah blickte auf und sah die Fee über ihrem Kopf schweben. »Aye«, flüsterte sie, erhob sich und sagte den anderen Frauen, sie müsse sich erleichtern, dann verschwand sie in der Richtung, die Ciaran eingeschlagen hatte.

Es war ein langer Weg. Ciaran ging durch das obere Tal, dann eine Schlucht hinunter und quer durch Glen Ciorram, wo er sich hinter der Kirche in den Wald schlug. Der Pfad, der mitten hindurchführte, war kaum zu erkennen, denn er wurde nur sehr selten benutzt. Er schlängelte sich zwischen niedrigen Hügeln dahin und endete bei dem Feenturm. Unwillkürlich hielt er nach Sinann Ausschau und fragte sich, ob sie ihm wohl gefolgt war. Hoffentlich nicht. Er war nicht stolz auf das, was er vorhatte.

Hinter dem *broch* führte ihn ein anderer Pfad an einem breiten Bach entlang, der zwischen Eichen und Farn dahinsprudelte. Die Baumkronen raschelten leise im Wind. In seinem erschöpften, überreizten Zustand meinte er, missbilligende Worte zu hören. Er beschleunigte seine Schritte, um vor den Baumgeistern zu fliehen. Wieder näherte er sich dem Tal, doch bevor der Pfad ins offene Gelände führte, verließ er ihn und kletterte einen kleinen Felshang hinab. Unten lag eine Höhle, an deren Ende sich eine schwere Eichentür befand. Er rüttelte daran, bis er sie so weit geöffnet hatte, dass er sich hindurchzwängen konnte.

Doch als er sie wieder zuschieben wollte, ließ sie sich nicht mehr bewegen. Zuerst bemühte er sich, möglichst keinen Lärm zu verursachen, doch als sich die Tür nicht schließen ließ, stieß er hart dagegen. Ohne Erfolg. Da er darauf brannte, sein Vorhaben in die Tat umzusetzen, gab er schließlich auf und setzte seinen Weg fort. Nach dem heutigen Abend würde der Geheimgang ohnehin niemandem mehr nützen.

Er stieg eine lange steinerne Treppe hinab, wobei er sich mit den Fingerspitzen an der feuchten Steinwand entlangtastete. Auf dem Boden standen Wasserpfützen, und bald waren seine Schuhe völlig durchweicht. Obwohl er selbst den Gang noch nie benutzt hatte, wusste er, wo er endete; sein Vater hatte es ihm gezeigt. Er stieg ein paar schlüpfrige Stufen empor und blieb schließlich vor einer weiteren Eichentür stehen.

Mit angehaltenem Atem horchte er, ob sich in dem Arbeitszimmer, das er Hadley vor einem Jahr zur Verfügung gestellt hatte, etwas rührte. Kein Laut war zu hören. Es war schon spät am Abend, also hatte sich Hadley vielleicht schon in seine Schlafkammer zurückgezogen. »Tinkerbell, kannst du mir sagen, ob der Raum leer ist?«, flüsterte er.

Er erhielt keine Antwort.

Mit einem geringschätzigen Schnauben zog er Brigid, dann schob er die Tür einen Spalt auf. Mit gezücktem Dolch betrat er den Raum. Er wusste nicht, was ihn dort erwartete.

Doch alles war dunkel und still, nur schwaches Mondlicht fiel durch die Schießscharten, und der Kamin verströmte den feuchten, säuerlichen Geruch eines schon vor Tagen erloschenen Feuers. Ciaran huschte durch den Raum und schob den Riegel der Tür zum Gang zurück.

Eine Kerze brannte in der Kammer, in der Hadley schlief, also musste er sich irgendwo in der Burg aufhalten. Seine rote Uniform lag auf dem Bett, Kleidungsstücke aus Leinen und Leder auf dem Boden, aber ansonsten war die Kammer leer. Kein Dienstbote war zu sehen, kein Captain Hadley. Ciaran schlich weiter.

Alle anderen Kammern in diesem Turm waren dunkel und leer. Rasch und geräuschlos huschte er wieder nach unten und lief den Gang entlang der in die große Halle führte. Hier brannten Kerzen in den Wandleuchtern. Ciarans Herz schlug schneller. Jemand musste in der Halle sein. Vermutlich der Captain höchstpersönlich. Seine Finger schlossen sich fester um Brigid.

Leise stieß er die Tür zur Halle auf und trat ein.

Anscheinend wurden nur zwei der Tische benutzt, sie standen aneinandergeschoben ganz in Ciarans Nähe. Im Kamin auf der anderen Seite prasselte ein Holzfeuer, und davor saß Captain Hadley im Stuhl des Lairds und hielt ein Glas Wein in der Hand. Er kehrte Ciaran den Rücken zu und starrte in die Flammen.

Heiße Wut stieg beim Anblick des *Sassunach* im Stuhl seines Vaters in Ciaran auf. Der Hurensohn saß in *seinem* Stuhl! Vor *seinem* Kamin! Lautlos, sich immer im Schatten haltend, schlich er durch den Raum auf Hadley zu. Da keine Mathesons mehr in der Burg lebten, befand sich auch kein Wachposten mehr in der Halle, aber unten in der Küche war jemand, er konnte gedämpfte Geräusche hören. Wahrscheinlich hatte Hadley außer seinen Dienstboten auch noch einen Wächter mitgebracht und draußen vor dem Tor postiert. Die Waffen des Captains – sein Säbel und seine

Pistole – hingen an Haken neben der Eingangstür. Ciaran lächelte kalt.

Er löste sich aus dem Schatten, hob Brigid und lief auf den verhassten Rotrock zu.

»Vater!«

Hadley hob den Kopf, sprang auf und entging so um Haaresbreite dem tödlichen Dolchstoß. Ciaran fuhr herum und sah Leah in der Mitte des Raumes stehen. Sie hielt die Pistole ihres Vaters in der Hand, richtete den Lauf aber auf den Boden. Eine eisige Hand schloss sich um sein Herz. So hatte sie ihn zu guter Letzt doch noch verraten. Tonlos flüsterte er: »Leah, du hast mich umgebracht!«

Inzwischen war ihr Vater zum Eingang gestürzt und hatte seinen Säbel aus der Scheide gerissen. »Was geht hier vor? Was hast du hier zu suchen, Leah? Ich verlange eine Erklärung!« Sein Gesicht lief zornrot an, als er Leah den Rücken zukehrte und Ciaran entgegentrat.

Leah beachtete ihren Vater gar nicht, sondern bat: »Ciaran, tu es nicht. Bitte!«

»Ich hatte gehofft, du wärst bei Drummossie Moor gefallen, du verräterischer Bastard!«, knirschte Hadley.

Ciaran erwiderte nichts darauf, sondern ließ Brigid in die rechte Hand gleiten und zog mit der linken sein Schwert. Er hatte nicht vor, sich auf eine Diskussion mit dem Captain einzulassen; er war nur aus einem einzigen Grund gekommen, und er würde sein Vorhaben ausführen.

Doch Leah rief laut: »Vater, ich bitte dich, töte ihn nicht!«

Ihr Vater reagierte nicht darauf, sondern trat einen Schritt auf Ciaran zu. Der Ausdruck seiner Augen verriet deutlich, dass er nicht vorhatte, Gnade walten zu lassen. Ciaran wappnete sich für einen Angriff, indem er die entspannte Haltung einnahm, die ihn sein Vater gelehrt hatte, seinen Gegner forschend musterte und nach Schwächen suchte. Hadley schäumte vor Wut, Ciaran dagegen wurde immer ruhiger, während er überlegte, wie er die Wut des Gegners zu seinem Vorteil nutzen konnte. Er begann Hadley langsam zu umkreisen.

»Hört auf!«, schrie Leah erneut. »Hört endlich mit diesem unsinnigen Kampf auf!«

Der Riegel der Küchentür wurde mit einem Klicken zurückgeschoben. Leah hob die Pistole, richtete sie auf die Tür und rief drohend: »Du da! Verschwinde, oder ich schieße!« Augenblicklich wurde der Riegel wieder vorgeschoben, und derjenige, der hinter der Tür gestanden hatte, entfernte sich hastig. Ciaran zwinkerte verwirrt, als er begriff, dass Leah ihm wahrscheinlich gerade das Leben gerettet hatte.

Aber dann ließ sie die Waffe wieder sinken und bat mit tränenerstickter Stimme: »Vater, du darfst ihn nicht töten!« Ihre Worte zeigten keine Wirkung. Noch immer glühte nackte Mordlust in den Augen des Captains. Leah fuhr fort: »Du musst ihn am Leben lassen. Ich bekomme ein Kind von ihm.«

Ciaran ließ sein Schwert sinken und starrte sie fassungslos an. »Leah?«

Doch da ging Hadley schon mit erhobenem Säbel auf seine Tochter los. Seine Stimme bebte vor Wut und gekränktem Stolz. »Ein Kind?« Sein Atem ging keuchend. »Du elende Hure!« Er holte mit dem Säbel aus.

Ciaran warf sich dazwischen. Die Klingen trafen direkt über Leahs Kopf aufeinander. Ciaran stieß Hadley mit der Schulter zur Seite und ließ einen Angriff folgen, der mühelos pariert wurde. Wieder griff er den Captain an, versuchte, ihn von Leah wegzutreiben. Hadley wich ein Stück zurück und setzte sich dann erbittert zur Wehr. Das Klirren des Breitschwertes und des Säbels hallte in der geräumigen Halle wider.

»Leah, verschwinde hier!«, brüllte Ciaran. Er wollte, dass sie zu seinen Clansleuten zurückging, die sich in der Höhle versteckten. Dort war sie in Sicherheit, und er konnte sein Vorhaben ungestört in die Tat umsetzen.

»Nein! So hört doch endlich auf!« Ihre Stimme klang schrill.

Ciaran dachte gar nicht daran. Er wusste, dass Hadley sie beide töten würde, wenn er jetzt nachgab. Er trieb den *Sassunach* auf die äußerste Ecke der Halle zu, immer darauf bedacht, sich zwischen ihm und Leah zu halten. Leahs Geschrei zerrte an seinen Nerven und lenkte ihn ab.

Der ältere Mann beherrschte jedoch so einige Tricks. Er schlug eine Finte, auf die Ciaran zuerst hereinfiel, sodass es ihm gerade noch gelang, dem eigentlichen Angriff auszuweichen. Das gab Hadley die Gelegenheit, aus der Ecke in die Mitte der Halle zu gelangen.

»Leah! Mach, dass du wegkommst!«, krächzte Ciaran heiser, von aufkeimender Panik erfüllt. Doch sie rannte schon an ihrem Vater vorbei und baute sich hinter Ciaran auf, während der Captain mit einem Satz auf einen Stuhl und von da auf einen Tisch sprang.

Ciaran versetzte dem Stuhl einen Tritt, sodass er quer durch die Halle flog, und parierte dann die Angriffe des Gegners, die sich hauptsächlich gegen seine linke Seite richteten. Hadley war nicht entgangen, dass er das Schwert mit der linken Hand sehr unsicher handhabte.

»Vater! Nicht! Hör auf!«

Hadley schien sie gar nicht zu hören. Er parierte einen gegen seinen Oberschenkel gerichteten Hieb, ripostierte und verletzte dabei Ciarans Nasenflügel mit der Spitze seines Säbels.

Ein heißer Schmerz brannte in Ciarans Gesicht, Blut lief an seiner Lippe herunter, doch er achtete nicht darauf, sondern warf sich zur Seite und trat so heftig gegen den Tisch, dass Hadley das Gleichgewicht verlor. Er sprang zu Boden glitt dort aus und schlug der Länge nach hin.

Verzweifelt versuchte er, wieder auf die Füße zu kommen, aber er war zu langsam. Ciaran warf ihn mit einem weiteren Tritt zurück und schlitzte ihm blitzschnell seinen Schwertarm auf. Der Säbel fiel klirrend auf die Steine. Ciaran hob Brigid und schickte sich an, die Klinge dem Captain ins Herz zu stoßen.

Leah schrie laut auf.

Zu seiner eigenen Überraschung hielt Ciaran mitten im Stoß inne. Er setzte Hadley sein Schwert an die Kehle und befahl: »Leah, geh jetzt endlich!« Sie sollte nicht mit ansehen, wie er ihren Vater tötete. Nicht ermordete, sondern hinrichtete.

»Nein, Ciaran! Du darfst ihn nicht töten!«

»Ich kann ihn nicht am Leben lassen!« Er sah Hadley in die Augen. Das Entsetzen, das darin flackerte, stieß ihn ab. Wieder hob er den Dolch, und wieder hielt ihn ihre flehende Bitte zurück.

»Tu es nicht!«

»Ich sagte, du sollst verschwinden! Ich muss die Sache zu Ende bringen!«

»Er ist mein Vater!«

Ciaran knirschte mit den Zähnen. »*Er hat meine Schwester vergewaltigt.*«

Leah schnappte nach Luft, dann stieß sie hervor: »Nein. Vater, sag ihm, dass das nicht wahr ist. Dass du so etwas nie tun würdest!«

»Nur zu.« Ciaran verstärkte den Druck des Dolches. »Leugnet es nur. Leugnet es und sterbt mit einer Lüge auf dem Gewissen, denn ich werde Euch trotzdem töten.«

Hadley wand sich, versuchte aber nicht, seine Unschuld zu beteuern.

»Vater ...« Leahs Stimme zitterte. »Bitte sag, dass es nicht wahr ist!« Doch ihr Vater presste nur die Lippen zusammen, schloss die Augen und bereitete sich auf den nahenden Tod vor.

Leah begann zu schluchzen. »O Gott ...«

»Nun geh endlich, Leah«, drängte Ciaran. »Bring dich in Sicherheit ... dich und das Baby.« Er durfte sich nicht umstimmen lassen. Hadley hatte den Tod verdient. Er musste seine Schwester rächen. Mit erstickter Stimme fuhr er fort: »Du hast hier nichts zu suchen. Bitte geh!«

»Ich bleibe.«

»Leah!«

»Töte ihn nicht! Verschone ihn, dann kann es vielleicht Frieden geben.«

»Niemals!«

»Vater, sag du es ihm!« Schluchzend wandte sie sich an ihren Vater. »Mir zuliebe. Sag ihm, dass Frieden möglich ist.«

Doch Hadley starrte nur schweigend zu Ciaran empor. Seine Nasenflügel bebten, Furcht schimmerte in seinen Augen, aber er sagte nichts.

Ciarans Hand schloss sich so fest um Brigid, dass die Knöchel weiß hervortraten. Nichts wünschte er sich sehnlicher, als das warme Blut dieses Mannes über seine Finger rinnen zu lassen und zu wissen, dass er nie wieder unschuldige Menschen abschlachten würde.

Leah kam näher, und Ciaran wandte den Kopf ab. »Ciaran, das kannst du nicht tun«, flüsterte sie. »Er ist mein Vater. Um Gottes willen, wann soll das enden? Wenn König Georg auch den letzten Highlander in Schottland ausgerottet hat? Löst der Tod meines Vaters das Problem? Oder dein Tod?«

Ciaran presste die Lippen zusammen und versuchte, nicht hinzuhören. Er wollte die Rotröcke hassen. Etwas anderes als diesen Hass hatte er nie gekannt. Er konnte sich eine Welt, in der ein Engländer nicht sein Todfeind war, überhaupt nicht vorstellen.

Leah ließ nicht locker. »Du sagst, wir Engländer würden euch nicht als Menschen betrachten. Aber siehst du denn in diesem Moment meinen Vater als Menschen? Als Mann, als Vater und Ehemann? Als einen Mann von Ehre, der seine Pflicht gegenüber seinem König erfüllt?« Ihre Stimme brach. »Kannst du denn nicht sehen, dass er ein schwaches menschliches Wesen ist, das einen furchtbaren Fehler gemacht hat?«

Ciarans Hand begann zu zittern. In diesem Augenblick entdeckte er in sich selbst dieselbe Art von Doppelmoral, die er bei den Engländern stets so verabscheut hatte. Doch er knurrte nur: »Er verdient den Tod.«

Ihre Antwort brachte ihn aus der Fassung. »Allerdings, das tut er.« Ciaran blickte zu ihr auf. Tränen strömten über ihr Gesicht, als sie weitersprach: »Aber musst du deswegen auch sterben? Verdiene ich es, nicht nur meinen Vater, sondern auch den Vater meines Kindes zu verlieren? Meinen *Mann*? Verdient es der Clan, seinen Laird zu verlieren? Muss das Morden denn unbedingt weitergehen, oder willst du ihm nicht ein Ende bereiten?«

Ciarans linker Arm schmerzte jetzt so heftig wie sein rechter. Lange konnte er nicht mehr durchhalten. Aber ihre Worte hatten ihre Wirkung auf ihn nicht verfehlt. Er wollte nicht länger aus Rachedurst Blut vergießen.

»Bitte, Ciaran. Tu es für mich. Für unser Kind und für deine Leute.«

Ciaran seufzte tief. Dann gab er Hadley frei, erhob sich langsam, ließ Schwert und Dolch sinken und trat einen Schritt zurück. Der Captain stand gleichfalls auf. Seine Augen wanderten zu dem Säbel, der zu seinen Füßen am Boden lag, aber Leah packte ihn am Heft und schleuderte ihn quer durch den Raum, wo er klirrend an der Wand liegen blieb.

»Nein, Vater, du wirst ihn nicht verhaften. Außer dir ist niemand hier, der ihn des Verrats beschuldigen kann, und wenn er für sein Verbrechen am Galgen enden soll, verdienst du dieselbe Strafe für ... für das, was du getan hast. Der Clan hat für seine Torheit teuer bezahlt. Versprich mir, dass du Ciaran nicht wegen Verrat anklagst. Um Gottes Willen, Vater, sorg dafür, dass es für uns alle wieder Hoffnung gibt. Denk an die Zukunft deines Enkels!«

Lange Zeit herrschte Stille. Ein zorniger Funke loderte in Hadleys Augen. Er starrte Ciaran finster an, der den Blick zurückgab, seine Waffen fester packte und sich auf einen neuerlichen Angriff vorbereitete. Doch endlich sagte Hadley: »Du willst ihn also heiraten? Und hier bei ihm bleiben?«

»Ja. Du hast mich gegen meinen Willen hergebracht, aber du wirst mich hier nicht wieder wegbringen. Ich bleibe, egal was geschieht.«

Er warf ihr einen scharfen Blick zu, dann runzelte er die Stirn, während er sichtlich mit sich rang. Als er endlich die Sprache wiederfand, brachte er die Worte nur mühsam heraus. »Dann werde ich mein Bestes tun, um zwischen Ciorram und der Krone zu vermitteln.« Er sah Ciaran an, wollte offensichtlich noch etwas hinzufügen, besann sich aber und wandte sich nur wortlos ab.

Ciaran schob sein Schwert in die Scheide zurück. Leah ging zu ihm hinüber, und er nahm sie in die Arme. Beide konnten noch kaum fassen, was geschehen war. Es gab wieder eine Zukunft für sie, und diesmal sah sie hoffnungsvoll aus.

21. KAPITEL

»Ein strahlender neuer Morgen und ein strahlender Neuanfang, nicht wahr, mein Freund?« Die Stimme kam aus dem Nichts, doch Iain lächelte. »Hallo, Tinkerbell. Machst du dir wieder einen Spaß daraus, mich beim Ankleiden zu beobachten?«

Einen Priester gab es im Tal schon lange nicht mehr, aber wenigstens stand ihnen ein Geistlicher zur Verfügung – der Garnisonskaplan –, und so konnte Ciaran seine Leah in der alten katholischen Kirche vor Gott und der Welt zur Frau nehmen. Er hatte sogar einen Goldring für seine Braut; der Schmied Donnchadh hatte den goldenen Ring, den Dylan Dubh vor dreißig Jahren Ciarans Mutter an den Finger gesteckt hatte, wieder zurechtgehämmert. Er war Leah ein bisschen zu groß, saß aber nicht so locker, dass sie Gefahr lief, ihn zu verlieren.

An einem strahlend schönen Julimorgen standen Ciaran und Leah vor dem Altar. Die Sonnenstrahlen fielen durch das prachtvolle Rosettenfenster aus Buntglas und malten ein Farbenmeer auf den Boden. Ein schwacher Geruch nach altem Holz und Stein, Bienenwachs und Weihrauch lag in der Luft. Noch immer gab es keine Stühle im Kirchenschiff, so saßen die Dorfbewohner fast vollzählig auf dem Boden, um die Zeremonie zu verfolgen. Ciaran fragte sich, wie es wohl zu Zeiten seines Vaters gewesen sein mochte, als hie Messen gelesen, gebetet und Beichten abgenommen worden waren. Es bedrückte ihn, dass die Trauung nicht durch einen Priester vollzogen werden konnte.

Der Brautvater nahm an der Hochzeit in Zivilkleidung teil. Er fühlte sich in diesem papistischen Heiligtum offenbar ebenso unwohl wie die Mathesons sich in der Gegenwart eines Mannes, der ihre Häuser und ihren Besitz zerstört und sich an ihren Frauen vergangen hatte. Aber niemand machte eine entsprechende Bemerkung.

Die Zeremonie wurde kurz und schlicht gehalten, um den Kaplan nicht über Gebühr zu beanspruchen. Ciaran und Leah gaben sich das Jawort, küssten sich, und dann war alles vorüber. Die Gäste kehrten unter Dudelsackklängen in die Burg zurück, wo bis in die Nacht hinein getrunken und getanzt werden sollte. Zwar gab es kaum etwas zu essen, aber die Whiskyfässer waren von den Dragonern nicht entdeckt worden, also würde der Alkohol in Strömen fließen. Ciaran blieb mit seiner Frau ein Stück zurück und sah seinen Clansleuten nach.

Sie waren erst vor zwei Tagen in ihr Dorf zurückgekehrt, doch überall gab es schon Zeichen des Wiederaufbaus. Da die meisten Häuser bis auf die Grundmauern niedergebrannt worden waren, lebten ihre Bewohner teilweise in britischen Militärzelten, teilweise in den Wäldern; einige waren in der Höhle geblieben, andere hatten sich auf dem Burghof häuslich eingerichtet. Da die Felder abgebrannt waren und die Besatzer ihnen kaum Vieh gelassen hatten, würde Nahrung in diesem Winter sehr knapp werden. Viele Menschen würden sterben. Dùghlas war bereits tot, Ailis würde den Herbst kaum überleben. Fast alle jungen, gesunden Männer waren in der Schlacht gefallen, nun würden die halbwüchsigen Burschen die Mathesons durch die nächsten Jahre bringen müssen. Vor ihnen lag ein harter Kampf.

»Wir leben noch.« Leah trat neben Ciaran. Er legte einen Arm um sie, wandte sich ihr zu und sah sie ernst an.

»Ja. Wir. Viele andere nicht mehr.«

»Wir haben überlebt, und ich glaube, wir werden auch weiterhin überleben. Und wenn nicht, werden wir dem Ende gemeinsam entgegensehen. Deine Leute sind am Leben, und sie haben ihre Heimat nicht verloren. Daran musst du jetzt denken.«

Ciaran grunzte, dann führte er sie zum Friedhof hinüber, um die Gräber seiner Eltern zu besuchen. Während er auf die drei weißen Marmorsteine hinunterblickte, dachte er bei sich, dass es etwas für sich hatte, wenn man genau wusste, wo sein Vater und seine Mutter begraben lagen. Er wünschte nur, sie hätten diesen Tag miterleben dürfen.

Dann dachte er an Sìle, die sich nicht dazu hatte überwinden können, an der Hochzeit teilzunehmen. Kirstie und Mary waren gekommen, wenn auch widerstrebend. Seine Stimme klang tonlos, als er erwiderte: »Meine Schwestern sähen es vielleicht lieber, wenn wir alle nicht mehr am Leben wären.« Besonders Sìle.

Leah seufzte. »Gib ihnen Zeit. Sie werden darüber ...«

»Nein, das werden sie nicht. Und das werde ich auch nicht von ihnen verlangen. Was ihnen angetan wurde, kann nie wieder gutgemacht werden. Meine Schwestern werden deinen Vater und seine Männer bis an ihr Lebensende hassen, und ich werde dafür sorgen, dass sie nie wieder seinen Anblick ertragen noch je wieder ein Wort mit ihm wechseln müssen. Dieses Zugeständnis muss ich machen, um sie zumindest halbwegs mit unserer Heirat zu versöhnen.«

»Und was ist mit meinem Vater? Er ist auch nicht gerade glücklich was uns betrifft.«

Ciaran schnaubte abfällig, blickte zur Garnison hinüber und knurrte dann: »Es interessiert mich einen Dreck, was dein Vater ...«

»Ciorram!«

»Still. Da kommt er.« Leah löste sich von ihm, trat hinter ihn und sah dem Captain entgegen. Ciaran entging nicht, dass sie ihn nur knapp und kühl begrüßte.

Er drehte sich um und warf dem Mann einen feindseligen Blick zu. Er hatte es kaum ertragen, dass er zu der Hochzeitsfeier gekommen war, doch er bezwang sich und verlor kein Wort darüber. Hadley näherte sich ihm so förmlich, als habe er eine diplomatische Mission zu erfüllen. Einige Mathesons, die gerade die Kirche verließen, blieben stehen, um das Schauspiel zu verfolgen.

Captain Hadley straffte sich würdevoll und hielt einen zusammengefalteten Papierbogen in die Höhe.

»Ciorram, ich erwarte, dass Ihr gut für meine Tochter sorgt.«

»Besser als ...« Leah versetzte ihrem Mann einen unsanften Rippenstoß, woraufhin er sich die bissige Bemerkung verbiss, die ihm auf der Zunge gelegen hatte. Stattdessen sagte er: »Aye. Sie wird hier so sicher sein wie jeder andere Matheson im Tal.«

Hadley erbleichte, und Ciaran fragte sich einen Moment lang, ob der *Sassunach* am Ende doch noch so etwas wie ein Gewissen hatte. Hadley hielt ihm das Papier hin. »Dann nehmt das hier. Als Garant für eine gesicherte Zukunft Leahs und meines Enkels. Es ist ein Empfehlungsschreiben an einen Freund, der Euch helfen kann, eine offizielle Lizenz für Eure Whiskybrennerei zu bekommen.«

Ciaran hätte vor Überraschung beinahe vernehmlich Luft geholt, beherrschte sich aber. »Die Brennerei wird legalisiert?«

Der Captain schob das Kinn vor. »Das liegt ganz bei Euch. Ich kann niemanden zwingen, Euch das Recht zum Brennen von Whisky zuzugestehen, aber durch diesen Brief bekommt Ihr Gelegenheit, Euer Anliegen vorzutragen und vielleicht die Entscheidung zu beeinflussen.« Er brach ab und schien zu überlegen, ob er noch etwas hinzufügen sollte, dann fuhr er fort: »Ich habe guten Grund zu der Annahme, dass die Entscheidung diesmal zu Euren Gunsten ausfallen wird.« Ein Nicken machte Ciaran klar, dass er die Wahrheit sagte, sich aber nicht weiter zu diesem Thema äußern wollte.

Leah drückte Ciarans Hand und barg den Kopf an seiner Schulter. Auch Ciaran wurde plötzlich leicht ums Herz. Sein Vater hatte stets darauf beharrt, dass die Brennerei die Zukunft des Clans sichern würde. Wenn er seinen Whisky ganz offiziell produzieren durfte, konnte er ihn auch außerhalb der Highlands verkaufen und einen höheren Preis erzielen – einen sehr hohen sogar, wenn man die Qualität des Whiskys bedachte. Dann konnten sie in den Lowlands Vieh und Saatgut kaufen und die Felder neu bestellen. Der Whisky dieses Jahres würde sie alle vor dem Hungertod bewahren!

»Captain«, erwiderte er, »ich nehme diesen Brief gerne an. Aber eines möchte ich klarstellen …« Er wartete auf einen weiteren Rippenstoß, der jedoch ausblieb. »Das ist das Mindeste, was Ihr tun könnt. Wir betrachten es als Wiedergutmachung, die uns zusteht. Trotzdem werdet Ihr, Eure englischen Soldaten und Eure englischen Gesetze, hier im Tal nie willkommen sein. Niemals.«

Mit diesen Worten legte er einen Arm um seine Frau und kehrte mit ihr zur Burg zurück. Lag jetzt eine hoffnungsvolle Zukunft vor ihnen?

EPILOG

»*Och*«, krähte Sinann, »soll ich dir noch ein Mal zeigen, wie leicht ich dich nackt sehen kann, wenn ich das will?« Sie hob eine Hand und schickte sich an, mit den Fingern zu schnippen. Iain hob abwehrend die Arme.

»Lass das, du kleiner Quälgeist. Ein Mal hat mir völlig gereicht.«

Sie kicherte und schwirrte hinter ihm her, als er sein Schlafzimmer verließ und die steinerne Wendeltreppe des Nordturms hinunterstieg. Seine Gedanken kreisten um die bevorstehende Zeremonie, und so achtete er gar nicht auf die Fee. Er hielt die lange Schwertscheide fest, damit sie nicht hinter ihm über die Stufen schleifte.

»Iain, ich bin gekommen, um dich daran zu erinnern, das Schottland ein unabhängiges Land sein sollte und kein englisches Lehen.«

Er grunzte. Das war Sinanns Lieblingsthema, von dem sie sich nicht abbringen ließ, wenn sie einmal davon angefangen hatte. Sie würde es gerne sehen, wenn er sich aktiver in der schottischen Nationalbewegung engagierte. Sie meinte, sein politischer Einfluss, so gering er auch war, könne dazu beitragen, die Unabhängigkeit von England zu erlangen. Wahrscheinlich würde sie sich erst zufrieden geben, wenn er zum bewaffneten Aufstand gegen die Krone aufrief. Eine törichte Idee, so viel stand fest, und bestimmt nicht der schnellste oder wirkungsvollste Weg zur Unabhängigkeit. Och, sie würde sich eben in Geduld fassen müssen.

Zumindest würde sie den Erfolg seiner Bemühungen miterleben, was ihm selbst wohl kaum beschieden sein dürfte.

Er seufzte, als er die große Halle verließ und über die Auffahrt ging, wo seine Frau neben dem Auto auf ihn wartete.

Kate teilte ihm mit, alle anderen seien bereits auf dem Weg zur Kirche und sie würden sich verspäten, wenn sie sich nicht beeilten.

»Haben die kleinen Leute wieder ihren Schabernack mit dir getrieben?«

Iain verdrehte die Augen in Sinanns Richtung, obgleich die Fee nur für ihn sichtbar war, und gab Kate einen raschen Kuss. Dann ging er um den Jaguar herum und nahm hinter dem Steuer Platz. Mit dem Geschick jahrelanger Übung ließ er das Schwert zwischen die beiden Sitze gleiten, sodass die Spitze auf der Rückbank lag.

Die Kirche Unserer Lieben Frau vom See lag am anderen Ende des Tales, nur zehn Minuten von der Burg entfernt. Auf dem Footballfeld ganz in der Nähe fand ein inoffizielles Rugbymatch statt. Iain musste auf der Straße parken, denn der kleine Schotterparkplatz vor der Kirche war bereits belegt. Als er den Wagen abschloss, brummte er: »Man sollte doch meinen, dass für die Eltern des Bräutigams ein Parkplatz reserviert bleibt.«

Kate erwiderte scharf auf Gälisch: »Man sollte auch meinen, dass der Vater des Bräutigams pünktlich ist.«

Iain verkniff sich eine Antwort und reichte Kate wortlos den Arm, um sie die Stufen zur Kirche emporzugeleiten.

Im Inneren war es warm. Die Hochzeitsgäste hatten schon auf den Bänken Platz genommen. Zufrieden stellte er fest, dass man für ihn und seine Frau zwei Plätze in der vordersten Reihe frei gehalten hatte.

Die Zeremonie war lang, aber jeder Moment hatte seine ganz eigene Bedeutung. Der junge Dilean Robert war erst zweiundzwanzig Jahre alt, gerade von der Universität zurück, aber heute schien er vor Iains Augen zu einem erwachsenen Mann heranzureifen. Die Sonne warf ihre Strahlen durch die Rosette über dem Altar und tauchte das Brautpaar in einen warmen Schimmer. Dilean stand in seinem Kilt würdevoll vor dem Priester und lauschte dessen Gebeten und Ermahnungen, bis er und seine Freundin endlich zu Mann und Frau erklärt wurden. Sinann hielt zum Glück während der Trauung den Mund, was Iain dankbar zur Kenntnis nahm.

Ihm wurde warm ums Herz, als er an künftige Enkelkinder dachte. Die Vorstellung einer neuen, jungen Generation von Mathesons entlockte ihm ein Lächeln. Eine lange Geschichte lag hinter seiner Familie, eine verheißungsvolle Zukunft vor ihr. Es erfüllte ihn mit Stolz, einen Platz in einer langen Ahnenreihe einzunehmen.

Nach der Zeremonie verließen die Gäste die Kirche, unterhielten sich draußen auf dem Kirchplatz mit Freunden und hofften auf eine Gelegenheit, den Frischvermählten Glück zu wünschen. Bunte Kleider, einfarbig oder mit Tartanmuster, hoben sich von dunklen Anzügen und schlichten Kilts ab. Iain beobachtete seinen Sohn, der strahlend lächelte und dabei sein etwas zu langes Haar zurückwarf. Dann schlenderte er langsam zum Friedhof hinüber, um frische Luft zu schnappen und ein Mal mehr die Grabsteine zu betrachten.

Die Namen waren ihm alle wohlvertraut, nicht nur, weil er sie schon oft gelesen hatte, sondern auch, weil er schon viele Geschichten über seine Vorfahren gehört hatte; Geschichten von Heldenmut und Opferbereitschaft, von Hass, Liebe und Loyalität, von einem Geisterhund, blutgetränktem Erdreich, dem Volk der Seehunde und der Feen und von geradezu gespenstischem Geschick im Umgang mit einem Schwert. Dabei interessierte es ihn nicht, ob sich all diese Dinge tatsächlich so zugetragen hatten oder nicht. Sie waren eben ein Teil seiner Geschichte und seiner Identität.

Genau gegenüber, zwischen dem Postamt und einem Schnellimbiss, lag ein großes Steingebäude. Die verfallenen Mauern zeugten von seinem Alter, doch das Schild vor dem Eingang war vor weniger als fünfzig Jahren angebracht worden. Von der Kirche aus konnte man es nicht sehen, doch Iain wusste, was daraufstand: *Museum Königin-Anne-Garnison; Samstag bis Donnerstag von 10.00 bis 17.00 geöffnet; Eintritt drei Pfund, Kinder und Rentner ein Pfund.*

Iain blickte sich um. Ein Lächeln spielte um seine Lippen. Es tat gut zu wissen, wo man hingehörte und wo die eigenen Wurzeln lagen.

NACHWORT

Zwar basiert mein Roman auf historischen Fakten, doch für die erfundenen Charaktere habe ich keine Persönlichkeiten der Geschichte oder der Gegenwart als Vorbild genommen. Glen Ciorram und seine Bewohner existieren nicht und haben auch nie existiert. Ebenso wenig ist einer der Mathesons in diesem Roman einem historischen Mitglied des Clans Matheson nachempfunden.

Bei der Beschreibung der tatsächlich aus der Geschichte bekannten Charaktere oder Ereignisse habe ich mich weitgehend nach dem gerichtet, was über sie nachzulesen ist.

ZUR SCHREIBWEISE: Im 18. Jahrhundert hätte die Frage der Rechtschreibung ein ganzes Gelehrtenteam in Atem gehalten. Erst im darauf folgenden Jahrhundert wurde eine einheitliche englische Schreibweise eingeführt, für das Gälische geschah dies erst Ende des 20. Jahrhunderts. Die Schreibweise der gälischen Wort in diesem Buch habe ich MacLennan's Dictionary entnommen, das sich an die archaische Orthografie anlehnt und demzufolge besser in die Zeit passt, in der der Roman spielt. Alle anderen nicht dem Standardenglisch angehörenden Worte stammen aus dem Scots, dem Dialekt, den englischsprachige Schotten sprechen, und unterliegen zwecks besseren Verständnisses den Regeln der amerikanischen Rechtschreibung.

Kleine schottisch-gälische Wortkunde

bannock	Runder Hafer- oder Gerstenmehlkuchen
broch	Steinerner Rundturm aus der Zeit um Christi Geburt
céilidh	Wörtl.: ›Besuch‹, gemeint ist ein oft mit Tanz verbundenes geselliges Beisammensein
creach	Organisierter Raubzug oder Überfall
drammach	Dicker Brei aus Hafermehl und kaltem Wasser
fear-cómnaidh	Rechte Hand; Stellvertreter des Lairs oder Befehlshabers
feileadh beag	Rock und Plaid sind voneinander getrennte Kleidungsstücke
feileadh mór	›Großer Kilt‹; hier bestehen Plaid und Rock aus einer einzigen Stoffbahn
loch	See
Sassunach	Abfällige Bezeichnung der Schotten für einen Engländer
selkie	Seehund
sgian dubh	Wörtl.: ›Schwarzes Messer‹: Zierdolch, der im Strumpf getragen wird
shielings	Berg-, Hochweiden
sidhe	Das Feenvolk, auch ›Kleine Leute‹ genannt
sporran	Beschlagene Felltasche, die vor dem Kilt getragen wird
spréidhe	Viehherde
tigh	Burg, eigentlich: Haus

DANKSAGUNG

Für ihre Unterstützung und Ermutigung möchte ich mich bedanken bei:

Russell Galen, meinem Agenten; dem Schwertkampfmeister F. Braun McAsh; Ron Cameron of Na Caraidean, Tucson, Arizona; Jean Krevor und Harriet Culver; Ernie O'Dell and The Green River Writers of Louisville, Kentucky; meinem Lehrer der gälischen Sprache John Ross; den einheimischen Fremdenführern Gail Montrose und Duncan MacFarlane aus Glenfinann, Schottland; Teri McLaren; Trisha Mundy; Diana Diaz; Betsy Vera; Lynn Calvin und natürlich Ginjer Buchanan.

BETRETEN SIE EINE NEUE FANTASTISCHE WELT!

512 Seiten,
gebunden mit Schutzumschlag
ISBN 3-453-21401-3

640 Seiten,
gebunden mit Schutzumschlag
ISBN 3-453-86761-0

James Clemens' Saga um das Mädchen Elena zieht den Leser durch ihre spektakuläre Mischung von tolkienschen Elementen und märchenhaften Geschehnissen von der ersten bis zur letzten Seite in ihren Bann.

»Ich habe jede Seite verschlungen.« *John Saul*

«Ein absolutes Spannungs-Highlight, das süchtig macht.«
Journal für die Frau

HEYNE